The Story of

Francis Hunter

Kein Date für den Chef

von Anna Rush

Liebe will angenommen werden.

Du bist verwirrend.

Lara

Francis Hunter. So heißt mein potenzieller Kunde. Wobei ich meine Kundschaft eher als Chef auf Zeit betrachte. Mein Klientel ist, bis auf wenige Ausnahmen, im Bossmodus.

Leute mit Geld werden anscheinend so. Ich frage mich, wann das passiert. Ab einer Million auf der Bank, ab fünf? Ich hoffe, ich werde es erfahren.

Leider konnte ich nicht viel über diesen Francis Hunter in Erfahrung bringen. Keine vernünftigen Einträge bei Google, keine Firmenhomepage, die ich finden konnte, keine Zeitschriftenartikel.

Grundsätzlich ist es mir egal, womit Kunden ihr Geld verdienen, aber ich bereite mich gerne vor. Deshalb versuche ich, neben dem Beruf, auch Hobbys oder soziales Engagement herauszufinden. Passend dazu lerne ich ein paar Fakten und Fachbegriffe, damit ich Interesse vorheucheln kann und im Smalltalk eine gemeinsame Basis finde.

Ich stecke mir ein Kaubonbon in den Mund, während ich rechts ranfahre, um vor dem Anwesen zu parken, das ich dem Interessenten zuerst zeigen werde. Ein Druck auf den Start-Stopp-Knopf lässt den Motor meines Wagens verstummen und die Welt um mich wird absolut still. Diese Gegend ist wie ausgestorben, da durch die Straße nur Anwohner und deren Besucher fahren, keine spielenden Kinder, keine Geschäfte. Nur gehobene Wohnhäuser auf großen Grundstücken, jedes hinter einem hohen Zaun oder einer Mauer.

Genüsslich kaue ich mein Bonbon zu Ende. So sollte ich den Kunden nicht mit Kaffeeatem belästigen. Dazu lese ich ein paar Absätze meines aktuellen Thrillers. Ich will jetzt wissen, ob der nach Blutgruppen tötet und warum.

Meine Augen huschen zwischen Buchstaben und der Uhr hin

und her. Argh, das wird noch nicht verraten. Immer diese Autoren mit ihren Geheimnissen. Ich muss los. Der Kunde trifft zwar erst in einer halben Stunde ein, doch so lange werde ich das Haus durchlüften, denn anscheinend war die letzte Besichtigung vor mehr als fünf Wochen.

Ich werfe das Taschenbuch auf den Sitz neben mir, stoße die Tür meines Wagens auf und fasse in den Fußraum des Beifahrersitzes, um meine Laptoptasche zu greifen, damit ich mich auf den Weg machen kann.

Plötzlich ruckt mein Auto heftig unter mir und gleichzeitig erklingt ein abnormal lautes Geräusch zwischen Knallen, Krachen und Knirschen, wovon mein Herz fast stehen bleibt. Entgeistert starre ich auf meine Fahrertür, die nun nach vorn gebogen ist.

Das war so nah! Und so laut! Meine Tür! Fuck! Meine Scheißtür! Mein Auto!

Meine Ohren sausen und trotz des Bonbons breitet sich ein saurer Geschmack auf meiner Zunge aus. Für einen Moment kann ich mich überhaupt gar nicht bewegen, starre nur die Tür an und die hässlichen Laute hallen in mir nach.

Mein Blick wandert auf den schwarzen, riesigen SUV, der dort mit laufendem Motor steht. Kann der Idiot nicht aufpassen? Wie nahe ist der denn an mir vorbeigefahren? Wenn meine Hand noch am Griff gewesen wäre! Hat der oder die die Scheißkiste nicht unter Kontrolle?

Der Wagen fährt rechts ran und parkt ein Stück vor meinem. Dass derjenige sich dem wenigstens stellt, besänftigt kein bisschen diesen heißen wütenden Knoten in meinem Bauch, der langsam die Magensäure nach oben drückt.

Ganz, ganz toll! Jetzt muss ich mich auch noch darum kümmern. Ich habe einen Kunden und keine Zeit für so eine Scheiße. Fuck! Fuck, fuck!

Mein Herz ist ein armes geschundenes Ding. Erst bleibt es vor Schreck fast stehen, und nun schlägt es schmerzhaft fest, da ich hier brodle und es die kochende Suppe durch meine Adern drücken muss.

Schwungvoll steige ich aus und greife an die Tür. Bewegt sich knirschend ein Stück und verkeilt dann. Argh! Weiterfahrt unmöglich.

Der Fahrer kann was erleben! Ich wende mich dem SUV zu, bei dem sich gerade die Tür öffnet.

Ich weiß nicht, was ich erwartet habe, was dort aussteigt. Möglicherweise eine Mutti, die mit der Riesenkiste ihre Kinder in den Kindergarten fährt, oder einen Typen, der seinen winzigen Schwanz mit einem überdimensionalen Auto kompensieren muss. Doch das, was sich da aus dem Auto entfaltet, damit habe ich nicht gerechnet.

Ein Riese. Ein Mann so gewaltig wie sein Auto. Er muss über zwei Meter groß sein.

Er sieht mich an, stutzt kurz und kommt auf mich zu. Er ist nicht nur groß, sondern auch breit. Nein, nicht fett, breit, seine Schultern sind deutlich breiter als meine. Er hat dunkle Haare und ein Drei- oder Fünftagebart lässt sein Gesicht schattig wirken. Ziemlich einschüchternder Typ.

Das ist mir egal. Ich gehe ihm entgegen und motze ihn an: »Sie! Was denken Sie sich!? Sie sind doch irre!« Meine Hände fuchteln unkontrolliert vor seinem Gesicht herum, was ihn nur etwas blinzeln lässt, weshalb ich mich weiter aufrege: »Sagen Sie was! Sie sind nicht ganz dicht! Mein Auto! Haben Sie keine Augen im Kopf? Ihre Zunge verschluckt? Leben Sie überhaupt?«

Er mustert mich seelenruhig und legt dazu seinen Kopf schräg. »Sind Sie verletzt?«, fragt er mit einer angenehm rauchigen Stimme, die sich nicht im Mindesten aufgeregt anhört. Als hätte das nichts mit ihm zu tun, was passiert ist!

»Nein! Ihr Glück! Ich würde Sie bis auf die Unterhose verklagen! Man sollte Ihnen den Führerschein wegnehmen! Sie sind gemeingefährlich! Lernen Sie, mit Ihrem Auto umzugehen, bevor Sie sich auf die Straße trauen! So etwas Unfähiges wie Sie gehört doch weggesperrt!«

Er übergeht das, läuft an mir vorbei und bleibt an meinem Auto stehen. Ich kann das nicht fassen. Der ignoriert mich einfach! Fährt mir die Tür weg und sieht sich das jetzt an, als wäre er auf einer Wohltätigkeits-Kunstausstellung! Ja, das würde zu ihm passen mit diesem Anzug, gleich Komplettmontur, samt Krawatte. Ein reicher Schnösel sicher. Wahrscheinlich lebt er hier in der Straße und war in Gedanken schon dabei, welche Aktien er kaufen und verkaufen will.

Er macht mit seinem Smartphone ein paar Bilder von allen Seiten, auch die Straße entlang, und drückt anschließend die Tür, die ich eben nicht weiter bewegen konnte, zu. Dass die total verzogen ist, erkenne ich von hier.

Ich werfe einen Blick auf seinen Wagen, der tiefe Kratzer die ganze Seite entlang hat, vielleicht auch ein wenig eingedrückt ist. Frustriert boxe ich mit der Faust dagegen, was ich umgehend bereue, da die Knöchel davon bis ins Handgelenk klingeln.

»Haben Sie gerade mein Auto geschlagen?«, fragt es unmittelbar hinter mir, und ich fahre herum, womit ich direkt vor ihm stehe.

»Darauf kommt es nun auch nicht mehr an, oder?«, frage ich bissig und zeige auf die demolierte Seite.

»Stimmt«, erwidert er und ich sehe zu ihm hoch. Ich muss zu ihm hochsehen! Ich bin 1,85 Meter groß. Wenn ich Glück habe, sind Männer mit mir auf Augenhöhe.

Ehe ich zu einer Erwiderung ansetzen kann, sagt er: »Nun. Lassen Sie uns Daten austauschen. Ich denke, der Sachverhalt ist klar und wir können auf die Polizei verzichten.«

»Ja, das sehe ich auch so. Sie haben mir die Tür weggefahren. Mein Herz ist fast stehen geblieben. Das hätte mich die Hand kosten können!«

Er macht weitere Bilder von seinem Wagen und dreht sich mit dem Smartphone in der Hand um, wobei er es in seiner hinteren Hosentasche verstaut. »Moment. Wenn Sie ein klein wenig runterkommen und darüber nachdenken, fällt Ihnen vielleicht auf, dass Sie die Tür öffneten, ohne zu kontrollieren, ob die Straße frei ist. Ich hatte weder die Chance, zu bremsen noch auszuweichen.«

»Wollen Sie etwa mir die Schuld in die Schuhe schieben?«, frage ich ungläubig nach, und ich bemerke schon ein paar Sterne, die am Rande meines Sichtfelds tanzen, da ich mich innerlich so aufrege.

»Sehen Sie das denn nicht ein? Selbst nachdem ich gegen Ihre Tür fuhr, sind Sie ausgestiegen, ohne zu gucken. Ich konnte das in meinem Seitenspiegel genau beobachten. Wenn Sie sich umbringen möchten, nutzen Sie bitte nicht mich als Werkzeug«, erwidert er spöttisch, was seiner Stimme einen noch dunkleren Touch gibt. Er steht schon wieder direkt vor mir. Das soll mit Sicherheit einschüchternd wirken, da er so groß ist.

Davon lasse ich mich nicht beeindrucken und verschränke meine Arme, bevor ich überlegen antworte: »Selbst wenn das so wäre, dass ich den Schulterblick vergessen hatte, sind Sie viel zu nahe an meinem Auto vorbeigefahren. Sie waren doch sicher mit Ihrem Smartphone beschäftigt oder so was.«

Er sieht mich an, und ich meine, für einen Augenblick Erstaunen in seinem Gesicht zu erkennen. Nur ganz kurz, denn seine Miene ist sofort wieder ausdruckslos, auch wenn seine dunklen Augen sich energisch in meine brennen, als wollte er mir seine Meinung aufzwingen.

»Nein, kein Smartphone. Gut, möglicherweise bin ich etwas nahe vorbeigefahren. Was kein Problem gewesen wäre, solange niemand in diesem Moment die Tür öffnet.«

»Hätten Sie Abstand gehalten, wäre das nicht passiert. Sie können noch nicht einmal jetzt Abstand halten. Was wollten Sie? Mit meinem Auto beim Vorbeifahren kuscheln?«

Er tritt einen Schritt zurück und seufzt tief. »Wohnen Sie hier in der Gegend? Dann kaufe ich mir diese Hütte nicht bei so einer Nachbarschaft.«

Mir kommt siedend heiß ein hässlicher Verdacht. »Wie heißen Sie?«, frage ich.

Wieder ein kurzes Erstaunen. Vermutlich, da meine Stimmlage ruhiger ist und er denkt, ich fahre runter. Er streckt mir die Hand hin, und ich hebe meine gewohnheitsmäßig an, damit er sie zu einem Handschlag greifen kann.

Sie ist angenehm warm und trocken und wirkt, als könnte sie meine einfach zerquetschen, da sie so groß und kräftig ist. Trotzdem ist sein Händedruck perfekt dosiert. Fest und energisch, aber nicht übertrieben. Ich erstarre innerlich, als er tatsächlich sagt: »Mein Name ist Francis Hunter. *Schön*, Sie kennenzulernen.«

Nein!

Den Spott bei *Schön* kontere ich nicht. Das ist mein Kunde. Oder möglicher Kunde, noch habe ich den Auftrag nicht. Ach, das gibt es doch nicht! Ich hätte ihn an der Stimme erkennen müssen. Die ist mir sogar schon am Telefon aufgefallen, da sie so ansprechend tief ist. So ein Mist. Was macht der so früh hier?

Ich kann ihn nur anstarren und sehe ihn mir zum ersten Mal richtig an. Trotz des geschmackvollen Anzugs wirkt er nicht wie ein Spießer. Er hat fast etwas Wildes, obwohl ich nicht genau bestimmen kann was. Seine Haare sind perfekt gestylt, und er sieht total gepflegt aus, da einfach alles an ihm ordentlich ist. Eine Nerdbrille verleiht ihm Seriosität, beinahe wie eine Maske, um die Wildheit zu verstecken.

Was mache ich jetzt?

»Sie halten meine Hand ganz schön lange«, stellt er fest und seine Stimme klingt dabei angenehm rau. Vielleicht liegt es an diesem sandpapierartigen Unterton, den man fast spüren kann, dieser Eindruck von Wildheit. Er spricht zwar ruhig, brüllen will ich ihn damit allerdings nicht hören.

»Ja?«, frage ich etwas dämlich zurück, lasse sie aber noch nicht los. Es würde verunsichert wirken, wenn ich sie sofort auf diesen Hinweis loslasse.

»Ja. Ich behaupte verwegen, über dreißig Sekunden Händeschütteln ist tendenziell unüblich.«

Das könnte witzig klingen, doch er sagt das mit einem todernsten Gesicht, ohne das kleinste Anzeichen eines Lächelns.

Kann dieser Mann überhaupt lächeln? Er wirkt eher, als könnte er jemandem mit den Zähnen die Schlagader aufbeißen, wenn ich seine ernste Miene so betrachte.

»Ich bewundere nur Ihren Händedruck. Er ist perfekt. Ihre Hand ist warm, jedoch nicht feucht und hat einen idealen Druck. Gehen Sie zur Maniküre?«

Ich hatte seinen Händen mit den Augen noch keine

Beachtung geschenkt, aber so gepflegt, wie er aussieht, sind seine Nägel sicher auch makellos.

Auf jeden Fall scheine ich ihn damit etwas aus dem Konzept zu bringen, denn er antwortet: »Äh, nein?« Er scheint sich sofort wieder zu fangen, da er erneut in diesem ernsten Tonfall weiterspricht: »Das hier erscheint mir eher wie ein verzweifelter Versuch, mit mir Händchen zu halten. Wollen Sie mich so beschwichtigen, damit ich die Schuld auf mich nehme?«

»Nein«, entgegne ich, lasse seine Hand endlich los und behaupte: »Ein Händedruck lässt eine gewisse Schnellanalyse über den Menschentyp zu. Das war alles.«

»Aha. Und was haben Sie über mich erfahren?«

»Betriebsgeheimnis.«

»In diesem Fall ergibt sich für Sie allerdings kein Lerneffekt. Wenn Sie mir verraten, was Sie gedenken, herausgefunden zu haben, kann ich dementieren oder zustimmen. So wüssten Sie, ob Sie richtigliegen.«

»Ich liege immer richtig, aber danke für das Angebot.«

Er seufzt. »Lassen Sie uns Daten austauschen. Ich habe einen Termin. Da ich keine Lust habe, mich rumzustreiten, lösen wir das so: Wir behaupten, die Tür stand offen, ich übersah sie und bin schuld. Meine Versicherung soll sich um alles kümmern. Ich gebe Ihnen die Karte. Sie haben Full-Service. Rufen Sie an, Ihr Wagen wird abgeschleppt, und Sie bekommen einen Leihwagen hierhergebracht. Es wäre mir recht, wenn ich mich um nichts kümmern muss.«

»Sie nehmen die Schuld auf sich, weil Sie faul sind?«, rutscht mir raus, obwohl ich eigentlich noch nicht weiß, wie ich damit umgehen möchte, dass er ein möglicher Kunde ist.

»Wenn Sie es so sehen wollen: Ja.«

Diese arrogante Großmütigkeit passt mir auch nicht. Er hat leider sogar recht. Ich warf keinen Blick auf die Straße, da ich dachte, hier ist sowieso nichts los. Doch er ist garantiert nicht unschuldig! Dass er nun so tut, als wäre alles ganz allein meine Schuld, kein Wort des Bedauerns über seine Lippen kommt und er wie ein Snob anbietet, alles zu übernehmen, damit er seine Ruhe hat, das ärgert mich.

Er legt erneut seinen Kopf schräg, als wäre er neugierig auf meine Reaktion. Der Kerl ist so ruhig, das ist ein wenig unheimlich. Sein Auto ist beschädigt und er ist sich sicher, das wäre allein meine Verantwortung. Er brüllte nicht, schimpfte nicht. Hatte er nicht sogar zuerst gefragt, ob ich verletzt bin?

Oje. Ich bin immer die Verrückte. Er strahlt die ganze Zeit Gelassenheit aus und ich tobe und beschimpfe ihn wie eine Irre. Mal wieder ist bewiesen, dass ich total überdreht bin. Warum habe ich mich nur so wenig unter Kontrolle? Vor Fremden? Manchmal mag ich mich so gar nicht.

Mannomann. Unfair bin ich auch noch. Gerade ärgere ich mich, dass er sich nicht entschuldigt, dabei habe ich es ebenso nicht getan.

Ich räuspere mich. »Es tut mir leid. Sie müssen sich ebenfalls erschrocken haben. Wenn ich mich erschrecke, fahre ich gelegentlich etwas hoch«, versuche ich mich zu rechtfertigen und gebe zu: »Es war dumm, die Tür einfach so zu öffnen.«

»Wenigstens sehen Sie es ein. Mein Angebot bleibt trotzdem bestehen.«

»Sie könnten aber auch einsehen, dass Sie zu eng an meinem Auto vorbeigefahren sind!«, beschwere ich mich reflexartig.

»Bin ich. Besser? Können wir nun? Wie gesagt: Ich habe einen Termin.«

»Ja, mit mir«, gestehe ich.

»Sie sind die Maklerin«, stellt er fest und nickt. »Super.«

»Nein. Bin ich nicht. Ich bin Lara Walker. Wir hatten telefoniert.«

»Die Innenarchitektin und Raumausstatterin«, korrigiert er. »Noch wundervoller.«

Er wirft einen Blick auf seine Uhr. »Kümmern Sie sich um Ihr Auto, meins ist immerhin fahrtüchtig. Einer der Makler sollte gleich auftauchen. Ich suche mir eine andere Innenarchitektin.«

»Nein, tut mir leid. Ich übernehme für das Maklerbüro das Präsentieren der Häuser.«

»Wie bitte? Warum? Ich dachte, Sie wollten mir Zeit ersparen, indem Sie am Maklertermin teilnehmen, damit ich Sie kennenlerne, und nun haben Sie alles direkt an sich gerissen?

Kennen Sie sich überhaupt mit solchen Immobilien aus?«

»Keine Sorge. Ich bin selbst vom Fach und war eine Zeit lang als Maklerin für Luxusimmobilien tätig. Da ich aus der Gegend komme, pflege ich Kontakte zu den hiesigen Maklerbüros.«

»Und wer erhält die Maklerprovision, falls ich kaufe? Der Makler oder Sie?«, unterbricht er mich.

»Das Maklerbüro, aber ...«

Er fällt mir schon wieder ins Wort: »Hm. Ich weiß nicht, ob mir das gefällt, dass der Makler es nicht einmal für notwendig hält, selbst aufzutauchen, und dann Geld dafür kassiert.«

»Darf ich ehrlich sein?«

»Das erwarte ich sogar, wenn Sie mir ein Haus verkaufen wollen.«

»Das Büro wollte jemanden schicken. Es ist kein fehlendes Interesse an Ihnen als Kunde. Da Käufer von Luxusimmobilien allerdings im Schnitt mehr Häuser besichtigen als der Durchschnittsbürger, bis sie ihre Traumimmobilie finden, war es nicht allzu schwer, sie davon zu überzeugen, dass ich das übernehme. Außerdem kann ich ziemlich hartnäckig sein. Glauben Sie mir, es reicht, wenn ich Ihnen alles zeige. Ein Makler wäre ein Klotz am Bein, der Sie ständig mit Infos, die Sie entweder schon haben oder die völlig unerheblich sind, belästigt.«

Er fährt sich mit einer Hand durch die Haare und schüttelt den Kopf. »Ich weiß nicht, ob ich will, dass Sie für mich arbeiten. Sie sind eine Furie.«

»Pah. Furie? Dafür sind Sie ein Snob. Lassen Sie uns das mit den Autos regeln. Danach schalten wir vom privaten in den geschäftlichen Modus und klären den Rest.«

»Hört sich an, als könnten Sie sogar vernünftig sein.«

»Kann ich.« Ja. Die Wut ist weg, ich fühle mich wieder sachlich, weshalb es mir leichtfällt vorzuschlagen: »Was halten Sie davon: Jeder lässt das seine Vollkaskoversicherung übernehmen. Sie haben doch eine Vollkasko, oder? Ihr Schaden ist geringer, denke ich, genau wie Ihre Schuld, wenn ich ehrlich bin. Wäre das fair für Sie?«

»Ja«, erwidert er und sieht mich nachdenklich an. »Warum

schlagen Sie das vor? Erst dass man den privaten und geschäftlichen Teil trennt und dann, dass Sie Ihren Schaden selbst regulieren? Sind Sie so dringend auf den Auftrag von mir angewiesen?«

»Oh, nein, bin ich nicht«, erwidere ich lachend.

»Gut. Ich nehme das Angebot an. Hiermit wäre der private Teil abgehakt. Zeigen Sie mir die Häuser.«

Er marschiert zurück zu seinem Auto, öffnet die Beifahrertür und bückt sich ins Innere. Als er wieder auftaucht, hat er eine Dose Energydrink in der Hand und hält ihn in meine Richtung, woraufhin ich den Kopf schüttle und meinen Laptop aus meinem Beifahrerfußraum greife.

Ich gehe voraus zu dem hohen Tor und öffne es mit der Fernbedienung, wonach er mir wortlos bis zum Eingang folgt. Kaum habe ich die Haustür geöffnet, betritt er es und läuft, ohne auf mich zu warten, die Treppe hoch.

Er scheint etwas egozentrisch zu sein. Außerdem wirkt er arrogant. Nicht auf diese eingebildete Art, sondern als wäre er einfach so, weil er es sich erlauben kann. Vielleicht doch kein Snob, stattdessen nur über die Maßen selbstsicher. Ich folge ihm mit einigem Abstand, falls er Fragen haben sollte, und störe ihn sonst nicht.

Er schlendert durch alle Zimmer, nimmt gelegentlich einen Schluck von seinem Getränk, eine Hand dabei lässig in der Hosentasche, was mir einen Blick auf seinen Hintern ermöglicht. Nett. Wirklich ein netter Anblick. Ich glaube, er ist muskulös. Aber in Anzügen ist das immer schwerer erkennbar. Schlank kann man recht gut erkennen, da das Sakko tailliert geschnitten ist.

Ohne Vorwarnung dreht er sich zu mir um und ich sehe schnell weg, entdecke jedoch, wie er eine Augenbraue anhebt. Beim Abchecken erwischt. Tja.

Zügig gehe ich an ihm vorbei, öffne das Fenster des Schlafzimmers und zeige hinaus. »Von hier oben haben Sie einen schönen Ausblick auf Ihr Grundstück und ein klein wenig auf die Nachbarn.«

Er tritt neben mich, sieht mich an und sagt: »Ja, wirklich ein schöner Anblick.« Erst dann lässt er den Blick über das Grundstück schweifen. Hat der gerade mich gemeint?

Ich ziehe mein Pad aus der Tasche, zeige ihm eine Übersicht des Hauses und übernehme die Führung, wobei ich ihn zurück ins Erdgeschoss geleite. Ich präsentiere ihm das gigantische Wohnzimmer, den Keller mit kleinem Schwimmbad, finnischer Sauna und Party- sowie Fitnessraum.

Zum Schluss führe ich ihn in die mehr als großzügige Küche und frage: »Wie war Ihr Eindruck von dem Haus? Was hat Ihnen besonders gut gefallen und was gar nicht?«

Er lehnt sich an den Tresen und stellt seine Dose darauf ab. »Ja. Zimmer halt. Keine Ahnung. Es fällt mir schwer, mir das für mich vorzustellen, so leer.«

»Ja, das geht den meisten so. Sagen Sie mir, worauf Sie Wert legen. Ganz grob. Also nicht nur das, was der Makler weiß. Wie viele Zimmer und Lage, das habe ich alles bereits vorliegen. Schildern Sie mir Ihren Tagesablauf. Wo halten Sie sich überwiegend auf?«

»Ich brauche ein Schlafzimmer.«

Ich verkneife mir die Antwort, dass jeder ein Schlafzimmer braucht, und hake nach: »Groß und freizügig oder eher klein und gemütlich? Mögen Sie von der Sonne geweckt werden oder ist es Ihnen wichtig, dass dort absolute Stille herrscht? Solche Dinge interessieren mich und helfen mir weiter.«

»Freizügig hört sich gut an. Klar will ich mich gerne von der Sonne wecken lassen, aber meistens übernimmt das schon mein Wecker. Es darf auch gelegentlich laut werden in meinem Schlafzimmer.«

Ich bin mir nicht sicher, was ich davon halten soll. Sollte das ein Scherz sein? Er guckt immer noch so ernst. Ich versuche ihn aus der Reserve zu locken, indem ich Notizen mache und laut vor mir hersage: »Freizügig, Sonne und Straßenlärm. Alles klar. Mögen Sie mehr Autobahnrauschen oder Müllabfuhrgeräusche?«

Er legt seine Stirn in Falten. »Ich bin sicher, dass ich nichts von Straßenlärm erwähnte.«

»Gut. Anderer Schlafzimmerlärm. Spielende Kinder? Bellende

Hunde? Was bevorzugen Sie?«

Ich könnte mich irren, aber ich meine, ich sehe einen Mundwinkel zucken. Normalerweise bin ich nicht so frech gegenüber möglichen Kunden, doch er wirkt etwas undurchschaubar und ich wünsche mir eine echte Reaktion. Neugier, ein Lachen, auch ein bisschen Verärgerung geht. Ich würde ihn gerne einschätzen können. Er war doch vorhin schon so ruhig und unerschütterlich trotz des Unfalls. Normal ist das nicht. Außerdem hat er mich Furie genannt, da kann ich mir das erlauben meiner Meinung nach.

»Wäre beides super«, antwortet er ironisch.

»Schön. Dann weiter. Was ist Ihnen an einer Küche wichtig? Kochen Sie selbst oder werden Sie Angestellte dafür haben?«

»Ich brauche einen großen Kühlschrank, eine Bar und eine Mikrowelle. Ah, und diese Zettel der Lieferservices natürlich.«

Ich kann mir ein Schmunzeln nicht verkneifen. Ich werde eventuell eine Junggesellenbude für einen erwachsenen Mann einrichten müssen.

»Also werden Sie alleine hier wohnen?«

»Fragen Sie mich gerade, ob ich Single bin?«

»Aber selbstverständlich. Männer benötigen weniger Schuhschränke.«

»Dann planen Sie bitte eine Frau mit ein.«

»Das bedeutet, Sie sind kein Single?«, frage ich. Es ist wichtig, ob er allein wohnen wird oder der Geschmack einer zweiten Person eine Rolle spielt.

»Doch. Single mit vielen Schuhen.«

»Gut zu wissen. Was für Zimmer benötigen Sie noch? Sie wirken sportlich. Fitnessraum?«

»Auf jeden Fall. Ich brauche einen großen Kraftraum. Aber nicht im Keller wie hier. Ich will Tageslicht, wenn ich Sport mache.«

»Das ist tatsächlich nicht so üblich, aber kein Problem. Weitere Zimmerwünsche?«

»Ein Spielzimmer.«

Ich halte inne und sehe von meinem Pad auf, auf dem ich fleißig Notizen mache. »Sie meinen jetzt aber nicht *so* ein

Spielzimmer?«

»Ich kann diese Frage erst beantworten, wenn ich weiß, was für Sie *so* ein Spielzimmer bedeutet.«

»Na wie bei *Shades of Grey.* Aber auch das ist kein Problem. Zufällig habe ich Erfahrung mit der Ausstattung solcher Räume.«

»Ach echt?«, fragt er und schwingt sich auf die Küchenarbeitsplatte. Dort sitzt er und wirkt deplatziert. Männer in Anzügen sitzen doch nicht auf Küchenarbeitsplatten.

»Ja«, bestätige ich. Ist doch nichts dabei. Mein Talent ist in vielen Bereichen gefragt, nicht nur bei Privatpersonen.

»Bitte erzählen Sie mir von dieser *Erfahrung*.«

Er verschränkt seine Knöchel, als hätte er vor, länger sitzen zu bleiben. Ich bin gezwungen, noch weiter nach oben zu sehen, da er nun erhöht sitzt, damit ich ihm ins Gesicht blicken kann.

»Nein, Sie müssen Vertrauen in mich haben, dass ich mein Fach beherrsche.«

»Wie sollte ich Vertrauen haben? Sie besitzen noch nicht einmal eine richtige Homepage.«

»Das ist richtig.«

»Und das heutzutage. Welcher Dienstleister hat denn in dieser Zeit keine ordentliche Homepage?«

»Ich arbeite nur für ausgewählte Kundschaft. Als ich eine gewöhnliche Homepage hatte, kamen Anfragen von überall. Hier ein winziges Einfamilienhaus. Da eine kleine Firma, mittelständische Blumenläden. Es ist überaus anstrengend, ständig Absagen zu erteilen oder, wenn ich meinen Preis nenne, entsetzte Gesichter zu sehen. Deshalb habe ich mich darauf verlegt, nur noch auf Empfehlung zu setzen. Selbst da schaffe ich nicht alle Aufträge. Mein Ruf eilt mir voraus.«

»Hm.«

»Ich wurde Ihnen doch auch empfohlen, oder? Wer war es? Derjenige war sicher zufrieden mit mir. Möchten Sie Referenzen sehen? Ich habe alles auf meinem Laptop. Vorher-Nachher-Bilder, Zeitschriftenartikel, Auszeichnungen, Abschlüsse und Weiterbildungen.«

»Nein, brauche ich nicht, ich verlasse mich auf die

Empfehlung. Ich will die Geschichte trotzdem hören. Sehen Sie es als Referenz, die Sie mir vorlegen.«

»Ja, gut, wenn Ihnen das so wichtig erscheint. Ich sollte einen Auftrag für einen dementsprechenden Club übernehmen. Dagegen ist ein einzelnes Zimmer ein Kinderspiel.«

»Sie sind erfahren auf diesem Gebiet?«

»Nein. Das hindert mich allerdings nicht, einen solchen Auftrag umzusetzen. Ich lerne schnell und kann mich auf fast alles einstellen. Ich muss kein Autoverkäufer sein, um ein Autohaus zu gestalten.«

»Klingt einleuchtend. Wie stimmten Sie sich auf den Auftrag ein?«

»Durch Recherche natürlich.«

»In anderen Clubs«, stellt er fest.

»Auch.«

»Und hat es Ihnen dort gefallen?«

»Nicht gefallen hat mir, dass man dort nicht in Straßenkleidung reindarf.«

»Wie haben Sie darauf reagiert?«

»Ich bin selbstverständlich in angemessener Kleidung dorthin.«

Was antworte ich eigentlich auf die Fragen? Worauf soll das hinauslaufen? Will er so ein Zimmer? Oder sammelt er hier Kopfkinoprogramm?

»Und dann?«, drängt er weiter.

»Dann wurde ich rausgeworfen.«

»Wie haben Sie denn das geschafft?«

»Möglicherweise habe ich fotografiert.«

Seine Mundwinkel zucken wieder. Dieses Mal beide.

»Und anschließend haben Sie diese Clubs nachgestaltet?«

»Nein. So arbeite ich nicht. Ich mache doch nicht nach. Ich nahm die Inspiration, ließ mich vom Auftraggeber einweisen, was für Bereiche erwünscht sind, und erstellte ein Konzept.«

»Und nun gibt es einen BDSM-Club mit Ihrer Handschrift?«

»Nein. Ich bekam den Auftrag nicht.«

»Oh, warum?«

»Im Vorvertrag wurde das Budget auf Ohne-Limit festgelegt.

Also erarbeitete ich drei Konzepte, von denen alle drei restlos begeistert aufgenommen wurden. Aber selbst das günstigste sorgte für blasse Gesichter. Sie hatten die Kosten offensichtlich unterschätzt. Deshalb rechnete ich Arbeitszeit und Spesen ab und heute ist der Club schon wieder geschlossen. Schlechte Bewertungen wegen liebloser und langweiliger Einrichtung sowie mieser Qualität des Mobiliars. Tja, sag ich da nur.«

Er sieht auf den Boden, und ich glaube, er grinst. Das würde ich gerne sehen. Doch als er seinen Kopf wieder anhebt und mich ansieht, ist seine Miene ernst.

Da wir beim Thema sind, nutze ich die Chance und frage: »Ich nehme an, das passiert mir mit Ihnen nicht. Sie nennen mir Ihr Budget und ich werde alle Erwartungen erfüllen. Wenn wir schon über Geld sprechen: Hatten Sie sich bereits Gedanken über Ihr Budget gemacht? Meine Vergütung kennen Sie ...«

»Ich zahle mit Pfand«, unterbricht er mich und reicht mir, ohne die Miene zu verziehen, die leere Dose Energydrink, die er auf dem Tresen abgestellt hatte.

»Das genügt nicht einmal für das *H* in *Hallo* zur Begrüßung. Tut mir leid«, kontere ich lachend.

»Sie sagten aber gar nicht *Hallo* zu mir. Wehe, das taucht in meiner Rechnung auf. Darüber hinaus bin ich der glückliche Eigentümer von mehr Pfanddosen. Zum Beispiel im Auto. Oder Sie kommen mit zu mir.«

»Sie wollen mich mit Pfanddosen zu sich locken?«

Er beugt sich mir ein wenig entgegen, sieht mir in die Augen, und seine Stimme wird noch etwas tiefer, als er mir zuraunt: »Sie kommen sicher freiwillig mit.«

»Sie sind ja selbstbewusst«, stelle ich mit einem falschen Lächeln fest. Diese Art der Betonung kann einem ganz schön unter die Haut gehen.

Er setzt sich wieder aufrecht hin und trommelt zweimal mit den Fingern auf die Theke, bevor er in einem nun völlig gleichgültigen Tonfall antwortet: »Aber sicher bin ich das. Sie werden sich doch höchstwahrscheinlich mein aktuelles Domizil ansehen wollen, um besser einschätzen zu können, was ich mag und welchen Stil ich pflege.«

»Das ist tatsächlich so«, gebe ich zu und ärgere mich über meine Antwort.

»Sehen Sie. Zurück zum Thema. Ich brauche ein anderes Spielzimmer. Zum Zocken. Auf Konsolen. Mit Billardtisch oder so was vielleicht noch. Kleine Bar, Sitzgelegenheiten. Ein Raum, in dem ich Zeit mit Freunden verbringen kann und auch alleine.«

Empört stemme ich meine Hände in die Seite. »Und warum lassen Sie mich diese Geschichte dann vorbeten? Sie haben mich reingelegt!«

»Ich fand sie interessant.« Zum ersten Mal erkenne ich den richtigen Ansatz eines Lächelns. Ich glaube, er belustigt sich darüber, dass ich empört bin. Oder er stellt sich mich gerade in der *angemessenen* Bekleidung vor, da dieser Lächeln-Ansatz ein wenig ordinär wirkt. Da bin ich aber selbst schuld. Was erzähle ich ihm das überhaupt?

Ich setze wieder mein professionelles Lächeln auf und fasse als Konter frech zusammen: »Gut. Kein Männerspielzimmer. Eins für Jungs.«

»Ja. Das ist der Vorteil, wenn man für seine sexuellen Vorlieben kein extra angefertigtes Zimmer benötigt. Mein *Männerspielzimmer* ist das ganze Haus. Ich beschränke mich doch nicht auf einen Raum. Planen Sie das ein.«

»Wie stellen Sie sich das Einplanen denn vor? Soll ich die Küchenarbeitsplatte auf Hüfthöhe einbauen lassen?«

»Ich darf voller Genugtuung feststellen: Sie sind tatsächlich kreativ.«

»Das bin ich. Ich glaube, dieses Haus ist nichts für Sie. Oder möchten Sie noch etwas sehen? Sonst würde ich Ihnen das nächste zeigen.«

»Wieso denken Sie das?«

»Es passt nicht zu Ihnen. Von den Proportionen. Vielleicht auch nur ein Gefühl.«

»Wenn Sie so ein *Gefühl* haben, dann sollten wir natürlich zum nächsten fahren.«

Er schwingt sich eleganter, als man es so einem großen Körper zutraut, vom Tresen, direkt vor mich. Einen Moment sieht er mich durch die Gläser seiner Brille an, und ich weiß nicht, ob das Licht darauf reflektiert oder seine Augen funkeln, bevor er eine Geste macht, dass ich vorausgehen soll.

Wir verlassen das Haus, ich verschließe sorgsam die Haustür und aktiviere das Sicherheitssystem, während er mit einem Tuch neben mir seine Brille poliert.

Vor dem Tor sehe ich auf mein Auto. Mist, ich kann ihn ja gar nicht mitnehmen. Ich nehme Kunden gerne mit von Haus zu Haus. Nicht, weil ich mit ihnen quatschen will, aber zwischen Haus eins und zwei liegt eine halbe Stunde Fahrt, und es ist anstrengend, darauf zu achten, ob der andere noch hinter einem ist.

Ich wende mich ihm zu und entschuldige mich: »Es tut mir leid. Ich hätte Sie gerne mitgenommen, doch ich denke, das klappt nicht.«

Er mustert meinen demolierten Lexus, danach sieht er mich an, als wäre ich nicht besonders klug, und lässt mich wissen: »Ein Japaner. Ich passe nicht in einen Japaner. Nicht ohne Haltungsschäden. Natürlich fahren Sie bei mir mit. Sie können sich von unterwegs einen Leihwagen organisieren.«

»Darum kümmere ich mich danach. Ich nehme ein Taxi, um zurück ins Büro zu kommen.«

»Worauf warten Sie dann noch? Husch, husch, steigen Sie schon ein«, sagt er und wedelt mit seiner Hand Richtung seines Wagens.

Husch, husch? Der hat sie doch nicht mehr alle! Egal. Ich rutsche auf den Beifahrerplatz und ja: schön geräumig dieses Auto. Ein Jaguar, wie ich dank des Bildschirmlogos feststelle, nachdem er auf dem Fahrersitz Platz genommen hat. Von außen konnte ich das nicht erkennen. Da waren keine Markensymbole angebracht. Einfach alles schwarz, samt Scheiben.

Ich sehe mich ein wenig um. Geschmackvolles Interieur. Der Wagen riecht gut, nach sauberem Auto, etwas Leder und einem Hauch Parfum. Das ist dann wohl er. Angenehm. Sehr angenehm. Der Wagen startet mit einem satten Geräusch und ich nicke anerkennend. Hört sich leistungsstark an.

»Gefällt Ihnen mein Auto oder warum nicken Sie?«

»Hat einen dicken Motor, kann das sein?«, frage ich. So spannend finde ich Autos nun auch nicht. Aber wenn er sie mag, sollte ich mich dem Gespräch nicht entziehen.

»Ja. 5 Liter-Maschine mit 550 PS. Automatikschaltung, da ich ja so *faul* bin.«

Meine Güte ist der nachtragend.

Er wirft einen übertriebenen Blick über seine Schulter, ob die Straße frei ist, als wollte er mich daran erinnern, dass man das macht, ehe er den Wagen losrollen lässt.

»Geben Sie die Adresse ins Navi ein.«

»Bitte«, ergänze ich. Bisschen Höflichkeit darf schon sein meiner Meinung nach.

»Sie machen das bestimmt ganz großartig.«

»Was?«, erwidere ich mit einem kleinen Lachen.

»Falls Sie denken, ich hätte nicht kapiert, dass Sie Höflichkeitserziehung bei mir versuchen, liegen Sie falsch«, erklärt er.

Kopfschüttelnd tippe ich die Adresse ein und sage anschließend: »Bitte schön.«

»Ganz herzlichen Dank«, erwidert er mit einem Hauch Spott.

Das kann ich auch: »Unglaublich gerne geschehen.«

»Wäre mir jederzeit wieder ein Vergnügen«, kommentiert er und trommelt mit den Fingern aufs Lenkrad.

»Ich stehe zur Verfügung.«

»Fünf von fünf Sternen für Sie.«

Ich beende das. Er hat echt auf alles eine Erwiderung. Da ich das lustig fand, man es bei ihm aber nicht bestimmen kann, ob es ihm ebenso so geht, wende ich den Kopf ab und sehe aus dem Beifahrerfenster, damit er nicht erkennt, dass mich das amüsiert.

Er lenkt den Wagen mit der rechten Hand, stützt seinen linken Arm ab und sieht zu mir rüber, weshalb ich ihm meine Aufmerksamkeit schenke.

»Sie wollen als Innenarchitektin für mich arbeiten, obwohl Sie vorhin etwas überzogen reagiert haben? Drei Sätze, um mich zu überzeugen, dass ich Sie trotzdem engagieren soll. Ich mag es eher unkompliziert.«

Ich blinzle ein paarmal. Was will er? In drei Sätzen? Normalerweise kommen die Kunden zu mir und ich wähle aus. Aber gut, so etwas packt meinen Ehrgeiz. Ich nehme mir ein paar Minuten zum Nachdenken und sehe dabei aus dem Beifahrerfenster.

»Gut«, sage ich schließlich und wende mich ihm mit dem Oberkörper zu. »Sie wirken wie ein Mann mit Geschmack und das ist meine Arbeit: exklusiver und einmaliger Geschmack, den Sie kaum woanders finden werden. Ich bin unkompliziert, und es ist einfach, mit mir zusammenzuarbeiten, da ich mich auf Sie einstelle, sei es von der Anzahl der Entscheidungen, die Sie selbst treffen, oder vom pünktlichen und leicht verständlichen Informationsfluss meinerseits oder auch Probleme, die ich beseitige, ohne Sie damit zu belästigen. Es gab noch nie jemanden, der nicht mit mir durch und durch zufrieden war, und das ist in meiner Branche nicht selbstverständlich. Ausreichend?«

»Ich könnte mich mit Ihnen streiten, ob an die ein oder andere Stelle nicht eher ein Punkt, statt ein Komma gepasst hätte und es damit mehr Sätze wären, aber ich lasse Ihnen das durchgehen.«

Der Kerl ist ein bisschen seltsam. Seltsam und gut aussehend, wie ich schon wieder feststellen muss, während ich ihn ansehe. An seiner Hand, die das Lenkrad umgreift, erkenne ich auf dem Handrücken ein Muster. Vorhin ist mir der Schatten bereits aufgefallen, doch jetzt erst wird mir klar, dass das ein Tattoo sein muss. Ein Flügel in Ketten. Die Kette scheint gerade gesprengt worden zu sein, denn fliegende Federn bedecken den Rest des Handrückens. Aha. Seriöser Anzug und ein Tattoo auf der Hand? Was für eine Mischung.

Ich muss unbedingt noch herausfinden, was er beruflich macht, aber zuerst fordere ich: »Sehr schön. Nun sind Sie dran: in drei Sätzen, warum ich für Sie arbeiten sollte.«

»Wie bitte?«, fragt er und sieht mich einen Moment mit zusammengekniffenen Augen an.

»Ich arbeite nicht für jeden. Das vorhin ist mir unangenehm

und ich möchte mir das auch nicht ewig von Ihnen vorhalten lassen. Es warten genügend Aufträge auf mich. Also? Drei Sätze *bitte*.«

Das Bitte betone ich besonders stark.

»Fuck«, murmelt er und bewegt seinen Kopf leicht in einer verneinenden Geste hin und her, bevor er normallaut fragt: »Ist das Ihr Ernst? Ich soll mich bei Ihnen bewerben?«

»Natürlich. Oder lässt Ihr Ego das nicht zu? Oder schlimmer: Sie sind dazu nicht in der Lage?«

Ein glühender Blick trifft mich, und er beschleunigt den Wagen abrupt, als wir auf die Schnellstraße auffahren.

»Ich bin zu ziemlich vielen Dingen in der Lage«, knurrt er.

»Dann ist das ja kein Problem. Nehmen Sie sich ruhig Zeit.«

»Für so etwas benötige ich keine Zeit. Worauf lässt sich Ihre Argumentation runterbrechen? Geschmack, Unkompliziertheit und zufriedene Kunden, nicht? Gut. Ich breche auf Herausforderung, Anspruch und ebenfalls Unkompliziertheit herunter.«

»Ich bin Ihnen nicht einmal ganze Sätze wert, soso«, schmunzle ich.

»Also nicht zufrieden?«

»Mit zufrieden begnüge ich mich nie. Ich will mindestens begeistert sein.«

»Dann passt das ja. Ich will immerhin minimum, dass Sie mich begeistern.«

»Das schaffe ich locker.«

»Wundervoll«, murmelt er.

»Was machen Sie beruflich?«, frage ich, um meine Neugier endlich zu befriedigen.

»Ich bin in der Immobilienbranche.«

»Aber nicht als Makler? Sonst müssten Sie bei der Kiste und Ihren Wohnvorstellungen mehr als grandios sein.«

»Investment. Kaufen und vermieten.«

»Deshalb findet man Sie nicht beim Googeln«, stelle ich fest.

»Wofür sollte man mich auch bei Google finden? Ich will da gar nicht gefunden werden. Mir ist meine Privatsphäre wichtig.«

»Also darf ich, falls Sie mich beauftragen, keine Bilder als Referenz nutzen?«

»Ihre Diskretion zahle ich bei Ihren Preisen sicher mit.«

»Selbstverständlich. Viele Kunden sind allerdings so stolz, dass sie sich darüber freuen.«

»Ich muss meine *Freude* nicht nach außen tragen und vor anderen damit angeben. Das habe ich nicht nötig.«

»Kein Problem«, antworte ich und wechsle das Thema: »Warum waren Sie denn vorhin eine halbe Stunde zu früh am Haus?«

»Mein vorheriger Termin war früher beendet als gedacht. Ich dachte, ich sehe mir die Umgebung an und führe ein paar Telefonate, bis mir Ihre Tür entgegensprang.«

»Können wir uns darauf einigen, wenn Sie mir den Auftrag geben und ich ihn annehme, dass wir das nie wieder erwähnen? Ich kümmere mich später um meinen Wagen und dann würde ich das gerne hinter mir lassen.«

Er nickt und schweigt. Ich schließe mich dem an und sehe der vorbeigleitenden Landschaft aus dem Beifahrerfenster zu.

Ohne Umschweife parkt er, nachdem wir das Ziel erreicht haben, direkt vor dem Tor des zweiten Hauses, und ich schnappe mir meine Laptoptasche, um voranzugehen.

Ich finde dieses Gebäude wunderschön. Alte rote Backsteine, jedoch mit großen Fenstern. Ein kleiner Garten davor, aber ein pflegeleichter Steingarten, unaufdringlich fürs Auge und leicht in mehr Parkplätze zu verwandeln.

Innen sind die Wände hässlich verputzt und teilweise mit dunklem Holz vertäfelt, doch ich weiß, dass auch hier die roten Backsteine freilegbar sind.

Es ist etwas heruntergekommen. Der Boden ist mit ehemals teuren, nun abgetretenen, italienischen Fliesen belegt, die Holztreppe hat sichtbare Gebrauchsspuren. Die Deckenhöhe ist angenehm. Sie ist höher als üblich, jedoch nicht so hoch, dass es ungemütlich wirkt. Die Küche ist in einem altbackenen Landhausstil, war aber damals vermutlich so teuer wie ein kleines Einfamilienhaus.

Er läuft durch die Räume, die alle abgenutzt und etwas

unmodern sind, und fragt mich nach dem Rundgang in einem ungläubigen Tonfall: »Sie denken ernsthaft, dass mir das besser gefällt als das andere?«

»Ja, kommen Sie mit«, fordere ich und öffne die große Glastür im Wohnzimmer zum Garten und nehme dort auf der Terrasse an einem der zurückgelassenen rostigen Gartenstühle Platz.

Es ist zwar frisch, aber die Sonne macht diese Terrasse zu einem gemütlichen Ort. Außerdem kann er so gleich den großzügigen Garten mit dem angrenzenden Waldstück bewundern.

Ich ziehe den Laptop aus meiner Tasche und stelle ihn auf dem passenden Tisch auf. Er bleibt neben mir stehen und ich zeige auf den Stuhl zu meiner Rechten. Als er sich immer noch nicht hinsetzt, blicke ich ihn an und hake nach: »Passen Sie etwa nicht auf den Stuhl so wie nicht in mein Auto?«

»Doch«, antwortet er zögerlich, woraufhin ich mich frage, worüber er nachdenkt.

»Was dann?«

»Nichts«, erwidert er, seufzt und legt sein Sakko ab, wirft es achtlos auf einen weiteren Stuhl und lässt sich neben mir nieder. Ich starte mein Arbeitsprogramm und beobachte dabei aus dem Augenwinkel, wie er die Manschettenknöpfe von seinem Hemd abnimmt, in die Hosentasche stopft und die Ärmel hochkrempelt.

Seine Arme scheinen komplett mit Tattoos bedeckt zu sein. Stylischer Anzug, Krawatte, Manschettenknöpfe und so viele Tattoos. Wie weit die wohl gehen? Sind das vielleicht Jugendsünden? Er faltet seine Hände und stützt seine Ellenbogen auf seinen Oberschenkeln ab, und mir fällt ein dicker schwerer Siegelring an seiner linken Hand auf.

Auf den ersten Blick wirkt er abgenutzt. Er trägt ihn vermutlich schon lange oder es ist ein Familienerbstück. An seinem Handgelenk protzt eine schwarze Tag Heuer Carrera, vermutlich hat sie das gleiche gekostet wie mein Wagen. Meine Kunden tragen meistens Uhren, für die man ein gehobenes Auto bekommen würde. Viele sammeln sogar Uhren, weshalb ich mir ein wenig Wissen dazu aneignete, um bei einem

Gespräch etwas beitragen zu können.

Ich konzentriere mich wieder auf den Bildschirm, da die Daten des Hauses geladen sind. Auf dem Display erscheint eine Ansicht des großen Wohnzimmers, dreh- und wendbar in alle Richtungen. Die Aufnahmen, die ich dafür benötige, fertigte ich schon vor dem Termin an. Perfekte Vorbereitung ist schließlich alles. Zumindest sehe ich das so. Das Haus gehört eigentlich noch ein wenig aufgehübscht, ehe man es Kunden zeigt. Da war jemand im Maklerbüro faul. Mit mir wäre das nicht passiert.

Er beugt sich etwas nach vorn und ich beginne die Show. Zuerst lege ich virtuell die alten Backsteinwände frei und ersetze die Fliesen mit einem dunklen Echtholzboden. Mit einem weiteren Klick wird aus der in viele Scheiben unterteilte Fensterfront eine einzige Glasfront. Neue Lampen lassen den Raum im wahrsten Sinne des Wortes in einem anderen Licht erstrahlen und ausladende Kunstdrucke an der Wand geben Farbe. Ich platziere in der Mitte eine einladende Couchlandschaft, blende kurz einen Teppich ein, jedoch gleich wieder aus. Plüschig passt nicht zu ihm.

»Vorhänge?«, fragt er.

»Brauchen Sie nicht. Erstens ist hinter dem Haus ein großes Grundstück, so wie Sie es sich wünschten. Dazu denke ich an verspiegelte Scheiben. Sie können nur von innen nach außen sehen. Nicht von außen nach innen. Das ist darüber hinaus energieeffizient. Aber natürlich sind auch Vorhänge möglich. Oder ein elektrisches Rollo. Steuerbar über Tasten oder App.«

»Hm«, brummt er nur und lehnt sich zurück. »Darf ich noch einmal den Grundriss des Kellers sehen?«

»Sicher«, bestätige ich und rufe ihn auf. »Diese und diese Wand«, sage ich und zeige mit der Maus darauf, »sind entfernbar.«

»Nein, ist gut. Ich kann mir schon eine Aufteilung der Räume vorstellen, wie sie jetzt sind.«

Ich erkläre ihm, wie ich das planen würde. Er zeigt auf einen der Kellerräume und sagt: »Einen Extraraum benötige ich noch. Den richte ich selbst ein, falls ich mich für das Haus entscheide. Der Alkoholbunker muss weg.«

»Sie meinen den Weinkeller?«
»Richtig. Ich brauche keinen. Ich investiere nicht in Wein.«
»Was planen Sie dort?«
»Das wird nicht Teil Ihres Auftrags sein.«
»Oh, doch ein BDSM-Zimmer?«, scherze ich.
»Das dürften Sie als Profi natürlich übernehmen. Sie erfahren es als Erste, sollte es jemals so weit kommen. Können Sie die Zauberei auch mit der Küche veranstalten?«
»Klar«, bestätige ich, rufe die Küchendatei auf und lasse vor seinen Augen eine erste Idee entstehen, wie ich mir das für ihn vorstellen könnte.
»Ist wie die Sims spielen, Ihr Programm.«
Der Vergleich bringt mich ein wenig zum Schmunzeln und ich gebe zu: »Ja, stimmt. Soll ich jemanden im Pool ertränken?«
»Wäre das möglich?«
»Es gibt in diesem Haus keinen Pool. Tut mir leid, ich habe zu viel versprochen.«
»Schade. Was ist mit dem Geld-Cheat?«
»Haben Sie das nötig? Können Sie sich mich überhaupt leisten?«
»Das letzte Mal fragte mich das eine Edelnutte.«
Ich sehe ihn an und wieder zucken seine Mundwinkel, dann lacht er los. »Sorry, das war vielleicht nicht so witzig, wie ich dachte.«
Sein Lachen ist herrlich erfrischend. Dieser raue, durch Mark und Bein gehende Ton lässt eine angenehme Gänsehaut in meinem Nacken entstehen.
»So, verraten Sie mir, warum Sie denken, dass ich dieses Haus besser finde als das andere. Das andere hat einen Pool, einen See hinterm Haus, ist nicht so herunterkommen und hat modernere elektronische Installationen.«
»Das hier ist ein wahres Schätzchen. Die Renovierung wird nicht teurer als die des anderen. Selbst wenn Sie sich ein intelligentes Haus wünschen. Das ist alles nur oberflächlich, und das andere ist zwar neuer, müsste Ihnen aber trotzdem angepasst werden. Die Bausubstanz ist erstklassig. Der See des anderen ist eher ein Nachteil, da es ein stehendes Gewässer ist

und Mücken im Sommer anlockt. Der Pool ist zu klein für Sie. Bis Sie die ersten Züge gemacht haben, schlagen Sie schon mit dem Kopf gegen den Beckenrand auf der anderen Seite.«

»Darf ich das dritte noch sehen?«, unterbricht er mich.

»Ich will ehrlich sein. Makler zeigen bei jedem Termin gerne drei Häuser. Billig, mittel, teuer. Oder perfekt, zu groß, zu klein. Die Maklerin dachte, Sie könnten sich in das erste verlieben. Doch ich denke, es ist das hier. Das dritte hat keine tolle Bausubstanz, ist langweilig und viel zu groß. Ich hätte Ihnen das gar nicht vorgeschlagen. Dieses hier ist zwar teurer als das erste, aber das Grundstück ist größer und schöner. Die Lage ist besser. Sie sind hier überall schneller, Autobahn, Flughafen, Bahnhof, Einkaufen. Dieses Haus ist eine echte Perle, auch wenn man das auf den ersten Blick nicht sieht. Nehmen Sie es. Sie werden es nicht bereuen.«

»Flammende Rede. Wollen Sie es vielleicht selbst kaufen?«

»Würde ich sofort. Ich liebe es schon, seit ich es das erste Mal sah. Ich muss allerdings erst ein paar weitere Häuser ausstatten, bevor ich mir so ein Schätzchen leisten kann. Nehmen Sie es. Ich hätte mir jemand anderen dafür vorgestellt, aber jetzt glaube ich, Sie wären perfekt für das Haus.«

»Ich wäre perfekt für das Haus? Ich suche ein Haus, das perfekt für mich ist.«

Da ich meine, mir einzubilden, dass er amüsiert klingt, antworte ich mit einem Zwinkern: »Ich mag das Haus und möchte, dass es glücklich wird.«

»Unübersehbar.«

Er zieht nachdenklich seine Brauen zusammen und mustert mich dabei, als würde ich ihm Informationen vorenthalten.

»Benötigen Sie weitere Argumente oder Auskünfte? Ich kann Ihnen das dritte Haus trotzdem zeigen, wenn Sie mögen.«

»Ich denke nur darüber nach, ob ich riskieren sollte, ausgerechnet Sie zu beauftragen.«

»Sie denken falsch. Das ist kein Risiko.«

Abrupt steht er auf. »Ich überlege mir das. Rufen Sie sich Ihr Taxi, ich sehe mich so lange noch einmal um.«

Ich klappe meinen Laptop zu und schiebe ihn zurück in die

Tasche, wobei er einfach sitzen bleibt, sich etwas zurücklehnt und seine Knöchel bei neben dem Tisch ausgestreckten Beinen überkreuzt. Aus diesem Grund betrete ich zum Telefonieren das Gebäude, und nachdem ich weiß, dass ich mich zehn bis fünfzehn Minuten gedulden muss, möchte ich ihm Bescheid geben, dass er jederzeit gehen kann. Wenn er fertig ist, muss er nicht auf mich warten.

An der Tür nach draußen halte ich inne. Da steht er am Ende der Terrasse und scheint auf das Wäldchen hinter dem Haus zu starren. Beide Hände hat er in den Taschen und seine dunkel tätowierten Arme heben sich als scharfer Kontrast zu seinem weißen, edlen Hemd ab.

Er steht einfach nur da und strahlt eine ungeheure Gelassenheit aus, deren Aura weit um ihn herum spürbar ist. Ein seltsamer Mann. Ein seltsamer Mann mit knackigem Hintern.

Ich höre ihn seufzen, und er fährt sich mit einer Hand durch die Haare, woraufhin er sich umdreht.

»Mein Taxi kommt in ein paar Minuten. Darf ich Ihnen so lange noch etwas zeigen?«

Erst als ich spreche, scheint er mich richtig wahrzunehmen, wie ich da in der Tür stehe, schaut mich an und schenkt mir ein echtes, nachdenkliches Lächeln. Meine Güte, sieht der Mann hinreißend aus, wenn er lächelt.

»Lassen Sie uns gehen«, bestimmt er und bringt mir meine Laptoptasche von dem Tisch mit, auf dem ich sie liegen ließ.

Ich verschließe das Tor, wobei er neben mir stehen bleibt und ich ihm deshalb mitteile: »Sie müssen nicht mit mir warten.«

Er wendet mir den Oberkörper zu und sagt: »Dann melde ich mich, sobald ich mich entschieden habe. Bezüglich des Hauses und Ihres Auftrags.«

»Ja, sehr gerne. Wenn Sie mehr sehen wollen, lassen Sie es mich wissen. Wir finden das perfekte Heim für Sie.«

»Vorerst nicht nötig«, antwortet er mit einer Auflockerung seiner Miene, die das Andeuten eines weiteren Lächelns sein könnte. »Oh, ich vergaß, ich muss mich nicht nur für Sie entscheiden, sondern Sie sich auch für mich. Würden Sie einen

Auftrag von mir annehmen, auch wenn ich nicht direkt zusage?«

»Ja«, antworte ich sofort. Ich dachte schon gar nicht darüber nach, ihn abzulehnen. Eigentlich finde ich es sogar nett, dass er sich an meine Klarstellung bei seiner Forderung nach einer Drei-Satz-*Bewerbung* erinnert, ihn ebenfalls ablehnen zu können. »Sehr gerne sogar.«

Er streckt mir die Hand hin. »Das ist schön. Bis bald, Lara Walker.«

Ich nehme seine Hand an. Natürlich tue ich das. Ich mag, wie meine nahezu in seiner verschwindet. Sie fühlt sich so angenehm an, als hätte er die Macht, diese Gelassenheit, die er ausstrahlt, damit auf einen zu übertragen. »Bis bald, Francis Hunter.«

Dieses Mal lässt er meine Hand nicht mehr los. Er schüttelt sie nicht, hält sie einfach nur fest. Wenn ich ehrlich bin, stört mich das gar nicht. Ich hatte vorhin nicht gelogen, sein Händedruck ist perfekt und es ist eine angenehme Berührung. Fast zu angenehm.

Da er sie immer noch fest umschlossen hält, merke ich an: »Dieses Mal halten Sie meine Hand aber ganz schön lange.«

»Ich wollte nur ausprobieren, ob ich auch etwas über Sie herausfinden kann.« Er zieht mich an der Hand einen Schritt nach vorn und sieht mich von oben herab an. »Nein. Ich finde so nichts heraus. Vielleicht können Sie mir das beibringen.«

»Nein. Berufsgeheimnis, sagte ich doch bereits.«

»Dann nicht«, erwidert er, lässt mich los und geht Richtung Auto. Er öffnet die Fahrertür, dreht sich noch einmal um und fragt mich über die Schulter: »Gehen Sie mit mir aus? Essen?«

»Ich verabrede mich nicht mit potentiellen Auftraggebern. Tut mir leid.«

»Verstehe. Können Sie in diesem Fall bis zum Ende der Woche fertig sein?«

Er macht doch schon wieder Scherze. Ich traf noch nie jemanden, der mit so ernstem Gesicht solche Dinge von sich gibt.

»Mal davon abgesehen, dass Sie sich bis jetzt für kein Haus

entschieden haben, schaffe ich es, Ihnen bis zum Ende der Woche bestenfalls ein schönes Zelt fertig zu machen.«

»Sind Geschäftsessen drin?«

»Sicher.«

»Ich rufe Sie an, wenn ich mich entschieden habe, wie ich vorgehen möchte.«

»Das sagten Sie bereits.«

Er dreht sich um, streckt beim Einsteigen den linken Arm hoch und legt Daumen und Zeigefinger zusammen als Okay-Zeichen.

Er fährt nicht weg. Erst als ich auf den Rücksitz des Taxis rutsche, startet er seinen Wagen.

Ein verwirrender Mann.

War das sein Ernst mit der Verabredung?

Du hast mich überzeugt.

Francis

Warum um alles in der Welt habe ich diese Innenarchitektin gefragt, ob sie mit mir ausgeht? Das ist doch Bullshit.

Ich will mich nicht mit einer Frau kindisch verabreden. Das Ergebnis ist immer das gleiche: Enttäuschung.

Mit Frauen essen gehen ist sinnlos. Entweder langweilt sie einen schon beim Essen so sehr, dass man nicht einmal mehr Bock hat, sie zu vögeln, oder sie ist unterhaltsam und dann langweilt man sich im Bett. Trifft man eine, die bei beidem akzeptabel ist, und verabredet sich öfter mit ihr, hat man sie an der Backe und sie stellen Ansprüche. Mal soll man irgendwelche dämlichen Erwartung erfüllen, die Hollywoodkitschfilme vorbeten oder man darf sie aushalten.

Ich erfülle keine Klischees, bin kein Mann, der sich gut anpasst, was anscheinend dazu führt, dass die wenigen Frauen, die nicht sofort von mir eingeschüchtert sind, sich eher an meinem Geld als meinem Charakter aufgeilen. Aber selbst die würden wahrscheinlich schreiend davonlaufen, wenn sie meine andere Seite kennenlernen. Die Frauen, die meine andere Seite mögen, passen wiederum nicht in mein Alltagsleben. Ich bin offensichtlich viel zu kompliziert für die Frauenwelt. Nein, die Frauenwelt ist zu kompliziert für mich.

Ach, was weiß ich schon. Ich mag keine Enttäuschungen mehr erleben. Wenn ich Gesellschaft will, halte ich mich an meine Freunde, und wenn ich Lust habe, bezahle ich für deren Befriedigung.

Prostituierte wollen keine Diamanten, sondern erwarten Höflichkeit und dass man bezahlt, was sie für angemessen halten. Danach ist man sie los. Man bekommt genau, was man will von einem Gegenüber, das auf Augenhöhe ein Geschäft mit einem abschließt. Ficken ist Business. Das war doch schon immer so.

Ich bin mir sicher, wenn mehr Männer wüssten, wie klug, lustig und unkompliziert Sexarbeiterinnen sein könnten, würden weniger Männer versuchen, in Apps, Clubs oder sonst wo Frauen für eine Nacht aufzureißen. Dieser Affentanz ist so nervig.

Was denke ich überhaupt über Nutten und Aufrisse nach?

Nur wegen dieser Innenarchitektin. Die Porno-Prinzessin.

Das war das Erste, was mir in den Sinn kam, als sie wie ein Racheengel aus ihrem Auto stieg und mit zornigem Blick auf mich zustürmte. So sah sie irgendwie aus. Diese langen blonden, leicht gewellten Haare, markante und doch edle Gesichtszüge. Das hatte was von Prinzessin, von wütender, selbstbewusster Prinzessin, wie sie da vor mir stand und mit diesen königsblauen Augen Zornesblitze auf mich schoss.

Ihr Businesslook dazu sah aus, als wäre sie auf dem Weg zu einem Pornodreh, bei dem sie die strippende Sekretärin spielt. Als sie so aufgeregt mit ihren Armen vor mir herumfuchtelte, sind mir fast ihre Titten ins Gesicht gehüpft. Das war schon nahe an sexueller Belästigung, auch wenn sie hochgeschlossen gekleidet war. Was nicht im Mindesten darüber hinweggeholfen hat, dass sie aussah, als wäre sie auf dem Weg zu dem Dreh des Sekretärinnen-Pornos.

Das war es aber nicht, was mich an ihr angemacht hat – schöne Frauen kenne ich schließlich zur Genüge –, doch wie sie mich angegangen hat, ohne nur im Geringsten von mir eingeschüchtert zu sein, das war scharf. Sie ist noch nicht einmal zurückgewichen vor mir. Das hat mich heiß gemacht, dieses überschäumende Temperament. Am liebsten hätte ich sie gegen mein Auto gedrückt und ihr ins Ohr geflüstert, was ich mit aufmüpfigen Porno-Prinzessinnen gerne tun würde.

Dann ging das in einer Tour weiter: Sie hält meine Hand so lange und auf eine merkwürdige Art fest, dass mich das kribbelig macht, starrt mir auf den Hintern und setzt mir Bilder in den Kopf, wie sie in heißer Wäsche durch einen BDSM-Club stolziert wie eine Domina.

Was tragen Porno-Prinzessinnen für Unterwäsche?

Arrrgh. Elendes Kopfkino. Diese Pornogedanken sind noch mein Untergang. Ich drücke meinen in der Hose drückenden Schwanz zurecht. Herrje, ich habe sie nicht einmal nackt gesehen oder angefasst, und sie macht mich geil, wenn ich nur an sie denke.

Lara. Allein der Name hört sich doch nach Porno an!

Wie sie mich in meinem Auto herausgefordert hat, dass ich mich bei ihr bewerben solle …

SCHLUSS JETZT!

Ich bin froh, dass sie mir nicht ansehen kann, was in meinem Kopf vor sich geht. Sonst wäre sie sicher nicht so erpicht darauf, den Auftrag zu bekommen, nach dem unglücklichen ersten *Zusammenstoß*.

Keine Ahnung, warum ich für heute einen Termin für ein Geschäftsessen mit ihr vereinbarte. Ich hätte ihr meine Entscheidung auch am Telefon mitteilen können und …

Meine Gedanken werden von einem eingehenden Anruf unterbrochen. David. Mitten am Tag. Muss der nicht über sein Videospielimperium herrschen?

Ich drücke am Lenkrad die Taste, um das Gespräch anzunehmen, und seine Stimme ertönt im Innenraum meines Wagens: »Kuchen oder Lollis?«

»Bitte?«

»Ich fragte: Kuchen oder Lollis. Ganz aus dem Bauch heraus.«

Lachend antworte ich: »Steak. Fuck, David, was willst du?«

Er stöhnt.

»Warum willst du das wissen?«

Noch ein Stöhnen. »Für ein Spiel natürlich. Eins davon wird die Währung.«

»Die Währung?«, wiederhole ich fragend. Keine Ahnung, was der von mir will.

»Ja, genau: die Währung. Wir arbeiten an einem Spiel rund um Süßigkeiten. Münzen als Währung wäre nicht passend.«

»Dann Bonbons.«

»Super«, erwidert er trocken. »Danke, dass du die Auswahl von zwei auf drei erweitern möchtest. Du bist ein supertoller Freund. Ich dachte, ich rufe dich an, du sagst eins von beidem und ich nehme das. Zack: Entscheidung in unter zehn Sekunden und gleichzeitig hätte ich meinen freundschaftlichen Pflichtanruf bei dir erledigt. Du zerstörst meinen kompletten Tagesplan.«

»Ich lebe doch gerne damit, dein Sündenbock zu sein.«

»Gut, dann bringe als Entschuldigung zu deinem nächsten Besuch Kuchen mit.«

»ICH soll Kuchen mit zu DIR bringen? Kuchen?«

»Da siehst du mal, wie sich so ein Spiel auf meine Gelüste auswirkt.«

»Habt ihr nicht auch eine Mafia-Wirtschaftssimulation samt Rotlichtmilieu? Was passiert mit deinen *Gelüsten*, wenn du darüber Entscheidungen triffst? Ach, vergiss das. Ich will das nicht wissen. Demnächst wollte ich aber tatsächlich bei dir vorbeikommen. Lass deine Hanna einen Kuchen backen, wenn du unbedingt Kaffeekränzchen mit mir halten willst.«

»Honey? Honey soll Kuchen backen?«, erwidert er lachend. »Ich weiß nicht einmal, ob sie das kann.«

»Wieso weißt du nicht über die Frau, mit der du zusammenlebst, ob sie Kuchen backen kann? Hast du etwa ununterbrochen deinen Rührstab in ihrer Schüssel?«

»Ich stecke lieber meinen Rührstab in ihre Schüssel, statt über Backen und Kochen mit ihr zu sprechen. Wir haben da bessere Gesprächsthemen. Allerdings gehe ich nicht automatisch davon aus, dass sie diese Kunst nicht beherrscht, nur weil sie noch nie einen Kuchen gebacken hat oder davon erzählte. Aber vielleicht ist es auch besser so, dass sie das nie tut.«

»Wieso? Angeblich ist Backen ein total entspannendes Hobby.«

»Weil diese Frau bei zwei Dingen keine Selbstbeherrschung hat: bei Süßkram. Letztens kaufte sie sich so ein Teil, mit dem man Milchshakes machen kann, das lief im Dauerbetrieb.«

»Was ist das andere?«

»Was andere?«

»Du sagtest, bei zwei Dingen hat sie keine Selbstbeherrschung.«

»Ach so. Na, bei mir natürlich! Was sonst?«

»Ich hätte nicht fragen sollen …«, murmle ich und nehme das andere auf: »Wenn sie glücklich mit ihrer Milchshakemaschine ist, ist das doch schön. Solange sie dich nicht vernachlässigt, selbstverständlich. Wenn du mit dem Ding so hart in Konkurrenz stehst.«

»Nein. Dieser Nebenbuhler ist beseitigt. Eines Sonntagmorgens wachte ich auf und sie saß bei mir an der Bettkante mit dem Ding im Arm und starrte mich an. Bevor ich fragen konnte, was los ist, sagte sie: *Los, du musst das irgendwo verstecken, wo ich es niemals finde.*«

»Gruselig«, behaupte ich.

»Gruselig«, bestätigt er.

Dann lachen wir beide.

»Gut, ich muss weiter«, sagt er in leicht bedauerndem Tonfall. »Meeting. Da glotzt mich gerade mein PA an und wartet, dass ich mitkomme.«

»Alles klar. Bis bald.«

»Das hoffe ich.«

Anruf beendet.

Ich bin ein wenig neidisch auf David. So etwas, wie er es mit seiner Hanna hat, hätte ich auch gerne. Herrje, sogar Tom hat doch eine Frau gefunden, und das, obwohl er keine wollte. Es sei ihm gegönnt, es ist schön, dass er glücklich ist, aber wenn man das gleich zweimal vor der Nase hat, wird einem erst recht bewusst, dass man ungeliebt ist.

Ein Blick auf das Navi verrät mir, dass ich fast da bin. Fünf Minuten zu früh werde ich an diesem Restaurant eintreffen. Wie immer.

Die klein-große Innenarchitektin wollte, dass ich in ihr Büro komme. Pf. Ich bin Kunde, ich sage, wo wir uns treffen, deshalb gab ich ihr die Adresse des nächstbesten Restaurants vor.

So richtig schlau werde ich aus ihr nicht. Sie fährt hoch, bricht dann wieder in Begeisterungsstürme aus, wenn ihr was gefällt, und ist überhaupt so lebendig.

Ganz anders als diese kuschenden Dienstleister, die man sonst um sich hat. Ich weiß nicht einmal, ob das immer so ist, dass Dienstleister sich unterordnen, oder ob es an mir liegt.

Die meisten Menschen fühlen sich von mir eingeschüchtert. Ich bin groß, ein dunkler Typ, eigentlich sehe ich aus wie ein klassischer dunkelhaariger Bösewicht, der gegen den blonden Helden antritt. Meine stoische Miene tut ihr Übriges. Wenn ich ironisch werde, was ich mir leider manchmal nicht verkneifen kann, verunsichert das meinen Gegenüber meist noch weiter, weil sie es nicht einschätzen können, wie ich es meine.

Endlich angekommen und nicht mehr allein mit meinen Gedanken, parke ich auf dem restauranteigenen Parkplatz und steige aus. Wie ich es mir dachte: exakt fünf Minuten zu früh. Ich hasse Warten, aber das ist in mir drinnen.

Ich lehne mich an meinen Zweitwagen, damit ich hier draußen auf sie warten kann, doch schon im nächsten Wagen, der auf den Parkplatz rollt, erkenne ich sie hinter dem Steuer. Ich glaube, sie hat mich nicht bemerkt.

Wie kann man mich denn nicht bemerken? Großes Auto, großer Junge. Sie ist ganz schön unaufmerksam. Aber sonst hätte sie kaum die Tür ihres Wagens geöffnet, ohne vorher zu sehen, ob jemand kommt.

Ich frage mich, was ihr durch den Kopf geht, dass sie so wenig auf ihre Umgebung achtet. Sie parkt ein – unfallfrei wohlbemerkt –, überprüft ihr Aussehen im Spiegel und steigt endlich aus.

Erst sieht man nur Pumps, es folgen endlos lange Beine, anschließend der Rest. Sie wirft ihre blonden Haare über eine Schulter und hängt den Riemen einer eleganten Laptoptasche über die andere.

Ein Blick über den Parkplatz folgt, bis sie mich bemerkt, und ein erfreutes Lächeln legt sich auf ihre Lippen. Freut sie sich etwa, mich zu sehen? Das war nicht ihr professionelles Businesslächeln.

Wir laufen aufeinander zu, und ich reiche ihr die Hand, die sie sofort annimmt. Ich will die gar nicht mehr loslassen und würde gerne etwas ganzes anderes wissen: nämlich wie sie riecht unter dieser leichten Parfumnote, die sinnlich in meine Nase steigt.

Normalerweise mache ich das nicht bei Geschäftspartnern oder Dienstleistern, doch ich beuge den Kopf, damit ich einen Wangenkuss andeuten kann, um genau das unauffällig herauszufinden.

Sie dreht ruckartig den Kopf, und meine Lippen streifen ihren Mund, statt in der Nähe ihrer Wange zu landen.

Ups. Wir beide erstarren für einen Augenblick, treten gleichzeitig zurück, und wenn ich mich nicht irre, verirrt sich ein Hauch Röte auf ihren Wangen.

»Es erweckt den Anschein, als könnte das ein gutes Arbeitsessen werden«, reize ich sie ein wenig, ohne zu lächeln. »Beim ersten Treffen halten Sie mit mir Händchen, beim zweiten zwingen Sie mir einen Kuss auf. Was erwartet mich beim dritten?«

Sie scheint sich wieder gefangen zu haben, denn sie kontert frech: »Ein bisschen direkter flirten darf sein, möglicherweise steigen meine Chancen auf einen Auftrag von Ihnen.«

»Ach ja? Flirten ist erlaubt. Merke ich mir.«

»Bei hübschen Männern immer«, erwidert sie und zwinkert mir zu.

»Das ist ganz schön sexistisch«, lasse ich sie mit hochgezogener Augenbraue wissen.

»Da haben Sie recht«, seufzt sie. »Könnten Sie das ausnahmsweise für sich behalten, dass ich sexistisch bin? Vielleicht bekommen Sie Rabatt.«

»Als tüchtiger Geschäftsmann kann ich mir Rabatt natürlich nicht entgehen lassen. Ihr Geheimnis ist bei mir sicher.«

»Sehr großzügig. Wollen wir?«, fragt sie mit einem Lächeln und zeigt auf den Eingang des Restaurants. »Ich bin mehr als neugierig, was Sie beschlossen haben.«

Wir betreten gemeinsam das Gebäude, nehmen Platz und lassen uns die Karte reichen. Nachdem wir unsere Getränkewünsche durchgegeben haben, wendet sie sich mir zu. »Also? Wie haben Sie sich entschieden?«

»Sollen wir das nicht nach dem Essen besprechen?«

»Sie spannen mich auf die Folter. Kommen Sie schon, sagen Sie es mir.«

»Sie sind kein geduldiger Mensch.«

»Mag sein. Ich bin gerne informiert und beginne zu handeln. Das ist auch zu Ihrem Vorteil. Sie erhalten Informationen von mir unmittelbar und ich werde schnell Entscheidungen treffen. Vorausgesetzt, ich bekomme den Auftrag von Ihnen und Sie wählen nicht einen Konkurrenten. Ich weiß, dass Sie sich bei der Konkurrenz umschauten.«

»Sie sind gut informiert.«

»Immer«, sagt sie und schenkt mir ein weiteres süßes Lächeln.

Ihre blauen Augen mustern mich neugierig und ein klein wenig ungeduldig, was mich auf die Frage bringt: »Werden Sie denn die nötige Geduld haben, um mit mir zu arbeiten?«

»Mit meinen Kunden habe ich immer Geduld.«

Das nächste Lächeln. Ich sammle die ab sofort. Ich brauche nur noch ein Lächeln-Stickeralbum.

»Wundervoll, dann haben Sie diese auch jetzt.«

Wir werden von dem Kellner unterbrochen, der unsere Getränke bringt, und obwohl wir der Speisekarte bis hierhin keine Beachtung schenkten, wirft sie nur einen kurzen Blick hinein und entscheidet sich innerhalb von Sekunden für ein Gericht. Ich wähle einen leichten Salat. Richtig esse ich zu Hause, da ich auf den ersten Blick nichts sehe, was ich mag.

Kaum ist der Kellner weg, habe ich wieder ihre Aufmerksamkeit und sie hebt gespielt vorwurfsvoll den Finger. »Sie haben mich ausgetrickst mit Ihrer Geduld-Frage«, wirft sie mir lachend vor. »Doch es ist Ihre Entscheidung. Sie sind der Boss. Hoffe ich für mich. Ich will diesen Auftrag. Egal welches Haus.«

»Warum?«

»Davon lebe ich.«

»Ja, schon klar. Aber Sie bekommen viele Anfragen, sagten Sie. Sie behaupteten, auf meinen nicht angewiesen zu sein.«

»Stimmt, bin ich nicht. Ich würde gerne mit Ihnen arbeiten. Der Auftrag scheint mir interessant.«

»Ich sagte doch noch gar nicht, welches Haus ich will.«

»Das Haus ist auch nicht das Projekt. Sie sind es.«

»Ich?«

»Ja. Es dreht sich alles um Sie. Egal was Sie wählen. Ich muss Ihren Charakter darauf übertragen. Sodass Sie hinterher denken, Sie hätten es sich genau so erträumt oder es genau so selbst gewählt. Wenn Sie meine Erfahrung und mein Auge dafür hätten. Mit mir wird es ein Teil Ihrer Persönlichkeit sein. Ohne mich bleibt es nur ein Haus, das jemand einrichtet.«

»Lange Rede. Auswendig gelernt? Steht der Spruch irgendwo auf Ihrer Broschüre?«

Sie tippt sich auf die Brust. »Kommt alles direkt von hier drinnen.«

»Sicher«, antworte ich mit hochgezogener Augenbraue.

»Ich kann es schwören, wenn Sie mir sonst nicht glauben.«

Ich sage nichts dazu und sie offenbart: »Schade. Ich dachte, ich bringe Sie zum Lachen oder zumindest ein wenig zum Schmunzeln. Sie gucken immer so ernst.«

Ich ziehe ein paar Kreise mit meinem auf mein Gesicht deutenden Zeigefinger. »Das ist mein Gesicht. Das sieht so aus. Da müssen Sie sich mit abfinden, wenn Sie für mich arbeiten wollen.«

»Gibt schlimmere Gesichter«, erwidert sie und ihre Lippen kräuseln sich belustigt.

»Ich nehme das als Kompliment, auch wenn es keins ist.«

Unsere Bestellung wird gebracht und das Gespräch damit unterbrochen. Während des Essens schweigen wir, und ich habe das Gefühl, dass sie normalerweise dabei spricht. Ob sie da ein Feingefühl für hat? Ich rede nicht gerne zwischen den Bissen. Eine Sache nach der anderen. Wobei ich es mag, mich mit ihr zu unterhalten. Möglicherweise würde es mich bei ihr nicht einmal stören.

Ich widme mich meinem Salat. Er ist nicht besonders gut, zu ölig, zu salzig, nicht richtig knackig. Es war eine gute Entscheidung, lieber zu Hause zu essen. Sie konzentriert sich ebenfalls auf ihr Gericht. Irgendein Fisch mit Reis. Sieht trocken aus. Sie isst nicht mehr als die Hälfte und schiebt dann den Teller zur Seite.

»Nicht gut oder wollen Sie so dringend meine Entscheidung

hören?«

»Satt. Einfach nur satt«, behauptet sie, aber ich denke, das ist die Höflichkeit, da ich das Restaurant auswählte. »Darf ich es trotzdem erfahren?«

»Selbstverständlich. Nachtisch vorher?«, schlage ich vor, da ich genau erkenne, dass sie fast platzt vor Neugier. Sie kann nicht so gut ihre Emotionen verstecken.

»Nein«, antwortet sie und legt abwartend den Kopf schräg. Eine Strähne ihrs Haares rutscht in ihr Gesicht, verfängt sich in ihren langen Wimpern, und meine Hand zuckt, weil ich sie zur Seite schieben will.

Sie wischt sich mit den Fingerspitzen über die Stirn, um sie zurück an ihren Platz zu verweisen, und ich bemerke, dass ihr Nagellack auf den Lippenstift abgestimmt ist. Dann passt garantiert auch ihre Unterwäsche zusammen.

Da ich nicht über ihre Unterwäsche nachdenken will, spanne ich sie nicht länger auf die Folter und lasse sie wissen: »Ich will das Zweite.«

»Und?«

»Und ich will Sie.«

Sie quiekt und schlägt ihre Hände vor den Mund. »Entschuldigung. Ich freue mich nur so.« Sie reicht mir lächelnd ihre Hand über den Tisch und ich ergreife sie. »Danke für den Auftrag. Das Haus ist perfekt für Sie. Ich bin perfekt für Sie.«

Ich kann nicht anders, ich muss mitlächeln. Dieses unprofessionelle Geräusch, das ihr entwichen ist, dieser Ausdruck echter Freude, das steckt an.

»Möchten Sie, dass ich Sie besuche, damit ich einen Eindruck davon bekomme, wie Sie leben, oder werde ich auf diesem Weg nichts über Sie lernen?«

»Ich weiß es nicht, ehrlich gesagt.« Lernt man in meinem aktuellen Zuhause Dinge über mich? Ich ging davon aus, dass sie es sich ansehen will, wie ich lebe. Aber was sagt meine Wohnung über mich aus? »Entscheiden Sie, ob Sie etwas bei mir über mich lernen können.«

»Gut, wir machen einen Termin aus. Darf ich alles für den Kauf für Sie vorbereiten lassen?«

»Wenn Sie das können.«

»Nicht ganz. Ich teile nur dem Maklerbüro mit, an welchem Sie Interesse haben. Der restliche Papierkram wird von denen übernommen, da ich mit dem Kauf selbst nichts zu tun habe. Mit wem soll ich über den Umbau und die Einrichtung kommunizieren? Mit Ihnen persönlich, einem Angestellten? Mit wem arbeite ich zusammen?«

»Mit mir.«

Eigentlich wollte ich mich nicht um alles selbst kümmern, aber ich werde mir die Zeit nehmen. Es wäre schade, wenn ich mein Lächeln-Stickeralbum nicht voll bekomme.

»Schön. Ich werde so wenig wie möglich von Ihrer Zeit beanspruchen. Wobei das natürlich auch darauf ankommt, wie viele Entscheidungen Sie persönlich treffen möchten und wie viele Sie mir überlassen. Um das Team müssen Sie sich keine Sorgen machen. Ich arbeite nur mit den besten Architekten, Statikern und Handwerkern zusammen.«

Der Kellner, dem ich gewunken hatte, kommt an den Tisch und ich frage nach der Weinkarte.

»Weinkarte?«, fragt sie irritiert. »Nach dem Essen?«

»Für Sekt. Ich will mit Ihnen anstoßen, wenn Sie doch jetzt mir gehören. Oder zumindest Ihre Zeit.«

»Lassen Sie mich raten: Sie sehen sich nicht als Kunde, sondern als Chef.« Ein kleines halb unterdrücktes Lach-Schnauben folgt. »Kein Problem. Ich bin es gewohnt, dass meine Auftraggeber im Bossmodus sind. Tut mir leid, ich kann nicht mit Ihnen anstoßen. Ich muss fahren. Ich trinke keinen Schluck, wenn ich innerhalb einer Stunde fahren werde. Ich bringe gerne eine gute Flasche mit zu dem Termin bei Ihnen zu Hause, dann können wir das nachholen.«

»Und da müssen Sie nicht mehr fahren?«

»Ich bleibe über Nacht.«

»Sie bleiben über Nacht?«

»Oh, also nein, nicht falsch verstehen. Nicht bei Ihnen. Ich nehme mir ein nahe gelegenes Hotel. Normalerweise platzt mein Gehirn fast vor Ideen, wenn ich in der Wohnung eines Kunden war, und die muss ich gleich festhalten. Ich schließe mich meist für ein bis zwei Tage in einem Hotelzimmer ein und plane.«

»Verstehe«, sage ich, wende mich dem Kellner zu und lasse ihn leise wissen, was ich möchte.

Fünf Minuten später ist er mit zwei Sektgläsern mit Eis und dem gewünschten Getränk zurück.

An ihrem Gesicht kann ich genau erkennen, dass sie Alkohol in den Gläsern vermutet und denkt, ich werde mich darüber hinwegsetzen, dass sie nicht trinken will. Trotz des festgetackerten fröhlichen Gesichtsausdrucks ist die Genervtheit darin nicht zu übersehen.

Ich kann nicht widerstehen, ich muss sie provozieren, weil mir das Spaß macht bei ihr. »Kommen Sie schon. Nur ein Schluck. Das schadet ja nicht.« Bevor sie antwortet, hänge ich die Aufklärung an: »Sie halten mich nicht für einen netten Menschen. Das ist alkoholfrei.«

Sie greift nach ihrem Glas. »Tut mir leid. Vielleicht bin ich es nur gewohnt, dass meine verwöhnte Kundschaft zwar äußerst viel Wert auf meine Meinung legt, solange es mit meiner Arbeit zu tun hat, sich aber sonst gerne über meinen Willen hinwegsetzt.«

Wir halten beide unsere Gläser in der Hand und ich muss vor dem Anstoßen meine Neugier befriedigen. »Was hätten Sie getan, falls es doch Alkohol gewesen wäre?«

»Ich hätte angestoßen und das Glas nach einem höflichen Nippen zur Seite gestellt.«

»Und falls jemand auf das Austrinken besteht?«

»Dann lehne ich den Auftrag ab.«

»Konsequent«, stelle ich fest und hebe ihr mein Glas entgegen. Ich mag ihre Offenheit und Prinzipientreue.

Mit einem sanften Pling stößt sie ihr Glas gegen meins. »Auf Ihr neues Zuhause.«

»Auf gute Entscheidungen. Apropos. Würden Sie sich für das Du entscheiden, wenn ich es anbiete?«

»Aber sicher, Francis«, antwortet sie und will noch einmal anstoßen, doch ich ziehe meine Hand weg.

»Francis, ja?«, hake ich nach und überlege.

»Hast du mir nicht gerade das Du angeboten?«

»Bis auf meine Mutter nennt mich jeder Hunt.«

»Hunt als Abkürzung für deinen Nachnamen Hunter?«

»Ja, daher kommt das.«

»Hm, schade. Ich finde Francis angenehmer als Hunt, aber wenn das dein Wunsch ist …«

»Angenehmer? Ernsthaft? Francis hört sich nach einem eineinhalb Meter kleinen, blonden Typen mit Mittelscheitel an, der in seiner Freizeit Fliegen lebendig die Beine ausreißt, um seinen eigenen Namen damit zu legen.«

Sie lacht, schüttelt gleichzeitig ihren Kopf und lässt ihr Glas gegen meins schlagen. »Das war ein seltsamer, aber amüsanter Vergleich. Für mich hört sich Francis zwar nach einem über zwei Meter großen Mann mit fast schwarzen Haaren, dichtem Bartwuchs und düsterem Gesichtsausdruck an – oh, halt, das bist ja du. Zu mir darfst du Lara sagen. Ich komme damit klar, auch wenn es sich nach einer tollpatschigen Figur aus einem Kinderbuch anhört und ich mir mein halbes Leben wünschte, ich hätte einen ernst zu nehmenderen Namen bekommen.«

»Solange wir, außer unsere Namen, sonst keine Probleme haben, geht es uns gut, nicht?«, antworte ich und trinke mein Glas in einem Zug leer. Ich mochte dieses weiche Francis noch nie, schon zur Schulzeit nannte mich jeder Hunt, doch ich glaube, mich hätte es nicht gestört, wenn sie mich Francis nennt. Die Frau hat irgendetwas, wahrscheinlich würde es mich nicht einmal stören, wenn sie mich *Hey-du* nennt, insofern sie überhaupt mit mir spricht.

Sie nickt und nippt an ihrem Getränk. »Was ist das?«

»Ein Energydrink.«

Sie lacht laut. »Okay. Damit hatte ich noch nie angestoßen. Bist du süchtig nach dem Zeug? Das hast du bei der Besichtigung doch schon getrunken.«

»Ein wenig. Andere Leute trinken Kaffee, ich konsumiere das.«

»Egozentriker, hm?«

»Auf jeden Fall.«

Sie trinkt einen Schluck und fragt: »Ich habe meinen Laptop

dabei. Sollen wir gleich anfangen oder machen wir das bei dem Termin bei dir?«

»Bei mir.«

»Gut, dann fahre ich jetzt zurück ins Büro und teile deinem Makler mit, dass du das Haus willst, und leite alles in die Wege.«

Ich winke dem Kellner und verlange die Rechnung.

Sie sieht mich an, lächelt und sagt: »Ich freue mich.«

»Ich weiß.«

Ihre Augenbraue zuckt. Aha. Hat sich da jemand gerade ein Augenrollen verkniffen? Das finde ich lustig und verdrehe die Augen, woraufhin sie mich fragend mustert.

»Das wolltest du tun aufgrund meiner Antwort, oder?«

»Es kann doch unmöglich sein, dass du das erkannt hast«, stellt sie lachend fest. »Ich brauche dringend Unterricht in Undurchschaubarkeit bei dir.«

»Ich verweigere mich. Du wolltest mir das mit dem Händedruck auch nicht beibringen.«

Sie lächelt mich verschmitzt an. Mit einem einfachen *Ich weiß* habe ich ein Lachen und ein Lächeln kassiert. Hat sich gelohnt.

Der Kellner tritt mit der Rechnungsmappe an den Tisch und ich halte ihm meine Kreditkarte hin. Sie nimmt ihm die Karte aus der Hand, legt sie vor sich ab und zückt ihr Portemonnaie, um daraus eine Karte zu entnehmen und ihm diese zu reichen.

»Warum bezahlst du?«, frage ich, nachdem der Kellner damit verschwunden ist.

»Du bist mein Kunde. Selbstverständlich lade ich dich zu einem geschäftlichen Essen ein.«

Ich nicke nur. Sicherlich streite ich mich nicht darum, wer bezahlt, doch ich finde es gut, wie sie es macht. Sie diskutiert nicht oder macht ein Spielchen daraus, bei dem sie höflich nur so tut. Sie macht. Ich mag Macher.

Sie erhält ihre Kreditkarte zurück und reicht mir meine über den Tisch, ehe sie sich erhebt.

Draußen bleiben wir stehen und sie bietet mir die Hand an. Ich nehme sie noch nicht, sondern schlage vor, leider ohne mir ein Grinsen unterdrücken zu können: »Wir sollten uns vorher einigen. Bevor das wieder in einer Orgie endet.«

»Gut. Einen«, bestimmt sie energisch. Ich greife ihre Hand und beuge mich für einen Wangen-Luftkuss zu ihr runter. Ich mag ihr Parfum. Es riecht sommerlich, fröhlich und trotzdem elegant. Passt zu ihr.

Ich ziehe meinen Kopf zurück, lasse ihre Hand aber noch nicht los. Kurz überlege ich, sie nochmals nach einem Date zu fragen. Doch eine weitere Abfuhr verkrafte ich nicht. Deshalb entlasse ich sie und nicke ihr zu, ehe ich Richtung meines Autos gehe.

Ich fahre direkt hinter ihr von dem Parkplatz und frage mich, warum ein Teil von mir so unbedingt eine Verabredung mit ihr will.

Ihr Lachen hängt in meinem Ohr, der leichte Geruch nach Parfum in der Nase, das Gefühl ihrer Hand in meiner. Ist das diese Anziehungskraft? Und noch viel wichtiger: Geht das nur mir so oder ihr auch?

Ich kann Menschen eigentlich recht gut durchschauen, jedoch habe ich keine Ahnung mehr, woran man zwischenmenschliche Anziehungskraft erkennt, wenn beide sich zueinander hingezogen fühlen, außer es handelt sich dabei um Lust.

Woran haben David und Tom das erkannt? Wie wussten die, dass das eine gegenseitige Sache ist? Dass es mehr sein könnte?

Du bist heiß.

Lara

Ich bin wütend. So wütend, dass ich den Wodka aus der Zimmerbar über die Wunde an meinem Fuß kippe, statt mir Desinfektionsmittel für den Schnitt zu besorgen.

Ein Kunde hat mir abgesagt. So viel Arbeit hatte ich reingesteckt! Eine ganze Privatschule einrichten, samt Unterrichtsräumen und Unterkünften. Stundenlang hatte ich über die neusten Lehrmethoden geforscht und gemeinsam mit den Lehrern ein Konzept entwickelt. Tage, wenn nicht sogar Wochen habe ich investiert!

Dann sagen sie mir ab, weil es jemand billiger macht! Höchstwahrscheinlich nutzen sie auch noch meinen Rohentwurf. Ich hätte auf eine vorherige Unterschrift bestehen sollen. Es war dumm, zu vertrauen, dass ein Schuldirektor inklusive Verwaltungsrat sich an ihr Wort halten.

Und ich nenne mich Profi!

Dumm! So dumm!

Ich werfe wütend die Flasche gegen die Wand, während der Schnitt wie Höhle brennt. Diese prallt ebenso ab wie das Glas, das vorhin dagegen flog und mir den Schnitt verpasste, da ich beim Einsammeln der Scherben in eine hineintrat.

Auch so dumm!

Arrrgh!

Dazu der Ärger im Hinterkopf mit Pascal, meinem Assistenten. Den habe ich seit gefühlten Ewigkeiten. Der bekam den Job nicht nur, weil er kompetent ist, sondern darüber hinaus ein heißes Schnittchen. Bei der Einstellung hatte ich ihn klipp und klar gefragt, ob er bereit sei, seine Chefin zu vögeln, wenn ich die Chefin bin.

Der hat schneller genickt als ein Wackeldackel und mich so gierig angeguckt, als hätte ich ihm versprochen, dass er das

Gehalt eines Vorstandsvorsitzenden bekommt. War mir recht.

Damit das eine gefühlsmäßig distanzierte Sache bleibt, hatten wir den Deal, dass ich ihn dafür bezahle. Er lachte zwar anfangs darüber und beharrte darauf, dass er das umsonst mache, aber das war meine Barriere, die ich brauchte.

Jedes Mal, wenn ich Bock auf einen Kerl hatte, wedelte ich mit einem Hunderter und fragte, ob er sich was verdienen will, und dann vögelte er mich schneller auf meinem Schreibtisch, als ich *ausziehen* befehlen konnte.

Gestern eröffnete er mir, als ich mich auf den Weg hierher machte, dass er nun fest vergeben sei und treu sein will. Da er meine gelegentlichen Ausraster kennt, warf er mir eine Kündigung hin und flüchtete nach draußen.

Erst wollte ich sie zerreißen, ihm eine Kündigung von mir auf den Tisch knallen und ihm den Auftrag geben, dass er einen Nachfolger finden muss. Doch zum Glück wurde mir klar, dass das nicht nur unfair, sondern auch dämlich ist. Pascal ist eine treue Seele, hinter mir wie ein Schatten und vermutlich bekomme ich nie wieder jemand so Verlässlichen.

Trotzdem musste ich mich unglaublich zusammennehmen, damit ich ihn überzeugt bekam, dass er ungeachtet dessen für mich arbeiten kann und ich ihn nicht belästigen werde oder deshalb wütend bin.

Am meisten ärgert mich im Moment, dass ich so geladen zu dem Termin mit Francis gehe. Hätte ich die E-Mails nur erst später abgearbeitet.

Ich klebe ein Pflaster über den Schnitt und schlüpfe in meine Pumps, wonach ich mich auf den Weg mache. Mein Hotel liegt nur zehn Gehminuten von Francis' Wohnung entfernt. Ein Appartement mitten in der Stadt.

Vielleicht hat er vom Stadtleben die Nase voll und will deshalb ein Haus in einer eher ruhigen Gegend.

Der Fußmarsch entspannt mich etwas, auch wenn der Schnitt schmerzt. Ich schreite zügig aus und merke, wie die Wut und der Frust langsam abfallen. Das ist gut. Ich brauche meine Konzentration für diesen Mann, dem ich sein neues Heim gestalten werde.

Pünktlich bin ich da und melde mich beim Portier in dieser Eingangs-Marmor-Hölle an. Ich finde Marmor so was von out. Da kann das noch so beliebt sein, da teuer und langlebig.

»Sie dürfen. Betreten Sie den Fahrstuhl. Ich lasse Sie in seinem Stockwerk raus«, unterbricht der Portier meine abfälligen Gedanken über Hochglanzmarmor.

Die Wohnung ist recht weit oben und die leise Musik im Fahrstuhl, die beruhigend wirken soll, macht mich stattdessen ungeduldig. Man bekommt kein Schleudertrauma, wenn die Aufzüge etwas zügiger fahren.

Wenigstens muss ich nicht vor seiner Tür warten, die öffnet sich nämlich in dem Moment, in dem ich vor ihr stehe. Aber statt Francis Hunter habe ich eine nackte, nasse Brust direkt vor mir. Komplett tätowiert. Der ganze Oberkörper und die Arme sind von Tattoos bedeckt.

»Lara. Guten Morgen.«

Doch Francis Hunter. Ich sehe nach oben in sein Gesicht. Er wirkt überrascht. Hat er etwa vergessen, dass wir verabredet sind? Dabei hatte ich den Termin gestern extra noch einmal bestätigt. Er trägt seine Brille nicht, und ich glaube, das Nasse ist kein Wasser, sondern Schweiß. Er war vermutlich beim Sport. Oben ohne. Heiß.

Meine Hand hebt sich wie von allein, und kurz bevor ich ihn anfasse, bemerke ich, was ich da tue, und ziehe sie schnell zurück. Ach du Scheiße.

Leider bekomme ich mit, wie er das gesehen hat und skeptisch eine Augenbraue anhebt. Das ist nicht mein Tag. So ganz und gar nicht.

Um meine Verlegenheit zu überspielen, begrüße ich ihn betont fröhlich: »Guten Morgen, Hunt. Wir sind verabredet.«

Er wirft einen verwirrten Blick auf die Uhr. »Um 9 Uhr.«

»Richtig.«

»Es ist 8 Uhr.«

»Was?« Schnell sehe ich auf meine Uhr und ja: Er hat recht. Gibt es doch nicht! Vor lauter Ärgern!

»Oh. Entschuldige. Ich habe mich vertan. Wie unangenehm. Ich komme später wieder.«

Mehrere Schweißperlen laufen über seine Schläfe und er wischt sie mit dem Handrücken weg. Seine Oberlippe zuckt, und ich frage mich, ob er lächeln wollte, es aber im letzten Moment gelassen hat.

»Nein. Kein Problem. Komm rein. Ich bin gerade fertig geworden und wollte sowieso unter die Dusche.«

Er tritt einen Schritt zurück, und ich muss mich echt zusammenreißen, ihn nicht anzustarren.

Hilfe, sieht der gut aus unter seinem Anzug. Klar definierte Brust, kräftige Oberarme, Sixpack, V-Leiste, alles, was dazugehört. Tätowierte Männer haben mich bis jetzt noch nie angezogen, doch er ähnelt einem Kunstwerk auf zwei Beinen. Schweiß läuft zwischen seinen Brustmuskeln nach unten Richtung Bauch und er wischt ihn mit einer unbewussten Bewegung weg. Sehr sexy.

Er schaut auf seine Hand, auf mich und zuckt mit den Schultern. »Ich gebe dir später die Hand. Komm mit.«

Ich folge ihm nach drinnen in ein gigantisches Wohnzimmer, das sich direkt hinter der Eingangstür verbirgt. Es sieht aus wie aus einer Schöner-Wohnung-Zeitschrift für Besserverdiener. Schwarzer Marmorfußboden. Überhaupt ist alles in Schwarz, Weiß und Chrom gehalten. Geschmackvoll, edel, jedoch gleichzeitig kalt und unpersönlich.

Er zeigt auf die weiße Riesencouch und sagt: »Nimm Platz.«

Wie angewiesen tue ich das und ziehe mein Pad aus der Tasche. Etwas irritiert frage ich, als er vor der Couch stehen bleibt: »Wolltest du nicht duschen?«

Der soll mir nur nicht die ganze Zeit seinen Traumkörper unter die Nase reiben.

»Ja, werde ich auch. Aber ich muss noch ein paar Minuten ausschwitzen. Sonst schwitze ich nach der Dusche direkt weiter. Leg los.«

»Wie du magst. Ich beginne mit Entscheidungsfragen. Marmor oder Holz?«

»Holz.«

»Hell oder dunkel?«

»Dunkel.«

»Gemütlich oder minimalistisch?«
»Minimalistisch.«
»Kochen oder Essen?«
»Essen.«
»Normale Uhr oder Smartwatch?«
»Zielt die Frage darauf ab, ob ich elektronischen Schnickschnack im Haus will? Das will ich nämlich.«
»Nein, ob du ein klassischer oder trendiger Typ bist.«
»Beides.«
»Alles klar«, erwidere ich lachend.
»Pur oder gemischt?«
»Pur.«
»Feuer oder Taschenlampe?«
»Feuer.«
»Baden oder Duschen?«
»Duschen. Hu. Wie viele kommen noch davon? Ich denke, wir machen bei diesem Stichwort die Duschpause. Du kannst dich gerne so lange umsehen. Wenn du die Küche findest, nimm dir etwas zu trinken.«

Er verschwindet durch eine Tür und ich sehe mich in seinem Wohnzimmer um. Hier sieht überhaupt gar nichts persönlich aus. Es stehen keine Bücher hier, keine Filme, keine Zeitschriften. Keine Socke steckt in den Sofaritzen, wie sie es bei mir manchmal tun. Keine privaten Bilder. Alles ist aufgeräumt und kein bisschen Staub. Es ist ungelogen ein toller Raum. Allein die Größe sorgt für ein Gefühl von Weitläufigkeit, Dekadenz und Sorglosigkeit. Trotzdem durch und durch seelenlos.

Nachdem ich mir ein paar Notizen gemacht habe, ziehe ich meinen Thriller aus der Laptoptasche und lese. Sicher laufe ich nicht allein in seiner Wohnung rum. Später stolpere ich aus Versehen in sein Badezimmer und muss mir das komplett nackte Traumkörper-Paket geben.

Er braucht nicht lange oder zumindest kommt mir das dank des Buchs nicht so vor. Als ich Schritte vernehme, packe ich es schnell weg und stutze. Er betritt das Zimmer mit einem Sakko über seinem Arm und er schließt gerade Manschettenknöpfe an den Ärmeln seines Hemdes.

»Musst du weg?«

»Nein, wieso?«, fragt er, ohne aufzusehen.

Ich mustere ihn. Er ist gekleidet, als hätte er einen wichtigen Termin bei einer Bank oder müsste den Posten des Vorstandsvorsitzenden einer Firma ausfüllen.

Nun sieht er mich an und wirft sich in einer eleganten Bewegung das Sakko über. Seine Haare sind noch feucht, aber gestylt. Sein Bart ist kürzer als eben und die Brille ist wieder an Ort und Stelle.

»Ich dachte nur, weil du so aufgebrezelt bist.«

Seine Augen wandern an sich selbst nach unten, als wüsste er nicht, was er trägt. »Aufgebrezelt?«

»Vergiss meine Bemerkung. Entschuldige.«

»Nein. Ich verstehe nur nicht. Ist es falsch, zu einem Termin angemessen gekleidet zu sein?«

»Was für einen Termin hast du denn?«

»Mit dir? Du bist doch auch anständig angezogen.«

»Ja, stimmt. Ich ging nur irgendwie davon aus, dass du, wie die meisten, zu Hause etwas lässiger gekleidet bist.«

»Daraus darf ich schließen, dass deine übliche Kundschaft daheim in Jogginghose rumläuft?«

Ich muss kurz lachen. Ich kann ihn mir so absolut gar nicht in Gammelklamotten vorstellen.

»So lustig?«, fragt er.

»Nein. Entschuldige.«

»Du entschuldigst dich zu oft. Ich hoffe, ich muss das nicht hören, wenn das Haus fertig ist.«

»O nein. Da sagst du nur solche Sachen wie: *Wahnsinn. Unfassbar. Als könntest du Gedanken lesen. Wenn ich das gewusst hätte. Was für eine tolle Idee.* Und noch viel mehr in diese Richtung.«

Er lässt sich auf der Couch nieder und öffnet dabei den Knopf des Sakkos, den er eben erst geschlossen hat. Er sitzt breitbeinig da und legt seine Arme auf der Lehne ab. Er sieht so unglaublich arrogant aus.

Vermutlich findet er das nicht ganz so witzig wie ich, denn

sein Gesicht hat wieder diese ausdruckslose Miene, die ihn selbstgefällig und ein bisschen wie ein snobistisches Arschloch wirken lässt.

»Verstehe. Lass uns weitermachen. Was willst du noch wissen?«

Ich fahre mit meinen Vergleichsfragen fort, um ein wenig über seine Persönlichkeit herauszufinden, und er beantwortet jede Frage wie aus der Pistole geschossen. Kein Zweifeln, kein Überlegen. Er trifft seine Entscheidung sofort. Sehr angenehm und ein weiterer Punkt, den ich auf meine Liste setzen kann.

Irgendwann unterbricht er mich. »Entschuldige nun du mich. Ich sehe, du hast dir nichts zu trinken genommen. So viel, wie du redest, bist du sicher durstig. Darf ich dir etwas anbieten?«

»Gerne.«

»Wasser oder Geschmack?«

Eigentlich wäre mir ein Kaffee recht, doch ich erinnere mich daran, dass er sagte, er trinke keinen, deshalb antworte ich: »Wasser bitte.«

Er erhebt sich, schließt erneut den Knopf seines Sakkos und verschwindet kurz. Zwei Minuten später ist er mit einem Glas Wasser für mich und einer Dose Energydrink für sich zurück.

Zum Setzen öffnet er wieder den Knopf und davon muss ich kichern. Dieses Knopf-Schließen-Knopf-Öffnen wirkt so, als wäre es ihm in Fleisch und Blut übergegangen, und seine Handbewegung hat eine gewisse lässige Eleganz, aber trotzdem ist das im eigenen Zuhause etwas lächerlich.

»Darf ich mitlachen?«

Oh, nun muss schnell was her. Ich kann ihm schlecht verraten, dass ich über ihn kichere. Überhaupt, dass ich kichere. Ich kichere doch nicht bei Kunden! Ich muss mich unbedingt zusammenreißen.

Mein Verstand kramt nach einer vernünftigen Begründung, bloß leider fällt mir nichts richtig Geistreiches ein. Deshalb behaupte ich: »Ich überlegte nur, wie viele Hotdogs du bei Ikea schaffst.«

»Ikea?«

»Klar. Oder was denkst du, wo ich die Möbel für dich

besorge?«

Ich lächle, damit er versteht, dass ich einen Witz mache, aber man erkennt in seinem Gesicht keine Regung, die mir einen Anhaltspunkt dazu geben könnte. Stattdessen fixiert er mich mit einem brennenden Blick auf eine so fragende Art, dass ich die Frage gerne kennen würde.

Langsam nimmt er einen Schluck aus seiner Dose und antwortet dann: »Gibt es dort nicht das Bett Gutvik? Das will ich. Außerdem verlange ich, dass du die Möbel eigenhändig aufbaust, einfach nur, um zu sehen, ob du das kannst.«

»Das war ein Kinderbett. Da brauchen wir zwei oder drei, damit du reinpasst.«

»Kinderbett? Übler Namensfail.«

»Es ist auch nicht mehr verfügbar. Die Matratze Hamarvik gibt es, glaube ich, noch. So wie die WC-Bürste Viren. Sie wäre dazu günstig. Da könntest du sparen. Als Deko empfehle ich übrigens die Vase Kagge. Die ist mundgeblasen.«

»Mundgeblasen«, wiederholt er. »Aha.«

»Falls du mit Menschen ins Gespräch kommen möchtest, kannst du ein gelbes Shirt tragen, wenn wir dort shoppen gehen.«

Er beißt sich kurz auf die Unterlippe, sieht mich genau drei Atemzüge an – ja, ich zähle mit –, bevor er fragt: »Hättest du einen weiteren Ikea-Spruch für mich?«

»Oh, warte. Einer wäre noch kostenlos dabei. Da du behauptet hattest, dass du Single wärst, könntest du dich in die Deko-Abteilung stellen. Angeblich nehmen Frauen dort alles mit.«

Er reibt seine Lippen gegeneinander, und seine Augen verengen sich für einen Augenblick, wobei er sich etwas in meine Richtung beugt und sagt: »Du wüsstest nun gerne, ob ich das witzig finde oder dich für absolut inkompetent halte?«

Selbstbewusst behaupte ich: »Sicherlich hast du einen wesentlich anspruchsvolleren Humor. Trotzdem erkennt man einwandfrei die Belustigung in deinem Gesicht, dass ich versuche, dir ein Lachen zu entlocken. Außerdem gehört das selbstverständlich zu meinem vorgefertigten Ablaufprotokoll, um herauszufinden, was für ein Mensch du bist.«

Er lehnt sich zurück und schüttelt den Kopf. »Nein. Völlig falsch.«

»Falsch?«, hake ich nach. Meint er, dass ich das nicht an seinem Gesicht erkennen kann? Das kann ich tatsächlich nicht. Er ist meistens undurchschaubar wie eine Betonwand.

Er starrt an mir vorbei und legt einen Knöchel auf das andere Knie. So schweigt er einen Moment und sieht mich anschließend durchdringend an.

Ich wüsste gerne, was er denkt, wenn er diese kleinen Pausen macht. Er hat bei meinen Entscheidungsfragen so schnell eine Wahl getroffen, ich kann mir nicht vorstellen, dass er so lange braucht, um eine Erwiderung zu finden. Es macht eher den Eindruck, als würden ihm Tausende Gedanken durch den Kopf rauschen, die ihn ablenken.

»Ja. Falsch. Mein Humor ist keinesfalls anspruchsvoll. Gehört das tatsächlich zu deinem Standardvorgehen? Sehr ungewöhnlich. Allein deine merkwürdigen Fragen. Keiner meiner Innenausstatter hat mich so etwas gefragt. Die warfen mir immer ein paar Konzepte zur Auswahl hin und ich zeigte mit dem Finger auf eins. Wenig später hatte ich eine Wohnung in diesem Stil.«

»Deshalb bin ich unter anderem auch so beliebt bei Privatpersonen. Ich vereinbare Dekadenz, Stil und Vorzeigbarkeit mit einem Zuhausegefühl. Bin ich dir zu aufdringlich, dann sag mir das. Ich möchte keine imaginären Grenzen übertreten. Aber ich kann dir versichern, dass ich absolut verschwiegen bin und alles mit dem Hintergedanken ist, dass du dein Haus liebst. Nur darum geht es. Du bekommst von mir ein echtes Zuhause, keinen Showroom.«

»Nein, alles ist in Ordnung. Ich war vorbereitet auf dein seltsames Vorgehen.«

»Wie denn das?«

»Von David.«

»David?«

»David Stone von MPE. Er hatte dich empfohlen.«

»Ach ja, ich erinnere mich. Das war ein toller Auftrag. Schade, dass ich nur ein Stockwerk seiner Firma bekam. Er hatte die Aufträge stockwerkweise verteilt.«

»Er behauptete, du warst die Beste, aber auch die Nervigste. Angeblich bist du den Mitarbeitern wie ein Hund hinterhergelaufen und hast sie eigenartige Sachen gefragt, mit ihnen die Pausen verbracht und beim Arbeiten zugesehen.«

»Mir war nicht bewusst, dass der Chef persönlich Acht darauf hatte.«

»Hatte er nicht. Es wurde ihm zugetragen, dass du dich seltsam benimmst, und deswegen hatte er dir jemanden zur Seite gestellt.«

»Ach, deshalb war das«, stelle ich lachend fest.

»Richtig. Er ließ sich von allem unterrichten, was du getan hast. Anscheinend hat deine Arbeit ihn begeistert.«

»Ehrlich? Er hörte sich nicht so an. Als er es sich ansah, sagte er nur: *Endlich fertig? Hat ja lange genug gedauert.*«

Francis lacht. Ich glaube, das war nicht beabsichtigt, aber von diesem rauen, unter die Haut kriechenden Geräusch wird mir ziemlich warm.

Er setzt wieder seine neutrale Bösewichtmiene auf und sagt: »Ich bin sehr gespannt, was du mir zauberst. Eigentlich kann ich es kaum abwarten, dass du fertig bist.«

Er stockt, als würde er gerne mehr loswerden, doch es kommt nichts weiter, weshalb ich mit einem Lächeln antworte: »Entschuldige, ich hänge noch am Lob von David Stone fest. Gib mir eine Minute, um das auszukosten und in mein kleines Innenarchitekten-Herz einzuschließen. Woher kennt ihr euch?«

»Er gehört zu meinem inneren Freundeskreis.«

»Oha, du bist mit dem Chef und Inhaber von MPE befreundet?«, rutscht mir raus und zugleich ärgere ich mich. Klar ist er mit solchen Leuten bekannt. »Nichts für ungut. Millionäre unter sich kennen sich. Ich wundere mich nur immer wieder, wer wen so kennt.«

»Und was ist mit dir? Kein Millionär? Nein, oder? Sonst würden wir uns ja anscheinend kennen«, erwidert er etwas ironisch.

»Noch nicht. Doch ich gedenke, wenn ich sterbe, mindestens

einen zweistelligen Millionenbetrag an eine wohltätige Stiftung zu vererben.«

»Nobler Gedanke. Wie geht es weiter?«

»Zeig mir deine Wohnung. Sag mir, was du magst und was du nicht magst.«

Er nickt und erhebt sich. Natürlich nicht, ohne den Knopf seines Sakkos erneut zu schließen. Aber dieses Mal kichere ich nicht, nur weil der Mann mich ein wenig irre macht.

Zuerst zeigt er mir die Küche. Alles schwarz und sieht aus wie neu. Das kenne ich schon von meinen Kunden. Selbst wenn sie kochen sollten, wird die Küche von Reinigungskräften danach wieder in einen Zustand wie in einer Möbelausstellung gebracht.

»Was magst du an deiner Küche?«

»Dass der Kühlschrank kühl ist und nicht allzu weit weg vom Rest der Räume, in denen ich mich für gewöhnlich aufhalte.«

Aha. Das Erste war zwar eine nutzlose Aussage, aber ich notiere mir trotzdem, dass er einen Kühlschrank in Übergröße bekommt, da er das spontan als Lieblingsstück sieht. Außerdem, dass er nicht weit laufen will bis dorthin.

»In welchen Räumen hältst du dich am häufigsten auf?«, frage ich gleich hinterher.

Er antwortet nicht, sondern geht voran und zeigt mir ein kleines Fitnessstudio. Großer Fernseher an der Wand. Die Fernbedienung liegt auf einer Ablage neben Handtüchern. Also wird dieser zum Sportmachen genutzt. Notiert.

»Sind das alle Geräte, die du nutzt? Möchtest du mehr oder weniger?«

»Die Anzahl passt, aber ich hätte gerne mehr Platz dazwischen.«

»Darf ich Bilder machen?«

»Nur zu.«

Ich fotografiere, um mir zu merken, welche Geräte er besitzt, und notiere dazu, dass er mehr Platz will.

»Gut. Nächster Raum.«

Ein Arbeitszimmer. Genau der gleiche Stil wie das Wohnzimmer. Zwei riesige Bildschirme auf dem Schreibtisch.

Notiert.

»Was magst du hier?«

»Dass ich in Ruhe arbeiten kann.«

Ja, das hilft mir extrem weiter. Ich nicke das nur ab, mache Bilder vom Schreibtisch, damit ich ihm diesen genau so oder besser in seinem Haus organisiere, und lasse mich ins nächste Zimmer bringen.

Das Schlafzimmer. Es dürfte die Hälfte messen wie sein ausladendes Wohnzimmer und ein großes Bett steht in der Mitte, militärisch straff gemacht. Schon wieder dieser langweilige Wohnzimmerstil. Der Mann hätte mich unbedingt früher beauftragen müssen. Der lebt hier in einer Art trauriger Designerhölle ohne ein Stück Seele darin.

Jedoch wirkt es hier lebendiger. Auf einem Tisch stehen ein Laptop, ein halb volles Glas Wasser und eine offene Dose Energydrink. Rechts befindet sich ein Sofa, auf dem liegt ein Buch. Ein riesiger Bücherschrank fesselt meine Aufmerksamkeit und ich betrachte die Bücher. Es sind viele alte dabei und ich frage: »Liest du oder sind die Bücher nur Dekoration?«

»Ich lese und sammle. Ich liebe es, Erstausgaben zu besitzen. Meiner Meinung nach ist das etwas sehr Besonderes, die allererste gedruckte Fassung in Händen zu halten. Allerdings blättere ich in diesen nur ungern, da ich das Gefühl habe, sie abzunutzen. Deshalb kaufe ich mir gerne eine identische Ausgabe einer späteren Auflage, damit ich es ohne schlechtes Gewissen lesen kann.«

»Hast du die Bücher selbst sortiert oder einräumen lassen?«

»Selbst sortiert.«

»Nach Autoren oder Genre?«

»Nach was ich gelesen habe und noch lesen will. Welche mir gefallen haben, ich ein weiteres Mal lesen werde und welche nicht. Kompliziertes System.«

Ich nicke, notiere und fotografiere. So viele Worte für Bücher, so wenige über den Rest der Wohnung. Bücher sind also ganz klar eine Leidenschaft von ihm.

»Wo ist dein Kleiderschrank?«, will ich als Nächstes wissen.

»Wühlst du jetzt in meiner Wäsche?«, fragt er zurück.

»Nur falls das okay ist. Wenn ich deine *Wäsche* kenne, kann ich dein Ankleidezimmer besser planen. Ist es möglich, dass du dich hier häufiger aufhältst als in deinem Wohnzimmer?«

Berechtigte Frage. Hier scheint alles zu sein, was ihm wichtig ist: Bücher, Dinge wie Basecaps, Bälle und ein Baseballschläger mit Autogrammen, sein Laptop, eine Konsole. Kurz: etwas Lebendigkeit gegenüber den toten anderen Räumen.

»Ist das nicht irgendwie logisch? Angenommen, ich schlafe acht Stunden am Tag und würde acht arbeiten. Es wären acht übrig. Wenn ich Sport mache, Zeit im Badezimmer benötige und etwas esse, würde ich schon so alleine mehr Zeit hier drinnen verbringen als in meinem Wohnzimmer.«

Ich lache. »In Ordnung. Frage falsch formuliert. In deiner Freizeit, in der du nicht schläfst, isst, duschst oder Sport machst: Verweilst du eher hier oder in deinem Wohnzimmer?«

Er zwinkert mir verspielt zu. Das hat er noch nie getan, glaube ich. Es lässt ihn statt düster und undurchdringlich offen und sympathisch wirken.

»Ich hatte die Frage verstanden. Ich wollte dich nur ein wenig ärgern. Ja, hier. Meine Freizeit verbringe ich gerne in meinem Schlafzimmer.«

Ich blicke kurz von meinen Notizen auf, da das leicht anzüglich klang. Zu notieren hatte ich nach seinem Satz nichts, weil mir sowieso schon klar ist, dass dieser Mann unbedingt ein echtes Zuhause braucht, in dem er nicht genötigt ist, sich für ein wenig Heimeligkeit in sein Schlafzimmer zurückzuziehen. Trotzdem tat ich so, da mir dieses Zuzwinkern irgendwie in den Magen gefahren ist.

Er muss, als ich den Kopf senkte, näher gekommen sein, denn nun steht er direkt vor mir. Nur die Hand vom Tablet nehmen, etwas nach vorn strecken und ich könnte ihn berühren.

Stattdessen hebe ich meinen Kopf und sehe ihm ins Gesicht. Sehr ungewohnt für mich, zu Männern aufzusehen, und ich stehe da ein wenig drauf. Ja, vielleicht mag ich oberflächlich sein, weil ich auf große, gut aussehende Kerle stehe. Außerdem muss er selbstverständlich wortgewandt sein, mir 69 Orgasmen am Tag verschaffen, meine Launen ertragen und mich bis zur Aberwitzigkeit bewundern. Kleinigkeit. Deswegen kann ich mich kaum vor Verehrern retten. Haha.

Ich schenke ihm ein kurzes Lächeln. »Dann ist es ja schön, dass wir in deiner Freizeit hier drin sind.«

»Finde ich auch«, erwidert er, sein Tonfall wird noch eine Oktave tiefer und vibriert ein klein wenig in mir nach.

Ach du Scheiße. Der Mann sollte einen Warnhinweis tragen. Meine Brustwarzen stellen sich auf, als hätten sie Ohren und damit seine Stimme vernommen, und ich hoffe, dass sie sich nicht durch den dünnen Spitzen-BH samt Bluse drücken und er das erkennen kann. Ich atme nur noch flach, weil sein Duft in meiner Nase hängt. Nach Dusche, einem Spritzer Parfum mit angenehm schwerer Note, Leder, Tabak und etwas, was dem Ganzen einen Hauch Frische verleiht, und darunter Männlichkeit.

Puh. Zu viel Männlichkeit. Ich weiche aus, Richtung des Tischs mit dem Laptop, und prüfe, was hier liegt im Gegensatz zu seinem Schreibtisch im Arbeitszimmer. Mein Blick wandert in den Mülleimer daneben. Dort entdecke ich – eins, zwei, drei – Kondomverpackungen, und das sind nur die, die ich sehen kann, denn da liegen noch zerknüllte Tücher. Aha, aha.

»Wie oft kommt deine Reinigungskraft?«, frage ich, ohne nachzudenken.

»Im Moment täglich. Das ist zwar ein bisschen oft, so viel Dreck mache ich nun auch nicht, aber sie ist fleißig und nett, unterstützt mit dem Geld ihre Kinder beim Studieren und ich will ihr nicht die Stunden kürzen.«

»Hm«, erwidere ich nur und drehe mich um. Er wirft ebenfalls einen Blick in seinen Müll, sieht mich an und seine Stirn runzelt sich.

»Bezog sich die Frage irgendwie auf den Inhalt meines Mülleimers?«

»Was? Nein, natürlich nicht«, lüge ich.

»Natürlich nicht«, erwidert er ironisch und grinst daraufhin.

»Ich sah in Schlafzimmern von Kunden schon Schlimmeres

als das, keine Sorge.«

»Dann hätte ich meiner Gesellschaft also nicht sagen müssen, dass sie danach aufräumen soll, da ich heute Besuch erwarte? Da kann man mal sehen.«

»Ich hoffe, bei Edelnutten ist das im Preis mit drin«, erwidere ich. Den Spruch kann er mir nicht übel nehmen. Schließlich ist es sein eigener, nur recycelt.

»Da ist einiges im Preis mit drin, da bin ich mir sicher«, kontert er und stellt das Grinsen wieder ab und ersetzt es durch den gewohnten gleichgültig arroganten Ausdruck.

Okay. Wir reden also nicht über Nutten. Wäre sicher ein interessantes Gespräch geworden. Möglicherweise hätte ich ihm einen abwechslungsreicheren Gesichtsausdruck entlocken können, wenn ich ihn um Empfehlungen gebeten hätte. Nachdem ich ihm ausführlich von meiner Erfahrung mit käuflichen Männern berichtet hätte, selbstverständlich. Puff-Buddys quasi. Nur ohne Puff.

O Gott. Wohin sind meine Gedanken eigentlich unterwegs? Ist das wegen Pascal oder weil er offensichtlich Damenbesuch hatte? Oder Herren. Dahingehend habe ich keine Fragen in meinem Fragenkatalog. Single ist er angeblich ja und so sieht seine Wohnung auch aus.

Ich räuspere mich und bemerke, dass er mich immer noch ansieht. Wie lange stehe ich hier schon wie ein ausgegangener Roboter? Nach einem weiteren Räuspern frage ich: »Darf ich nun in deiner Wäsche wühlen?«

»Selbstverständlich«, antwortet er, schwenkt eine Hand und fügt an: »Geh vor, direkt die Tür nebenan.«

Ich setze mich in Bewegung und entweder er ist dicht hinter mir – und mit dicht meine ich dicht – oder ich habe immer noch seinen Duft in der Nase und bilde mir die Wärme an meinem Rücken nur ein.

Sein Ankleidezimmer ist der Traum jeder Frau. Nein, jeder Frauen-WG. So viel Platz. Überall Anzüge in offenen Schränken. Hemden, Schuhe, Sportsachen und wenig Legeres. Vermutlich ein Fehlkauf. Sicherlich schläft er sogar im Anzug. Einen Anzugpyjama wird er haben. Mit angenähter Krawatte. Ganz sicher.

Er zieht ein paar Schubladen auf und dort sind mindestens zwanzig Gürtel, aberwitzig viele Krawatten, eine große Auswahl verschiedener Angeber-Uhren, Manschettenknöpfe, Einstecktücher und was Mann sonst noch so braucht.

»Genug gesehen?«, will er wissen.

»Noch lange nicht«, antworte ich mit einem weiteren kleinen Lächeln, die ich hier ununterbrochen an ihn verteile, weil ich irgendwie nicht anders kann.

»Können wir vorher frühstücken gehen? Ich habe echt großen Hunger.«

Er sieht mich auf eine Art an, von der ich mir mittlerweile sicher bin, dass sie nur da ist, um mich zu verwirren. Dieser Blick sagt nämlich, dass ich auf der Speisekarte stehe.

Ich trete einen Schritt von ihm zurück. Es passt mir nicht, dass er so oft diese absolut undurchschaubare Miene aufsetzt und dann solche Sachen mit diesem Ausdruck in den Augen zu mir sagt. So, als wollte er mit mir flirten. Nur, dass er so unsagbar arrogant wirkt. Am meisten gefällt mir nicht, dass er es mit einfachen Gesten und wenigen Worten schafft, mich aus dem Konzept bringen.

Sicher ist das seine Masche. Es ist gut vorstellbar, dass diesem gut aussehenden Kerl die Frauen reihenweise hinterherlaufen. Geld hat er auch noch.

Wahrscheinlich kann er sich vor Angeboten kaum retten und ist es gewohnt, dass jede mit ihm flirtet. Bestimmt macht er sich damit sogar über mich lustig, weil er bemerkt hat, dass ich ihn ein klein bisschen heimlich anschmachte und mich durcheinanderbringen lasse.

Nicht mit mir, Freundchen! Die Rache wird die meine sein.

Ich muss zugeben, der Mann fordert mich heraus, bringt mich dazu, all meine Flirtkünste, die irgendwo hoffentlich in mir schlummern, herausholen zu wollen und einzusetzen. Früher war ich darin gut. Noch mindestens einmal will ich ihn so verwirren, wie er es bei mir schafft.

Gleichzeitig sehne ich mich schon fast danach, diesen sympathischen Mann, der ab und zu durchbricht, hervorzulocken. Der Kerl, der auch mal lächelt oder sogar lacht, der nicht gleichgültig und undurchschaubar wirkt, sondern bei dem man etwas auf dem Gesicht lesen kann. Seine Arroganz zieht mich irgendwie an, aber diese andere Art reizt mich regelrecht und fasziniert mich gleichzeitig.

»Sehr gerne«, antworte ich betont höflich auf seine Frühstücksfrage. »Aber denke nicht, dass du meinen Fragen entkommst.«

»Entkommen? Wie bei Weglaufen? Keineswegs. Ich laufe niemals vor einer Herausforderung davon.«

Du bist beleidigt.

Francis

Diese Frau macht mich ein bisschen verrückt.

Meine Hand legt sich wie von allein auf ihren unteren Rücken, damit ich sie zum Ausgang führen kann, um schnell zum Frühstücken – genauer gesagt hier raus – zu kommen. Mein Hunger ist nicht so groß, dass ich unbedingt sofort etwas brauche, aber ich halte es nicht mehr zusammen mit ihr in einem Raum aus, ohne dass ich gleich einen Angriff starte, um meinen richtigen Hunger zu befriedigen.

Ich habe das Gefühl, dass sie mich keinen Augenblick aus den Augen lässt und alles von mir analysiert. Nicht nur auf meine Wohnung bezogen. Wenn ich mich nicht konzentriere, grinse ich sie die ganze Zeit dümmlich an, weil mir ihre Lockerheit und ihr Humor gefallen.

Sie muss das doch bemerkt haben, dass es zwischen uns gewisse Spannungen gibt. Ehrlich gesagt macht mich das ein wenig wahnsinnig. Diese unvorstellbare Lust, sie anzufassen, zu ficken und zum Lachen zu bringen, normal ist das sicher nicht.

Ich soll so lange warten, bis die Hütte fertig ist und ich kein Kunde mehr bin? Ich bin kein geduldiger Mensch. Alles sofort, das ist mein Ding. Bescheid wissen auch. Aber bei ihr weiß ich gar nichts.

Könnte das zum Abschluss ein netter One-Night-Stand werden? Ihr Büro ist nicht allzu weit von meinem neuen Haus weg, also wird sie irgendwo in dessen Nähe wohnen. Vielleicht regelmäßige zwanglose Treffen? Echte Verabredungen? Ich will eine echte Verabredung riskieren und wenn es nur ist, um herauszufinden, dass ich mir einbilde, irgendetwas wäre da zwischen uns.

Ich sollte ihr rechtzeitig klarmachen, dass es auf jeden Fall ein Date geben wird, sobald sie den Auftrag abgeschlossen hat.

Ach, ist dieses Spielchen schwierig. Dieses Rumgetänzle. Da hatte ich noch nie Bock darauf. Normalerweise, wenn mich eine Frau anflirtet, frage ich direkt, ob sie mit zu mir will. Sagt sie *Ja*, wird gevögelt, sagt sie *Nein*, war es das. Ich frage nur einmal. Ein Nein ist für mich endgültig. Ihre Abfuhr bei meiner Frage war für mich kein Nein, sondern nur ein Aufschub. Ich will kein Nein von ihr hören, deshalb gebe ich mir ausnahmsweise Mühe bei diesem Spiel.

Wir schweigen, und ein Seitenblick verrät mir, dass sie rote Wangen hat. Ist sie nervös? Meine Hand ruht weiter an ihrem Rücken, die geht da einfach nicht mehr weg. Ist das zu zudringlich?

Vorsichtig drücke ich meine Hand etwas fester an sie, sie lehnt sich im Gehen dagegen und seufzt. Sofort wirft sie mir einen hektischen Blick zu und der Gegendruck verschwindet wieder.

»Zu aufdringlich?«, frage ich leise.

»Nein, doch, keine Ahnung. Flirtest du tatsächlich mit mir?« Ihre Stimme hört sich zwar fest, aber nachdenklich an und ich möchte laut stöhnen. Was jetzt? Flirten wir oder nicht? Ich fasse sicher keine Frau an, der das unangenehm ist.

»Ja, schon«, erwidere ich, lasse meine Finger über ihrem Blazer entlang nach oben gleiten, bis in ihren Nacken. Statt sie da, wie ich es mir gerade wünsche, grob zu packen und an mich zu ziehen, entlasse ich sie von meinen Berührungen. »Ich war der Meinung, hübsche Männer dürfen das. Sagtest du das nicht?«

»Verdammt. Was musst du denn ein Gedächtnis wie ein Elefant haben? Aber gut, dann wäre das immerhin geklärt«, erwidert sie schmunzelnd.

»Wir sind da«, lasse ich sie wissen und halte ihr die Tür zu dem kleinen Restaurant auf, in dem ich oft frühstücke.

Wir werden an einen Tisch gebracht und ich frage sie: »Was isst du gerne?«

»Oh, hm. Also bei einem Frühstück im Restaurant: Pancakes.«

»Ahornsirup?«

»Nein, Senf.«

Ich ziehe eine Augenbraue nach oben.

»Natürlich Ahornsirup«, stellt sie klar und lacht. »Entschuldige. Ich wollte die Stimmung auflockern.«

Der Kellner tritt an uns heran und ich bestelle: »Zwei Wasser, ein Kaffee für sie, das Übliche und eine Portion Pancakes mit Ahornsirup. Vielen Dank.«

»Darf ich hier mit meinen Fragen fortfahren oder willst du bis nach dem Frühstück warten?«

»Sofort.«

»Gut. Hast du Hobbys?«

»Selbstverständlich. Das, was alle Millionäre tun: Geld zählen.«

»Ach, tatsächlich? Ich bin zwar keiner, aber bei mir zeigen die Kontoauszüge der Bank mein Vermögen. Besitzt du etwa einen Geldspeicher und erledigst das mit dem Rechenschieber?«

»Dafür brauche ich das Haus. Die alten Wohnungen sind bald voll bis unter die Decke.«

»Verstehe. Sonst noch welche? Münzen polieren möglicherweise? Im Ernst: Was ist mit Sport?«

Ihre blauen Augen funkeln höchst belustigt, und ich klopfe mir innerlich auf die Schulter, dass ich sie mit solchen Sprüchen amüsieren kann. Mein neues Lieblingshobby. Doch das werde ich an dieser Stelle nicht nennen.

»Das ist kein Hobby, sondern eine Lebenseinstellung. Lesen wäre ein Zeitvertreib von mir, aber das hört sich an wie aus einem Freundschaftsbuch für Kinder, wenn man Lesen als Freizeitbeschäftigung angibt.«

»Lesen hatte ich mir schon notiert. Du spielst Konsole?«

»Gelegentlich als Ausgleich zur Realität.«

»Wenn du keine Hobbys nennen kannst: Was machst du in deiner Freizeit?«

»Nun, da du mich so darauf hinweist, weiß ich das selbst nicht mehr so genau«, erwidere ich und muss lachen.

Sie lächelt darüber so unglaublich hinreißend, dass ich sofort wieder dieses Prinzessinnenbild im Kopf habe.

»In Ordnung. Gelangweilt wirkst du nicht. Also wirst du dich zu beschäftigen wissen. Ich hoffe nur, dass ich die Schwerpunkte bei der Gestaltung des Hauses dann richtig lege.

Du darfst jederzeit spontan anrufen, wenn dir siedend heiß etwas dazu einfällt.«

»Du wirst es als Erste erfahren. Nächste Frage.«

»Auto oder Motorrad?«

»Auto.«

»Wie viele Autos besitzt du?«

»Zwei. Für jeden Fuß eins.«

»War das ein Scherz oder tatsächlich zwei? Ich frage wegen der Parkmöglichkeiten am Haus.«

»Drei. Bitte überdacht. Außerdem Gästeparkplätze. Mindestens vier.«

»Angestelltenparkplätze?«

»Immer einer weniger, als ich beschäftige. Das erhöht die Chance, dass sie pünktlich zur Arbeit erscheinen.«

»Da bemerkt man den cleveren Geschäftsmann und fiesen Arbeitgeber. Wirst du Festangestellte im Haus beschäftigen?«

»Nein. Dort nicht. Meine Angestellten verwalten autark in meinem Immobilien-Büro alles, was anfällt. Gästeparkplätze reichen.«

»Gut. Genug über Parkplätze. Feierst du Weihnachten?«

»Hm. Mit Kreditkarte und ohne Selbstkontrolle ist jeder Tag wie Weihnachten, oder?«

Sie sieht zu, wie der Kellner die Tasse und die Gläser vor uns abstellt, und beugt sich dann mit verengten Augen etwas über den Tisch in meine Richtung.

»Du scheinst heute sehr albern zu sein, *Francis Hunter*«, schnurrt sie leise und bei der Art, wie sie meinen Namen betont, stellen sich meine Nackenhärchen auf. Hat sie den gerade geschnurrt wie eine rollige Katze? Ich blinzle ein paarmal. Habe ich mir das eingebildet? Ich wusste nicht, dass Francis sich so anhören kann. So, dass es mir direkt ins Hirn und in den Schwanz schießt und mein Mund davon trocken wird.

Fuck. So sollte sie nicht mit mir reden, sofern ich nicht sofort ran darf, da ist doch alles in Alarmbereitschaft, wenn sie das macht.

Ich lehne mich mit verschränkten Armen zurück, werfe einen Blick auf meinen Schoß und erkenne, was ich schon spürte: zu gut sichtbar in Alarmbereitschaft. Weil sie mich angeschnurrt hat!

»Alles in Ordnung?«, fragt sie und klingt zwar völlig normal, grinst aber ein bisschen scheinheilig.

Zum Antworten komme ich nicht mehr, denn auf die Getränke folgt schon das Essen. Ich hätte ihr auch nicht sagen können, dass ich besser erst einmal nicht aufstehe. In Anzughosen lässt sich ein Mega-Schnurr-Ständer nicht so gut verbergen. Da sind Jeans vorteilhafter. Da kann man das Ding wenigstens halbwegs wegklemmen. Vielleicht hätte ich doch einfach aufstehen sollen, damit sie das sieht und ein schlechtes Gewissen bekommt oder so.

Das Rührei mit Tomaten, Paprika und Schnittlauch, das ich immer hier esse, wird vor mir abgestellt, und ich sehe ihr einen Moment zu, wie sie andächtig den Ahornsirup aus dem Kännchen über ihren Pancakes verteilt.

Welch Vergeudung, wenn man das doch direkt von ihr lecken könnte.

»Lass es dir schmecken«, brumme ich und greife mir das Besteck.

»Du dir auch«, sagt sie und beginnt zu essen. Ich nehme genau wahr, dass sie mich dabei nicht aus den Augen lässt.

Sie isst gerade mal ein Drittel der Portion und ich frage sie: »Keinen Hunger?«

»Irgendwie bekomme ich nichts mehr runter«, gibt sie zu und errötet leicht.

»Habe ich dir den Appetit verdorben?«

»Nein«, erwidert sie und wird noch röter, wobei ein gedankenverlorenes Grinsen an ihren Mundwinkeln zupft. Sieht aus, als hätte sie unanständige Gedanken. Mag ich.

Zugegebenermaßen amüsiert mich das. Der selbstbewussten Porno-Prinzessin schnürt es in meiner Gegenwart den Magen zu und treibt es die Röte in die Wangen. Das ist sicher Karma für ihr Geschnurre. Damit hat sie das Geflirte auf jeden Fall auf das nächste Level gehoben.

Die Vorlage ist zu gut und ich erkundige mich zwischen zwei Bissen: »Warum wirst du beim Antworten rot?«

»Darf ich ehrlich sein?«

»Bei mir immer.«

»Ich habe da so einen Kunden, der verwirrt mich ein bisschen mit seinen arroganten Flirt-Spielchen, und ich weiß manchmal nicht, wie ich mich verhalten soll.«

»Kenne ich ihn?«, frage ich in gespielt gelangweiltem Tonfall.

»Wäre möglich. Er wohnt hier in der Nähe.«

»Der muss ja schlimm sein.«

»Aber er zahlt gut. Ist also zu verschmerzen.«

Das Rot ist weg und stattdessen funkeln mich ihre Augen herausfordernd an. Es geht wohl weiter.

»Du bist käuflich?«, hake ich nach und schiebe mir die nächste Gabel in den Mund.

»Jeder ist käuflich. Kommt nur auf den Preis an.«

»Was kostet einmal erröten bei dir?«

»Ein Friseurbesuch.«

»Wie kommst du bei all den Dingen, die man sagen könnte, ausgerechnet auf einen Friseurbesuch?«

Sie lacht. »Entschuldige. In meiner Fantasie bin ich viel schlagfertiger. Wahrscheinlich kam ich darauf, da ich übermorgen einen Termin habe.«

»Spitzen schneiden, oder? Frauen lassen sich doch immer nur die Spitzen schneiden.«

»Nein. Es ist ein Kontrollbesuch.«

»Was? Kontrollbesuch? Gibt es das?«

Sie lacht schon wieder. »Sorry. Gibt es nicht. War ein Scherz. Kontrollbesuch. Wie beim Gynäkologen. Es sollte witzig sein.«

»Wie kamst du darauf? Hast du da etwa auch einen Termin?«

»Ja. Aber da wirklich zum Spitzenschneiden.«

Ich sehe sie an und weiß nicht, ob ich in Lachen ausbrechen soll oder so tun, als hätte ich das nicht kapiert, um sie zu ärgern. Sie ist dann so süß verwirrt.

Ganz spontan entscheide ich anders, beuge mich etwas nach vorn und frage direkt: »Willst du nicht lieber bei mir übernachten statt in deinem Hotel? Du könntest mich noch besser kennenlernen und herausfinden, warum ich mich gerne in meinem Schlafzimmer aufhalte.«

»Nein, sicher nicht«, antwortet sie und verschränkt ihre Arme.
»Zu hässlich?«
»Wer? Du? Nein.«
»Du bist vergeben.«
»Nein.«
»Du stehst nicht auf Männer.«
»Doch.«
»Was dann?«
»Denkst du, das ist mein Anspruch an Männer? Ich muss Single sein und der Kerl nicht hässlich?«
»Bei all den E-Mails, die ich von dir bekam, war noch nie eine Liste deiner Ansprüche dabei. Sonst hätte ich dich schon früher zu mir eingeladen.«
»An dieser Stelle sollten wir aufhören. Es ist nett, mit dir zu flirten, ehrlich. Aber ich habe keine Ahnung, was du von mir willst oder was das soll. Ich arbeite für dich, du verwirrst mich und amüsierst dich wahrscheinlich heimlich über mich, wenn du so etwas vorschlägst. Das ist ziemlich beleidigend und auch als mein Auftraggeber hast du kein Recht dazu.«
Klare Ansage. Wie kommt sie darauf, dass ich sie beleidigen und verwirren will? Irgendwo ist sie vermutlich mit ihren Gedanken falsch abgebogen. Oder ich? Sie sagte bereits, dass sie sich nicht mit Kunden verabredet. Falls ich das Gespräch und die vermeintlichen Signale falsch gedeutet habe, wäre verständlich, wenn sie gekränkt ist. Das will ich natürlich nicht. Gut. Dann warte ich.
»Botschaft angekommen«, lasse ich sie wissen. »Es war nicht meine Absicht, dir zu nahe zu treten. Hast du weitere Fragen zum Haus?«
»Danke. Ja, ich habe noch Fragen. Was soll aus deiner alten Wohnung mit? Alle Möbel? Nur bestimmte Lieblingsstücke?«
»Nein. Keine Möbel. Ich werde das Appartement vorerst behalten und genauso lassen. Mach mir im Haus alles neu in deinem für mich vorgesehenen Stil.«
»Kommen Dekoration oder Haushaltsgegenstände mit?«
»Nein. Nur meine Bücher und der Großteil der Kleidung. Ich plane, das Haus als Hauptwohnsitz zu nutzen. Alles andere

überlasse ich dir. Für die elektronischen Geräte schicke ich dir eine Liste, welche Marken ich bevorzuge.«

»Sehr gut. Welche Dienstleister möchtest du am neuen Haus? Soll ich dir diese organisieren?«

»Gerne, wenn du das auch machst. Jemand zum Reinigen, so zwei- bis dreimal die Woche. Jeden Tag ist unnötig.«

»Ein Gärtner wäre bei dem großen Garten von Vorteil.«

»Gut, Gärtner. Mach etwas aus, das üblich ist. Ich hatte noch nie einen Garten und weiß nicht, wie oft man die anrücken lässt.«

»Darf ich dir deinen Umzug organisieren?«

»Das machst du auch?«

»Selbstverständlich. Wenn ich das übernehme, sorge ich dafür, dass alles in einem guten System eingeräumt ist, oder halte mich an deine Vorgaben.«

»Alles wieder in Ordnung?«

Sie wirkt kurz verwirrt, dann weiß sie, was ich meine, und nickt.

Da wir sowieso darüber reden, hake ich gleich nach: »Wenn ich ganz höflich nach einer richtigen Verabredung frage: Darf ich von deiner Zustimmung ausgehen? Natürlich erst, nachdem ich kein Kunde mehr bin.«

Sie sieht mich lauernd an, als hätte ich schon wieder versucht, sie zu kränken.

»Bitte?«, hänge ich an.

»Bei einem so netten *Bitte* kann ich schlecht *Nein* sagen. Gut, wenn du nicht mehr mein Chef bist … Du sagst nicht oft bitte, oder?«

Will sie jetzt MICH beleidigen? Wenigstens konnte ich ihre Zusage abgreifen.

Trocken erwidere ich: »Ich kann mit Bitte und Danke professionell umgehen. Ich musste das nur zwei Semester studieren und dann hatte ich es auch schon kapiert.«

»Hast du auf dieser Uni deinen Abschluss in Undurchschaubarkeit gemacht?«

»Eigentlich hatte ich mich für Humor eingetragen, doch ich fand den Hörsaal nicht.«

»Hm«, sagt sie und legt den Kopf schräg. »Humor also.« Sie sieht auf ihre Hände, mich wieder an und lacht. »Sorry. Mir fällt keine schlagfertige Erwiderung ein.«

Irgendwie beeindruckt mich dieses Zugeben, dass ihr nichts einfällt, mehr als jeder Konterspruch. Ich mag es, wenn sie Konter gibt, aber ich mag noch mehr diese ungekünstelte Offenheit.

»Schlimm?«, fragt sie und packt sich eine Strähne ihrer Haare, um sie um den Finger zu wickeln.

Fasziniert betrachte ich, während ich den Kopf schüttle, wie sie die Finger kreisen lässt und diese goldene Strähne sich auf und ab wickelt. Jetzt erst habe ich verstanden, warum Frauen das machen. Das ist doch zum Hypnotisieren!

»Nein. Besser als ein weiterer Ikea-Spruch«, antworte ich und blicke ihr wieder ins Gesicht.

»Da habe ich mein Repertoire durch. Wie sieht es aus? Zu dir? Ein, zwei Dinge will ich noch sehen und hören und dann verschwinde ich in meinem Hotel. Ich habe da schon einiges vor meinem geistigen Auge.«

O ja, ich habe da auch Dinge vor meinem geistigen Auge. Aber die behalte ich vorerst besser für mich und nicke stattdessen, ehe ich dem Kellner winke, damit wir bezahlen können.

Du bist schmutzig.

Lara

Es gibt drei Dinge, die liebe ich am meisten an meinem Beruf.

Erstens die Zusage. Die Vorfreude auf ein neues Projekt ist kaum mit etwas zu vergleichen.

Zweitens die Übergabe. Es ist so unglaublich befriedigend, wenn die Auftraggeber zufrieden sind oder sogar begeistert.

Drittens, und das passiert heute, mein persönliches Ritual, bevor es losgeht.

Ich prüfe noch einmal die Pläne für Francis' Haus und mache mich dann bereit. Ich werde meinen Blazer los und ziehe den Blaumann über. Meine Haare verberge ich unter einer schwarzen Mütze, damit sie nicht schmutzig werden. Mundschutz und Schutzbrille anlegen, zuletzt Handschuhe. Anschließend greife ich das Herzstück des Vorhabens. Das Gewicht des großen Vorschlaghammers ruht angenehm schwer in meinen beiden Händen.

Zu gerne würde ich mir die alte Treppe vornehmen, doch sie muss während des Umbaus als Bautreppe erhalten bleiben. Erst am Schluss wird die neue eingesetzt. Annette, die Architektin, wird mir so oder so den Kopf abreißen, wenn sie erfährt, was ich hier tue. Vor dem Umbau sinnlos zerstören, das macht man nun einmal eigentlich nicht. Eigentlich. Aber warum dem Bautrupp den ganzen Spaß überlassen?

Summend steige ich zu einer heroischen Musik, die nur in meinem Kopf existiert, die Stufen hinauf und betrete das ehemalige Schlafzimmer. Dort zerschlage ich die Türen sowie das Gestell der Einbauschränke. Eine Kommode, die von den Vorbesitzern zurückgelassen wurde, muss ebenfalls daran glauben.

Mit dem geschulterten Hammer trete ich auf den Balkon und

schnappe kurz Luft, wobei ich den Wald hinter dem Garten betrachte. So eine schöne Aussicht. Ich würde mich jeden Morgen, bevor ich etwas anderes mache, hierhin stellen und den Ausblick genießen. Ein wundervoll friedlicher Anblick gegen meine im Inneren stattfindende Zerstörungsorgie.

Das Geländer des Balkons zu bearbeiten wäre sicher auch nett, aber neben der Bausicherheit hält mich der Gedanke, mit meinem Schwung selbst abzustürzen, davon ab. Das wäre dann nicht so witzig.

Im Badezimmer darf ich leider nicht ran, das muss ordentlich abmontiert werden. Schade. Obwohl? Ich schlage meinen Namen in die Fliesen. Kaum lesbar, doch es bringt mich trotzdem zum Kichern. Ich schlappe genüsslich durch alle Räume und tobe mich an allem aus, was den Umbau nicht behindert oder die Bausicherheit gefährdet. Zwischendurch drehe ich mich mit dem Hammer im Kreis und lasse ihn um mich schwingen. Langsam schmerzen die Schultern etwas, aber egal.

O Mann, ich liebe das. Alles kaputt, ehe es neu wird. Dieses Haus wird ein richtiger Phönix aus der Asche.

Albern und beschwingt hüpfe ich die Stufen nach unten und sehe mich im Wohnzimmer um, was hier mein Opfer wird.

Der Hammer fällt aus meinen Händen, und ich kreische auf, als mich jemand von hinten an beiden Unterarmen packt und mein Herz vor Schreck fast stehen bleibt.

»Wer sind Sie?«, fragt mich eine bedrohlich leise Stimme dicht an meinem Kopf.

Die Stimme kenne ich und ich piepse: »Francis?«

»Lara?«, fragt er erstaunt zurück.

Er lässt mich nicht los und ich drehe meinen Kopf. Ja, das ist Francis.

»Ja. Ich bin es«, bestätige ich.

»Was machst du hier?«

Seine großen Hände halten weiter fest meine Unterarme umklammert, und sogar durch den Blaumann fühle ich die Wärme, die von ihm ausgeht, da er so nahe an meinem Rücken steht.

Hilfe, hat der starke Hände. Selbst durch den Stoff meine ich, jeden einzelnen Finger zu spüren.

Ich weiß nicht, für wie verrückt er mich erklärt, wenn ich ihm von meinem kleinen Ritual erzähle, darum antworte ich nicht, sondern fordere: »Du darfst mich loslassen.«

Er tut nichts dergleichen, stattdessen kommt er noch näher, schiebt seinen Kopf über meine Schulter und sieht mir ins Gesicht, das ich ihm zuwende.

Wir starren uns einen ganz schön langen Augenblick an. Ich kann seinen Gesichtsausdruck nicht erkennen, da ich so an seinen Augen festhänge, und habe deshalb keine Ahnung, wie er meinen Auftritt einschätzt. Aber höchstwahrscheinlich hätte er sowieso wieder diese nichtssagende Miene aufgesetzt.

Er blinzelt langsam, fast träge, was ich irgendwie fasziniert betrachte.

Seine Augen wirken so aus der Nähe intelligent, ein wenig verschlagen vielleicht, und neugierig? Ja, neugierig, meine ich zu lesen. Allmählich komme ich rein, in seiner Miene gelegentlich etwas zu deuten.

»Wirst du den Hammer gegen mich richten, wenn ich dich loslasse?«, fragt er mit einer so dunklen Tonlage, die Bilder von Atemlosigkeit und Verschwitztsein nach richtig gutem Sex durch meinen Verstand flitzen lassen.

Der braucht für seine Stimme einen Waffenschein. Ganz klar.

»Bedeutet keine Antwort etwa *ja*?«

Ich räuspere mich und entgegne: »Deine Rechnung ist noch nicht beglichen. Selbstverständlich nicht.«

»Gut«, raunt er mir zu, lässt mich los und tritt gleichzeitig einen Schritt zurück.

Ich drehe mich um, schiebe den Mundschutz gegen den Staub nach unten und die Brille nach oben.

»Hallo, Francis. Wie du siehst, bist du ein paar Tage zu früh zum Einziehen.«

Ach Mist. Ich nannte ihn schon wieder Francis. Mindestens zweimal. Wie unhöflich. Er will Hunt genannt werden, also muss ich diesen Wunsch respektieren.

Er geht nicht darauf ein, sondern mustert mich, und dieses

Mal meine ich, die Neugier deutlicher auf seinem Gesicht zu erkennen.

»Was führt dich hierher, Hunt?«, hake ich nach.

Er schiebt die Hände in die Hosentaschen seiner Anzughose und sieht sich um, ehe er antwortet: »Ich war in der Gegend und wollte mir meine Hütte noch einmal ansehen, bevor es losgeht. Sollte nicht erst morgen die Abrissfirma kommen, die alles entkernt?«

»Ich arbeite vor, damit dir weniger Kosten entstehen«, witzle ich, da mir keine gute Begründung einfällt.

»Hm. Kann ich mir vorstellen, dass dein Stundenlohn geringer ist als der der Arbeiter eines Bautrupps? Nein, kann ich nicht. Also?«

»Also was?«

»Was ist dein Plan mit dem Hammer?«

»Wenn ich ehrlich bin: Ich zerstöre ein wenig vor. Ich mache das öfter, sofern das Objekt das zulässt. Das macht mir Spaß.«

»Wirklich?«

»Ja«, erwidere ich und schmunzle über seinen erstaunten Gesichtsausdruck. Erstaunen ist besser, als angesehen zu werden wie ein Freak.

»Ist das nicht eher Männersache? So Abrissarbeiten?«

»Klar«, antworte ich ironisch. »Falls du so etwas mit deinem Schw…«

Gerade noch rechtzeitig stoppe ich mich. Das war ja so was von unangebracht.

Er sieht mich an, und ich meine, mir einzubilden, dass er amüsiert aussieht.

»Sprich zu Ende«, fordert er streng.

»Sicher nicht. Sorry.«

»Keine Entschuldigung. Zu Ende sprechen.«

Ich starre ihn an. Sein Ernst? Er kann es sich doch denken, was mir da rausgerutscht ist.

»Los jetzt!«, donnert er.

»Wenn das so wichtig ist … Gut: Ich fragte mich, ob es Männerarbeit ist, weil man Abrissarbeiten mit einem männlichen Geschlechtsteil erledigen muss.«

Er nickt und antwortet: »Ja, das war dumm von mir. Ich bezog mich allerdings eher auf die körperliche Stärke. Der Muskelanteil und die absolute Kraft sind bei Männern von Natur aus höher. Schon alleine der höhere Testosteronspiegel sorgt bei uns für mehr Muskelwachstum als bei euch. Das schwächere Geschlecht kommt ja nicht von ungefähr.«

Toll. Er belehrt mich. Der hat doch eine Macke.

»Erstens sehe ich mich nicht als schwächeres Geschlecht, denn die wahre und wichtige Stärke kommt von hier«, erwidere ich und tippe an meine Schläfe. »Ich bin kein Höhlenmensch und balge mich mit einem Säbelzahntiger. Außerdem ist es bei ein wenig Spaß unerheblich, ob ich superstark bin oder kaum den Hammer halten kann. Glaub mir, ich schwinge das Ding wie ein Profi.«

Seine Augen schweifen durch den Raum, während er nickt, als würde er zustimmen, dabei zieht er sein Sakko aus, wirft es ins Eck, seine Krawatte folgt. Danach öffnet er seine Manschettenknöpfe und rollt die Hemdsärmel ein Stück nach oben.

Der Mann hat nicht nur angenehm große Hände, sondern ebenfalls elegante Finger. Diese Bewegung ist so anmutig, die würde man niemals einem so riesigen Kerl zutrauen.

Er reibt seine Hände aneinander und nimmt sich den Hammer.

»So, Lara. Fenster auch?«

»Nein. Die bleiben als Gebäudesicherung. Sonst müssen Baufenster eingesetzt werden, damit niemand Werkzeuge während der Bauphase stiehlt. Du kannst die Einbauwohnwand abreißen, wenn du willst«, erwidere ich gedehnt. Ist das sein Ernst?

»Na dann …«, sagt er und macht sich auf den Weg.

»Warte, Hunt. Du hast keinen Schutz.«

»Ich komme mit dir zurecht.«

»Was?«, frage ich lachend nach.

»Ach, du meintest gar nicht vor dir?«, antwortet er und die Andeutung eines verdammt attraktiven Lächelns liegt auf seinen Lippen.

»Nein. Nicht vor mir. Deine Augen. Und du wirst schmutzig werden.«

Er sieht an sich runter und seufzt. »Ich dachte, mit einem Anzug ist man in jeder Situation gut angezogen. Ach, ist man auch. Zerstören mit Stil.«

Er hebt den Hammer an, und ich protestiere erneut, während ich mir hektisch die Schutzbrille vom Kopf ziehe: »Nimm wenigstens meine Brille und die Handschuhe. Falls Splitter fliegen. Außerdem bist du kein Arbeiter. Du wirst Blasen an den Händen bekommen.«

»Du denkst, ich habe zarte Hände. Süß.« Er tippt sich an ein Glas seiner Brille. »Meine Augen sind geschützt. Lass deine Schutzbrille nur auf.«

Weitere Einwände wartet er nicht ab, sondern vernichtet beiläufig wirkend diese hässliche Wohnwand, indem er alle Bretter rausschlägt.

»Was noch?«, will er wissen.

»Die Holzvertäfelung darf weg.«

Er lässt den Hammer dagegen schwingen und ja, das ist ein bisschen sexy, wie er da im Anzug sein Haus zerstört.

Eigentlich stemmt man die Vertäfelung weg, mit dem Hammer ist das eher kontraproduktiv, da alles splittert. Keine gute Idee von mir. Ich rufe ihm zu: »Fran… Hunt, hör auf.«

Er sieht mich mit hochgezogener Augenbraue an, schlendert mit dem Hammer über der Schulter zu mir und bleibt vor mir stehen. »Tatsächlich eine spaßige und entspannende Angelegenheit.«

Ich bemerke einen blutigen Kratzer an seinem Handrücken und ärgere mich, dass er die Handschuhe nicht genommen hat.

»Sag bloß, du gönnst mir das nicht. Wenn ich diese Hütte schon kaufe, will ich etwas vom Zerstörungsspaß abhaben.«

»Was?« Ich sehe zu ihm hoch. »Nein. Das hast du falsch interpretiert. Du blutest. Du hättest die Handschuhe nehmen sollen. Selbstverständlich darfst du dein Haus jederzeit selbst auseinandernehmen.«

Er stöhnt, sieht mich eindringlich an und nimmt meine Hand,

um sie flach gegen seine zu drücken. Sie ist warm und seine Finger ragen ein Stück über meine hinaus. Mir stockt ein wenig der Atem davon, ihn so zu berühren, und ohne Absicht bewege ich meine Handfläche minimal über seine. Weich und doch ein bisschen rau. Wie können Hände so sinnlich sein?

Ich starre unsere Hände an, jedoch gibt es keinen optischen Hinweis darauf, dass sich das so anfühlt. Einfach nur zwei Hände. Meine mit den manikürten Nägeln und seine mit dem tätowierten Handrücken.

Nur Hände.

Du stellst meine Geduld auf die Probe.

Francis

Sie starrt wie hypnotisiert auf unsere aneinandergedrückten Hände. War das schon wieder zu aufdringlich? Fuck, ist das kompliziert. Nun reibt sie ihre in winzigen, kaum wahrnehmbaren Bewegungen gegeneinander. Vielleicht wäre mir das nicht aufgefallen, wenn sich nicht gefühlt alle Empfindungsfähigkeit in meiner Hand befinden würde.

Ich räuspere mich und ziehe sie zurück, da ich nicht will, dass sie etwas Falsches denkt.

»Denkst du immer noch, dass wir dieselben Handschuhe tragen könnten? Außerdem ist das nur ein Kratzer. Also? Was weiter? Gibt es eine Mauer, die wir einreißen können?«

»Ja, oben. Aber die werden wir nicht schaffen. Da muss man mit einem Profigerät ran.«

»Dann heben wir uns die bis zum Schluss auf. Noch etwas anderes?«

»Das Geländer der Terrasse. Du bekommst doch eine neue, größere.«

Mit einem Nicken packe ich mir den Hammer, auf dem, wie ich sehen konnte, ihr Name steht. Die Frau hat einen eigenen Vorschlaghammer. Das ist seltsam, sehr seltsam sogar, aber irgendwie sexy. Welche Prinzessin hat schon einen Hammer? Und wenn, sollte der aus Diamanten sein.

Auf der Terrasse lasse ich meinen Blick über den Garten und den Wald schweifen. Ich freue mich darauf, hier später einmal sitzen zu können. Zwar habe ich in meiner Wohnung einen großen Balkon, allerdings sehe ich da nur andere Häuser beziehungsweise die Stadt. Seit ich eine Doku darüber sah, dass allein der Anblick von Bäumen sich messbar positiv auf Menschen auswirkt, von reduziertem Stressempfinden, schnellerer Gesundung bei Krankheit, Entgegenwirken von Depressionen und noch viel mehr, von der besseren Luft mal abgesehen, habe ich mir ein Haus im Grünen gewünscht.

Ich hebe den Hammer an und schmettere ihn gegen die hölzerne Umrandung, die an dieser Stelle zerbirst. Der Schwung zerrt an meinen Schultern und ich spüre den Schlag in den Armen. Doch gleichzeitig fühlt sich das gut an. Nein, das macht Spaß. Ich log nicht, das wirkt tatsächlich entspannend, einfach mit ganzer Kraft auf Dinge einzudreschen und die Zerstörung zu genießen.

Erst dachte ich, Lara ist ein wenig verrückt, dass sie so etwas macht. Nun stehe ich noch ein Stückchen mehr auf diese Frau. Ich kenne keine einzige, bei der ich mir vorstellen kann, dass sie das tun würde. Sich einen Blaumann überwerfen und ihre Kräfte roh auf irgendetwas loslassen.

Einen Moment betrachte ich das Geländer und drehe mich dann in ihre Richtung. Sie steht an der Terrassentür und beobachtet mich mit einem Gesichtsausdruck, als hätte sie schmutzige Gedanken. Zumindest deutet ihr ordinäres Grinsen darauf hin.

»Was ist?«, frage ich und lege den Kopf schräg.

»Herkommen.«

Sie setzt sich in Bewegung, und keine Ahnung, wie sie das macht, aber selbst in diesem Blaumann, mit unter der Mütze verborgenen Haaren, sieht sie hübsch aus. Möglicherweise, da man so ihren eleganten Hals besser erkennen kann. Sonst ist der zum größten Teil von ihrer blonden Mähne bedeckt. Als ich hinter ihr stand und erkannte, dass sie es ist, hätte ich am liebsten sachte in diese helle zarte Haut in ihrem Nacken gebissen.

Mit fragendem Blick bleibt sie vor mir stehen und ich drücke ihr den Hammer in die Hand.

»Ich?«, will sie wissen.

»Natürlich. Ich nehme dir doch nicht das ganze Vergnügen weg.«

»Gut so«, erwidert sie und zwinkert mir zu. Sie stellt den Hammer auf den Boden, der Stiel lehnt an ihr, und sie streift sich Handschuhe und Schutzbrille über.

Bevor sie ihn wieder aufnimmt, reibt sie ihre Hände aneinander, und selbst durch die Brille erkenne ich das Funkeln in ihren Augen.

Mit einem kräftigen Schwung schlägt sie das nächste Teil ab und reicht ihn mir zurück. So gehen wir gemeinsam die Elemente entlang und wechseln uns bei jedem Schlag ab.

Nach einem besonders gelungenen Treffer applaudiere ich ihr spontan, woraufhin sie sich formvollendet in meine Richtung verbeugt. Ich lasse den Hammer etwas albern über meinem Kopf schwingen, ehe ich ihn gegen eine Latte knalle, und sie vergleicht mich noch alberner mit Thor, was mich gezwungenermaßen zum Lachen bringt.

Ein wenig komme ich mir vor wie ein Kind auf dem Spielplatz, vor allem als sie anfängt, begleitend Geräusche zu machen. *Bäääähm! Kaboom! Wusch! Pow!*

»Wo hast du denn das her?«, will ich wissen.

»Ich musste früher Batman-Comics von meinem Vater lesen. Daher.«

»Nun gut«, schmunzle ich. »Dann ist dieser Zaun der Bösewicht. Lass ihn uns besiegen.«

Nachdem wir das gesamte Geländer abgeschlagen haben, sehe ich mich zufrieden um. Ich weiß nicht, wann ich mich das letzte Mal mit einer Frau so amüsiert habe.

Noch will ich das nicht enden lassen und bestimme: »Nun die Wand.«

»Jawohl, der Herr, bitte folgen Sie mir«, erwidert sie immer noch in alberner Stimmung und geht voraus.

Auf der Treppe wirft sie mir einen Blick über die Schulter zu und ich frage: »Was? Ich habe nicht heimlich auf deinen Hintern gespannt, falls du das denkst.« Das ist gelogen, aber man sieht bei diesem Blaumann nicht besonders viel. Außerdem habe ich einen offen. Sie hat das schließlich auch bei mir gemacht.

Sie schnaubt und schüttelt den Kopf. »Ich dachte nur gerade, dass ich mir schlecht angezogen vorkomme gegen dich.«

»Wenn man es genau nimmt, bin ich der schlecht Angezogene. Oder der unpassend Angezogene.«

»Auch wieder wahr«, seufzt sie und zeigt auf eine Tür. »Dort ist die Wand.«

Ich betrete den Raum, und sie erklärt mir, wo der Durchbruch hinkommt. Ohne Umschweife lasse ich mit ganzer Kraft den Hammer gegen die Wand krachen. Der Schlag sprengt den Putz davon und zurück bleibt eine Delle. Kleine Bröckchen rieseln mit einem sandigen Geräusch auf den Boden.

Nach ein paar Schlägen setze ich den Hammer ab und stütze eine Hand auf den Stiel, den Ellenbogen darauf, und ich überlege. Kann ich es wagen, sie zu einem Essen einzuladen? Wäre das ein Arbeitsessen? Falls ja, wohin, so schmutzig wie wir sind?

Mit einem Seufzen sinke ich in die Hocke und von dort aus lege ich mich auf den Boden. Einen Arm schiebe ich mir für etwas Bequemlichkeit unter den Kopf, den anderen platziere ich über meine Stirn. Mein neues Haus. Hat mir bis jetzt mehr Spaß beschert als jede andere Wohnung davor. Obwohl. Eigentlich war es nicht das Haus, sondern Lara.

Ich sehe zu ihr rüber und bekomme mit, wie sie mich erstaunt ansieht. Tatsächlich sieht ihr Gesicht sogar aus wie ein Fragezeichen. Warum denn das? Darf man sich nicht in seinem eigenen Haus auf dem Boden niederlassen?

Ich stoße mein Kinn in ihre Richtung und sage: »Ist ja ein Unding, zu stehen, wenn der Boss liegt.«

»O-okay«, stammelt sie und tut es mir gleich. Ich sehe weiter blicklos an die Decke. Im Moment fühle ich mich herrlich ausgeglichen und ich lasse das einfach zu. Alles an mir ist ruhig. Mein Blick festigt sich wieder, und mir gefällt das da oben nicht, weshalb ich ihr den Kopf zuwende, und frage: »Ich hoffe, ich bekomme eine neue Decke?«

»Klar. Hast du die Pläne nicht gesehen?«

»Ja, doch. Aber nicht studiert.«

»Siehst du mal. Ich hielt dich für einen Kontrollfreak.«

»Vielleicht ein bisschen. Ich habe gar keine Zeit, mich um jeden einzelnen Bereich meines Lebens, privat wie beruflich, zu kümmern. Ich wähle aus, wer welche Aufgaben für mich übernimmt. Das gebe ich in dessen Hände. So habe ich mehr Zeit, Dinge zu *kontrollieren*, die meiner Meinung nach kein anderer machen kann. Darüber hinaus vertraue ich deinem

Geschmack.«

»Danke. Ein schönes Kompliment. Worüber hast du eben nachgedacht?«

»Eben?«

»Du sahst so nachdenklich aus, als du dich auf dem Hammer abgestützt hast. Gefällt dir etwas nicht?«

»Nein. Ich überlegte, ob ich dich spontan zu einem Arbeitsessen einlade. Ich weiß bloß nicht, wo wir so dreckig hinkönnen.«

»Wir könnten uns eine Pizza bestellen«, schlägt sie vor.

»Ich esse keine Pizza.«

»Wie bitte? In dem Fall kann ich sowieso nicht mit dir essen. Ich esse nicht mit Leuten, die Pizza ablehnen. Das sind Psychopathen, das weiß man doch.«

Ein Schnaub-Lachen entweicht meinem Mund. Das war dann wohl ein Nein.

Ich setze mich auf, beuge mich über sie und sage: »Du stellst meine Geduld ganz schön auf die Probe.«

Meine Stimme ist ein bisschen rau, das merke ich selbst, wie ich ihr Gesicht betrachte. Wenige Strähnen lugen unter ihrer schwarzen Mütze hervor und sie mustert mich aus ihren klaren, meeresblauen Augen. Sie blinzelt ein paarmal langsam. Sie hat echt lange Wimpern. Sie scheint heute gänzlich ungeschminkt zu sein, denn sie sind am Ende blond, so wie ihre Haare. Sie hat einen kleinen Schmutzstreifen auf der Wange, den ich ihr am liebsten wegwischen würde, auch wenn er sie fast noch attraktiver wirken lässt. So völlig uneitel.

Sie schluckt schwer und befeuchtet ihre Lippen mit der Zungenspitze. Ich kann nicht wegsehen, und meine Lippen kribbeln ein bisschen, weil ich sie so unfassbar gerne küssen würde. Irgendwie hat sie mich heute vollends überwältigt mit ihrer Art.

Obwohl ich eine eindeutige Einladung für einen Kuss in ihrem Gesicht zu erkennen meine, mache ich nichts. Vielleicht küsst sie ja mich? Es muss doch nicht immer der Mann den ersten Schritt machen. Aber vermutlich wird sie das nicht tun, denn das würde rückgratlos wirken, da sie sagte, dass sie niemals mit Kunden ausgeht.

Ich springe auf die Beine und halte ihr die Hand hin, um ihr aufzuhelfen. Mit einem Ruck ziehe ich sie nach oben und lasse ihre Finger langsam aus meiner Hand gleiten, um die Beschaffenheit der Innenseite noch einmal genau zu spüren. Oft scheint sie solche Zerstörungsorgien nicht abzuhalten, denn die Haut ihrer Hände ist weich. Angenehm weich.

»Bist du hier fertig?«, frage ich. »Wenn ja, bringe ich dich zu deinem Auto und mache mich auf den Weg. Ich wollte nicht schon wieder zu früh aufdringlich sein.«

»Ich muss noch aufräumen.«

»Aufräumen? Vor der Entkernung?«

»Ja. Ich will dem Bautrupp keinen Grund zur Beschwerde geben. Dieses Vorgehen von mir ist ... ähm ... nicht so üblich.«

»Das dachte ich mir«, schmunzle ich. »Gut. Was tun?«

»Du musst mir nicht helfen.«

»Natürlich. Wer den Spaß teilt, muss nicht alleine den Dreck beseitigen.«

»Das ist mir unangenehm.«

»Was? Nicht alles alleine zu machen?«

»Nein. Dass du mich erwischt hast und nun sogar noch anbietest, mir beim Nachbereiten zu helfen.«

»Lara. Ich hatte Spaß. Ganz ehrlich. Ich finde das eine sowohl egozentrische wie auch amüsante Angewohnheit von dir.«

»Na gut«, brummt sie etwas unwillig. »Einfach alles, was wir zertrümmerten, ordentlich zur Seite. Der Bautrupp entsorgt das morgen.«

Ich nicke und mache mich auf den Weg nach unten, fange im Garten an und treffe im Wohnzimmer wieder auf sie.

Aufräumen ist weniger lustig wie kaputt machen.

»Fertig«, verkündet sie nach einem Rundumblick. »Vielen Dank für deine Hilfe. Zerstören ist zu zweit noch unterhaltsamer als alleine.«

Ich sage nichts dazu, ich äußerte ja bereits, dass ich mich amüsierte.

Mit ihrem geschulterten Hammer begebe ich mich nach draußen und warte an ihrem Auto auf sie, während sie das

Haus verschließt.

Sie wühlt sich durch ihre Handtasche, und als sie die Wagenschlüssel gefunden hat, öffnet sich der Kofferraum. Dort drin liegen mindestens fünf Taschenbücher und ich frage sie: »Bist du auch ein Papierleser? Macht man das heute nicht per E-Book-Reader? Zumindest wenn ich das Genre betrachte, das ich hier sehe.«

Ich lege den Hammer in den Kofferraum und schnappe mir eins der Bücher. Thriller. Laut Klappentext Psychothriller. Ich leide ein bisschen. Das Buch hat Eselsohren und einen geknickten Rücken sowie Flecken, vermutlich Kaffee. Wie kann man überhaupt Bücher achtlos in den Kofferraum werfen? Wie ein Mordopfer, das zum Begraben weggekarrt wird.

»Ja. Keine Ahnung. Wäre sicher geschickter. Aber ich lese gerne auf Papier und habe was in der Hand. Ich schleppe die immer mit mir mit.«

»Warum?«

»Warum? Natürlich weil ich wissen will, wie es weitergeht. Bevor ich vorhin loslegte, gönnte ich mir auch ein paar Seiten. Die hier sind ausgelesen.«

»Du bist … lustig.« Süß wollte ich sagen. Das ist total niedlich. Ich muss mir vorstellen, wie sie in ihrem Wagen saß, dabei las und sich dachte: *Nur noch eine Seite, nur noch dieses Kapitel, nur noch, bis ich weiß, ob …*

Sie wirft eine schwarze Tasche und einen Blazer ins Auto und schließt die Kofferraumklappe mit einer Hand, wobei sie sich mir zuwendet.

Schon wieder habe ich Lust, sie einfach zu packen, gegen das Auto zu drücken und zu küssen, bis sie sagt: *Ja, ich gehe mit dir aus.*

Ich nehme mir fest vor, sie, solange sie mich als Auftraggeber sieht, nur persönlich zu treffen, wenn es unbedingt sein muss. Das ist ja Selbstquälerei, weshalb ich bestimme: »Wir sehen uns das nächste Mal zur Übergabe. Ruf mich jederzeit an, wenn etwas ist, oder schicke mir eine E-Mail.« Anschließend lege ich zwei Finger an die Schläfe als Abschiedsgruß und mache mich davon.

Sie hatte von mir ein Geschenk bekommen: meine Geduld. Am liebsten würde ich ihr dieses Geschenk entreißen und den Vertrag, den wir haben, vor ihren Augen in winzige Teile zerfetzen, damit ich nicht länger ihr Auftraggeber bin. Sofort im Anschluss will ich herausfinden, warum sie mir nicht mehr aus dem Kopf geht, weil das schon lange keine Frau mehr tat.

Nie, nie, niemals werde ich irgendjemandem davon erzählen können, nie. Ich, Francis Hunter, bin – entgegen der Bedeutung meines Namens – nicht der Jäger, sondern gefangen. Gefangen in diesem Käfig aus ihren Regeln, die sie mir aufzwingt, meinem Respekt, diese zu akzeptieren, und von dieser dringenden Begierde, sie zu berühren, zu küssen, jede weitere Facette ihrer Persönlichkeit zu entdecken.

Allein dass ich so etwas denke, zeigt doch, wie völlig unzurechnungsfähig ich bin.

Du bist der Hammer.

Lara

Niemand kam mir jemals so nahe wie du. Du warst mein Held und mein Retter in Not, immer treu an meiner Seite. Du brachtest mich dazu, mich schön zu fühlen. Du hattest die Macht, mich zu verletzen, und hast sie gelegentlich genutzt. Nun zum letzten Mal. Du bist tot.

Scheißteil. Frustriert werfe ich den ollen Lockenstab in den Müll. Nur noch zwei Strähnen wären es gewesen, als das Ding seinen Geist aufgab! Nur noch zwei! Elendes Miststück!

Ich packe meine Haare in einen hohen Pferdeschwanz und ziehe ein paar Strähnen hervor, die um mein Gesicht fallen. So sollte das nicht auffallen, dass ich nicht gleichmäßig gelockt bin.

Ein letzter Blick in meinen Spiegel: fast perfekt. Nur der Lippenstift fehlt. Den stopfe ich in meinen BH, da ich ihn erst auftrage, ehe ich das Haus verlasse.

Bevor meine Freundin Gina kommt, will ich einen Tee und eine Flasche Wasser trinken. Wenn ich mit ihr ausgehe, könnten sonst Kopfschmerzen die Folge sein. Sie steht auf Kurze und süße klebrige Cocktails. Fatale Mischung. Ich weiß gar nicht, warum ich das Zeug, das sie anschleppt, immer mittrinke.

Ich überwinde die Stufen meiner Empore nach unten in den Wohnbereich und biege Richtung Kücheninsel ab. Dort schalte ich den Wasserkocher an und werfe einen Blick in den Schrank mit meinem Tee. Schwarztee ist alle. Nur noch die Auswahl, die Gina mir mitbrachte, steht da: *Sweet Kiss, Heiße Liebe, Kleine Sünde, Frecher Flirt*

Sie lachte mindestens eine halbe Stunde, dass es nun in meiner Küche mehr abgeht als in meinem Sexleben.

Obwohl sie meine längste und damit wohl beste Freundin ist,

erzählte ich ihr nie, dass ich meinen Assistenten Pascal gegen Geld vögelte. Das klingt so armselig. Dabei ist es einfach nur praktisch. Nichts gegen eine Runde selbst das Kätzchen zum Schnurren zu bringen, aber ohne ordentlichen schweißtreibenden Sex mit einem Schwanz, an dem ein Typ hängt, ist doch das ganze Leben nichts.

Ihre Sprüche dazu wären sicher lustig, trotzdem will ich sie nicht hören. Sie wird es nicht nachvollziehen können, da es nicht ihrer eigenen Art entspricht, und mich deshalb für total würdelos halten.

Während ich den Teebeutel immer wieder an der Schnur aus dem Wasser ziehe und hineingleiten lasse, lese ich ein paar Zeilen in meinem Buch. Auf was für Einfälle die so kommen! Lässt der Bösewicht alle, die seinem politischen Gegner ähnlich sehen, töten, damit der Angst bekommt. Vielleicht eine gute Idee, wenn die Konkurrenz nervt. Jetzt brauche ich nur noch einen gestörten Auftragskiller. Mal bei Kleinanzeigen gucken.

Es klingelt und ich werfe einen Blick auf die Uhr. Gina ist zu früh. Verdammt, ich hätte gerne gewusst, was Mr. Killer mit den Kindern macht, die ihn beobachteten.

Ich öffne ihr die Tür und grinse ihr entgegen. Wir grinsen uns immer entgegen. Geht gar nicht anders.

»Bin zu früh, ich weiß.«

»Zu früh kommen ist bei uns Frauen nicht verwerflich.«

»Jepp«, stimmt sie zu und wir umarmen uns kurz. Obwohl sie hohe Schuhe trägt und ich noch nicht, ist sie kleiner. Ich finde sie so absolut süß. Perfekte Größe für fast alle Kerle, Sanduhrfigur. Sie findet sich zwar zu dick, aber eigentlich ist sie ein Männertraum, so wie sie gerne angesabbert wird.

»Durst?«, frage ich und gehe vor Richtung Küchenbereich.

Sie streift ihre Heels ab und folgt mir. »Fanta light?«

»Sicher«, antworte ich lachend. Ich habe immer Fanta für sie da. Normal und light. Je nachdem, ob sie auf Diät ist oder nicht.

Ich öffne den Kühlschrank, und als ich mich mit der Dose in der Hand wieder umdrehe, füllt sie gerade etwas aus einem Flachmann in meinen Tee.

»Hey! Was ist das?«

»Strohrum.«

»Was du immer für Zeug trinkst!«

»Wir glühen vor, Fräulein.«

Sie öffnet die Dose, trinkt einen großen Schluck ab und gießt durch die kleine Öffnung etwas von dem Rum hinein. Mit einem dicken Grinsen stößt sie an meine Teetasse und sagt: »Prost.«

»Prost, meine Lieblingsirre.«

»Du bist von uns beiden die Irre«, antwortet sie, nimmt einen Schluck und verzieht ihr Gesicht, als hätte sie in eine Zitrone gebissen, was mich zum Lachen bringt.

»War alles oben, oder?«, frage ich lachend und reiche ihr ein Glas, damit sie umschütten kann.

Kopfschüttelnd macht sie sich eine Mischung darin und ich nippe an meinem Tee. Scheiße ist das Zeug stark.

»Scharfe Jeans trägst du da.«

»Danke«, sage ich und sehe an mir runter. Die sitzt wirklich hauteng. Es lebe Stretch, der magische Pölsterchen-Wegmogler.

Sie grinst und legt den Kopf schräg.

»Was?«, hake ich misstrauisch nach. Wenn sie so grinst, kommt gleich was Blödes.

»Ach, die ist so eng, ich wollte nur herausfinden, ob du Rechts- oder Linksträger bist.«

»Ich bin doch kein Kerl!«

»Bei der aktuellen Skinnymode müssen sich auch Frauen entscheiden. Aber geht bei dir. Sieht alles glatt aus. Noch.«

»Na, danke schön«, schnaube ich. »Dafür bist du sehr hübsch geschminkt.«

Ist sie wirklich. Ihre Lider sind dunkel betont und ihre haselnussbraunen Augen wirken dadurch etwas geheimnisvoll. Der Lippenstift muss neu sein, zumindest sah ich dieses knallige Rot bisher nie an ihr.

Sie seufzt. »Ja. Nach dem harten Arbeitstag wollte ich heute noch etwas halbwegs Schönes sehen.«

»Dich selbst?«

»Klar.«

»Dann ist ja gut, dass es nicht regnet und die Gefahr besteht, dass diese Schönheit auf Werkseinstellung zurückgesetzt wird.«

Sie zwinkert mir zu und trinkt den Rest in ihrem Glas aus, schenkt sich aber gleich die nächste Portion ein.

»Wie läuft die Arbeit? So viel zu tun?«, frage ich.

»Nicht mehr dasselbe ohne dich.«

Ich rolle leicht mit den Augen. Das sagt sie seit Jahren. Wir waren Kolleginnen in einem auf Luxusimmobilien spezialisierten Immobilienbüro. Ich war nicht lange dort. Nach meinem Abschluss in Innenarchitektur arbeitete ich in einer kleinen Firma, die nur langweilige Aufträge hatte. Durch Gina kam ich auf die Idee, mir eine Maklerlizenz zu besorgen, und sie beschaffte mir eine Stelle in ihrem Immobilienbüro, was auf jeden Fall spannender war als die Anstellung vorher. Eigentlich kennen wir uns Ewigkeiten. Schon in der Schule hatten wir den gleichen Freundeskreis und irgendwie haben sich unsere Wege nie richtig getrennt.

Ich war ihr wirklich dankbar für die Hilfe, allerdings fand ich beim Präsentieren der Häuser schnell eigene Kunden in meinem echten Beruf, da ich ihnen Tipps und Ideen mit auf den Weg gab. Als ich dann kündigte und den Sprung in die Selbstständigkeit als Innenarchitektin und Raumausstatterin wagte, nahm Gina mir das ein klein wenig übel.

Es war ihr Maklerbüro, das den Vermittlungsauftrag für das Haus von Francis hatte. So war es auch ein Leichtes, den Chef zu überzeugen, dass ich ihm die Häuser zeige, da er mich von früher kennt und weiß, dass ich das kann.

»Erinnerst du dich noch an Francis Hunter, ein Kunde von euch?«

»Ja, grob dem Namen nach. Das war der, den du dir geangelt hattest und der das rote Haus gekauft hat.«

»Rotes Haus? Aufgrund der roten Backsteine? Für mich war es das Waldhaus, da der Wald dahinter mir so gut gefällt.«

»Aber die roten Backsteine sind doch viel bemerkenswerter.«

»Ja, von mir aus. Die sind toll und gefallen mir auch«, stimme ich zu. »Auf jeden Fall sah ich den gestern wieder.«

»Ach, erzähl. War das der, den du scharf fandest?«

»O Gott, ja«, erwidere ich und nicke gleichzeitig, weil man das doppelt bejahen muss.

Sie lacht und fragt: »Hattest du ein Date mit ihm oder wie kam das?«

»Ich war für meine übliche Zerstörungsorgie dort und auf einmal stand er hinter mir. Er hat mitgemacht, und ich schwöre dir, dieser Typ, der im Anzug sein Haus mit einem Vorschlaghammer kurz und klein gehauen hat, war das verdammt Heißeste, was ich je gesehen habe.«

»Hört sich wie die Vorgeschichte zu einem Porno an. Der heiße Handwerker, der mal schnell ein Rohr verlegen will oder in diesem Fall seinen Hammer schwingen.«

»Und wie der den Hammer geschwungen hat.« Ein angenehmer Schauer läuft über meinen Rücken, als ich daran denke, wie er das schwere Ding mit Leichtigkeit gegen alles Mögliche krachen ließ und mich danach verschmitzt angegrinst hat. Das war wirklich Porno.

»Hat er echt seinen Hammer geschwungen? Also in dir?«

»In mir kann man ganz sicher keinen Hammer schwingen«, widerspreche ich lachend. »Nein. Er fragte mich, ob ich mit ihm essen will, ich schlug Pizza vor und er lehnte ab, da er das nicht esse. Ich machte einen Scherz, dass nur Psychopathen keine Pizza essen, und dann half er beim Aufräumen und war weg.«

»Aha. Merkwürdig. Trefft ihr euch? Zum Essen oder Hammerschwingen?«

»Nein. Er sagte, dass wir uns zur Übergabe des Hauses wiedersehen würden. Kurz nahm ich an, er küsst mich, aber nichts. Deswegen denke ich nicht, dass er Interesse daran hat.«

»Am Hammerschwingen?«

»Jetzt hör doch mit Hammerschwingen auf«, erwidere ich schon wieder lachend, weil sie das so ernst sagt. »Nein. Ich meinte an mir. Aber verständlich. Ich bin nur eine Dienstleisterin. Trotzdem dachte ich, dass ich da irgendwie eine gewisse Spannung fühle. Er ist mir manchmal so nahe gekommen und hat mich seltsam angesehen. Außerdem war das so unglaublich lustig mit ihm.«

»Pf«, macht Gina. »Als hättest du noch Ahnung davon, wann

Männer Signale aussenden. Du bist mittlerweile so ungeübt da drin, dir Männer zu angeln, dass sie dir wahrscheinlich direkt den Schwanz zeigen müssen, damit du das richtig interpretierst. Wenn Männer mit dir lachen, während sie sich auf einer Baustelle schmutzig machen, bist du ganz klar in der Freundschaftsebene. Maximal.«

»Meinst du?«

»Hör auf die Expertin.«

Sie grinst mich an, ich grinse zurück. Da hat sie wohl recht. Sie hat ständig einen neuen Freund. Länger als drei bis sechs Monate hält sie es allerdings mit keinem aus. Das wäre nichts für mich, dieses Hin und Her.

Wobei das vielleicht daran liegt, dass sie ständig die Kerle abserviert, bei mir es aber immer die Männer waren. Sie ist einfach und unkompliziert. Ich so schwierig. Ich schätze sie schon allein dafür, dass sie es mit mir aushält.

Ich will nie wieder in meinem Leben von einem Mann hören, dass ich schrecklich wäre, kompliziert und absolut kein Beziehungsmaterial.

»Auf jeden Fall gut zu wissen, dass du doch noch Interesse an der Männerwelt hast.«

Energisch schüttle ich meinen Kopf. »Nein, so war das nicht gemeint. Ich habe kein Interesse an der *Männerwelt*, mir hat nur dieser eine Mann gut gefallen.«

Sie trinkt das zweite Glas in einem Zug leer, schüttelt ihren Kopf und fragt: »Ist auch egal. Wollen wir los? Langsam merke ich das üble Zeug.«

»Jepp. Mach uns ein Taxi klar, ich will noch Lippenstift auftragen.«

»Blowjobrot?«

»Rosenholz.«

»Du Spießerin«, sagt sie grinsend und nimmt ihr Smartphone in die Hand.

Bis ich die Farbe am großen Spiegel neben der Eingangstür aufgetragen, Schuhe an und alles in meiner Tasche verstaut habe, ist sie auch so weit.

Sie hakt sich bei mir unter und wir schlendern nach draußen.

Länger als fünf Minuten dauert das nie mit einem Taxi. Der nächste Taxistand ist nur ein paar Gehminuten entfernt, aber mit unseren hohen Schuhen vermeiden wir jeden überflüssigen Weg und nutzen lieber die Ausdauer unserer Füße zum Tanzen und Spaßhaben.

Wir haben Glück und müssen nicht allzu lange anstehen und begeben uns zuerst an die Bar. Gina wirft einen Blick auf die Karte, hebt ihre Hand, um dem Barkeeper anzuzeigen, dass sie bestellen will.

Kurze Zeit später stehen vier Getränke vor uns.

»Was ist das?«, verlange ich zu wissen und rieche daran.

»Das Ding heißt Albtraum. Das andere ist ein Swimmingpool, falls das nicht schmeckt.«

»Aha«, merke ich an und riskiere ebenfalls einen Blick in die Getränkekarte. O Gott. Das ist Doppelkorn, mit Tabasco, Birnensaft und einer Scheibe Ingwer.

Wir stoßen an und nippen gleichzeitig am Strohhalm. Ja, das schmeckt, wie es sich liest: widerlich.

»Hm, ja. Das ist eher was, wenn man schon so stramm ist, dass man nichts mehr richtig wahrnimmt«, bewertet sie.

Sie nimmt einen Schluck davon und direkt hinterher von dem Swimmingpool. »So geht es.«

Ich lache und tue es ihr nach. Ihre Experimente sind immerhin lustig.

Sie dreht sich um, lehnt sich mit dem Rücken an die Bar und beobachtet die Menschen. Ich lehne mich ebenfalls an und frage sie: »Suchst du dein nächstes Opfer?«

»Ja. Für meinen Geschmack bin ich zu lange Single.«

Dazu sage ich nichts. Seit sie dem Letzten den Laufpass gab, sind erst drei Wochen vergangen. Seinen Namen habe ich schon wieder vergessen, aber den Grund nicht. Er trug einmal das gleiche Rasierwasser wie ihr Vater. Der davor hätte angeblich beim Sex gegrunzt. Das hat sie vier Monate nicht gestört und dann hat sie deswegen Schluss gemacht.

»Wenn ich niemanden finde, rufe ich vielleicht John an.«

»Das ist der Ex von wann?«, frage ich lachend.

»Das war der Anwalt. Letztes oder vorletztes Jahr. Der hatte tolle Hände. Außerdem hat er mich so hart gefickt, ich blute immer noch einmal im Monat.«

Ich lege den Arm um sie und sie sieht grinsend zu mir rüber. »Gina, du bist abartig lustig«, gestehe ich unter noch mehr Lachen. Sie ist so herrlich. »Lass uns ein bisschen tanzen«, schlage ich vor. Ausreichend geredet und gelacht. Dieses Gegen-die-Musik-Sprechen ist recht anstrengend.

Wir drehen uns um, Gina trinkt beide Getränke leer, während ich mich an den Swimmingpool halte. Der ist schon ekelhaft genug. Zu viel süß und zu viel Sahne.

Wir drücken uns auf die Tanzfläche und nehmen den Takt der Beats auf.

Oft sind wir nicht in Clubs unterwegs. Wenn wir es schaffen, uns zu treffen, sitzen wir meistens bei ihr oder mir auf der Couch oder gehen in eine Cocktailbar. Wir sollten das öfter tun, es macht Spaß, die wummernden Bässe unter den Füßen zu spüren und sich zwischen den Menschen zu bewegen.

Gina tanzt mit erhobenen Armen, ihren eigenen Knöchel mit der anderen Hand umfasst, mit geschlossenen Lidern und schwingt ihre Hüfte im Takt. Sie ist so heiß dabei, wenn sie hier keiner bespringen will, weiß ich auch nicht. Selbst ich kann meine Augen kaum von ihr abwenden und ich stehe gar nicht auf Frauen.

Ich wiege meine Schultern und gebe mich ebenfalls der Musik hin, wobei ich die Menschen um uns beobachte.

Gina drängt mich mit ihrem Körper energisch zurück und ich beuge mich ihr entgegen: »Was ist?«

»Hast du das nicht gerochen? Da tanzt eine mit Parfümierungsgrad Straßennutte am Zahltag.«

»Ach so.« Das hat sie wahrscheinlich nicht gehört, also nicke ich ergänzend. Sie nimmt meine Hand und tänzelt uns aus der Menge.

»Durst«, erklärt sie an der Bar und bestellt wieder für mich mit.

Dieses Mal gibt es einen Headshot. Wodka mit rohem Ei und Zucker.

Jemand tippt mich von der Seite an und hebt grinsend sein

Glas. Ein Typ. Gut aussehend. Aber deutlich jünger als ich. Ist der alt genug, um hier reinzudürfen? Hat der schon Bartwuchs?

Er beugt sich an mein Ohr und sagt: »Scheint, als hätten wir den gleichen Geschmack.«

Erst verstehe ich nicht, bis er mit seinem Glas an meins stößt. Gina sieht an mir vorbei und mustert den Kerl.

»Wie heißt du?«, fragt er mich. Was will der von mir? Gestillt werden?

Ich überlege, ob ich überhaupt antworte, was er wohl als Aufforderung versteht, mich vollzutexten. Sein Name, wie oft er hier ist, was er gerne trinkt, was er studiert, blablabla. Interessiert mich nicht.

Bevor ich ihm das begreiflich machen kann, drückt sich Gina zwischen uns und fragt ihn über die Musik: »Fertig mit dem Podcast? Meine Freundin ist mit mir hier.«

Anschließend wendet sie ihm den Rücken zu, und ich höre, wie er ziemlich laut flucht: »Scheißlesben.«

»Der ist doch nichts für dich«, sagt Gina kopfschüttelnd.

»Ja. Viel zu jung.«

»Außerdem sah er nach kleinem Penis aus.«

Ich habe keine Ahnung, wie sie bei angezogenen Kerlen die Penisgröße abschätzt, aber laut ihr behält sie immer recht.

»Dann geht er natürlich nicht«, erwidere ich ernst.

»Richtig«, gibt sie ebenso trocken zurück. »Kaffeetassen und Schwänze können nicht groß genug sein.«

Wir stoßen lachend an und ihr Blick schweift über die Menge und sie zeigt auf eine Dreiergruppe Männer.

»Die spreche ich an. Gefällt dir einer? Vielleicht schaffe ich es doch noch, dich zu verkuppeln.«

Ich nippe an dieser Abscheulichkeit von Getränk und nehme mir vor, sobald Gina da rüber ist, mir etwas Anständiges zu bestellen.

»Lara? Was ist mit dem Großen? Die anderen scheinen zu klein für dich zu sein.«

Ich mustere den großen Mann gründlicher. Von hinten erkenne ich einen recht knackigen Hintern in einer Jeans. Das Gesicht kann ich nicht sehen, wobei das mehr aussagen würde.

Allerdings fällt er sowieso raus. Er ist zwar groß, aber elendig schmal.

Mein Blick schweift weiter. Ich habe noch keinen Einzigen gesehen, der mir gefallen könnte. Alle Männer hier wirken gegen Francis irgendwie wie Milchbubis.

Mal davon abgesehen, dass ich gar niemanden kennenlernen möchte, müsste derjenige da mithalten können. Diese Größe, seine Form. Die breiten Schultern, ohne massig zu sein. Viele breite Männer erinnern an bullige Ochsen, doch Francis nicht. Der wirkt elegant und so bewegt er sich auch. Wie kann man groß, muskulös und so anmutig sein? Hach.

Gina legt ihren Kopf schräg und stößt ihr Kinn in meine Richtung. »Woran denkst du? Du grinst so.«

»Wie mein Traummann aussehen müsste.«

»Falls es danach ginge, könnte ich nie wieder einen Mann daten. Ich hole die Typen jetzt her. Ich verpasse dir den Großen. Es wird Zeit, dass du deinen Arsch wieder in den Sattel schwingst oder in dem Fall auf einen Kerl.«

Weg ist sie. Ich will gar keinen kennenlernen. Und schon gar nicht, wenn mir jemand einen verpasst. Wenn ich es darauf anlege, kann ich das selbst. Rede ich mir zumindest ein. Ich will nur nicht. Dass sie das einfach nicht versteht.

In ihrer Welt ist das wahrscheinlich nicht normal. Ich vermute, sie kann nicht nachvollziehen, wie das ist, immer wieder alle Männer zu vergraulen, weil bei ihr nun mal sie diejenige ist, die die Kerle loswerden will.

Sie behauptet, man braucht doch ab und zu die Bestätigung, und ich müsse ja nicht gleich eine Beziehung eingehen, aber eine kurze Affäre, um sich begehrt zu fühlen, solle drin sein. Ich brauche keine Bestätigung von Männern. Das bringt mir nichts. Könnte ich gelegentlich noch Pascal vögeln, wäre ich zufrieden, wie alles ist. Vielleicht wird es Zeit, sich nach einem Typen umzusehen, der diese Aufgabe von Pascal übernehmen kann. Ein zweiter Assistent möglicherweise? Vom Arbeitsaufwand sollte das nicht nötig sein. Trotzdem Zeit, sich langsam etwas zu überlegen, bevor ich untenrum Spinnenweben ansetze.

Ich beobachte, wie sie sich der Gruppe nähert, irgendetwas

erzählt und alle lachen. Sie ist so gut darin. Nach ungefähr zwei Minuten deutet sie auf mich und die vier setzen sich in meine Richtung in Bewegung. Jepp. Gut. Sie ist sogar besser als gut, die Männerfresserin.

Jeder davon streckt mir sein Patschehändchen hin, und gerade als einer sich neben mich lehnt und wohl ein Gespräch beginnen möchte, vibriert mein Smartphone in der Tasche.

Unhöflich, wie ich sein kann, nehme ich es raus und finde eine Nachricht von Francis. Das ist seltsam. Bis jetzt kommunizierten wir über E-Mail oder per Telefonat und auch nie um diese Uhrzeit.

Ich entschuldige und begebe mich in den Vorraum. Dort lehne ich mich an die Wand, öffne die Nachrichtenapp und lese, was er geschrieben hat.

Francis Hunter: *Ich will, dass die Außenfassade aus Lego besteht.*

Was?

Francis Hunter: *Die Fenster sollen aus geschmolzenem Zucker sein.*

Francis Hunter: *Wenn wir schon dabei sind: Der Boden aus Schokolade in Holzoptik. Ich mag es süß.*

Francis Hunter: *Der Wald muss weg, da kommt ein Vergnügungspark hin.*

Francis Hunter: *Ein Rudel Wölfe soll den Eingang bewachen.*

Ich: *Bist du betrunken?*

Francis Hunter: *Wirke ich etwa so? Das ist doch wohl nicht zu viel verlangt!*

Francis Hunter: *Die Haushälterin muss jung und knackig sein und außerdem nackt putzen.*

Francis Hunter: *Alle Türgriffe müssen aus Gold sein.*

Francis Hunter: *Passt ein ausgestopfter Elefant ins Wohnzimmer?*

Francis Hunter: *Ich will für jeden Anzug eine Schneiderpuppe oder wie das heißt, um ihn da drüberzuhängen. Die müssen aussehen wie ich.*

Ich: *Willst du mich veralbern?*

Francis Hunter: *Eine Achterbahn auf dem Dach.*

Ich: *Du willst doch schon einen Vergnügungspark im Wald.*

Francis Hunter: *Na und? Ich will nicht immer so weit laufen, wenn ich Lust auf etwas Vergnügen habe. Plane noch eine Geisterbahn im Keller. Ab und zu etwas Gruseln ist sicher eine gute Abwechslung. Oder ein paar Spiegel, das könnte auch zum Gruseln reichen.*

Francis Hunter: *Ich will einen extra Wasserhahn mit Energydrinkanschluss.*

Francis Hunter: *Ne, lieber mit Whiskey.*

Ich: *Du bist doch betrunken!*

Er ruft mich an, aber ich gehe nicht ran, zu viel los um mich herum. Eine Minute später kommt eine weitere Nachricht.

Francis Hunter: *Entschuldige, Lara. Ich habe einen sehr albernen Freund, der sich meines Smartphones bemächtigt hatte, zu Besuch.*

Ich: *Du hast sehr fantasievolle Freunde. Was sollte das werden? Das Fantasy-Vergnügungs-Hexenhaus?*

Francis Hunter: *Wäre auf jeden Fall dekadent und einmalig.*

Ich: *Dafür brauchst du keinen ausgestopften Elefanten im Wohnzimmer. Das schaffe ich auch so.*

Francis Hunter: *Werde ich mich auch so vergnügen wie mit einer Achterbahn auf dem Dach?*

Ich: *Das kommt auf dich an. ;)*

Francis Hunter: *Dann ja.*

Ich: *Schreibe ich zufällig noch mit dem albernen Freund?*

Francis Hunter: *Nein. Nicht mehr. Ich glaube, er stirbt gerade vor Lachen. Die Beerdigung ziehe ich dir von der Rechnung ab.*

Ich: *Hey, das war nicht meine Idee! Aber wenn du mit der Schaufel so gut wie mit dem Hammer umgehen kannst, könntest du ihn kostengünstig hinter deinem Haus vergraben.*

Francis Hunter: *Vielleicht mache ich das sogar sofort. Hilfst du mir?*

Ich: *Klar. Aus was soll die Schaufel sein? Schokolade? Gold?*

Francis Hunter: *Am Stück aus einem Diamanten gefertigt.*

Ich: *Ich soll dir einen Diamanten kaufen?*

Francis Hunter: *Wenn er auf der Rechnung auftaucht, kaufe ich ihn mir ja selbst.*

Ich: *Diamanten passen nicht zu dir.*

Francis Hunter: *Was dann?*

Ich: *Stahl.*

Francis Hunter: *Nun stirbt er tatsächlich.*

Ich: *Wer? Dein Freund?*

Francis Hunter: *Ja.*

Ich: *Warum?*

Francis Hunter: *Ich erkläre lieber nicht, was für Assoziationen er mit Stahl verbindet.*

Ich: *Dein Freund ist zufällig 12?*

Francis Hunter: *Seinem Bartwuchs zufolge: nein. Aber dafür garantieren würde ich nicht.*

Ich: *Ihr habt also Spaß auf meine Kosten, ja?*

Francis Hunter: *Ich würde einen Witz schreiben, damit du dich auch amüsiert fühlst, aber ich kenne nur Ikea-Witze, die mir jemand beibrachte. Wenigstens habe ich heute gelernt, mein Smartphone zu sperren, bevor ich es bei jemandem zurücklasse.*

Ich: *Ich täusche einfach vor, dass ich das total witzig fand, dann fühlst du dich besser.*

Francis Hunter: *Was täuschst du denn noch so vor?*

Ich: *Für diese Frage will ich einen Anwalt.*

Francis Hunter: *Sieh mich als deinen Beichtvater.*

Ich: *Ich überlege.*

Ich: *Gut, Herr Beichtvater. Freude über hässliche Geschenke von Leuten, die ich mag.*

Francis Hunter: *10 Ave Marias sollten dafür reichen.*

Ich: *Den Cocktail kenne ich nicht. ;)*

Gina taucht vor mir auf.

»Da bist du! Mitkommen, Fräulein.«

»Gleich fertig.«

Abwartend sieht sie mich an.

Ich: *Ich muss los. Ich prüfe auf der Getränkekarte, ob sie den Ave Maria anbieten, dann werde ich damit Buße tun.*
Francis Hunter: *Zum Wohl.*
Francis Hunter: *Entschuldige nochmals die Störung. Danke für die nette Unterhaltung. Beeil dich mit dem Haus. Wir sehen uns zur Übergabe.*
Francis Hunter: *Ich freue mich darauf.*

»Mit wem hast du geschrieben?«, fragt Gina, während wir zurückgehen.

»Geschäftlich«, lüge ich halb. Francis ist zwar Kunde, aber geschäftlich war das sicher nicht. Auf jeden Fall hat es meine Laune gehoben.

Der Mann hat echt zwei Seiten. Dieses arrogante Gehabe mit der undurchsichtigen Miene und diese amüsante Art.

Sehr, sehr schade, dass es so lange dauert, bis ich ihn wiedersehen werde. Bis das Anwesen fertig ist, gibt es keinen Grund. Der Rest läuft per E-Mail und Telefon. Er sagte deutlich, dass er das Haus erst einzugsbereit sehen will.

Gina hat vermutlich recht. An mir hat der kein Interesse, und es ist eigentlich sinnlos, sich darauf zu freuen, ihn wiederzusehen. Die Übergabe wird anscheinend das letzte Mal sein, dass ich ihn überhaupt sehe.

Er wird mich nicht tatsächlich daten wollen, auch wenn er schon zweimal fragte, und ich meinte, da wäre eine gewisse Spannung zwischen uns.

Ach, das werde ich mir einbilden. Das war sicher so eine Ego-Sache, da ich beim ersten Mal ablehnte und dann beim Frühstück sein Übernachtungsangebot ausschlug. So arrogant, wie er ist, kommt er mit einer Abfuhr höchstwahrscheinlich nicht klar und hat sich bei der erneuten Frage nach einer Verabredung einfach nur seine Bestätigung abholen wollen.

Was mache ich mir Gedanken darum? Ich verabrede mich nicht mit Männern. Falls sich jemand – gut aussehend wie Francis und zuverlässig wie Pascal – bei mir bewerben würde, wäre derjenige sofort eingestellt. Für Arbeit und Vergnügen.

Gina drückt mir schon wieder das nächste Getränk in die Hand, was schrillbunt ist, aber sogar trinkbar.

Damit ziehen wir uns in den hinteren Bereich zurück, zu den Sitzecken, an denen man sich besser unterhalten kann, und die drei Männer von eben warten.

»Hab sie gefunden!«, verkündet sie euphorisch. Ich lasse mich neben ihr nieder, und eigentlich habe ich gar keine Lust, mich mit Fremden zu unterhalten. Mir ist mehr nach Schweigen und Entspannen.

Das mit dem Tanzen war auch nett. Am liebsten würde ich auf die Tanzfläche gehen, noch ein wenig tanzen und dann nach Hause ins Bett.

Doch nun ist Gina in ihrem Element und ich will ihr den Spaß nicht verderben.

Ich nippe an meinem Getränk und Gina fragt in die Runde: »Wer erbarmt sich meiner Freundin?«

»Gina!«, beschwere ich mich. »Niemand muss sich mir erbarmen. Zieh einfach dein Ding durch.«

Der große, oder eher lange, Typ lächelt mir zu und rutscht ein Stück in meine Richtung. »Ich erbarme mich.«

»Musst du nicht«, lasse ich ihn wissen. Gina hat es manchmal echt drauf, dass man sich blöd fühlt. Sie meint es nicht böse, aber ihre Verkupplungsversuche nerven schrecklich.

Er beugt sich etwas näher zu mir und sagt leise: »War nicht so gemeint. Deine Freundin ist ein wenig fies, hm?«

»Quatsch«, widerspreche ich. »Das sollte lustig sein.«

»Ich finde das nicht lustig, aber es gibt ja verschiedene Arten von Humor.«

»Levin war dein Name, richtig?«

»Ja und du bist Lara.«

»Genau. Tut mir leid, wenn dir unser Humor nicht gefällt.«

»So habe ich das nicht direkt gesagt. Ich meinte, dass deine Freundin fies zu dir war, und du sagtest, es wäre lustig gemeint. Mein Humor ist an dieser Stelle also etwas abweichend von deinem. Meiner ist eher so schwarz wie der Dreck unter meinen Nägeln.«

Ich werfe einen Blick auf die Hand, die sein Glas umfasst. Saubere Nägel. Er scheint sympathisch und tatsächlich humorvoll zu sein. Vielleicht kann ich mich ja doch ein wenig mit ihm unterhalten, wenn Gina sowieso auf der Jagd ist. Oder ... oder ich versuche das mit den One-Night-Stands. Möglicherweise ergibt sich eine nette Gelegenheitssex-Möglichkeit daraus. Er ist zwar nicht ganz mein Typ, aber wenn er gut im Bett ist, ist das Nebensache.

»Was machst du beruflich, Levin?«, frage ich ihn.

»Ich bin Bauleiter.«

»Ach echt? Ich bin Innenarchitektin und Raumausstatterin.«

»Na, in dem Fall sollten sich doch irgendwelche Gesprächsthemen ergeben, nicht?«, sagt er und zwinkert mir zu.

»Sieht so aus«, erwidere ich und zwinkere zurück. Fängt gut an, finde ich.

Gina beugt sich über mich und fragt: »Auch etwas zu trinken, Levin?«

»Nein, danke«, antwortet er und hebt sein fast volles Glas.

»Dann besorge ich uns Getränke«, teilt sie mir mit.

»Für mich ein Wasser nach dem ganzen Süßkram«, bitte ich und bin erstaunt, dass sie etwas holen will. Normalerweise lässt sie sich einladen von dem Kerl, den sie sich ausgesucht hat.

Sie ist keine fünf Minuten später wieder da. Kein Wunder, an der Bar weiß sie sich vorzudrängeln. Sie nennt das *die Macht der Titten*.

Sie drückt mir ein rotes Getränk in die Hand und ich protestiere: »Ich wollte Wasser.«

»Ach was. Heute trinken wir. Dann machst du dich ein wenig locker.«

Sie quetscht sich zwischen Levin und mich und wir unterhalten uns zu dritt. Allerdings vergeht mir schnell die Lust. Hier in diesem Bereich des Clubs ist es zwar nicht ganz so laut, aber trotzdem verstehe ich fast nicht, was Levin erzählt, und gebe schließlich auf, bei dem Gespräch mitzumischen.

Die anderen zwei Männer diskutieren miteinander und ich lehne mich zurück. Auch okay. Ich beobachte die Menschen im

Club und lasse mein Bein im Takt der Musik wippen.

Meine Lust zu tanzen wird immer größer, und ich tippe Gina auf die Schulter, um sie zu fragen: »Tanzen?«

Sie beugt sich an mein Ohr und flüstert: »Gib mir noch kurz. Ich habe den fast so weit, dass er mir aus der Hand frisst. Ich schleife ihn gleich auf die Tanzfläche und danach in mein Bett.«

Na dann. Ich nicke und lehne mich erneut zurück. Sagte sie nicht vorhin, dass sie ihn mir verpassen wolle? Vielleicht hat sie doch ein Einsehen mit mir und nimmt endlich hin, dass ich das nicht brauche so wie sie. Sie konnte nicht wissen, dass ich hier gerade einen Versuch startete, ihn abzuschleppen. Ich sehe das als Zeichen. Doch keine Ones.

Ungefähr zwanzig Minuten später nickt sie mir zu und schleppt ihn hinter sich her auf die Tanzfläche. Wir tanzen und sie zieht ihre supersexy Show ab, um bald heftig mit ihm zu knutschen.

Scheint so, als hätte sie ihr Ziel erreicht. Freut mich für sie. Da allein tanzen nicht ganz so lustig ist und ich müde bin, tippe ich ihr mal wieder auf die Schulter und teile ihr mit, dass ich nach Hause fahre. Wenn sie einen Mann gefunden hat, verlassen wir den Club sowieso nicht gemeinsam.

Sie dreht sich grinsend um und brüllt mir über den Lärm der Musik weg ins Ohr: »Wir sind jetzt zusammen.«

»Schön«, rufe ich zurück. »Dann viel Spaß noch. Ich gehe. Wir hören uns.«

Sie lacht, drückt mich kurz und widmet sich Levin.

Du hast andere Pläne.

Lara

Endlich fertig das gute Stück.

Das Haus sieht nun ganz anders aus als bei der ersten Führung. Ein Traum. Schade, dass Francis es nicht erlaubt, dass ich Bilder davon veröffentlichen darf. Es ist rundum gelungen.

Wir hatten nur wenig Kontakt. Ein paarmal fragte ich ihn, ob er eine Wahl treffen möchte, doch jedes Mal antwortete er, dass er mir vertraue. Manchmal hatte ich das Gefühl, er meidet mich, da er so rigoros darauf bestand, alles per E-Mail zu erhalten, statt sich von mir persönlich meine Pläne für sein Haus zeigen zu lassen.

Bei diesem Projekt lief alles rund. Fast ungewohnt. Sonst gibt es meistens Probleme. Ein Baumangel, der entdeckt wird, Handwerker, die unzuverlässig sind, Lieferanten, die nicht pünktlich liefern, aber hier war einfach alles beispielhaft.

Die Architektin Annette, mit der ich schon öfter zusammenarbeite, ist super. Da sie grundsätzlich eine Künstlerseele ist, planen wir im Spaß immer, dass wir uns irgendwann zusammen eine alte Burg kaufen, restaurieren und die Zimmer als dekadentes Airbnb vermieten. Wir malen uns das sehr bildhaft aus. Jeder Raum muss anders sein. Es wird ein Prinzessinnenzimmer geben und auch ein Nymphenzimmer, in das kommen dann von Annette gezeichnete Aktbilder und ein paar Nacktstatuen. Eins, das aussehen wird, als wäre es unter Wasser, und ein anderes wie ein Baumhaus. Ein Wikingerzimmer darf nicht fehlen und eins im Ritterstil muss sowieso rein.

Mein Team war rundum gelungen und der Auftrag hat durch und durch Freude bereitet. Ein bisschen schade, dass es schon vorbei ist.

Ich schlüpfe aus meinen Pumps und taste mit meinen

nackten Füßen über den dunklen Echtholzfußboden, der in Francis' ganzem Haus verlegt ist, sogar in den Badezimmern, dort natürlich versiegelt als Schutz gegen die Feuchtigkeit. Dieser Boden fühlt sich toll unter den Fußsohlen an. Ein wenig warm, ein wenig rau – wie seine Stimme –, da er nicht komplett glatt ist, sondern Struktur besitzt.

Ich gehe durch die Badezimmer und stelle die Seifenspender an den eckigen Waschbecken in Betonoptik ab. Die habe ich heute als letzte Stücke geliefert bekommen. Sie sind handgefertigt aus alten Whiskeyflaschen einer edlen Sorte, mit einem metallenen Pumpspender versehen und passen perfekt hinein.

Bevor ich ein weiteres Mal alle Elektronik überprüfe, öffne ich überall die Fenster, um den Geruch nach Farbe und neuen Möbeln zu vertreiben. Ich mag ihn zwar, aber es soll hier nach zu Hause riechen und nicht nach neu. Deshalb kommt nach dem Lüften noch ein Aromavernebler zum Einsatz. Für Francis habe ich einen zitronig-rumigen Duft mit einem Hauch Sandelholz ausgewählt. In der Küche wird ein vanillig-nussiger Geruch vernebelt und in den Badezimmern etwas Frisches: Fichtennadel mit einem Spritzer Mandarine.

Bis ich hier heute mit meinem Kontrollgang durch bin, habe ich wahrscheinlich eine Wanderung hinter mir bei dem großen Haus.

Ich zücke mein Smartphone und verbinde mich per WLAN mit dem eingebauten Soundsystem, starte aus meiner Playlist *Marilyn Manson*, drehe voll auf und tanze durch alle Räume, um zu prüfen, ob die Lautsprecher einwandfrei arbeiten. Gut, dass ich laut mitsinge, wäre nicht nötig, aber ich bin immer in so euphorisch-nostalgischer Stimmung, wenn ich mit einem Projekt abgeschlossen habe.

Einerseits unglaublich glücklich, fertig zu sein, andererseits traurig, dass es vorüber ist.

Es ist ein wenig, als müsste ich ein Baby an eine neue Familie abgeben.

Diese letzten Überprüfungen sind eigentlich überflüssig, nun ist es zu spät, um noch rechtzeitig einen Handwerker kommen zu lassen, und außerdem überprüfte ich bereits alles gründlich. Mehrfach. Doch für mich gehört das dazu. Ein Teil des Abschiednehmens.

In seinem Arbeitszimmer streiche ich mit den Fingerspitzen über seinen neuen Schreibtisch. Geformt aus der Tragfläche einer Jagdmaschine aus dem Zweiten Weltkrieg. Dazu einen passenden Bürostuhl, ebenfalls aus gebürstetem Aluminium, innen mit dunkelbraunem Leder bezogen. Äußerst schick, trotzdem ergonomisch und sehr bequem. Aluminium und Dunkelbraun zieht sich durch den ganzen Raum. Er sieht sowohl nach Arbeit als auch elegant sowie männlich aus. Vorbei mit trauriger Designer-Hölle.

Ein Blick auf die Uhr verrät mir, dass ich nur noch eine halbe Stunde habe, bevor er hier auftaucht. Zügig schließe ich die Fenster und verneble die feinen Gerüche in den einzelnen Zimmern, zupfe ein Handtuch zurecht, öffne die Terrassentür, die einlädt, nach draußen in den Garten zu gehen, und packe meine Einweihungsgeschenke aus. Ein ganzes Fach in seinem Kühlschrank voll mit seinen geliebten Energydrinks und eine Flasche Whiskey von der Sorte, die als Seifenspender an seinen Waschbecken stehen, für seine Hausbar. Nicht superoriginell, aber zu originell geht meistens schief.

Ein letzter Rundumblick und ich verstaue die Duftvernebler wieder in meinem Auto und warte draußen auf ihn. Es soll so wirken, als wäre er der Erste, der sein neues Zuhause betritt. Es fühlt sich für die Eigentümer merkwürdig an, wenn ihnen jemand von innen öffnet. Deshalb wird er die Schlüssel von mir erhalten, selbst aufschließen und das Haus vor mir betreten, und dann kann ich ihn herumführen.

Ich ziehe mein Buch aus der Handtasche und schlage es auf. Obwohl ich versuche, mich zu konzentrieren, und es auch durchaus spannend ist, muss ich den Absatz schon zum dritten Mal lesen, da meine Gedanken ständig abschweifen. Ich bin so gespannt darauf, wie es ist, ihn wiederzusehen. Ich habe das Gefühl, dass er in der Zeit, in der ich ihn nicht sah, in meiner Vorstellung gewachsen ist. Ist er wirklich so groß und beeindruckend? Habe ich mir diese Aura um ihn eingebildet oder entspringt sie möglicherweise sogar nur meiner Fantasie?

Sein SUV fährt durch das Tor, das ich für ihn offen ließ, und mein Herz klopft bis zum Hals, während ich mein Buch zurück in die Tasche stopfe und mich bereit mache. Steigt da gleich ein ganz normaler Mann aus dem Auto und ich frage mich, was ich an ihm fand? Das ist alles ein wenig merkwürdig.

Ich bin immer aufgeregt, wenn ich ein fertiges Haus nach meiner Kur an die Eigentümer übergebe, da ich nur hoffen kann, dass ich diese durchschaut habe, es aber nicht tatsächlich weiß.

Doch das hier ist Francis Hunter, der mich sowieso so gründlich durcheinandergebracht hat, wie ich deutlich an meinen Gedankengängen feststelle.

Der Motor wird abgestellt und die Tür öffnet sich. Er steigt aus und sieht bei offener Tür über das Wagendach zu mir. So bleibt er einen Moment stehen, ehe er sich bewegt, die Tür mit einem satten Geräusch schließt und auf mich zukommt.

»Willkommen in deinem Zuhause.«

»Danke«, erwidert er mit dieser Stimme, die an rauchigen, lange gereiften Whiskey erinnert.

Vielleicht deshalb die Whiskeyflaschen-Seifenspender. Er tritt so nah vor mich, dass ich zu ihm hochsehen muss, und küsst mich auf die Wange. Seine Lippen streifen meine Haut und dieser Duft nach ihm steigt mir für einen Moment in die Nase und macht mich ein wenig kribbelig.

»Mittlerweile klappt das ja ganz gut, ohne dass daraus eine Orgie wird«, raunt er mir zu, ehe er sich zurückzieht und mich erwartungsvoll ansieht.

Nein. Das habe ich mir nicht nur eingebildet. Er ist immer noch ein bisschen überwältigend.

Ich überreiche ihm die Schlüssel in einer kleinen Box, die aussieht wie eine Schatzkiste. Darin sind auch alle Zugangscodes, Passwörter und Telefonnummern des Sicherheitsdienstes, seiner Reinigungskraft und des Gärtners. Er öffnet sie und sagt: »Schön. Dann sehen wir uns am Freitag.«

»Freitag?«, wiederhole ich irritiert.

»Zur Einweihungsfeier.«

»Ich dachte, du willst keine?«

»Nein. Das hast du falsch verstanden. Ich wollte nicht, dass du sie organisierst. Also? Kommst du?«

»Selbstverständlich gerne.«

»Gut. Dann wäre alles geklärt, oder?«

»Ja. Ähm, nein. Willst du, dass ich gehe? Soll ich dir nicht das Haus zeigen und wie alles funktioniert?«

»Ich denke, ich werde zurechtkommen. Danke.« Er sieht mich an, legt den Kopf schräg und fragt: »Oder wolltest du das? Möchtest du noch dein Lob kassieren?«

»Nun, zumindest könnte ich dir das Sicherheitssystem erklären.«

»Wenn ich das richtig gesehen habe, liegen Passwörter in der kleinen Piratenkiste, oder? Gibt es keine Bedienungsanleitung?«

»Doch. Alle Bedienungsanleitungen stehen in deinem Büro in einem schwarzen Ordner im Schrank.«

»Was willst du mir dann erklären? Oder denkst du, ich bin mir zu fein, diese zu lesen?«

»Nein. Entschuldige. Selbstverständlich lasse ich dich gerne alleine mit deinem Anwesen. Ich wollte nicht aufdringlich sein.«

Damit hatte ich nicht gerechnet. Noch nie wollte ein Kunde nicht, dass ich ihn durch das Haus führe und alles zeige. Natürlich hat er mit seiner Aussage recht. Ich lebe für das Lob, das ich dabei ernte. Und die Freude, wenn ich genau den Geschmack treffe. Für das Staunen über besondere Kleinigkeiten. Überhaupt ist das doch einer der besten drei Teile.

»Du siehst enttäuscht aus. Ich habe es mir anders überlegt. Komm mit rein.«

»Nein. Du bist der Boss. Du entscheidest, wie du das handhaben möchtest. Es ist nur ungewöhnlich. Lass dich von mir nicht von deinen Plänen abbringen.«

»Mein Plan ist, dass du mir alles zeigst.«

Er öffnet die Tür und deutet mir an, vorzugehen. Wie er das sagt und seinen Arm Richtung Eingang schwenkt, duldet keinen Widerspruch. Mit einem tiefen Atemzug gehe ich vor und über die neue stylische Treppe nach oben. Er folgt mir und ich führe ihn in sein neues Schlafzimmer.

Statt sich umzusehen, tritt er zuerst auf den Balkon und sieht auf das Grundstück hinter dem Haus. Er legt seine Unterarme auf das Geländer und scheint irgendwie abzuschalten.

Ich störe ihn nicht, beobachte ihn nur. Seinen dunklen Haarschopf und das Sakko, das sich durch das Anlehnen straff um seinen athletischen Körper spannt. Den Hintern kann ich natürlich auch nicht auslassen. Wäre ja verwerflich, da nicht hinzusehen.

Er dreht sich wieder um, kommt zurück ins Schlafzimmer und lässt seinen Blick flüchtig durch den Raum schweifen. »Wo ist das Badezimmer?«

Darauf bin ich ein bisschen stolz, weil das so raffiniert ist. Links und rechts sind jeweils ungefähr zwei Meter breite kupferfarbene Metallflächen vom Boden bis zur Decke. Das sieht aus wie Deko oder Kunst, aber tatsächlich sind Führungsschienen kaum sichtbar eingelassen.

Ich trete an die eine heran und schubse sie mit meinem Finger an, woraufhin sie aufgleitet, am Ende der Führungsschiene lautlos einrastet und den Durchbruch ins Bad freilegt.

Das wiederhole ich auf der anderen Seite vor seinem Ankleidezimmer.

In beides wirft er einen flüchtigen Blick hinein und nickt.

Ohne viel Worte führe ich ihn durch alle Räume, er nickt das ab und fasst ein paar Sachen an.

Im Wohnzimmer bleibt er länger vor dem Bücherregal stehen, das eine ganze Wand einnimmt. Das könnte den Raum zu sehr beherrschen, aber durch seine Größe und die gegenüberliegende Wand, die nun komplett verglast ist und einen tollen Blick über die Terrasse auf den Garten ermöglicht, wird es dezent in den Hintergrund gedrängt.

An der Steinwand gegenüber der Medienwand hängen als Dekoration leere Bilderrahmen mit Ablageflächen. Dort habe ich eine Auswahl seiner Klassiker platziert. Nicht die Erstausgaben, die befinden sich geschützt im Bücherregal.

Weiter geht es in die Küche. Tatsächlich scheint er sich über die Füllung seines Kühlschranks zu freuen, denn er schenkt mir ein Lächeln und schnappt sich gleich eine Dose davon.

»Die Terrasse noch?«, fragt er und dieses Mal nicke ich.

Ich überlasse ihm den Vortritt. Man kann von Küche und Wohnzimmer aus hinaustreten und sie ist nun ungefähr doppelt so groß und mit modernen Gartenmöbeln bestückt. Einladende Sitz- und Liegeflächen, kleine Tischchen. Man kann hier allein entspannen, Freunde empfangen oder eine Party feiern.

Links habe ich eine Steinmauer hinsetzen lassen, da das die übliche Windrichtung ist, damit es nicht zieht. Sie ist außerdem komplett überdacht mit einem Glasdach, das so hoch ist, dass es nicht einengend wirkt, man aber auch bei schlechtem Wetter draußen sein kann.

Er sieht sich um und danach mich an. »Das war alles, oder?«

»Ja. Außer, du möchtest noch etwas wissen oder erklärt bekommen.«

»Nein.«

»In Ordnung. Dann husche ich nun davon. Wir sehen uns Freitag.«

»Ja.«

Ich nicke ihm lächelnd zu, da er keine Anstalten macht, mir die Hand zu reichen, und drehe mich um, um zu gehen.

»Lara. Warte.«

Ich wende mich zurück in seine Richtung und er sagt ganz ernst: »Es gefällt mir. Es gefällt mir sogar sehr. Danke. Auch dafür, dass du meine Bücher so einsortiert hast, wie sie bei mir in der Wohnung standen, statt nach irgendwelchen optisch ansprechenden Systemen. Ich freue mich auf dich am Freitag.«

Ich nicke wieder, da ich nicht weiß, was ich sagen soll. Von all den Sachen ist ihm am meisten ins Auge gesprungen, wie ich seine Bücher sortiert habe? Das ist irgendwie süß, dass ihm die so wichtig sind.

Er sieht mich mit diesem intensiven Blick an, der mich schon so durcheinandergebracht hat, und ich räuspere mich, weil ich irgendetwas erwidern muss und sage: »Ich freue mich auch. Bis

Freitag.«

Du bist verrückt.

Lara

Auf meinem Bett liegen drei Kleider zur Auswahl. Alle figurschmeichelnd, ohne aufreizend zu wirken, mit einem Hauch Business.

Welches will ich zu Francis' Einweihungsfeier tragen?

Das Blaue betont gut meine Augenfarbe und das Grüne hebt sich höchstwahrscheinlich von den anderen Farben ab. So wie ich Francis einschätze, kommen nur Anzugträger zu seiner Party.

Das Schwarze. Ich trage das Schwarze. Der Schnitt gefällt mir einfach am besten. Dazu High Heels mit Fesselriemen sowie eine farbige Tasche, um das Schwarz etwas aufzulockern. Außerdem hatte der Psycho in meinem letzten Thriller es auf Frauen in bunten Kleidern abgesehen, da er wollte, dass alle schwarz tragen, um dem Tod seiner Mutter Respekt zu zollen. Nicht, dass Bücher mich irgendwie beeinflussen würden oder so.

Ich lasse das Handtuch fallen und steige in einen Spitzenslip mit passendem BH. Hübsche Unterwäsche liebe ich. Immer alles passend, immer edle Stoffe. Das muss ich niemandem zeigen, um mich selbst schön zu fühlen.

Bevor ich mir die Haare mache, blättere ich auf meinem Smartphone ein weiteres Mal die Vorher-Nachher-Bilder von Francis' Haus durch. Das hatte ich schon unzählige Male getan und werde es sicher noch einige Male wiederholen. Das ist so befriedigend.

Vorher – nachher. Vorher – nachher. Aaah.

Eine Stunde später bin ich bereit und verstaue ein paar Visitenkarten in meiner Handtasche. Ich hoffe auf neue Kontakte und gegebenenfalls Kunden. Auch wenn sie meine Dienste nicht sofort benötigen, vielleicht erinnern sie sich an mich, falls es bei ihnen so weit ist.

Ansonsten ist mein Plan, dort lecker zu essen, gute Unterhaltungen zu führen und mich feiern zu lassen für meine grandiose Arbeit.

Das wird das letzte Zusammentreffen mit Francis sein. Da unsere Chef-Dienstleister-Beziehung damit beendet ist, könnte ich ein wenig auf den Putz hauen und ihn mit seiner Frage nach einer Verabredung ärgern. Oder besser nicht. Später stellt er total arrogant klar, dass das nie sein Ernst war. Das muss ich mir nicht antun.

Die Fahrt zieht sich ein bisschen, doch endlich bin ich da und kann direkt auf sein Grundstück fahren, da das Tor bereits geöffnet ist. Ich scheine die erste zu sein. Alle Parkplätze sind noch frei. Auch gut. Dann komme ich wenigstens dazu, mich mit Francis zu unterhalten und ihn dabei ein wenig heimlich anzuhimmeln.

Ich schwinge die Beine aus meinem Wagen und lasse die Autotür hinter mir zufallen, wobei ich ihn entdecke.

Er steht unbeweglich wie eine Statue mit der Schulter gegen den Türrahmen gelehnt da. Eine Hand in der Hosentasche. Er wird mich gehört oder über die Kameras gesehen haben. Nett, dass er mir entgegenkommt.

Ich ziehe noch einmal mein Kleid glatt, bevor ich das Auto umrunde und auf ihn zugehe. Er folgt mir mit seinem dunklen Blick durch die Gläser seiner Brille, wie ich auf ihn zukomme.

Erst als ich direkt vor ihm stehe, bewegt er sich und reicht mir die Hand. Ein Wangenkuss streift meine Haut und er begrüßt mich mit seiner gewohnt rauen Stimme: »Hallo, Lara. Schön, dass du hier bist.«

Mein Atem stockt einen Augenblick, als er diese Worte warm gegen meine Wange raunt.

»Hallo, Hunt«, begrüße ich ihn zurück, nachdem ich mich gefangen habe. Obwohl ich diesen Spitznamen dämlich finde. Francis hat doch so einen schönen weichen Klang. Hunt klingt wie das kurze nervige Aufbellen eines Hundes.

»Dann kann die Party losgehen«, lässt er mich wissen und streckt seinen Arm auffordernd ins Innere.

Ich folge dieser Geste und betrete sein Haus. Mit einem Schulterblick frage ich: »Wo ist denn der Rest der Gäste?«

»Alle da.«

»Im Garten?«

»Hier.«

»Nur wir beide?«, versuche ich zu raten.

»Mehr braucht es doch nicht für eine Einweihungsparty, oder?«

»Na dann. Feiern wir zu zweit.«

Er legt seine Hand auf meinen unteren Rücken und dirigiert mich nach draußen auf die von mir vergrößerte Terrasse.

Dort stehen auf dem großen Holztisch unter dem vorgezogenen Dach Häppchen und Getränke in Kübeln mit Eis. Ausreichend für mindestens zehn Personen.

»Caterer?«, will ich lächelnd wissen.

»Klar. Sehe ich aus, als könnte ich kochen?«

»Ein Caterer nur für zwei? Noch keine Lieferservicekarten im Briefkasten gehabt? Ich habe eine App, damit hätten wir etwas bestellen können. Müsste auch keine Pizza sein, wenn du das nicht magst.«

»Jaja, kritisiere mich ruhig.«

»Würde ich mich doch niemals trauen«, erwidere ich leicht spöttisch.

Ich lasse mich auf dem Außensofa nieder und er fragt: »Bier, Wein oder Champagner? Oder etwas Härteres?«

»Champagner hast du da? Sicher gutes Zeug und nicht aus dem Supermarkt?«

»Gutes Zeug.«

»Her damit.«

Ich weiß nicht, ob ich mich ärgern soll, weil ich nicht angeben kann, wie toll es hier geworden ist, oder mich freuen, dass ich noch einmal Zeit mit ihm allein verbringe, oder das Ganze beängstigend finden. Er sieht mich ein klein wenig merkwürdig an. So lauernd, während er geschickt den Champagner entkorkt.

Mit der geöffneten Flasche schlendert er zu mir, lässt sich neben mir nieder und hält sie mir hin.

»Keine Gläser?«, frage ich belustigt.

»Wir sind doch unter uns«, antwortet er, zieht seine Hand zurück und nimmt einen großen Schluck.

»Komische Einweihungsparty«, offenbare ich ihm, als ich nach ihm selbst die Flasche ansetze. »Darf ich mir etwas zu essen nehmen?«

»Nur zu«, sagt er und schwenkt seinen Arm.

Ich belade einen Teller mit allem Möglichen, schnappe mir eine zweite Flasche Champagner und gehe zu ihm zurück auf die Außencouch, während er mich dabei die ganze Zeit mit den Augen verfolgt.

»Ist alles in Ordnung?«, will ich vorsichtig wissen. Ich frage mich mittlerweile immer mehr, warum wir nur zu zweit feiern. Hat er vielleicht sonst niemanden? Ist er ganz allein ohne Familie und Freunde?

Seine Antwort geht nicht darauf ein. »Warum noch eine Flasche? Ist es ekelhaft, mit mir aus einer zu trinken?«

»Nein. Aber wir sollten anstoßen. Bei so einem Haus.« Ich pule die Versiegelung ab und will es ihm nachtun mit dem eleganten Öffnen. Ich bin gut darin, oft genug für Kunden gemacht.

Leider zittert meine Hand etwas, da mich dieser Mann und diese seltsame Situation nervös machen. Der Korken schießt aus dem Flaschenhals und direkt gegen seine Schulter.

»Upsi«, rufe ich, stelle die überschäumende Flasche schnell zur Seite und drücke die Hand an die getroffene Stelle.

»Autsch«, sagt er, legt seine Hand auf meine und drückt sie fester dagegen. Seine Hand ist warm, bedeckt meine völlig und hält sie eisern eingeklemmt. »Wolltest du mich mit einem Korken erschießen, um an mein Haus zu kommen?«

Er lächelt minimal, kaum erkennbar und sein Lächeln lässt die Unsicherheit über die merkwürdige Situation verschwinden. Ja, dieser Mann ist beeindruckend und ja, ich stehe heimlich auf ihn. Aber ich bin kein Teenagermädchen mehr.

In einem lockeren Tonfall teile ich ihm mit: »Das war mein perfider Plan. Wenn ein Mord im Haus passiert, stürzt der Preis ab.«

»Clever.«
»Komm mit in die Küche, wir machen etwas Eis darauf.«
»Ist nicht schlimm. Ich kann ohne meinen linken Arm sicher fast normal leben.«
»Keine gute Idee. Ich sage nur: Klettverschlussschuhe.«
»Klettverschlussschuhe?«
»Mit einem Arm lässt es sich schlecht Schuhe binden.«
Er lächelt wieder dieses Lächeln, dass kaum seine Lippen nach oben bewegt, jedoch seine Augen erreicht und diese amüsiert funkeln lässt. Als wollte er nicht lächeln, kann es aber nicht unterdrücken.
»Na komm schon, Eis tut nicht weh«, fordere ich ihn auf.
Ohne meine Hand loszulassen, steht er doch auf und zieht mich mit an den Tisch. »Wir haben Eis hier.«
Vor dem Kübel mit Eis bleibt er stehen, lässt mich los, breitet seine Arme leicht aus und bestimmt: »Du wolltest Doktor spielen, also los.«
»Ähm.« Ich sehe ihn an, werfe einen Blick auf das Eis, lasse ihn über den Tisch schweifen und nehme mir das Tuch hinter dem Eiskübel, vermutlich war es gedacht, um es um den Hals der Flasche zu legen. Ich packe etwas Eis hinein und halte es ihm an die Schulter.
Skeptisch hebt er eine Augenbraue an und teilt mir amüsiert mit: »So kommt aber nichts von dem Kühlungseffekt an.«
»Soll ich dich jetzt ausziehen oder was?«
»Gute Idee. Auf meiner Wunschliste steht Nacktheit recht weit oben.«
Ich kneife meine Augen zusammen. Wie meint er das schon wieder?
»Ach, vergiss das.« Er wirft sein Sakko achtlos davon, knöpft sein Hemd auf, lässt es auf einer Seite ein Stück an seinem Arm hinuntergleiten und nimmt mir den provisorischen Eisbeutel ab.
Mein Blick hängt an seinem Oberkörper fest, zumindest an dem Teil, den ich sehen kann. Es ist ein klein wenig faszinierend, dass er so komplett bemalt ist. Als hätte er immer etwas an.

Er legt seinen Kopf schräg, während er sich das Eis an die Schulter drückt und fragt: »Etwas Interessantes gesehen?«

»Hm? Ach so, ja. Ich frage mich, ob das ein Vor- oder Nachteil ist, dass man aufgrund von Tattoos keine blauen Flecken sieht. Verklagen kannst du mich wahrscheinlich nicht.«

»Schade. Dabei bin ich doch auf jeden Cent angewiesen.«

»Es tut mir echt leid, Francis. Auch wenn wir Scherze darüber machen.«

»Ich leide wirklich schrecklich. Aber ich wüsste, wie ich den Schmerz vergesse.«

»Soll ich mal blasen?«, foppe ich ihn.

Er hebt erneut eine Augenbraue. »Sagst du das mit Absicht so? Ich werde manchmal nicht ganz schlau aus dir.«

»Das sagst ausgerechnet du.«

»Bin ich noch Chef?«

»Nein, außer du gibst mir gleich den nächsten Auftrag. Dieses Projekt ist hiermit abgeschlossen.«

»Gut«, sagt er leise, platziert seine freie Hand an meinem Hals und seine Lippen auf meinen.

O Gott. Mir bleibt kurz die Luft weg.

Seine Finger krabbeln über meine Haut Richtung meines Nackens und hinterlassen ein kribbelndes Gefühl. Seine Lippen sind so warm wie seine Hände und der Druck, mit dem er sie auf meine legt, ist ebenso fest.

In meinen heimlichen Schwärmereien hatte ich darüber nachgedacht, wie es sein könnte, ihn zu küssen. Doch das ist besser. Atemberaubend.

Dabei küsst er mich nicht einmal richtig, seine Lippen bewegen sich nur minimal auf meinen, als wollte er sie ertasten, und ich starre ihn an. Ich bin wie hypnotisiert von dieser Überraschung.

Er starrt zurück, ich sehe seine kleinen Lachfältchen und dann fühle ich seine Zungenspitze langsam über meine Lippen schleichen. Ganz automatisch öffne ich den Mund und meine Zunge sucht seine.

Als wäre das das Startsignal, zieht er mich an meinem Nacken an sich ran, beugt sich mir weiter entgegen und ich spüre die Kälte der eben vom Eis gekühlten Stelle, als er seinen Oberkörper an mich drückt.

Ich schmecke den Champagner von seiner Zunge, und er küsst mich immer wilder, ohne mir die Chance zu geben, mich zurückzuziehen. Sein Griff um meinen Nacken ist unerbittlich fest, und dieser Kuss ist einer von dieser Sorte, die einen schwindeln lassen.

Ich zucke zusammen, als etwas Kaltes oder Heißes meinen Nacken berührt. Eine Gänsehaut rollt über meinen Körper und verhärtet meine Brustwarzen so stark, dass sie nahezu schmerzhaft gegen die Spitze des BHs drücken.

»Nur Eis«, flüstert er, küsst mich weiter und jetzt erkenne ich es auch.

Seine Lippen verlassen meinen Mund und gleiten über meinen Kiefer an meinem Hals, wobei das Kratzen seiner Bartstoppeln als angenehmes Gefühl tief in mir nachklingt. Er leckt ein Stück entlang, als wollte er mich kosten, saugt meine Haut zwischen seine Zähne und bedeckt sie mit Küssen.

Seine Finger fahren unter den Ausschnitt meines Kleides und schieben es etwas über meine Schulter, damit er mich dort entlangküssen kann.

Ich fühle mich bewegungsunfähig und versuche, meine immer hektischer werdende Atmung zu kontrollieren. Von null auf voll angetörnt in weniger als zwei Minuten.

Dieser Eiswürfel, den er weiter an meinem Nacken bewegt, kann die Hitze, die sich in mir ausbreitet, nicht auch nur ein kleines bisschen abkühlen. Im Gegenteil.

Meine Erstarrung lässt langsam nach, ich bewege meine Arme und lege sie an seine schlanke Taille. Ich ziehe ihm das Hemd aus der Hose, schiebe meine Hände darunter und streichle über seine Haut. So warm, so weich.

Ich ertaste die Konturen von Muskeln und wandere mit den Fingerspitzen Richtung seines Rückens und dort die Wirbelsäule entlang.

Daraufhin drängt er sich noch energisch an mich, und ich kann seine Begeisterung spüren, die er fest an mich drückt. Wow. Lasse ich mich gleich von ihm hier im Garten vögeln? Das

geht ganz schön schnell.
»Warte«, will ich sagen, es klingt jedoch mehr wie ein Seufzer als wie ein Stoppsignal.

»Worauf?«, fragt er mich mit seiner rauen Stimme, die jetzt wie ein Reibeisen klingt.

Mir fällt kein richtiger Grund ein, außer dass ich völlig überfahren bin, deswegen behaupte ich: »Ähm. Ja. Ich habe Hunger.«

Er schiebt mich ein Stück von sich, sieht mich an und sagt ernst: »Ich auch. Aber nicht auf Essen.«

Da ich nicht darauf antworte, was vermutlich an meinem kussblockierten Verstand liegt, lässt er mich los. »Möchtest du tatsächlich etwas essen?«

»Ja.«

Er zeigt auf meinen Teller und fordert mich auf: »Nur zu.«

Erleichtert, kurz durchatmen zu können, setze ich mich und nehme mir den Teller. Hunger habe ich nicht, der Kuss hat mich regelrecht aufgewühlt und mein Magen ist irgendwie verschwunden. Trotzdem schiebe ich mir ein Kanapee zwischen die Zähne und kaue es. Das würde ja sonst dämlich aussehen.

Er sitzt einfach neben mir und sieht auf den Garten. Eben wirkte er lauernd und nun total entspannt. Sein Hemd ist immer noch aufgeknöpft und entblößt einen Teil seines Oberkörpers. Er wendet leicht den Kopf hin und her und nimmt dann seine Brille ab, hebt sie gegen das Licht und runzelt die Stirn, bevor er die Gläser am Stoff seines Hemdes poliert und sie anschließend zur Seite legt.

»Möchtest du nichts essen?«, will ich von ihm wissen. Es ist seltsam, allein zu essen und zu schweigen, obwohl man Gesellschaft hat.

»Ich habe bereits gegessen. Da ist nichts dabei, was ich zu mir nehme.«

»Moment. Du hast schon gegessen und du wirst nichts davon essen? Nur ich komme? Du hast einen Caterer ausschließlich für mich beauftragt?«

»Ja. Immerhin ist das eine Einweihungsfeier. Da sollte man

doch ein paar Häppchen anbieten.«

Einerseits bin ich verwirrt, warum er das tut, anderseits werde ich langsam etwas lockerer. Dass er so tiefenentspannt wirkt, ist irgendwie ansteckend.

»Okay. In dem Fall packe mir den Rest später einfach ein«, schlage ich lachend vor.

Er lächelt kurz zu mir rüber. »Gute Idee. Wäre schade um die Sachen.«

Er sieht auf meinen Teller, dann wieder zu mir und fragt: »Wenn du fertig bist, machen wir weiter?«

»Womit?«

Ich bin mir ziemlich sicher, dass er sich gerade ein Augenrollen verkneift, es zuckt leicht an seinen Augenbrauen.

»Mit dem Topfschlagen natürlich.«

Ich stelle den Teller zur Seite und bin einfach ehrlich. »Ich glaube, ich bin etwas überrumpelt. Und überrascht.«

Er runzelt fragend die Stirn. »Hattest du einer Verabredung nicht zugestimmt? Sobald ich nicht mehr dein Kunde bin?«

»Ich dachte, du machst einen Scherz, dich möglicherweise sogar über mich lustig oder das ist so ein Ego-Ding.«

Er legt seine Stirn noch weiter in Falten. »Das dachtest du? Das war weder Scherz noch Lustigmachen. Ich war ganz ernsthaft der Meinung, wir hätten eine Verabredung. Ich habe Monate darauf gewartet. Ich wartete noch nie Monate auf eine Verabredung. Meine Hoffnung war, dass wir Einweihung und Date kombinieren. Eine schöne Party zu zweit. Gibt ja genügend Zimmer, wir können uns durch alle durchfeiern.«

Durchfeiern? Was versteht er denn unter *durchfeiern*?

»Verstehe ich das richtig? Du willst mit mir in jedem Raum deines Hauses schlafen?«

Er sieht mich seltsam an, zuckt mit den Schultern und sagt: »Ja. Warum nicht?«

»Du bist verrückt«, platzt mir heraus.

»Möglicherweise wirkt das so«, erwidert er lächelnd, dieses Mal aber deutlich erkennbar. »Wenn du mir jetzt sagst, dass ich mir eine gewisse Spannung zwischen uns nur einbildete, ist mir das tatsächlich etwas peinlich.«

»Ich sagte überrascht, nicht abgeneigt. Ich hatte nur das Gefühl, dass du maximal harmlos mit mir flirtest und mich ein bisschen ärgerst.«

»Ich flirte doch nicht harmlos.«

»Ach und woher soll ich das wissen? Meine Güte, denk mal einen Augenblick nach. Du bist oder warst mein Kunde, ich dachte, du flirtest mit mir, war der Meinung, du hast heute dein Haus voll mit Menschen, die mit dir dein neues Zuhause feiern, und stattdessen willst du mit mir schlafen. In jedem dieser Zimmer. Vielleicht ist es albern, dass ich mich davon überfallen fühle, aber ich war ganz ernsthaft der Meinung, du machst dich nur etwas lustig über mich, weil du bemerkt hattest, dass ich auf dich stehe.«

»Du stehst auf mich«, wiederholt er und ein selbstzufriedenes Grinsen breitet sich auf seinem Gesicht aus. »Wenigstens das hatte ich mir nicht eingebildet.« Er trinkt noch einen Schluck aus der Champagnerflasche, reicht sie mir und nimmt mir gleichzeitig den Teller mit Essen weg. »Du kaust eher angeekelt darauf herum. Iss später. Ich küsse dich jetzt, und wenn wir den ersten Raum durch haben, bist du nicht mehr nervös und es schmeckt dir wieder.«

»Ich bin nicht nervös. Meine Güte, du wirkst manchmal so schrecklich überheblich.«

»Ja. Vielleicht. Das höre ich öfter. Meistens von Menschen, die mich nicht besonders gut kennen. Eigentlich bin ich durch und durch großartig«, erwidert er und zwinkert mir zu.

Hilfe ist der Mann von sich überzeugt. Doch das kann ich genauso.

»Dir ist schon klar, dass ich von einem Mann wie dir etwas Besonderes erwarte? Ich bin eine äußerst verwöhnte Frau, die nicht leicht zufriedenzustellen ist. Ich gebe mich nur mit dem Besten zufrieden. Auch sexuell. Du wirst eine gewisse Ausdauer benötigen. Und Geschicklichkeit beweisen müssen. Ein gutes Taktgefühl selbstverständlich. Und Timing.«

»Jetzt willst du mich nervös machen.«

»Ja. Vielleicht«, mache ich ihn nach.

»Es macht mich ziemlich an, wenn du so redest. So ein

bisschen zickig.«

Ich muss laut auflachen, weil er, als er das sagte, so verschmitzt lächelte.

»Okay. Du hast mich geküsst, ich zugegeben, dass ich auf dich stehe, eigentlich spricht nichts dagegen, außer dass wir es nun komplett zerredet haben.«

»Und du hast außerdem Petersilie zwischen den Zähnen.«

»Habe ich?«, frage ich und halte mir die Hand vor den Mund. »Ich darf sicher kurz deine Gästetoilette nutzen, um das zu korrigieren.«

Eine einladende Handbewegung folgt. Bevor ich die Tür erreiche, legt sich eine Hand auf mein Brustbein und hält mich auf, federleichte Küsse in meinen Nacken folgen, nachdem er meine Haare zur Seite gestrichen hat.

»Ähm, Petersilie?«

»Ist weg«, murmelt er und schiebt mein Kleid wie vorhin ein Stück von meiner Schulter.

»Das kannst du doch gar nicht wissen. Aber Moment mal! Ich hatte gar nichts Grünes an meinem Essen!«

»Du bist ein schlaues Ding«, haucht er mir an mein Ohr und küsst die Stelle dahinter, während seine Hände schwer auf meinen Schultern ruhen. »Beruhigt?«, brummt er gegen meine Haut.

Mir stockt der Atem, als er mich spielerisch in den Hals beißt und mich vor sich her ins Wohnzimmer drängt. Dort lässt er meine Schultern los und ich höre den Reißverschluss meines Kleides.

Ich verspanne mich ein wenig, weil er alles so selbstverständlich tut und ich mich etwas überfordert fühle. Es ist lange her, dass ich zum ersten Mal Sex mit einem Mann hatte und dann auch noch mit einem wie ihm. Jemand, der so tut, als würde ihm die Welt gehören.

Diesen Widerstand scheint er zu spüren, denn er haucht gegen meinen Nacken: »Kämpfst du gegen mich? Oder gegen dich selbst? Und wenn ja: Willst du besiegt werden?«

Tief durchatmend ordne ich meine Gedanken und beschließe, dass ich mich nicht verunsichern lasse. Ich bin niemand, der sich verunsichern lässt. Ich drehe mich um, halte mein Kleid vorn fest und sehe ihn auffordernd an.

»Zieh dich aus«, fordere ich.

So arrogant, der Typ. Der wird mich erleben. Der hat doch sicher gerade aus irgendeinem seiner alten Klassiker zitiert und kommt sich total tiefsinnig vor.

»Was?«

»Du kannst nicht mein Kleid aufmachen und nun ein Gesicht ziehen, als hätte ich verlangt, dass du das Haus gleich wieder abfackeln sollst. Ausziehen, sagte ich.«

Er sieht mich an, als wäre ich nicht ganz dicht, deshalb löse ich eine Hand von meinem Kleid und öffne mit einer Hand einen weiteren Knopf seines Hemdes, woraufhin er seine Hand auf meine legt.

»Heißt das *nein*?«, frage ich herausfordernd. Er mag mich überfallen haben, aber beim Sex gebe ich nun mal gerne den Ton an, wenn ich nicht gerade total überrannt bin. »Du redest von Verabredung, doch eigentlich willst du mich nur flachlegen. Und das anscheinend schnell. Auch wenn ich zugestimmt habe, bedeutet das trotzdem nicht, dass ich mir von dir vorschreiben lasse, wie das läuft.«

»Nein. Ich wollte dich nicht nur flachlegen. Gut, wieder zu schnell, verstehe.«

Er nimmt mein Gesicht in seine Hände und legt einen Kuss auf meine Lippen. Er ist warm und betörend. Meine Lider fallen wie von allein davon zu, bis mir das auffällt und ich sie zwinge, sich zu öffnen.

Als hätte er sich nicht richtig unter Kontrolle, wird der Kuss zwischendurch wilder, wechselt zurück ins Weiche, Langsame, Sinnliche. Meine Hände krallen sich an seinen Unterarmen fest und ich gehe, abweichend meiner Worte, mir nichts vorgeben zu lassen, einfach mit, da das ziemlich berauschend ist. Seine Daumen streichen zart über meine Wangen, und mir wird heiß, so heiß, dass mein Magen fast verglüht und mein Blut nahezu kocht.

Sein Gesicht entfernt sich immer wieder einen Atemzug lang von mir, und er sieht mich durchdringend an, ehe er fortfährt.

Ich würde gerne mehr von ihm berührt werden und frage bei der nächsten Gelegenheit, bei der er seinen Mund einen Augenblick von meinem nimmt: »Wie lange wirst du mich noch küssen?«

Er murmelt so nahe, dass ich an meinen Lippen spüren kann, wie er die Worte formt: »Ist die Ewigkeit zu kurz? Ich habe so lange darauf gewartet, das tun zu können.«

Mir fällt keine gute Erwiderung ein, da ich mir nicht sicher bin, wie das gemeint ist. Ich weiß nicht einmal, ob mir der Satz gefällt, aber mir gefällt, wie er ihn gesagt hat. Doch was ist die Aussage dahinter? Ist das ein Zitat aus einem seiner Bücher? Ein Witz? Ernst?

»Du wirkst unkonzentriert. Küssen auch zu schnell?«

Er lässt mich los, tritt einen Schritt zurück und ich fühle trotzdem seine Hände an meinen Wangen, seine Lippen, alles glüht wie ein eindringliches Echo nach.

»Nein, nicht zu schnell. Meinetwegen kann es weitergehen«, beschließe ich.

»Also lässt du nun das Kleid fallen?«

Ich sehe ihm direkt in die Augen, und er hält meinen Blick gefangen, wobei ich mit einer Bewegung meiner Schultern das Kleid von ihnen gleiten lasse, sodass ich nur in Unterwäsche und Heels vor ihm stehe.

Er betrachtet noch einen Moment mein Gesicht, dann rutscht sein Blick tiefer, über meinen ganzen Körper. Ich meine, mir einzubilden, dass ich die Eindringlichkeit dessen spüre, da alles an mir kribbelt davon, während er Knopf für Knopf sein Hemd öffnet. Langsam. Verflucht langsam.

Meine Aufmerksamkeit wandert zwischen seinen arbeitenden Händen und seinen Augen hin und her. Nun wirken seine Iriden tatsächlich komplett schwarz und brennen sich immer wieder in meine, wenn ich hinsehe. Sein Gesicht ist dabei erneut in diese ausdruckslose Miene zurückgefallen und irgendwie macht mich das an. So in Wäsche vor ihm zu stehen, sein bemüht neutraler Gesichtsausdruck, als müsste er die Kontrolle zurückbekommen, sein Blick und die Art, wie er die Finger an den Knöpfen bewegt.

Es ist eine merkwürdige Situation. Ich weiß, dass wir es gleich tun werden. Mein letzter Sex mit einem Mann, den ich nicht bezahlte, ist ewig her. Ich bin es gewohnt, den Ton anzugeben, damit ich bekomme, was ich will. Allerdings glaube ich nicht, dass er sich von mir rumkommandieren lassen wird. Vielleicht macht es Spaß, zur Abwechslung ausgeglichenen und gleichberechtigten Sex zu haben.

Wenn der Sex nur halb so gut ist wie der Kuss, dann wird das erstklassig. Ich schlucke hart, während ich ihm weiter zusehe, und nasse, schwere Lust sammelt sich in meinem Höschen. Das Kopfkino, was passieren könnte, ist in vollem Gange. Und es hat sehr viel mit diesen bewegenden Händen, dem starken Körper und dem, was noch in seiner Hose verborgen ist, zu tun.

Endlich wirft er das Hemd davon, und ich muss mich zwingen, nicht zu gierig auf seinen Oberkörper zu starren, um seine Tattoos und seine Figur in Augenschein zu nehmen. Ich konnte ihn schon in seiner Wohnung damals sehen, allerdings kann ich ihn nun ungeniert betrachten.

Er geht langsam in die Hocke und knotet seine edlen schwarzen Schuhe auf, ohne hinzusehen, denn er sieht ununterbrochen zu mir hoch. Er erhebt sich wieder, tritt sie sich von den Füßen und macht einen Schritt direkt vor mich.

Er beugt sich zu mir runter und raunt in mein Ohr: »Und jetzt?«

»Du hast noch etwas an«, hauche ich zurück.

»Du auch«, antwortet er, greift an seine Vorderseite und ich höre die Schließe seines Gürtels. Mein Herz klopft heftig, ich wünschte, wir wären schon dabei, damit diese Anspannung vorübergeht, andererseits ist genau das aufregend.

Ich hebe eine Hand und lege sie an seine Wange, fahre ihm mit dem Daumen über die Unterlippe und er zieht ihn zwischen seine Zähne. In diesem Moment öffnet er so schnell meinen BH mit einer Hand, dass ich die Absicht nicht mitbekam.

Er lässt meinen Daumen nicht frei, aber er nutzt beide Hände, um mir den BH über die Schultern zu streifen und danach seine Hose so weit nach unten zu schieben, dass sie von seiner Hüfte rutscht.

»Und jetzt?«, wiederhole ich seine Frage von eben.

Er entlässt meinen Daumen aus seinem Mund, weshalb ich meine Arme sinken lasse und der BH von meinem Arm gleitet, und schlägt vor: »Du könntest auf die Knie gehen.«

»Soll ich dir einen Antrag machen?«, frage ich ironisch. Das konnte ich mir nicht verkneifen, die Vorlage war zu gut. Was ist denn das für ein Vorschlag. »Ich könnte mich auch auf dein Gesicht setzen.«

»Du bläst nicht gerne«, vermutet er.

»Du leckst nicht gerne«, spekuliere ich zurück.

»Das habe ich nicht gesagt.«

»Du weißt aber, dass das kein Porno ist, oder?«, erkundige ich mich gespielt belustigt. Ich hätte eigentlich gar nichts dagegen, auf die Knie zu gehen, zu sehen, was unter diesen schwarzen Shorts ist, und es ganz genau zu erkunden, während er mich so gierig anblickt. »Nicht jeder Sex beginnt mit einem Blowjob. Wie endet das? Alles landet in meinem Gesicht? Oder auf meiner Brust?«

»Ich finde es absolut fantastisch, dass ich hier etwas über echten Sex lernen kann und in Zukunft nicht mehr ausschließlich auf mein Wissen aus Pornos zurückgreifen muss«, reagiert er lässig auf meinen Spruch. Seine Mundwinkel zucken erst, und dann wird ein deutliches Schmunzeln daraus, was seinen schönen Lippen unglaublich gut steht. Am liebsten würde ich es dort festtackern.

Er packt mich an meinem Po, hebt mich hoch und drückt mich an sich. Meine Beine schlingen sich wie von allein um seine Hüfte, ebenso meine Arme um seinen Nacken.

Ich fühle seine Haut an meiner. Seine harte Brust gegen meine volle, weiche gedrückt, meinen Schritt an dieser Ausbuchtung unter Stoff, die ich näher kennenlernen will. Ich wollte, dass er mich berührt, aber so an ihn gedrückt zu sein ist noch besser. Vorerst.

Wir sehen uns an. Irgendwo muss er seine undurchdringliche Miene verloren haben, denn ich meine, deutlich Erwartung zu erkennen, Neugier und auch Verlangen. Er hat ein schönes

Gesicht. Es ist interessant, ihn ohne Brille betrachten zu können. Sie verleiht ihm etwas Seriöses, ohne sieht er irgendwie feuriger aus.

Sich so nahe zu sein und sich anzusehen, fühlt sich intimer an, als sich zu küssen oder Sex zu haben. Meine Lungen scheinen voll und schwer zu sein, wodurch mir das ruhige Atmen Mühe macht, und meine Augen brennen ein wenig, weil ich das Blinzeln vergaß.

So viel Intimität mit jemand, der mir fremd sein sollte und sich im Augenblick nicht so anfühlt, verwirrt mich ein bisschen, und ich bin froh, als er sagt: »Gut, keine Zungenspielchen.«

»Doch, ich will die Zungenspielchen von eben«, hauche ich und küsse ihn.

Der Kuss ist absolute Erleichterung, bekanntes Gebiet, ablenkend und mitreißend. Er prickelt genauso wie der Champagner. Ein leises lustvolles Stöhnen entkommt seinem Mund, und er drückt meine heiße Mitte gegen seine Erektion, die sich noch in der Shorts versteckt. Er ist so hart, dass es bei dem festen Druck seiner Hände auf meinen Hintern schon fast wehtut an meinem Schambein.

»Was willst du dann als Vorspiel?«, erkundigt er sich etwas heiser.

»Ich brauche keins«, lasse ich ihn wissen und küsse seinen Hals entlang, wobei ich mit der Nase darüber gleite, da er so unglaublich reizvoll riecht. Herb und männlich. Kurz scheinen alle anderen Sinne aus zu sein, da sein Duft meinen Verstand vernebelt.

»Direkt loslegen?«, fragt er atemlos.

»Direkt loslegen«, bejahe ich.

»Verdammt, ja«, stöhnt er, hebt mich in einer flüssigen Bewegung an, entfernt eine Hand von meinem Hintern und schiebt meinen Slip einfach beiseite.

Bevor er was Dummes tut, fordere ich: »Hör auf.«

»Bitte, ich kann doch jetzt nicht mehr aufhören! Willst du mich umbringen?«, jammert er.

»Kondom, du Idiot«, erwidere ich schmunzelnd. Als wollte, könnte ICH noch aufhören.

Er sieht mich skeptisch an. »Keine Angst, das vergesse ich nicht. Ich wollte nur vorfühlen.«

Er lässt mich kopfschüttelnd runter und wird auf dem Weg zu einer der Kommoden seine Shorts ganz los. Ich tue es ihm gleich und beseitige meinen Slip, während ich seinen durchtrainierten Rücken anstarre, der natürlich ebenfalls komplett tätowiert ist, was auch sonst.

Ich gehe ihm nach und höre das charakteristische Geräusch vom Aufreißen eines Kondompäckchens. Mit den Fingerspitzen fahre ich seine Wirbelsäule entlang, und er beugt den Kopf etwas nach vorn, als ich an seinem Nacken ankomme. Erst als ich meine Tour unten beendet habe, dreht er sich um.

»Wo waren wir stehen geblieben?«, fragt er, scheint jedoch keine Antwort zu erwarten, denn erneut packt er mich wie eben und ich schlinge meine Beine um ihn.

Ein hitziger Kuss folgt, wobei ich Druck genau dort spüre, wo sich alles in mir nach ihm sehnt. Er dringt ein kleines Stück in mich ein und ein kehliges Geräusch entweicht seinen Lippen an meinen Mund.

Ich drücke mich selbst ein Stück nach unten, ich will mehr von dieser wohltuenden Dehnung.

»Tiefer?«, erkundigt er sich mit rauer Stimme.

»Verdammt, ja«, antworte ich und stöhne auf, als er sich weiter in mich schiebt. »Noch mehr«, verlange ich, dränge mich ihm entgegen und er gibt mir mehr von sich.

Er bewegt sich nicht, sondern küsst mich erneut. Je länger er mich küsst und dabei unbeweglich in mir ist, desto größer wird mein Bedürfnis nach völlig enthemmtem Sex.

Er ist so stark, hält mich unerbittlich fest an sich gepresst und lässt keine Regung von mir zu.

Deshalb fordere ich ein wenig atemlos: »Beweg dich gefälligst, und wenn du das im Stehen nicht kannst, lass uns auf die Couch gehen.«

Etwas, was sich wie ein unwilliges Knurren anhört, brummt an seinem Hals. Er geht ein paar Schritte, und er drückt mich gegen die frei gelegte Steinwand neben der Kommode, aus der er eben das Kondom zog.

Ich spüre die rauen Steine an meinem Rücken, er gleitet mit einem heftigen Stoß tiefer in mich, füllt mich vollständig aus und ein kleiner Schrei entweicht mir. Das war zu viel, doch der kurze Schmerz wird von der Lust gefressen und er bewegt sich dem Himmel sei Dank endlich. Die gleitenden Bewegungen bringen mich zum Aufkeuchen, weil er sich in mir so gut anfühlt.

»Du bist echt überall groß. Mach gefälligst vorsichtiger«, fordere ich trotzdem, bevor er sich noch tiefer in mich rammt. Wer weiß, was da womöglich noch kommt.

Er nimmt seinen Kopf etwas zurück und sieht mich an. »Was denkst du, was ich hier tue? Es war keine Absicht, gleich bis zu den Eiern in dir zu versinken, aber du bist so elend nass. Das macht mich ziemlich irre, und wenn ich dich so pervers ficken würde, wie es mir gerade deswegen durch den Kopf geht, schreist du wahrscheinlich lauter. Außerdem möchte ich dich daran erinnern, dass du behauptet hattest, kein Vorspiel zu wollen.«

»Okay, okay«, beschwichtige ich ihn, da ich ihn nicht zu einer Rechtfertigung nötigen wollte, und küsse ihn wieder. Er fährt mit seinen sanften, gleitenden Bewegungen fort und unsere Zungen spielen miteinander.

Ich entspanne mich in seinen Armen, das ist Genießersex zum Wohlfühlen, gut bis auf die Wand, die mir unangenehm in den Rücken drückt. Es ist wirklich angenehm, wie er sich bewegt, doch je länger seine Worte *pervers ficken* in meinem Kopf hallen, desto mehr habe ich das Gefühl, dass das hier langsam wilder werden könnte. Enthemmt ist hier noch gar nichts.

»Los, rüber auf die Couch. Es wird Zeit, an Intensität zuzulegen«, befehle ich.

Ja, genau, das will ich. Weg von dieser unbequemen Wand. Ich hätte ihm eine Samttapete andrehen sollen. Ich brauche diesen großen, schweren Körper auf mir. Eingeklemmt zwischen bequemen Sofakissen und ihm und dann will ich grandiosen Sex.

Doch natürlich kann er nicht einfach machen, sondern

kommentiert das: »Fuck, Lara, also normal sage ich den Frauen, was sie machen sollen, und bekomme keine Regieanweisung.«

Ich streiche durch seine Haare und frage ihn lächelnd: »Kommst du damit klar? Wir gehen da rüber, du machst mit mir, was du willst, und ich halte dafür meinen Mund.«

»Bist du irre? Du kannst mir nicht so einen Freifahrtschein geben, ohne mich zu kennen!«

Ich verkneife mir ein Augenrollen. Ich bin so was von scharf auf ihn, ich würde noch ganz andere Sachen sagen. Außerdem bin ich mir sicher, dass er nichts gegen meinen Willen tun wird. Er war bis jetzt recht zuvorkommend. Wenn er sagt, er würde mich gerne pervers ficken, und dann so sanft macht, ist das nett. Aber nicht nötig. Ich mag es wild.

Ich glaube, der Typ ist ideal für Sex. Harte Schale, weicher Kern, schmutzige Gedanken. Perfekte Mischung.

»Ja, das ist total heiß, wie du mich irre nennst. Noch mehr Dirty Talk?«, ärgere ich ihn, weil das süß ist, wie er mich rügt. Als würde er sich Sorgen machen.

»Du verwirrst mich völlig, ich bin gerade absolut nicht in der Lage, zu erkennen, was dein Ernst ist, was Ironie und was Spaß.«

»Nicht aufhören mit Bewegen!«, fordere ich. »Das Blut darf auf keinen Fall zum Denken zurück in deinen Kopf fließen. Wir brauchen das woanders.«

Er lacht dunkel auf und wirkt verwirrt. Dieser große Mann wirkt verunsichert von mir. Ich werde verrückt.

Ich helfe ihm lieber, ehe hier die Verwirrung sich in Schlaffheit äußert, und zeige auf das Sofa. »Los, da rüber und dann fick mich weiter.« Er sieht mich an und ich fahre fort: »Muss ich Bitte sagen? Ich bin ziemlich wuschig, mach irgendetwas, bevor ich frustriert sterbe!«

Der letzte Satz ist mir eher rausgeplatzt, aber immerhin sorgt er dafür, dass er sich endlich entscheidet, etwas zu tun. Er trägt mich zur Couch, wirft mich regelrecht darauf und positioniert sich zwischen meinen Beinen.

Doch statt mich wieder auszufüllen, küsst er mich, streichelt meinen Arm von den Handrücken beginnend über meine Schulter, meine Seite hinab und umfasst anschließend meine

Brust. Er küsst sich nach unten, seine Zunge umkreist meine Brustwarze und saugt sie in seinen Mund, woraufhin ich meine Hände in sein Haar kralle.

Woha, das ist intensiv, wie er das macht. Heftiges Kribbeln jagt davon zwischen meine Schenkel, bringt dort alles zum Pochen und erinnert mich daran, dass da etwas fehlt. Aber das, was fehlt, reibt gerade an meinem Bein und entfernt sich immer weiter vom erwünschten Ort, da er mit seinem Kopf noch tiefer rutscht. Er küsst meinen Bauch, beißt in meinen Hüftknochen und murmelt: »Keine Zungenspielchen.«

»Genau, los, komm hoch. Mir wurde Sex versprochen.«

Seine Hand landet an meiner Kehle, er ist wieder über mir und drückt mein Kinn nach oben, damit ich ihn ansehen muss, sein Gesicht ganz dicht an meinem. »Du sagtest, ich darf machen, was ich will. Wenn du dir das anders vorgestellt hast, dann ist das dein Pech.«

Ich blicke in seine dunkelbraunen, fast schwarzen Augen, sie glänzen tief und dunkel, und ich sage nichts. Er seufzt, hebt sein Becken an und lässt sich in mich gleiten. Auf dieses langsame Eindringen reagiere ich mit einem genussvollen Stöhnen, was ich in seiner Hand vibrieren fühle, die noch fest meine Kehle umschlossen hält. Automatisch schlinge ich meine Beine um seine Hüfte, sodass ich ihn bei mir halten kann.

»So wie du dich anhörst, glaube ich, du bist ein ganz schön versautes Stück«, lässt er mich wissen und nimmt mich hart und stürmisch.

Endlich.

Er verlangsamt, legt mehr Druck in seine Bewegungen, abwechselnd mit zügigen, kleinen Stößen. Er tobt sich an mir aus, als würde er diesen Freifahrtschein wirklich nutzen, jede Zurückhaltung aufgeben und sich seiner blanken Lust hingeben. Völlig hemmungslos fickt er mich, genauso wie ich es erhoffte. Ich traue mich kaum, mich unter ihm zu regen, um diesen herrlich wilden Rhythmus nicht zu behindern, dränge mich ihm nur entgegen.

Heißer Druck baut sich in mir auf, weil er mit jedem Stoß an meiner empfindlichsten Stelle reibt, und ich bettle innerlich, dass er nicht Position oder Tempo verändert, und schließlich löst sich die Anspannung auf. Jeder Muskel spannt sich erst an, dann zerfließe ich unter ihm und aus meinem Mund schmilzt ein lang gezogenes *Oooh*.

»Du bist tatsächlich schon gekommen«, stöhnt er. »Fuck, ich will auch«, sagt er, richtet sich etwas auf, legt seine Hände um meine Taille, stöhnt ein weiteres Mal auf und bewegt sich schneller.

Wie er meine Taille so fest drückt und sein Gesicht sich anspannt, bringt mich zwar schon wieder auf Touren, aber ich nutze die Gelegenheit, um meinen Blick über seinen Oberkörper schweifen zu lassen.

Ich muss mir bei Gelegenheit definitiv in Ruhe diese ganzen Tattoos ansehen. Und ich will diese Muskeln entlanglecken. Ja, das will ich sogar unbedingt. Der Druck von meiner Taille verschwindet, er positioniert seine Arme neben meinem Kopf und küsst mich heftig, während er ebenfalls kommt. Er zuckt in mir und er atmet wilde Geräusche in meinem Mund.

Okay, alles klar, ich bin bereit für Runde zwei. Wenn er mich in jedem Raum haben will, wird er hoffentlich keine allzu lange Erholungsphase brauchen.

Er erhebt sich von mir, entfernt das Kondom und wirft es verknotet Richtung Tür, bevor er sich gegen die Rückenlehne der Couch sinken lässt.

Ich lehne mich an seine Brust und er legt einen Arm um mich. Mit einem Finger zeichne ich Tattoos auf seiner Brust nach, sonst schweigen wir für ein paar Minuten.

»Ich hatte mir Sex mit dir vorgestellt. Aber ganz und gar nicht so.«

Ich sehe zu ihm hoch. »Was hattest du dir denn vorgestellt? War das jetzt eine gute oder schlechte Aussage? Also für mich.«

»Vielleicht gab es Momente, in denen ich befürchtet habe, du könntest trotz deiner Worte verklemmt sein. Und sicher dachte ich nicht daran, dass du mich rumkommandieren willst.«

Ich muss laut auflachen. »Wie um alles in der Welt kommst du dann auf die Idee, dass ich es mit dir in deinem ganzen Haus treiben würde? Mal davon abgesehen, dass ich für meinen Teil um jemanden, den ich für verklemmt halte, einen großen Bogen machen würde.«

»Keine Ahnung«, erwidert er ebenfalls lachend. »Um ehrlich zu sein, war das nicht der Plan. Das war ein Scherz, da mir einfiel, dass ich dir sagte, das ganze Haus sei mein *Spielzimmer*, und du bist sofort darauf angesprungen. Dich grundsätzlich zu verführen war es allerdings, wenn ich sowieso schon ehrlich bin«, erklärt er sich und wechselt das Thema. »Stehst du auf Dirty Talk? Als ich dich versautes Stück nannte, hast du scharf eingeatmet.«

»Nur wenn ich richtig wuschig bin. Sonst bin ich natürlich eine Königin.«

»Also eine Hoheit«, sagt er ernst und lacht wieder. »Für eine Königin bist du zu laut. Kein bisschen damenhaft. Zum Glück wohnen die Nachbarn ein Stück weg, ansonsten ständen die Cops vor der Hütte.«

»Wie bitte?« Ich glaube, ich habe mich verhört. »Hast du dich selbst mal gehört? Du hörst dich an wie ein wildes Tier.«

»Umso besser, dass die Nachbarn ein Stück weg sind«, erwidert er trocken.

»Und was ist nun?«, will ich wissen und nehme seinen Halbharten in die Hand, der sofort ein wenig zuckt. »Welches Zimmer ist das nächste?«

»Hm, ich muss nachdenken«, sagt er und sieht mir ins Gesicht, als würde er tatsächlich überlegen und ich nicht gerade mit seinem besten Stück spielen. Aus halbhart wird unter meinen Händen umgehend komplett einsatzbereit. Als ich mit meinem Daumen fest über seine Spitze fahre, flattern kurz seine Lider. Ich rutsche auf seinen Schoß und lege seine Hand zwischen meine Schenkel.

»Dir ist hoffentlich klar, dass wir so nicht aus dem Zimmer rauskommen?«

»Wie?«, frage ich unschuldig und massiere ihn etwas intensiver.

»Steh auf und dreh dich um«, bestimmt er in einem herrischen Tonfall.

Bewusst langsam erhebe ich mich und mache das. Ich fühle

seinen warmen Atem an meinem Nacken, doch er fasst mich nicht an. Die Erwartung einer Berührung scheint meine Haut zu sensibilisieren, denn ich meine, jeden feinsten Luftzug zu spüren.

Er fährt mit seinen Händen einen Millimeter über meiner Haut meinen Arm entlang. Alle feinen Härchen strecken sich ihm entgegen und ich atme schwer.

Er lässt auf dem gleichen Weg seine Lippen über meinen Rücken nach unten wandern. Ich spüre die Wärme und das Hauchen, aber keinen echten Kontakt. Warum berührt er mich nicht? Plötzlich kratzt er fest mit seinem Bart über meine empfindliche Haut, und ich sauge heftig Luft ein, das fühlt sich nach diesen Fast-Berührungen verdammt intensiv an.

»Streck deinen Hintern raus«, raunt er mir ins Ohr und legt eine Hand in meinen Nacken. Kaum habe ich das getan, wandert die andere Hand zwischen meine Schenkel. Sein Daumen gleitet in mich, die übrigen Finger massieren meine empfindlichste Stelle. Oha, oha, der Mann, weiß wie man einen anfassen muss.

»Beweg deinen Arsch ins große Badezimmer«, brummt er mir zu und zieht seine Hand zurück.

Ich muss aufpassen, dass ich nicht stolpere auf meinen Heels und mit weichen Beinen. Seine Hand bleibt herrisch in meinem Nacken, und sein Daumen zieht Kreise, die mich ein bisschen wahnsinnig machen, da sich die Haut dort so sensibel anfühlt. Gleichzeitig scheint er mich damit aufrecht zu halten und so dafür zu sorgen, dass ich nicht tatsächlich hinfalle.

Er sagt keinen Ton, ist direkt hinter mir und mit jedem Schritt, so nackt vor ihm, seine Hand so an mir, wird die Lust weiterzumachen größer.

Im Badezimmer schiebt er mich unter die Dusche, drückt mich gegen die Wand, und ich höre seine Knie knacken, als er in die Hocke geht. Ich werfe einen Blick zu ihm nach unten. Er hat ein Kondompäckchen zwischen den Lippen und öffnet die Fesselriemen meiner Schuhe. Er klopft an ein Bein und ich verlagere das Gewicht auf das andere und er zieht ihn mir aus, dann folgt das Gleiche mit dem zweiten.

»Die Schuhe sind geil, aber ich will nicht, dass du ausrutschst.« Sorgsam stellt er sie zur Seite, ist wieder hinter mir, küsst meinen Nacken kurz, bevor er mein Becken in seine Richtung bewegt und mich mit einem energischen Stoß erobert. Mein Oberkörper wird gegen die kühlen Fliesen gedrückt, während er einen Arm um meinen Bauch und den anderen um meinen Hals schlingt. Ich bin wie gefesselt und er fickt mich grob, ich in seinen Armen versunken. Wow. Das ist gut.

Es hat was, so umklammert zu werden und mich um nichts kümmern zu müssen. Seine Wange rutscht neben meine, und er stöhnt, was mich ebenfalls zum Stöhnen bringt, weil das verdammt erregende Geräusche sind, die aus seinem Mund und Brustkorb kommen. Da er und die Wand mich halten, schlinge ich einen Arm nach hinten um seinen Nacken und die andere greift abwärts, ich kann und will schon wieder. Als wäre der Orgasmus auf der Couch nur ein Vorgeschmack gewesen, ein Anreiz, eher Motivation, immer weiterzumachen.

»Nein«, sagt er und lässt von mir ab. Bevor ich mich fangen kann und verstehen oder nachfragen, was los ist, ist er das Kondom losgeworden und stellt das Wasser an. Er drückt mir Duschgel in die Hand und verlangt: »Wasch mich.«

Ich war grad ungefähr zehn Sekunden von einem Höhepunkt entfernt, aber gut, wenn er das anders zu Ende bringen will, ist das auch in Ordnung. Wir haben genügend Zimmer für alle Arten von Orgasmen, davon noch zwei Bäder und viele Wände.

Mit eingeseiften Händen gehe ich auf Erkundungstour. Ich konzentriere mich ganz auf das Anfassen, weniger auf das Ansehen, ich sehe mir vorerst lieber sein Gesicht an. In der Dunkelheit seiner Augen könnte man sich verlieren, wenn sie einen wie jetzt fast verschlingen. Ich stehe total darauf, wie er mich ansieht, ohne diese arrogante Miene, die er sonst so gerne zeigt. Völlig offen, auf mich konzentriert und voller Leidenschaft.

Zuerst wasche ich seine muskulösen Arme, ich mag es, ihn anzufassen und abzutasten. Ich fahre über seine Brust, streife seine Brustwarzen und gleite weiter über den harten Bauch, stoppe vor seiner Intimzone und trete hinter ihn.

Ich muss meine Arme heben, um ihn kurz an Schultern und Nacken zu kneten, bevor ich meine Hände wieder abwärts wandern lasse und ihn schließlich von hinten umfasse.

Unter meiner kleinen Erkundungstour atmet er schwerer, und mir gefällt außerordentlich gut, dass meine Hände so eine Wirkung auf ihn haben.

Mit klitschigen Fingern packe ich seine Erektion, wovon er hart einatmet. Ich wasche sie so gründlich, als wäre es ein ganz schmutziges Teil, was es im übertragenen Sinne auch zu sein scheint. Eine Hand lasse ich tiefer rutschen und massiere seine Hoden, während ich seinen gesamten Schaft durch meine Hand gleiten lasse, in dem Tempo, in dem er das letzte Mal gekommen ist.

Er genießt das eine Weile und ich quittiere zufrieden seine noch mehr beschleunigte Atmung und sein gelegentlich angespanntes Brummen. Bis er meine Hände von sich nimmt und sich zu mir umdreht.

Nun seift er mich ein. Wortlos und schnell. Wenig erotisch, eher eilig und effektiv. Als er uns beide abspült und mir dann ein Handtuch reichen möchte, muss ich nachfragen: »Ich weiß nicht, ob ich etwas verpasst habe, aber du bist nicht gekommen, oder? Ich auf jeden Fall nicht.«

»Das war ja auch nicht der Plan. Eigentlich wollte ich, dass wir uns mit einer Dusche abkühlen.«

»Sagtest du nicht, dass du gerne jeden Raum mit mir einweihen möchtest?«

»Ich sagte, dass ich in jedem Raum Sex haben möchte. Nicht, dass ich in jedem kommen will. Du weißt doch, wie viele Räume das Haus hat? Du hast es schließlich umgestaltet. Was hast du denn für Erwartungen an Männer?«, belustigt er sich.

»Aber ich will in jedem Raum kommen, wenn wir dort Sex haben.«

Sein Mund klappt leicht auf. »Du willst, dass ich dich in jedem Raum zum Höhepunkt bringe?«

»Das sind vierzehn Räume, ohne Keller, ohne Flure, ohne Treppe. Fünfzehn mit Garten, da finde ich es schön. Dafür können wir den Abstellraum streichen.«

»Du kannst verdammte vierzehn Mal an einem Abend oder Nacht kommen? Fuck.«

»Ja, gut«, rudere ich etwas zurück, während ich mich abtrockne und er wie erstarrt vor mir steht. Ihn aus der Fassung zu bringen befriedigt mich mindestens genauso wie der Sex. Keine Ahnung, ob das bei mir möglich ist, jedoch habe ich vor, das heute herauszufinden. »Bis jetzt noch nie, aber ich halte es nicht für unmöglich, es macht Spaß mit dir. Sieh es als Herausforderung.«

Er schüttelt seinen Kopf und murmelt irgendwas, was *unglaublich* sein könnte.

Mit einem versteckten Grinsen fahre ich fort: »Ich fordere, in jedem Raum darauf hinzuarbeiten, dass zumindest ich einen Höhepunkt erlebe. Falls nichts mehr geht, bringen wir es so zu Ende. Heute wird alles eingeweiht.«

»Ich nehme diese Herausforderung an«, sagt er ernst und bringt mich damit schon wieder zum Schmunzeln.

»Francis … ähm Hunt.«

»Nein, Francis ist in Ordnung«, unterbricht er mich.

»Oh, okay, schön. Darf ich danach ein Gästezimmer haben?«

»Du wirst sogar auf gar keinen Fall mehr irgendwohin fahren, wenn ich mit dir fertig bin.«

»Gut. Danke. Wohin nun? Schlafzimmer?«

»Küche.«

Ich schlinge das Handtuch um meinen Körper, er seins um die Hüfte und er hält mir die Tür in den Flur auf. Er legt seinen Arm um meine Schulter und drückt mir einen Kuss auf die Schläfe, während wir gemeinsam Richtung Küche gehen. »Du bist irgendwie cool.«

»Ach so? Ich fühle mich eher ziemlich erhitzt in deiner Gegenwart.«

»Genau das meine ich«, schmunzelt er und führt mich in die Küche. Dort lässt er seinen Blick schweifen und wirft mir anschließend vor: »Hatte ich nicht gesagt, das Haus soll so geplant sein, dass man überall Sex haben kann? Die Arbeitsplatte ist viel zu hoch, um dich darauf zu vögeln.«

»Also bitte. Ich habe die Arbeitsplatte in der perfekten Höhe planen lassen, damit du in deiner KÜCHE KOCHEN kannst, ohne Rückenschmerzen zu bekommen.«

»Vielleicht hätte ich dir sagen sollen, dass ich sicher häufiger in der Küche Sex haben werde, als darin zu kochen. Das kannst du mir gerne glauben, denn ich werde so ungefähr null Mal kochen.«

»Und warum um alles in der Welt habe ich dir dann die modernsten Elektrogeräte einbauen lassen? Warum ist sie so riesig? Manche Leute zahlen nicht so viel Geld für eine Wohnung.«

»So eine Küche gehört doch dazu.«

»Ich hätte dir eine Dekoküche machen lassen sollen«, erwidere ich lachend. »Oder wir reißen sie raus und setzen eine Bibliothek hier rein.«

»Nein, die bleibt jetzt. Schluss mit unsexy Gerede über Küchen. Ich habe eine Idee«, sagt er, packt mich an der Hüfte und setzt mich ans Ende der Kücheninsel, dreht sich um und nimmt ein Kondom aus einer der Küchenschubladen. Ich beobachte seine Hand, wie er es neben mir ablegt, und muss lachen. »Sag mal, hast du in jedem Raum Kondome verstaut?«

»Ich bin ein praktisch veranlagter Mensch. Ich habe in jedem Raum Kondome, Bargeld, ein Buch, ein Ladegerät und eine Ersatzbrille«, erklärt er und holt einen Energydrink aus dem Kühlschrank.

Er öffnet die Dose und hält sie mir entgegen.

»Nein, danke.«

»Trink davon. Sonst schmecken meine Küsse nicht, wenn nur ich das trinke.«

»Oh, okay«, erwidere ich und nehme einen Schluck. Anschließend trinkt er sie aus und wirft sie mit einem gekonnten Wurf in die Spüle. »Ich weiß, wofür die Höhe perfekt geeignet ist.«

Er drückt meinen Oberkörper zurück, öffnet mein Handtuch und zwängt meine Beine auseinander, um ohne Umschweife mit seinem Gesicht zwischen meinen Schenkeln zu verschwinden.

Ich schnappe kurz nach Luft, denn er geht direkt auf meine empfindlichste Stelle los und beißt etwas zu fest zu. Ich will ihn mit meinen Händen abwehren, aber er packt meine Handgelenke und lässt seine Zunge mit Kraft darüber gleiten, wo er gebissen hatte, als wollte er es wegstreicheln. Seine Zunge ist kühl von dem Getränk, was einen Moment seltsam ist, aber gut seltsam.

»Weiter oder aufhören?«, fragt er.

»Weiter«, bestimme ich. Wenn es ganz und gar zu viel ist, kann ich ihm immer noch sagen, dass er aufhören soll.

Erneut beißt er zu und streicht daraufhin mit der Zunge. Er wiederholt das mit zunehmender Forschheit. Das ist zu viel, zu grob, zu geil. Das bringt mich dazu, ungeplant zu wimmern: »O mein Gott, Francis«, und dann komme ich. Unerwartet. Heftig. Lange. Er hört nicht auf, bis mein Aufbäumen ein Ende hat, und hält meine Handgelenke dabei unerbittlich fest. Erst als ich meinen Kopf anhebe, um ihn anzusehen, lässt er sie los.

Er sieht mich mit vor Gier triefendem Blick an und sagt mit belegter Stimme: »Scheiße, du stehst echt auf roh.«

Ich richte mich weiter auf, damit ich ihn besser ansehen kann, er schaut zurück. Ich weiß nicht, ob das die Nachwehen meines Höhepunkts sind, aber irgendwie habe ich das Gefühl, dass diese Blicke die Luft fast zum Brennen bringen.

Ich strecke meine Arme aus, nehme sein Gesicht in meine Hände und küsse ihn. Ich lecke über seine Lippen, schiebe meine Zunge in seinen Mund und küsse ihn genauso lange, bis er den Kuss noch leidenschaftlicher werden lässt. Ich wandere an seinem Gesicht entlang und gleite mit meinen Lippen über seinen Bart. Weiter geht es zu seiner Schläfe bis zu seinem Hals. Der Mann ist zum Genießen.

Er zieht mich näher an den Rand und fingert mich genüsslich langsam, während ich meine Lippen an ihm reibe und seine Haut koste. Eine Weile führen wir dieses Spiel fort, bis er seinen Daumen hinzunimmt und ihn dort kräftige Kreise ziehen lässt, wo er eben knabberte.

Ich versenke mein Gesicht zwischen seinem Hals und seiner Schulter und gebe kurzatmig zu: »Francis, fuckfuck, hör auf, ich will nicht schon wieder. Ich will keine zwei Orgasmen in einem Raum verschwenden.«

Er tritt einen Schritt zurück, schwingt sich neben mich auf die Arbeitsplatte, öffnet sein Handtuch und rollt sich das Kondom über.

»Los, Hoheit, schwing dich rauf.«

»Ich sagte, dass ich mir noch etwas für die anderen Zimmer aufheben will.«

»Du sollst auch nicht kommen, sondern mich nur ein wenig reiten. Sex in jedem Raum. Hm?«

Mit einem Zungenschnalzen nehme ich diese *Ermahnung* hin, klettere auf die Arbeitsplatte und positioniere mich links und rechts von seinen Oberschenkeln.

»Am besten stellst du dich auf deine Füße.«

»Ach, bekomm ich jetzt die Regieanweisungen oder was?«, ärgere ich ihn und mache das, da es sowieso mein Plan war. Er hält seine Erektion fest, ich greife an seine Schulter und lasse mich langsam auf ihm niedersinken.

Unwillkürlich schließe ich meine Augen, damit ich besser spüren kann, wie er mich Stück für Stück ausfüllt. Das ist eine gute Position. Sie übt Druck auf genau den richtigen Punkt in mir aus. Er darf ein bisschen, aber dann muss ich runterkühlen, sonst wird das nichts mit jedem Raum.

Sich zurückzuhalten ist gar nicht so einfach, vor allem, da er sich meinen Brustwarzen widmet, an einer lutscht und die andere mit zwei Fingern unter Feuer setzt. Doch ich will das noch hinauszögern. Und so gönne ich ihm nur wenige Minuten, schüttle seine Hände ab und lasse mich von seinem Schoß rutschen.

»Was ist denn jetzt?«, fragt er entgeistert.

»Komm mit und guck nicht so.«

Bevor er mich erwischt, laufe ich lachend über seinen Gesichtsausdruck nach draußen auf die Terrasse und schiebe mir dort ein Häppchen in den Mund, bis er mir gefolgt ist.

»Hast du Hunger und lässt mich deswegen im wahrsten Sinne des Wortes stehen?«

»Ja und jetzt setz dich«, weise ich ihn an und zeige auf die

Außencouch.

Ich bin direkt hinter ihm und gebe ihm einen Klaps auf seinen Knackarsch, was ihm einen Blick über die Schulter und eine hochgezogene Augenbraue wert ist.

Er lehnt sich lässig hinten an und ich betrachte ihn. Selbst nackt und hart strahlt er eine erregende Art der Arroganz aus.

»Was überlegst du? Hoffentlich nicht, ob ich schon wieder wegen Essen zurückstehen muss.«

Um ihn zu ärgern, denn schließlich bin ich ihm einen Höhepunkt voraus, antworte ich: »Schrecklichen Hunger habe ich.«

Er beißt sich auf die Lippe und dann breitet sich ein obszönes Grinsen auf seinem Gesicht aus. »Komm her«, fordert er, und ich würde gerne wissen, was ihn so zum Grinsen bringt, weshalb ich mich auf seinen Schoß setze.

Gleichzeitig drückt er mir seinen Schwanz in die Hand, beugt sich neben mein Ohr und flüstert: »Ich habe da eine Leckerei für dich, die längste Praline der Welt vielleicht. Falls du dich revanchieren möchtest.«

»Ernsthaft?«, entwischt mir lachend. »So ein dämlicher Spruch. O Gott. Sag lieber: *Ich will deinen Mund ficken* oder so was.« Ich kann nicht anders, ich muss viel zu laut darüber lachen. Hilf mir einer. Ich will ihn nicht auslachen, doch das ist abartig schräg.

Mit einem Lächeln lehnt er sich wieder hinten an. »Genau das ging mir durch den Sinn. Allerdings wollte ich zuerst dein Lachen hören. Du hast ein tolles Lachen, ich mag das. Sehr erfreulich, dass ich deinen albernen Humor getroffen habe. Wenn du dich beruhigt hast, würde ich in der Tat sehr gerne deinen Mund ficken.«

Ich lehne meine Stirn gegen seine Brust, weil ich immer weiter durchgeschüttelt werde. Seine Hand streichelt dabei langsam und zärtlich, fast zaghaft über meine Haare, woraufhin ich den Kopf hebe. Auf seinen Lippen liegt ein feines, zufriedenes Lächeln, das mich irgendwie berührt.

»Okay«, stimme ich zu, da das Lachen trotzdem noch in meiner Kehle hängt und ich mir vermutlich selbst den Mund stopfen sollte, um es abzuwürgen. »Her damit«, verlange ich und rutsche abwärts, meine Hand noch um seinen Schaft. Er rutscht an den Rand der Couch und ich sehe zu ihm hoch.

Das war ein schönes Kompliment, dass er mein Lachen mag, dafür hat er sich einen erstklassigen Blowjob verdient.

Ich sammle etwas Speichel und taste ihn mit nasser Zunge komplett ab. Der passt niemals ganz in meinen Mund. Da muss er durch, sicher kennt er das nicht anders. Ich nutze Zunge, Lippen und Hände, um ihm so viel Lust zu bereiten wie er mir eben. Jedes lustvolle Geräusch, das ich von ihm höre, befeuert mich und ich genieße ihn in meinem Mund. Wie er schmeckt, wie er sich anfühlt, wie er mich dabei ansieht.

Die Überlegung, ihn mit den Zähnen zu ärgern, wie er es bei mir tat, schiebe ich weg, da es mir viel zu gut gefällt, ihm pures Vergnügen zu schenken.

Seine Lippen sind einen Spalt geöffnet und sein Blick ist leicht verhangen. Ich sehe, wie er sich um Konzentration bemüht und mich mit belegter Stimme fragt: »Die saubere Variante oder mit Einsauen?«

Da ich nicht schon wieder duschen will, halte ich einen Finger für die erste Variante in die Luft und zeige dann mit dem Daumen nach oben.

Daraufhin legt er eine Hand von mir auf seinen Unterarm, seine gespreizten Finger gleiten in meine Haare und er sagt: »Kneif mich, wenn es zu viel wird.«

Kaum ausgesprochen fickt er tatsächlich meinen Mund und schiebt sich immer tiefer in meinen Rachen, ohne dass ich nach hinten ausweichen kann, da er mich fest umklammert hält.

Ich lasse locker, solange ich nicht würgen muss oder er mir keine Chance zum Luftholen gibt, darf er sich austoben, schließlich hat mir seine Wildheit heute schon Orgasmen beschert.

Mit einem letzten Stöhnen kommt er in meinem Mund, sieht mich dabei total entrückt an und lässt sich anschließend mit einem Seufzen gegen die Lehne fallen, wobei er die Arme links und rechts darauf ausbreitet.

Da der Champagner noch hier rumsteht, schnappe ich mir

die Flasche, nutze die Gelegenheit, um mich zu setzen und an seine Armbeuge zu lehnen.

Er beugt seinen Arm und streichelt meine Haare, und ich drücke ihm schnell einen Kuss auf die Wange, bevor ich ein paar Schlucke nehme und ihm die Flasche anbiete.

Mein Magen knurrt in die gemütliche Stille und ich teile ihm mit: »Ich ziehe mir etwas an, danach esse ich. Bis ich damit fertig bin, bist du gefälligst wieder hart.«

»Hm«, sagt er nur und grinst ein bisschen. Wenn er mein Lachen mag, dann ist es bei mir sein Lächeln. Das steht ihm so gut, und es ist nicht so einfach, ihm eins zu entlocken.

Ich schlendere Richtung Wohnzimmer und meine, seinen Blick auf mir zu spüren, sehe über die Schulter und er sieht mir tatsächlich mit einem zufriedenen Gesichtsausdruck hinterher.

Das gefällt mir. Es scheint ihm wohl genauso gut zu gefallen wie mir, unser Zusammensein. Ich hebe mein Höschen auf. Das brauche ich nicht mehr anzuziehen, das ist nass. Deshalb streife ich mir sein Hemd über und schließe die Knöpfe. Das ist okay. Vor allem, weil er es nicht anziehen kann.

Ich sammle seine Shorts und seine Brille ein und gehe zurück zu ihm. Er hat den Kopf in den Nacken gelegt und die Augen geschlossen. Erst als ich vor ihm stehe, bemerkt er mich und lächelt noch einmal für mich. Ich beuge mich vor für einen unschuldigen kleinen Kuss, da er trotz seiner düsteren Ausstrahlung regelrecht niedlich aussieht, so entspannt.

Das scheint nicht so sein Ding zu sein, denn er fängt meine Lippen ein und vertieft diesen Kuss sofort und legt mir die Hand an den Hinterkopf. »Vergiss es«, unterbreche ich ihn. »Ich will jetzt etwas essen.«

Ich befreie mich und setze ihm seine Brille auf die Nase. »Danke«, sagt er dazu und spricht nicht mehr.

Nicht, während ich gemütlich an ihn gelehnt von den Leckereien nasche, nicht, als ich den Teller zur Seite stelle und mich so hinsetze, dass ich mir endlich seine Tattoos genauer ansehen kann.

Eine Schulter, ein Teil der Brust und auch des Rückens sind mit einer Art Rüstung bemalt. Sehr realistisch, dieses Tattoo, sie hat Dellen und Kratzer und sieht gebraucht aus. Ich fahre mit dem Finger darüber. Es wirkt, als könnte man das Metall spüren, doch natürlich ist nur Haut fühlbar.

Über seine Brust sind wilde symmetrische Formen gestochen, auf seinem straffen Bauch findet man einen Vogel. Ein Rabe möglicherweise? Das Auge glänzt lebendig, ja sogar intelligent, außerdem einen Baum, blätterlos und düster, aber nicht traurig. Ein klassischer Totenkopf in Nebel, Sonne und Mond, verschiedene Muster sind immer wieder eingearbeitet, eine Stelle ist ganz schwarz. Vielleicht wurde da eins überstochen. Ich setze mich aufrechter hin und nehme seinen Arm, um mir diesen auch anzuschauen. Eine Art Weltuntergangsszenario, mit Sonne hinten am Horizont. Es wirkt, als würde es eine Geschichte von Untergang und Hoffnung erzählen.

Er sagt während meiner gründlichen Inspizierung nichts, anscheinend ist er das gewohnt, dass er deswegen angestarrt wird.

Trotzdem frage ich das, was er vermutlich am häufigsten gefragt wird: »Was haben die Tattoos für eine Bedeutung?«

»Ich hatte Geld, der Tätowierer Zeit«, antwortet er gelangweilt. Hm, offenbar findet er die Frage nervig.

Das ignorierend, stelle ich fest: »Das waren verschiedene Künstler, das sind lauter unterschiedliche Stile. Jedoch gut ineinander eingearbeitet. Sehr fließende Übergänge, das waren alles Profis.«

»Du kannst das auseinanderhalten?«

»Ein wenig. Da ich auch Kunst kaufe für meine Kunden, habe ich mir einen Blick antrainiert.«

»Ich bin dafür um die halbe Welt geflogen. Wenn ich einen Künstler fand, der mich ansprach, dann war es mir egal, wo er arbeitete. Ich bin hin.«

»Welches ist dein liebstes?«

»Gute Frage. Aber ich habe keine Antwort. Sind sie da, denke ich nicht mehr darüber nach. Ich hatte sie nicht einmal selbst ausgesucht. Ich fragte jeden Tätowierer, was er denkt, was zu mir passt, und deren Vorschlag hat mir immer gefallen.«

Ich lasse einen Finger über seine Brustwarzen gleiten. »Echt übel«, finde ich. Die sind mit tätowiert. »Hast du eine masochistische Ader?«

»Also so hat mich noch nie jemand gefragt, ob das wehtat.«

»Die Frage, ob das wehtat, ist auch überflüssig. Es wird Hölle gewesen sein. Deswegen frage ich ja, ob dir das einen Kick gibt oder so.«

»Nein. Es hat sich angefühlt wie ein lang anhaltender Tritt in die Eier und das kickt mich überhaupt nicht. Sie freizulassen hätte die Optik gestört. Und wenn, muss es perfekt sein.«

»Hm«, antworte ich darauf nur. »Was macht eigentlich deine Schussverletzung?«

»Schussverletzung?«

»Champagner, Korken, vielleicht erinnerst du dich?«

»Ach ja. Geht. Ich vermute, ich kann dank deiner raffinierten Kühltechnik meinen Arm doch behalten. Was hältst du vom Kraftraum?«, fragt er und legt seinen Arm um mich, woraufhin ich mich etwas nach unten gleiten lasse und wie eben meinen Kopf an seiner Armbeuge anlehne.

»Was soll ich davon halten? Ich habe ihn dir perfekt nach deinen Wünschen eingerichtet.«

Er schmatzt mit den Lippen. »Für die nächste Runde meinte ich.«

»Gib mir ein paar Minuten, ich will hier noch ein bisschen sitzen und snacken. Sehr lecker, was du da bestellt hast.«

Er beugt den Kopf und murmelt in meine Haare: »Auch gut.«

Von der Stelle beginnend, an der sein Atem meine Kopfhaut trifft, wird mir ganz warm überall, was mich zwingt, hart zu schlucken.

Was will dieser Mann von mir? Ich kann es so wenig einschätzen. Wollte er tatsächlich eine richtige Verabredung oder geht es hier nur um Sex? Er sagte, dass er eine Verabredung wollte und das sein Ernst war. Aber man verabredet sich nicht und springt sofort miteinander in die Kiste. Oder doch? Wenn ich mich früher verabredete, lernte man sich immer erst kennen. Lernten wir uns bereits bei den geschäftlichen Gesprächen kennen? Zählt das?

Ich schüttle diese Gedanken ab. Sie helfen mir nicht weiter, und ich gehe lieber davon aus, dass er mich nur flachlegen wollte. Ich werde das hier genießen und gut ist.

Vermutlich brauche ich meine ganze Selbstbeherrschung, um mir nicht anmerken zu lassen, wie faszinierend ich ihn finde und wie unfassbar gut sich selbst jede kleinste Berührung von ihm anfühlt.

Nicht nur vor ihm, auch vor mir.

Du bist anders.

Francis

Mein neues *Spielzimmer* ist erstklassig. Während das Wohnzimmer gemütlich sowie stilvoll ist und einlädt, dort einen heimeligen Abend zu verbringen oder Besuch zu empfangen, ist es hier perfekt, um sich zu amüsieren.

Die breiten, einem Kinositz nachempfundenen Sessel laden geradezu ein, mit Freunden oder allein zu zocken. Im Moment sitze ich auf einem solchen, sie hinter mir. Sie behauptete, sie wolle sich die Tattoos an meinem Rücken ansehen. Das scheint sie auch zu tun und fährt dazu abwechselnd mit ihren Lippen und der Zunge angenehm über meine Haut. Was mich zum Augenschließen bringen könnte, wenn ich nicht lieber zusehen würde, wie sie währenddessen mit ihrer Hand meinen Schwanz bearbeitet. Ihre feingliedrigen, zarten Hände vollbringen dabei wahre Wunder, denn eigentlich bin ich ziemlich fertig. Bis auf mein Schlafzimmer haben wir jeden Raum durch.

Sie kichert und sagt leise: »Ich liebe deinen Schwanz, der ist der Hammer.« Daraufhin bekommt sie einen Lachanfall und ich spüre ihre Wange an mir und ihre Haare kitzeln mich ein bisschen.

Mir sind die Worte ausgegangen im Laufe des Abends und der Nacht, so viel, wie wir uns zwischen den Räumen unterhalten haben, weshalb ich nicht nachfrage. Sie klettert um mich herum, und ich betrachte, wie sie ein Kondom über mir abrollt und ich zum x-ten Mal in ihrer Pussy versinke.

Wir regen uns nur wenig, ich streichle ihre seidige Haut mit den Fingerspitzen, ertaste jede Stelle, die ich erreichen kann. Alles fühlt sich wie eine Zeitlupe an, ganz genau betrachtbar. Mir ist nicht kalt, mir ist nicht heiß, überall perfekt warm, alles ist schwer und doch leicht. Ich möchte mich gar nicht schnell bewegen, um dieses Zeitlupengefühl nicht zu zerstören. Ich schmecke ihre köstlichen Lippen und kann mich kaum davon lösen. Irgendwie ist mein komplettes Ich in ihr versunken.

Trotzdem packe ich sie und trage sie in mein Schlafzimmer. Dort werden die Bewegungen raumgreifender, sinnlicher, ja, ein anderes Wort passt nicht zu dieser Frau, sie ist durch und durch sinnlich.

Sie reißt ihre Augen auf, flüstert heiser: »Francis«, wirft ihren Kopf zurück, und ich spüre und sehe, wie sie kommt. Wie sie meinen Namen ausspricht, wie sie sich an mir festkrallt und ihre Nägel dabei meinen Oberarm entlangrutschen, das gibt mir einen Schubs ins Nirgendwo. Ich folge ihr, drücke meine Stirn an ihre Schulter und flüstere dazu ihren Namen, als würde sonst nichts mehr an Worten existieren.

Schwer atmend lasse ich meinen Kopf so abgestützt und habe das Gefühl, als wäre mein Verstand völlig vernebelt von ihr. Ich kann mich nicht erinnern, jemals den Namen einer Frau gestöhnt zu haben. Ich muss total voll von ihr sein nach diesen vielen Stunden. Nicht, dass ich noch nie stundenlang Sex gehabt hätte, aber einen ganzen Abend oder Nacht, immer wieder, auf unterschiedlichste Arten mit einem festen Ziel, das nie.

Wie sie meinen Namen irgendetwas zwischen gemurmelt, geseufzt und gestöhnt hat, hallt in mir nach, und dieser Gedanke, er wäre zu weich und zu unpassend für mich, kommt mir auf einmal kindisch vor.

Ich hebe meinen Kopf, sie betrachtet mein Gesicht und ich ihres. Warum ist diese Frau nur so gottverdammt schön?

»Das war das letzte Zimmer, oder?«, fragt sie mich und lächelt etwas müde.

»Ja«, bestätige ich und ziehe mich mit einem kleinen Gefühl des Bedauerns das letzte Mal aus ihr zurück. Aber noch einen Orgasmus würde ich höchstwahrscheinlich sowieso nicht verkraften. Wahrscheinlich implodiert davon mein Gehirn oder verdampft einfach.

»Ich kann auch nicht mehr«, murmelt sie. »Und ich sterbe vor Durst.«

»Okay«, erwidere ich, erhebe mich und schnappe mir den

nächstbesten Pullover aus meinem Ankleidezimmer, wobei ich mir schnell Shorts und ein Shirt überstreife.

Sie sitzt, als ich zurückkomme, aufrecht auf dem Bett. Ich streife ihr den Pullover über den Kopf und befreie ihre Haare aus dem Kragen, während sie mich mit riesigen Augen ansieht, als würde ich etwas Seltsames tun.

»Komm«, fordere ich und halte ihr meine Hand entgegen. Mit einem Nicken ergreift sie sie und ich bringe sie nach draußen auf die Terrasse. Auf dem Weg greife ich mir eine Flasche Wasser und ziehe sie mit zu den Stufen, die ins Gras des Gartens führen.

Sie lässt sich neben mir nieder und wir teilen uns das Getränk. Recht schnell ist die Flasche geleert, ich beuge meinen Kopf zu ihr rüber und küsse sie erneut. Das erwidert sie, klettert auf meinen Schoß und schlingt ihre Arme um meinen Nacken. Wie von allein verschränke ich meine locker hinter ihr und wir küssen uns immer weiter.

Es sind sanfte Küsse, gänsehautverursachend geduldige. Als wären alle sexuellen Triebe weggefickt und nur noch das Bedürfnis übrig, jemandem nahe sein zu wollen.

Obwohl ich müde bin, kann ich nicht aufhören damit und habe das Gefühl, dass es ihr ebenso geht, bis sie sagt: »Ich schlafe hier gleich ein und wechsle jetzt in das angebotene Gästezimmer.«

Mechanisch nicke ich und lasse sie los. Sie erhebt sich, beugt sich zu mir runter, um mich auf die Wange zu küssen, und haucht dazu: »Gute Nacht, Francis.«

Wieder nicke ich. Irgendwie trifft es mich ein wenig, dass ich mich hier total bewegt fühle von dieser Knutscherei und sie nur daran denkt, ins Bett zu kommen.

Die Frau tut meinem Ego nicht gut, und ich starre auf den in der Dunkelheit kaum sichtbaren Wald, ehe ich mich selbst erhebe und mein Schlafzimmer aufsuche.

*****

Francis

Ich erwache von einem Geräusch und mache Licht. Mit großen Augen steht Lara mit schuldbewusstem Gesichtsausdruck vor meinem Bett, ihr Smartphone mit eingeschalteter Taschenlampe in der Hand.

»Sorry, ich wollte dich nicht wecken. Meine Schuhe sind in deinem Bad.«

»Klar. Hol sie dir«, erwidere ich und fahre mir mit der Hand übers Gesicht. Adrenalin über den Schreck, dass jemand in meinem Schlafzimmer steht, hat mich vollständig wach werden lassen, nur die Augen schmerzen von der plötzlichen Helligkeit.

»So, bin schon weg«, teilt sie mir mit, als sie zurück ist. »Ähm, ja, danke für die Einladung. War eine klasse Feier. Nun habe ich für die nächste Einweihungsparty mit mehr Menschen eine super Geschichte. Natürlich werde ich sie so erzählen, als wäre sie einer Freundin passiert«, sagt sie lachend und zwinkert mir zu.

Einen Moment bleibt sie unschlüssig vor meinem Bett stehen. Warum hatte ich sie nicht mit in mein Bett genommen oder mich zu ihr gelegt? Dann hätte ich jetzt höchstwahrscheinlich nicht den Drang, sie in mein Bett zu zerren und es noch einmal mit ihr zu tun. Keine Ahnung, ob ich dazu überhaupt in der Lage bin, ich will einfach meinen Schwanz ein bisschen an ihr reiben und dass sie neben mir liegt.

Ach ja, ich erinnere mich: Sie sagte, sie schlafe gleich ein, während ich sie küsste. Ego minus 100 Punkte. Ihr nachzugehen erschien mir arg armselig.

Wie kann sie nach einer solchen Nacht und so wenig Schlaf so verlockend aussehen? Ihre Haare sind ein wildes blondes Lockenchaos, es scheint, als hätte sie nicht einmal versucht, es zu bändigen. Ihre Augen wirken müde, aber trotzdem klar und offen.

Ich will sie an den Haaren packen, ihr direkt aus der Nähe in die Augen sehen, dieses dunkle, edle Blau ein weiteres Mal betrachten, ich will ihren Atem in meinem Gesicht spüren, ehe ich das mit ihren Lippen tue.

Da ich nichts sage, ergreift sie das Wort und verabschiedet sich mit einem ihrer hinreißenden Lächeln: »Tschüss, Francis«, ehe sie mein Schlafzimmer verlassen will.

Verfluchter Dreckscheiß, ich werde sie nie wiedersehen, außer ich kaufe mir ein neues Haus. Sie macht hier einen One-Night-Stand-Abgang. Kurz bevor sich die Tür hinter ihr ganz schließt, rufe ich ihr hinterher: »Warte!«

Sie steckt ihren Kopf zur Tür herein und fragt: »Ja?«

»Hast du am nächsten Samstag schon was vor? Es ist ein Jahrmarkt. Möchtest du mit mir dorthin gehen?«

»Ein Jahrmarkt?« Sie klingt vollkommen verdattert. Doch schließlich nickt sie schnell und sagt: »Ja, warum nicht. Ruf mich an.«

Dann ist sie weg und ich fühle mich auf seltsame Art zufrieden. Das mit dem Jahrmarkt war eine spontane Idee, ich hatte letztens beim Vorbeifahren ein Werbeplakat gesehen. Jahrmärkte interessieren mich nicht. Lara interessiert mich.

Da ich nun wach bin, stehe ich auf und schlurfe erschöpft in die Küche, trinke einen halben Liter Wasser und nehme mir einen Energydrink. Ich werfe einen Blick auf die hochmoderne, schweineteure Kaffeemaschine und denke an Laras Lachen, weil in der Küche so viel Zeug ist, das ich nicht brauche.

Die Kaffeemaschine gehört auch dazu. Ich mag Kaffee nicht, er schmeckt mir nicht. Selbst mit Milch und Zucker. Sie ist nur für Gäste. Vielleicht sollte ich die Bedienungsanleitung lesen, damit ich nicht wie der letzte Depp dastehe, wenn ich einen anbieten möchte.

Der nächste Weg führt mich nach draußen. Die Terrasse ist irgendwie jetzt schon mein Lieblingsort im Haus. Bequem, ruhig, so richtig zum Runterkommen. Mein Blick bleibt am restlichen Essen hängen. Wollte sie das nicht mitnehmen? Egal. Kann man das noch spenden?

Nein, es stand die ganze Nacht im Freien, das sollte keiner mehr essen. Das soll meine Haushälterin entsorgen, wenn sie später kommt. Eigentlich hasse ich

Lebensmittelverschwendung. Keine Ahnung, was ich mir dabei dachte. Es scheint, als würde mein Verstand nicht korrekt funktionieren, wenn es mit Lara zu tun hat. Die Frau hat es mir echt ganz schön angetan. Und das nicht ohne Grund. Bis jetzt habe ich nichts an ihr bemerkt, was ich unsympathisch, nervig oder langweilig finde.

Weil ich meine Haushaltshilfe nicht gleich verscheuchen will – sie arbeitet ja erst ein paar Tage für mich –, hebe ich das Kondom auf, das ich achtlos auf die Terrasse warf. Anschließend hole ich doch eine Mülltüte und werfe das restliche Essen hinein. Danach gehe ich durch alle Räume und sammle die Kondome und die Verpackungen ein und grinse dabei immer breiter.

Ausgezeichnet, dass ich recht hatte und da was zwischen uns war. Ich komme aus dem Grinsen nicht mehr heraus, während ich nach und nach alle Beweise dieser unglaublichen Nacht einsammele. Welche Frau würde das mitmachen? Beim ersten Mal mit einem Typen?

Wie sie abgegangen ist. Das war echt wow. Ich streiche mit einer Hand über meine Shorts. Schon wieder eine Latte. Aber ich glaube, ich könnte jetzt rubbeln, soviel ich will, da kommt nichts mehr. Leer gesogen bis auf den Grund.

Heute sollte ich mir zu meiner üblichen Morgenroutine einen zusätzlichen halben Liter Wasser gönnen. Ich trinke und überlege. Sport oder Schlafen?

Ich entscheide mich für Sport, dann ist das für diesen Tag erledigt und ich kann mich danach noch eine Runde hinlegen. Ich habe nichts weiter vor.

Nach Sport und Dusche schlüpfe ich unter die Decke. Ich mag mein neues Bett. Es strahlt Maskulinität aus, ist mehr als groß genug für mich und ist bequem wie eine Wolke. Hat sie gut ausgesucht.

Meiner Bettwäsche hängt ein Hauch von Laras Parfum an, und ich meine, mir einzubilden, dass sie auch ein wenig nach ihr selbst duftet.

Ob sie gut nach Hause gekommen ist? Sie hat nicht mehr als drei Stunden geschlafen.

Ich drehe mich um und schnappe mir mein Smartphone vom Nachttisch. Ich werde ihr einfach schreiben, bevor ich mir deshalb Gedanken mache.

Da ich nicht den Fürsorglichen raushängen lassen will, schicke ich nur eine Ein-Wort-Frage.

Ich: *Wund?*

Ich muss keine zwei Minuten auf eine Antwort warten, und diese bringt mich zum Schmunzeln, weil sie so ungezwungen ist, wie sie nach dem ersten Schreck, dass ich sie will, den ganzen Abend war.

Lara Walker: *Guten Morgen Francis, Meister der langen Schachtelsätze. Kommt darauf an, was du meinst: Unten: Nein, zu hoher Flüssigkeitsverlust, als das hätte passieren können. ;) Aber oben … So ein Dreitagebart ist ein super Peeling und eine hübsche Lippenfarbe am nächsten Tag kostenlos dabei. Gibt Schlimmeres. Beispielsweise den Muskelkater, den ich habe.*

Ich: *Stimmt. Ich vergaß. Falls du wieder eine hübsche Lippenfarbe benötigst: Ich stehe zur Verfügung.*

Lara Walker: *Bitte nicht zum Lachen bringen. Meine Muskeln fühlen sich an, als hätte jeder Einzelne von ihnen eine Zerrung. Du hast echt gar nichts?*

Ich: *Nein.*

Lara Walker: *Jetzt weiß ich wenigstens, warum du so trainiert bist. Das ist auf jeden Fall ein Vorteil.*

Ich: *Ich log dreckig, um männlicher dazustehen. Tatsächlich hatte ich Muskelkater. Am Hintern. Aber ich habe gegentrainiert. Probier das mal.*

Lara Walker: *Och du. Nicht Lachenlassen, habe ich gesagt. Außerdem habe ich keine Zeit. Ich werde ein wenig Schlaf nachholen und anschließend auswählen, welchen Kunden ich mir als Nächstes an Land ziehe. Was machst du noch?*

Ich: Ebenfalls schlafen.

Lara Walker: *Dann lass uns das mit dem Schlaf tun. Wenn du später richtig wach bist, merkst du vielleicht, dass ich dich ausgeraubt habe, ehe ich gegangen bin.*

Ich: *Du hast ein Kondom als Erinnerung mitgenommen für deine Trophäensammlung?*

Lara Walker: *Knapp vorbei. Ich habe mir ein Wasser aus deinem Kühlschrank geklaut. Und einen deiner Energydrinks. Und du brauchst nicht zu hoffen, dass ich dir das Pfand wiedergebe.*

Ich: *Da du deinen Flüssigkeitshaushalt meinetwegen durcheinandergebracht hast, ist das mit den Getränken nur fair. Aber ohne Pfand kann ich mir den Ausflug auf den Jahrmarkt vielleicht nicht mehr leisten.*

Lara Walker: *Zum Glück bin ich in der glücklichen Lage, dass ich dich zu diesem kostspieligen Ausflug einladen kann. Deswegen ist Pleitesein keine Ausrede, die ich zählen lasse.*

Ich: *Sehr schön. Keine Ausreden. Samstag 15 Uhr hole ich dich ab. Passt?*

Lara Walker: *Passt. Und jetzt schlafe ich und bete, dass meine Muskeln zulassen, mich je wieder zu erheben.*

Ich: *Das hoffe ich sehr. Bis Samstag!*

Ich lasse das Smartphone, ohne einen Wecker zu stellen, neben mich fallen und versuche zu schlafen. Dass dieses Haus fertig ist, ist auf mehrere Arten für mich vorteilhaft. Ich habe ein neues Zuhause, und ich kenne Lara Walker, die Frau, die mich so geküsst hat, dass ich meine, ihre Lippen immer noch auf mir zu spüren.

Das macht mich ein bisschen fertig, da ich nicht mit Sicherheit sagen kann, ob es ihr ähnlich geht. Was sieht sie in mir?

Du weckst Sehnsüchte

Lara

Es ist ein schöner sonniger Tag, und ich freue mich darauf, was mit ihm zu unternehmen. Ich war der Meinung, dass es ihm nur um Sex ging an diesem Abend der *Einweihungsfeier* und ich ihn danach nie wiedersehe. Deshalb war es nach dem ersten Schreck einfach, mich total gehen zu lassen, schließlich musste ich ihn nicht beeindrucken, sondern konnte mir nehmen, was ich brauchte.

Unter dem Gesichtspunkt, dass wir uns noch einmal zu einer Art Date treffen, sind mir ein, zwei Dinge, die ich gesagt oder getan hatte, ein wenig peinlich. Aber jetzt ist es zu spät, also werde ich damit leben.

Mit seiner Frage, ob ich mit ihm auf diesen Jahrmarkt gehe, hat er mich wirklich überrumpelt, und nun will ich ihn unbedingt, entgegen meiner sonstigen Art, näher kennenlernen. Hoffentlich vermurkse ich das nicht gleich wieder. Was auch immer *das* ist.

Er wartet an seinen Wagen gelehnt vor der Parkplatzeinfahrt meiner Wohnung auf mich, und ich sollte nicht überrascht sein, weil wir auf einen Jahrmarkt gehen, aber ich bin es doch: Er trägt keinen Anzug. Ich kenne ihn nur im Anzug, selbst zu Hause hatte er immer einen an.

Ein paar Schritte vom Auto entfernt bleibe ich stehen und mustere ihn. Lässige Chinos, Boots und ein Shirt mit V-Ausschnitt. An seinen Armen und im Ausschnitt sind seine Tattoos erkennbar und er sieht … Ja, wie sieht er aus?

Abenteuerlich fällt mir dazu nur ein. Umwerfend trifft es auch ein wenig. Ganz anders als im Anzug, so locker. Ich fand Tattoos nie besonders attraktiv, doch an ihm ist es absolut heiß.

Ein bisschen komisch wird mir, wenn ich ihn so sehe. Eigentlich bin ich, schon seit wir deswegen geschrieben hatten, dauernervös und bekomme kaum etwas zu essen runter.

Ach du Scheiße, bin ich in diesen Mann verliebt? Oder hat dieser Sexmarathon Bindungshormone ausgeschüttet, die mich das glauben lassen? Er wirkt aber auch so unglaublich anziehend auf mich.

»Möchten wir los, oder willst du mich noch eine Weile anstarren?«, reißt er mich aus meinen Überlegungen und hält mir die Beifahrertür auf.

Ich gehe an ihm vorbei und stelle fest: »Du siehst anders aus. Aber gut anders. Und klar, dass es Designerjeans sind.«

»Logisch. Mein Arsch sieht in einer Designerjeans einfach besser aus als in einer vom Wühltisch.«

Bevor ich einsteige, bleibe ich kurz vor ihm stehen, unschlüssig, wie ich ihn begrüßen soll. Über das Händeschütteln sind wir hinaus. Wangenkuss vielleicht wieder? Auf den Mund küssen?

Küsst man einen Mann, wenn man mit ihm aufregenden Sex hatte, bei der nächsten Verabredung auf den Mund? Wie habe ich das denn sonst so gehalten? Das ist alles schon viel zu lange her.

Er nimmt mir die Entscheidung ab, indem er nichts davon macht, sondern mich auffordert: »Los, schnell, steig ein, du siehst so heiß aus, sonst frage ich dich, ob du mich mit reinnimmst, statt mit dir unter Leute zu fahren.«

Lachend gleite ich auf den Sitz, er schließt die Tür und er nimmt auf der Fahrerseite Platz. Ich sitze neben ihm in seinem Auto und sehe der vorbeigleitenden Landschaft zu. Er sagt nichts zu mir und mir fällt kein Gesprächsanfang ein, also schweigen wir. Es ist nicht unangenehm, aber ich frage mich, was dieser Mann von mir will. Er ist kein Mann vieler Worte, das hatte ich schon bemerkt. Bei der Einweihungsfeier unterhielten wir uns, wenn wir nicht gemeinsam schwiegen, hauptsächlich über das Haus und Bücher.

Das war etwas ungewohnt für mich. Ich kenne es nicht, mit jemandem zu schweigen. Normalerweise spricht doch immer jemand, oder falls geschwiegen wird, ist es meist unbehaglich. Mit ihm war das anders. Nachdem ich mich daran gewöhnt hatte, hing ich meinen Gedanken nach, betrachtete seine Tattoos und genoss, an ihn gelehnt zu sein, da er irgendwie Ruhe ausstrahlt.

Bald biegt er auf einem Parkplatz ein und steuert das große Auto geschickt in eine der recht engen Parkmöglichkeiten. Gleichzeitig lassen wir die Türen hinter uns zuschlagen und laufen gemeinsam auf den Messplatz. Schon beim Aussteigen bemerkte ich das Riesenrad, und je näher wir kommen, desto intensiver riecht es nach Popcorn, Pommes und Grill. Menschen strömen mit uns in die Richtung und andere von dort weg. Stimmengemurmel liegt in der Luft und ab und zu hört man im Hintergrund begeistertes Gekreische von den Attraktionen.

Wir schlendern zwischen den anderen Leuten durch die Gasse mit den verschiedenen Buden und Fahrgeschäften.

»Willst du etwas essen?«, frage ich ihn und zeige wahllos auf einen der Essensstände.

»Nein. Ich habe bereits gegessen.«

»Schon wieder? Du bist immer satt, wenn es Essen gibt.«

»Mein Trainer würde mir die Hölle heiß machen, wenn ich hier etwas essen würde.«

»Dein Trainer also. Hört sich an, als wäre er schlimmer als eine Helikoptermutter.«

»Er ist der Herr über meinen Körper.«

»Hört sich homoerotisch an«, erwidere ich lachend und sehe zu ihm hoch.

»Ja, habe ich auch gerade bemerkt«, schmunzelt er.

Erneut schweigen wir, bis mir herausplatzt: »Du bist nicht so der mitteilsame Typ, merke ich. Oder muss ich wie bei unseren geschäftlichen Gesprächen ununterbrochen Fragen stellen?«

»Nein.«

Ich warte einen Moment, ob noch etwas folgt, und frage, nachdem nichts mehr von ihm kommt: »Tiefsinnige und weitreichende Erklärung. Warum gehst du mit mir überhaupt hierher, wenn du nicht mit mir sprichst?«

»Man muss nicht immer reden, oder?«

»Soll ich meinen Mund halten?«

»Nein. Nicht nötig. Ich höre dir gerne zu. Also sprich ruhig.«

»Aha. Und was geht dabei in deinem Kopf vor?«

Er sieht mich erstaunt an. »Was in meinem Kopf vorgeht? Hm. Im Moment beobachte ich die Leute um uns herum.«

»Erzähl mir doch, was du beobachtest«, verlange ich.

»Okay. Wenn du das hören möchtest ...«

»Möchte ich.«

»Also gut. Siehst du die Frau, die da vorne läuft?«

»Die mit den bunten Haaren, leicht ungepflegt?«

»Genau. Ich bin sicher, in sozialen Netzwerken heißt sie Schranzmaus93. Der Typ in der Schießbude links von uns entspricht dagegen so ziemlich jedem Klischee. Dick, eingebildet und rauchend. Ich wette, er nennt alle Frauen Süße. Da vor uns die Jugendlichen? Er versucht, bei ihr zu landen, aber sie starrt die ganze Zeit auf irgendjemanden, den wir gleich sehen werden, weil er hinter der Säule verborgen ist.«

Ich folge seinen Erklärungen, und tatsächlich entdecken wir ein paar Schritte weiter, dass da ein anderer Jugendlicher steht, der auf seinem Smartphone rumtippt.

»Ha, ich hatte recht«, freut er sich.

»Und vorne links an der Schießbude bemüht sich gerade ein Typ, seine Freundin – oder eventuell zukünftige Freundin – mit seinen Schießkünsten zu beeindrucken. Ich glaube, da er schwitzt und sie nur mäßig begeistert aussieht, dass er es nicht draufhat«, steige ich ein.

»Gut beobachtet«, erwidert er, als er die beiden, die ich meine, mit den Augen gefunden hat. »Komm, wir gehen dorthin, und je nachdem, wie sympathisch er uns ist, helfen wir ihm oder lassen ihn noch dämlicher dastehen.«

»Und wie machen wir das?«, will ich wissen.

»Ganz einfach. Ist er ein Idiot, räume ich ab. Ist er nett, aber ungeschickt, schieße ich daneben und beschwere mich, wie schwer das ist und dass es fast unmöglich sei, zu treffen.«

Wir treten an die Bude heran und er lässt sich jede Menge Munition aushändigen. Mit aufgestütztem Arm legt er an, sieht zu mir rüber und zieht durch.

»Habe ich getroffen?«

Ich lache laut auf. »Nein. Wie denn auch, du hast ja nicht

hingesehen.«

»Ja, das dachte ich mir. Ich hoffte auf einen Glückstreffer, aber vielleicht habe ich mein Glück für heute schon aufgebraucht«, schmunzelt er.

Er tut so, als würde er auswählen, was er treffen möchte, und dabei belauschen wir die beiden. Keine dreißig Sekunden sind wir uns mit einem Nicken einig. Er ist ein Arsch. Er hat ihr nicht nur gesagt, dass sie *ihr Maul halten* solle, sondern dazu noch, dass sie dämlich wäre. Furchtbarer Typ.

Wieder legt er an, zielt, und bis auf einen einzigen, der danebengeht, ist jeder der restlichen Schüsse ein Treffer. Der Budenbesitzer zählt die Punkte zusammen und verkündet ihm: »Sie haben freie Auswahl.«

Francis schwenkt seine Hand und fordert: »Such du aus.«

Ich sehe mich um. Ich brauche nichts von dem Krempel, entscheide mich dann aber für ein riesiges Einhornplüschtier und drücke es ihm in die Arme mit den Worten: »Ich will auch.«

Nachdem ich zehn Schuss in Empfang genommen habe, fragt er: »Soll ich dir zeigen, wie es geht?«

Ich drehe meinen Kopf weg, sodass er nicht sieht, dass ich meine Augen verdrehe. Nur weil ich eine Frau bin, soll ich nicht wissen, wie man damit umgeht? So ein Macho.

Lächelnd wende ich mich ihm wieder zu. »Ja, bitte.«

Er erklärt es mir, ich lege an, wobei er seinen Arm um mich schlingt und seine Hand auf meine legt. Gemeinsam drücken wir ab. Natürlich verzogen.

Das lag wohl an mir. Ich leide etwas unter Konzentrationsschwierigkeiten, wenn er mir so nahe ist, dass ich seinen Atem angenehm an meinem Haar spüre. Dazu meine ich, mir einzubilden, dass er meine Hand in winzigen, kaum wahrnehmbaren Bewegungen liebkost. So geht der zweite ebenfalls daneben.

Energisch verlange ich: »Ein Meter Abstand!«

Mit erhobenen Händen tritt er zurück und ich platziere die drei letzten gekonnt. Mit einem Siegerlächeln nehme ich eine Plastikrose und eine Zuckerstange in Empfang.

»War das Anfängerglück oder Können?«, fragt er skeptisch.

»Können. Mein Vater brachte mir das bei. Er war ziemlich ehrgeizig und ließ nicht locker, bis er zufrieden mit mir war.«

»Hört sich anstrengend an«, erwidert er und ignoriert, dass er mir das gerade zeigen wollte, stattdessen will er mir das Einhorn in den Arm drücken.

»Kannst du es noch halten?«, bitte ich. »Ich will erst meine Zuckerstange essen. Und die ist für dich«, sage ich lachend und strecke ihm die Blume hinters Ohr. Bevor er sie wieder abnimmt, schiebe ich ihn auf die Mitte des Ganges und verlange: »Nicht bewegen!«

Mit einer gehobenen Augenbraue wartet er ab, was ich vorhabe. Ich mache ein Bild mit meinem Smartphone von ihm. Mit dieser Rose hinterm Ohr und dem Einhornplüschtier. Welch herrlicher Anblick. Diese Gegensätze.

»Und was hast du jetzt mit diesem Bild vor?«

»Das ist Erpressungsmaterial, damit du tun musst, was ich will.«

»Dann bestehe ich ebenfalls auf eins«, verlangt er, zieht auch sein Smartphone hervor und macht ein Selfie von uns dreien. Er, ich und das Einhorn.

»Wir brauchen einen Namen für sie«, bestimme ich.

»Das ist doch eindeutig ein er«, behauptet er. »Es hat ein Horn.«

»Falsche Stelle«, kontere ich und zeige zwischen die Beine des Plüschtiers.

»Es ist ein Fabelwesen. Es kann sein Horn haben, wo es will.«

»Fancy Banana wäre ein guter Name. Geschlechtsneutral. Falls es sich umentscheiden möchte.«

»Banana ist ganz klar ein Frauenname«, erwidert er. »Nur Frauennamen enden mit A.«

»Natürlich. Solange du Joshua, Mustafa, Luca und Mika nicht fragst«, erkläre ich trocken.

Er lacht laut auf und ich lache mit ihm. Es ist ein bisschen verrückt, wie gerne ich ihn lächeln sehen und lachen höre, vor allem wenn es meinetwegen ist.

»Also gut, Fancy Banana steht. Ich hoffe sie-er hat es gut bei dir.«

»Es muss bei dir leben. Dein Haus ist größer als meine Wohnung. Soll ich dir einen Stall planen lassen?«

»Es kann nicht bei mir wohnen. Es bedroht ganz klar meine Männlichkeit.«

»Kann ich mir nicht vorstellen.«

»Was kannst du dir nicht vorstellen?«

»Dass irgendetwas deine Männlichkeit bedroht.«

»Das ist eine Aussage nach meinem Geschmack. Was hältst du davon: Siehst du das heulende kleine Mädchen an der Losbude?«

»Ja, das blonde meinst du mit dem verzweifelten Vater?«

»Richtig. Wir könnten fragen, ob sie es sich leisten können, ein Einhorn aufzunehmen und artgerecht zu halten.«

»Schöne Idee«, stimme ich zu und wir gehen auf die beiden zu.

»Hallo«, begrüße ich den Vater. »Warum weint sie denn?«

»Weil sie nichts gewonnen hat«, lässt er mich mit frustrierter und zugleich genervter Stimme wissen.

»Ah, ja. Wir haben nämlich auch ein Problem. Unser Einhorn braucht ein neues Zuhause. Meinen Sie, Ihre Tochter hätte Zeit und Muse, sich darum zu kümmern?«

»Schwierig zu sagen. Sie weiß oft nicht, was sie will, fragen Sie sie am besten selbst.«

Francis geht in die Knie und spricht die Kleine an: »Hey, kleines Mädchen«, und sofort huscht sie hinter die Beine ihres Vaters und starrt ihn mit großen Augen an. Ich knie mich neben ihn und zeige auf das Plüschtier. »Fancy Banana sucht ein Frauchen, das auf SIE aufpasst«, erkläre ich ihr.

»Und ER denkt, du könntest die Richtige sein«, ergänzt Francis.

Ihr Mund steht erstaunt offen, sie sagt jedoch nichts und der Vater mischt sich ein: »Justina, magst du das Einhorn haben?«

Sie nickt zögerlich, aber als Francis es ihr hinhält, weicht sie noch weiter hinter ihrem Vater zurück. Wir stehen synchron wieder auf und übergeben Fancy Banana dem Vater und wünschen ihm viel Spaß, bevor wir weitergehen. Er ruft uns: »Danke«, hinterher und wir winken den beiden zu.

Wir flanieren weiter, ich muss einem entgegenkommenden Mann ausweichen, wobei meine Hand Francis' streift. Diese kleine Berührung fährt mir direkt in den Magen, der anschließend vollends verklumpt, als ich spüre, wie er – so langsam, dass es kein Zufall sein kann – mit seinem kleinen Finger die Außenseite meiner Hand entlangfährt.

Die Berührung hinterlässt eine Spur aus elektrischer Ladung und einem angenehmen Kitzelgefühl, das meinen Mund trocken werden lässt. Er wiederholt diese Bewegung, dieses Mal allerdings Handfläche an Handfläche, ich spreize meine Finger, und er lässt seine zwischen meine fallen, ehe er fest zugreift.

Ich atme etwas zittrig ein und sehe ungläubig auf unsere Hände, die nun miteinander verschlungen sind. Das hätte ich nicht von ihm gedacht, dafür, dass er immer recht unnahbar tut. Wärme breitet sich von dort überallhin aus und ein weiterer unruhiger Atemzug von mir folgt.

Bemüht um Gelassenheit gehe ich weiter. Wie kann das sein, dass mich das so aufwühlt, wenn er meine Hand nimmt? Herrgott, wir haben bereits miteinander geschlafen. Wir berührten uns überall, vermutlich habe ich jede Stelle seines Körpers geküsst und abgeleckt und seine Hand an meiner wirbelt mich durcheinander?

So schlendern wir einige Zeit weiter über den Jahrmarkt, wobei ich mich daran gewöhne und es einfach nur schön finde, dass er meine Hand hält, bis er vor einem Spiegelkabinett stehen bleibt. »Sollen wir da rein?«

»Warum nicht. Ich war das letzte Mal als Kind in einem.«

Wir stellen uns an, bezahlen den Eintrittspreis und betreten den Eingang. Wir irren durch die verspiegelten Gänge und suchen den Ausgang, müssen immer wieder wenden, und ich laufe mehrmals gegen ihn, bis er mich an einen Spiegel drückt und küsst.

Ein wenig ungestüm und doch verspielt. Ich werfe einen Seitenblick auf die Spiegel und sehe Hunderte Male Francis und Lara beim Knutschen. Es ist total albern, wie Teenager in einer Jahrmarktsattraktion zu knutschen, trotzdem gefällt mir das. Hier drin, die Luft etwas stickig, alles eng und verspiegelt, die

Stimmen von anderen Menschen, die ebenfalls durch die Gänge schwirren.

Ein kleiner Glückstaumel erfasst mich, und ich küsse ihn leidenschaftlich zurück, schiebe meine Hände unter sein Shirt und streichle sanft über seine Haut.

»Nicht übertreiben«, ermahnt er mich an meinem Mund, und ich schüttle seine Hände ab, die meine daran hindern wollen, ihn zu befummeln, und ziehe sein Shirt noch höher.

Er löst sich von mir und lässt mich grinsend wissen: »Hier sind Kinder. Ich will nicht riskieren, wegen Erregung öffentlichen Ärgernisses im Gefängnis zu landen. Da hat es mir nicht so gut gefallen.«

»Was?«, frage ich ungläubig. »Du warst im Gefängnis. Warum? Steuerhinterziehung?«

»Körperverletzung. Jedoch nur als Warnung, nicht so wild«, antwortet er und bewegt sich weiter durch das Labyrinth. Ich kann das nicht glauben, was er da gerade so lässig von sich gegeben hat.

Ja, er hat eine einschüchternde Ausstrahlung, aber er ist doch eigentlich nett und war bis jetzt immer ein Gentleman. Ist er gewalttätig? Muss ich mir Gedanken machen? Mein Hirn fährt Achterbahn. Der Rest macht mir irgendwie keinen Spaß mehr, ich suche nur noch den Ausgang und bin froh, als wir wieder in der frischen Luft stehen.

»Alles in Ordnung?«, will er wissen, als wir weitergehen und ich etwas Abstand von ihm halte. »Leidest du unter Klaustrophobie oder so was? Du bist so blass.«

»Kannst du dir das echt nicht denken? Du hast mir gerade gesagt, dass du wegen Körperverletzung im Gefängnis warst!«

»Und jetzt hast du Angst vor mir?«

»Jetzt bist du mir auf jeden Fall unheimlich«, gebe ich ehrlich zu. »Hast du ein Gewaltproblem? Zufällig habe ich ein Problem mit gewalttätigen Männern oder besser Menschen.«

»Nein. Ich kann dir versichern, dass ich nicht im Geringsten ein gewalttätiger Mensch bin.«

Dann schweigt er wieder und geht weiter, als wäre nichts gewesen. Kann er sich nicht denken, dass ich wissen will, was er angestellt hat? Nur weil es lange her ist, bedeutet das noch nichts.

»Sag schon«, rutscht mir ungeduldig raus.

»Was soll ich sagen?«, fragt er leicht genervt zurück.

»Was passiert ist.«

»Willst du das wirklich wissen?«, hakt er nach und beantwortet sich das umgehend selbst nach einem tiefen Seufzer. »Ja, willst du. Also gut. Das ist nicht meine Lieblingsgeschichte über mich. Auf genau so einem Jahrmarkt habe ich einen Typen krankenhausreif geprügelt.«

»Und warum?«, versuche ich das zu beschleunigen.

»Ich wollte auf Toilette, hörte merkwürdige Geräusche und bin ums Eck, dorthin wo die ganzen Mülleimer stehen. Da dazwischen lag ein Mädchen. Auf ihr ein Kerl, der ihr den Mund zuhielt und sie trotz ihres Gezappels festhielt. Ich zog ihn von ihr runter und er sagte so was wie: *Mach mal easy, sie ist nur eine kleine Schlampe, du kannst gerne auch mal ran*. Ich habe ihm für diese Aussage die Faust ins Gesicht gerammt, er hat mich nur dämlich angegrinst und dann bin ich irgendwie ausgetickt. Ich habe ihm so lange ins Gesicht geschlagen, bis er zu Boden ging, und auch noch mit aller Kraft nachgetreten. Als mir klar wurde, was ich tue, bin ich abgehauen. Aber ich wurde schnell gefunden. Sein Blut klebte für jeden gut sichtbar an meinen Händen, in meinem Gesicht und auf meiner Kleidung.«

»Du hast einen Typen verdroschen, der jemanden vergewaltigt hat, und musstest ins Gefängnis?«

»Das war nicht meine Glanzleistung. Es sprach gegen mich, dass ich, selbst als er am Boden lag, nicht aufhörte. Er hatte eine Gehirnerschütterung, einen mehrfach gebrochenen Kiefer, Milzriss und zwei oder drei gebrochene Rippen. Der Anwalt, der mich vertrat, argumentierte, dass es Nothilfe gewesen wäre, ich aus Verwirrung unverhältnismäßig handelte und dementsprechend nicht bestraft werden dürfte. Das Gericht sah das anders und mir wurde ein erhöhtes Gewaltpotenzial unterstellt und die Flucht sowie unterlassene Hilfeleistung an dem Mädchen kamen erschwerend hinzu. Deshalb wurde ich nach Jugendstrafrecht zu Sozialstunden und einer Therapie verurteilt. Außerdem musste ich im Rahmen eines Versuchs drei Tage ins Gefängnis. Durch diese Maßnahme sollten Jugendliche abgeschreckt werden.«

Er bleibt stehen, sieht mich an und sagt eindringlich: »Ich weiß nicht, welcher Teufel mich geritten hatte, aber ich bin NICHT gewalttätig, okay?«

»Ich weiß«, bestätige ich. Während seiner Erzählung hatte ich das begriffen.

»Du weißt?«, wiederholt er fragend.

Ich zucke mit den Schultern. »Ich kann mir vorstellen, warum das Gericht das dachte. Du warst sicher damals schon groß und dein Aussehen sprach gegen dich. Du magst völlig überreagiert haben, doch vermutlich hatte dein Anwalt recht. Du warst jung und höchstwahrscheinlich überfordert. Als ich dich beschimpfte, nachdem du mir die Tür weggefahren hattest, bist du ruhig geblieben. Niemand mit gewalttätiger Veranlagung bleibt da gelassen. Für mich bist du der Held in der Geschichte.«

»Pf. Sicher nicht. Der Held wäre ich gewesen, wenn ich ihn davon abgehalten hätte, die Polizei gerufen und sie heldenhaft zum Krankenwagen getragen. Stattdessen brachte ich ihn fast um, ignorierte sie vollkommen und überließ sie sich selbst.«

»Vielleicht hast du überreagiert und dann Angst bekommen, doch du bist nur ein Mensch. Du hast es aus den richtigen Gründen getan, auch wenn es falsch war.«

»Schön, dass du das so siehst, ich sehe es nicht so. Aber es ist so lange her, es ist mir mittlerweile einfach egal.«

»Was wäre denn deine Lieblingsgeschichte über dich?«

»Wie meinst du das schon wieder?«

»Weil du sagtest, das wäre nicht deine Lieblingsgeschichte. Hast du eine Lieblingsgeschichte über dich?«

»Nein.«

»Schade.«

»Schade?«

»Ja. Ich würde gerne mehr über dich wissen. Ich glaube, ich mag dich.«

Ogottogott. Das habe ich nicht wirklich gesagt? Verflucht sei meine manchmal zu lockere Zunge.

»Du magst mich?«

Da ich niemand bin, der Gesagtes zurücknimmt, antworte ich lässig: »Sonst wäre ich wohl kaum mit dir hier.«

»Ha. Sie mag mich und will mehr über mich wissen.« Er klingt irgendwie erstaunt.

»Findest du das abwegig?«

»Vielleicht ein wenig.«

»Aber warum? Lass dir nicht immer alles aus der Nase ziehen.«

»Frauen *mögen* mich nicht unbedingt.«

»Weiter.«

Er stöhnt genervt auf. »Keine Ahnung. Möglicherweise bin ich zu groß, oder es liegt daran, dass ich nicht so der große Erzählbär bin, womöglich zu tätowiert oder zu forsch. Zu ironisch. Sie sehen eher andere Qualitäten an mir.«

»Welche Qualitäten? Zu groß kann ich mir nicht vorstellen. Frauen stehen doch auf große Männer und du siehst gut aus. Ich dachte, Frauen laufen dir scharenweise hinterher.«

»Na, scharenweise ist etwas übertrieben. Ich war nur erstaunt. Dass mich jemand mag, das habe ich schon ewig nicht mehr gehört.«

»Dann versuche ich, dich komplett zu überfordern, und wiederhole das: Ich mag dich.«

Ich grinse ihn an und warte auf seine Reaktion. Vielleicht hatte ich erwartet, dass er sagt, dass er mich auch mag, oder klarstellt, dass er nur Sex möchte, aber mit dieser Frage rechnete ich nicht: »Was magst du an mir?«

»Was ist denn das für eine Frage?«

»Ach komm. Ich hatte dir gerade eine echt fiese Geschichte von mir erzählt. Tu es für Fancy Banana.«

Er zieht mich in eine Ecke, in der Biertischgarnituren stehen und nur wenig los ist, setzt sich rittlings auf eine Bank und klopft auf das Holz vor sich. Ich schwinge ein Bein darüber und setze mich ihm gegenüber. Seine Hände packen meine Oberschenkel, ziehen mich daran näher und legen sie über seine.

»So, jetzt erzähl«, verlangt er.

»Du bist nicht besonders genügsam. Reicht es nicht, dass ich das gesagt habe? Zweimal! So großzügig bin ich normalweise nicht.«

»Ja, okay, ich kann dich ja schlecht zwingen.«

Einen kurzen Moment sieht er enttäuscht aus, ehe er wieder in seinen gleichgültigen Gesichtsausdruck wechselt. Meine Güte, ich glaube, der Mann mag mich auch. Oder warum sah er sonst enttäuscht aus? Oder ist er einfach jemand, der ständig auf der Jagd nach Komplimenten ist und Bestätigung braucht? Das passt doch gar nicht zu ihm.

Da ich noch nicht weiß, wie ich reagieren oder was ich sagen will, küsse ich seinen Mundwinkel in der Hoffnung, dass er diese arrogante Miene wieder ablegt.

Irgendwie ist es etwas anderes, dass er meine Hand nimmt, ihn kurz auf den Mundwinkel zu küssen und mit ihm über so etwas zu sprechen. Beim Sex waren wir so offen, aber das hier erfordert eine ganz andere Art von Offenheit und Mut.

Eine für mich unbekannte Offenheit und Mut. Sich Sex von jemandem zu nehmen ist einfach. Jemandem zu sagen, dass man ihn mag, schwer. Ich kann mich überhaupt nicht mehr daran erinnern, wann ich das letzte Mal einen Kerl beiläufig auf den Mundwinkel küsste. Das war gerade eher ein Reflex. War das zu viel? Zu intim? Ich fühle mich wie eine unbeholfene Sechzehnjährige.

Himmel, Arsch, ich bin erwachsen! Ich war schon in Beziehungen, wenn auch nie lange. Das muss doch vertrautes Gebiet sein, sich einem Mann anzunähern. Warum ist das nicht wie beim Sex?

Ich will ficken. – Ich will auch ficken.

Einigkeit hergestellt.

Ist das kompliziert, mit einem Mann auszugehen!

»Alles in Ordnung?«, fragt er. »Dein Gesicht macht merkwürdige Sachen.«

»Was bitte?«, erwidere ich lachend. »Was macht mein Gesicht denn?«

»Es sieht aus, als würden dir Gedanken durch den Kopf

huschen, die unterschiedliche Emotionen hervorrufen. Zuletzt verärgert. Worüber ärgerst du dich?«

»Über mich. Um ehrlich zu sein, ärgere ich mich, dass ich das gesagt habe und du nun unverschämte Forderungen stellst, ich solle das erklären. Wie soll man das denn erklären bitte? Jemanden zu mögen ist doch eher ein Gefühl.«

»Ein Gefühl«, wiederholt er.

»Ja. Danke für deine Aufmerksamkeit.«

»Du bist echt heiß, wenn du dich ein bisschen aufregst.«

»Super«, antworte ich spitzzüngig und stehe auf. Es war dämlich, das zu ihm zu sagen. Beim ersten Date, falls das überhaupt ein Date ist. Er hat meine Hand gehalten, es ist eins. Oder macht er das nur, um mich wieder ins Bett zu bekommen?

Ach, Mensch. Ich mag ihn wirklich. Und ich habe keine Ahnung, ob er mich auch mag. Hätte ich das nur nie gesagt, ich hätte ihm ja gleich einen Antrag machen können. Warum ist meine Zunge so locker? War ich früher schon so? Wenn ich mich bloß erinnern würde, wie ich damals reagierte! Doch eigentlich erinnere ich mich hauptsächlich daran, wie ich abserviert wurde. Das ist selbst im Laufe der Jahre immer noch fest im Kopf verankert.

Er erhebt sich, legt seine Hände auf meine Schulter und drückt mich zurück auf die Bank. »Du bleibst da sitzen.«

Der befiehlt mir aber nichts! Sofort als er seine Hände wegnimmt, stehe ich wieder und bin im Begriff, loszuwettern, da zieht er mich an sich. Seine Arme drücken mich so fest an ihn, dass ich mich nicht bewegen kann, und auf einmal fühle ich mich schrecklich wohl, ob ich will oder nicht.

Ein Kuss auf meine Stirn folgt und er murmelt in meine Haare: »Warte kurz auf mich. Bitte. Einfach sitzen bleiben.«

Ich nicke mechanisch und sinke auf die Bank, als er mich loslässt.

Etwas verwirrt sehe ich ihm hinterher. Was war denn das bitte? Wie hat er gemacht, dass der Ärger weg ist?

Statt darüber nachzudenken, beobachte ich die Leute. Es war lustig vorhin, als er mir erzählt hat, was er beobachtet. Er sollte viel öfter rauslassen, was in seinem Kopf vorgeht. Er kann doch nicht immer allein da drin bleiben.

Er kommt zurück, und das erkennt man daran, dass die Menschen ihm Platz machen und ihm ausweichen. Ich frage mich, ob das an seiner Größe oder eindrucksvollen Präsenz liegt. Er strahlt eine Selbstsicherheit aus, mit seinen festen zielstrebigen Schritten, dem gehobenen Kopf und dem selbstbewussten Blick, vielleicht würden sie ihm auch Platz machen, wenn er fünfzig Zentimeter kleiner wäre.

Direkt vor mir bleibt er stehen, beugt sich zu mir nach unten, platziert einen Kuss auf meine Lippen und hängt mir dann das um, was er hinter seinem Rücken verborgen hatte. Als er es mir umhängt, kann ich es mir schon denken, was es ist, bin aber gespannt, was draufsteht. Ich nehme das Lebkuchenherz in die Hand und lese: *Ich mag dich.*

»Damit sind wir quitt, oder?«

Ich sehe zu ihm hoch, er steht immer noch vornübergebeugt vor mir.

»Im Leben nicht«, lasse ich ihn wissen, reiße die Folie auf und beiße in das Lebkuchenherz hinein. Doppelte Funktionalität. Ich habe Hunger und muss mich beschäftigen, da das dämlich und zugleich süß ist, mir so ein Herz zu kaufen.

Mit entsetztem Blick fragt er mich: »Du isst das auf?«

Ich kaue zu Ende, drehe und wende es dann in meiner Hand, nicke und sage: »Ja, essbar.«

»Ich dachte …«

»Was dachtest du?«, hake ich nach.

»Ich dachte, so etwas hebt man auf.«

»Sollte ich mir das in die Wohnung hängen? Oder in einem Schrank schlecht werden lassen? Ich mache das Beste damit: Ich esse es, solange es noch frisch ist und schmeckt. Und wir sind nicht quitt. Was magst du denn an mir?«

»Dass du das Herz, das ich dir schenke, frisst«, erwidert er ernst und lacht daraufhin.

»Ich fresse nicht«, teile ich ihm bewusst kauend mit und grinse ihn an. Mit leerem Mund hake ich nach: »Du wirst mir diese Frage nicht beantworten, oder?«

»Vielleicht wenn du es nicht gegessen hättest.«

»Für ein *Vielleicht* lohnt es sich nicht, auf Essen zu verzichten«, gebe ich zu bedenken und stecke ihm das *Mag* von *Ich mag dich* in den Mund. Erstaunlicherweise öffnet er sogar seine Lippen.

»Ich kann mich nicht erinnern, wann ich zuletzt puren Zucker hatte.«

»Du trinkst den ganzen Tag Süßkram.«

»Das ist die zuckerfreie Variante.«

Er wirkt ein bisschen beleidigt. Dachte er tatsächlich, ich würde dieses Herz wie eine Zwölfjährige irgendwo verstauen? Warum kauft er das überhaupt? Wahrscheinlich weil er seinen Mund nicht aufbekommt, um das auszusprechen. Möglicherweise ist er ein Gesten-Mensch. Ja, eventuell war das ein wenig respektlos, wenn ihm so etwas schwerfällt.

»Weißt du«, lasse ich ihn wissen, »es ist ja nicht dieses Herz an sich. Es ist die Geste, die es zu etwas anderem macht als eine Süßigkeit. Und die Geste kann ich nicht essen. Die behalte ich.«

Ich packe die Reste in meine Handtasche, in der auch die Zuckerstange steckt. Doch das ist mir jetzt zu viel Süßkram.

»Ich will eine Wurst. Mit Senf«, verkünde ich, hake mich bei ihm unter und lehne kurz meinen Kopf an ihn. »Und danach Schokofrüchte oder Zuckerwatte. Vielleicht noch ein Stück Pizza. Du willst echt nichts?«

Er entzieht mir seinen Arm, schlingt ihn um meinen Hals, wobei er mich näher zieht. Er beugt seinen Kopf und flüstert mir mit immer rauer werdenden Stimme zu: »Doch. Ich will was. Dich. Ich will dich noch einmal schmecken, meine Faust in deinen Haaren vergraben, dich ficken, tief in dir sein, neue Kratzer von dir, deine Lippen unnatürlich röten, deinen glasigen Blick. Und du? Bleibt es bei Wurst mit Senf? Kommst du danach mit zu mir?«

Ich muss hart schlucken, um diesen Klumpen im Hals loszuwerden, den seine Worte und die sich verdunkelnde Tonlage verursacht haben.

»Ja, Wurst, klar«, murmle ich und denke an etwas, was einer Wurst ähnlich sieht, nur das es auf eine andere Art befriedigend ist, fange mich wieder rede weiter: »Nein, nicht zu dir.«

»Nein? Oh.«

» Es ergibt keinen Sinn, dass wir zu dir fahren, ich ohne Auto da bin, du mich nach Hause bringst und wieder zurückfahren musst. Du kommst mit zu mir. Aber zuerst will ich etwas essen. Ich habe keinen *Herrn über meinen Körper*, also darf ich das und außerdem habe ich Hunger und Magenknurren ist unsexy.«

Wir reihen uns in die Schlange vor einem Stand ein, eine Antwort von ihm folgt nicht mehr. Sein Arm bleibt um mich geschlungen und seine Finger streicheln mein Brustbein. Nicht aufdringlich, eher gedankenverloren.

Mit der Wurst machen wir uns, als hätten wir uns abgesprochen, auf den Weg zu seinem Wagen. Wir schweigen die Fahrt über, aber er platziert seine Hand auf meinen Oberschenkel, und als ich meine Hand auf seine lege, zieht er sie weg, bedeckt damit meine, schiebt unsere Finger ineinander und ballt sie gemeinsam zu einer Faust.

Ich mag das. Ich mag das sogar sehr. Das Gefühl erinnert mich an ein perfekt warmes Bad an einem frostigen Wintertag.

Vor dem Eingang meiner Wohnung schaut er etwas irritiert. Kein Wunder, es ist ein altes Fabrikgelände und die Außenfassade ist fast komplett erhalten. Als ich ihm die Wohnungstür öffne, bleibt er verdutzt stehen.

»O mein Gott, was ist denn das?«

Ich schiebe mich an ihm vorbei, was schwierig ist, weil er den Türrahmen beinahe ausfüllt mit seinen breiten Schultern.

»Meine Wohnung. Trautes Heim und so.«

»Ist ja irre«, sagt er und tritt endlich ein.

Ich versuche sie mit seinen Augen zu sehen. 120 Quadratmeter Wohnfläche. Hohe Decke, altes freigelegtes Gemäuer, ähnlich wie bei ihm, nur mit Fabrikcharme. In einem Eck ist eine ausladende Küche, ich koche gerne. Wohnzimmermöbel mitten im Raum, ein üppiger Echtholzesstisch und mein Arbeitsbereich mit großflächigem Schreibtisch und mehreren Bildschirmen.

Alles weit auseinander, dass es das Auge nicht stört, dass sich alles in einem Innenraum befindet. Ein paar große Pflanzen sind verteilt. An den Wänden hängen riesige Drucke von Wohnungen, die ich einrichtete. Mit einigen habe ich es in Einrichtungszeitschriften geschafft, sofern die Auftraggeber es mir erlaubt hatten, dass ich das mache.

»Hier wäre es einfach, in jedem Zimmer Sex zu haben«, stellt er belustigt fest. »Gibt es hier überhaupt noch einen extra Raum?«

Ich zeige auf eine versteckte Tür. »Dort und oben sind jeweils eine Toilette. Und wenn man will, kann man das Schlafzimmer auf der Empore als extra Raum zählen.«

»Badezimmer?«

»Offen, auch oben auf der Empore.«

»Kein Gästezimmer?«

»Nein, brauche ich nicht. Im Zweifelsfall kann ja jemand auf meiner Couch übernachten.«

»Darf ich hoch?«, fragt er und zeigt auf die Treppe, die auf die Empore führt.

»Klar.«

Er durchquert mit zügigem Schritt meine Wohnung, steigt hinauf und sieht sich um. Er schaut sich das Badezimmer mit meiner Regenwalddusche und der mitten im Raum stehenden Badewanne an, tritt dann an mein Bett, von dem aus man die ganze Wohnung überblicken kann.

Wie die Queen ihr Königreich, stand es in der Zeitschrift, in der ich Bilder von meiner Wohnung veröffentlichte. Sein Blick wandert über meinen offenen, großzügigen Kleiderschrank zurück zu mir.

»Wow, echt wow. Ich wusste nicht, dass so offenes Wohnen so toll aussehen kann. Eine Wand würde stören.«

»Ich dachte, du wüsstest, dass ich gut in meinem Job bin«, amüsiere ich mich über seine überraschte Bewunderung.

Er verdreht halbherzig die Augen. »Wusste ich. Aber so etwas hatte ich trotzdem nicht erwartet.« Er blickt wieder nach unten, lässt seine Hand schweifen und sagt: »Dir ist klar, dass ich dich auf jedem deiner Möbelstücke haben will?«

»Warum? Weil ich nicht genug Zimmer habe?«

»Nein, so hinterlasse ich eine unsichtbare Markierung. Überall, wo wir Sex haben, wird das ein Stück Aura zurücklassen.«

»Also könntest du Auren von anderen spüren?«

Er nimmt meine Hand, sieht sich in meinem Schlafbereich um, zieht mich mit über die Treppe in den Wohnbereich und geht mit mir einmal durch den Raum, als würde er eine Fährte aufnehmen. Ich lasse mich lachend hinter ihm herziehen. Er ist ein wenig verrückt. Lustig verrückt.

Anschließend grinst er mich an, bevor er mit einem Augenzwinkern antwortet: »Keine Aura, die sich mit meiner messen könnte.«

Ich muss gleichzeitig weiterlachen und den Kopf schütteln. Das war sowohl eingebildet wie auch seltsam. Nein, eigentlich ist das total abgedreht, was er da von sich gibt.

Er legt den Kopf schräg und lächelt. »*Durch die Leidenschaft lebt der Mensch, durch die Vernunft existiert er nur*«, trägt er vor und fügt an: »Manchmal bin ich gerne unvernünftig.«

»War das ein Zitat?«

»Ja. Von einem französischen Schriftsteller. Der Name fällt mir im Augenblick nicht ein. Aber mir gefällt es.«

»Leidenschaft?«, wiederhole ich, lege eine Hand an seine Hüfte und er lässt sich widerstandslos daran zu mir ziehen.

»Ja, Leidenschaft«, flüstert er dunkel. »Wenn ich noch mehr zitieren darf: *Und seht mir doch diese Männer an. Ihr Auge sagt es. Sie wissen nichts Besseres auf Erden, als bei einem Weibe zu liegen.* Das ist übrigens von Nietzsche. Dem wird immerhin Klugheit vorgeworfen, also kann das so falsch gar nicht sein.«

»Willst du damit etwas Bestimmtes sagen?«, frage ich unschuldig und öffne seinen Gürtel.

»Natürlich«, antwortet er und schiebt seine Hand mit gespreizten Fingern fest in mein Haar. »Ich muss dich wirklich dringend ficken.«

»Hm«, erwidere ich, reiße die Knöpfe seiner Hose auf und schiebe sie, während ich in die Hocke gehe, ein Stück über seine Hüfte.

Ein Entlangfahren an seinen Shorts lässt mich wissen, dass er nicht nur ein bisschen erregt, sondern stahlhart und bereit ist. Er sieht zu mir runter, und als ich sein bestes Stück befreie und ablecke, fragt er: »Ich dachte, das wäre zu pornolastig, mit einem Blowjob zu beginnen?«

»Willst du dich etwa beklagen? Kein Problem. Es gibt genug anderes zu lutschen.«

Ich stehe auf, verpacke ihn wieder und schlendere zu meiner Handtasche. Dort entnehme ich die Zuckerstange, packe sie aus und lecke daran.

»Was ist los? Magst du auch mal schlecken? Was machen wir jetzt? Fernsehen?«

Er sagt nichts, sieht mich einen Augenblick mit einem undeutbaren Blick an, ehe ein Ruck durch seinen Körper geht und er in wenigen Schritten bei mir ist. Die Zuckerstange landet irgendwo hinter ihm, nachdem er sie mir entrissen hat, und er überstreckt meinen Hals mit einem Griff in meine Haare nach hinten. Ein verlangender Kuss folgt, wobei er keinen Moment seine Faust aus meiner Mähne nimmt. Er rutscht mit den Lippen über mein Gesicht bis an meinen Hals und raunt mir dort zu: »Ich will dich quer durch deine ganze Wohnung ficken, dich überall benutzen. Ich will, dass du bei dem Gedanken daran schon so nass bist, dass ich mich einfach in dich rammen kann. Ich will, dass dieser Raum so sehr nach Sex riecht, dass, wenn jemand zur Tür reinkommt, demjenigen sofort klar wird, was hier gelaufen ist. Das will ich. Mach meine Hose wieder auf.«

Mir läuft bei seinen ordinären Worten – oder besser bei der Art, wie er es betont mit dieser besonderen Stimmlage – ein angenehmer Schauer über den Rücken, und ich mache, was er sagt.

Meine Finger nesteln an seiner Hose, bis ich ihn blind befreit habe und die weiche Haut seiner Erektion mit den Händen streichle.

Als Antwort folgt ein Stöhnen sowie ein zarter Biss in meinen Hals. Schritt für Schritt drängt er mich rückwärts, bis ich an meinen Esstisch stoße.

»Dreh dich um«, fordert er mit dieser rauen Stimme, die mir

durch den gesamten Körper schießt, weil sie mich an puren, hitzigen Sex erinnert.

Endlich lässt er meine Haare los, legt seine Hände an meine Hüfte und beschleunigt das Ganze mit energischem Nachdruck.

Ich stütze meine Hände auf, er greift um mich, öffnet meine Hose und zieht sie mitsamt Slip nach unten. Unnachgiebig drückt er meinen Oberkörper nach vorn und presst mich hart auf den Tisch. Ich hätte erwartet, dass er mich sofort nimmt, wie er es gerade sagte, aber stattdessen geht er hinter mir in die Hocke und ich spüre seine Finger an meinem Eingang.

Ein Stöhnen entkommt seiner Kehle. »So habe ich mir das vorgestellt.« Dann kann er nicht mehr sprechen, denn er leckt mich völlig hemmungslos, bis ich fast davor bin, zu kommen. Seine Zunge streicht gierig über mich, taucht ein, drückt gegen diesen einen Punkt, kreist darauf.

Plötzlich stoppt er, ich fühle seine Spitze und mit einem Geräusch ähnlich einem Grunzen schiebt er sich komplett in mich, legt seinen Oberkörper schwer auf mich und keucht in mein Ohr: »Du machst mich so verdammt geil.«

Eine Antwort finde ich nicht, ich muss mich aufs Atmen konzentrieren. Meine Brüste sind nahezu schmerzhaft zwischen unseren Körpern und dem Tisch eingequetscht, und ich habe das Gefühl, dass ich unter ihm zerfließe.

Sein starker Körper auf meinem, die Bewegungsunfähigkeit, ihn in mir, so ausgedehnt. Mehr als einen kurzen Druck auf meine empfindlichste Stelle braucht es nicht und ich komme sofort. Mein ganzer Unterleib pocht quälend verlangend.

»Könntest du dich bewegen? Bitte?«, hauche ich.

»Du hast Bitte gesagt. Das macht mich ein klein wenig an.« Er drängt sein Becken enger an meinen Hintern, wobei er nach meinen Handgelenken greift. Ich drücke die Muskeln um ihn so fest zusammen, wie ich es kann, ich will mehr. Er atmet schwerer und bleibt so auf mir liegen.

»Bitte, Francis. Willst du das noch einmal hören?«

»Mhm.«

Endlich erbarmt er sich und richtet sich hinter mir auf, ohne meine Handgelenke loszulassen. Er bewegt sich erst langsam in mir, fast zärtlich und dann nimmt er mich schneller, Stoß um Stoß. Einzig die schraubstockartige Umklammerung seiner Hände bewahrt mich vorm Wegrucken. Meine Wange liegt auf dem Holz des Tisches und ich erzittere ein bisschen vor Genuss, gehe auf Zehenspitzen, damit ich noch mehr von ihm aufnehmen kann.

Er zerrt mich an meiner Taille ein Stück zurück, fasst um mich herum und lässt seine Fingerknöchel über genau diesen perfekten Punkt gleiten. Bei jedem Knöchel zucke ich zusammen, bis ein letztes großes Zucken folgt und ich mich in einen himmlischen Orgasmus fallen lasse.

Kaum bin ich zurück in der Realität, zieht er sich aus mir zurück. Ich öffne meine Augen und werfe einen Blick über meine Schulter, was los ist. Er steht hinter mir und sieht mich an.

Sein Brustkorb hebt und senkt sich, als wäre er gerade ziemlich schnell gerannt. Er erwidert meinen Blick, hält mir die Hand hin und hilft mir, mich aufzurichten.

Er umfasst meine Taille, setzt mich auf die Kante des Tisches und befreit mich gänzlich von der um meine Knöchel sitzenden Hose, wobei ich mein Oberteil und den BH loswerde. Bevor ich mich küssen lasse, ziehe ich an seinem Shirt, bis er es mit einem Knurren hinten am Kragen packt und über seinen Kopf zerrt. Ich will ihn anfassen.

Ich schlinge meine Arme um seinen Hals und nehme mir einen Kuss. Er drängt sich zwischen meine Beine. Mit einem gleichzeitigen Stoß und dem Heranziehen meines Beckens ist er wieder in mir und ich keuche auf.

»Du machst mich ganz schön verrückt«, sagt er, während er meinen Hintern knetet und sich langsam in mir bewegt.

»Hmmm, du mich auch«, antworte ich und küsse sein Schlüsselbein entlang und fahre einen Teil des Tattoos mit meiner Zunge nach. Ich könnte das ewig so machen. Hier sitzen, mich von ihm gemütlich vögeln lassen, ihn immer wieder küssen und ablecken und seinen gierigen Blick genießen.

Wie macht er das nur, dass ich bei ihm absolut keine Hemmungen habe und ihm genug vertraue, mich so festhalten zu lassen? Von Anfang an? Obwohl ich rauen Sex mag, kommandiere ich gerne rum, damit das was wird, und lasse mich nur auf Aufforderung meinerseits festhalten. Vielleicht hat er das bei dieser Nacht in seinem Haus schon über mich gelernt. Zu erkennen, was ich mag.

Ich betrachte sein Gesicht und finde es seltsam, ihn so wenig zu kennen und doch ein Vertrauensgefühl ihm gegenüber zu haben. Trotz dieser Miene, die er oft aufsetzt, vermutlich weil er will, dass niemand einschätzen kann, was er denkt. Heute sah ich sie nur selten, und wenn er mich auf eine bestimmte Art ansieht, habe ich das Gefühl, als könnte er mit seinen Augen mehr sagen als mit Worten. Als wollte er, dass ich entdecke, was in ihm schlummert.

Seine Lider sind geschlossen, und nach einem weiteren Kuss lehnt er seine Stirn an meine, woraufhin ich meine Hand an sein Herz lege. Ich kann spüren, wie es anfängt zu rasen, zugleich mit einem rauen Aufstöhnen von ihm, und dann ist es auch bei ihm so weit. Ich schlinge meine Beine um ihn und ziehe ihn näher an mich, um seinen Orgasmus noch besser mitzuerleben.

Er öffnet seine Augen, ohne seine Stirn von meiner zu nehmen. Ein Lächeln huscht über sein Gesicht. Einen Moment halte ich ihn weiter umklammert, da mich dieses Lächeln zum Innehalten zwingt, ehe ich ihn freigebe, damit er sich zurückziehen kann.

»Bleib sitzen«, weist er mich an, entsorgt das Kondom in der Küche und nimmt auf dem Weg die Zuckerstange mit, spült sie kurz ab und legt sie neben die Spüle. Zügig ist er wieder bei mir, steigt in seine Shorts und zieht mir sein Shirt über den Kopf.

Er befreit meine Haare aus dem Kragen und streicht sie mir hinter die Ohren. Ich sehe ihn einfach nur fragend an. Er schmunzelt, als er meinen Blick sieht, sagt aber nichts, sondern hält mir die Hand hin und ich lasse mich vom Tisch gleiten.

»Mittagsschläfchen?«

»Was? Wie?«

»Ich fragte, ob du Lust auf ein Mittagsschläfchen hast. Ich habe die ganze Woche zu wenig geschlafen. Zu viel Arbeit. Ich denke, zwanzig Minuten Schläfchen könnten mir gefallen.«

»Na dann«, antworte ich, gehe voraus und nehme die Treppe Richtung meines Bettes. Er folgt mir und lässt sich mit einem Seufzen nieder, stellt den Timer auf seinem Smartphone und legt es hinter sich.

Wir liegen mit den Gesichtern nahe beieinander und er behauptet: »Bequem.«

»Klar. Ist die gleiche Matratze, die du hast.«

»Ja?«

»Ja. Ich besorge nur Dinge, die ich selbst für gut empfinde.«

»Hm«, erwidert er nur und schiebt seine Hand unter dem Shirt hoch in meinen Nacken und drückt mich an seine Brust.

Ich schiebe eine Hand in seine Shorts und begrabsche seinen runden, harten Hintern. Er muss wirklich müde gewesen sein, denn ich meine, keine dreißig Sekunden später atmet er schon tief.

Eigentlich will ich gar nicht schlafen. Mir gefällt das, wie er mich an sich presst. Er riecht gut, ist warm und sein Herzschlaggeräusch gemischt mit seinem Atmen macht die Gemütlichkeit komplett. Aber so eingelullt von allem drifte ich dann doch langsam weg, vermutlich mit einem grenzdebilen Lächeln im Gesicht. Ich glaube, ich habe mich tatsächlich in diesen Mann verliebt. Ziemlich heftig sogar.

»Och nö«, meckere ich, als sich Francis bewegt, um diesen penetranten Timer auszuschalten.

»Och nö«, äfft er mich schmunzelnd nach. »Da hast du recht. Ich habe kein Kondom mit hochgenommen. Magst du noch mal? Ich bekomme nicht genug von dir.«

Ich rolle mich zur Seite, greife in meine Nachttischschublade und werfe ihm eins zu. Vorbereitung ist alles. Ich hatte ja die Hoffnung, dass er mit zu mir kommt.

»Wunderbar«, kommentiert er das mit glänzenden Augen und ist gefühlt in unter drei Sekunden nicht mehr mit seinen Shorts, sondern mit dem Kondom bekleidet. Ich hebe nur eine Augenbraue, kann die belustigt zuckenden Mundwinkel jedoch nicht verbergen. Der ist noch nicht einmal richtig wach und gleich wieder hart? Vielleicht sollte ich lieber nicht wissen, was in seinem Kopf vor sich geht.

Er rollt sich auf mich drauf, schiebt das Shirt nach oben und zieht den Halsausschnitt über meinen Kopf, ohne es mir ganz auszuziehen, und stützt sich auf den Unterarmen links und rechts von meinem Gesicht ab.

»Kann ich?«

»Sofern du das Ding nicht mit aller Gewalt in mich rammst, sollte es möglich sein«, antworte ich sachlich, bin aber eigentlich belustigt durch seinen Enthusiasmus. »Eventuell noch ein kurzer Kuss vorher?«

Er lacht und küsst mich. Und dann toben wir durch die ganze Wohnung.

Viel, viel später sitzen wir verschwitzt, mit sexverwuschelten Haaren auf meiner Couch.

»Ich würde jetzt töten für eine Zigarette«, sagt er nach einer Weile Schweigen, während er mit meinem Haar spielt.

»Rauchst du?«

»Nein. Du?«

»Nein«, antworte ich, stehe auf, gehe an meinen Schrank. Grinsend ziehe ich eine Schachtel hervor und werfe sie ihm zu. Er fängt sie geschickt aus der Luft.

»Feuer?«, fragt er.

»Klar. Sonst wären die Kippen ja sinnlos.«

Er steht auf, kommt auf mich zu und beugt sich für einen kurzen Kuss zu mir. »Wo?«

»Draußen.«

Ich nehme seine Hand und führe ihn an ein Fenster. Ich öffne es, schiebe den bereitstehenden Hocker darunter und klettere unter seinem skeptischen Blick nach draußen.

Er folgt mir und sagt: »Genial«, während er den schmalen Steg mit der Fluchttreppe nach unten betrachtet, der an der Außenseite des Gebäudes angebracht ist.

Er zündet eine Zigarette an und lehnt sich an die Mauer. Dann reicht er sie mir weiter und ich lehne mich neben ihm an. Wir teilen uns schweigend die Kippe und starren dabei in den

Hinterhof, in dem die Parkplätze sind.

Es ist dunkel und auf dieser Seite ist es angenehm ruhig. Es fröstelt mich, es ist kühl mit der Mauer im Rücken. Er rückt näher und legt seinen Arm um mich.

Er nimmt den letzten Zug und schnippt sie mit den Fingern in den Hinterhof. »Rein?«, fragt er und wippt mit dem Kopf Richtung Eingang.

»Ja, gerne«, bestätige ich.

Ich schließe das Fenster hinter uns und sehe, dass er seine Socken einsammelt und anzieht.

»Ich haue dann mal ab.«

»Hm.«

Er zieht seinen Schlüssel aus der Hosentasche und ich bringe ihn zur Tür. Schade, dass er geht. Ich hätte mir gewünscht, dass er hier übernachtet. Ich fand das kleine Mittagsschläfchen mit ihm entspannend. Schade, schade.

Ich öffne ihm die Tür und wir winken uns zum Abschied zu.

Nachdem die Tür hinter ihm ins Schloss fällt, atme ich lange aus. War es nicht mein Plan, mich nicht mehr mit Männern zu verabreden, damit ich nicht immer wieder von mir enttäuscht bin, wenn ich mich erneut als beziehungsunfähig erweise?

Er bringt das alles ins Wanken. Ich sagte ihm, dass ich ihn mag! Wie verrückt bin ich denn bitte? Bei einem ersten Date! Wäre dieser recht kühle Abgang nicht gewesen, hätte ich mir tatsächlich Hoffnung auf mehr gemacht. Ich will keine Hoffnung auf mehr. Trotzdem hätte ich das vermutlich alles vergessen, wäre er über Nacht geblieben. Ich fühlte mich vorhin so verliebt.

Ich lege mich mit dem Rücken auf die Couch und scrolle durch Instagram, um zu sehen, wer von meinen Lieblingsinnenarchitekten und Einrichtungsprofis etwas Neues gepostet hat.

Es klingelt. Um diese Uhrzeit. Das bedeutet nie was Gutes. Ärgerlich über die Störung betätige ich die Gegensprechanlage und werfe einen Blick auf den kleinen Kamerabildschirm, der mir verrät, wer vor der Haustür steht.

Francis? Der ist doch schon vor zwanzig Minuten los.

»Ja, Francis?«

»Lass mich rein. Ich habe etwas Wichtiges vergessen.«

Ich erwarte ihn an der offenen Tür und frage ihn, als er mir entgegenkommt: »Was hast du vergessen? Dein Smartphone?«

»Nein«, erwidert er, tritt vor mich und nimmt mein Gesicht in seine Hände. »Das.« Er beugt sich mir entgegen und legt seine Lippen auf meine für einen süßen, zarten Kuss. Einen von der Sorte, die sich unwiderruflich in mein Gedächtnis gebrannt hat, da ich sie für immer mit Bei-ihm-auf-der-Terrasse-Sitzen in Verbindung bringen werde.

Dieser Kuss wirbelt unzählige Emotionen in mir auf. Sehnsucht und Genuss. Verliebtheit und Wohlbefinden. Stabilität und ein bisschen Lust.

Er raubt mir ein klein wenig den Atem, obwohl er durch und durch unschuldig ist. Vielleicht auch gerade deswegen. Weil nichts an Francis wirkt sanft oder unschuldig. Möglicherweise macht es diese Art des Kusses von ihm erst so besonders.

Er nimmt seine Lippen von mir und lässt ein Gefühl von Wärme in mir zurück.

»Dann nächster Versuch«, sagt er mit einem kleinen Lächeln.

»Warte. Warum bist du zurückgekommen?«

»Ich hatte meinen Abschiedskuss vergessen. Du bringst mich ein bisschen durcheinander.«

»Du bist wegen eines Kusses zurückgefahren?«

»Sagte ich doch. Außerdem hatten wir nichts Neues vereinbart. Deshalb nächster Abschiedsversuch.« Er zieht mich wieder ein Stück näher, murmelt: »Tschüss, Lara«, und küsst mich auf die Stirn. »Ich besuche nächstes Wochenende einen Freund, aber hättest du Lust, dich am Freitag mit mir zu treffen?«

»Ich weiß nicht«, zögere ich, weil ich mir unsicher bin, was er erwartet.

»Oh, schade«, erwidert er und ein Hauch von Enttäuschung schwingt in seiner Stimme mit.

»Es ist nur …«

»Hm? Was, Lara?«

»Ich bekomme nächste Woche meine Periode. Da will ich

keinen Sex haben. Ich mag das nicht.«

»Ah, okay. Hm, ja. Verstehe.«

»Sicher?«, hake ich nach. Er hört sich ein wenig komisch an.

»Ja, schon in Ordnung, wenn du mich nur für Sex treffen willst.«

Höre ich richtig, dass er frustriert klingt? Weil er keinen Sex bekommt oder denkt er etwa …?

Schnell sage ich: »Nein, das ist es nicht. Ich würde mich freuen, dich zu sehen. Willst du MICH überhaupt treffen, so ohne?«

»Klar«, antwortet er und streicht mir durchs Haar. »Dann bis Freitag?«

»Ja. Das wäre schön.«

Kurz überlege ich, ihn zu bitten, über Nacht zu bleiben, lasse es aber, da er so aufbruchbereit ist. Nach einem weiteren Kuss ist er weg und mein Herz schlägt heftig. O Mann. Also nicht nur Sex. Dazu diese Geste. Er hätte mir bezüglich eines neuen Dates schreiben können oder anrufen.

Hilfe, der Mann ist ein versteckter Romantiker, und ich bin total glücklich, weil er wegen eines Kusses zurückkam. Ich bin so gerührt, dass ich minutenlang vor der geschlossenen Tür stehe und das gar nicht richtig fassen kann.

Ich fahre mir durch meine wirren Haare, gehe erst einmal duschen und von dort direkt ins Bett. Ich bin hundemüde und doch aufgekratzt, weshalb ich nicht einschlafen kann. Ich stecke meine Nase in das Kissen. Es riecht ein bisschen nach ihm. Meine Nase weigert sich, aufzuhören mit dem Geschnuffel, und versucht jeden Duftpartikel einzusaugen.

Ich glaube, ich will diesen Mann. Ich will das noch ein einziges Mal ausprobieren, ob ich nicht doch beziehungstauglich bin. Ich kann gar nicht anders, er hat mich viel zu sehr mitgerissen. Mir ist ein wenig übel vor Aufregung und zugleich heiß und schwindelig. Ich schätze, ich bin tatsächlich total verliebt.

Da ich nicht schlafen kann, sehe ich nach, was wir nächsten Freitag unternehmen können. Da er nicht so der großartige Unterhaltungstyp ist, läuft es sonst darauf hinaus, dass wir auf der Couch sitzen und uns anschweigen.

Keine zwanzig Minuten von hier weg ist ein Poetry Slam mit Comedians. Das hört sich gut an. Lachen ist gut. Da können wir abends hin, ich glaube, das könnte nett sein.

Ich schicke ihm eine Nachricht, um ihn zu fragen.

Ich: *Freitagabend Poetry Slam? Magst du so etwas?*

Francis: *Klar.*

Das hat keine Minute gedauert. Ist er schon zu Hause?

Ich: *Du sollst nicht beim Fahren schreiben!*

Francis: *Machst du dir etwa Sorgen um mich? ;) Keine Angst, ich bin rechts rangefahren, als ich deinen Namen sah.*

Ich: *Na dann. Das ist nur zwanzig Minuten Fußweg von mir aus. Kommst du zu mir?*

Francis: Wann kannst du Feierabend machen? Frühster Zeitpunkt bitte.

Ich: *Vormittags habe ich Termine. Frühestens um 13 Uhr.*

Francis: *Perfekt. Ich bin um 13 Uhr da.*

Ich: *Essen?*

Francis: *Ich komme satt.*

Ich: *Das hätte ich mir ja denken können. Abends, meine ich. Normale Menschen essen auch abends. Gehen wir vorher in ein Restaurant? Ich reserviere einen Tisch. Vorlieben?*

Francis: *Steakhouse.*

Ich: *Alles klar, bekomme ich hin.*

Francis: *Schön. Also muss ich nichts tun?*

Ich: *Gut aussehen.*

Francis: *Fällt mir leicht. ;)*

Ich sende ihm einen Augenroll-Emoji und er schickt ein Zwinker-Emoji als Antwort.

Ich: *Komm gut nach Hause. Bis Freitag.*

Francis: *Hab süße Träume.*

Ich kaufe sofort online über mein Smartphone Karten für den Poetry Slam und kuschle mich dann ein zum Schlafen. Ich freue mich.

Und wie ich mich freue!

Du regst mich auf.

Lara

Ich habe unglaublich gute Laune. Ich summe ein Liedchen vor mich hin und räume für das Wochenende meinen Schreibtisch auf. Meinen Laptop verstaue ich, wie immer, zum Mitnehmen in meiner Tasche, packe mein neues Buch, das heute geliefert wurde, dazu und verlasse weitersummend mein Büro.

Mein Assistent Pascal wundert sich nicht, dass ich früh gehe – ich arbeite oft von zu Hause aus –, sondern über mein Summen und fragt mich: »So eine gute Laune, Lara? Hast du uns wieder einen dicken Fisch an Land gezogen?«

»So ungefähr«, antworte ich lachend. »Hab ein schönes Wochenende, Pascal, mach auch nicht mehr so lange.«

Seufzend sieht er auf seinen Schreibtisch, als würden dort Tonnen von Akten auf ihn warten, dabei haben wir längst ein fast papierloses Büro. Dann zwinkert er mir zu. »Ich erledige die letzten Aufträge meiner unerbittlichen Chefin, bevor sie am Montag laut flucht, wenn nicht alles zu ihrer Zufriedenheit ist.«

»O ja«, kontere ich spaßig, »mit der würde ich mich auf keinen Fall anlegen«, und zwinkere ihm ebenfalls zu.

Manchmal muss er wirklich unter mir leiden, mein kleiner gut bezahlter Büroschatten. Mittlerweile kann ich mir gar nicht mehr vorstellen, dass ich den gut aussehenden Kerl gegen Geld für meine Gelüste benutzte oder mir von ihm die Wut wegvögeln ließ, wenn mich etwas aufregte.

Mit einem Kopfschütteln steige ich in den Fahrstuhl. Ich bin seltsam. Vermutlich sollte ich froh sein, dass er das stoppte. Nun bin ich wenigstens eine normale Chefin.

Ich lege meine Laptoptasche in den Fußraum des Beifahrersitzes und schwinge meinen Arsch hinters Steuer. Es ist 12 Uhr, noch genug Zeit, um mir Essen vom Drive-in auf dem

Rückweg zu holen und eine kurze Dusche zu nehmen, bevor Francis auftaucht.

Spontan halte ich vor einem Supermarkt und kaufe ein paar seiner geliebten Energydrinks. Ich will schließlich kein schlechter Gastgeber sein und habe erst für 18 Uhr einen Tisch reserviert, da der Poetry Slam um 20 Uhr losgeht, also werden wir ein bisschen Zeit in meiner Wohnung miteinander verbringen.

Zu Hause verstaue ich sie im Kühlschrank und werfe einen Blick durch meine Wohnung. Wenngleich ich Unordnung hasse, neige ich manchmal zu Chaos, wenn ich eine kreative Phase habe.

Ich trete unter die Dusche, um den Arbeitstag von mir abzuwaschen. Auf Beine rasieren verzichte ich. Es gibt keinen Sex, da kann er sich auf den Kopf stellen, wie er will.

Nachdem ich mich richtete, habe ich noch zehn Minuten – obwohl, eher fünf, er ist immer fünf Minuten zu früh –, und ich gehe wieder nach unten und trinke ein Glas Wasser.

Als ich endlich die Klingel höre, bin ich ernsthaft aufgeregt. Gibt es ja gar nicht. Ich habe mich sehr lange nicht mehr auf einen Mann so gefreut. Gut, wie auch? Vor ihm hatte ich Jahre keine Verabredung.

Ich betätige den Türöffner und warte an meiner Wohnungstür auf ihn. Er kommt den Hausflur entlang, vorbei an der Eingangstür meines Nachbarn. Ich habe nur drei. Mehr Wohnungen passten nicht in die ehemalige Fabrikhalle.

Er bleibt vor mir stehen, sagt nichts und kein Muskel zuckt in seinem Gesicht. Ich sehe zu ihm hoch. Wie begrüßen wir uns dieses Mal?

Ein kleines Lächeln stiehlt sich in seine nur vom Licht meiner Wohnung erleuchteten Augen, da das Flurlicht schon wieder automatisch ausgegangen ist. Er beugt sich mir entgegen, haucht mir einen Kuss auf die Lippen und fährt vom Nacken beginnend durch meine Haare.

»Hallo, Lara«, raunt er mir zu und ich bekomme sofort eine Gänsehaut von seiner Reibeisenstimme.

»Hey, Francis«, hauche ich zurück.

»Willst du mich nicht reinbitten?«

»Ich bitte nicht darum, ich fordere das sogar.«

Er lacht und geht an mir vorbei. Ich schließe die Tür hinter ihm und wende mich ihm zu. Blitzschnell zieht er mich an sich, packt meine Oberschenkel und hebt mich an. Ebenso schnell schlinge ich meine Beine um seinen Körper, meine Arme um seinen Nacken und genieße diesen stürmischen Kuss, der wirkt, als hätte er ein Jahr auf einer Bohrinsel nur unter Männern gelebt.

Irgendetwas fällt hinter mir zu Boden, aber das ist völlig egal, ich gebe mich ganz diesem Kuss hin.

»Schön, dass du da bist«, lasse ich ihn wissen, als er mich Luft holen lässt.

»Ja, finde ich auch.«

»Willst du nicht erst deine Jacke ausziehen, bevor du mich so überfällst?«

»Gute Idee«, gesteht er mir zu und lässt mich runter.

Er sieht mal wieder fantastisch aus. Er schält sich aus einer dunkelbraunen, farblich zu seiner Jeans und seinen Boots passenden Lederjacke. Er wirft sie einfach auf mein Sideboard und krempelt die Ärmel seines schwarzen, verdammt engen, dünnen Pullovers mit V-Ausschnitt nach oben. Er macht einen Schritt hinter mich und hebt vom Boden auf, was da wohl gerade gefallen ist, und drückt mir eine Schachtel Pralinen in die Hand.

»Für dich. Ich habe Gerüchte gehört, dass Frauen Schokolade wie Treibstoff brauchen, wenn sie ihre Tage haben.«

»Das ist doch Blödsinn«, behaupte ich, obwohl es schon ein wenig stimmt.

Er zuckt mit den Schultern. »Jetzt wollte ich einmal den Gentleman raushängen lassen. Zack, verdorben.«

Mit diesen Worten geht er zu meiner Couch und lässt sich dort nieder.

»Du BIST ein Gentleman. Zumindest meistens«, beteuere ich und stecke mir auf dem Weg zum Kühlschrank zwei der Pralinen in den Mund. Lecker. Das war nett und ich bedanke mich noch nicht einmal. Ich schnappe mir eine kalte Flasche

Wasser sowie eine Dose und setze mich damit zu ihm.

Er zieht seine Schuhe aus, wirft sie grob in Richtung Eingangstür, winkelt ein Bein an und wendet sich mir zu, um mir die Dose abzunehmen. Er reißt den Verschluss auf für einen ersten Schluck. »Danke.«

»Hm, ja, gerne. Danke für die Schokolade. Ich habe tatsächlich zurzeit einen erhöhten Konsum. Vielleicht sollte ich mehr zu meinen Schwächen stehen.«

»Falls ich eine davon bin, auf jeden Fall«, sagt er und hält mir die Dose mit dem Energydrink hin. Ich muss daran denken, was er über Küssen und Energydrinks sagte, und nehme auch einen Schluck. Denn ich will ihn küssen, weshalb ich sie auf dem Couchtisch abstelle und näher rutsche.

Ohne Druck legt er einen Finger unter mein Kinn, so als hätte er das gewusst, und bedeckt meine Lippen zärtlich mit seinen. O Mann. Dass so ein großer, starker Kerl so sanft küssen kann. Träge tanzen unsere Zungen miteinander und unsere Lippen gleiten feucht übereinander. Mmmh. Besser als Schokolade.

Er küsst sich an meinem Kiefer entlang zum Hals, knabbert und küsst dort weiter, bis ich ihn mit belegter Stimme bitte: »Hör auf.«

»Warum?«, fragt er, hört auf und sieht mich an.

»Kein Sex.«

»Hatte ich nicht vor. Ich war noch nicht einmal in der Nähe deines Intimbereichs, nur falls du keine anatomischen Grundkenntnisse hast«, lässt er mich lächelnd wissen.

Ich stehe so unglaublich auf sein Lächeln. In seinen Augen geht dann irgendwie die Sonne auf. Vielleicht aber auch nur, weil er es viel seltener tut als andere Menschen, die ich kenne. Meistens sieht er etwas angepisst aus. Quasi ein männliches Resting Bitch Face.

»Idiot«, schimpfe ich trotzdem über seinen Spruch, meine es jedoch nicht böse. Nicht, wenn er so lächelt. »Erregung ist kontraproduktiv in meinem Fall.«

Er sieht mich mit einem fragenden Stirnrunzeln an. Ich glaube, er rafft das nicht. Fehlen etwa ihm anatomische Grundkenntnisse?

»Falls du es deutlicher brauchst: Ein Tampon wird dort platziert, wo du gerne deinen Schwanz reinsteckst, und soll an diesem Ort seine Pflicht erfüllen, statt in Lust ertränkt zu werden.«

»Jaja«, sagt er. »Ich habe es kapiert. Schön. Beim dritten Date reden wir über Tampons und deren Saugfähigkeit. Fuck.«

Er lacht laut und ich kichere. Er bewertet das auch als drittes Date. Das gefällt mir. Unter Lachen greift er meine Hand und küsst meine Fingerknöchel. »Ich mag deine Offenheit.«

Da er mit Dates und Offenheit angefangen hat, frage ich, weil mich das brennend interessiert: »Verabredest du dich noch mit anderen Frauen?«

»Nein. Ich habe selten klassische Verabredungen.«

»Würdest du andere Frauen daten, wenn sich etwas ergibt?«

»Reicht es denn nicht, dass ich dich date?«, fragt er spöttisch zurück.

»Ach, Francis. Ach. Vergiss es.«

»Nein, Lara. Du willst also wissen, ob ich dich so sehr mag, dass ich keine andere mehr anfasse.«

»So ungefähr war meine Frage, ja. Und? Wirst du sie ernst beantworten?«

»Wenn du mich lieb darum bittest …«

»Herrje, kannst du ein grandioses Arschloch sein.«

»Ich mag es nur, dich gelegentlich auf die Palme zu bringen. Du regst dich ziemlich niedlich auf.«

Ich ziehe einfach meine Augenbrauen nach oben und er lacht wieder. »Komm schon, Lara. Drei Dates. Muss ich dir deshalb ewige Treue schwören?«

»Wäre mir recht. Ich teile nicht gerne. Sei froh, dass du auf meiner Couch sitzen darfst und nicht mit dem Fußboden vorliebnehmen musst.«

»Touché. Aber gut. Nein. Tatsächlich treffe ich mich im Moment auf keine Art mit einer anderen Frau. Ich mag es, dich zu daten.«

Ich versuche, nicht allzu angepisst zu gucken, ich fand das eben nicht so lustig wie er.

Er stupst mich ans Kinn. »Hey. Nicht beleidigt sein. Es macht mich fast ein wenig an, dass du so besitzergreifend bist. Das bin ich übrigens auch. Also Finger weg von anderen Männern, solange wir uns treffen. Geht das?«

»Wir werden sehen«, antworte ich und er lacht wieder.

»Haben wir dann alles geklärt, was dir wichtig ist?«

»Ja«, lüge ich. Ich hätte gerne gewusst, welchen Namen er dem Ganzen gibt. Sind wir irgendwie zusammen? Die Frage spare ich mir an dieser Stelle, bevor er sich darüber ebenfalls amüsiert.

Seit ich für mich beschloss, dass ich mir mit diesem Mann vorstellen kann, es doch noch einmal mit einer Beziehung zu wagen, würde ich das am liebsten festlegen. Das ist nun mal meine Art, Dinge anzugehen. Nägel mit Köpfen. Vielleicht bin ich wirklich etwas schnell. Ich will nicht wie ein Klammeraffe wirken.

Er lehnt sich zurück. »Gut. Wenn wir nicht wie hormongesteuerte Teenager rumknutschen werden: Was würdest du gerne machen?«

Ich greife unter meine Couch und ziehe eine Schachtel hervor. »Tada!«

Er sieht auf die Verpackung. »Monopoly?«

»Ja. Monopoly ist ein Klassiker. Investierst du nicht in Immobilien? Mal sehen, wie gut du bist.«

»Höchstwahrscheinlich bekomme ich dann kein viertes Date mehr, wenn ich dich mit exorbitanten Mieten abgezockt habe.«

»Abwarten. Es wird streng nach Regeln gespielt. Kein Beugen.«

»Jawohl, Hoheit. Welche Figur darf ich wählen?«

»Das Bügeleisen.«

»Ach herrje. Ich hatte auf das Auto spekuliert.«

»Gewinnst du, darfst du in der nächsten Runde das Auto haben.«

»Wenn ich das Bügeleisen nehmen muss, will ich wenigstens die Bank sein. Oder werde ich komplett kastriert?«

»Ach. Dabei zähle ich so gerne Geld.«

»Sollen wir um echtes spielen?«

»Witzige Idee. Aber ich habe nicht genug Bares da. Ein

anderes Mal vielleicht.«

»Ich werde darauf zurückkommen.«

Ich rutsche zurück und platziere das Spielbrett zwischen uns. Wir setzen uns im Schneidersitz jeder auf eine Seite und er schnappt sich das Regelheft und zählt uns die Scheine heraus.

»Ich hoffe, du kannst die Leere in deinem Herzen mit diesen Unmengen an Geld füllen«, schimpfe ich gespielt schluchzend, als er viele Lacher und einige Schimpfwörter später zu meiner Schmach gewonnen hat und ich ihm mein restliches Spielgeld hinwerfe.

Er feiert sich selbst mit einem selbstgefälligen Grinsen und erwidert: »Ich bin sicher, das funktioniert.«

Ich verlange eine Revanche und verliere schon wieder! Gnädig gesteht er mir einen dritten Versuch zu, aber für eine weitere Runde reicht die Zeit nicht mehr.

Gemeinsam sortieren wir alles zurück in die Verpackung. Da bestehe ich auf Ordnung. Ich habe das Spiel seit meiner Jugend und es fehlt noch keine Karte und keine Banknote.

Ich schiebe es unter die Couch und er lehnt sich mit einem Aufstöhnen hinten an der Lehne an. Mir tut auch ein wenig der Rücken weh, da wir uns die ganze Zeit im Schneidersitz gegenübersaßen. Ich hebe seinen Arm an, schlüpfe drunter und kuschle mich an ihn ran. Er wirft mir einen Blick zu und küsst mich auf die Stirn.

Aus heiterem Himmel fragt er mich: »Sag mal, Lara, warum interessierst du dich eigentlich für mich? Ist es, weil ich Geld habe?«

Ich brauche sicher zehn Sekunden, um mein entgleistes Gesicht wieder unter Kontrolle zu bekommen, dann löse ich mich aus seinem Arm und sehe ihn an. Ich verstehe die Frage nicht.

Doch, ich verstehe sie. So ein Arschloch.

Spöttisch antworte ich: »Oh, wow, Francis, dein Gespür dafür, wie man angenehme Momente in unangenehme verwandelt und mit einer Frage jemanden so richtig beleidigen kann, das ist wahrlich beeindruckend.«

»Ich finde die Frage berechtigt«, meint er und fährt mit

einem Finger den Stoff meines Sofas entlang, bevor er mich erneut ansieht.

»Das ist die dümmste Frage, die ich je gehört habe. Dir ist schon klar, dass die Antwort, egal wen du fragst, *nein* sein wird? Vielleicht wahr, vielleicht gelogen. Du kannst es nicht wissen. Ich dachte, du wärst klug, aber anscheinend bist du dämlich und ein Trampel noch dazu.«

»Und wie ist nun deine Antwort?«, hakt er nach und beugt sich mir entgegen.

»Dass du besser gehst.«

»Lara, ernsthaft. Der Sex ist es wohl nicht. Sonst hättest du dich heute nicht mit mir treffen wollen. Was ist es dann? Ich will nur die Wahrheit hören.«

»Gleichgültig was es war, mit dieser Frage ist es bedeutungslos geworden. Tschüss, Francis. Geh bitte. Ich muss mich nicht beleidigen lassen.«

»Du willst lieber, dass ich gehe, als zu antworten? Soll ich daraus Rückschlüsse ziehen?«, erkundigt er sich und wagt es, sich erbost anzuhören.

»Verdammte Scheiße, ist es tatsächlich so schwer zu glauben, dass ich dich mag?« Sein Gesicht sieht völlig teilnahmslos aus und ich fahre wütend fort: »Danke für diesen nicht-schönen Nachmittag. Beweg deinen Arsch und verpiss dich!« Ich bin so zornig, dass ich nur noch zischen kann.

»Nein, ich denke nicht«, widerspricht er und lehnt sich entspannt zurück.

Doch ich bin kurz davor, zu explodieren. »Es ist mir egal, was du denkst. Ich fühle mich wie eine Nutte, wenn du von Geld anfängst.«

»Hm. Nutten gibt es nicht umsonst. Dich vielleicht schon«, argumentiert er und lächelt dabei.

Meine Augenlider zucken. Hat er das gerade ernsthaft gesagt?

»Raus hier«, brülle ich.

»Beruhig dich. Das war nicht böse gemeint. Dass man das falsch verstehen kann, habe ich selbst bemerkt.«

»Interessiert mich nicht!«, unterbreche ich ihn. »Verpiss dich einfach, Francis!«

»Nein.«

Ich raste hier gleich aus. Ich habe noch nicht einmal eine Tür, die ich wütend zuknallen kann. Doch, habe ich. Ich schnappe mir Handtasche, Smartphone und Schlüssel, und dann knalle ich meine Eingangstür mit Schwung hinter mir zu.

Beschissenes Arschloch. Keinen Moment länger halte ich es mit diesem arroganten Drecksack in einem Raum aus.

Ich steige in mein Auto und rase rücksichtslos vom Parkplatz.

Dummer Wichser. Ich überschreite alle Geschwindigkeitsbegrenzungen und nehme den kürzesten Weg Richtung Schnellstraße. Dort jage ich meinen Wagen entlang.

Die schnelle Fahrt tut gut. Nachdem ich mich etwas beruhigt habe, fahre ich an einem Rasthof raus, um zu tanken. Immer noch leicht wütend stapfe ich in das Gebäude, um zu bezahlen, und kaufe mir ein belegtes Brötchen. Als ich auf dem Weg zum Auto feststelle, dass es nur zur Hälfte belegt ist, schmeiße ich es wutentbrannt auf den Boden. Wollen die mich eigentlich alle verarschen? Arrrgh!

Genug getobt, Zeit, wieder vernünftig zu werden. Warum ging mir das überhaupt so nahe? Ich glaube, ich mochte den Mann schon viel zu sehr.

Bemüht um Gelassenheit mache ich mich auf den Weg nach Hause, halte mich an alle Verkehrsregeln, denke an etwas anderes.

Ich parke auf dem für mich reservierten Parkplatz hinter dem ehemaligen Fabrikgebäude und lehne meine Stirn gegen das Lenkrad. Ich habe mich gehen lassen. Zeit, ganz runterzufahren. Mit geschlossenen Augen zähle ich in Siebenerschritten von 100 rückwärts, dann nehme ich meinen Kopf vom Lenkrad und klappe die Sonnenblende runter, um in den Spiegel zu blicken.

Lächeln. Ein professionelles Lächeln. Ein herzhaftes Lächeln. Ein breites Lächeln. So hatte ich das doch gelernt damals.

Endlich steige ich aus dem Auto aus. Ein kurzer Blick nach oben erinnert mich, wie wir auf dem Außensteg zusammen rauchten. Ich fühle mich müde. Wenn das Adrenalin verfliegt, werde ich immer müde.

Erschlagen von meinen eigenen Emotionen öffne ich meine Tür und werfe den Schlüssel in die kleine hübsche Schale auf dem Sideboard neben der Tür. Meine Tasche lege ich direkt daneben und seufze, als ich aus meinen Schuhen schlüpfe. Zu Hause.

Ich glaube, ich sehe nicht richtig und blinzle ein paarmal hektisch. Sitzt da ernsthaft Francis Hunter noch auf meiner Couch? Breitbeinig, einen Arm auf der Rückenlehne und seinen Kopf auf die rechte Seite gedreht, weil er einen meiner Thriller in der Hand hält. Wer liest denn bitte so ein Buch?

Langsam wende ich mein Gesicht ab und betrachte die Schale, in die ich gerade meinen Schlüssel warf.

Ich denke daran, wie ich sie kaufte, und lasse die Bilder davon in meinem Kopf lebendig werden, sonst zerbreche ich dieses schöne Stück an dem Schädel von diesem Depp.

Genug abgelenkt. Ich kann doch nicht schon wieder wütend werden. Ich wage es, zu ihm zu sehen. Er sitzt nun in einer normalen Haltung da, das Buch neben sich, und mustert mich. Wenn er jetzt fragt, ob ich mich beruhigt habe, raste ich total aus.

»Komm her«, fordert er und winkt mich mit einem Finger zu sich.

Ich hebe nur eine Augenbraue. Sein Ernst?

»Na komm schon.«

»Bist du irre?«, frage ich verwirrt. Ich warf ihn raus, und er tut so, als wäre nichts? Er macht erneut diese kleine Winkegeste mit seinem Finger, und bevor ich darüber nachdenken kann, stehe ich vor ihm.

»Vielleicht«, antwortet er und zeigt den Ansatz eines Lächelns.

»Das war mein Ernst, dass du gehen sollst, falls du das irgendwie nicht richtig verstanden hast.« Eins – atmen – zwei – atmen – drei – atmen – vier – atmen – fünf. Ich fühle mich nicht mehr wütend, aber ich will es auf keinen Fall wieder werden. Selbstbeherrschung ist gefragt.

»Ich habe es verstanden. Ich bin nicht gut im Streiten. Kannst du mir einfach glauben, dass ich dich nicht wütend machen wollte? Es tut mir leid. Ehrlich.«

Er sieht mich von unten an, wie ich so vor ihm stehe, und wartet auf eine Antwort. Ich starre zurück. Seine dichten schwarzen Wimpern blinzeln langsam und träge hinter seiner Brille, und das wirkt schon beinahe lasziv. Sein Kiefer ist leicht angespannt, und das von schräg oben kommende Licht sorgt dafür, dass unter seinem Wangenknochen ein Schatten entsteht, der sein Gesicht noch markanter wirken lässt.

Ich schlucke schwer. Ja, ich glaube ihm das tatsächlich. Aber es waren trotzdem Gedanken, die mich verletzt haben. Wie kann er so etwas von mir denken?

»Wie viele Frauen haben versucht, dich auszunehmen?«

»Hm. Fast alle eigentlich. Keine Ahnung, wie man auf die Idee kommt, einen Mann, den man kaum zwei Wochen kennt, zu fragen, ob man eins seiner Autos bekommt. Oder ihn zu einem Juwelier schleift, da man denkt, dass er dort was Hübsches für sie kaufen könnte.« Er beugt sich ein Stück nach vorn und sieht mich nachdenklich an, weshalb ich mit einer Antwort warte, weil ich ahne, dass da noch was kommt.

Ich habe recht, denn er spricht weiter: »Ich hatte wohl das Pech, bisher nur Frauen kennenzulernen, die mich ab Tag eins sofort in eine Rolle pressen wollten oder das Geld sahen statt mich. Für geheuchelte Zuneigung zahle ich nicht. Aus diesem Grund entschied ich mich, Frauen zu kaufen. Oder besser ihre Dienstleistung. Bevor ich mir eine nutzlose Tussi an die Backe hänge, die mich nervt und ausnimmt, bezahle ich lieber direkt für Vergnügen.«

Er lehnt sich zurück, und nicht einmal sein Versuch, diese gewohnt ausdruckslose und arrogante Miene aufzusetzen, kann verbergen, dass er angespannt wirkt. Er beißt seine Zähne aufeinander, was man an den Wangenmuskeln erkennt, seine Brauen sind zusammengezogen und sein Blick ist verschlossen.

In mir verlangt alles danach, ihm die Stirnfalten vom Augenbrauenzusammenziehen wegzustreichen, seinen Kiefer in meine Hände zu nehmen, bis er wieder lockerlässt, und ihn so lange zu küssen, bis er mich lustvoll, statt verschlossen ansieht.

Ehe ich so etwas tue, gehe ich in die Hocke, damit ich das sacken lassen kann. Das war viel Information. Ich lege meine Arme knapp hinter dem Knie auf seinem Oberschenkel ab und bette mein Kinn darauf. Wie von allein streichelt ein Zeigefinger von mir über den Stoff seiner Hose.

Der verschlossene Blick verschwindet und wechselt ins Erstaunte. Sicher, da er mir gerade erzählte, dass er sich gelegentlich mit Prostituierten vergnügt, und vermutet, dass ich deshalb davonrenne. Der Gedanke ist auch leicht befremdlich und hat einen komischen Beigeschmack. Aber was wäre das für eine Doppelmoral, wenn ich nicht besser war? Es ist doch nur Sex. Ich hätte gerne viel mehr von ihm als Sex.

Meine Beweggründe, Pascal für Sex zu bezahlen, waren zwar andere, jedoch ist sein Grund ebenso traurig. Zumindest der Teil, dass er denkt, Frauen interessieren sich nur für ihn wegen seines Geldes. Das kann ich kaum glauben.

Eigentlich ist das sogar trauriger als bei mir. Ich bin selbst schuld, da ich mich immer wieder als beziehungsunfähig herausstelle, denke ich. Aber wenn man auf Geld reduziert wird, da ist der andere schuld, da kann man nichts machen. Kein Wunder bezahlt er Frauen lieber direkt für Sex, da ist wenigstens kein Geheuchel dahinter.

Trotzdem verstehe ich nicht, was ich getan habe, dass er das von mir denkt, und hake nach: »Ich bat dich um gar nichts. Ich hatte nicht einmal erwartet, dass du das Essen bezahlst oder die Karten für den Poetry Slam. Warum denkst du das von mir? Das ist total mies. Das siehst du ein, oder?«

Er atmet etwas gepresst aus und antwortet, ohne mich dabei aus den Augen zu lassen: »Das dachte ich nicht von dir. Noch nicht. Möglicherweise wollte ich der Enttäuschung vorgreifen, bevor ich dich noch schlimmer gernhabe. Es tut mir leid. Ich kann es irgendwie nicht glauben, dass eine so bemerkenswerte Frau wie du mich einfach so mag.«

Er klopft ganz sachte zweimal auf seinen rechten Oberschenkel, streckt dann die Hand nach mir aus und ich lasse mich fast willenlos auf seinen Schoß gleiten.

»Eine Frau wie ich?«, frage ich leise, umfasse sein Gesicht und fahre ihm über seine Bartstoppeln. Ich muss ihn anfassen, ich kann nicht anders. Die Stoppel schaben angenehm in meiner Handfläche und geben ein kratziges Geräusch von sich unter meinen Bewegungen.

Er verschränkt die Arme hinter meinem Rücken und sieht mich so intensiv an, dass ich mich davon aufgewühlt fühle.

»Ja, eine Frau wie du. Schau dich an. Du bist schön, klug und erfolgreich. Du bist humorvoll und du kannst herrlich fluchen. Du bist einerseits unkompliziert und offen und hast gleichzeitig echtes Feuer.«

Hat er mir gerade gesagt, wie toll ich bin? Oje, dieser Mann bringt mich ein klein wenig um meinen Verstand.

»Ich verstehe das Problem nicht, Francis. Du bist attraktiv, du bist klug und belesen und erfolgreich auch. Du bist ein Gentleman und verrückter Typ in einem.«

Er lächelt und lehnt sich mir ein bisschen entgegen. »Ich mag dich. Und ich habe das vorhin nicht wegen irgendwas gefragt, was du getan hast, sondern nur aus meiner jetzt wohl offensichtlichen Unsicherheit, ob du mich tatsächlich mögen kannst. Ich bin nicht der gesprächigste Mensch, ich bin etwas eigenwillig, und es gibt sicher noch zig mehr Gründe, die mich für einen idealen Beziehungstypen disqualifizieren. Trotzdem will ich, dass du mich magst, nicht mein Bankkonto. Das ich möglicherweise als begehrenswerter empfinde als mich selbst.«

»Du, du … du bist dir unsicher, ob ICH DICH mögen könnte? Ich hatte das doch schon gesagt.«

»Ja, ich weiß«, seufzt er. »Es tut mir leid. Ich bin von Natur aus ein wenig misstrauisch. Es ist so viel leichter, mit einer Frau ins Bett zu steigen, als sie zu mögen.«

»Und du glaubst mir? Einfach so?«

»Ja, sorry, deine Emotionen kann man lesen wie ein Buch. Das war echte Empörung. Ich kann mir nicht vorstellen, dass du das spielst. Noch einmal: Es tut mir leid. Es war dumm und mies, das zu fragen, du hast recht. Um ehrlich zu sein, bereue ich es trotzdem nicht, da diese Frage für mich nun beantwortet ist.«

Er zieht mich mit einem Ruck näher an sich, legt die andere Hand in meinen Nacken und beugt sich mir für einen Kuss entgegen.

Träge und langsam, ganz genüsslich liebkost er meine Lippen. Seine sind herrlich weich und locker, kein bisschen fordernd. Seine Zunge streicht über meine und ich taste zurück. Alles eher vorsichtig, als wollte er von meinen Lippen kosten, alles daran ertasten.

Unmerklich wird der Kuss stürmischer, vollkommen ungezügelt, und bevor ich weiß, wann die Grenze überschritten wurde, reibe ich mich hemmungslos an seinem Schritt, an diesem harten Ding entlang. Er stöhnt an meinem Mund und sein Herz schlägt wild direkt an meiner Brust. Wir bekommen fast keine Luft mehr, weil wir beim Küssen so heftig atmen müssen.

Ich will immer noch keinen Sex, aber ich kann zumindest ihm abhelfen, und so nehme ich seine Hand hinter meinem Rücken von mir und lasse mich nach unten auf meine Knie gleiten, um seine Hose zu öffnen.

Er umfängt mein Kinn mit der Hand und hebt meinen Kopf. »Warte. Machst du mit oder nicht?«

Ich schüttle meinen Kopf und fummle weiter die Knöpfe auf. Doch er packt mich an beiden Handgelenken, zieht mich nach oben und schüttelt ebenfalls seinen Kopf. »Nein.«

»Nein?«, wiederhole ich fragend.

»Nein«, bestätigt er. »Wenn du nicht mitmachst, leiden wir beide.«

»Es macht mir nichts aus. Ich stehe darauf, das zu tun.«

Er grinst ein wenig schmutzig. »Trotzdem.«

»Du bist ein seltsamer Typ. Welcher Mann lehnt denn einen Blowjob ab?«

»Hör auf, Blowjob zu sagen. Ich hoffe, du rufst mich an, sobald du wieder willst. Egal wann, ich fahre dann sofort los, auch falls es mitten in der Nacht ist«, erwidert er rau und lacht noch rauer. »Aber zuerst verbringen wir diesen Abend zusammen. Wenn du möchtest. Ich darf doch bleiben, oder?«

»Bleib«, bestimme ich. »Oder gehe. Wir gehen. Zum Poetry

Slam können wir es schaffen. Essen gehen nicht mehr. Holen wir uns unterwegs etwas? Es liegen Imbisse auf dem Weg.«

Er streicht mir durch die Haare. »Okay, Liebes.«

O Fuck. Hat er mich gerade *Liebes* genannt? Der Hunger ist schlagartig weg, weil mein Bauch mit Wärme geflutet wird.

»Alles wieder gut?«, fragt er leise.

»Ja, natürlich. Danke für deine Offenheit.«

»Danke, dass du mich trotzdem magst.«

»Da musst du dich nicht bedanken. Das ist leicht.«

»Ja?«, erwidert er und schenkt mir ein Lächeln, das so atemberaubend ist, dass mir kurz die Luft wegbleibt. »Das ist schön. Lass uns gehen.«

Du bist meiner.

Lara

O mein Gott, war das gut. Ich lasse mich völlig verschwitzt auf den Rücken fallen und wische mir eine verklebte Haarsträhne von der Stirn.

Er ist tatsächlich sofort losgefahren, als ich ihm eine Nachricht schickte, dass der Weg frei wäre.

Er fragte zurück: *In dein Herz?*

Ich antwortete: *Die Richtung stimmt auf jeden Fall und der Weg ist voll der Freude. Auch wenn es eher so ein Rein-raus-Weg ist.*

Es kam keine Antwort, jedoch wenig später stand er vor meiner Tür und sagte: »Los, los, ich will den Weg der Freude beschreiten.«

Der Mann kann lustig sein und ist zum Niederknien. Nicht nur auf die schweinische Art. Der Sex mag grandios sein, aber da ist noch so viel anderes.

Gestern Abend holte er mich spontan vor meinem Büro ab und wir waren essen. Einfach so lehnte er nach Feierabend an meinem Auto und wir saßen ewig an diesem Tisch am Fenster.

Die Zeit verflog nur so und er war sogar in Erzähllaune. Ich hatte schon ein schlechtes Gewissen, da wir den Tisch den ganzen Abend belegten. Erst nach meiner üblichen Schlafenszeit brachte er mich zurück zu meinem Büro, weil dort mein Auto parkte.

Anschließend konnte ich die halbe Nacht nicht schlafen, da ich immer noch so aufgeregt war. Ich wollte mich nicht verlieben. Aber das ging irgendwie ganz schnell. Ich kenne ihn kaum und trotzdem kommt er mir so unendlich vertraut vor.

Wir schreiben uns jeden Tag. Er schreibt mir morgens, dass er mir einen schönen Tag, und abends, dass er mir schöne Träume wünscht. Er hat das kein einziges Mal vergessen und ich warte mittlerweile darauf.

Ich rutsche ein Stück nach oben und ziehe seinen Kopf an mein Brustbein und bette meine Schläfe an seinen Haarschopf. Das ist nicht genug, weshalb ich noch ein Bein um ihn schlinge.

Meins.

Er befreit seinen Kopf und fragt: »Und das wird was?«

»Kuscheln. Schlimm?«

Er lacht leise. »Nein.«

»Warum lachst du dann?«

»Nur weil du das so latent aggressiv gesagt hast.«

»Hm«, grummle ich. Vielleicht hat er recht, aber wenn man jemanden ankuschelt und der andere will wissen, was das soll, ist das nicht witzig, sondern beleidigend.

»Lass mich mal los hier«, fordert er.

Widerstrebend entlasse ich ihn und setze mich auf. Er wird das Kondom los, wirft es zugeknotet im hohen Bogen über das Geländer nach unten, zieht mich an meinem Arm zurück zu sich und legt sich wie eben hin, drückt mein Bein über sich und brummt zufrieden: »Besser.«

Nun muss ich leise lachen. Er ist total süß, obwohl süß wohl ein völlig falsches Adjektiv ist für einen so großen, so schwer tätowierten Mann. Ich streichle durch seine zerstörte Frisur, lasse die Strähnen der dicken Haare immer wieder durch meine Finger gleiten und fahre mit meinen Nägeln vorsichtig über seine Kopfhaut.

»Mmmh«, murmelt er, eher für sich.

Meine Hand streichelt weiter seinen Kopf und das Gedankenkarussell rast.

Ich habe eine drängende Frage, die mir auf der Zunge brennt, mit der ich mir aber etwas Blöße gebe. Dieser Mann macht es noch schwerer, sich zu trauen, weil ich so absolut hemmungslos in ihn verschossen bin. Da hilft kein Weigern mehr und auch kein Abstreiten.

O Mann. Ich ziehe mich mit meinem Bein enger an ihn. Wenn der wüsste, wie sehr ich das genieße. Bisher sind wir nach dem Sex recht schnell aufgestanden, doch hier liegen zu bleiben und ihn so bei mir zu haben, das ist so wie ein

Sahnehäubchen auf dem Mega-Eisbecher.

Er ist überhaupt ein Sahnehäubchen. Welcher Mann ist schon attraktiv, achtet auf seinen Körper und zieht sich dazu gut an? Ist darüber hinaus Gentleman und im idealen Maß unanständig in einem? Ist selbstbewusst und gibt trotzdem – oder vielleicht deshalb – Unsicherheiten zu? Hat Humor von ordinär bis gebildet?

Er erscheint mir wie ein kostbarer Edelstein zwischen Kieseln, was sicher unfair gegenüber vielen anderen Männern ist, aber für mich überstrahlt er einfach jeden einzelnen.

Wenn ich ihn jetzt frage und er weder lacht noch geht, dann werde ich niemals vor ihm die Aggro-Lara raushängen lassen, das schwöre ich mir selbst. Einmal muss ich das doch hinbekommen mit einem Mann. Ich will auch mal Beziehungsmaterial sein.

»Francis?«

»Hm, ja?«, murmelt er leise. Der wird nicht langsam wegdämmern, während ich mir hier Gedanken mache und fast platze vor Anspannung?

Oder ist das sogar gut? Vielleicht kapiert er das gar nicht richtig und dann ... Ach, scheiß drauf, ich lege los und frage, viel hastiger und weniger lässig wie vorgenommen: »Francis, sind wir eigentlich zusammen? Ein Paar?«

Ruckartig befreit er seinen Kopf und schiebt sich ein Stück von mir weg. Och nee, ich glaube, ich habe ihn überfordert. War wohl doch zu früh.

Ich bin so enttäuscht, dass ich dieses Tränenbrennen in den Augen spüre und irgendeinen Punkt hinter ihm fest fixiere. Ich werde auf gar keinen Fall weinen. Ich bin erwachsen, und es ist nichts dabei, so etwas zu fragen. Wir können wie die zwei Menschen mit Lebenserfahrung darüber reden. Es wirkte so, fand ich.

»Lara«, tadelt er mich, während er sich aufsetzt und ich ihm das nachtue. »Ich hätte vorher eine andere Frage erwartet. Was starrst du da eigentlich an?«, will er wissen und dreht seinen Kopf in die Richtung, in die ich an ihm vorbeistarrte.

»Nichts«, sage ich schnell und sehe auf seinen Mund,

nachdem er sich wieder umgedreht hat. »Was sollte ich vorher fragen?«

»Na, ob ich nicht über Nacht bleiben möchte. Ich durfte noch nicht einmal bei dir übernachten und du fragst mich das?«

»Willst du mich verarschen? Ich hätte dich schon das erste Mal, als du hier drinnen warst, am liebsten über Nacht hierbehalten. Aber du hast ja nicht gefragt, ob du bleiben kannst, oder überhaupt Anstalten gemacht, als würdest du das gerne.«

»Ich lade mich doch nicht selbst ein.«

Ich schlucke eine schnippische Antwort darauf runter und frage ihn: »Möchtest du, Francis Hunter, mir die Ehre geben, bei mir, Lara Walker, zu übernachten?«

»Jederzeit«, antwortet er und küsst mich kurz. »Und du, Lara Walker, möchtest du mir, Francis Hunter, die Ehre geben, mit mir zusammen zu sein?«

»Scheiße, ja!«, erwidere ich und küsse ihn ebenfalls.

O.

Mein.

Gott.

Ich bin mit diesem heißen Typen zusammen! Er will mich auch! Keine Ahnung, was ich sagen soll oder denken. Das hier hat echtes Potenzial, ich weiß das, ich fühle das.

Der ist so toll.

Und jetzt gehört er mir! Ha!

»Was denkst du, Lara? Du grinst so.«

»Ach. Ich freu mich nur.«

»Ja? Ich mich auch. Vielleicht sollte ich klarstellen, dass ich morgens gleich an dich ranwill, da du nun meine bist. *Allem kann ich widerstehen, nur der Versuchung nicht.* Nein, falsch, DIESER Versuchung nicht.«

»Oh, wusste nicht, dass da dazugehört, jedes Selbstbestimmungsrecht aufzugeben. War das ein Zitat? Das klang zitiert.« Er sagt manchmal schrecklich seltsame Sachen.

»Natürlich. Da hättest du ganz klar mit rechnen müssen, wenn du mir solche Fragen stellst«, antwortet er ernst mit ausdrucksloser Miene. Doch ich erkenne das belustigte Funkeln in seinen Augen. Er nimmt meine Hand, küsst die Stelle am Handgelenk direkt über dem Puls und flüstert dort an meiner Haut: »Ja, ein Zitat. Oscar Wilde.«

Da ich der Meinung bin, wir könnten das feiern, fordere ich: »Ich finde, du könntest ihn sofort reinstecken, statt so lange zu warten.«

Ordinär kann ich auch. Ich sollte aber besser nicht aus meinen Thrillern zitieren. Ich bin mir nicht sicher, wie es ankommt, wenn ich sage: *Ich töte mit Schmerz, nicht mit Waffen.*

»Ich weiß, dass du das willst. Dein Puls geht schneller, seit meine Lippen dich berühren.«

»Dann rede nicht so viel, sondern mach.«

»Keine Sorge, ich werde nicht mehr reden, sondern dich ficken und dazu perverse Forderungen stellen«, antwortet er und wälzt sich auf mich. Eine Erwiderung küsst er mir von den Lippen und daraufhin versinke ich in einem Gefühl aus glühend heißer Erregung und Wohlbefinden.

Ich rekle mich unter der Bettdecke, und mein Blick fällt auf Francis, der auf der Bettkante sitzt, im Licht der hereinscheinenden Morgensonne.

Das war das erste Mal seit langer Zeit, dass ein Mann in meinem Bett geschlafen hat, und es war angenehm. Er schnarcht nicht. Er wälzt sich nicht rum, er ist einfach da und atmet. Nun gut, er atmet ziemlich laut, was etwas ungewohnt ist, wenn man normalerweise allein schläft.

Mit einem Lächeln auf den Lippen gönne ich mir den Anblick seines nackten Hinterns, als er im Badebereich verschwindet.

Ich höre, wie er sich die Zähne putzt. Womit putzt er sich die Zähne? Ich habe keine Gästezahnbürsten. Doch wohl nicht mit meiner? Ach, was solls. So wie wir uns die Zungen in den Hals stecken und sonst überall ablecken, sollte das kein Problem sein. Für das nächste Mal besorge ich ihm eine eigene.

Solange er da hantiert, schließe ich genüsslich meine Augen. Das ist schön, dass er morgens hier ist. Ob er nun abhaut? Sich noch einmal zu mir legt? Ich bin gespannt.

Als ich die Tür der Toilette vernehme, schlüpfe ich zügig aus dem Bett, werfe mir mein kurzes Seidennachthemd über und putze mir ebenfalls die Zähne. Denn kommt er zurück ins Bett, will ich sicher keinen Morgenatem haben und auch nicht, falls er geht und mir zum Abschied einen Kuss gibt.

Er ist viel zu schnell fertig, haut mir im Vorbeigehen mit seinen vom Händewaschen nassen Händen auf den Hintern und marschiert gähnend zum Bett.

Dorthin folge ich ihm, setze mich an den Rand und frage: »Was machst du heute?«

Er sitzt an das Kopfteil gelehnt, die Arme hinter dem Kopf verschränkt, die Decke über dem Schoß, und bis er mir antwortet, betrachte ich seine Tattoos. Jedes Mal, wenn ich sie ansehe, fallen mir neue Kleinigkeiten auf.

Es folgt keine Antwort, sondern er hebt den Arm und winkt mich mit einem Finger zu sich. Kaum richtig auf dem Bett, kommt er mir entgegen, drückt mich zurück und ist zwischen meinen Beinen, wobei er mir das Nachthemd wieder über meinen Kopf zerrt.

Eine Hand stützt er neben meinem Gesicht ab, lächelt mich an und spuckt sich dann in die andere Hand. Ich sehe zu, wie er diese zu seinem Schritt gleiten lässt, und blicke zu ihm hoch.

Er ist nicht nur schon so was von hart, nein, er trägt auch ein Kondom und verteilt die Spucke auf sich.

Nun grinst er. »Guten Morgen. Ich hatte es gesagt, nicht? Ich will dir nicht wehtun, aber ich werde dich nun wundficken. Ich muss leider für zehn Tage weg, und ich will, dass mein Mädchen in der Zeit jeden Tag an mich denkt.«

Er streicht etwas Speichel auf mich, setzt an, legt die feuchte Hand an meine Schulter und bohrt sich nicht zu schnell, jedoch unbarmherzig komplett in mich.

Ich stöhne mit einem kleinen Schrei auf. Ohne richtig erregt zu sein, ist die Dehnung ziemlich intensiv von diesem dicken Teil.

»Zu viel oder doch geil?«, fragt er, hält einen Moment inne und küsst mich. Er schmeckt nach Pfefferminze und er lässt mich beim Küssen nicht aus den Augen. Ich habe keine

Antwort. Bisschen viel, gleichzeitig irgendwie gut. Ungewohnt. Ich lasse meine Zunge in seinen Mund schleichen, er drückt sie zurück und erobert meinen. Der Kuss ist so schmutzig wie seine Worte und vertreibt jede Restmüdigkeit in mir, lässt keinerlei gemütliches Gefühl übrig, nur noch Hitze.

»Okay, du stehst drauf«, behauptet er selbstsicher und bewegt sich. Er zieht sich fast vollständig zurück, stößt hart zu und der nächste heisere Schrei entkommt meiner Kehle.

Leider oder zum Glück hat er recht. Ich stehe darauf, dass er sich das einfach nimmt, dass er mich sein Mädchen nennt, dass er mich wundficken will. Der Gedanke, ihn noch zu spüren, auch wenn er nicht da ist, heizt meine Lust unnatürlich stark an.

Nach einigen weiteren harten Stößen drückt er sich eng an mich und lässt sein Becken kreisen. Ich fühle ihn so wundervoll tief in mir und kann ein genussvolles Seufzen nicht zurückhalten.

»So wird das mit wundficken aber nichts, du läufst ja schon wieder aus«, stöhnt er und küsst mich hitzig und dringend. Mir bricht der Schweiß aus jeder Pore, und ich greife in sein Haar, küsse ihn wild zurück und bewege meine Hüfte im Einklang mit seiner.

Ich drücke den Rücken durch, weil mich heiße Lustwellen durchströmen und er erregend animalische Geräusche von sich gibt im Rhythmus seiner Bewegungen.

»Du kommst doch gleich, das gibt es gar nicht«, murmelt er und pflügt weiter durch dieses nasse Gebiet zwischen meinen Beinen. Da ist kein Widerstand mehr, mein ganzer Körper lechzt nach seinen Bemühungen, und ich spüre selbst, wie meine Nässe sich überall verteilt.

Mit jedem weiteren Stoß drückt er seinen Unterkörper in einem gleitenden Schwung über meine empfindlichste Stelle und ja, er hat recht, meine Zehen verkrampfen sich, und ich lasse mich von der Lust, die er mir schenkt, davontragen.

Mit einem scheuen Lächeln sehe ich ihm danach in die Augen. Bisschen peinlich vielleicht, dass ich mich nicht zurückhalten kann, wenn er mich mit solch merkwürdigen Ideen überfällt.

Er löst sich von mir, knurrt mir mit lustverschleiertem Blick zu: »Umdrehen, am Kopfteil festhalten.«

Es war klar, dass das noch nicht vorbei ist, ich will ja auch gar nicht, dass es schon vorüber ist, und ich drehe mich um, rutsche auf Knien zum Kopfteil und halte mich dort fest.

Einen Arm legt er um meinen Bauch, einen um meinen Hals, und dann fickt er mich grob, während ich in seinen Armen gefangen bin und mich am Kopfteil festklammere, damit ich nicht trotzdem wegrutsche unter diesen kräftigen Bewegungen.

Sein Kopf ist neben meinem, er atmet unkontrolliert und stößt immer weiter in mich. Kurz und hart wechselt mit tief und druckintensiv. Ich strecke mich ihm mehr entgegen, um ihn so weit wie möglich aufzunehmen. Ich will alles von ihm aufnehmen, selbst wenn es so viel ist, dass es leicht schmerzt. Er gehört jetzt mir, zu mir, in mich.

Dieser Gedanke beflügelt mich regelrecht, und als könnte er das ahnen, verlangt er: »Mach, dass du noch einmal kommst.«

Ich löse eine Hand vom Kopfteil des Bettes und gleite mit ihr zwischen meine Schenkel. Meine eigenen Finger streicheln über meine empfindsame Stelle, aber es fühlt sich besser an, wenn es seine sind. Ich wandere höher, streiche über seinen Arm, der um meinen Bauch geschlungen ist, bis zu seinen Fingern und ziehe an ihnen.

Ich spüre seinen Widerstand, dann gibt er nach und ich lege seinen Zeige- und Mittelfinger an meinen Lustpunkt und lasse sie im richtigen Rhythmus kreisen. Seine Fingerkuppen sind rauer als meine, größer natürlich, da muss ich mir nichts vormachen: Ich liebe seine Hände.

Ich fühle, wie das Kribbeln schwappend zunimmt, bis es mich wegträgt, wobei ich sowohl meine eigenen Lustgeräusche wie auch Francis' Worte wahrnehme: »Fuck, fuckfuckfuck, Lara, ich spüre das. Fuck.«

Kaum fertig gesprochen, drängt er sich eng an mich, und seine animalisch lustvollen Laute verkünden, dass er mir folgt. Seine Stirn ist dabei fest an meinen Hinterkopf gedrückt und sein ganzer Körper an meine Rückseite, als wären wir tatsächlich eins.

Er küsst von meinem Haar bis zur Schläfe und, nachdem ich meinen Kopf drehe, meine Lippen. Meine linke Hand ist immer noch um das Kopfteil verkrampft und er entfernt jeden Finger einzeln, küsst danach meine Knöchel und zieht mich zurück in eine liegende Position ins Bett.

Er legt sich auf den Rücken und atmet ein. Ich schmiege mich an seine verschwitzte Brust und fahre mit meinem Zeigefinger seine Tattoos entlang. Morgensex mit meinem Freund ist ein klein wenig überwältigend.

»Wann musst du los?«, frage ich und wandere weiter mit dem Finger über seinen Körper.

»Heute Abend, mein Flug geht heute Nacht.«

»Bleibst du so lange bei mir?«

»Klar. Vielleicht schaffe ich es ja doch noch, dich wundzuficken«, sagt er und zwinkert mir verspielt zu, was mir ein bisschen in den Magen fährt, da er dazu so verwegen lächelt. O Mann, ich würde Geld bezahlen für dieses Lächeln.

»Wenn du sonst keine Ziele hast«, antworte ich leise lachend. »Was machst du die zehn Tage?«

»Geschäftszeug. Nichts, was du spannend finden würdest.«

»Du redest nicht so gerne über deine Arbeit, kann das sein?«

»Oh, ich mag sie. Aber was soll ich dir erzählen? Deine Geschichten sind viel interessanter, da höre ich dir lieber zu, statt dich mit meinen zu langweilen.«

»Ich kann mir nicht vorstellen, dass mich irgendetwas, was du sagst, langweilt.«

»Du wirst es herausfinden als meine kleine Freundin.«

»Ich bin 185 Zentimeter groß und damit sicher nicht deine kleine Freundin.«

»185 also, hm. Gut, ich denke, die zwanzig Zentimeter mehr geben mir das Recht, dich klein zu nennen. Zumindest im Vergleich zu mir.«

»Das wäre wahrscheinlich die passende Situation, albern zu fragen, welche zwanzig Zentimeter du meinst, jedoch würden mich andere Details interessieren. Beispielsweise wann du das letzte Mal eine Beziehung hattest und wie lange das ging.«

»Interessiert dich das wirklich?«

»Dich etwa nicht?«

»Nein. Warum sollte es? Ich bin nicht so scharf darauf, zu wissen, wer wie lange mit dir zusammen war.«

»Aber so kann man doch irgendwie prüfen, ob der andere überhaupt Beziehungsmaterial ist. Jeder Mann, der mit mir zusammen war, sagte mir, ich wäre keins.«

»Fuck. Also falls du Werbung für dich machen möchtest, läuft das gerade in die falsche Richtung«, erwidert er lachend. »Lara, es ist mir völlig egal, ob du Beziehungsmaterial bist oder nicht. Es funktioniert oder eben nicht. So ist das im Leben. Ganz sicher werde ich dich nicht danach beurteilen, woran deine Beziehungen in der Vergangenheit in die Brüche gingen. Es interessiert mich einen Scheiß, was andere über dich denken.«

»Ich will das aber wissen.«

Er schnaubt. »In Ordnung. Wenn das so superwichtig ist. Ich würde allerdings keine meiner Beziehungen *Beziehung* nennen, eher Liaison. Das klappte einfach nie länger als ein paar Wochen. Entweder langweilten mich die Frauen oder sie waren gar nicht scharf auf mich als Person. Hatte ich dir doch erzählt. Ich habe mir schon lange keine Mühe mehr gegeben, jemanden für mich zu finden.«

»Denkst du, das mit mir geht auch nur ein paar Wochen, und dann langweile ich dich? Ist das für dich nur eine Liaison?«

»Hätte ich nur nichts gesagt«, murmelt er und fährt lauter fort: »Das weiß ich doch nicht. Muss ich mich jetzt schon auf die Dauer festlegen? Warum müssen wir das überhaupt bereden? Lass uns zusammen sein und abwarten.«

Ich setze mich auf, damit ich ihn ansehen kann, ehe ich antworte: »Nein, müssen wir nicht. Ich kann nur gelegentlich etwas schwierig sein und dachte, ich lasse dich das wissen.«

»Das merke ich gerade im Augenblick auch«, erwidert er, verschränkt seine Arme hinter dem Kopf und sieht mich herausfordernd an.

»Nein, ich meinte letztens, bevor wir auf dem Poetry Slam waren.«

»Falls es dich beruhigt: Das fand ich nicht *schwierig*. Du

fühltest dich angegriffen. Es ist in Ordnung, wenn du dann die Krallen ausfährst. Schlimmer finde ich, wenn jemand alles in sich reinfrisst. Schwierig finde ich, wenn jemand alles analysieren will, bis nichts mehr übrig ist.«

»Dich nervt dieses Gespräch, kann das sein?«

»Ganz richtig erkannt.«

»Ich bin so. Ich will Dinge wissen. Und falls du von vornherein denkst, dass das mit uns sowieso nichts wird, interessiert mich das. Ich werde mich nicht bei dir anbiedern und schon gar nicht meinen Mund halten, um dir zu gefallen. Entweder du nimmst das mit mir ernst oder verpisst dich. Ich werde mich nicht von dir verarschen lassen. Wenn es dir nur um Sex geht, dann sag mir das. Damit komme ich auch klar, ich bin erwachsen.«

»Willst du wissen, was ich denke?«

»Sag ich doch.«

»Ich denke, dass ich es schade finde, dass dieses Gespräch so unglaublich abtörnend ist. Sonst würde ich dir meinen Schwanz in den Mund stopfen, damit Ruhe ist. Aber bei dem, was du da laberst, fällt er eher ab, als dass er hart wird.«

Das hat er nicht gesagt? Sein Unwille, darüber zu reden, ärgerte mich ein wenig, doch die Aussage fühlt sich an, als hätte jemand einen Gastank geöffnet und ein brennendes Streichholz hineingeworfen. Mir wird heiß vor Wut, mein siedendes Blut pulsiert schmerzhaft durch meine Adern und pocht an meiner Schläfe, als wollte es dort durchbrechen.

Ich greife mir das Wasser vom Nachttisch, schütte ihm die Reste ins Gesicht und zische ihm zu: »Dämlicher arroganter Wichser.«

Mit erstaunt offenem Mund sieht er mich an, wischt sich dann mit der Hand durch sein Gesicht und schleudert mit einer Handbewegung die Tropfen davon. Ich werfe ihm die leere Flasche gegen die Brust und will aufstehen, als ich ihn leise und bedrohlich höre: »Komm her.«

»Aber ganz sicher nicht«, antworte ich spottend.

»Komm sofort her«, wiederholt er, und ich schnappe mir meine Decke, um mich damit zu bedecken und schnellstmöglich zu verschwinden, weg von ihm. Mit seinen schnellen Bewegungen hatte ich nicht gerechnet, und seine Hände umfassen meine Handgelenke wie Schraubstöcke, bevor ich ausweichen kann.

»Loslassen. Sofort!«

»Nein«, antwortet er knapp und ich spüre seinen Körper hinter mir. Er drückt seinen Bauch und seine Brust gegen meinen Rücken und ich werde lauter: »LASS! MICH! LOS!«

Daraufhin fasst er meine Handgelenke vor mir zusammen und hält mir den Mund zu. Er küsst meine Ohrmuscheln und sagt leise zu mir: »Du bist still und hörst mir zu, ohne abzuhauen.«

Ich fühle mich wie ein Vulkan, der gleich explodieren wird, voll mit brodelndem Gift. Er kann mich unmöglich festhalten! Ich habe so immense Lust, ihn anzuschreien. Dieser arrogante Arsch, was bildet er sich ein!

»Das ist die schwierige Lara, ja?«

O ja, Freundchen! Warte nur, bis du mich loslässt.

Er hält mir weiter den Mund zu und ich höre auf zu zappeln. Er wird seinen Griff lockern, wenn er denkt, dass ich mich beruhigt habe.

»Deswegen dachten deine Ex, du wärst kein Beziehungsmaterial, ja? Wegen solcher kleinen Wutausbrüche, ist es so? Nicke, falls ich recht habe.«

Ich mache gar nichts. Es stimmt irgendwie, aber ganz sicher werde ich nicht so mit ihm kommunizieren.

»Hm, okay. Du willst also auf einmal nicht mehr darüber sprechen. Weißt du, ich finde es unfair von dir, dass du mich erst dazu nötigst, über Dinge zu reden, über die ich gar nicht sprechen will, um mir hinterher daraus einen Strick zu drehen. Ich sage dir, dass ich meine vergangenen Beziehungen eher Liaison nennen würde, und du beschuldigst mich sofort, dass ich das mit uns ebenso sehe. Ich verrate dir was: Ich verbiete mir Gedanken über die ferne Zukunft und als was man das mit uns irgendwann bezeichnen könnte. Ich genieße einfach nur die Gegenwart. Ich genieße sie sogar sehr. In der mag ich dich immerhin so gerne, dass ich dich nicht nur vögeln, sondern auch mit dir zusammen sein will. Mir zu unterstellen, es gehe mir nur ums Ficken, ist sowohl haltlos wie äußerst mies. Als hätte ich es nötig, dir etwas vorzumachen. Ich lasse dich gleich los. Vermutlich hast du Lust, mich anzubrüllen, wild zu beschimpfen und mir vielleicht eine Ohrfeige zu verpassen, weil ich dich festhalte. Damit komme ich klar. Ich wollte nur, dass du mir zuhörst, das tust du nämlich nicht, wenn du so bist, oder? Also tu, was du denkst, was du tun musst, und dann bekomme ich möglicherweise einen Kuss, da alles wieder in Ordnung ist.«

Er lässt mich los, ich fahre herum und sehe in sein Gesicht. Ja, ich hatte eben Lust, ihn wüst zu beschimpfen, aber er hat recht. Er hat leider sogar sehr recht. Ich wollte doch gar nicht bei ihm so sein.

Ach Mensch, das hatte ich mir gestern erst vorgenommen. Ich bin echt scheiße und unfähig.

Das Schlimme ist, dass ich das alles erkenne und trotzdem aufgewühlt und verärgert bin. Er kann weder so mit mir reden noch mit mir umgehen!

Ich bin ein bisschen zerrissen, da ich nicht weiß, was ich machen soll. Ich bin immer noch wütend wegen seines Spruchs und weil er mich festgehalten hat, doch andererseits fühle ich mich schuldig. Ich starre ihn einfach nur an, unfähig, mich zu bewegen oder etwas zu sagen, da ich Angst habe, dass ich das Falsche sage oder tue.

Aus dem Augenwinkel nehme ich wahr, wie er eine Hand anhebt, während ich ihm weiter ins Gesicht starre. Sie legt sich an meinen Hals und streichelt meine Wange. Seine Fingerkuppe ist leicht rau und doch so zärtlich, wie sie langsam über meine Haut gleitet.

»Lara, Liebes«, flüstert er heiser. »Komm schon. Sieh mich nicht so an. Wir sind beide schwierig. Entweder wir lernen, damit umzugehen, oder es wird nicht funktionieren.«

»Es tut mir leid«, höre ich mich selbst sagen, und dann wird mir erst klar, dass ich das auch so meine. Ich will gar nicht schwierig sein.

»Muss es nicht. Ich glaube, du magst mich tatsächlich, sonst wäre es dir nicht so wichtig, dass ich dich nicht als Liaison bezeichne und keine abwertenden Kommentare über das

Gespräch abgebe.«

»Und ich glaube, du magst mich, sonst wärst du nicht mehr hier und würdest dir das antun.«

»Ja«, antwortet er knapp und legt den Kopf leicht schräg. Ich fahre, etwas peinlich berührt über meinen Ausbruch, die auf seine Haut gestochene Rüstung mit meinem Finger nach.

Meine Wut fährt sehr schnell hoch, aber auch wieder runter. Leider pulsiert die Adrenalinausschüttung noch immer in mir und macht mich unruhig und aufgewühlt. Das muss irgendwie raus.

Mit geschlossenen Augen beuge ich mich nach vorn und küsse seine Brust, genau zwischen den Brustmuskeln. Mit der Nase gleite ich nach oben bis an seinen Hals und atme tief ein.

Sein Duft hat was Beruhigendes. Oder vielleicht ist das einfach seine Wirkung auf mich. Ich küsse seine Halsbeuge, deren Haut besonders zart ist, und ich lasse meine Lippen einen Augenblick dort ruhen, bevor ich hoch zu seinem Gesicht wandere.

Er rührt sich keinen Millimeter, lässt mich einfach machen. Ich berühre mit meinem Mund mehrere Stellen seines Gesichts, seine Augen, die er dabei schließt, seine Stirn, seine Nasenspitze, sein Kinn, ich reibe meine Wange an seiner.

Erst am Schluss lege ich meine Lippen auf seine. Als wäre das sein Stichwort, erwacht er zum Leben und küsst mich mit einer hingebungsvollen Zärtlichkeit, die mir fast zu viel ist, weil ich das gar nicht verdient habe.

»Deutlich besser als eine Ohrfeige«, murmelt er und zieht mich an sich.

Ich dachte, das artet in Sex aus, eigentlich möchte ich sogar ziemlich dringend mit ihm schlafen, um ganz runterzukommen. Geht das bei Sex nicht am besten?

Doch er löst sich von mir und sagt: »Los, erzähle mir von deinen Exfreunden, wenn du das loswerden möchtest. Da dir das wichtig ist, sollten wir darüber reden.«

»Ach, vielleicht hast du recht. Das ist auch schon länger her alles.«

»Nein«, bestimmt er energisch. »Es scheint dich bewegt zu

haben und deshalb will ich es wissen. Also?«

»Ja, gut, okay«, erwidere ich und überlege, wie ich das kurz zusammenfasse. »Es gab vor Jahren ein paar Männer, die ich ganz gut fand. Ich ging mit ihnen aus und dachte, alles wäre in Ordnung und es würde gut laufen. Ja, ich fahre gelegentlich hoch, aber so wütend wie du eben machte mich keiner davon. So weit kam es nie.«

»Ja, tut mir leid. Manchmal bin ich etwas hart mit Worten.«

»Nein, schon gut, mir tut es leid. Dir Wasser ins Gesicht zu kippen ist nicht gerade eine erwachsene Reaktion.«

»Ach, ich stehe ein bisschen auf die Furie in dir«, sagt er mit einem kleinen Grinsen. »Aber weiter. Was ist dann passiert?«

»Immer das Gleiche. Sie beendeten das Ganze, bevor es richtig ernst werden konnte, mit der Begründung, ich wäre beziehungsunfähig und überhaupt zu gestört und würde ihnen Angst machen. Ich wäre gut für eine Bettgeschichte, aber für was Ernstes tauge ich nicht. Das zog mich ziemlich runter und ich gab schon vor Jahren auf und suchte mir eine andere Lösung. Eine ohne Gefühle. Nur Sex und so. Am härtesten traf mich, dass sogar zwei davon direkt nach mir auf einmal mit meiner Freundin zusammen waren.«

»Was? Ehrlich? Ich dachte, so etwas macht man nicht unter Freundinnen.«

»Hm, ja. Es hat mich ein wenig schockiert, aber wieso sollte ich das meiner Freundin nicht gönnen? Es war nur hart, dass sie die war, die anscheinend taugt. Zumindest, bis sie dann von ihr abserviert wurden. Mit ihr macht nie jemand Schluss.«

»Ich kenne die Typen nicht, doch für mich hört sich das nach Losern an, wenn sie mit einer temperamentvollen Frau nicht umgehen können.«

Darauf fällt mir keine Erwiderung ein, aber meine Augen brennen ein wenig, da ihn diese Geschichte nicht einmal ein bisschen abzuschrecken scheint, sondern er sofort denkt, es lag an den Männern und nicht an mir.

Er hat recht damit, dass ich ihm so etwas nicht sagen sollte. Das war keine bewusste Entscheidung. Vermutlich wolle mein Unterbewusstsein ihn vorbereiten oder gleich vertreiben, bevor er mir noch wichtiger wird und er dann erst sieht, was die andern an mir meinten zu erkennen.

»Jetzt du«, fordere ich mit leicht belegter Stimme.

»Was ich?«

»Erzähl mir von deinen Erlebnissen. Du sagtest, dass du bisher eher Liaisons hattest und dich ausgenutzt fühltest.«

»Ich weiß nicht, ob ich darüber sprechen will. Das ist schon länger her. Vergangen ist für mich vergangen.« Er sieht mich an, und ich überlege, einfach zu nicken, ich will ihn nicht drängen, jedoch fährt er fort: »Doch, ich erzähle es dir. Wenn das mit uns ernst sein soll, reden wir darüber. Trotzdem hoffe ich, dass eine Kurzzusammenfassung genügt. Sagen wir so: Ich hatte mehrfach hintereinander das Pech, Frauen kennenzulernen, die einen Disney-Prinzen suchten. Sie wollten jemanden, der sie mit ungebrochener Aufmerksamkeit und Geschenken überschüttet statt mich. Ich ... ich will doch ich sein und niemand anderes werden müssen. Ich will mich nicht fragen, ob es mein Bankkonto oder ich bin, der gemocht wird. Ich will um meinetwegen gemocht werden, genauso wie ich bin. Ja, ich mag kein klassischer Beziehungstyp sein, und möglicherweise ist es meiner Sturheit geschuldet, dass ich mich nicht in eine Form pressen lassen will, aber in meiner Vorstellung bleibt in einer Beziehung jeder er selbst. Mit Macken, Fehlern und Eigenheiten. Das war mein Grund, warum ich mich nicht mehr verabredete. Ich bin unglaublich misstrauisch geworden, sah hinter jeder Frau nur noch ein geldgieriges Miststück oder eine Frau, die jemanden wünscht, den sie in Form pressen kann, bis er das ist, was sie will. Das ging lange gut, ich war zufrieden. Doch zwei Freunde von mir, die niemals suchten, hatten auf einmal jeweils eine passende Frau an der Seite, und um ganz ehrlich zu sein, war ich neidisch. Wie aufs Stichwort lernte ich dich kennen und du warst so voller Energie, voller ungezügelter Emotionen, das hat mich sofort umgehauen. Nichts an dir scheint abschätzend oder kühl kalkuliert, alles, was du zu fühlen scheinst, sprudelt aus dir heraus. Ich wollte dich unbedingt kennenlernen, auch wenn ich Monate warten musste und keine Ahnung hatte, ob du mich überhaupt kennenlernen willst.«

Mein Gesicht ist wie eingefroren und ich kann nicht von ihm wegsehen. Sein Daumen streicht unter meinem Auge entlang, trotzdem kann ich mich nicht rühren.

»Warum weinst du jetzt?«, fragt er und wirkt auf einmal völlig verloren. »Habe ich etwas Falsches gesagt?« Seine Miene wechselt wieder zurück in diesen gleichgültigen Ausdruck und er sagt: »Ich bin nicht gut darin. Tut mir leid.«

»Nein!«, rufe ich und endlich löst sich die Starre. Ich falle ihm um den Hals und drücke meine Wange an seine, woraufhin er fast zögerlich seine Hand an meinen Hinterkopf legt. »Nein. Das war ein wenig überwältigend. Ich glaube, so etwas Nettes hat noch nie jemand über mich gesagt. O Mann. Du hast tatsächliche Monate auf diese Verabredung gewartet. Verrückt. Ich kann das gar nicht richtig nachvollziehen, dass du so ein Problem mit Frauen hattest. Ja, wir kennen uns erst kurz, aber ich kann es mir einfach nicht vorstellen, dass dich jemand verändern will oder dich selbst nicht mag. Doch, vielleicht ein bisschen, zumindest wenn du dieses arrogante Gehabe aufsetzt. Aber selbst damit fand ich dich, um ehrlich zu sein, ziemlich anziehend. Ich habe immer darauf gelauert, dass zwischendurch dieser sympathische Typ durchscheint. Wenn du dieses Getue weglässt, verstehe ich jedoch ganz und gar nicht, warum man dich nicht deinetwegen mögen sollte.«

»Hm«, brummt er und dreht ein wenig seinen Kopf, um mich auf die Haare zu küssen.

»Ich will das echt nicht versauen und werde mir Mühe geben, nicht wieder so zu sein wie vorhin.«

»Nein, bitte nicht.«

»Was?«

»Bitte keine Mühe geben und nicht verstellen. Hast du mir nicht zugehört? Bleib, wie du bist, so ungekünstelt. Wenn du wütend auf mich bist, dann zeig mir das. Woher soll ich das sonst wissen?«

»Okay«, hauche ich. »Einigen wir uns darauf, dass ich ab und zu etwas zu temperamentvoll bin und du damit klarkommst.«

»Und ich ab und zu etwas misstrauisch und du damit

umgehst.«

»Fairer Deal«, flüstere ich und klammere mich fest an ihn. Es fühlt sich nicht so an, als würden wir uns nur kurz kennen. Eigentlich kennen wir uns Monate, aber so richtig erst, seit wir uns privat treffen, und er kommt mir trotzdem schon so nahe vor.

»Fairer Deal«, wiederholt er leise in mein Haar gemurmelt und ich fühle mich schrecklich, schrecklich wohl dabei. Vielleicht muss man doch keinen Sex haben, um nach einem Streit runterzukommen.

Du bist überrascht.

Francis

Ich lasse mich an die Lehne der Couch zurückfallen und betrachte die Frau, die da nackt liegt, mich ansieht und dazu zufrieden lächelt. Die Frau, die mich irgendwie umgehauen hat und nun meine Freundin ist.

Als sie mich fragte, ob wir zusammen sind, musste ich fast lachen, weil es sie so offensichtlich nervös gemacht hat, das zu fragen. Dabei fand ich die Frage gut, ich bin Fan von klaren Verhältnissen. Nun, nicht ganz klar. Ein paar Dinge behalte ich lieber für mich. Nur zur Sicherheit. Mir ist das Risiko zu groß, dass sie schreiend vor mir davonläuft, wenn sie alles über mich und mein Leben weiß. Mit etwas Glück bricht sie, sollte es so weit sein, es ihr zu sagen, einfach in Lachen aus und nimmt das hin.

Die kleine Furie. Ja, einerseits Furie, andererseits unsicher. Am liebsten hätte ich ihr die Unsicherheit weggeküsst, da es zu dieser Frau nicht passt, unsicher zu sein.

Wie kommt man überhaupt auf die Idee, sich selbst als beziehungsunfähig zu betiteln? Niemals wäre ich auf die Idee gekommen, mich so zu bezeichnen, wenngleich es ziemlich genau auf mich zutrifft, wenn man mich und mein Leben analysiert.

Obwohl ich mir insgemein eine Frau für mich wünschte, ist es trotzdem ein komischer Gedanke, doch wieder eine Beziehung zu wagen, aber ich bin optimistisch. Nein, ich fühle mich richtig gut dabei. Vermutlich, da sie mir tatsächlich das Gefühl vermittelt, gemocht zu werden. Davon abgesehen kann ich mich nicht erinnern, wann ich mich das letzte Mal so zu einer Frau hingezogen fühlte. Ich kann gar nicht *Nein* zu ihr sagen. Nicht Nein zu ihrer puren Anwesenheit, nicht Nein zu dem Sex, denn der ist berauschender, als sich vollgekokst mit einer Horde Nutten zu vergnügen.

Ich mag ihre Art, ich mag ihren Humor, ich mag, wie sie spricht und wie sie mit mir umgeht. Ich mag nicht, wie sie Dinge falsch versteht wie vorhin erst.

Allerdings bin ich ganz sicher auch nicht der einfachste Typ, und mit ihrer ungezügelten Art komme ich besser klar als mit jemandem, der heult oder still vor sich hinzickt. Sie ist temperamentvoll, egal ob ihr etwas gefällt oder eben nicht. Ich glaube, das mag ich ebenfalls. So weiß ich sofort, woran ich bin.

Ich beuge mich in ihre Richtung, streichle ihren Oberschenkel nach oben, bis zu ihrem Bauch und ihren vollen Brüsten. Eigentlich dachte ich, ich stehe auf kleine sportliche Titten, doch das lag vielleicht daran, dass viele Frauen, die ich anfasste, bei dieser Größe nachhalfen. Aber das, was hier vor mir liegt, ist der Hammer. Fest und gleichzeitig weich, ich könnte den ganzen Tag meinen Kopf darin versenken oder meinen Schwanz dazwischenschieben. Übel.

Sie sieht mich mit dem trägen Blick der Befriedigung an und hebt eine Augenbraue. Noch einmal ran oder warten? Wenn sie so vor mir liegt, ist das schon eine arge Versuchung.

»Ich gehe gleich duschen«, murmelt sie. »Sagtest du nicht mal, dass der gesamte Raum nach Sex riechen solle? Nun, zumindest ich rieche höchstwahrscheinlich zehn Meter gegen den Wind danach.«

»Ach was«, antworte ich und lege mich auf sie. »Nicht nötig. Ich stehe auf Sexgeruch an dir.«

»Bäh.«

»Ich bin also bäh?«, frage ich und stütze meine Arme links und rechts von ihrem Kopf ab. Ich sinke zu ihrem Mund, koste ihn und sauge ihre Unterlippe zwischen meine. »Du bleibst so. Morgen früh kannst du duschen. Dann stinkst du wahrscheinlich. Nein, ganz sicher sogar.«

»Du bist ein perverses Tier, wenn du darauf stehst, Francis Hunter.«

»Gott, ja, ich stehe auf dich und wie du duftest, vor dem Sex, dabei und auch danach. Du stehst genauso darauf, von mir eingesaut zu sein und mich einzusauen.«

»Nein, ich finde das ekelhaft. Zumindest hinterher.«

Ich lasse meine Lippen tiefer wandern und fahre damit die Haut an ihrem Hals entlang. So zart und samtig. Ihre Hand landet in meinem Nacken und ich genieße die zarte Berührung ihrer Fingerspitzen und wie mich ihre Nägel leicht kratzen. Am liebsten wäre mir, wenn wir immer nacheinander riechen würden. Wegen mir bräuchte sie kein Parfum, ich will sie pur und echt, diesen blonden Wildfang.

»In einem bin ich mir sicher«, brumme ich gegen ihre Haut. »Wenn ich jetzt meine Finger in deine Pussy schiebe, finde ich dort Feuchtigkeit. Nur weil wir darüber reden. Du musst dich nicht schämen, dass du genauso ein Schwein bist wie ich. Soll ich dich noch einmal lecken? Fingern? Willst du dich selbst kosten, damit du weißt, dass ich recht habe?«

»Ich schäme mich für nichts, außer wenn ich ungeduscht rieche. Und nein, ich will essen, Nahrung und nicht deine schmutzigen Finger ablecken.«

Wie als Bestätigung knurrt mein Magen und ich grinse sie an. »Meine Finger sind schmutzig, da ich an meiner schmutzigen Freundin war. Lass uns essen. Aber nicht duschen! Lohnt sich sowieso nicht, weil ich heute noch mindestens einmal irgendwo an oder auf dir kommen werde.«

Sie rollt mit den Augen und steht auf. Ich halte sie kurz an ihrer Hüfte fest und küsse ihren strammen Hintern, bevor ich sie mit einem Klaps in die Freiheit entlasse und mich selbst anziehe.

Wenn wir nun zusammen sind, sollte ich mit ihr klären, dass ich ein bisschen Wechselkleidung herbringe und sie zu mir. Ich streife mir mein Hemd über, knöpfe es allerdings nur bis zur Hälfte zu, zu faul. Dann schlüpfe ich in meine Anzughose, schließe den Gürtel und beobachte dabei, wie sie mit gerunzelter Stirn versucht, unbemerkt unter ihrer Achsel zu schnuffeln. Herrje, sie stinkt doch auch nach einer schweißtreibenden Nummer nicht sofort. Dafür ist sie viel zu gepflegt.

Sie schnaubt, sieht mich an und macht kurz ein böses Gesicht, ehe sie wieder lächelt. »Darf ich mich wenigstens erfrischen und mir frische Kleidung nehmen?«

»Nur zu«, erlaube ich ihr, und sie klemmt sich ihre getragenen Sachen unter den Arm, um nach oben zu verschwinden. Ich folge ihr über die Treppe und schließe mich dem Frischmachen an. Ich bin ja ein reinliches Schwein.

Kaum ist sie angezogen, packe ich sie mir, werfe sie über meine Schulter und beschwere mich: »Hunger«, wonach ich sie nach unten trage und erst in der Küche runterlasse.

Sie funkelt mich ein bisschen mit ihren Augen an, als wüsste sie nicht, was sie von meiner Aktion halten soll, weshalb ich ihr meine Hand in ihre Haare schiebe, sie kurz küsse und sage: »Ich finde dich spitze.«

Nun strahlt sie, packt den Stoff meines Hemdes mit beiden Händen, um mich näher zu ziehen, und sagt: »Ich dich auch.«

Da ich Durst habe, fülle ich mir ein Glas mit Wasser, stürze zwei davon runter und schiebe es ihr aufgefüllt hin.

Mit ihrem Gesicht im Kühlschrank fragt sie mich: »Was magst du denn essen?«, und reicht mir dabei einen Energydrink.

»Was hast du mit viel Eiweiß und wenig Kohlenhydraten?«

»Uuuh. Hm. Eier? Und Rinderhackfleisch.«

»Nehm ich.«

»Lass mich raten, du isst das roh, weil du ein Tier bist.« Sie sieht immer noch in den Kühlschrank und scheint zu überlegen, was sie will.

»Geh da weg«, fordere ich. »Ich koche für uns.«

Sie dreht so schnell den Kopf, dass sie damit an die Kühlschranktür stößt, und starrt mich an, als hätte ich gesagt, dass ich ein satanistisches Opfer bringe.

»DU? Du willst kochen? Ich dachte, du kochst nie? Kannst du das überhaupt?«

»Nein. Aber ich sah mal zu, das wird reichen, oder?«

»Mach doch, was du willst«, murmelt sie und schwingt ihren Hintern auf den Tresen, wedelt hoheitsvoll mit ihrer Hand und fordert: »Dann mal los. Ich bin gespannt.«

Ich gehe an den noch offenen Kühlschrank und nehme die Eier und das Hackfleisch heraus, bevor ich ihn schließe. Nachdem ich es abgelegt habe, stelle ich mich zwischen ihre

Beine und krempe meine Ärmel nach oben.
Das ist gar keine so schlechte Fickhöhe, diese Arbeitsplatte. Nicht wie bei mir zu Hause. Fast ironisch, dass ich in meiner Küche, in der ich nie koche, keine optimale Höhe dafür habe und hier bei ihr, wo es passend wäre, da koche ich.
»Was ist?«, fragt sie und ordnet meine Haare mit den Händen. »Was überlegst du? Sag bloß, du brauchst doch Hilfe.«
»Nein, natürlich nicht«, erwidere ich und ziehe sie näher zu mir. Ich drücke ihr einen groben Kuss auf, lasse ihn zärtlicher werden und küsse mich bis zu ihrem Schlüsselbein vor. »Du riechst gut«, teile ich ihr anzüglich mit. »Nach Lara und Sex. Mir fällt bald der Schwanz ab, weil er ständig in deiner Gegenwart hart ist. Gesund ist das sicher nicht.«
Sie zieht mich an meinen Haaren nach oben und sieht mir ins Gesicht. »Du bist ein Spinner, weißt du das?«
»Hey, du wolltest mit mir zusammen sein. Ich erinnere mich noch dunkel, dass du sagtest, du begnügst dich nie mit zufrieden, du müsstest mindestens begeistert sein. Aus dem Grund gehe ich davon aus, dass ich dich begeistere.«
»Vermutlich schon«, seufzt sie und springt vom Tresen, da ich mir eine Pfanne schnappe, damit ich darin etwas Öl erhitzen kann. Ich öffne alle möglichen Schubladen und Schranktüren, bis ich eine Schale und ihre Gewürze gefunden habe, und schlage ein Ei in eine Schüssel.
Lara taucht wieder neben mir auf und ich wende ihr den Kopf zu. Sie hebt ihre Hände und schiebt mir meine Brille auf die Nase. Es ist irgendwie rührend, dass sie daran denkt. Auch wenn wir miteinander schlafen, nimmt sie sie und legt sie sorgsam irgendwo ab, ich dagegen werfe sie eher achtlos davon. Ich habe ja genug, falls mal eine kaputt geht. Ich habe da keine Geduld zu.
»Danke, Liebes.«
»Gerne. Sicher, dass ich nichts helfen kann?«
»Nein. Vorspeise ist schon fertig.«
Sie runzelt ihre Stirn und ich halte ihr grinsend die Schüssel mit dem rohen Ei hin.
»Nein, danke.«

»Dann nicht«, sage ich, lasse das Ei in meinen Mund gleiten und stopfe mir einen kleinen Bissen von dem Rinderhackfleisch hinterher.

»Du bist echt ein Tier. Hast du keine Angst vor Salmonellen?«

»Beim Ei sitzen die auf der Schale. Die aß ich nicht mit«, klugscheiße ich, und sie ist wieder still, um zu beobachten, wie ich das Hackfleisch anbrate und nebenbei zwölf Eier verquirle und würze.

»Sieht ja, für jemanden, der behauptet, nicht kochen zu können, ganz gut aus«, versucht sie mich zu ärgern.

»Ja«, erkläre ich. »Hackfleisch mit etwas Kartoffeln und Unmengen an Eiern war früher so mein Standardsportessen. Kartoffeln und Ei ergeben zusammen eine sehr gute Eiweißkombination.«

»Aha. Und was kannst du noch kochen?«

»Steaks.«

»Steaks brät man«, korrigiert sie besserwisserisch mit einem fetten Grinsen, wofür sie einen gespielt missbilligenden Seitenblick von mir erntet. »Was kannst du noch?«

»Das war's.«

Sie lacht und sieht weiter zu, wie ich nun die Eier über das Hackfleisch gieße und daruntermische. Ich warte nicht, bis das Ei komplett durch ist, es darf ruhig etwas flüssig sein meiner Meinung nach, das schmeckt besser.

»Teller bitte.«

»Äh, klar«, sagt sie und reißt sich los, stellt zwei Teller neben den Herd und legt Servietten und Besteck an ihrem Esstisch bereit.

Ich schaufle ihr eine Portion auf den Teller. Wie viel isst denn so eine Frau? Ich würde die ganze Menge allein essen, aber ich bin größer und trainiert. Meinem Gerechtigkeitssinn nach teile ich es in zwei gleiche Anteile, ich werde sehen, wie viel sie davon schafft.

Sie sitzt schon, ich lasse einen der Teller vor sie gleiten und nehme mit dem anderen neben ihr Platz.

Zögerlich nimmt sie eine Gabel voll in den Mund und bemerkt erstaunt: »Das schmeckt!«

»Natürlich.«

»Angeber«, erwidert sie und stößt mir ihren Ellenbogen in die Seite, sieht mich an, drückt sich ein Stück nach oben und küsst mich süß und unschuldig auf die Wange. »Danke, dass du für mich gekocht hast.«

O Mann. Wenn sie wüsste, wie diese niedlichen Gesten von ihr mich berühren, würde sie sicher lachen.

In ihrer Gegenwart komme ich mir manchmal vor wie ein plüschiger Softie. Sie lockt Dinge aus mir, über die dachte ich nie nach. Wie dass ich ihr erzählte, warum ich so misstrauisch gegenüber Frauen bin und wie ich mir eine Beziehung vorstelle. Darüber sprach ich noch nicht einmal mit meinen Freunden und die wissen alles über mich. Hätte ich darüber nachgedacht, wäre das nicht passiert. Ich hörte mich an wie ein jammerndes Weichei.

Ich nehme ihre Hand mit der Gabel, küsse ihre Fingerknöchel und ergötze mich an ihrem glücklichen Lächeln, weil ich das tue.

Nach dem Essen machen wir zusammen den Abwasch wie so ein scheißechtes Pärchen und sie berichtet mir von ihrem neuen Projekt und dem Kunden dazu. Und dass sie sich beworben hat bei der Gestaltung einer gigantischen Buchhandlung.

Sie verspritzt Unmengen an Wasser, während sie begeistert davon erzählt und dabei mit den Händen fuchtelt. Als sie mir beschreibt, wie hoch die Fensterfront ist, fliegt der durchnässte Spülschwamm nach oben und macht eine Zwischenlandung auf ihrem Kopf, bevor er wieder ins Becken purzelt. Ihr Gesicht ist ein riesiges Oh und ich kann nicht anders: Ich muss so lachen, dass ich mich am Tresen festklammere und mir Tränen in die Augen steigen.

»Du …«, schimpft sie und wirft den Schwamm nach mir, was ich mir nicht gefallen lasse, weshalb ich halbherzig mit dem Geschirrtuch nach ihr schlage. Halbherzig nur deswegen, weil ich immer noch vom Lachen durchgeschüttelt werde.

Sie spritzt mit Wasser nach mir, ich packe sie und fessle sie mit den Armen an meine Brust, bis dieses Lachen endlich weniger wird.

Erst wehrt sie sich, dann schmiegt sie allerdings ihre Wange an mich und lässt sich festhalten, schlingt sogar ihre Arme um mich und drückt sich fester ran.

»Willst du es mal sehen?«, fragt sie und sieht zu mir hoch.

»Was meinst du?«

»Die Ausschreibung.«

»Klar, zeig.« Ich entlasse sie aus der Umklammerung, trockne schnell das letzte Stück ab und lasse das Wasser aus dem Spülbecken, bevor ich ihr an ihren Schreibtisch folge. Ich bin doch ein Eins-a-Hausmann.

Sie öffnet die dementsprechende Seite und zeigt mir die Entwürfe des Architekten und führt mir ein paar Bilder vor, wie sie das Gebäude innen gestalten würde.

Dabei fährt sie immer wieder mit dem Cursor über das Symbol ihres E-Mail-Programms, bei dem einige ungelesene E-Mails angezeigt werden.

»Lara, sieh dir ruhig deine E-Mails an«, ermuntere ich sie lachend.

»Aber du bist da«, protestiert sie. »Ich kann das machen, wenn du heute Abend gegangen bist.«

»Schau gleich rein, es juckt dich doch in den Fingern. Nicht schlimm, ehrlich nicht.«

»Okay«, sagt sie, klingt schon fast erleichtert und öffnet das Programm. Sie überfliegt die Nachrichten und ich frage: »Und? Was zum Sofort-Erledigen dabei?«

»Ach, nur eine Sache eigentlich, aber …«

»Wie lange brauchst du?«, unterbreche ich sie.

»Zwanzig Minuten, denke ich.«

»Na also. Hast du etwas zu lesen für mich?«

»Bedien dich gerne an meinem Bücherregal. Ich habe allerdings hauptsächlich Thriller. Psychothriller und Krimis.«

»Das ist nicht ganz meins. Darf ich dein Pad nutzen? Dann lese ich ein wenig News.«

Sie drückt mir ihr iPad in die Hand, verrät mir ihren Code und ist dabei schon halbwegs abgelenkt von ihrer E-Mail.

Mit einem kleinen Lacher drücke ich ihr einen Kuss auf die

Wange und ziehe mich mit dem Pad auf die Couch zurück.

Nach einiger Zeit dringt ihre Stimme an mein Ohr: »Francis?«

»Hm, ja, Liebes?«, antworte ich noch in einen Artikel vertieft und erhalte als Erwiderung ein Lachen. Ich hebe meinen Kopf und sehe zu ihr rüber, wie sie da auf ihrem Bürostuhl sitzt und mich anlacht. »Was ist so witzig?«

»Ach«, fängt sie an und bricht erneut in Lachen aus. »Es ist nur …« Sie kann nicht aufhören zu lachen, und ich warte geduldig, bis sie sich wieder gefangen hat und weitererzählt: »Ich sage deinen Namen und deine Antwort, die war trotz deiner tiefen Stimme in einem Tonfall, da hatte ich irgendwie erwartet, dass da ein spießiger Typ auf meiner Couch sitzt. Im Strickpulli mit Karohemd drunter, Zeitung und überkreuzten Beinen, mich über die Brille ansieht, mit Pfeife in der Hand und total verpeilt wirkt, und dann drehe ich mich um und da sitzt du so da.«

»Wie ist denn *so*?«, will ich wissen und sehe an mir herab.

»Na so. Barfuß, halb offenes Hemd, ein Arm auf der Lehne, ein Fuß auf der Couch, wilde Haare, noch wildere Tattoos, das iPad in der Hand. Wie so ein Instagrammodel.«

Ich werfe das Pad auf die Couch und erhebe mich, um auf sie zuzugehen. »Und wenn ich sage: *Ja, Liebes*, höre ich mich an wie das Erste, ja?«

»Ja«, bestätigt sie und sieht mir grinsend entgegen.

»Wie soll ich dich nennen, Lara?«, frage ich sie, bleibe vor ihr stehen und lege meine Hände auf ihre Schultern. Dicht an ihrem Ohr flüstere ich: »Baby vielleicht?«

»Und soll ich dich dann Daddy nennen?«, fragt sie zurück.

»Hm, das finde ich ein wenig komisch, aber wenn es dir gefällt … Ich könnte dich auch einfach meine Bitch rufen. Im Alltag könnte das allerdings zu Irritation führen. Im Supermarkt oder Restaurant beispielsweise.«

»Nein, ich will dich nicht Daddy nennen und ich will schon gar nicht irgendwo vor anderen Bitch genannt werden. Verrate mir doch bitte mal, wie du auf Liebes kommst.«

Ich richte mich wieder auf und zucke mit den Schultern. »Keine Ahnung. Ich wollte Lara sagen und dann ist mir das rausgerutscht. Falls es dich stört, sage ich das nicht mehr. Alternativ hätte ich Porno-Prinzessin im Angebot. Erscheint mir aber etwas lang.«

»Porno-Prinzessin?«, wiederholt sie fragend.

Ich brauche einen Moment, bevor ich antworten kann, da ich irgendwie an ihren Augen hängen geblieben bin, deren Meeresblau im Augenblick noch dunkler und tiefer wirkt als sonst, so wie sie mich gerade ansieht. So völlig mit allem im Reinen.

»Das war das, was mir in den Sinn kam bei unserer ersten Begegnung.«

»Das ist schräg.«

»Wenn du meinst ...«

»Ich will seriös wirken, nicht wie eine Porno-Prinzessin!«

»Hat nicht geklappt. Sorry. Nicht wenn du mich beschimpfst, nicht mit offenen Haaren und schon dreimal nicht, wenn du meine Hand eine Ewigkeit festhältst.«

Sie stellt sich auf den Schreibtischstuhl, fasst an meine Schultern und sieht mich ernst von oben an. »Ich mag es, dass du mich Liebes nennst. Tut mir leid, dass ich gelacht habe. Das war eher der verpeilte Tonfall. Es hört sich schön aus deinem Mund an. Ungewohnt für mich, aber schön. Ich liebe das ein bisschen.«

Ehe ich etwas entgegnen kann, legt sie ihre Arme um meinen Hals, lässt sich an mich gleiten und schlingt ihre Beine um mich. Schnell fasse ich ihr unter den Po, damit sie nicht abrutscht, bevor sie ihre Knöchel hinter mir überkreuzt. Ich glaube, sie will vertuschen, dass sie gerührt ist, ihre Stimme klang so belegt.

Ihre Lippen wandern über mein Gesicht, knabbern an meinen kurzen Barthaaren, finden meinen Mund und unsere Zungen verschmelzen mal wieder.

Ein schöner Kuss. Langsam und intim. Alles in mir kribbelt, und ich will noch viel mehr Sachen zu ihr sagen als nur Liebes.

Je länger und wilder sie mich küsst, umso versauter wird die Auswahl an Worten und Sätzen, die durch meinen Verstand flitzen.

Ich will Liebe mit ihr machen und sie gleichzeitig roh und völlig enthemmt ficken. Ich will mich total an ihr verausgaben und dass sie sich unter mir windet und stöhnt. Ich will so lange nicht aufhören, bis ich dabei sterbe, ihre Lippen auf meinen. Das wird ein epischer, heldenhafter Tod, auf den ich mich bereits freue.

Es klingelt und sie löst fluchend ihren Mund von meinem: »Verdammt, das wird Gina sein.«

»Gina?«

»Meine Freundin.«

»Seid ihr verabredet?«

»Nein. Ab und zu überfallen wir uns gegenseitig samstagmittags. Das ist so die Zeit, in der wir beide eigentlich zu Hause sind.«

»Dann lerne ich jetzt deine Freundin kennen?«

»Wenn du willst?«

»Und wenn nicht? Soll ich mich in deinem Bett verstecken?«, frage ich lachend und trage sie zur Tür. Immer noch auf meiner Hüfte sitzend, betätigt sie die Gegensprechanlage und fragt: »Gina? Komm rein.«

»Runter oder begrüßt du sie so?«

»Oh, auf den Blick wäre ich gespannt.«

»Weiß sie von mir?«

»Sie weiß, dass ich mit einem heißen Typen ausgehe, der mein Kunde war.«

Ich rieche an ihrem Hals und knete ihren Hintern, bevor ich sie runterlasse. Ich mag es, sie so nah bei mir zu haben.

Kaum steht sie auf ihren eigenen Beinen, sieht sie mich erschrocken an, weshalb ich wissen will: »Was ist, Lara?«

»Ich stinke wie eine Sexfabrik, oder?«

»Sag bloß, dir ist es peinlich, Sex zu haben?«, frage ich und drücke irgendwie meinen Schwanz in der Hose zurecht, damit man weniger auffällig erkennt, was Lara so mit mir anstellt.

Es klopft und die Antwort kann sie mir nicht mehr geben, denn sie öffnet und ihre Freundin betritt die Wohnung. Diese Gina ist kleiner und etwas runder als sie, hat aber ganz schön hübsche Augen, und von hier oben habe ich einen ziemlich guten Ausblick auf ihre Oberweite, da der Ausschnitt recht tief ist.

Sie hält eine Pizza und eine Packung Eis in der Hand und wollte anscheinend irgendetwas sagen, sieht mich und ihr Mund klappt wieder zu.

Dann blickt sie Lara an und stellt fest: »Du hast Besuch! Störe ich?«

»Nein«, antworte ich und setze ein höfliches Lächeln auf. »Darf ich dir das abnehmen?«

»Ähm, klar«, antwortet sie und drückt mir Pizza und Eis in die Hand. Mit den beiden Dingen gehe ich zur Couch und lege sie auf dem Tisch ab.

Hinter mir höre ich diese Gina viel zu laut flüstern: »Wer ist das? Wo hast du denn den her?«

Ich nehme Platz und sehe, wie die beiden Frauen sich umarmen, wobei Lara ihr erklärt: »Das ist Francis Hunter, euer Kunde, danach mein Auftraggeber, anschließend der Mann, mit dem ich ausging. Ich hatte dir erzählt, dass ich jemanden date.«

»Boah, der ist ja echt heiß. Ein bisschen einschüchternd sieht er aus. So hatte ich mir den nicht vorgestellt.«

»Ich hatte doch gesagt, dass er groß und dunkelhaarig ist. Und die Tattoos hatte ich erwähnt, meine ich.«

»Ja, aber … egal.«

Angelehnt sitze ich da und kann mir das Grinsen nicht verkneifen. So weit bin ich nicht weg. Ist dieser Gina nicht bewusst, dass ich jedes Wort hören kann?

Sie kommen zu mir rüber und ich reiche Gina im Sitzen die Hand, da sie es mir nicht wert ist aufzustehen. »Ich bin Hunt, ähm, Francis. Freut mich, Gina. Du musst nur ganz wenig eingeschüchtert von mir sein.«

Sie lächelt verlegen, als ihr klar wird, dass ich alles verstanden habe, und erwidert den Händedruck. »Freut mich auch, Francis.«

Ich nicke ihr zu und ziehe meine Hand zurück. Möglicherweise hätte ich doch aufstehen sollen. Es schadet sicher nicht, höflich zu Laras Freundin zu sein.

Lara klappt den Pizzakarton auf und hält Gina ein Stück hin.

Sie nimmt es und beginnt davon zu essen, ohne mich aus den Augen zu lassen. Ich ignoriere das. Das Stück Pizza, das Lara mir anbietet, lehne ich mit einem Kopfschütteln ab, und sie isst es selbst.

»Also, Gina, was gibt es Neues bei dir?«, versucht Lara ihre Freundin zu einem Gespräch zu bekommen, die mich weiter angafft. Irgendwie habe ich das Gefühl, das liegt nicht unbedingt an mir. Das sieht nicht nach Abchecken aus, sondern irritiert.

»Ach, eigentlich nichts. Nikolas ist anstrengend wie immer. Die Arbeit macht Spaß und dein Liebesleben scheint interessanter zu sein als meins. Levin beginnt zu nerven. Könnte sein, dass ich demnächst ein neues, paarungswilliges Männchen brauche. Wir sollten mal wieder ausgehen. Oder ins Fitnessstudio. Dort trifft man die Männer, die Sport machen. Nichts geht über sportliche Kerle«, behauptet sie und wirft einen Blick auf mich.

Die beiden Frauen unterhalten sich über Belangloses, und ich spüre regelrecht, wie dieser Gina Fragen zu mir auf der Zunge brennen. Ich ignoriere das Gespräch und spiele ein bisschen mit Laras Haaren, die wild über ihren Rücken fließen. Die sind so schön seidig. Eventuell hätte ich das mit der Porno-Prinzessin nicht über sie gedacht, wenn sie diese Pracht in einem Haarknoten – oder wie man das nennt – versteckt hätte. Aber das wäre schade gewesen. Ich mag die so offen und wellig.

Gina erzählt irgendwas von einer unangenehmen Begegnung im Supermarkt und runzelt dann die Stirn. Ich folge ihrem Blick und muss wieder grinsen. Sie hat ein Kondom gesehen, das da vorn auf dem Boden liegt. Vielleicht sollte ich mir abgewöhnen, Sachen einfach durch die Gegend zu werfen.

Höflich frage ich sie: »Magst du etwas trinken?«

»Ähm, ja?«

»War das eine Frage?«, belustige ich mich. »Was magst du denn?«

»Eine Fanta für sie, eine Cola für mich, wenn du so lieb wärst«, springt Lara ein. »Und bring eine Schüssel und zwei Löffel für das Eis mit, bitte. Falls du auch willst, je eins mehr.«

Ich rutsche an sie ran, fahre mit meiner Nase an ihrem Hals entlang und flüstere ihr zu, und zwar so, dass es Gina sicher nicht hören kann: »Gerne doch, meine süße kleine Bitch.«

Teils erbost, teils amüsiert sieht sie mich an und schlägt mich gegen die Schulter. Mit einem Umweg mache ich mich auf den Weg zur Küche, um das Kondom sowie die dazugehörige Verpackung einzusammeln.

Gina beobachtet, wie ich in die Hocke gehe, um es aufzuheben. Ich lasse eine Augenbraue nach oben wandern woraufhin sie schnell wegsieht. Anschließend schlendere ich zur Küche, werfe es in den Müll, wasche mir die Hände und bringe den Frauen Schalen, Löffel und die Getränke.

»Ladys«, sage ich und verbeuge mich. Ich bin nicht nur ein Eins-a-Hausmann, sondern auch noch ein prima Kellner.

»Danke«, antworten beide brav. Trinkgeld bekomme ich keins.

Mit einem Energydrink lehne ich mich wieder hinten an und sehe zu, wie Lara die Hälfte des Eises in die Schüssel umschichtet und die beiden danach einträchtig löffeln und weitererzählen, als wäre ich nicht da.

Das ist mir sehr recht. Diese Gina und ihre Probleme interessieren mich nicht und ich hänge lieber meinen Gedanken nach und checke mein Smartphone. Ich bin Lara höchst dankbar dafür, mich nicht irgendwie nötigen zu wollen, dass ich mich an dem Gespräch beteilige.

Nachdem das Eis gegessen ist, will Lara sich ebenfalls anlehnen, doch ich lege gleich meinen Arm um sie und ziehe sie an mich. Meine Finger fahren wie von allein ihre Kieferlinie entlang und ich drücke ihr gelegentlich einen Kuss auf die Schläfe.

Gina sieht mich dabei etwas lauernd an. Ist sie neidisch? Oder eifersüchtig? Ich kann diesen Blick nicht deuten.

In der Zeit, in der sie zwischendurch die Toilette aufsucht, frage ich Lara: »Warum sieht sie mich so seltsam an, wenn ich dich berühre?«

»Keine Ahnung. Möglicherweise konnte sie nicht glauben,

dass ich tatsächlich jemanden für mich gefunden habe. Eigentlich weiß sie, dass ich nicht auf der Suche war. Vielleicht ist sie auch von deinen Zuneigungsbekundungen überrascht.«

»Zuneigungsbekundungen? Meinst du damit, dass ich dich berühre, wenn sie dabei ist? Stört dich das?«

»Nein. Um ehrlich zu sein, finde ich es total schön, dass du so dazu stehst, dass wir zusammen sind.«

Prüfend betrachte ich sie, aber sie strahlt regelrecht. Nicht nur ihre Lippen und ihre Augen, ihr ganzes Gesicht. Hat sie das so glücklich gemacht?

Ich lege meine Hände an ihre Wangen und küsse sie sanft, dränge meine Zunge zwischen ihre Lippen und nehme mir einen berauschenden Kuss.

Sie will sich ein wenig zurückziehen, doch ich halte ihr Gesicht fest, lasse den Kuss so leidenschaftlich werden, dass sie schwer atmet.

Ihre Hände wandern an meine Oberarme, eine krallt sich hinein, die andere streichelt über mein Hemd, woraufhin ich sie loslasse.

Gina hat mittlerweile wieder Platz genommen und grinst ein wenig schmutzig. Wenn Lara gefällt, dass ich sie vor ihrer Freundin berührte, dann wird ihr die kleine Show sicher auch gefallen haben.

»Soll ich lieber gehen?«, fragt Gina und ich sehe sie an. »Nein, Gina, nicht nötig, ich gehe.«

»Was?«, protestiert Lara. »Schon?«

Ihr Entsetzen bringt mich zum Schmunzeln. »Macht ihr euren Mädelsabend, ich müsste sowieso in einer Stunde los.«

Ich erhebe mich und sammle meine Sachen zusammen, ehe ich mich von Gina verabschiede, indem ich ihr die Hand hinstrecke. »War nett, dich kennenzulernen.«

Sie springt auf, ergreift sie und sagt lachend: »Ebenfalls. Ist ja gut gelaufen für mich. Ich wurde nicht gebissen, also war die Angst vergebens.«

Sie zwinkert mir zu, ich zwinkere erst nicht zurück, dann aber doch und sie bekommt sogar ein Lächeln. Für Freunde meiner Freundin sind die ab sofort gratis.

Lara begleitet mich zur Tür und knöpft die restlichen Knöpfe meines Hemdes zu, bevor sie zu mir hochsieht. »Zehn Tage, ja?«

»Zehn Tage«, bestätige ich. »Kommst du mit einem Freund klar, der immer wieder beruflich unterwegs ist?«

»Ja, sicher. Und du mit einer Freundin, bei der das ebenfalls immer wieder der Fall ist?«

»Auf gar keinen Fall«, ärgere ich sie.

Sie lässt sich nicht darauf ein, fährt mit ihren Händen über meine Brust und seufzt: »Ich werde dich trotzdem vermissen.«

»Ich dich auch«, raune ich ihr zu und mache mich nach einem letzten Kuss auf den Weg.

Du bist für mich etwas Besonderes.

Lara

Ich sehe zu, wie die Tür hinter ihm ins Schloss fällt, und drehe mich zu Gina um, die mir entgegenbrüllt: »O mein Gott! Lara!«

»Was?«, schreie ich zurück und lache.

»Der ist ja der Hammer!«, erwidert sie.

»Ja, das ist ja auch der Hammer-Kunde. Du erinnerst dich? Er war das, der sein Haus mit mir kurz und klein schlug.«

Sie legt die Stirn in Falten. »Uh. Irgendwas war. Keine Ahnung. Los, erzähl mir alles.«

Innerlich schüttle ich den Kopf. Sie weiß oft nicht mehr, was ich ihr erzähle. Entweder hört sie nicht richtig zu oder ist vergesslich wie eine Demenzkranke.

Das war der erste Kerl seit ewiger Zeit, von dem ich zugab, dass er mir gefällt. Sie sagte doch sogar noch, dass ich ihn vergessen solle, da ich in die Freundschaftskiste einsortiert wäre. Immer predigt sie mir, dass ich mir jemanden suchen solle, und dann erinnert sie sich nicht mehr daran, wenn ich von einem schwärme.

»Also?«, hakt sie nach, während ich mich ihr gegenübersetze. »Das war der, mit dem du dich gerade triffst, der Kunde. Ich dachte, du willst mich verarschen. Wie ist er so im Bett?«

»Du immer gleich. Ich habe etwas viel Spannenderes.«

»Quatsch. Sexgeschichten sind immer die spannendsten«, unterbricht sie mich.

»Jetzt hör mir endlich zu. Wir sind zusammen. So richtig. Nicht nur Verabredungen oder eine Affäre.«

Für mich ist das viel wichtiger, als sich über den Sex auszulassen.

Ich!

Wieder in einer Beziehung!

Das ist doch DER Punkt!

Ich hatte ihr nichts über die Einweihungsparty erzählt, da ich das irgendwie als etwas Besonderes empfand und das nicht auf Sex reduziert wissen wollte. So, wie ich sie kenne, hätte sie wahrscheinlich abgewunken, wenn ich ihr gestanden hätte, wie mich diese unschuldige Knutscherei nach der Einweihungsfeier ein wenig mitnahm und wie nahe ich mich ihm fühlte. Sie bezichtigt mich sowieso, dass ich grundsätzlich den Männern zu viele Gefühle unterstellen würde. Ihrer Meinung nach wollen alle nur ficken und sonst hätten sie keine Bedürfnisse.

Nun, da sie ihn gesehen hat, interessiert sie das. Uh, hoffentlich kurbelt das nicht ihr Kopfkino an. Ich will nicht, dass meine Freundin sich vorstellt, wie ich Sex mit ihm habe. Gerade weil ich so viele Bilder von ihr im Kopf habe mit ihren Typen, da sie sehr detailreich erzählt. Viel zu detailreich für meinen Geschmack.

Sie sagt nichts, also gestehe ich: »Er ist toll. Wirklich. Er tut mir irgendwie gut.«

»So viele Orgasmen?«, foppt sie mich grinsend. »So groß wie der ist, hat er sicher ein Riesenteil. Passt das überhaupt in deine ungeübte Muschi?«

»Nein. Doch auch, aber das meinte ich nicht. Was soll das außerdem heißen? Ungeübte Muschi? Hört sich ja an, als wäre ich direkt aus Jungfrauenhausen angefahren gekommen«, erwidere ich lachend.

»Wenn es zu lange her ist, dann ist das, als würde man wieder zuwachsen«, erklärt sie mit einem Augenzwinkern.

»Ich bin überzeugt, medizinisch ist das nicht möglich.«

Sie lehnt sich zurück und fragt: »Also so richtig zusammen, ja?«

»Ja«, antworte ich und merke selbst, wie ich bei dem Gedanken strahlen muss. Die Mundwinkel können nicht in einer normalen Position bleiben, wenn ich daran denke.

»Was meinst du? Wie lange hält er dich aus?«

Nun sinken sie doch. »Keine Ahnung. Ich habe ein gutes Gefühl dabei. Ein richtig gutes sogar.«

Sie winkt ab. »Ich gebe euch zwei Wochen. Vielleicht auch drei. So heiße Typen sind viel zu anspruchsvoll, die wollen keine schwierigen Frauen. Aber dann suchen wir dir einfach den

Nächsten, wenn du dich doch wieder ins Getümmel stürzen willst. Möglicherweise einen Ex von mir? Da kann ich Empfehlungen aussprechen. Oder wir tauschen. Du bekommst Levin, er wird nervig anhänglich. Er hatte dir gefallen. Du hast damals im Club mit ihm geredet. Ich kann deinen nehmen. Wäre witzig, oder nicht?«

»Ich denke nicht, dass es in zwei, drei Wochen schon vorbei ist, und deinen Levin will ich erst recht nicht. Wie kommst du darauf, dass Francis dann gleich mit dir zusammen sein will?«

»Ich glaube, er steht ein bisschen auf mich. Er hat mir zugezwinkert.«

»Hat er?«

»Hat er«, bestätigt sie und unterstreicht das mit einem Nicken.

Mein Augenlid zuckt, und meine Laune kippt ganz langsam zur anderen Seite, als würde da jemand ständig Gewicht nachlegen, sodass sie sich schleichend, aber unaufhaltsam in Richtung Unzufriedenheit neigt.

Ich will das Thema wechseln und frage: »Levin nervt also, ja? Was hat er getan?«

»Heißt das, dass du nicht tauschen würdest? Finde ich ja auch fies. Ich biete dir so oft meine Exfreunde an, wenn ich weiß, dass sie dich nett finden. Falls eh Schluss ist, ist das kein Problem, oder?«

»Erstens ist nicht Schluss und zweitens kann ich nicht über ihn bestimmen. Frage ihn selbst. Mir reichts. Ich fordere einen Themenwechsel«, sage ich in einem künstlich lustigen Tonfall.

»Nicht aufregen«, antwortet sie lachend. »War doch nur hypothetisch. Du weißt: Humor ist eine Art Intelligenztest. Nicht wütend werden. Ich bin es, Gina, bei mir brauchst du deine gestörte Seite nicht.«

Ich lächle schräg. Sie hat ja recht. Bei ihr bin ich selten wütend. Bewusst lässig zucke ich mit den Schultern und erwidere: »Wenn man selbst der Psycho ist, dann muss man keine Angst mehr haben.«

Sie schlägt sich auf den Schenkel, zeigt auf mich und sagt: »Du bist einfach die Beste.«

»Also, wie geht es dir? Was gibt es Neues?«

»Nikolas wohnt jetzt bei mir.«

»Was? Dein kleiner Bruder ist zu dir gezogen?«

Sie zuckt wenigstens ein wenig verlegen mit den Schultern.

Mit Recht, denn Nikolas ist ein Parasit. Zwei Jahre jünger als wir und ohne Perspektive. Ein Unruhestifter. Er stinkt jedes Mal, wenn er bei ihr rumhängt, nach Gras, aber Gina glaubt mir nicht, dass er Drogen konsumiert.

Soweit ich weiß, sitzt er den ganzen Tag vor seinem Computer und versucht, ein Onlinebusiness aufzuziehen. Seit Jahren ohne Erfolg. Er ist unzuverlässig, rücksichtslos und interessiert sich nur für sich selbst. Keine Ahnung, wie viel Geld Gina ihm bereits *geliehen* hat. Ich erspare mir mittlerweile Kommentare dazu, dass sie das lassen soll, da er vermutlich noch nicht einmal vorhat, es ihr zurückzuzahlen. Auf die Unterstellung, ich wäre neidisch, dass ich keinen Bruder hätte, habe ich keine Lust mehr.

Gina liebt ihn und verteidigt ihn bis aufs Blut. Was ja schön sein könnte, wenn das gegenseitig wäre. Er behandelt sie jedoch wie geldscheißenden Müll. Für ein *Lieblingsschwester* aus seinem Mund würde sie töten. Doch das hört sie nur, wenn er was will. Ich bin dann die, die sie tröstet, nachdem er wieder eine fiese Tour abzieht.

»Warum?«, frage ich nach.

»Er wurde aus seiner Wohnung geworfen und irgendwie bin ich mit Schuld daran. Er konnte die Miete nicht zahlen und ich hatte ihm nichts geliehen.«

»Mit Recht«, behaupte ich stolz auf sie, dass sie das durchgezogen hat.

»Familie muss zusammenhalten. Aber das verstehst du nicht, weil du keine mehr hast. Er schläft auf meinem Sofa, bis er etwas Neues hat.«

Also für immer und wahrscheinlich überlässt sie ihm noch demnächst ihr Schlafzimmer oder baut ihr Arbeitszimmer für ihn um.

Mir fällt keine Antwort ein und sie fläzt sich tief in meine Couch. Nach einem Moment des Schweigens sagt sie: »Zurück zu deinem neuen Kerl. Was macht er beruflich?«

Da das eine vernünftige Frage ist, antworte ich: »Er investiert in Immobilien. Früher war er wohl selbst einmal Makler.«

»Oh, wie ich? Dann haben wir Gemeinsamkeiten. Ist ja nett.«

»Wenn du es genau nimmst, habe ich mit ihm Gemeinsamkeiten, da wir das beide waren. Du bist es noch.«

Sie sieht mich an und ihre Mundwinkel ziehen sich nach unten. »Du musst immer darauf rumreiten, dass du dich erfolgreich selbstständig gemacht hast und mehr verdienst als ich.«

»Das sagte ich nicht. Dein Verdienst in der Luxusimmobilienbranche ist hoch. Du bist gut darin. Ich glaube, du hast keinen Grund, dich zu beschweren.«

»Ja, das stimmt. Ach, tut mir leid. Wahrscheinlich willst du nur nicht, dass ich mit deinem Freund etwas gemeinsam habe. Das ist schon in Ordnung. Es ist etwas ungewohnt für mich, dich in festen Händen zu wissen.«

»Für mich auch«, gebe ich zu.

»Falls es nicht klappt, bin ich für dich da. Sollen wir zusammen einen Film gucken? Ich hätte Lust auf eine Komödie oder einen Liebesfilm, so was ganz Kitschiges. Dazu vielleicht ein Glas Wein?«

»Komödie«, bestimme ich. Mir ist nach Lachen statt nach Herzschmerz. »Ich hole Wein, du suchst aus.«

Sie nickt und schnappt sich die Fernbedienung. Ich bin etwas erleichtert, dass das Thema Francis abgeschlossen zu sein scheint. Möglicherweise ist es seltsam, da sie immer offen ist mit ihren Beziehungen, aber ich will ihn ganz für mich. Ich mag das mit ihm mit ihr nicht analysieren oder über Intimes plaudern, als wäre er irgendein Ding.

Für mich ist er etwas Besonderes und das lasse ich mir von niemandem ausreden.

Du hast Geheimnisse.

Lara

Ich liege auf einer Decke in Francis' Garten. Ich liebe seinen Garten. Er ist wie eine Oase. Ich dachte nicht, dass ich Grünflächen so mögen könnte. Bei meiner Wohnung war mir das egal.

Meiner Meinung nach war diese Idee mit der Decke gut.

WAR meine Meinung, denn sie ist dünn und der Boden ist hart, wenn man eine Weile rumliegt. Echt unbequem. Er hatte vorgeschlagen, die stylischen Liegen zu nehmen, die ich in seinen Garten stellen ließ, jedoch wollte ich eine große Decke, damit ich immer wieder zu ihm rüberrutschen kann.

Dabei hätten wir sogar auf eine Liege zusammen gepasst. Vielleicht leicht eng, aber es wäre gegangen. Eigentlich kann ich ihm sowieso nie nah genug sein.

Doch nun ist es zu spät, um zuzugeben, dass mein vorhin so enthusiastisch vorgetragener Einfall äußerst bescheiden war. Dazu kommt, dass die Sonne heute sehr grell ist und ich meine Sonnenbrille vergaß. Außerdem muss ich auf dem Rücken liegen, weil mein Smartphone, auf dem ich mir Wohnungseinrichtungsideen ansehe, spiegelt und ich nur auf diese Art etwas darauf erkennen kann. Meine Arme werden schon schwer. Hätte ich bloß nicht mein Buch vergessen oder mir eins von Francis geliehen. Aber ich bin zu faul, jetzt reinzugehen und mir eins von ihm auszusuchen. So schwer mein Los, so hart das Leid.

Ich kneife meine Augen unwirsch zusammen, als plötzlich eine Sonnenbrille in meinem Blickfeld erscheint. Ich werfe einen Blick rüber zu Francis, der neben mir auf dem Bauch liegt, ein Buch liest und mir nun seine Brille hinhält.

»Danke. Aber mit Stärke bringt mir das nichts.«

»Ist ohne. Nimm.«

»Hä? Und wie siehst du dann was?«

Er wirft mir einen belustigten Blick zu. »Erstens bin ich nicht blind wie ein Maulwurf, ich habe nur 2 Dioptrien. Und zweitens trage ich heute Kontaktlinsen.«

Ich lege mein Smartphone weg und rolle mich auf die Seite, ihm zugewandt, und stütze meinen Kopf mit dem Arm ab. Er tut es mir nach und schiebt mir die Sonnenbrille auf die Nase.

»Schön, nun weiß ich wenigstens, dass du mich beim Sex erkennst und dir nicht verschiedene Frauen auf meinem für dich verschwommenen Gesicht vorstellst«, ärgere ich ihn. »Warum trägst du sonst Brille? Nicht, dass sie mich stört.«

»Hm«, antwortet er. »Ich könnte meine Augen lasern lassen, so wäre das Problem ein für alle Mal erledigt. Aber ich bin daran gewöhnt. Ich habe sie, seit ich 12 war. Und ich habe so ein richtiges Brillengesicht, oder? Sie gibt mir so einen Hauch von sexy Seriosität, das musst du gar nicht abstreiten.«

Ich lehne mich zu ihm rüber und küsse ihn auf die Nasenspitze. »Sicher. Vielleicht solltest du sie auflassen, während du mich beglückst, damit du sexy bleibst.«

»Wir haben so heißen und feuchten Sex, da beschlägt sie«, schmunzelt er und zwinkert mir zu.

Ich lache und küsse ihn noch einmal, dieses Mal aufs Kinn. Den Mund lasse ich aus. Ich weiß ja, wie schnell das ausartet. Da muss man ein bisschen aufpassen. Der fasst einen an, und dann will man nichts anderes mehr, als sofort alle Klamotten davonschleudern und sich nackt auf ihn werfen.

»Danke. Stört dich die Sonne denn nicht?«

»Weniger als dich. Und ich kann nicht riskieren, dass du vom Augenzukneifen Falten bekommst, nachdem nun in meinem Badezimmer ungefähr 100 Tiegel Antifaltencreme stehen. Falls ich doch eine will, habe ich ungefähr dreißig Stück oder so, auch mit Stärke.«

»Mir hätte klar sein müssen, dass du ein ganzes Arsenal an Sonnenbrillen hast. Der Erfolg mit den Cremes gibt mir übrigens recht: Nur ganz wenige bis jetzt.«

Er widmet sich schmunzelnd wieder seinem Buch zu, und ich betrachte noch ein wenig sein Profil. Beim Schlucken bewegt sich sein Adamsapfel minimal unter der Haut an seinem stoppeligen Hals. Er hat ihn heute nicht rasiert, wie er es gelegentlich tut, wenn wir das Wochenende nur bei ihm oder mir verbringen.

Seine Kieferpartie ist scharf geschnitten und seine Nase ist in der Seitenansicht perfekt proportioniert, als hätte sie ihm jemand für sein Gesicht modelliert. Er lächelt leicht, ob es wegen dem Buch ist oder weil er mitbekommt, dass ich ihn anstarre, weiß ich nicht. Unbewusst strecke ich meine Hand zu ihm aus und streiche über seinen Dreitagebart und fahre seinen Kiefer entlang.

Er sagte, er rasiert sich nie komplett, da er schon mittags wieder unrasiert aussieht durch den dichten Bartwuchs. Er stutzt nur und schert Konturen sowie Hals glatt, damit es nicht ungepflegt wirkt. Das mit dem schnellen Bartwuchs scheint zu stimmen, wie ich unter meinen Fingerspitzen an den Stoppeln an seinem Hals erfühlen kann.

»Hm?«, brummt er und wendet sich mir zu.

Ich will eigentlich gar nichts Bestimmtes und frage ihn spontan: »Warum liest du so gerne alte Schinken?«

Er steckt sein Lesezeichen in das Buch, eine Ausgabe von DonQuijote.

»Ich mag das. Man kann sie nicht einfach inhalieren. Man muss sich darauf konzentrieren und darüber nachdenken. Oft auch in die Zeit des Schriftstellers hineinversetzen. Man taucht ganz in die Geschichte ein.«

»Du bist ein kultivierter Mann.«

»Das mag dir so erscheinen. Aber wenn wir ehrlich sind, gebe ich manchmal zu viel unflätiges Zeug von mir für einen *kultivierten* Mann.«

»Finde ich gut, das lenkt von meiner Flucherei ab. Mein Assistent hatte einmal mit Kündigung gedroht und schalldichte Wände verlangt«, erzähle ich lachend. »Also sei ruhig du selbst.«

»Na, dann sollen sich die spießigen Wichser doch ins Knie ficken.« Er küsst mich mit einem Lächeln in den Mundwinkeln und ich erwidere das etwas fordernder.

Ich sage ja, niemals seine Lippen berühren, sonst kann man nicht mehr anders.

»Fuck, Lara«, murmelt er, nachdem wir uns gegenseitig ein wenig mit Küssen hochgeschaukelt haben.

Ich frage flüsternd nahe an seinem Mund: »Fluch oder Aufforderung?«

»Wenn du das als Aufforderung siehst, ist es eine«, erwidert er und schiebt meine Hand direkt in seine Hose.

»Hm«, seufze ich wohlig, umfasse ihn, und als ihm ein kleines Stöhnen entkommt, entlasse ich ihn, rolle mich auf ihn, wobei ich die Sonnenbrille abnehme, um ihn weiterzuküssen. Er ist auf jeden Fall bequemer als der Boden und ich will ihn ein bisschen um den Verstand küssen, da er davon noch wilder wird als sonst schon.

Sein Smartphone klingelt und er greift über seinen Kopf.

»Sorry, den habe ich erwartet.«

Er nimmt den Anruf an, sagt: »Hey, Tom, du Störenfried«, und gibt mir einen kleinen Kuss.

Ich rutsche etwas nach unten und lege meine Wange auf seine Brust, während er mich mit seinem freien Arm festhält.

Die Stimme der anderen Seite kann ich hören, doch die Worte nicht. Aber es ist mir auch egal. Ich genieße die sanften Streicheleinheiten seiner Hand auf meinem Rücken und meine Nase versinkt fast im Stoff seines Shirts, ich bin süchtig nach seinem Geruch.

Leider tippt er mir auf die Schulter und deutet an, dass ich runter soll. Knurrend lasse ich mich auf meinen Rücken rollen, er steht auf und geht rein.

Egal, es ist so ein schöner Tag. Ich liebe es, wenn wir das ganze Wochenende beieinander verbringen. Seit wir zusammen sind, verfliegen die Wochen nahezu. Es ist so einfach und unkompliziert mit ihm.

Manchmal braucht er seine Ruhe, das merkt man richtig. Dann ist er noch schweigsamer und irgendwie ein bisschen abweisend. Nicht auf eine ablehnende Art, mehr, als hätte er sich ein wenig in sich selbst zurückgezogen. Das ist kein Problem. Ich lasse ihn in Frieden und erledige mein eigenes

Zeug. Ich bin es sowieso gewohnt, auch am Wochenende zu arbeiten.

Eigentlich liebe ich die Wochenendarbeit sogar am meisten. Unter der Woche ist viel Organisatorisches abzuarbeiten, doch am Wochenende gönne ich mir die Dinge, die am meisten Spaß versprechen bei meinem Job. Planen, sich nach besonderen Möbeln und Gegenständen umsehen, verrückte und ungewöhnliche Ideen sammeln, Inspiration suchen.

Ich habe es mir angewöhnt, meinen Laptop immer bei ihm dabei zu haben. Manchmal verbringen wir ein paar Stunden schweigend gemeinsam auf der Couch oder der Terrasse, er liest ein wenig oder er holt ebenfalls seinen Laptop aus dem Arbeitszimmer. Wir tun diese Dinge getrennt und doch zusammen.

Ab und zu piekst er mich mit dem Finger, und wenn ich zu ihm rübersehe, grinst er und tut so, als wäre nichts. Ich pikse zurück, er packt meine Hand, küsst sie und wir machen weiter. Dafür schnippe ich ihm gelegentlich gegen das Ohrläppchen oder den Oberarm, woraufhin er so was sagt wie: »Sei nicht so frech«, und mich an sich zieht. Ich mag das. Obwohl jeder von uns in seiner eigenen Sache gefangen ist, gibt mir das das Gefühl, als hätten wir uns dabei ständig gegenseitig im Hinterkopf.

Überhaupt ist er total aufmerksam. Ja, er ist oft einfach still und will nicht reden, aber allein, dass jedes Mal, wenn ich nach Hause fahre, eine Flasche Wasser und eine Süßigkeit auf meinem Beifahrersitz auf mich wartet, ist schon eine so unglaublich liebevolle Geste.

Er hat nicht einmal Süßigkeiten im Haus. Also muss er diese extra für mich gekauft haben. Ich bedankte mich dafür, doch er zuckte nur mit den Schultern und lächelte ein wenig verlegen, als wollte er nicht, dass diese fürsorgliche Seite an ihm thematisiert wird.

Ich habe keine Lust mehr, hier draußen zu sein, und sammle die Brille, sein Buch und Smartphone ein, klemme mir die Decke unter den Arm und gehe rein.

Nachdem ich alles abgelegt habe, bediene ich mich an

seinem Kühlschrank. Ich hatte schon eine Weile Durst, war aber zu faul, reinzugehen. Gelangweilt scrolle ich weiter durch mein Smartphone, während ich mein Glas leere, und gehe anschließend für kleine Mädels. Wenn man draußen in der Sonne abgammelt, kommt man zu nichts. Total stressig.

Zugleich, als ich aus der Gästetoilette komme, sehe ich, wie er aus dem Keller tritt. Sein Smartphone verstaut er dabei in der hinteren Hosentasche und bleibt dann vor mir stehen.

»So, Lara, wo waren wir stehen geblieben?«, fragt er, legt seine Hand an meinen Hals und streicht mir mit dem Daumen über die Wange.

»Was ist denn jetzt eigentlich in dem Raum, den du für dich einrichten wolltest?«

Er zuckt mit den Schultern. »Nur Kram.«

Die Antwort reicht mir nicht, ich bin zu neugierig und hake nach: »Wenn es ein Lager ist: Warum hast du mich das nicht machen lassen? So ein paar Regale und einen neuen Anstrich hätte ich gerade noch hinbekommen.«

»Ist doch nicht wichtig, oder?«

»Es wäre nur eine Kleinigkeit an Aufwand gewesen.«

»Vielleicht wollte ich sparen?«

»Verarsch mich nicht.«

»Da du so schrecklich neugierig bist, kann ich ihn dir irgendwann zeigen. Ich hoffe, du bist dann nicht enttäuscht. Aber nicht jetzt.«

»Ist das wie in dem Märchen Blaubart? Falls ich heimlich reinsehe, finde ich da deine ganzen toten Ex-Frauen? Und sobald du das rausfindest, tötest du mich auch? Oder wie in dem Thriller von neulich, von dem ich dir erzählte, bei dem der Typ Frauen im Keller sammelte für seine eigenen Gladiatorenkämpfe.«

Er seufzt theatralisch. »Ich wünschte, mein Leben wäre so aufregend, dass ich so eine spannende Geschichte hätte, aber ich muss dich enttäuschen. Ich bin ziemlich langweilig.«

»Langweilig? Du? Nicht für mich. Also, was ist da unten? Was hast du gerade im Keller gemacht?«

»Nur die Getränkevorräte gecheckt«, erwidert er.

»Während du telefonierst?«

»Klar. Das war mein Freund Tom. Vielleicht kommt er mich demnächst besuchen, und bevor er verdurstet, prüfe ich lieber, was noch da ist.«

»Kümmert sich deine Haushaltshilfe nicht auch ums Einkaufen? Es sollte doch immer alles da sein.«

»Sag mal, Liebes, sind mein Keller und die Vorräte spannender als ich? So ein langweiliges Thema. Küss mich, dann sind deine Lippen mit etwas Nützlicherem beschäftigt. Ich muss dich jetzt unbedingt ficken, und das bevorzugt nicht im Keller. Vor allem nicht in diesem Raum, weil du mir sonst höchstwahrscheinlich ununterbrochen erzählst, was du besser gemacht hättest.«

Ich möchte zu einer Erwiderung ansetzen, da mich interessiert, was er da unten gemacht hat. Echt Getränke gecheckt? Doch diese Erwiderung bleibt mir im Halse stecken, denn er packt mich herrisch am Nacken und küsst mich grob. Unterdessen öffnet er mit der anderen Hand die Knöpfe und den Reißverschluss meiner Jeans, ehe er seine Hand hineingleiten lässt und flucht, da sie so eng sitzt.

»Du hast genau zehn Sekunden, diese Scheißhose von deinem Arsch zu zerren«, knurrt er mich an und plündert sofort wieder mit seiner Zunge meinen Mund.

Ich brauche keine fünf, mein Smartphone fällt dabei aus der hinteren Hosentasche, aber egal. Das liegt da später noch und auch egal, was er im Keller wollte. Was interessiert mich das überhaupt? Er ist spannender als jede Kellergeschichte. Wahrscheinlich sammelt er da unten alte Klassiker von Liebesromanen, wertvolles historisches Spielzeug oder so irgendwas und schämt sich dafür.

Zum kompletten Ausziehen der Hose komme ich nicht mehr, da er schon zwei Finger in mich drängt und ich mit dem Rücken gegen die Wand lehnen muss, da ich von dieser groben Liebkosung sofort weiche Beine bekomme.

Er stützt einen Unterarm neben meinem Kopf ab und sein Gesicht ist dicht über-vor mir. Seine Augen sind vollkommen schwarz und glänzen bereits vor Lust. Ich will an seine Jeans greifen, doch er schüttelt nur leicht den Kopf und ich lasse es.

Er fingert mich auf eine Art irgendwo zwischen ruppig und zärtlich und beobachtet ununterbrochen eingehend mein Gesicht. Er küsst mich nicht, sieht mich nur an, und das ist irgendwie aufregender als seine Finger an mir.

Es hat den Anschein, als wollte er genau erforschen, was das in mir auslöst, und könnte das an meinem Gesicht ablesen. Seine Lippen sind einen Spalt geöffnet, und er atmet etwas schwer, weshalb ich meine Hand auf seinen Brustkorb lege, um seinen beschleunigten Herzschlag zu füllen. All das nur, weil er mich berührt. Mich.

Ein heftiges Gefühl der Zuneigung mischt sich in die Erregung bei dem Gedanken, wie sehr es ihm immer gefallen zu scheint, mich zu erfüllen mit allem, was guttut. Mich nicht nur beim Sex zu befriedigen, sondern auch zum Lachen zu bringen, mich glücklich zu machen, mich wohlfühlen zu lassen zu jeder sich bietenden Gelegenheit.

In diesem Augenblick klingelt mein Smartphone und reißt mich zurück in die Realität. Alles stoppt, jede Bewegung, jeder Gedanke und wir sehen beide auf den Boden.

»Rangehen?«, will er wissen.

Ich nicke. Das ist der Klingelton für Gina und die ruft nur im Notfall an. Es muss etwas Dringendes sein, das man nicht in eine Nachricht packt.

Er bückt sich danach, zieht seine Finger aber nicht aus mir und reicht es mir.

Kaum habe ich den grünen Annehmen-Button betätigt, schreit sie ins Telefon: »Lara! Erinnerst du dich noch an damals, als ich dich vor dem Betrunkenen rettete und du gesagt hast, du bist mir was schuldig, so was, wo man nicht fragt, sondern einfach macht?«

»Äh, ja«, erwidere ich lachend, woraufhin Francis seine Finger kurz leicht bewegt und einen bösen Blick von mir kassiert. »Ist es nach all diesen Jahren etwa so weit? Was muss ich tun? Fluchtwagen fahren? Brauchen wir Schaufel und Müllsäcke? Müssen wir Leichen in Chemikalien auflösen?«

»Schlimmer!«

»Jetzt lass dir nicht alles aus der Nase ziehen!«, fordere ich und schaue ermahnend in Francis' Gesicht, der höchst schmutzig grinst und mich weitermassiert.

»Mein Bruder«, fängt sie an und ich stöhne auf. Vielleicht da Francis das so gut macht oder weil ich von Ginas Bruder nichts hören will. Hoffentlich ist er im Knast. »Also, mein Bruder, der wollte mit seinen Freunden zu einem Konzert am nächsten Wochenende. Zwei davon hatten gestern einen Autounfall und sind im Krankenhaus. Nicht schlimm, aber sie können nicht mit. Nun haben sie keinen Fahrer. Du weißt ja, Nicki hat seinen Führerschein nicht mehr. Und sein anderer Freund hat ebenfalls keinen. Er hat gefragt, ob ich mitkomme und Fahrer mache, dafür bekomme ich die Karte seines Freundes. Ich habe eingewilligt, wenn du auch mitkannst, du erhältst die Karte von dem anderen Freund.«

Ich muss mich auf dieses Gespräch konzentrieren, ehe ich einfach zu allem Ja und Amen sage, nur weil Francis mich in den Wahnsinn treibt. Er guckt ein wenig störrisch, als ich sein Handgelenk packe und seine Finger von mir zerre.

Mit einer Hand muss ich das Smartphone halten und die andere versucht, Höschen und Jeans wieder an Ort und Stelle zu ziehen, während ich Gina mitteile: »Meine spontane Antwort ist: Nein. Nicht mit deinem Bruder.«

»Ach, komm schon«, jammert sie und Francis sieht mich grimmig an, hilft mir dann aber mit der Jeans, bevor er Richtung Schlafzimmer vorgeht und auf dem Weg dorthin anfängt, seine Kleidung loszuwerden. Er lässt ein Stück nach dem anderen fallen, als würde er mir eine Spur wie bei Hänsel und Gretel legen.

»Was für ein Konzert?«, will ich wissen und starre ihm hinterher.

»Von einem Gangster-Rapper. Bull oder so was.«

»Also das ist ja mal gar nicht meine Musik.«

»Wir werden uns trotzdem amüsieren. Wir hatten früher beim Tanzengehen zur schlechtesten Musik Spaß. Die Bässe werden wummern, um uns herum sind lauter Feierwütige, das würde uns guttun. Mal eine richtige Abwechslung aus deinem grauen Alltag.«

»Mein Alltag ist nicht grau.« Ich atme tief ein und überlege zu behaupten, dass ich arbeiten müsse. Aber ich will ja nicht so sein. »Und wir fahren mit dem Auto? Wo ist das, wie lange geht die Fahrt?«

»Sechs Stunden, wir nehmen uns dort ein Hotel für zwei Nächte.«

»WAS? Sechs Stunden mit deinem Bruder im Auto? Never! Wir fliegen.«

»Vom nächsten Flughafen aus sind es zweieinhalb Stunden Fahrt, das lohnt sich nicht.«

»Warum fahren die Männer nicht mit dem Zug? Und wir beide machen uns ein Wellnesswochenende mit Cocktailbar und Tanzen in einem seriösen Club?«

»Ach, Lara, komm schon. Bitte. Du hast es damals versprochen. Keine Ausflüchte.«

Ich seufze tief. »Gut, keine Ausflüchte. Kommen wir zu den wichtigen Fragen: Was ziehen wir an? Buchst du uns das Hotel? Ich will ein gutes, wenn ich auf so eine Kinderveranstaltung gehe. Quartiere deinen Bruder am besten in einem anderen ein. Ich will einen Tag früher hin, dann können wir noch gemeinsam etwas anderes unternehmen. Mal wieder so richtig shoppen vielleicht? Ich verlasse mich drauf, dass wir als Freundinnen eine schöne Zeit haben, du mit deinem Bruder *abhängen* kannst, und zwischendurch besuchen wir dieses Konzert.«

»Yeah«, höre ich sie jubeln. »Jetzt freue ich mich. Ich bin sicher, wir werden viel Spaß haben. Auch auf dem Konzert. Wir alte Omas zwischen den ganzen Jungspunden, das wird witzig! Ich schicke dir die Hoteldaten. Tschüss!«

Aufgelegt.

Keine Sekunde später folgt ein Link zur Veranstaltungsseite. Das oben im Banner ist dann vermutlich dieser Gangster-Rapper. Man sieht nur sein Gesicht, beziehungsweise einen Ausschnitt davon, da das Bild an Stirn und Nase abgeschnitten und ein Großteil des restlichen Gesichts mit einer Maske bedeckt ist. Hübsche Augen der Mann. Tiefblau. Daneben steht sein Name:

Bull $hyd

Ob der weiß, dass sich das am Stück gelesen wie Bullshit anhört?

Egal. Ich packe mein Smartphone weg, das werde ich Francis nachher erzählen. Höchstwahrscheinlich wird er sich sehr darüber amüsieren, dass wir dorthin gehen. Mit Recht!

Obwohl ich mich für dieses Konzert null interessiere, freue ich mich. Ginas Enthusiasmus ist ansteckend und wir waren schon lange nicht mehr gemeinsam richtig weg. Ihren Bruder ertragen wir auf der Fahrt und dann werden wir Spaß haben.

Aber zuerst werde ich mit Francis *Spaß* haben.

Ich folge der Spur aus Kleidung, die er hinterlassen hat, und hoffe, ich finde dort kein Hexenhaus, sondern jemand, der eine gewisse Ähnlichkeit mit einem bösen Wolf hat.

Du bist zu gut, um wahr zu sein.

Lara

Francis ist über Nacht geblieben und mit mir aufgestanden. Er muss selbst geschäftlich verreisen, deshalb ist es nicht ganz so schlimm, wenn ich ein paar Tage weg bin für das Konzert. Ich könnte ihn sowieso nicht sehen.

Er wollte so lange bleiben, bis Gina mich abholt. Ich mag das, dass er jede Sekunde auskosten will. Vorhin hatte ich auch schon gesehen, dass er mir heimlich etwas in die Handtasche gepackt hat, als ich mein Bett machte. Von oben hat man ja einen super Überblick.

Ich schlurfe recht verschlafen mit meinem kleinen Reisekoffer die Treppe hinunter, bereits reisefertig angezogen. Selbst schuld, dass ich so früh aufstehen musste. Ich bestand darauf, dass wir zeitig losfahren, damit wir nach der Ankunft noch etwas vom Tag haben. Am nachfolgenden Tag werden Gina und ich shoppen gehen, der nächste ist dann für Wellness reserviert und abends das Konzert.

Francis wartet in der Küche auf mich und drückt mir einen Tee in die Hand. Er lehnt mit der Hüfte am Tresen und trinkt ein Glas Wasser. Sein Sakko befindet sich auf der Arbeitsplatte, das Hemd ist akkurat zugeknöpft und die Ärmel mit edlen Manschettenknöpfen geschlossen. Die Krawatte liegt perfekt um seinen Hals, und er sieht aus wie jemand, der gleich an einem Businessmeeting teilnimmt.

Ich kann mir genau vorstellen, wie er am Kopfende eines großen Tisches in einem Besprechungsraum sitzt und durch seine Brille konzentriert Unterlagen prüft, die ihm gereicht werden, und herrisch mit tiefer Stimme alle herumscheucht.

Dabei geht er auf Geschäftsreise und wird im Flugzeug sitzen. Meiner Meinung nach könnte er es sich für einen Flug bequemer machen. Wenn er bei mir ist, ich bei ihm oder wir etwas zusammen unternehmen, ist er lässiger gekleidet. Aber sobald er irgendwo allein hingeht, scheint er immer Anzug zu tragen, als wären das und sein arrogantes Gehabe eine Maske, die er anlegt, um niemandem zu zeigen, wie er wirklich ist. Bei mir ist er Francis, sonst der Hunt, den ich kennenlernte.

Überhaupt vereint er so viele Gegensätze. Einerseits zitiert er gelegentlich aus alten Klassikern, beim nächsten Atemzug gibt er höchst merkwürdig ordinäres Zeug von sich, um im darauffolgenden Moment nahezu kitschig zu sein, und flucht dann anschließend wie aus der Gosse.

Ein Blick auf die Uhr verrät mir, dass Gina und die zwei anderen in zehn Minuten auftauchen müssten.

Beim Thema Gina fällt mir ein, was sie von sich gab, und ich frage, bevor ich es wieder vergesse: »Francis, erinnerst du dich noch, als Gina uns hier überfallen hatte, als sie nicht wusste, dass du hier bist?«

»Klar«, antwortet er und zieht mich an meiner Hüfte zwischen seine Beine, während er sich an den Tresen lehnt. »Warum?«

»Hattest du Gina damals zugezwinkert? Sie behauptet, du würdest auf sie stehen.«

»Was?«, fragt er und ein Lachen bricht aus ihm heraus. »Das hat sie gesagt? Ganz schön eingebildet.« Dann runzelt er seine Stirn und seine Brauen ziehen sich deshalb zusammen. »Moment. Das hat sie zu dir gesagt? Als deine Freundin? Sie behauptete, ich würde auf sie stehen?«

»Ja. Stimmt das denn? Sie ist schon sehr hübsch. Hast du ihr zugezwinkert?«

»Ja, tatsächlich.«

Oh. Mit so einer schonungslosen Ehrlichkeit hatte ich nicht gerechnet. Das schockt mich sogar kurz so sehr, dass es einen Augenblick dauert, bis ich wütend werde.

Er legt abwartend seinen Kopf schräg und packt dann meinen Nacken. Sein Daumen kreist an meinem Hals, und ich bekomme kaum Luft, weil das eine so hässliche Vorstellung ist, dass er auf meine Freundin steht und das auch noch zugibt. Wird es mit ihm sein wie schon mit anderen? Ist er in ein paar Wochen mit ihr zusammen? Den Gedanken ertrage ich nicht.

Zornig setze ich zu einer Erwiderung an, doch er kommt mir

zuvor. »Was ist denn mit dir los? Glaubst du das etwa? Denkst du, ich wäre mit dir zusammen, wenn ich an ihr interessiert wäre? Ich gebe mich nicht mit zweiter Wahl zufrieden. Du bist mit Abstand meine erste Wahl, und sie steht nicht mal in der Liste, weil da im Moment sonst niemand darauf steht. Ich hatte höflich zurückgezwinkert, da sie deine Freundin ist. Sie geht mir am Arsch vorbei. Ich glaube, ich mag sie nicht einmal. Nein, falsch. Ganz sicher mag ich sie nicht, wenn sie so etwas zu dir sagt.«

»Also hat sie sich geirrt?«, frage ich leise, und Erleichterung lässt die Wut aus mir entweichen wie bei einem Luftballon, dessen Verknotung man unten löst.

»Wenn du das so nennen willst: Ja, sie hat sich geirrt.«

Es klingelt, und Francis entlässt mich aus seinem Griff, damit ich Gina Bescheid geben kann, dass ich rauskomme.

An der Gegensprechanlage sagt sie: »Lass mich rein! Ich muss pinkeln«, und tänzelt vor der Kamera in einer Bewegung, als würde sie sich gleich in die Hose machen, was mich zum Lachen bringt.

Ich fühle mich gut. Francis' Worte haben mich tatsächlich beruhigt und ich glaube ihm tief aus dem Bauch heraus und da es auch noch logisch klingt. Gina wird sich irren. Sie ist sicher nicht unfehlbar.

Eigentlich war mir gerade nach ein wenig Francis-kaputt-Knutschen, was nicht ganz weg ist, aber nun freue ich mich, mit Gina unterwegs zu sein. Vor allem, wenn Francis sowieso nicht in der Stadt ist, und mit dem Gedanken im Gepäck, dass mein Kerl nicht auf meine Freundin steht, ist die Laune tausendmal besser.

Nach dem Betätigen des Türöffners öffne ich meine Wohnungstür und warte auf sie. Sie umarmt mich flüchtig und stürmt dann an mir vorbei.

Sie stockt kurz, als sie Francis wahrnimmt, verschwindet aber zügig in meiner Gästetoilette.

Ich bewege mich rüber zu ihm und lege meine Arme um seinen starken Körper. »Ich werde dich vermissen.«

»Ich dich auch«, brummt er und fährt mit seinen Lippen

meinen Haaransatz entlang, ehe er mich küsst. Seine Hände wandern an meinen Hintern, und er drückt mich eng an sich, so als wollte er mich in sich pressen.

Seine Wange streift über meine, und irgendwann werde ich einfach sterben, weil ich es manchmal kaum aushalte, wie gut ich mich mit ihm fühle.

»Fertig und bereit«, ertönt es hinter uns, und wir lösen uns voneinander, wobei er seinen rechten Arm um meine Hüfte schlingt.

»Hallo, Francis«, begrüßt Gina ihn und streckt ihm die Hand hin.

Er ignoriert ihre Hand, lässt seine an meinem Hüftknochen liegen, nickt ihr flüchtig zu und sagt: »Hallo, Gina.«

»Schön, dich wiederzusehen. Lara versteckt dich ja ein bisschen vor mir.«

»Ich bin ein vielbeschäftigter Mann und meine freie Zeit verbringe ich nun einmal gerne mit meiner Freundin alleine«, stellt er klar und sein abweisender Tonfall lässt mich hoch in sein Gesicht sehen. Für einen kurzen Moment ziehen sich seine Brauen missgelaunt zusammen, ehe er wieder sein Resting-Bitch-Face mit der ausdruckslosen, arroganten Miene aufsetzt.

»Ja, das ist am Anfang immer so, das kenne ich«, erklärt sie lachend. »Ich hätte ja nicht gedacht, dass Lara es schafft, einen Mann so zu fesseln. Aber du wirst sie noch zur Genüge mit all ihren Macken kennenlernen. Falls du Hilfe mit ihr brauchst, kannst du mich jederzeit anrufen. Soll ich dir meine Nummer geben?«

»Nein«, erwidert er knapp und wendet sich an mich: »Ihr wolltet los, nicht?« Für einen Augenblick meine ich, einen gereizten Gesichtsausdruck wahrzunehmen, der so schnell wieder verschwindet, dass ich nicht weiß, ob ich richtig gesehen habe.

»Ja, Nicki und Jonny warten im Auto«, antwortet Gina für mich.

»Nicki und Jonny?«, fragt Francis amüsiert. »Habt ihr Kinder dabei?«

»Nikolas und John heißen sie eigentlich«, erkläre ich. »Aber

Kinder trifft es irgendwie. Wer hört denn bitte Gangsterrap?«

Er schmunzelt und ärgert mich: »Du und deine Freundin, nicht?«

»Ja, ausnahmsweise«, seufze ich.

Er zieht mich noch einmal an seine Brust und lacht leise. Trotzdem spüre ich die Vibration davon an meinem Körper, lege meinen Kopf an seine Schulter und schließe kurz meine Augen, um den Moment abzuspeichern, da es für zehn Tage keine mehr geben wird.

»Hu, Lara, du bist ja ganz schön klebrig«, sagt Gina lachend und reißt mich damit aus meiner kleinen Blase, in der es nur ihn und mich gibt.

Ich will mich von ihm lösen, doch er hält mich fest und flüstert mir ins Ohr mit dieser heiseren, rauen Stimme, die alles in mir zum Klingen bringt: »Ich liebe deine Macken. Ich liebe es, wenn du klebrig bist. Vor allem bei und von mir. *Libido ist beweglich, sie geht mit Leichtigkeit von einem Objekt auf das andere über.* Das war nicht ganz korrekt zitiert, aber so ungefähr hat Freud das von sich gegeben. Das war die geschönte Fassung dafür, dass ich den Gedanken, dass du an mir klebst, wundervoll finde und den, dass du von mir klebst, der macht mich geil. Wenn ich dich jetzt küsse, schwappt diese Libido auf dich über und du wirst mit nassem Höschen im Auto sitzen müssen. Diese Vorstellung wird mich den ganzen Flug begleiten und mich in meinem Hotelzimmer höchstwahrscheinlich ziemlich gut in meine Faust kommen lassen.«

Ich schmunzle über seine ordinäre Albernheit, wobei das gleichzeitig einen kleinen Höhenflug in mir verursacht, dass ihn das, was Gina als Nachteile an mir wahrnimmt, gar nicht zu stören scheint.

Er lässt mich los, stupst mich ans Kinn, und ich hebe meinen Kopf und blicke hoch in sein Gesicht. Seine dunklen Augen mustern mich eindringlich, er grinst und küsst mich mit einer Intensität von tausend Sonnen, als müsste er seine Worte beweisen.

»So, jetzt könnt ihr los«, sagt er dann und zwinkert mir zu.

Seine Brille ist ein wenig verrutscht bei seiner Kussattacke, und ich schiebe sie in die richtige Position zurück, was mit einem kleinen Lächeln von ihm belohnt wird.

Er schnappt sich meinen Koffer, nickt Gina zu und marschiert Richtung Ausgangstür. Auf dem Weg greift er mein aktuelles Buch vom Couchtisch und legt es zu meiner Handtasche auf der Kommode neben der Tür, ehe er ganz nach draußen verschwindet. Das hätte ich fast vergessen.

»Wohaaa«, staunt Gina. »Der scheint ja echt eine Nummer zu sein. Wie hast du ihn so gemacht? Hast du dir etwa den Blowjobartikel, den ich dir schickte, durchgelesen und angewendet?«

Ich schüttle den Kopf und werfe einen Blick durch die Wohnung, ob ich nicht noch etwas liegen ließ. »Ich habe nichts gemacht. Er ist so. Er ist durch und durch toll. Nicht nur im Bett.«

»Merke ich mir. Wenn das mit euch vorbei ist, kann ich das überprüfen.«

»Gina!«, schimpfe ich. »Ich will nicht, dass du sagst, es könnte vorbei sein. Ich will den behalten. Meiner. Okay?«

Sie verzieht gekränkt ihr Gesicht und murmelt: »Schon gut. Sei doch nicht so zickig. Ist nur ein bisschen Spaß unter Mädels.«

»Nein. Das ist kein Spaß für mich. Ich habe ihn echt gerne und will nicht, dass du so tust, als wäre er nur irgendein Fuckboy.«

»Jaja. Du scheinst dich tatsächlich in den Erstbesten verliebt zu haben, der dir Aufmerksamkeit schenkt. Tut mir leid. Ich hoffe für dich, dass er die dicke rosarote Brille nicht so schnell absetzt.«

»Und das meinst du wie?«, hake ich nach und schnappe mir Handtasche und Buch, damit wir gehen können. Sie scheint wirklich etwas beleidigt zu sein, nur weil ich klarstelle, dass er mir wichtig ist. Ich bin nicht sie, die ständig jemand Neues braucht.

Sie folgt mir nach draußen und lässt mich auf dem Flur wissen: »Ich meinte das, wie ich es sagte. Ich freue mich doch für dich, wenn das klappt.«

Ich atme erleichtert aus. Sieht aus, als wäre das nur ein kleiner Anfall von Beleidigtsein gewesen zu sein.

Vor der Tür wartet Francis auf uns, der anscheinend telefonierte, denn er nimmt das Smartphone gerade vom Ohr und verstaut es in der Hosentasche. Als er uns bemerkt, packt er wieder meinen Koffer, legt seinen Arm über meine Schulter und begleitet uns zu Ginas Auto. Dort wirft er mein Gepäck in den Kofferraum, küsst mich flüchtig auf Mund, Wange und Stirn und sagt: »Pass auf dich auf«, ehe er zu seinem eigenen Wagen schlendert.

Ich trete zwischen die parkenden Autos und will auf der Beifahrerseite einsteigen, doch da sitzt schon Nikolas.

»Gina«, beschwere ich mich. »Kann ich nicht bei dir sitzen?«

»Sorry, er will während der Fahrt den DJ spielen.«

»Auch noch«, stöhne ich und lasse mich auf dem Platz hinter dem Beifahrersitz nieder. Kurz nicke ich Jonny zu, der gerade auf sein Smartphone starrt, und seufze. Das wird ja eine tolle Fahrt. Ich dachte, Gina und ich sitzen zusammen vorn, quatschen, singen im Radio mit und lästern über andere Autofahrer.

Die Fahrertür schlägt zu, und Gina zieht den Gurt über sich, ehe sie den Wagen startet und aus der Parklücke rollt. Dazu legt sie den Arm oben auf dem Beifahrersitz ab und blickt nach hinten aus der Rückscheibe. Kurz bevor sie den Vorwärtsgang einlegt, sieht sie mich an, zwinkert mir zu und sagt: »Wird trotzdem lustig, wirst du schon sehen. Sind ja nur sechs Stunden.«

»Glaub mir, ich habe auch keinen Bock, sechs Stunden mit euch in einem Auto zu sitzen«, verkündet Nikolas. »Aber um den Meister zu sehen, nimmt man einiges in Kauf.«

»Jetzt sei doch einmal nett, wenn deine Schwester sich so Mühe gibt.«

»Das gilt auch für dich, Lara«, lässt mich Gina wissen und wirft mir einen Blick über den Rückspiegel zu. Jaja, ich weiß. Der heilige Bruder. Vielleicht war es eine dumme Idee, mitzukommen.

Um mich abzulenken, öffne ich meine Handtasche, um zu prüfen, was Francis mir da rein hat. Sicher ein bisschen Süßkram, so wie immer.

Zuerst entdecke ich eine Dose kalten Energydrink und darunter einen Umschlag. Ich reiße ihn auf und finde darin Ohropax, einen Schlüsselanhänger und einen Brief. An dem Schlüsselanhänger ist einer der kleinen Handsender für das Tor zu seinem Haus.

Oh. Krass. Wow.

Auf dem silbernen Schlüsselanhänger steht auf einer Seite eingraviert: *Meins* Auf der anderen: *Jederzeit*

Kurz bringt mich das zum Schmunzeln, dann entfalte ich den Brief und lese die wenigen Zeilen:

Liebes,

Meins *und* *Jederzeit* *sind wortwörtlich gemeint in jeder Art, wie man es interpretieren könnte. Komm jederzeit in mein Haus, ob ich da bin oder nicht. Deine Zugangs-PIN ist das Datum, an dem ich dir (m)ein Herz schenkte.*

Ich freue mich auf dich.

Francis

PS: Ohropax für Notfälle, falls es auf dem Konzert zu schlimm wird.

PPS: Wenn wir bedenken, dass wir alle verrückt sind, ist das Leben erklärt. (Mark Twain) Also viel Spaß bei eurem verrückten Ausflug.

Der Tag, an dem er mir ein Herz schenkte. Damit ist dann wohl unsere Verabredung auf dem Jahrmarkt gemeint.

Ich spüre, wie meine Wangen warm werden, weil ich so voll bin mit Glücksgefühlen. Der ist so unglaublich perfekt.

Ich muss das unbedingt gleich loswerden, beuge mich nach vorn und wedle mit dem Schlüsselanhänger vor Ginas Gesicht rum.

»Gina! Guck mal, was Francis mir in die Handtasche getan hat!«

Sie nimmt ihn mir ab und wirft abwechselnd einen Blick auf

die zwei Seiten des Schlüsselanhängers und auf die Straße, ehe sie ihn mir wieder nach hinten reicht.

»Cool! Aber ganz schön besitzergreifend irgendwie, oder nicht? *Meins? Jederzeit?* Sicher, dass du so einen Mann willst?«

»Ach, sei still und vermiese mir das nicht. Ich mag das. Er ist ja auch meiner. Mich stört das nicht, dass er aufmerksam ist, so wie dich das immer nervt. Er klammert ja nicht.«

Ihre Augen finden meine über den Rückspiegel und sie sagt eindringlich: »Ich mache mir bloß ein wenig Sorgen um dich. Außerdem mag ich aufmerksame Männer. Nur keine zu anhänglichen. Soll ich mich bei Gelegenheit mit ihm alleine treffen, wenn wir zurück sind? Damit ich für dich rausfinden kann, ob er irgendwie krankhafte Züge hat? Später ist er so ein abnorm Eifersüchtiger.«

»Nein, nicht nötig. Ich glaube nicht, dass er krankhaft eifersüchtig ist. Sonst hätte er sicher etwas dagegen gehabt, dass ich mit zwei Männern unterwegs bin.«

»Ja, zu eifersüchtig ist nichts. Aber sollte er nicht wenigstens ein bisschen eifersüchtig sein? Wenn einem jemand wichtig ist, dann ist man automatisch ein wenig eifersüchtig.«

»Er nicht. Sein Selbstbewusstsein ist so groß wie der Mount Everest.«

»Also ist er sich deiner total sicher? Vielleicht solltest du ihn ein bisschen eifersüchtig machen, damit er das Gefühl hat, dass er um dich kämpfen muss.«

»Nein. Das ist nicht meine Art«, erwidere ich. Ich spiele doch keine Spielchen.

»Oder er ist so selbstbewusst, weil er an jedem Finger eine hat. Er sieht gut aus. Soll ich das austesten? Du weißt, dass ich das draufhabe mit Männer-um-den-Finger-Wickeln. Dann hättest du Klarheit.«

»Euer Tussi-Gelaber geht mir auf den Geist«, mischt Nikolas sich ein und dreht die Musik bis zum Anschlag auf. Es dröhnt irgendwelche Scheiße aus den Boxen, aber irgendwie ist mir das recht. Ganz sicher will ich nicht Gina auf Francis loslassen, um ihn zu *testen*. Das ist niveaulos.

Nach einem Song stellt Nikolas wieder leise und verkündet:

»Das war übrigens der Meister.«

»Bull, nicht?«, hakt Gina nach.

»Jepp«, bestätigt Jonny und sieht von seinem Smartphone auf. »So heißt er.«

»Ich bin gespannt. Freut ihr euch darauf, ihn live zu sehen?«, fragt sie und schaut rüber zu Nikolas.

»Sonst würden wir hier nicht mit dir in einem Auto sitzen«, lässt er sie abfällig wissen.

Begeistert teilt Jonny uns mit: »Wir haben nebenbei bemerkt VIP-Tickets, Ladys. Das bedeutet, wir dürfen nach dem Auftritt hinter die Bühne zu ihm in die Garderobe und ihn persönlich treffen.«

»Da gehen Gina und ich nicht mit«, bestimme ich.

»Natürlich«, protestiert Nikolas. »Die Karte kostet je 2.500 Scheine. Ihr müsst mit. Das ist was Besonderes. Es gibt je Konzert nur 10 Stück davon und die sind immer sofort ausverkauft. Es ist eine Ehre, Bull höchstpersönlich kennenzulernen! Seid froh, dass ihr überhaupt mitdürft. Dann könnt ihr mal sehen, was ein echter Mann ist.«

Er redet sich fast in Rage und Gina flüstert zu mir nach hinten: »Komm, wir gehen einfach mit, vielleicht ist es ja eine tolle Geschichte für unsere zukünftigen Enkelkinder.« Ihr Blick trifft mich erneut über den Rückspiegel und sie fleht mich mit den Augen an.

Ich nicke ergeben. Das wird wohl nicht so schlimm sein, da wir sowieso auf dem Konzert sind. Allerdings verstehe ich nicht, warum er die Karten nicht weiterverkauft, wenn sie so superteuer sind. Ist ja nicht so, als würden Gina und ich uns darum reißen. Das Geld dafür gibt es auf jeden Fall nicht von mir. Ich bin doch nicht bekloppt.

Da mir bewusst ist, wie wichtig ihr ihr Bruder ist, und obwohl ich schon wieder leicht pissig bin, wie er mit ihr redet, frage ich ihn höflich: »Warum trägt er eine so dämliche Maske?«

»Das weiß keiner. Hast du ihn nicht gegoogelt? Du bist doch sonst so ein Besserwisser.«

»So interessant finde ich ihn jetzt auch nicht.«

»Es wird spekuliert, dass er der Sohn eines berühmten

Politikers oder Mafiosos sein könnte oder er darunter eine fiese Narbe hat, vielleicht von einer Messerverletzung«, klärt er mich auf. »Wer weiß, was er schon alles erlebt hat. Das macht ihn umso bewundernswerter, dass er sich davon nicht aufhalten lässt. Ein Mann, der allen Widrigkeiten trotzt.«

Er dreht die Musik wieder auf und die beiden Männer fangen an mitzusingen.

Das wird eine lange, lange Fahrt. Zum Glück hat Francis an mein Buch gedacht. Aber zuerst schreibe ich ihm, dass ich mich sehr über sein Geschenk freue und er gefälligst seine Finger von sich lassen soll und alles für mich aufheben, da ich sowieso nie genug von ihm bekomme. Mit einem Zwinker-Emoji dahinter. Es folgen ein Kuss-Emoji auf das Erste und ein Zwinker-, sowie Tränenlachemoji zu dem Zweiten. Ich schicke ein rotes wütendes zurück mit der Behauptung, dass sein Schwanz mir gehört. Darauf schickt er sehr viele tränenlachende Emojis und ein *Ja*.

Ich schüttle grinsend meinen Kopf, weil ich immer weniger verstehe, dass Frauen ihn in irgendeine Form pressen wollten. Er ist durch und durch toll, so wie er ist. Selbst wenn ich einen Wunsch frei hätte, wüsste ich nicht, was ich an ihm ändern sollte.

Alles, was ich an ihm entdecke, gefällt mir. Er zeigt mir doch alles von sich. Oder etwa nicht?

Du magst mich sehr.

Lara

Gina und ich tanzen in der vordersten Reihe, die für VIP-Karteninhaber reserviert ist. Ein kleiner Bereich, direkt vor der Bühne, mit Freigetränken und bestem Blick nach vorn.

Es gibt sogar ein Sofa, falls man sich setzen möchte. Perfekt für alte Damen wie Gina und mich. Wobei wir das völlig falsch eingeschätzt hatten. Wir waren der Meinung, diese Gangsterrapmusik wird nur von Jugendlichen gehört. Und von ihrem Bruder natürlich. Aber wir sind bei Weitem nicht die Ältesten. Hier tummeln sich alle Altersgruppen und auch viele Frauen. Ich war mir sicher, diese Musik ist eher was für Männer.

Ich habe sogar echt gute Laune. Gina und ich hatten schöne Tage und bekamen Nikolas und Jonny kaum zu Gesicht. Außerdem hat sie mich nicht mit Francis genervt, außer dass sie mich unbedingt dazu bringen wollte, mit einem Kerl rumzumachen, den wir – oder besser sie – beim Shoppen kennenlernten. Sie war der Meinung, dass ich nach so langer Zeit Abstinenz einen Vergleich zu Francis bräuchte.

Ganz sicher brauche ich keinen Vergleich zu Francis. Er ist mit niemandem zu vergleichen und das ist gut so. Ich war kurz davor, offenzulegen, dass ich früher mit meinem Angestellten Pascal vögelte, damit sie weiß, dass ich nicht jahrelang enthaltsam lebte. Aber im letzten Moment wurde mir klar, dass ich da immer noch nicht mit ihr drüber reden möchte.

Die Bühnenshow des Typen ist gut, die Beats sind einladend zum Tanzen, aber … Ich beuge mich an Ginas Ohr vor und spreche betont deutlich, damit sie mich gegen die Musik verstehen kann: »Wenn ich noch einmal *Fotze*, *Knarre*, *ficken* oder *Hurensohn* höre, dann kotze ich auf den Fußboden.«

Sie nickt, lacht und tanzt weiter. Wer hört denn so was ernsthaft? Die Texte klingen wie aus einem schlechten

Gangsterfilm oder räudigem Porno. Aber ich weiß, wem das gefällt: Nikolas und sein Freund Jonny singen lautstark alles mit und an Stellen, die ihnen am besten gefallen, klatschen sie sich ab.

Ich rolle mit den Augen darüber, und dann mache ich das, wofür ich hier bin: Spaß mit meiner Freundin haben. Wir tanzen und singen einschlägige Textstellen mit und belustigen uns dabei. Mein Wortschatz wurde heute definitiv um einige Schimpfwörter bereichert. Und mein Wissen, auf welche Arten man Leute abknallt, auch. Deswegen bin ich froh, als der Typ unter Begeisterungsjubel die Bühne verlässt.

Sofort stehen Nikolas und Jonny am Absperrband, damit wir hinter die Bühne dürfen. Zusammen mit den sechs anderen, die außer uns noch VIP-Tickets bekommen haben. Aber wir müssen erst einmal warten.

Klar, der Typ muss sicher auf Toilette nach der langen Show und was trinken. Als der Securitymitarbeiter das Absperrband öffnet, klatschen Nicki und Jonny aufgeregt in ihre Hände. Gina und ich schlendern hinter den anderen eher gelangweilt her. Ich sehe an ihrem Gesicht, dass sie jetzt auch lieber gehen würde, im Hotel noch einen Absacker zu uns nehmen und über die Leute lästern.

Dieser Bull steht lässig an die Wand gelehnt da und wartet auf uns. Ich glaube, er hat sich obenrum umgezogen. Zumindest würde man denken, dass er bei seinem Gehopse tüchtig schwitzt, aber er sieht recht frisch aus.

Seine goldenen Ketten um den Hals sind so klischeehaft, dass, als mein Blick daran hängen bleibt und obwohl ich sie vorhin schon gesehen hatte, meine Augenbrauen nach oben wandern. Er trägt strahlend weiße Sneakers, eine mit Absicht beschädigte Jeans, kombiniert mit einem lässigen Baseballshirt, das ihm zu groß ist, ein Cap, seitlich mit gebundenem Tuch darunter und immer noch diese dämliche Maske.

Keine Ahnung, was die aussagen soll. Eine Mischung aus Phantom der Oper und Hannibal Lecter vielleicht. Über den Mund, ein Teil der Nase und auf einer Seite hoch bis zur Schläfe.

In einem matten Goldton, der wahrscheinlich wirken soll, als wäre sie aus Echtgold. Das muss doch stören, wenn man so auf der Bühne rumhampelt und singt – oh, rappt natürlich, so ein Gangster singt ja nicht. Ist das lächerlich. Vermutlich ein Marketinggag. Eigentlich interessiert mich das nicht. Doch ich würde gerne wissen, wie man auf die wahnwitzige Idee kommt, sich im Gesicht tätowieren zu lassen. An der freien Schläfe beginnend nach unten befindet sich ein einfaches Tribal. Boah, wie hässlich und absolut entstellend.

Er wirkt höchst gelangweilt, wie er seinen Blick über uns schweifen lässt. Anschließend zeigt er auf einen der Securitys, hebt zwei Finger und tippt auf seine protzige goldene Uhr, ehe er verschwindet und wir erneut warten müssen.

Was war denn das? Ist ihm etwas Wichtiges eingefallen oder warum lässt der uns einfach stehen?

Ziemlich genau zwei Minuten später werden wir dann in den Raum gescheucht und er sitzt auf einem Sofa, die Beine obszön weit auseinander – Manspreading vom Feinsten –, die Arme auf der Lehne abgelegt wie König Angeber von Welt und begrüßt uns: »Willkommen in meiner Garderobe.« Dann wirft er einen Blick auf Gina und mich und fügt an: »Und wir haben ein paar nette Chicks dabei. Nice. Wie heißt ihr?«

Ich bin zu überrascht, um zu antworten. Seine Stimme klingt so in Natur überraschend gut. Rau und tief und ihr Klang findet irgendwo in mir Anklang. Schlimm, was für ein Stimmenmensch ich bin. Vermutlich würde ich mir sogar freiwillig etwas von ihm anhören, wenn er vernünftige Texte hätte.

Gina antwortet für uns: »Sie ist Lara und ich bin Gina.«

»So. Lara und Gina also, wie in einem Porno. Erstklassig. Ihr Bitches könnt euch auf meinen Schoß setzen oder dorthin«, lässt er uns wissen und zeigt, ohne seinen Arm zu heben, mit seinem Zeigefinger auf den Zweisitzer, der am weitesten von ihm entfernt ist. Dabei fällt mir auf, dass er Lederhandschuhe mit abgeschnittenen Fingern trägt. Die hatte er eben noch nicht an. Da bin ich mir sicher. Komischer Typ. Vielleicht gibt er nicht gerne Leuten die Hand und will sich so vor Keimen schützen. Ach, was interessiert mich das.

»Männers, ihr verteilt euch auf dem Rest.« Er winkt einem Typen im Hintergrund zu und sagt: »Durst. Wasser. Frag, was die anderen wollen.«

»Wasser?«, hakt er nach.

»Wasser, ja. Das Zeug, in dem Fische ficken. Gib schon her oder muss ich mir das selbst holen?«

Einer der VIP-Gäste fragt: »Du trinkst Wasser nach einem Auftritt? Weil du heiser bist? Deine Stimme klingt belegt. Ist das vom Auftritt?«

Dieser Bull mustert ihn einen Augenblick und antwortet: »Ja. Ja, ich bin ein bisschen heiser und ja, die bezahlen mich dafür, dass ich Wasser trinke. Ich halte das Etikett in eure Richtung und dann überschütten sie mich mit Geld, weil sie denken, ihr macht mir alles nach. Aber das tut ihr nicht, oder? Ihr seid standfeste Hurensöhne, die ihren eigenen Weg gehen.«

Alle nicken brav und ich stöhne auf. Was für ein dummes Gerede. Das war wohl etwas zu laut, denn er sieht in meine Richtung. Wir sitzen zwar am weitesten von ihm weg, aber ich erkenne trotzdem deutlich, wie blau seine Augen sind. Aus irgendeinem Grund stockt mein Atem und ein Kribbeln breitet sich in mir aus. Ich kann auf einmal nicht mehr aufhören, ihn anzustarren. Er starrt zurück, und kurz fühlt es sich an, als wären wir allein hier.

Was ist denn jetzt los?

Er wendet seinen Blick ab, da ihm sein Mitarbeiter das Wasser mit einem Strohhalm reicht. Ich schüttle meinen Kopf. Das muss ich mir eingebildet haben. Er ist durch und durch ein ekelhafter Typ, da gibt es nichts zu kribbeln.

Der Typ aus dem Hintergrund verteilt Getränke an uns und ich lasse mir ebenfalls ein Wasser reichen. Es ist schön kühl, und ich streiche mir damit über die Innenseite meiner Handgelenke, da ich vom Tanzen ein wenig erhitzt bin.

Dieser Bull erzählt irgendetwas, was ich nicht richtig wahrnehme, da ich ihn noch einmal gründlich mustere. Er kommt mir bekannt vor. Er muss groß sein, das sieht man auch, wenn er sitzt. Breite Schultern hat er. Von seiner Figur kann man nicht so viel sehen, da seine Kleidung recht weit ist, aber er wirkt v-förmig.

Das Tattoo über seine Schläfe ist eine absolute Verunstaltung. Ich kann es gar nicht fassen, dass jemand so etwas Dämliches tut. Ich kenne weder Gangster-Rapper noch Menschen, die sich im Gesicht tätowieren, aber warum kommt er mir so bekannt vor? Er muss jemandem ähnlich sehen.

Da es eigentlich egal ist, ziehe ich, wie Gina neben mir, auch mein Smartphone und checke E-Mails.

Das Gespräch, das ich nebenher mitbekomme, ist langweilig. Erst erzählt er ein wenig, wie supertoll er ist, und als die anderen VIPs auftauen, lässt er sie reden. Hätte ich nur ein Buch eingepackt!

Jeder davon teilt mit, wie toll er sich selbst findet und was er vorhat und wie Bull sie inspiriert hätte. Was für Idioten. Treffen ihren Superstar und reden nur von sich, statt ihn erzählen zu lassen.

Doch das ist nicht mein Problem. Nikolas dreht ihm einen USB-Stick an, auf dem Musik von ihm ist, damit er sie sich später mal anhören kann. Wusste gar nicht, dass Nikolas auch Musik macht. Aber so ein Mist passt zu ihm. Wahrscheinlich singt er ähnliche frauenverachtende und gewaltverherrlichende Texte.

Dann lässt er uns wissen, dass es Zeit wäre für ein paar Fotos, und die acht anderen machen Selfies mit ihm und sind ganz aus dem Häuschen, ihrem Idol so nahe zu sein.

»Und ihr wollt nicht?«, fragt uns einer der anderen VIPs.

Nikolas mischt sich ein und sagt leise zu ihm: »Lass doch die Fotzen.«

Ich höre das und mir wird sofort heiß vor Wut. Er nennt uns Fotzen, da ein Wichtigtuer Frauen so bezeichnet. Und Gina zieht das runter, weil ihr Bruder sie wie Scheiße behandelt. Mir ist er nicht wichtig, ich brauche ihn nicht in meinem Leben, aber Gina hat das nicht verdient, sie ist eine gute Schwester.

Wie oft hat sie ihm schon auf irgendeine Art den Rücken freigehalten? Wie oft sein Verhalten verziehen, weil er ihr Bruder ist? Ich weiß nicht, was mich mehr stört: dass er so zu ihr ist oder dass sie sich das von ihm gefallen lässt.

Meine Hand verkrampft sich um die Flasche Wasser und das Plastik knackt unter dem Druck. Ich beiße fest die Zähne aufeinander, sonst werfe ich das Nikolas an den Kopf. Nur für Gina reiße ich mich zusammen und erkläre dem dämlichen Arschloch von miesesten Bruder der Welt nicht, was ich von ihm halte.

»Schau an, ich glaube, sie kocht gleich über«, vernehme ich die Stimme von Bull. »Ich vermute mal so ganz ins Blaue, sie mag es nicht, Fotze genannt zu werden. Wer ist sie? Deine Freundin?«

»Nein«, antwortet Nikolas. »Die Freundin meiner Schwester. Die daneben sitzt.«

»Man nennt seine Schwester aber auch nicht Fotze. Familie ist heilig, Mann. Du musst Respekt vor deiner Schwester haben. Für mich ist sie nur irgendein Stück, für dich dein Fleisch und Blut. Benimm dich ehrenhaft. Wenn ein Mann sie Fotze nennt, dann hau ihm gefälligst eine rein. Du gibst ihr nette Kosenamen. Kitty oder so.«

Nikolas starrt ihn ungläubig an und Bull sagt ihm ins Gesicht: »Deine Schwester ist eine schwanzlutschende Fotze. Eine dreckige Hure. Ich wette, ich könnte sie jetzt und hier vor euch allen ficken und sie würde mir danach noch mit einem Blowjob danken und alles sauber lecken. Aber ihre Pussy ist mir zu versifft.« Er pausiert kurz und sagt dann genervt: »Was muss ich denn noch sagen, damit du mir endlich eine reinhaust, um ihre Ehre zu verteidigen?«

»Ich soll dich schlagen?«, fragt Nikolas total verwirrt.

»Nun ja, ich forderte dich auf, jeden Mann, der deine Schwester beleidigt, wehzutun. Ich habe sie derb beleidigt. Also wäre das wohl die richtige Reaktion, Bruder.«

»Aber du bist Bull.«

»Völlig egal, wer ich bin. Gut, du solltest niemanden deswegen schlagen, doch ein verbaler Tiefschlag für den anderen muss drin sein. Aber lassen wir das. Schnapp dir Kitty und komm zu mir her, wir machen ein Familienbild.«

Gina zögert erst, aber Nikolas fragt tatsächlich ganz

liebenswert: »Machst du bitte mit? Ich hätte gerne ein Bild von uns zusammen. Wir sind doch Familie.«

Da kann sie natürlich nicht widerstehen. Während die drei Fotos machen, verteilt der Mann im Hintergrund Fan-Geschenktüten an uns, und Bull unterschreibt alles Mögliche, was er hingehalten bekommt.

Dann ist das VIP-Fantreffen endlich vorbei. Mir wäre das zu anstrengend, nach so einer Bühnenshow noch mit Menschen, die mich nicht interessieren, rumzusitzen und mich vollquatschen zu lassen, aber immerhin sind das 25.000 auf einmal für ihn, die er dadurch extra einnimmt.

Die Geschenktüte mit Shirt, Cap, einem Album, Postern und weiterem sinnlosem Fanstuff lasse ich stehen und folge den anderen nach draußen.

Ich gehe als Letzte an ihm vorbei, wobei er immer noch in seiner dümmlichen Machohaltung dasitzt und ein paar Finger bewegt, wie zu einem Winken, und sagt: »Tschö, Gina.«

»Lara, ich heiße Lara«, korrigiere ich ihn und bleibe stehen. Dann seufze ich und schiebe hinterher: »Ist ja auch egal. Das war ein Reflex, nennen Sie mich, wie Sie wollen.«

»Alles klar, Blondi, gutes Heimkommen. Waren sehr anregende Gespräche mit dir.«

Ich blicke ihm ins Gesicht, damit er auf jeden Fall meine hochgezogenen Augenbrauen wahrnehmen kann, wodurch mir auffällt, dass er irgendwie besorgt aussieht. Seine Stirn ist gerunzelt, als würde er angestrengt nachdenken.

»Was gucken Sie so sorgenvoll? Irgendwelchen Kummer? Sind Sie deswegen vorhin kurz verschwunden, als wir warten mussten? Hat jemand Ihre Mutter abgeknallt, nachdem er sie vergewaltigt hat? Gab es eine Massenschießerei auf Ihrem Grundstück und eins Ihrer Autos ist beschädigt?«, spotte ich. Mein Verstand kramt. Wem sieht er ähnlich? So aus der Nähe kann ich es fast erfassen. Wie ein Wort, dass einem im Gehirn steckt, aber nicht über die Zunge kommt.

Wir sehen uns an und mein Magen knotet sich zusammen. Dieser Typ hat überhaupt gar kein Charisma, trotzdem kribbeln meine Fingerspitzen, und ich würde ihm gerne diese dumme

Maske vom Gesicht reißen, um zu sehen, was da drunter ist. Ich lasse meinen Zeigefinger mithilfe des Daumens knacken. So ein dämlicher Gedanke.

Er sagt nichts, bewegt nur seine Finger, so als wollte er mich mit dieser kleinen Geste auffordern, dass ich gehen soll. Arrogantes Arschloch.

»Sie werden sich das nie anhören, oder?«, frage ich und zeige auf den Stick von Nikolas, der auf dem Tisch liegt.

»Das ist vollkommen korrekt, Blondi.«

»Warum nehmen Sie ihn dann?«

»Weil es ihn glücklich macht, wenn ich ihn nehme.«

Ich blinzle überrascht. Das ist eine Antwort, mit der ich nicht gerechnet hatte. »Ich halte Sie trotzdem für ein Arschloch.«

»Ja, das dachte ich mir schon. Rückerstattung des Eintrittspreises ist nicht möglich. Tut mir leid.«

»Tut es nicht.«

»Richtig. Klang aber total nett, oder? Wann verschwindest du endlich? Oder willst du vielleicht noch länger bleiben? In dem Fall mach die Tür zu, dann zeige ich dir, wie nett ich so sein kann.«

»Sicher nicht«, lasse ich ihn wissen und will zu den anderen nach draußen verschwinden. Zum Schließen der Tür drehe ich mich noch einmal um. Er ist aufgestanden und auf dem Weg zum Kühlschrank neben der Tür. Riesig ist er.

Jetzt weiß ich, an wen er mich erinnert! An Francis, klar, logisch! Groß, breit, tiefe Stimme.

Ich bin ehrlich erleichtert, als ich diese Tatsache bemerke. Das Kribbeln lag also nicht an ihm, sondern an der Ähnlichkeit zu Francis. Der wird sich kaputtlachen, wenn ich ihm erzähle, dass ein im Gesicht tätowierter Gangster-Rapper Gemeinsamkeiten mit ihm hat. Ist das witzig. Ich muss kichern, und bevor ich die Tür schließe, rufe ich ihm zu: »Hey, Bull, machst du mit mir noch ein Selfie?«

Langsam dreht er seinen Kopf in meine Richtung und seine blauen Augen mustern mich intensiv, bevor er gedehnt antwortet: »Du willst ein Selfie von uns? Warst du nicht gerade noch per Sie mit mir?«

»Ja. Wenn ich ehrlich bin, siehst du jemandem ähnlich, den ich kenne, und ich will ihm das zeigen.«

Er schlendert die wenigen Schritte zur Tür, sieht auf mich herab, sagt: »Selfie- und Fotozeit war vorhin, dein Pech, wenn du sie nicht genutzt hast«, und schlägt mir die Tür vor der Nase zu.

Auf dem Rückweg zum Hotel google ich diesen Typen und sehe mir Fotos an. Auf den meisten Bildern von ihm ist er geheimnisvoll im Halbdunkeln abgebildet, mal in Fabrikhallen, ein anderes Mal umgeben von teuren Angeberkarren, immer lässig eine Knarre in der Hand in arroganter Pose, als wäre er der König der Unterwelt.

Oder mit Frauen, meistens zwei, die links und rechts auf seinen Beinen sitzen und mit so wenig Stoff bedeckt sind, dass man nicht viel Fantasie braucht, wie sie nackt aussehen. Auf einem sitzt er auf einem gepolsterten thronähnlichen Sessel, das Kinn auf der Hand abgestützt, und sieht genau in die Kamera.

Es wirkt, als würde er direkt in einen hineinsehen. Das Bild muss in einem Schloss aufgenommen worden sein, hinter ihm ist eine gemusterte Tapete und man erkennt einen Teil eines vergoldenden Spiegels und einer barocken Kommode. Er muss sich für einen ganz tollen Typen halten mit seiner dämlichen Maske.

Ich finde tatsächlich keins ohne. Er scheint auf Auftritten eine schwarze oder metallfarbene zu tragen und bei Fotoshootings welche, die er vermutlich selbst für toll und kunstvoll hält. Diese haben dieselbe Form, sind aber in verschiedenen Stilen. Eine erinnert an venezianischen Karneval, eine andere im Steampunk-Style, ein breites Joker-Grinsen, Guy Fawkes, gefletschte Reißzähne und eine finde ich sogar irgendwie cool. Sie wirkt, als wäre sie aus unzähligen Spiegelsplittern zusammengesetzt.

Nikolas dreht sich zu mir um und fragt: »Was habt ihr noch gesprochen?«

»Was soll ich mit wem gesprochen haben?«, frage ich genervt

zurück und sehe von meinem Smartphone auf.

»Du und Bull. Du warst sicher noch zwei, drei Minuten alleine mit ihm. Hast du ihn angegraben?«

Ich runzle die Stirn. »Dein Ernst? Der Typ ist ein Vollidiot. Das habe ich ihm gesagt.«

Nikolas verengt die Augen. Es gefällt ihm nicht, dass ich so von seinem Idol spreche, aber trotzdem fragt er freundlich: »Und was hat er dazu gesagt?«

»Was wohl? Er hat mich beleidigt.«

Nun lacht er und nickt. »Ja, das passt zu ihm. Tut mir leid, dass er das getan hat. Aber vielleicht bist du ja auch selbst schuld, wenn du ihn provozierst.«

Ich muss das erst einmal sacken lassen. Hat er echt gerade gesagt, dass ihm das leidtut?

»Nikolas, warum bist du so freundlich?«

Er zuckt mit den Schultern. »Du bist gefühlt schon immer die Freundin meiner Schwester. Damit gehörst du irgendwie mit zur Familie«, antwortet er, als wäre das die selbstverständlichste Sache der Welt, und wendet sich dann Jonny zu und sie unterhalten sich über die Show.

Ich glaube, mein Mund steht offen. Dieser Bull muss einen ganz gewaltigen Einfluss auf ihn haben. Ein Seitenblick auf Gina verrät mir, dass sie ebenso erstaunt ist wie ich. Ihre Augenbrauen hängen irgendwo an ihrem Haaransatz, so weit hat sie sie hochgezogen. Dann sieht sie zu mir und grinst so glücklich, dass es leicht intelligenzgemindert wirkt.

Am nächsten Morgen schicke ich als Erstes Francis eine Antwort auf seine Guten-Morgen-Nachricht, woraufhin er mit einem Zwinker-Emoji antwortet.

Ich vermutete, dass er schon unterwegs ist, es ist bereits 10 Uhr, und deshalb keine Zeit zum Chatten oder Telefonieren haben wird. Umso schöner, wenn doch.

Ich: *Wie geht es dir?*
Francis: *Fantastisch, wenn du mir schreibst. Was treibst du?*
Es ist ein bisschen, als könnte ich seine vibrierende raue

Stimme hören, während ich seine Worte lese. Mmmh …

Ich: *Bin noch im Bett.*

Francis: *Zeig!*

Ich: *Vielleicht … Und du?*

Francis: *Auch. Ging gestern etwas länger.*

Ich: *Zeig!*

Ein Selfie folgt. Ein Auge ist halb zugekniffen, als wäre es viel zu hell, seine Haare sind wirr vom Schlafen und er scheint oben ohne zu sein. Der sieht sogar verpennt auf Bildern gut aus. Das wird auf jeden Fall gespeichert.

Ich: *Ich hätte gewettet, dass, wenn du mir ein Bild aus dem Bett schickst, es ein Schwanzbild ist.*

Francis: *Ist das dein Wunsch?*

Es folgen weitere Bilder, immer tiefer, sein sexy Oberkörper, Bauchmuskeln, bis zum Ansatz seiner Boxershorts.

Francis: *Mehr? Dann will ich auch welche.*

Bevor ich antworten kann, ruft er mich an, leider ohne Bild, und ich nehme sofort ab und halte mir das Smartphone ans Ohr. Gegen ein bisschen Schweinekramgeschichten mit seiner Stimme hätte ich auch nichts.

»Lara.«

»Francis«, antworte ich. Der Mann der wenigen Worte hat wieder zugeschlagen.

»Auch wenn mein Schwanz, der elende Tyrann, protestiert, muss ich leider gestehen, dass ich nur noch ein paar Minuten habe, bevor ich mich fertig machen muss. Bisschen normal telefonieren okay?«

»Natürlich«, erwidere ich. »Aufgeschoben ist nicht aufgehoben.«

Er lacht heiser. Morgens ist seine Stimme immer noch ein wenig rauer als sonst und klingt fast wie die Tonlage, die sie annimmt, wenn er erregt ist. Ich glaube, darauf bin ich konditioniert, denn ein heißer Schauer erfasst mich und rast geradezu über meinen Körper.

»Auf gar keinen Fall aufgehoben. Wie war das Konzert?«

»Ach ja. Die Show war ganz gut, und wenn man nicht so genau hingehört hat, konnte man zu den Beats Spaß haben.«

Das Schmunzeln in seiner Stimme verrät, dass er amüsiert ist, und er fragt: »Ihr fahrt bald zurück, richtig?«

»Ja. Wir treffen uns später zum Mittagessen, dann düsen wir los. Sag mal, hast du einen Bruder?«

»Wie kommst du denn darauf?«

»Hast du oder nicht?«

»Wäre möglich«, antwortet er zögerlich. »Worauf willst du hinaus?«

»Wäre möglich?«, hake ich lachend nach. »Gibt es von dir auch konkrete Antworten?«

»Konkret wäre wohl, dass mein Vater seinen Samen weit in die Welt hinausgeschleudert hat.«

»Oh, Fettnäpfchen, sorry.«

»Nein, ist es nicht. Meine Mutter trennte sich von ihm, da sie zusammen nicht glücklich waren. Er hat brav bis zu meiner Volljährigkeit jede Vaterpflicht finanziell wie emotional erfüllt und hat sein Leben fortan, soweit ich informiert bin, ohne feste Bindung fortgeführt. Kein Familiendrama, kein Kindheitstrauma.«

»Gut. Dann kann ich dir ja sagen, dass ich vielleicht einen deiner Brüder gefunden habe.«

»Wer? Wo?«

»Dieser Typ, dieser Gangster-Rapper-Schwachkopf, auf dessen Konzert wir waren. Bull heißt er. Er ist ungefähr so groß wie du, genauso breit und irgendwie seht ihr euch ähnlich.«

»Super. Ich sehe einem Schwachkopf ähnlich. Vielleicht google ich ihn, und wehe, der Mann ist nicht verdammt attraktiv.«

»Leider nicht ganz so.«

»Was? Pah.«

»Er hat Tattoos im Gesicht. Das ist schon arg grenzwertig. Dann auch noch ein schlechtes. Kein Stil der Mann, nicht wie du. Außerdem zieht er sich an wie ein jugendlicher Snob, dabei habe ich seine Augenfältchen gesehen, Anfang zwanzig ist der auch nicht mehr. Und pass auf: Er trägt eine Gesichtsmaske, über deren Sinn und Zweck wild spekuliert wird. Ich bin sicher, das ist ein simpler Marketinggag, damit alle spekulieren, was da drunter ist. Aber er hat schöne blaue Augen.«

»Schöner als meine?«, fragt er gespielt empört.

»Ich frage mich, ob seine Mutter ein Husky war, so blau sind die. Ganz abwegig ist das nicht, er hat auch von Sex mit Tieren gesungen, den irgendwelche Leute angeblich haben. Wer weiß, ob das nicht Familientraditionen sind, die er verarbeitet hat.«

Er bricht in Lachen aus, was mich zum Grinsen bringt, da ich es liebe, das zu schaffen, und als er sich wieder gefangen hat, sagt er ganz ernst: »Ich mag dich wirklich sehr, Lara. Weißt du das?«

Mein Herz fängt an, schneller zu schlagen, und ich gestehe ihm: »Ich hoffe, dass du das tust.«

Leise antwortet er: »Dann kannst du dir jetzt sicher sein. Es sind zwar noch ein paar Tage, bis ich nach Hause komme, es wird spät werden, und ich werde sehr müde sein, aber wirst du trotzdem da sein?«

»Ja«, antworte ich und denke an den Brief und dass ich nun allein in sein Haus kann, um dort auf ihn zu warten.

»Gut.« Seine Stimme wechselt von sanft zu rau und bestimmend. »Wenn du sowieso Zeit hast, mach es dir selbst und schick mir Bilder. Ich muss ein paar Tage überbrücken, bis ich dich wiederhabe.«

»Ruf mich lieber heute Abend an. Ich will dabei sehen, ob noch alles an dir dran ist.«

»Der Plan gefällt mir«, beschließt er. »Ich hoffe, mein Tag wird stressig, damit ich nicht so oft daran denken muss. Sonst sollte ich mir Kompressionsunterwäsche besorgen.«

»Spinner«, antworte ich darauf lachend.

»Der Spinner muss los. Bis heute Abend.«

Nachdem wir aufgelegt haben, klopft mein Herz noch eine ganze Weile ziemlich heftig weiter.

Es gibt Menschen, die wachsen einem langsam ans Herz.

Und da ist er. Er, der sich irgendwie direkt hineingeschleudert hat, dort jeden Platz beansprucht und es unbeschreiblich warm hält.

Mir fällt kein einziger Augenblick ein, indem ich je so glücklich war. Alle Projekte auf Arbeit laufen wie von selbst und das mit ihm entwickelt sich so unglaublich fantastisch, dass ich mein Glück kaum fassen kann.

Du hast mich verarscht.

Lara

Ich hätte das nicht tun sollen.

Es war dumm. Doch nun kann ich nicht mehr zurück.

Ich schiebe wahllos Sachen auf seinem Küchentresen hin und her, zusammen, wieder getrennt und kann das gar nicht richtig erfassen. Eine Information, die man versteht, die aber nicht ankommt.

Wie konnte ich nur seine Pakete in die Hand nehmen?

Ja, sie standen geöffnet in der Küche. Ja, ich dachte, ich mache mich nützlich und entsorge die Kartons. Ja, es war dumm.

Seit er mir vor seiner Geschäftsreise Zugang zu seinem Haus gab, war ich nur zweimal allein hier. Einmal als ich ihn zurückerwartete, wie er es am Telefon sagte, und heute, da er noch einen Anwaltstermin hat.

Ich schiebe den Stapel schwarzer Socken zur Seite, ebenso den Nachschub Ladekabel, weil er seine ständig verlegt. Mein Blick bleibt an den übrigen Sachen hängen.

Ein Stapel Einmalkontaktlinsen in seiner Stärke in Blau.

Einen Karton mit fünf Masken in Schwarz und fünf in Gold.

Tribal-Tattoos zum Aufkleben.

Mein Smartphone liegt auf dem Tisch, das Bild geöffnet, das Gina mit Nikolas auf dem Konzert des Gangsterrappers aufgenommen hat. Blaue Augen, gleiche Maske, die Körpergröße, das Gefühl von Bekanntheit.

Wie konnte ich so blind sein?

Ich kann mich nicht irren?

Nein, unmöglich.

Da wäre noch sein geheimnisvoller Kellerraum. Wahrscheinlich lagert er dort weitere Utensilien. Außerdem seine gelegentliche Maulfaulheit, mir zu erzählen, was genau er treibt, wenn er unterwegs ist. Bei manchen Geschäftsreisen erzählt er Anekdoten, zeigt Bilder oder berichtet von Problemen. Bei anderen nichts. Ich nahm an, er wäre genervt, weil es nicht so lief, wie er es gerne hätte, und er deswegen nicht darüber sprechen wollte.

Ich kenne ihn nicht lange genug, um seine Reisepläne mit den Konzerten abzugleichen, aber bei diesen beiden Malen, als er nicht wirklich etwas erzählte, fanden welche statt.

Es passt einfach so gut!

Trotzdem kann ich das Bild nicht vereinen, von diesem arroganten Typen und meinem Francis. Oder doch. Eigentlich schon. Francis kann auch so unglaublich arrogant wirken.

Das dachte ich mir am Anfang so oft.

Ich suche bei YouTube ein Video von einem seiner Auftritte, und mir wird ein wenig schlecht dabei, diesen Texten zu lauschen. Francis ist klug und doch eher still, wie kann er so einen Müll von sich geben?

Diesen Mann dort auf der Bühne kenne ich nicht. Ich war der Meinung, ich würde Francis kennen. Für mich war er das Sinnbild des Spruchs: harte Schale, weicher Kern. Ich meinte, mir sogar einzubilden, dass er fürsorglich sei, aufmerksam, empathisch.

Doch das, worüber dieser fremde Mann auf der Bühne singt, ist das kein bisschen. Der rappt über Vergewaltigungen, Totschlag, Schießereien, Gewalt. Verachtet Frauen und überhaupt Menschen.

Nun ist alles kaputt. Als hätte jemand eine wunderschöne Statue zerschlagen und scharfkantige Brocken zurückgelassen, die nur noch zur Entsorgung taugen. Von dem perfekten Mann ist nichts mehr übrig.

Ich sehe mir ein weiteres Video an, als könnte er auf einmal den Blick auf die Kamera richten und sagen: »Verarscht, Lara. Das war nur ein Scherz.« Wahlweise auch: »Hey, ich bin Francis' böser Zwillingsbruder, keine Sorge.«

Schritte nähern sich der Küche und unwillkürlich ziehen sich meine Schultern in Abwehrhaltung nach oben. Wäre ich bloß schon weg! Wie soll ich mit ihm umgehen?

Die Tür öffnet sich und die Schritte verstummen. Zu gut kann ich mir vorstellen, wie er mit verschränkten Armen an den Türrahmen gelehnt dasteht und sich fragt, was ich gesehen habe.

Möglicherweise hat er eine Erklärung dafür. Vielleicht ist es wirklich ein Bruder von ihm, den er unterstützt, und er erzählte nur nichts von ihm, da er sich für ihn schämt. Grund genug gibt es ja. Die Brudergeschichte gefällt mir immer besser.

Erneut sind Schritte zu vernehmen, die sich direkt auf mich zu bewegen und neben mir haltmachen. Er seufzt und ich bewege mich nicht.

Bitte sag mir, dass du einen Bruder hast!

Ich kann ihn nicht ansehen, alles in mir tobt. Ein klein wenig Wut, aber da ist auch so viel Enttäuschung, und die soll er wegmachen, indem er mir eine gute Erklärung liefert.

Mit einem harten Schlucken drehe ich langsam den Kopf, und die Drehung wird von Fingern unterstützt, die mein Kinn umfassen.

»Du räumst meine Bestellungen aus?«

»Ich wollte mich nützlich machen.«

»Danke.« Er drückt mein Kinn ein Stück nach oben und legt seine Lippen auf meine, woraufhin ich die Augen schließe. Sie sind so sanft und doch fordernd, obwohl sie nur auf meinem Mund liegen, als würde er auf etwas warten.

Ich bin wie erstarrt. Ich will ihn küssen und ich will das perfekte Bild eines Mannes zurück. Eines Mannes, dessen Mund so toll küsst und nicht so moralisch fragwürdiges Zeug singt.

»Francis?«, hauche ich.

»Ja, Liebes?«

»Kannst du mir das erklären?«

»Welche Erklärung wünschst du dir denn?«

»Hast du einen Bruder?«

»Nein. Ich habe keinen Bruder. Ich vermute, du hast die richtigen Schlüsse gezogen.«

»Das kann ich mir nicht vorstellen.«

»Sag sie mir«, fordert er, lässt mich los und tritt einen Schritt zurück.

Ich sehe ihn an. Den Mann im Anzug und der Brille, der nichts mit diesem Vollidioten von Bull gemeinsam hat, und doch schreit alles, dass es er ist.

»Die einzige Schlussfolgerung, die bei allen Fakten, die ich habe, in Betracht kommt, ist, dass du gelegentlich Gangsterrapper spielst. Aber das stimmt nicht, oder?«

»Doch, Lara, das stimmt. Das wäre noch so eine Sache, mit der ich mein Geld verdiene.« Er mustert mich und stellt fest: »Du bist ein wenig blass. Brauchst du einen Moment, um das sacken zu lassen?«

»Das kann doch nicht wahr sein.«

»Ist es aber. Ich hätte die Sachen gleich wegräumen sollen. Ich hatte es eilig vorhin.«

Mir hat es etwas die Sprache verschlagen, dass er noch nicht einmal versucht, eine Ausrede zu finden oder sich zu erklären. Ich hätte ihm sofort geglaubt, wenn er behauptet hätte, dass er einen Bruder hat. Diese Lösung gefällt mir so gut, dass sie einfacher zu akzeptieren wäre als die Wahrheit, die er so freimütig zugibt, als wäre es nichts Besonderes.

Ich muss an das Konzert denken und wie er dort mit mir sprach. Er wusste, wer ich bin, und ich hatte keine Ahnung.

So dumm komme ich mir vor. So unglaublich dumm. Danach hat er sogar noch am Telefon gelacht, weil er es so witzig fand, als ich ihm das erzählte.

Das ist so falsch. Das ist doch die falsche Realität.

Er seufzt, streicht mir übers Haar und sagt:

»Ich verstehe, dass das etwas überraschend kommt. Nimm dir einen Moment. Ich warte in meinem Büro auf dich, wenn du darüber reden willst.«

Du willst mich nicht mehr.

Francis

Ich lasse mich in den Schreibtischstuhl fallen und lege die Füße auf den Tisch. Fuck. Warum habe ich den Scheiß nicht sofort weggeräumt? Warum geht sie an meine Post?

Ja, sie waren bereits geöffnet und sie will immer alles ordentlich haben. Vermutlich wollte sie den Müll gleich wegbringen, weil sie offene Kartons auf dem Küchentresen optisch stören.

Das hätte doch nur eine Minute gedauert, das Zeug schnell in den Keller zu bringen! Ich wollte nicht, dass sie das weiß. Noch nicht.

Wie sehr schreckt sie das ab? Ich habe jede Menge weibliche Fans, aber klar ist, dass sie auf keinen Fall dazugehört. Was auch nicht so wichtig ist. Sie ist Teil von meinem Privatleben, nicht vom Beruf.

Die Bürotür wird aufgerissen und eine Lara mit roten Wangen und zornig glänzenden Augen stürmt das Büro. Ich nehme die Beine vom Tisch, lege meine Unterarme darauf ab und verschränke die Hände, abwartend, was sie loswerden wird.

»Hattest du vor, mir das irgendwann zu sagen?«, giftet sie mich an.

»Ganz sicher hätte ich dich eingeweiht, bevor ich dich heiraten würde.«

Das ist dann wohl dieser Blick, der einen töten soll. Ich glaube, mit Ironie komme ich nicht weit. Ich versuche es mit Logik. »Du verstehst bestimmt, dass ich das nicht jedem einfach erzähle. Irgendwann hätte ich es dir gesagt. Weil du mir wichtig bist. Ich wusste nur noch nicht wie und wann.«

»Wer weiß davon?«

»Mein Manager natürlich. Meine besten Freunde. Ein paar weitere Leute, die es wissen müssen, wie mein Anwalt. Aber sonst niemand. Auch die Veranstalter nicht.«

»Das ist völlig verrückt! Ich sprach mit dir und dachte, du wärst ein bescheuertes Arschloch!«

»Ja, dafür bin ich fast in Ohnmacht gefallen, als du mit der VIP-Gruppe auf einmal vor mir standest. Du hattest mir nicht gesagt, dass ihr VIP-Karten habt. Ich musste mich kurz sammeln, weil ich nicht wusste, wie ich darauf reagieren will. Was hätte ich denn deiner Meinung nach tun sollen? Während die anderen um dich herumstehen, sagen: *Hey, Lara, ich bin es, Francis. Überraschung.* Ich hatte sowieso schon Angst, dass du mich erkennst trotz der Maskerade. Du hast mich so komisch gemustert.«

»Ja. Du hast mich angesehen, und ich habe so reagiert, wie wenn ich dich sehe: mit Magenkribbeln. Ich war total verwirrt davon.«

Ich erhebe mich, umrunde den Schreibtisch, bis ich vor ihr stehe, und streichle ihr über die Wange. »Aber das bedeutet doch nur, es ist etwas Besonderes zwischen uns, oder? Wenn du das sogar fühlst, obwohl du mich gar nicht erkennst.«

Sie schlägt meine Hand runter. »Das bedeutet gar nichts. Weil ich mich echt schmutzig fühle.«

»Schmutzig?« Ich hebe fragend eine Augenbraue.

»Wir hatten Sex«, wirft sie mir dann vor, was mich ja fast zum Schmunzeln bringt.

»Ja, richtig. Verdammt oft. Und ja, auch schmutzig. Er war gut, oder? Oder denkst du, das ist anders, weil du jetzt weißt, wie ich noch mein Geld verdiene?«

»Ich kann doch nicht mit einem Mann schlafen, der über das Erniedrigen von Frauen singt!«

»Habe ich das etwa getan? Alles zwischen uns war einvernehmlich. Ich kann mich nicht erinnern, dich jemals im Alltag oder beim Sex erniedrigt zu haben. Du stehst doch sogar darauf, wenn ich ordinär mit dir rede. Was anderes sind die Texte nicht. Dirty Talk. Oder denkst du, wenn ich dir beim Sex unschöne Kosenamen gebe, dass das wahr ist? Das ist nur Fantasie. Hirnfick.«

»Aber du singst über Massenvergewaltigungen. Über Inzest, Drogenmissbrauch, Mord, Abschlachten von Menschen. Das ist doch …«

»Jaja«, unterbreche ich sie. »Ich kenne meine Texte. Habe ich dich vergewaltigt? Habe ich deine Mutter gefickt? Nehme ich Drogen? Habe ich dich mit einer Waffe bedroht oder deinen Hund abgeknallt? Wenn ein Schauspieler einen Psychopathen spielt, ist er automatisch ein echter?«

»Hast du eine Waffe?«, will sie wissen und ich rolle mit den Augen. Ist das alles, was sie von meinen Worten mitbekommen hat?

»Ja. Habe ich, legal mit allen Papieren, die man benötigt. Und ja, ich kann damit umgehen. Und nein, ich habe niemanden getötet oder auch nur bedroht.«

»Was hast du in deinem Keller in dem Raum, den ich nicht sehen durfte? Waffen?«

Ach herrje. Ich kann nicht anders, ich muss ironisch antworten: »Nein, da verstecke ich mein Koks und die versklavten Frauen.«

Sie schweigt und kneift ihre Lippen zusammen. Noch einmal kann ich mir das Augenrollen nicht verkneifen, packe sie am Handgelenk und schleife sie hinter mir her in den Keller.

»Lass mich los, Francis!«

»Nein.«

»Du kannst mich nicht wie Vieh hinter dir herziehen!«

»Du hältst mich sowieso für einen drogensüchtigen, vergewaltigenden Frauenschläger, deshalb kommt es darauf nun auch nicht mehr an.«

Sie stolpert weiter hinter mir her, hält jetzt aber wenigstens ihre Klappe.

»Hier, bitte, mein *supergeheimer* Raum«, sage ich und drücke sie durch die Tür.

Ich bleibe im Türrahmen stehen und sie sieht sich in dem nur vom Flur beleuchteten Raum um. »Du musst schon Licht machen, wenn du etwas erkennen willst, Lara. Links neben der Tür.«

Endlich betätigt sie den Schalter und fragt mich doch tatsächlich: »Was ist das?«

»Was soll das wohl sein? Ein kleines Tonstudio. Ich will nicht immer extra wohin fahren müssen, wenn ich Lust habe, etwas auszuprobieren. Hier ist auch mein Schrank für die Kleidung von Bull und den ganzen Plunder, den ich sonst für die Figur brauche. Mein Berufsleben schafft es noch nicht einmal in meinen privaten Kleiderschrank, wie du siehst.«

»Und darum hast du daraus so ein Geheimnis gemacht? Du hättest mir das doch sagen können.«

»Du bist ein schlaues Mädchen, sicher kommst du noch drauf, warum.«

»Sag es mir«, fordert sie und sieht mich an.

Schon wieder rollen meine Augen in den Höhlen rum. Falls sie so weitermacht, bleiben die noch irgendwo hinten hängen.

»Weil genau das immer passiert, wenn die Leute wissen, was ich mache: Vorurteile. In beide Richtungen. Ich habe eine Kunstfigur erschaffen und keiner will die andere Seite wahrhaben. Du ja anscheinend auch nicht.«

»In beide Richtungen?«, wiederholt sie.

»Glaubst du, die Fans würden es *cool* finden, wenn sie wüssten, dass ich mir Filmklassiker ansehe oder Wirtschaftsmagazine lese? Dass ich eine Brille brauche, *frische Luft* mag und im Garten zu sitzen? Dass ich gerne meine Ruhe habe und alte Bücher sammle? Dass meine Freunde keine schießwütigen Gangster sind, sondern legal erfolgreiche Männer? Mir ist meine Privatsphäre wichtig. Niemand weiß das, außer meinen Freunden. Das war mir immer von großer Wichtigkeit.«

»Okay«, sagt sie nur und wendet ihren Blick ab.

»Okay«, bestätige ich und habe keine Ahnung, was dieses Scheiß-*Okay* bedeuten soll.

Ich habe alles gesagt, sie sagt okay.

So ein nutzloses Wort.

Ich will Klarheit, was das bedeutet, und teste das direkt in einer Art, die mir sicher Aufschluss gibt. Ich überwinde mit einem Schritt den Weg zwischen uns, nehme ihr Gesicht in meine Hände und lege meine Lippen zart auf ihre.

Kurz flattert mein Herz, als sie ihre regelrecht an mich schmiegt, und ich dränge meinen Körper an ihren, woraufhin sie ihre Arme um mich schlingt. Schön, es scheint tatsächlich okay zu sein.

Erleichterung läuft mir als Gänsehaut über die Wirbelsäule. Diese Frau ist zum Niederknien, und ich will nicht, dass sie wegen so einem Scheiß wütend auf mich ist oder sich von mir abwendet.

Ihre Hände gleiten über meine Brust, schieben sich zwischen uns und dann drückt sie mich energisch von sich weg. Ich will ihre Lippen nicht entkommen lassen, aber sie dreht ihr Gesicht weg.

»Nein. Das geht nicht. Ich kann dich nicht küssen und gerne haben, wenn du so ekelhafte und falsche Dinge singst und sie in der Welt verteilst.«

»Es ist nichts weiter als ein Job. Gut, er macht mir Spaß, aber ich bin nur ein rappender Schauspieler. Das bin ja nicht ich. Liebes, komm schon.«

»Trotzdem.«

»Okay«, erwidere ich und merke selbst, dass ich dieses dämliche Wort auch benutze. »Schade. Du weißt, wie du rausfindest.«

Mit diesen Worten lasse ich sie stehen und verlasse den Keller. Betteln ist keine Option, und das Versprechen, damit aufzuhören, steht ebenfalls nicht zur Debatte. Entweder sie will mich oder nicht. Ich sagte ihr, dass ich mich nicht verändere, dass ich bleiben will, was ich bin, auch wenn sie das damals vielleicht noch nicht ganz verstehen konnte.

Ich lasse mich auf der Couch im Wohnzimmer nieder und warte. Wenig später höre ich mit einem lauten Knall die Haustür zuschlagen.

Mein Kopf fällt nach hinten gegen die Lehne und ich starre an die Decke.

Sie kann doch nicht in mein Leben kommen, mir so wichtig werden und dann einfach wieder verschwinden.

Diese riesige Enttäuschung drückt mich schwer in die Polster. Ich glaube, ich bleibe hier sitzen. Was soll ich auch sonst heute noch tun? Alle Pläne hatten mit ihr zu tun.

Alles hatte etwas mit ihr zu tun.

Ich hatte mir so sehr jemanden wie sie für mich gewünscht.

Nein, nicht jemanden wie sie.

Sie.

*****

Francis

Sie hat sich tatsächlich eine ganze Woche nicht gemeldet. Ich hatte die Hoffnung, dass ihr klar wird, was ich sagte, und sie einsieht, dass ich trotzdem ich bin.

Meine Hände greifen fester um die Umrandung des Balkons und ich starre auf den Wald. Ich mag es, einen Wald hinter dem Haus zu haben. So viel Ordnung im Haus und ein wildes Chaos dahinter. Kein Baum ist gleich groß, keine gleichmäßigen Abstände, Büsche und wild wuchernde Pflanzen.

Der Rest des Gartens wird vom Gärtner in Schuss gehalten. Der Rasen ist gepflegt, die neue hohe Mauer um das Grundstück wie eine Festung. Eins der wenigen Dinge, auf die ich bestand, war, dass die Mauer nur seitlich ist. Dahinter wollte ich eine Plexiglaswand. Ich will auch von unten den Blick auf den Wald. Ich muss das Teil ja nicht selbst putzen. Die Sicht wird gelegentlich von Metallstreben unterbrochen, die die dicken Platten stabil halten. Aber von hier aus sind sie nur als dünne Striche wahrnehmbar.

Warum ist das so scheiße gelaufen? Anscheinend kommt sie damit nicht klar. Und das macht mich wütend. Und traurig. Vor allem traurig. Das wiederum macht mich wütend, ich bin niemand, der traurig ist.

Ich war der Meinung, dass die Beziehung zu Lara etwas wäre, was Bestand haben könnte. Das fühlt man doch! Das sah ich in ihrem Gesicht!

Aber genau das, was ich befürchtete, ist passiert: Mein Doppelleben ist zu viel, nicht tauglich für sie in ihren Augen. Nicht gesellschaftsfähig. Sie als seriöse, bodenständige Frau kann damit nichts anfangen.

Nach dem Konzert war ich kurz davor, es ihr zu erzählen,

sodass keine Lüge zwischen uns steht. Das Verschweigen war schon Lüge genug. Meine Befürchtungen, dass genau das passiert, hielten mich davon ab.

Mit Recht, wie man nun sieht. Irgendwann hätte ich es ihr sicher gesagt. Dann, wenn wir fest miteinander verzahnt gewesen wären, ich das Gefühl gehabt hätte, dass sie damit umgehen kann, ich ihr so wichtig geworden bin, dass sie darüber im schlimmsten Fall lachend den Kopf schüttelt.

Ohne groß nachzudenken, ziehe ich mein Smartphone aus der Tasche und rufe Tom an.

»Hey, Hunt«, begrüßt er mich fröhlich. Wie auch sonst? Er ist doch meistens gut drauf.

»Tom.«

»Was gibt es?«

»Mach mir mal einen Song über Liebeskummer.«

»Was?«

»Du sollst mir einen Song über Liebeskummer schreiben.«

»Wie kommst du denn jetzt darauf?« Kurzes Schweigen. »Hast du etwa Liebeskummer? Hat dich eine deiner Nutten über den Tisch gezogen?«

»Nein.«

»Muss ich dir alles aus der Nase ziehen oder machst du doch dein Maul auf, mein Freund?«

»Ich habe eine Frau kennengelernt.«

»Ist nicht wahr.«

»Keine Prostituierte.«

»Ich glaube es ja nicht. Hunt, du Sack, sag bloß, du hast eine Frau so richtig gedatet? Wie lange ist das letzte Mal her?«

»Ja. Lange.«

»Und ihr hattet Sex?«

»Klar, dass das deine Eingangsfrage ist«, seufze ich. »Auch. Verdammt, ich hatte sie gleich beim ersten Mal durch mein ganzes Haus gevögelt. Aber das ist es nicht, das war viel mehr.«

»Danke für die Warnung. Durch die ganze Hütte? Überall?«

»Wenn du dich nirgends hinsetzen möchtest, wo wir … Also dann solltest du besser stehen bleiben.«

»Uh.«

»Und dich sicherheitshalber auch nirgendwo anlehnen«, ergänze ich schmunzelnd.

»Ist das ekelhaft.«

»Du bist oft in Hotels. Streng mal deine Fantasie an. Was, meinst du, passiert da so auf den Matratzen? Ich bin sicher, da findest du Schlimmeres als ein paar Beweise von Leidenschaft.«

»Danke für die Info. Du bist ein wahrer Freund«, erwidert er lachend.

»Falls du mir nicht glaubst, schenke ich dir eine Schwarzlichtlampe, eine kleine, damit du sie immer auf Reisen dabeihaben kannst.«

»Super, dann hast du ja schon etwas zu Weihnachten für mich«, albert er weiter. Mit Tom kann man herrlich Blödsinn reden. Er wird wieder ernst und fragt: »Willst du echt einen Song?«

»Nein.«

»Du wolltest dich ausheulen«, stellt er irgendwie richtig fest.

O Mann. Ausheulen. Wie so ein Gespräch zwischen Teenagermädchen.

»Ja. Auf irgendeine Weise schon. Ich bekomme sie nicht aus meinem Kopf.«

»Wie hast du sie vertrieben?«

»Sie hat herausgefunden, worüber ich so singe.«

»Hm.«

»Du kennst die Texte.«

»Klar. Sind ja von mir oder uns. Aber mal ernsthaft: Wenn sie dich kennt und deswegen rumzickt, dann ist sie vielleicht nicht die Richtige.«

»Und wer und wo ist die Richtige?«

»War sie echt so toll?«

»Ja, Mann. Ist sie.«

»Verstehe.«

»Tust du das?«, antworte ich spöttisch.

Mit ernstem Tonfall antwortet er: »Besser, als du es dir vorstellen kannst.«

»Ja, ich vergaß«, erwidere ich nach einem Moment des Schweigens. »Kannst du mir helfen? Vielleicht ein Rat oder so was?«

»Ich liebe dich wie einen Bruder. Wenn nicht ich, wer dann? Ich bin noch zwei Wochen nicht im Land. Probier es mal so auf die Reihe zu bekommen. Ansonsten flattere ich direkt danach vorbei.«

»Ja, komm her. Ein Gästezimmer gehört dir.«

»Uuuh. Ob ich das wirklich will?«, fragt er sich lachend selbst.

»Da habe nur ich gefickt und nicht Hunderte von Leuten. Du wirst es verkraften. Aber geh ruhig in ein Hotel, falls dir das lieber ist.«

»Natürlich komme ich zu dir. Auch wenn sich das Problem erledigt hat. Ich muss doch deine neue Hütte mal sehen. So lange versuchst du gefälligst, mit ihr zu reden.«

»Was soll ich ihr denn sagen? Ich habe alles gesagt, aber es hat nicht gereicht. Ich komme mir vor wie der weltgrößte Depp, weil ich mir so viele Gedanken um sie mache, obwohl sie mich abserviert hat.«

»Weiß sie, dass sie dir wichtig ist?«

»Sollte sie.«

»Nein, nicht sollte. Weiß sie es auch? Hast du es gesagt?«

»Nicht deutlich genug? Keine Ahnung.«

»Dann probier das doch mal.«

»Vielleicht.«

»Du bist wirklich ein Depp. Ein ziemlich großer Depp, aber ein Depp. Rede mit ihr. Sonst schleife ich dich in zwei Wochen an deinen Haaren zu ihr.«

»Gegebenenfalls war das doch keine so gute Idee, dich anzurufen.«

»Nein, das war deine beste Idee. Niemand hat das mit dem Frauenüberzeugen so drauf wie ich. Wie lange ging das eigentlich schon und warum weiß ich nichts davon?«

»Keine Ahnung. Ein paar Wochen.«

»Und warum hast du nichts gesagt? Ich dachte, wir wären Freunde. Eigentlich war ich der Meinung, du willst dein restliches Leben so weitermachen wie bisher.«

»Wir sind Freunde.«

Ich habe wirklich keine Ahnung, warum ich es ihm nicht

erzählte. Er hatte uns seine Amy sofort vorgestellt, nachdem sie zusammen waren. Warum habe ich das nicht getan? Vielleicht konnte ich es nicht glauben, dass ich jemanden für mich fand. Aber so, wie es aussieht, war das sowieso wieder eine Enttäuschung. Ich hätte Tom nichts sagen sollen.

»Hunt? Mach dir keinen Kopf. Wir bekommen das hin. Wir sehen uns in zwei Wochen, Bruder.«

Da bin ich mir zwar nicht sicher, antworte aber trotzdem: »Danke, Tom.«

»Bitte, Hunt. Ich muss los. Wir sehen uns.«

»Das werden wir.«

*****

Francis

»Scott, du Wurst.«

»Hunter, du Sack.«

Wir stehen an meiner Haustür, schlagen unsere Hände ineinander und stoßen die Schultern zusammen.

»Ich habe dich vermisst, Alter.«

»Wer würde mich nicht vermissen, mein Freund?«, teile ich ihm grinsend mit.

»Lass mich rein, ich bin am Arsch.«

Ich mache Platz, damit er mein Haus betreten kann, und er lässt seinen Koffer neben der Tür stehen. Er wirft einen Blick um sich und sagt bewundernd: »Sieht gut aus, dein neues Hauptquartier. Bin gespannt auf den Rest.«

Ich gehe vor Richtung Küche und stelle ihm einen Energydrink auf die Theke, bevor ich meinen eigenen öffne und einen großen Schluck davon nehme.

Er lehnt sich lässig an die Arbeitsplatte und sagt: »Bei dir ist es also vorbei mit der Nuttenfickerei, ja?«

Ich lasse ihn augenverdrehend wissen: »Dass ihr Säcke mich immer damit aufziehen müsst. Was spricht denn bitte gegen saubere Sexarbeit? Ich bekomme genau, was ich will. Ohne das ganze Getue, das ihr veranstaltet, um eine Frau aufzureißen.

Das wäre mir viel zu anstrengend. Dieses Geflirte, dieses Geschleime und dann noch nicht mal zu wissen, ob man überhaupt zum Zug kommt und ob das nicht doch eine Enttäuschung wird, weil sie langweiligen Blümchensex oder was total Irres fordert.«

»Ich hatte noch nie kapiert, warum ausgerechnet du von uns Hunter heißen musst. Der Einzige, der nie auf Frauenjagd geht. Wobei ich es auch immer erstaunlich finde, wie viele Frauen dich angraben.«

»Es fordert Frauen offensichtlich heraus, wenn man sich nicht für sie zu interessieren scheint.«

»Das stimmt. Deswegen rennen dir deine Groupies auch so verzweifelt hinterher. Du hast echt noch nie eine erhört davon, oder?«

»Ach, die ein oder andere durfte auf die Knie gehen«, antworte ich augenzwinkernd. »Aber eine Frau mit Maske vögeln finde ich irgendwie abtörnend. So ohne Lippen, Zunge und Zähne.«

»Also ich benutze dazu das Ding zwischen meinen Beinen statt einer Maske, doch da ist ja jeder anders«, lässt er mich ebenfalls mit einem Augenzwinkern wissen.

»Endlich sagt mir jemand, wozu das Teil gut ist, außer zum Pinkeln, danke, Tom.«

»Immer zu Diensten. Und wie bist du jetzt vorangekommen bei ihr?«

»Gar nicht.«

»Absolute Funkstille? Du hast dich nicht gemeldet? Kein im Regen vor ihrem Fenster stehen und einen kitschigen Liebessong über einen Ghettoblaster laufen lassen?«

Ich hebe nur eine Augenbraue und er lacht. »Also nein.«

»Das hast du doch nicht im Ernst erwartet, oder?«

»Ich rufe Amy an«, schlägt er vor, ohne darauf einzugehen. »Sie ist eine Frau, vielleicht hat sie einen Tipp für uns.«

Er nimmt sein Smartphone, sucht ihre Nummer raus, drückt auf das Anrufensymbol sowie auf den Lautsprecher, bevor er es auf den Tresen legt.

»Hey, Tom«, höre ich ihre Stimme.

»Hey, Amy, wir sind es. Hunt und ich. Wir brauchen deine Hilfe. Sag mal, mal angenommen, jemand liebt eine Frau und diese entdeckt eine Seite an ihm, die sie nicht gut findet, und flüchtet deshalb. Was müsste der Mann tun, um sie dazu bekommen, ihm zuzuhören und vielleicht etwas Verständnis zu haben?«

»Ähm, Tom? Was hast du angestellt?«, fragt sie misstrauisch zurück.

»Iiiich? Nichts! Es geht doch nicht immer um mich! Hunt hat es sich mit seiner Herzenslady versaut, weil sie herausgefunden hat, dass er manchmal Dinge tut, die ihr nicht gefallen.«

»Unverzeihliche Dinge?«

»Nein, denke nicht.«

»Sie hat es herausgefunden? Er hatte es ihr nicht gesagt? Sind denn diese Dinge das Problem oder, dass er es ihr nicht sagte? Das würde mich wahrscheinlich am meisten stören.«

»Das ist eine gute Frage. Danke für die Eingebung, wir werden es herausfinden, ob das das Problem ist. Ich wusste doch, dass es sich lohnt, dich zu fragen.«

»Das war es? Was ist denn diese geheimnisvolle Sache?«

»Du bist zu neugierig, mein Schatz.«

»Immer.«

»Das soll er dir bei Gelegenheit selbst erzählen. Aber nicht heute.«

»Na gut«, brummt sie. »Ich will aber auf jeden Fall wissen, wie das ausgeht«, fordert sie energisch. »Hörst du, Hunt?«

»Ja, klar«, brumme ich. »Hallo, Amy.«

»Hey. Was ist es denn?«

»Nicht jetzt.« Bevorzugt nie.

Tom geht dazwischen. »Ich rufe dich später noch einmal an. Ich liebe dich, Amy.«

»Ich dich auch. Schreib mir oder ruf erst heute Abend an, ich muss los.«

Er legt auf und sieht mich an. »Und? Was denkst du? Ist es Bull, der sie stört, oder weil du nicht mit ihr darüber gesprochen hattest? Was denkt sie denn, wie du dein Geld verdienst?«

»Als Immobilieninvestor.«

»Ist ja nicht ganz gelogen …«

»Sagen wir so: Ich habe die Wahrheit gedehnt. Schließlich investiere ich das Geld, das ich verdiene, in Immobilien.«

»Ja, okay. Hm. Ich würde sie mir gerne mal ansehen. Die Frau, die das Herz von Francis Bull Hunter weichgekocht hat.«

»Sei nicht so melodramatisch. Du kannst sie googeln, dann siehst du sie. Lara Walker. Es gibt jede Menge Artikel zu ihrer Arbeit.«

»Hm«, sagt er und zückt sein Smartphone. Ein paar Minuten später teilt er mir mit: »Bilder habe ich gefunden. Sie ist doch der blonde Riesenengel, oder? Aber keine Homepage, nur einen Brancheneintrag.«

»Ja. Ist sie. Sie hat keine Homepage, sie arbeitet nur auf Empfehlung. David hatte sie mir damals empfohlen.«

»David ließ sie etwas für sich planen? Dann muss sie echt gut sein.«

Und wenn ich sie beauftrage, nicht, oder was? Ich lasse das unkommentiert.

Er schaut mich an. »Ich will sie mir nicht nur bei Google ansehen. Ich mache einen Termin bei ihr. Die muss ich kennenlernen.«

»Vergiss es. Du wirst nicht zu ihr gehen. Wie sieht das denn aus, wenn ich einen Freund vorbeischicke?«

»Gehst du zu ihr?«

»Nein. Sie will mich nicht und ich dränge mich nicht auf. Ich laufe ganz sicher keiner Frau hinterher.«

»Dann kann ich sie mir ja ansehen.«

Er zückt sein Smartphone, zwinkert mir zu und lässt mich in meiner Küche stehen. Ob das eine gute Idee war? Ich will nicht, dass er sich einmischt, ich will einfach, dass sie wieder vor meiner Tür steht. Ich kann schlecht zu ihr hingehen und verlangen, dass sie zurückkommt und das vergisst. Das ist doch ihr Zug, oder?

Allzu viel kann ich ihr nicht bedeutet haben, wenn das so ein riesiges Problem ist. So kann man sich täuschen. Ich war der Meinung, das beruht auf Gegenseitigkeit.

Für Frauen habe ich nicht das richtige Gespür, sonst hätte ich doch sicher bemerkt, dass das bei ihr nicht so tief ging wie bei mir. Wahrscheinlich machte ich mich die ganze Zeit zum Affen.

Das ist so überhaupt nicht mein Stil.

Du hetzt mir deinen Freund auf den Hals.

Lara

Er ist es tatsächlich. Das ist Tom Scott, der berühmte DJ. Er sieht genauso gut aus wie auf den Bildern, die ich im Internet fand. Viel Zeit hatte ich nicht, um mich auf ihn vorzubereiten. Er wollte sofort einen Termin, da er in der Gegend wäre und von mir gehört hätte.

Ich gehe um meinen Schreibtisch herum und reiche ihm die Hand: »Willkommen, Tom Scott, ich bin Lara Walker.«

Er nimmt meine Hand, sagt: »Bitte nenne mich Tom«, und mustert mich von oben bis unten auf eine aufdringliche Art, ehe er meine Hand nach einem angenehmen Händedruck sanft aus seiner gleiten lässt. Ein wenig, als hätte er in jahrelanger Übung DEN sinnlichen Händedruck perfektioniert. Man bekommt fast eine Gänsehaut davon. Kurz muss ich an Francis denken, dessen Hand ich nicht loslassen konnte vor lauter Starren.

Tom bleibt mit seinen Augen an meinen Schuhen hängen und grinst verstohlen. Ich weiß schon warum. Mit den hohen Absätzen bin ich ein Stück größer als er. Ohne wäre ich kleiner. Was haben Männer immer nur damit, dass Frauen nicht groß sein dürfen?

»Gefallen dir meine Schuhe?«, frage ich süffisant. Nur weil er berühmt ist, muss ich mir das nicht bieten lassen.

»Ja, schicke Treter. Völlig anders, als ich erwartet hatte. Also du, nicht deine Schuhe.«

Ich hebe kaum merklich eine Augenbraue an. Ich wüsste ja gerne, was er erwartet hat.

Er zeigt auf einen Stuhl. »Darf ich mich setzen?«

»Ich bitte darum«, antworte ich und nehme hinter meinem

Schreibtisch Platz. Ich fackle nicht lange, sondern frage: »Um was für einen Auftrag handelt es sich?«

»Ich plane, mir vielleicht mit meiner Freundin ein Haus oder eine Wohnung anzuschaffen, und wir brauchen jemanden, der uns dementsprechend als Raumausstatter zur Seite steht.«

»Wirst du das alleine planen oder gemeinsam mit deiner Freundin? Weiß sie, dass du den Auftrag vergeben willst?«

Das ist eine wichtige Frage. Es wäre nicht das erste Mal, dass ein Mann ein Haus mit seiner Zukünftigen kauft und diese die Ausstattung selbst planen will, weil sie das als eigenes Projekt sieht.

»Ich will sie überraschen.«

»Ich bin keine Paartherapeutin, aber mein Rat: Weihe sie ein. Die meisten Frauen mögen es nicht, einen Fremden ohne ihre Beteiligung planen zu lassen, wenn es um das Familiennest geht. Du kennst meine Preise?«

»Nein. Noch nicht. Aber du sollst die Beste sein.«

Ich entnehme eine Beispielpreisübersicht für eine Wohnung mit 200 Quadratmeter und mittlerem Planungsaufwand meiner Schreibtischschublade und schiebe sie ihm über den Tisch zu.

Seine Augen werden groß, als er die Zahl sieht, und dann blickt er mich an. »Wow. Du musst mehr als gut sein.«

»Bin ich.«

»Ja, das konnte ich feststellen.«

»Wer hatte mich denn empfohlen?«

»David Stone. Tolle Wohnung.«

Ich merke, wie sich meine Stirn in Falten legt. Entweder er verwechselt da etwas oder verarscht mich.

»Ich plante David Stone keine Wohnung. Ich war in seiner Firma tätig.«

Er lehnt sich zurück und mustert mich einen Augenblick nachdenklich, bevor er antwortet: »Das wusste ich nicht. Also die Wahrheit: Ich weiß von meinem Freund Hunt von dir.«

»Francis hat mich empfohlen?«

»Er lässt sich von dir Francis nennen? Dann muss das ja echt ernst sein. Er hasst diesen Namen.«

Er kommt von Francis.

Ich verschränke meine Arme und überlege. Was soll dieses Theater? Hat Francis mich wirklich seinem Freund empfohlen oder worauf läuft das hinaus?

»Planst du tatsächlich den Kauf einer Immobilie?«, hake ich nach.

»Ehrlich gesagt bin ich hier, weil ich meinem Freund helfen will.«

»Wobei?« Ich merke, wie mein Auge nervös zuckt bei dem Gedanken an Francis.

Drei Wochen sind vergangen, und umso länger es her ist, desto mehr wird mir bewusst, dass das tatsächlich das Ende ist. Er fehlt mir, er fehlt mir sogar sehr, aber ich kann mich nicht überwinden, irgendetwas zu tun. Wenn ich daran denke, dass er mich darüber die ganze Zeit im Ungewissen gelassen hat, frage ich mich, ob das überhaupt ernst mit uns war. Gleichzeitig wird mir immer noch flau im Magen, wenn ich über sein anderes Ich nachdenke. Für mich sind diese zwei Männer nicht miteinander zu vereinbaren.

»Ach, ich weiß auch nicht. Ich bin einfach mal ganz offen …«

»Also anders als Francis?«, unterbreche ich Tom schnippisch. Ein klein wenig genervt bin ich, dass Francis seinen Freund vorschickt, um mich auszuspähen – oder was auch immer der Plan hiervon ist. Was soll das? Wenn er was will, soll er zu mir kommen und keinen Freund vorschicken. Das ist doch kindisch.

»Hm, ja, er ist eher so der verschlossene Typ, ich weiß. Aber er ist ein guter Kerl.«

»Ich weiß«, falle ich ihm erneut ins Wort. Das, was ich von ihm kennenlernen durfte, hat das in aller Deutlichkeit gezeigt. Bis ich das mit seinem Alter Ego erfuhr.

»UND ich bin hier, weil ich mir die Frau ansehen wollte, die ihn dazu bekommt, dass er mich jammernd wie ein Waschlappen anruft. Außerdem will ich herausfinden, was das Problem ist.«

»Das hat er also nicht gesagt, ja?«

»Doch. Aber die Frage ist: Ist es wegen der Figur Bull oder weil er nichts erzählt hatte?«

»Mehrere Gründe. Einer wäre, dass er mich anlog.«

»Hat er gelogen oder es verschwiegen, um sich zu schützen? Schon einmal darüber nachgedacht?«

»Gelogen. Ich war auf einem Konzert. Als VIP-Gast.«

»Bist du etwa ein Groupie?«, fällt er mir mit erstauntem Gesichtsausdruck ins Wort.

»Was? Nein«, antworte ich schnell und winke ab. »Das ist eine andere Geschichte. Aber er sprach dort ziemlich beleidigend mit mir, und als ich ihm hinterher von dieser Begegnung erzählte, hat er auch das nicht als Anlass genommen, mich aufzuklären, sondern gelacht.«

»Ich glaube, es stand nicht auf seinem Plan, sich zu verlieben. Er hätte es dir sicher gesagt. Es ist schwer, dafür einen geeigneten Augenblick zu finden, denke ich.«

»Sagte er das zu dir? Dass er verliebt wäre?«

»Na ja. Man merkt das halt. Ich kenne ihn ziemlich gut. Mal etwas anderes: Es ist zwar erst 11, aber wollen wir gemeinsam zu Mittag essen? Ich verhungere.«

»Ich soll mit dir zu Mittag essen?«

»Habe ich doch gerade gefragt. Hast du flache Schuhe da?«

»Warum?«

»Wir holen uns etwas zum Mitnehmen und gehen spazieren.«

»Es regnet.«

»Ich habe einen Schirm im Auto.«

»Du bist ganz schön stur. Du willst ihm echt helfen, oder?«

»Er ist einer meiner besten Freunde. Ich würde viel mehr für ihn tun, als ihm nur zu helfen. Übrigens heißt das nicht stur, sondern willensstark.«

Ich bücke mich und löse kopfschüttelnd die Schnallen der High Heels und tausche sie gegen ein paar flache Budapester, die ich immer im Schrank habe.

»Alles klar, dann machen wir das. Mein dramatischer Abgang tut mir auch ein wenig leid. Vielleicht war das ein kleines bisschen unreif, so hinterher betrachtet. Aber ich sah mir sein anderes Ich genauer an und es ist ekelhaft. Das kannst du ihm gerne alles ausrichten.«

Er sagt nichts dazu, sondern hält mir galant die Tür auf, und ich gebe meinem Assistenten Pascal Bescheid, dass ich zu Tisch bin. Schwungvoll schnappe ich mir auf dem Weg nach draußen einen Regenschirm aus dem Schirmständer und wir verlassen das Gebäude. Ohne zu fragen, nimmt er mir den Schirm ab, spannt ihn auf, hakt sich bei mir unter und hält ihn über uns beide.

Er stößt mit seiner Schulter gegen meine und fragt: »Und wie machen wir das jetzt mit Hunt?«

»Du wirst ganz schön schnell zutraulich. Wir kennen uns zwanzig Minuten.«

»Ich bin Hunts Freund, du bist Hunts Freundin, also bist du auch eine Freundin von mir. Easy.«

Ich muss lachen. Tom ist so anders als Francis, man kann sich gar nicht vorstellen, dass diese Männer eine Freundschaft verbindet. Der offene Tom und der verschlossene Francis.

»Also, Tom. Bevor wir über Francis und mich reden, erzähl mir, woher ihr euch kennt.«

»Er war früher Immobilienmakler, wusstest du das?«

»Ja, war ich ebenfalls. Wie er: Luxusimmobilien. Ich dachte, so kam er dazu, selbst in Immobilien zu investieren.«

»Ja, auch. Auf jeden Fall war er für mich tätig. So lernten wir uns kennen. Wir hatten uns gleich gut verstanden und sahen uns auf einer Party wieder. Dort beschlossen wir, dass wir ab sofort Freunde sind und wenig später, als wir uns trafen, hatte ich einen Termin im Tonstudio vergessen und ihn kurzerhand mitgenommen. Er amüsierte sich über mich, dass das ja jeder könne. Ich machte mich über ihn lustig, dass er sicher ein super Gangsterrapper wäre, weil er so groß und düster wirkt. In geselliger Runde hatten wir nach etwas zu viel Whiskey und etlichen Lachtränen später aus Spaß die Kunstfigur Bull entworfen. Aus Spaß wurde Ernst, und da er auf keinen Fall erkannt werden wollte, hatten wir die Idee mit dem schlechten Faketattoo, den Kontaktlinsen und der Maske. Was der Figur zusätzlich noch etwas Geheimnisvolles gab. Ich spannte jeden in der Branche ein, den ich kannte. Und was soll ich sagen? Er wurde damit unglaublich schnell erfolgreich. Verrückt, oder?«

»Und der Name Bull? Wegen seiner Energydrinkvorliebe,

quasi von Red Bull?«

»Nein, das …«

»Lass mich raten«, unterbreche ich ihn. »Bull $hyd steht tatsächlich für Bullshit.«

»Ja, genau!«, freut er sich. »Liest sich so, nicht? Das ist wegen der Texte. Wir kamen uns total genial vor. Viele sind übrigens von mir. Einige überlegten wir gemeinsam. Du hast keine Ahnung, wie lustig das ist.«

»Lustig«, wiederhole ich. »Aha. Vergewaltigungen, Mord, das ist also lustig?«

Er zuckt nur mit den Schultern. »Wenn man genau hinhört, merkt man, wie gewaltig wir das übertreiben, damit es satirisch ist. Das verstehen die meisten nur nicht.«

Ich atme tief ein. »Tom, du bist nett. Ich mag Francis sehr. Vielleicht zu sehr, aber das, was er da singt oder rappt, damit komme ich nicht klar. Dass er gelogen hat oder mir das nicht anvertrauen konnte, das hat mich darüber hinaus verletzt.«

Er sieht mich eindringlich an, der Regen prasselt auf den Schirm und dann sagt er mit ebenso ernster Stimme wie Blick: »Gib dir einen Ruck. Rede wenigstens mit ihm. Wenn dich der Scheiß so abfickt, höre ihn dir nicht an. Sieh es als Job. Er hat ja wirklich Immobilien. Falls dich jemand fragt, was er macht, kannst du trotzdem sagen, dass er Immobilieninvestor ist, sollte dir das vor anderen unangenehm sein.«

Selten habe ich jemanden etwas so ernst vortragen hören. Er hält weiter meinen Arm fest und streicht mit seinem Daumen über diesen, als wollte er mich beruhigen. Eine seltsam intime Geste, als wären wir tatsächlich Freunde.

Ich habe einen Kloß im Hals und murmle leise: »Ich vermisse den dummen Wichser ja.«

»Hast du das gerade echt gesagt?«, fragt er erstaunt und bricht in Lachen aus. »So eine seriöse Fassade und so böse, böse Worte. Fantastisch.« Er hört gar nicht mehr auf zu lachen. »Bitte gib ihm noch eine Chance, ich mag dich, Lara. Vielleicht können wir dann mal zu viert ausgehen. Du würdest meiner Amy sicher gefallen.«

Sein Lachen ist ansteckend und ich haue ihm auf den

Oberarm. »Du hast ein einnehmendes Wesen, Tom. Ich werde mit ihm reden.«

»Wunderbar. Aber erst essen wir etwas. Ich habe Hunger und bei Francis gibt es nur langweiliges Zeug.«

»Ähm. Ich dachte nicht an sofort.«

»Ich sagte ja: erst essen. Und dann.«

»Das geht mir zu schnell. Vielleicht am Wochenende.«

»Nenee. Wir fahren nach dem Essen zu ihm. Sonst überlegst du es dir noch anders«, erwidert er streng.

»Nenee«, äffe ich ihn nach. »Am Wochenende. Ich muss arbeiten heute Mittag.«

»Stell dich nicht an wie eine Pussy, du bist dein eigener Chef.«

»Ich nehme das mit dem einnehmenden Wesen zurück. Du bist einfach nur penetrant.«

»Das stört mich nicht. Hauptsache, das klappt.«

Er lächelt mich charmant an, attraktive Grübchen und ein auffordernder tiefer Blick aus seinen türkisfarbenen Augen unterstreichen das Ganze, und irgendwie habe ich das Gefühl, dass ich tatsächlich sofort los will.

Bisschen gruselig, wie er das macht.

»Da. Das sieht gut aus«, sagt er und hält vor einem kleinen Imbiss. Er schiebt mich zur Tür, und als ich durch bin, schüttelt er den Schirm aus, bevor er mir folgt.

Ich hebe meinen Kopf und lese mir das Speisenangebot auf dem Schild über der Theke durch, ehe ich bestelle: »Ein Rinderschawarma, bitte. Du, Tom?«

»Auch.«

»Dann zwei bitte«, wende ich mich der Bedienung zu. Außer uns ist noch niemand im Imbiss. Aber das wird sich sicher gleich ändern, wenn die offizielle Mittagspause in den ganzen Büros hier in der Gegend beginnt.

Da der Regen immer stärker wird, stellen wir uns an einen der zwei Stehtische im Imbiss und Tom erzählt zwischen den Bissen Geschichten von ihm und Francis. Es ist schon fast anstrengend, wie viel er redet, wenn man Francis' ruhige Art gewohnt ist.

Er ist deutlich vor mir fertig, wischt sich mit der Serviette den

Mund ab und erzählt dann munter weiter. Ich sehe ihn einfach an, ab und zu muss ich lächeln bei den Erzählungen und esse mein Schawarma zu Ende.

Das ist richtig lecker. Satt bin ich, aber es ist zu gut, um es nicht komplett aufzuessen. Außerdem starrt Tom immer wieder auf meine Portion, als würde er auf Reste spekulieren.

Überzeugend, verfressen und attraktiv. Gegen Francis wirkt er wie ein Sonnyboy, doch ich kann mir vorstellen, dass diese Mischung aus düster und fröhlich, wenn sie zusammen losziehen, die Herzen von reihenweise Frauen brechen kann.

Nachdem ich ebenfalls fertig bin, nehme ich unseren Abfall, werfe ihn weg und nicke ihm zu.

»Dann auf zu dem ollen Hunt. Wenn ich ihm sein Mädchen wiederbringe, wird er mir für ewig etwas schulden.«

Ich rolle mit den Augen und schnappe mir den Schirm neben der Tür und halte ihm die Tür auf. Er deutet eine Verbeugung an und nimmt mir den Regenschirm ab, bevor er vor mir den Imbiss verlässt.

Wieder hakt er sich bei mir ein und hält den Schirm über uns. Wir laufen zurück, er hält vor einem Q7 und öffnet mir die Beifahrertür.

»Nein, danke. Ich fahre selbst. Wie komme ich sonst zurück?«

»Nein, nein, Laralein, keine Chance für dich, es dir anders zu überlegen. Rein jetzt mit dir, bevor ich dich auf den Rücksitz sperre samt Kindersicherung.«

»Du bist sehr anstrengend. Ich werde nur in dein Auto steigen, wenn du mir versprichst, nein, schwörst, dass du mich zurückfährst, sobald ich das möchte.«

»Ich verspreche es«, sagt er, hält theatralisch seine Hand ans Herz und klimpert kindisch mit den Wimpern. Noch mehr für die Liste: überzeugend, verfressen, attraktiv und albern.

Mit einem weiteren Augenverdrehen steige ich ein und er schließt die Tür. Eine Minute später steigt er auf der Fahrerseite ein, schüttelt den Schirm aus, bevor er ihn hinter den Beifahrersitz wirft.

Dann fährt er los, und je näher wir an Francis' Haus kommen, desto nervöser werde ich.

Tom rollt an Francis' Tor und flötet fröhlich in die Gegensprechanlage: »Ich bin wieder da, Schaaatz!«

Ich höre Francis' genervtes Stöhnen, dann öffnet sich das Tor und Tom fährt auf den Parkplatz für Besucher. Er steigt aus und kommt zu mir auf die Beifahrerseite.

»Willst du da sitzen bleiben? Los jetzt! Raus da!«

Mit einem Seufzen schnalle ich mich ab und steige aus. Kaum stehe ich, nimmt er mich am Handgelenk und zieht mich Richtung Eingangstür. Dort steht Francis schon an den Türrahmen gelehnt.

Groß und gut aussehnend wie immer. Ein bisschen bin ich überwältigt von seinem Anblick, als hätte ich vergessen, was für eine Ausstrahlung er hat. Mein Magen krampft sich etwas zusammen, und ich erkenne, dass sich seine Augen weiten. Damit hat er wohl nicht gerechnet. Bevor er oder ich was sagen können, schubst mich Tom von hinten, direkt in Francis' Arme.

»Ich habe dir ein Souvenir mitgebracht von meinem Ausflug, *Francis.*«

Überrascht fängt er mich auf und wir sehen uns an.

»Hey«, flüstere ich.

»Hey«, sagt er ebenso leise und mit heiserer Stimme zurück, die mir noch viel mehr in den Magen fährt. Ich habe es vermisst, sie zu hören.

Meine Beine sind weich von seiner Nähe, am liebsten würde ich mich in seine Arme schmiegen und einfach ausblenden, was war und dass er so eine zweite verrückte Seite hat. Doch ich rapple mich auf und stelle mich ein Stück von ihm weg.

Tom sieht zwischen uns hin und her. »Meine Güte, seid ihr schwierig. Ihr sollt miteinander reden. So mit dem Mund und so. Oder von mir aus auch küssen. Wenn ihr wüsstet, wie ihr euch gerade anstarrt. Wie zwei Kinder vor einem geschlossenen Süßigkeitenladen. Total kitschig. So süüüüß, die Sehnsucht.«

Er drückt sich zwischen uns durch und verschwindet im Haus.

»Lara …«

»Francis …«, fange ich gleichzeitig mit ihm an und wir

verstummen zugleich wieder.

»Ich habe keine Ahnung, was ich sagen soll«, gibt er zu.

»Ich auch nicht«, lasse ich ihn wissen.

Du hast ein Problem mit mir.

Francis

Wir stehen uns gegenüber und scheinen beide sprachlos zu sein. Ich bin etwas überrumpelt. Höchstwahrscheinlich hätte ich damit rechnen müssen, dass Tom Lara hierher schafft, und kann froh sein, dass er sie nicht entführt und gefesselt in seinem Kofferraum hergebracht hat.

Es wäre zu einfach, sie an ihren Haaren zu packen, sie an mich zu ziehen und ihr zu sagen, dass sie meine Bitch ist und aufhören soll, rumzuzicken.

Natürlich ist das nicht richtig und deshalb lasse ich das. Sollte ich ihr böse sein wegen ihres dämlichen Abgangs oder dass sie sich nicht mehr gemeldet hat? Soll ich ihr ganz gesittet sagen, dass ich sie vermisst habe? Bringt das was?

Meine Hände wandern in die Hosentaschen, da ich diesen Wunsch, sie zu berühren, kaum zurückhalten kann.

Ich wüsste zu gerne, warum sie hier ist. Nur weil Tom so ein charmanter Mistkerl ist, der Frauen schon immer dazu bekommen hat, das zu tun, was er will? Oder wollte sie es auch?

Ihr Körper ruckt in meine Richtung. Ihre Hände schnellen nach oben und packen meine Haare, sie streckt sich, geht auf Zehenspitzen und presst ihren Mund auf meinen. Lässt mich los, sieht mich an und küsst mich erneut.

Diese Sprache kann ich auch besser, dränge sie gegen die Wand und lege einen meiner Unterarme neben ihrem Kopf ab. Den anderen Arm brauche ich, um mit den Fingerspitzen ihr Gesicht zu berühren. Mein Daumen streicht über die weiche Haut ihrer Wange und ihre Lippen öffnen sich einen winzigen Spalt.

Ich lasse den Kopf sinken und küsse sie so heftig, wie ich sie vermisst habe. Sie küsst mich ebenso hitzig zurück, beißt mich in die Lippe, stöhnt an meinem Mund und dann, dann versucht sie, mich wegzudrücken.

»Vergiss es, Lara. Du hast angefangen, also bist du für alles, was nun passiert, verantwortlich.«

»Ich bin verantwortlich?«, fragt sie mit einem Schmunzeln, das alles in mir ein wenig entkrampft.

»Du kannst einen Mann nicht drei Wochen sitzen lassen und ihn dann auf diese Art küssen. Das ist doch sicher ein Straftatbestand.«

»Willst du mir sagen, ich bin dafür haftbar, wenn du dich untervögelt fühlst?«

»Seit dir hatte ich niemanden mehr angefasst. Ich hatte mich noch nicht einmal selbst angefasst, da ich nur Bilder von dir, und wie du mich ablehnst, im Kopf hatte. Los, sag mir, dass alles wieder gut ist.«

»Was? Drei Wochen? Wer bist du? Jesus?«

Das bringt mich zum Lachen, und daraufhin fährt sie mit der Hand über meine Wange, um dort innezuhalten. Es fühlt sich so gut an, von ihr berührt zu werden, dass ich unbeabsichtigt für einen kurzen Moment die Augen schließe, den Kopf drehe und ihre Handinnenfläche küsse. Erst dann bemerke ich ihren erstaunten Blick. Habe ich etwas Merkwürdiges getan?

»Francis, ich ...«, beginnt sie und bricht wieder ab.

»Ich hoffe, da sollte so etwas kommen wie: Ich habe dich vermisst?«

»Ja, nein. Ja, habe ich. Aber das wollte ich nicht sagen. Ich wollte sagen, dass ich nicht herkommen wollte.«

»Oh. Ja. Hm.«

Meine Antworten sind manchmal äußerst geistreich. Wie kann sie mich so küssen und mir dann sagen, dass sie nicht hier sein will?

Sehr widersprüchliches Verhalten. Soll sie mal mit sich selbst klarkommen und herausfinden, was sie will.

Ich lasse sie stehen und begebe mich nach drinnen, ahnungslos, was ich tun soll. Sie hätte doch nur sagen müssen, dass alles gut ist, der Rest hätte sich schon geklärt. Wenn sie nicht hier sein will, kann sie auch wieder gehen. Tom soll sie wegbringen.

Ihre Schritte sind genau hinter mir zu vernehmen, trotzdem drehe ich mich nicht um, bis ich auf der Terrasse ankomme. Dort lasse ich mich an der Treppe nieder. Scheiß auf die ganzen supertollen Gartenmöbel, das ist mein Lieblingsplatz. Hier habe ich Ideen, kann gut Entscheidungen treffen, und hier saß ich mit ihr, als wir uns ewig küssten. Vielleicht mag ich diesen Platz deswegen.

Wie selbstverständlich lässt sie sich neben mir nieder und wir schweigen. Ich bin ja der Letzte, der sich über Schweigen beschweren sollte, aber in dieser Situation geht es mir auf den Geist. Was ist jetzt?

Ich breche die Stille: »Sag was. Bitte.«

Sie dreht mir den Kopf zu und spult ab: »Du wolltest mir das weiter verschweigen, oder? Weil du denkst, wenn das mit uns nicht klappt, weiß es jemand zu viel. Ich hatte dich gegoogelt. Oder Bull halt. Wird schon wild spekuliert über dich. Also? Ich hätte es nicht so schnell erfahren, oder?«

Ein Seufzer entkommt mir, der wohl alles sagt.

»Ja, verstehe.« Sie seufzt ebenfalls. »Weißt du, ich mag dich wirklich, ich dachte, das mit uns könnte was werden. Aber deine andere Seite mag ich kein bisschen. Und noch weniger mag ich, dass ich … ich … dass ich irgendwie mein Herz an dich verloren habe und nun feststelle, dass es diesen Mann so gar nicht gibt.«

»Wir sind Lara und Francis und nicht Lara und Bull. Du musst damit überhaupt gar nichts zu tun haben. Du kannst das komplett ignorieren. Du hast mich kennengelernt. Mich.«

»Ich weiß nicht, ob ich das kann.« Sie stützt ihren Kopf auf den Händen auf und stellt ihre Ellenbogen auf den Oberschenkeln ab, den Blick auf das Wäldchen hinter dem Haus.

»Hast du es mir nicht gesagt, weil du glaubst, das mit uns ist nichts Ernstes?«, fragt sie leise.

»Nein«, antworte ich gedehnt. »Das ist es nicht. Hattest du mir nicht versprochen, damit umzugehen, wenn ich misstrauisch bin? Das bin ich nämlich in dieser Hinsicht. Ich muss mich auf dein Schweigen verlassen. Mir fällt es etwas schwer, zu vertrauen. Tut mir leid.«

»Wenn es an die Öffentlichkeit kommt, dass du heimlich ein fluchender Spießer bist, siehst du deine Karriere in Gefahr? Ist das tatsächlich so tragisch?«

»Kann sein. Ich weiß es nicht. Bull ist nun mal eine andere Figur, die sich nicht ganz mit Francis Hunter vereinbaren lässt. Außerdem ist mir, wie ich dir bereits sagte, meine Privatsphäre wichtig.«

»Hm«, brummt sie, und ich habe das Gefühl, dass sie noch mehr zu sagen hat.

Ich rutschte hinter sie, wodurch sie zwischen meinen Beinen auf dieser Treppe sitzt, und streiche ihr eine Haarsträhne zurück. Meine Wange berührt ihre, damit ich mich ihr nahe fühlen kann. Nicht nur körperlich. Ich will nicht, dass sie sich von mir entfernt, auf keine Art.

Sie rührt sich nicht, drückt mich nicht weg, und so, wie ich das interpretiere, denkt sie noch nicht einmal darüber nach, weil das für sie selbstverständlich ist, dass ich sie berühre. Selbst in Momenten wie diesen.

»Lara. Gibt es ein Problem, das verhindert, dass tatsächlich alles gut werden könnte? Ich verstehe nicht, wie du behaupten kannst, dass es mich so nicht gebe. Ich hatte das Gefühl, wir hätten uns ganz gut kennengelernt.«

»Beispielsweise so ein Problem, dass ich deine frauenverachtenden Texte – oder falsch, deine Texte sind ja überhaupt menschenverachtend – nicht mag? Warum es sich so anfühlt, als wärst du nun ein Mensch, den ich missachte?«

»Du bist Feministin?«

»Na, die sollten sowieso einen Groll gegen dich hegen. Eigentlich alle Frauen.«

»Wie man es nimmt. Die Einnahmen der VIP-Karten sowie 10 Prozent des Umsatzes mit Merchandising gehen immer direkt an ein Frauenhaus oder -zentrum.«

»Was? Warum? Willst du dich damit irgendwie freikaufen?«

»Wovon sollte ich mich freikaufen?«, frage ich etwas verwirrt zurück.

»Na, dass du dich schuldig fühlst wegen Übergriffen, die

aufgrund deiner Texte stattfinden!«

»Was? Was redest du? Also bitte. Ich spiele auch gerne Games auf der Konsole, bei denen man Menschen tötet. Bis jetzt konnte ich es mir gerade noch verkneifen, jemand mit einem Kopfschuss hinzurichten oder mit einer Machete Köpfe rollen zu lassen. Wer einen weichen Keks hat, hat einen weichen Keks. Du musst nicht meine Texte konsumieren, wenn du etwas von Gewalt und Sex hören willst, die Nachrichten anmachen genügt. Ich verwandle doch niemanden von einem unbescholtenen Bürger in einen Vergewaltiger. Liest du nicht gerne Thriller? Wann wirst du losziehen und jemanden lebendig begraben, Stücke herausschneiden oder psychischer Folter unterziehen?«

»Warum solltest du das Geld sonst spenden?«

»Ich vermiete Wohnungen an Menschen mit wenig Einkommen. Am Anfang sparte ich mir den Makler, ich war ja selbst einer, und nahm das in die eigene Hand. Ich kam mit einigen Opfern von häuslicher Gewalt in Kontakt, die eine günstige neue Bleibe suchten. Auch Männern übrigens. Manche davon sind in Tränen ausgebrochen, als sie hörten, dass sie die Wohnung bekommen, weil sie nicht wussten, wo sie hinsollten. Ich konnte das irgendwie nie vergessen. Deshalb vielleicht.«

Sie streicht kurz über meine Hand, die auf ihrer Schulter liegt, da ich den Arm um ihren Hals geschlungen habe.

»Entschuldige. Hört sich nach edlem Motiv an.« Sie lacht trocken. »Das ist sehr witzig. Wenn Nikolas das wüsste …«

»Wer ist Nikolas?«

»Der Bruder meiner Freundin Gina.«

»Ach, der Idiot, mit dem ihr auf meinem Konzert wart.«

»Ja. Genau. Wenn er wüsste, dass er Geld an ein Frauenhaus gegeben hat statt an dich, würde ihm der Gedanke wahrscheinlich körperliche Schmerzen verursachen.«

»Hm. Nein. Nicht ganz.«

»Warum?«

»Die Karten wurden mit einer geklauten Kreditkarte bezahlt.«

»Ehrlich? Deswegen hat er sie nicht weiterverkauft, sondern

uns gegeben. Jetzt ergibt das Sinn! Hast du ihn angezeigt?«

»Klar. Allerdings ist der Typ nicht ganz so doof. Er hat mit der geklauten Kreditkarte bezahlt und die Tickets an ein momentan unbewohntes Haus liefern lassen. Dort klebte er den erfundenen Namen auf den Briefkasten und fummelte sie vermutlich nach der Lieferung heraus. Wir führen nun personalisierte Karten ein. Das hatten wir schon lange vor, aber noch nicht umgesetzt.«

»Woher weißt du das alles? Wenn sein Name nirgendwo stand, warum bist du dir so sicher, dass er es war?«

»Von der Polizei weiß ich das. Ist angeblich eine übliche Betrugsmasche. Ich bin mir sicher, dass er es war, da nur ihr eine Vierergruppe wart.«

»Verrückt.«

»Hm. Du, Lara. Wie sieht es aus? Können wir den Smalltalk über den betrügerischen Bruder deiner Freundin beenden und vielleicht an dem Punkt weitermachen, an dem du mir sagst, dass wieder alles gut ist? Da warte ich immer noch darauf.«

»Ich kann das nicht. Dieser Bull weckt Gefühle in mir, die will ich nicht.«

»Warum? Ich verstehe nicht, wie du nicht sehen kannst, dass du MICH kennst. Bull ist nur eine Kunstfigur. Wie oft denn noch?«

Ich drücke sie enger an mich. Sie ist vollkommen an mich gedrückt, umrahmt von meinen Beinen und Armen, und ich hoffe, dass das hilft. Jedes Mal, wenn sie wütend war und ich sie einfach festhielt, hat es geholfen. Möglicherweise hilft es auch bei Zweifeln.

»Deine Texte erinnern mich stellenweise an jemanden. Das ist es.«

»An wen?«, hake ich etwas misstrauisch nach. »In welchem Zusammenhang?«

Zaghaft beginnt sie zu sprechen: »Ich bin ja ein bisschen psycho, wie du schon bemerken konntest.«

»Ganz schön hartes Wort. Ich würde es temperamentvoll nennen.«

»Temperamentvoll«, schnaubt sie. »Das ist sehr nett

formuliert, dass ich Aggressionsschübe habe. Mit meinen Launen kommt niemand klar. Ich wollte nie wieder eine Beziehung, weil kein Mann es mit einer Gestörten lange aushält. Ich verabredete mich nicht mehr. Wenn ich einen Mann brauchte, bezahlte ich meinen Angestellten, dass er mich fickt. Okay? Ich hatte den sogar ein wenig nach Aussehen eingestellt. So eine bin ich. Und dann kamst du und deine Einweihungsfeier und hast mich danach gefragt, ob ich mit dir auf den Jahrmarkt gehe. Normalerweise hätte ich *nein* gesagt, aber ich war müde und von dir geflasht und konnte nicht anders. Ich war so hin und weg von dir, dass ich dachte, ich will es noch einmal wagen. Mich verlieben und mit jemandem zusammen sein. Vielleicht fast ein wenig zu rasch, weil ich Angst hatte, dass es schneller vorbei ist, als es beginnt, wenn du mich erst richtig kennst. Dann fand ich das raus mit Bull, und du warst nicht mehr der Francis, der mich runterbringt und bei dem ich mich so wohlfühle.«

»Hm«, brumme ich. Viel Info. Ich verstehe ihr angebliches Problem mit Männern nicht ganz oder kann es nicht nachvollziehen. Selbst wenn sie manchmal gewaltig hochfährt, kommt sie doch immer wieder schnell runter. Ich erlebte schon wesentlich zickigere Weiber mit schrillerem Gekreische, wenn ihnen was nicht passte. Vor allem lang, nachtragend und immer scharf auf Versöhnungsgeschenke.

»Ich sehe kein Problem. Mich interessieren deine vergangenen Beziehungen, Affären, was auch immer, nicht. Ebenfalls nicht, was andere von dir halten, denn ich halte zufällig sehr viel von dir. Das hatten wir doch bereits geklärt. Außerdem bin ich der Francis, den du kennenlerntest. Nur noch ein bisschen mehr, und wenn dir das nicht gefällt, ignoriere es. Es ist etwas ermüdend, das immer wieder wiederholen zu müssen. Wieso glaubst du mir nicht einfach? Was ist das Problem? Woran erinnert Bull dich?«

»An meinen Vater.«

Kurz fliegen Textstellen durch meinen Kopf und mein Gesicht verzieht sich wie von allein. Die Texte erinnern sie an ihren Vater? Ich hoffe, sie erzählt mir nicht gleich, dass ihr Vater von einem vollgekoksten Dealer abgestochen wurde.

»An meinen Vater«, wiederholt sie. »Der war ein Psycho. Ein Polizist, nach außen charmant und beliebt, aber zu Hause sah es anders aus. Anscheinend hatte er eine Persönlichkeitsstörung mit fehlender Empathie und ohne Gewissen. So wurde es mir hinterher erklärt. Er redete mit meiner Mutter so wie du über Frauen in deinen Texten. Solange das ein Fremder tut, ist mir das egal, aber ausgerechnet du …«

»Was hat er getan oder gesagt?«, unterbreche ich sie etwas tonlos.

»Also. Wo fange ich an? Erinnerst du dich noch an den Jahrmarkt? Als wir an der Schießbude waren? Ich erzählte dir, dass mein Vater mir das beigebracht hatte. Aber vielleicht nicht so, wie man das denken könnte. Er war ein Perfektionist. Ein sadistischer Perfektionist. Seine Tochter sollte schießen lernen, deshalb musste sie es so lange wiederholen, bis sie nicht mehr danebenschoss. Vorher durfte sie nicht aufhören. Ich war noch zu jung für den echten Schießstand, also musste der Jahrmarkt herhalten. Danebenschießen hatte Konsequenzen. Alles hatte Konsequenzen. Passte ihm etwas nicht, wurde er wütend. Er machte alles kaputt, was einem wichtig war. Er zerbrach das Lieblingsgeschirr meiner Mutter, zerriss ihre Kleidung, schlug Möbel klein, zerstörte Fotos, Spielsachen und Dekoration und immer wieder tat er ihr auch weh. Er schlug sie und zwang sie, sich selbst wehzutun. So, dass es nicht auffällt. Er war klug. Ein kluger Polizist, der ihr weismachte, dass ihr nie jemand glauben würde. Sein größtes Druckmittel gegen sie war ich. Er tat mir nie körperlich weh, drohte ihr aber ständig damit. Dann kam mal wieder ein Tag, an dem ihm der Braten nicht saftig genug war. Er stand auf, sah mich an und sagte zu meiner Mutter, dass ich nun alt genug wäre, um für sie zu büßen. Ich sprang auf, wollte weglaufen, doch er war schon hinter mir her. Sie brüllte, er drehte sich an der Küchentür zu ihr um und erzählte ihr, wie er mich in Zukunft bestrafen wird, wenn sie nicht spurt. Dann hörte ich Schüsse. Meine Mutter hatte seine Dienstwaffe aus seinem über dem Stuhl hängenden Holster genommen und schoss auf ihn, während er auf sie zuging. Sicher dachte er, dass das nicht wahr sein kann, da sie nie mutig war. Sie schrie, dass ich weggehen solle, doch das tat ich nicht. Sie sagte mir unter Schluchzern, dass ich nun ins Heim komme, weil sie ins Gefängnis müsse und dass ich es da besser habe. Er lag da auf dem Boden, Blut unter ihm und es machte mir gar nichts aus. Es sah für mich aus wie in einem der Krimis, die ich immer mit ihm ansehen musste. Also machte ich das, was die Leute in Krimis auch machen: Ich wischte die Waffe gründlich ab und nahm sie selbst in die Hand, damit es aussieht, als wäre ich das gewesen. Denn ganz sicher wollte ich nicht in ein Heim und nicht, dass meine Mutter ins Gefängnis muss. Aus dem Fernsehen wusste ich, dass ich zu jung für Haftstrafen bin. Weißt du, warum ich ein Psycho bin? Weil es mir egal war. Es störte mich nicht, dass mein Vater tot war, die Leiche störte mich nicht, das Blut nicht. Ich weinte nicht, ich schrie nicht, ich war eiskalt. Ich war sogar froh. Ich kann mich an keinen Moment erinnern, an dem ich keine Angst vor ihm hatte, bis er dort auf dem Boden lag.«

»Was passierte dann?«, frage ich und versenke mein Gesicht in ihren Haaren. Ich habe schon viel über häusliche Gewalt mitbekommen, nicht persönlich, aber ich verschließe meine Augen nicht vor der Welt. Deshalb habe ich sogar ein klein wenig Respekt vor Laras Mutter, die alles ertragen hat, bis es um ihre Tochter ging. Viel zu viele nehmen auch Gewalt gegen ihre Kinder hin, schaffen den Absprung nie.

»Wir erzählten alles über ihn, die ungeschönte Wahrheit. Meine Mutter gestand, dass sie es war. Ich bestand aber darauf, dass ich es gewesen sei. Schlussendlich glaubten sie mir, da sie vermuteten, dass meine Mutter mich schützen will. So oder so wäre es wohl als Notwehr oder Gefahrenabwehr durchgegangen. Ich machte eine Therapie, meine Mutter auch.«

»Hast du noch Kontakt zu deiner Mutter?«

Sie atmet tief ein und antwortet dann: »Nein. Nein, habe ich nicht. Zuerst war alles gut. Leider kam der Zeitpunkt, an dem meine Mutter Angst vor mir bekam. Ich fluchte, hatte immer wieder Wutanfälle und machte Sachen kaputt wie mein Vater.

Das konnte ich nicht sehen, diese Furcht in ihren Augen, und zog so früh wie möglich aus. Sie hatte sich genug gefürchtet in ihrem Leben. Sie heiratete irgendwann wieder. Er ist nett. Wirklich nett und hat zwei Söhne, jünger als ich. Meine Mutter hat heute eine neue Familie, und ich glaube, wenn sie mich sieht, kann sie nur schlecht verdrängen, dass es andere Zeiten gab. Ich will sie nicht daran erinnern. Das ist mein Dank dafür, dass sie mich beschützt hat.«

»Hm«, brumme ich mit einem dicken Kloß im Hals und würde sie gerne noch fester an mich drücken. Aber wenn ich das tue, breche ich ihr wahrscheinlich etwas, weil ich sie schon so fest umklammert halte. Sie hat ihre Mutter, ihre Familie gehen lassen, damit sie unbeschwert ihr Leben ohne grausame Erinnerungen mit einer neuen Familie leben kann. Mir gefällt der Gedanke nicht, dass sie niemanden hat.

Unbewusst lache ich auf. Mir wird etwas klar.

Sie fragt: »War die Geschichte lustig?«

»Nein. Gar nicht. Mir wurde nur gerade etwas bewusst. So richtig bewusst.«

»Und was?«

Ich lege meine Wange wieder an ihre und sage es freiheraus: »Dass ich dich liebe.«

»Was? Ich erzähle dir, dass ich Psychogene habe, und du antwortest darauf, dass du mich liebst?«

»Ja. Wir tragen alle unsere Päckchen, der eine ein schwereres, der andere ein leichteres. Zusammen trägt es sich besser. Du sagtest vorhin, dass ich dich runterbringe und du dich bei mir wohlfühlst. Gib das nicht auf wegen einer Kunstfigur, die dich triggert. Ja, ich verstehe, dass du mich etwas mit anderen Augen siehst, seitdem du das weißt. Wenn wir das nicht zum Thema machen, könnte es da noch die Chance auf ein Szenario geben, in dem du damit klarkommst und wir dieses Beziehungsdings wieder aufnehmen können?«

»Will ich das?«

»Bist du etwa nur hier, weil Tom dich dazu nötigte?«

»Nein. Natürlich nicht. Ich wollte nicht herkommen, aber ich wollte trotzdem zu dir, so verrückt sich das anhört.«

Sie dreht mir ihr Gesicht zu, küsst mich auf die Wange und legt ihren Kopf an meiner Schulter ab. »Diesen Francis, den ich kennenlernte, den liebe ich auch.«

Ganz kurz vergesse ich, wie diese Atmensache funktioniert. Ich nehme an, damit ist das aus der Welt. Sie kann nicht behaupten, mich zu lieben, dann zweifeln, ob sie mit mir zusammen sein will. So schlimm kann das doch alles nicht sein.

Es ist das allererste Mal, dass ich mich ein wenig für Bull schäme. Ich liebe es, in diese Figur zu schlüpfen. Es macht mir Spaß und vielleicht ist das meine andere, abgefahrene Seite. Es ist übertrieben und manchmal etwas zu ordinär, aber die Menschen lieben Bull. Sonst hätte ich kaum so viele Fans, volle Hallen damit und es gäbe auch nicht diese irrsinnigen Tantiemenzahlungen.

»Warum hast du dich nicht bei mir gemeldet, wenn du denkst, du liebst mich?«

Das kommt sehr leise.

»Du bist weggelaufen. Ich war irgendwie der Meinung, falls du es dir anders überlegst, meldest du dich. Ich wartete jeden Tag auf eine Nachricht oder ein Zeichen. Es war deine Entscheidung.«

»Ich hatte auf ein Zeichen vor dir gewartet. Also eigentlich wollte ich nichts mehr mit dir zu tun haben, aber trotzdem hoffte ich, dass du auf einmal vor meiner Tür stehst. Verstehst du?«

»Nein. Das konnte ich doch nicht ahnen.«

»Nein, konntest du nicht«, seufzt sie. »War auch ein dummer, unlogischer Gedanke.«

Zeit, etwas zu tun, bevor sie sich wieder abkapselt. Wieso ist sie nur so zerrissen? So schwierig ist das doch alles gar nicht. Sie sollte aufhören mit ihren nervigen Zweifeln.

Ja, meinetwegen ist das ein wenig Gedankenwirrwarr, was da zusammenkommt. Zum einen hält sie sich für beziehungsuntauglich und denkt, einen Schaden geerbt zu haben, und dann komme ich mit der Kindermusik, wie es gerne genannt wird.

Ich löse mich von ihr, umrunde sie und ziehe sie mit einem

Ruck an ihren Händen nach oben, packe sie am Hintern und hebe sie hoch. Es ist mir nicht entgangen, dass sie es mag, wenn ich sie hochhebe und sie ihre Beine um mich schlingen kann. Die Bestätigung folgt sofort, denn sie umklammert mich wie gewohnt.

Sanft lege ich meinen Mund auf ihre weichen und vertrauten Lippen und küsse sie. Ich nehme mir einfach davon, was ich so sehr vermisst habe. Dieses Gefühl, ihr nahe zu sein, sie berühren zu können.

Ihre Zunge gleitet zu meiner, berührt mich erst nur an der Zungenspitze, aber auf meine fordernden Bewegungen lässt sie sie schließlich mit meiner kreisen und gibt sich diesem Kuss hin.

Ich schlendere mit ihr Richtung Haus und drücke sie gegen die Außenfassade. Ihren Mund halte ich gefangen und ihren Körper zwischen den Mauern und mir eingeklemmt. Endlich ist sie wieder meine. Ich lasse ihr keine Luft zum Atmen, ich will ihr zeigen, wie gewaltig ich sie vermisst habe.

Ihre Hand gleitet meinen Nacken entlang nach oben und krallt sich in die Haare. Sie erwidert den Kuss mittlerweile so drängend wie ich und beginnt, ihren eingeklemmten Körper minimal an mir zu reiben.

Das sollte sie besser nicht tun. Ich will dringend an und in ihr sein, aber noch wichtiger ist es mir, mich mit ihr zu versöhnen und alles zu klären. Wenn alles aus der Welt geschafft ist, von mir aus den ganzen Tag, aber doch nicht zuerst.

Sie nuschelt etwas an meinen Lippen, und ich entlasse sie, um kurzatmig zu fragen: »Was sagst du?«

»Fick mich, Francis, sagte ich«, murmelt sie und küsst mein Gesicht entlang, den Hals und kehrt zurück zu meinem Mund.

Es kostet mich meine ganze Selbstbeherrschung, entschieden zu sagen: »Nein. Ich wollte nur einen Kuss. Jetzt will ich wissen, woran ich bin.«

Energisch setze ich sie ab und nehme ihre Hände aus meinen Haaren. Mit verschränkten Armen warte ich auf ihre Antwort und sie sieht mich teils beleidigt, teils belustigt an.

»Hast du gerade *nein* zu Sex gesagt?«, hakt sie nach.

»Nein, das hast du falsch verstanden. Ich will wissen, woran ich bin. Wenn ich das weiß, dann ficke ich dich. So oder so. Wenn du willst.«

»Du dummer Mann, ich sagte dir gerade, dass ich dich liebe. Natürlich will ich dem Ganzen noch eine Chance geben.«

»Du kommst mit mir klar? Und auch mit meinem Job? Vorbei mit Zweifeln?«

»Vielleicht habe ich ein klein wenig Schwierigkeiten damit, dass mein Freund ein berühmter Gangster-Rapper ist, aber vermutlich gibt es schlimmere Arbeit. Du bist ja kein Drogendealer oder illegaler Waffenschieber. Dass du Geld von deinen Einnahmen spendest, finde ich irgendwie schön und zeigt, dass du im Grunde ein toller Mensch bist. Ich muss mich nur an den Gedanken gewöhnen, dass du so ein Alter Ego hast. Dieses Bild eines Schauspielers, ich denke, damit kann ich klarkommen.«

Nach diesem Kuss, der mich fast verhungert zurückließ, habe ich nicht mehr genug Blut im Hirn für eine geistreiche Antwort.

»Das hier spiele ich nicht«, sage ich, packe ihr Haar und bewege daran ihren Kopf ein Stück nach hinten. Ich küsse ihren zarten Hals, verteile ein paar Bisse und ziehe genüsslich ihren Duft in meine Nase. Alles wieder meins.

»Das fühlt sich auch viel zu echt an«, gibt sie schwer atmend zurück und zieht das Ende meines Gürtels aus der Schlaufe.

Meine Hand wandert unter ihr Oberteil, und ich muss seufzen, als ich ihre warme Haut betaste, woraufhin sie leicht stöhnt. Ich liebe es, wenn ich so deutlich höre, was meine Berührungen bei ihr auslösen.

Ich gehe etwas in die Knie und küsse ihren Bauch und von dort schiebe ich den Stoff höher und liebkose mich nach oben.

»Ich kann trotzdem nicht fassen, dass dieser Mund an mir auf einer Bühne steht und singt«, sagt sie mit einer Mischung aus Atemlosigkeit und Lachen.

Für einen Augenblick stoppe ich und sehe zu ihr hoch. »Was soll ich machen? Dich ficken, reden oder doch singen?«

Sie drückt mir mit einem Augenrollen ihren Mittelfinger ins Gesicht und erwidert: »Fick dich, Francis.«

Mit einem Lächeln nehme ich ihre Hand, hake meinen Mittelfinger um ihren und drücke sie nach unten. Einen Moment versinke ich in dem Glanz ihrer Augen und antworte ernst: »Ich liebe dich auch, Lara«, woraufhin ich mich erhebe.

Sie sieht auf unsere verhakten Mittelfinger, drückt zu und lächelt ebenfalls. Warum ist sie nur so verdammt schön, wenn sie lächelt?

»Komm«, sagt sie, packt das Ende meines Gürtels und zieht mich daran hinter sich ins Haus. »Ich will eine kurze Ich-hab-dich-echt-vermisst-und-es-dringend-nötig-Nummer und dann sind hoffentlich keine Fragen mehr offen.«

Gut, dass diese Frau meine Gedanken ahnen kann, denn nur weil ich erst wissen wollte, woran ich bin, heißt das nämlich nicht, dass mir nicht schon Sperma zu den Ohren rauskommt.

Drei Wochen ohne! Ich hatte noch nicht mal Bock auf einen Porno. Sogar mein Schwanz hatte Liebeskummer.

Willig wie ein Sexsklave lasse ich mich von ihr ins Schlafzimmer führen und falle dort sofort wieder über ihren Mund her.

Sie lehnt sich von innen mit dem Rücken gegen die Tür und hebt ihre Hand an, streicht damit, während dieser Küsse, die mich überall zum Glühen bringen, meinen Kiefer entlang.

Sie tritt sich die Schuhe von den Füßen, öffnet meine Hose, dann ihre. Meine Hände sind fest um ihre Oberarme geschraubt, weil ich mich irgendwo festhalten muss, da mich das viel zu sehr bewegt.

Sie sollte nur noch Kleider tragen, das ist weniger Arbeit. Einfach hochziehen, Höschen zur Seite und rein. Diese dämliche Mode mit den hautengen Hosen ist doch zum Kotzen.

Ja, das sieht an ihrem Hintern geil aus, aber dafür hüpft sie nun wie ein Karnickel auf einem Bein, weil sie sie unter den Küssen nicht über ihren Fuß gezerrt bekommt.

Knurrend gehe ich vor ihr in die Hocke, helfe ihr und schleudere diese nervige Hose davon. Von ihren Waden beginnend lecke ich nach oben bis zum Rand ihrer Panty und rolle sie über ihre Hüfte.

Kaum stehe ich wieder vor ihr, zerrt sie mir meine Hose und

meine Shorts über den Arsch. Ich habe es eilig, packe sie, hebe sie hoch und drehe sie Richtung Tür. »Hintern raus«, fordere ich und drücke sie mit der Wange an das Holz.

Endlich ist es so weit. Erwartungsvoll sieht sie mich mit gedrehtem Kopf an, so gegen die Tür gedrückt. Sie kann kaum ihre erregte Atmung verbergen, als ich mich direkt an ihren Eingang drücke, ohne in sie einzudringen.

Einen Moment halte ich inne, sehe ihr tief in die Augen, lasse die Stirn an ihre Schläfe fallen und dann schiebe ich mich in sie. Meine Lider schließen sich, ich höre ihr Stöhnen und bin im Paradies.

Nichts fühlt sich so gut um meinen Schwanz an wie Lara. Ich kann mich kaum zurückhalten, ihr nicht unbeherrscht einzuficken, dass ich sie liebe.

Scheiß darauf, ich will sofort explodieren. Hemmungslos intensiviere ich meine Bewegungen, halte mich kein Stück zurück. Ich habe vor, schnell und tief in ihr zu kommen.

In ihr kommen. Ach, fuck! Kein Kondom.

Ich ziehe mich zurück und sie fleht heiser: »Mach weiter«, und krallt sich an mir fest.

»Lass mich los, wir brauchen noch ein Kondom«, stöhne ich.

»Nein, tun wir nicht. Fick mich weiter.«

»Ganz sicher?«, ächze ich.

»Vertrau mir.«

Einen Augenblick bin ich hin- und hergerissen. Ich denke nicht, dass sie eine Schwangerschaft riskiert, und noch weniger glaube ich, dass sie mir irgendwelchen Geschlechtskrankheiten anhängt.

»Was ist jetzt?«, fragt sie ungeduldig nach und dreht sich um.

Fordernd sieht sie mich an, und bevor sie etwas sagen kann, drehe ich sie wieder um, lege meinen rechten Unterarm um ihren Hals, drücke ihren unteren Rücken ins Hohlkreuz und schiebe mich erneut komplett in sie. So warm. So nass. So geil.

Sie drückt mir ihren Hintern weiter entgegen und wir krachen gemeinsam laut gegen die Tür. Ich stütze die linke Hand dort auf und drücke ihre Brüste dagegen. Immer wieder stoße ich zu, fülle sie aus und dränge ihr Gesicht mit meinem

Arm zu mir, damit ich sie küssen kann, ihren Mund lecken, ihre Lippen beißen.

Ich ficke genau so, wie ich es brauche. Mein Herz presst das Blut rauschartig durch meine Adern, lässt mich fast fliegen. Ich lutsche an ihrer Unterlippe, gleite immer wieder widerstandslos in die Hitze zwischen ihren Beinen, fühle mich regelrecht verschlungen von ihr. Das ist trotz der Grobheit so überwältigend intensiv, dass mein Herz fast platzt.

Mein euphorischer Höhenflug kommt näher, ich drücke den Arm fester an ihren Hals, fixiere sie an mir. Es ist mir egal, ob sie schon kann oder nicht, wenn ich durch bin, mache ich es ihr mit Fingern oder Zunge. Ganz egal, solange sie es will und braucht.

Mein Körper übernimmt von allein die Bewegungen, und ich merke, wie meine Gedanken leer und leerer werden, bis mir einfällt, dass ich völlig ohne Gummi in ihr kommen werde.

Das törnt mich noch das eine kleine Stück mehr an, das ich für den Absprung brauche. Ich kann, will und werde mich nicht mehr zurückhalten.

Ich höre mein eigenes Stöhnen, beiße in ihre Schulter, bewege mich weiter und weiter in ihr, es hört nicht mehr auf, diese Eruption, mein ganzer Körper ist wie im Wahn. Wie durch Nebel vernehme ich auch ihre lustvollen Geräusche und will, dass das nie vorbeigeht.

»Sag mal«, dringt ihre Stimme etwas deutlicher an mein Ohr. »Du kommst doch wohl nicht gerade!«

»Und wie. Du hast ja keine Ahnung«, nuschle ich gegen ihre Haut in die letzten Ausläufer meines Höhepunkts.

Nachdem ich wieder in der Wirklichkeit angekommen bin, bewege ich mich sanft weiter in ihr und löse etwas die Fixierung um ihren Hals, woraufhin sie den Kopf schüttelt und murmelt: »Kommt der einfach so.«

Dafür erhält sie einen Schlag auf den Hintern und einen festen Stoß, der sie aufkeuchen lässt. »Los, du auch«, fordere ich und ficke sie weiter, solange ich noch hart bin.

Sie dreht mir den Kopf zu, ihre Lippen einen Spalt geöffnet, die Augen glühend. Das ist so sinnlich, dass ich mich aus ihr gleiten lasse, sie herumwirbele und ich so gegen die Tür dränge, damit ich ihr Gesicht vor mir habe. Ich packe ein Bein von ihr, drücke es nach oben und schiebe mich wieder in sie. Sie drängt sich mir entgegen und ich versinke komplett in ihr und verharre dort.

»Mach es dir selbst«, verlange ich.

Sie sieht mir in die Augen und legt ihre eleganten Finger an. Ich weiß nicht, wo ich lieber hinsehen möchte: in ihr schönes Gesicht oder auf ihre Show. Ich bin schon wieder völlig berauscht von ihr und könnte gleich noch einmal.

Ich küsse sie hemmungslos und sie stöhnt an meinen Lippen. Da ich nicht die ganze Show verpassen will, sehe ich nach unten und beiße fest die Zähne aufeinander, weil das so heiß ist.

Wie von allein schummelt sich meine Hand zu ihrer und wir streiten uns um den besten Platz, sie zu streicheln, wobei ich immer noch tief in ihr stecke. Sie packt meine Hand, verwöhnt sich selbst damit und stöhnt so heiser, als wären ihre Stimmbänder belegt.

Sie senkt halb ihre Lider, da sie kurz davor ist, was mich zum Luftanhalten zwingt, um mit ihr mitzufiebern. Ihr Körper spannt sich an, sie verengt sich um mich, zieht ihre Augenbrauen etwas zusammen, und ich genieße, wie sie kommt, nehme das alles in mich auf.

Die Anspannung lässt nach, sie sackt ein Stück nach unten, und ich packe ihr Bein fester, damit ich sie halten kann, wenn sie nachgeben.

Sie schlägt ihre Augen auf und sieht mich etwas verhangen an.

»Für einen Quickie war das heftig«, lässt sie mich wissen, woraufhin ich mich aus ihr zurückziehe und sie auf ihre Beine stelle. Dabei hätte ich echt noch einmal können. Das Ding ist schon wieder so hart, den könnte sie als Hammer bei ihren Zerstörungsorgien nutzen.

Aber ich kann warten. Sie ist zurück und dieses Mal lasse ich sie nicht wieder gehen.

Sie sieht mich spitzbübisch grinsend an und dann wirft sie

sich in meine Arme. »Es ist schön, dich zurückzuhaben.«

Ich lege meine Wange auf ihren Kopf und bestätige das: »Ja. Einfach ja. Das ist es.«

Sie schmiegt sich an mich, küsst mich an mehreren Stellen und ich fühle mich gut. So richtig gut. Mit einem Kuss auf ihrem Kopf löse ich mich von ihr und entschuldige mich ins Badezimmer. Sie huscht kurz an mir vorbei, nimmt sich ein Handtuch und ist schon wieder ins Schlafzimmer verschwunden.

Ich finde sie in der Küche. Sie hat ein Hemd von mir geklaut und tänzelt damit offensichtlich gut gelaunt vor der Kaffeemaschine rum.

Sehe ich das richtig? Ich trete näher und sie fragt mich: »Energydrink?«, und tippelt Richtung Kühlschrank, ohne auf eine Antwort zu warten.

Mit der linken Hand fahre ich von ihrem Oberschenkel beginnend über ihren Hintern. Ich habe recht. Sie hat sich nur das Hemd übergeworfen und ein Handtuch zwischen den Beinen, sonst ist sie untenrum noch nackt.

O verflucht, das kann sie echt nicht machen. Wie von allein wandert meine Hand unter das Handtuch, wovon es nach unten fällt, und ich schiebe sie zwischen ihre Schenkel. Immer noch nass.

Mit einem Schnauben, das nach Mischung aus aufkeimender Erregung und Belustigung klingt, dreht sie sich um und reicht mir eine Energydrinkdose.

Fast schade. Wenigstens einen Kuss hole ich mir ab und streiche ihr dabei mit dem Finger, der von ihrer Feuchtigkeit bedeckt ist, über die Wange.

»Igitt! Francis. Lässt du deine Muschifinger aus meinem Gesicht!«, schimpft sie und ich lecke lachend einen Finger ab. Ah, stimmt, das schmeckt nicht nur nach Muschi.

Ich mache das nur für diesen bestimmten Blick von ihr, diese Mischung aus Faszination und Ekel. Hätte ich noch zwei Minuten länger an ihr rumgespielt und ihr meine Finger dann in den Mund gesteckt, hätte sie daran gesaugt und dabei gebettelt, dass ich es ihr fertig besorge. Sie ist echt eine Porno-

Prinzessin. Meistens ein wenig Prinzessin und, sobald sie erregt ist, Porno.

»Angeblich soll man so gut Kerle abschleppen können, wenn man sich ein wenig davon hinter die Ohren tupft«, erkläre ich ihr lachend.

»Danke, ich komme ganz gut zurecht«, antwortet sie grinsend und sieht zu, wie ich mir die Hände wasche. »Obwohl …? Mach mal, vielleicht finde ich dadurch einen weniger ekelhaften Mann da draußen.«

Ich trockne meine Hände ab und strecke ihr den Mittelfinger hin. Wie ich vorhin bei ihr, verhakt sie ihren mit meinem.

Sie sieht mich an, und ich betrachte ihre Gesichtszüge, während sie ein paarmal den Mund öffnet und wieder schließt, als wollte sie was sagen. Unsere Mittelfinger gegenseitig fest umschlungen stehen wir da und ich genieße das einfach nur.

Diesen Moment.

Wieder vereint zu sein.

Sie zurückzuhaben.

Das ist echt gut.

Trotz allem würde ich gerne wissen, was sie mir sagen wollte, sich aber nicht traut.

Bevor ich dazu komme, sie zu fragen, legt sie ihren Kopf an meine Brust und sagt leise: »Ich liebe dich, Francis.«

Ich halte ihren Finger weiter fest, lege die Hand nur leicht an ihren Kopf, woraufhin sie nachgibt und ihn zurücklegt. Ich küsse ihre weichen Lippen, dann ihren Hals.

»*Wer weder widerstehen will noch fliehen – wie ist dem zu helfen?*«, zitiere ich. »Ich will gar keine Hilfe, weder zu widerstehen noch zu fliehen.«

»Schön«, erwidert sie. »Finde ich schön, den Gedanken. Ich hätte auch ein Zitat für dich: *Rot wie Blut, schneidend wie Scherben, verlässt du mich, dann wirst du sterben.*«

Nach einem sanften Biss ziehe ich den Kopf zurück und sehe sie an. »Lass mich raten: aus einem Thriller?«

»Aber natürlich«, antwortet sie mit einem Lachen.

Bemüht ernst gebe ich zurück: »Hättest du gesagt: *Dann werde ich sterben,* hätte das ja noch einen romantischen

Romeo-und-Julia-Touch.«

»Guck nicht so«, sagt sie und pikst mir an den Mundwinkel. »Das zieht nicht mehr. Ich erkenne mittlerweile einwandfrei, wann du belustigt bist.«

»Das ist schön«, gebe ich zu und meine es auch so. Es ist zwar lustig, sie ein wenig zu veralbern, aber noch mehr mag ich, wenn sie mich durchschaut. »Ich liebe dich. Deshalb verrate ich dir, was du vergessen hast.«

»Was habe ich denn vergessen?«

»Dein Höschen.«

»Ach, ich habe kein frisches hier und wollte erst warten, bis ich fertig von dir ausgelaufen bin.«

Sie hebt das Handtuch auf und steckt es sich zwischen die Beine.

»Hm, verstehe, aber Tom ist noch irgendwo hier.«

Abrupt drückt sie sich ein Stück von mir weg und sieht mich mit großen Augen an. »Fuck. Den hatte ich ganz vergessen.«

Ich lache über ihren erschrockenen Gesichtsausdruck, der ins Verärgerte wechselt, und sie schimpft: »Du hast mich angefasst, obwohl er hätte jeden Moment reinkommen können. Du Arschkopf.«

»Deine Kosenamen sind die romantischsten«, erwidere ich grinsend und sie schüttelt schmunzelnd ihren Kopf. Eine Frage drängt sich mir wieder auf und ich hake nach: »Wieso eigentlich ohne Kondom?«

»Das sollte eine Überraschung werden. Ich ließ mir eine Spirale einsetzen. Ich dachte, das mit uns könnte was Ernstes sein.«

»Ist es. Ist es auf jeden Fall. Wann hast du das gemacht?«

»Zwei Tage nachdem ich von deinem zweiten Standbein erfahren hatte. Der Termin stand schon fest und ich wollte nicht absagen.«

Dazu sage ich nichts. Ich vermute, sie sagte den Termin nicht ab, da sie genau wusste, dass sie mich immer noch will. Vielleicht hätte ich doch einfach vor ihrer Tür auftauchen sollen.

Eine weitere Sache interessiert mich und ich frage: »Hast du das irgendjemandem erzählt? Das mit Bull? Das hat mir ein wenig Sorgen gemacht.«

»Nein, natürlich nicht. Ich hatte schon verstanden, dass du das trennst.«

»Ich kann mich auf dich verlassen, dass das so bleibt? Das ist mir sehr wichtig.«

»Du musst das nicht sagen. Das ist ja wohl selbstverständlich.«

»Gut«, erwidere ich und gebe ihr einen Klaps auf den Hintern. »Ich erlaube dir zu duschen, und dann nimmst du dir einfach von meinen Sachen, was du willst. Ich sehe nach Tom.«

»Du erlaubst mir also, zu duschen? Großzügig. Überaus großzügig«, murmelt sie kopfschüttelnd vor sich hin und verschwindet.

So. Dann werde ich mich wohl bei Tom bedanken müssen. Es scheint tatsächlich so, als hätte er mir Lara zurückgebracht.

Ich klopfe am ersten Gästezimmer, habe gleich Glück und finde ihn dort. Er liegt mit dem Rücken auf dem Bett, das Smartphone in der Hand und sieht mich grinsend an.

»Kann ich mich wieder raustrauen?«

»Klar«, antworte ich und lasse mich neben ihn fallen. »Du kannst dich wie zu Hause fühlen.«

»Ich wollte euch nicht stören. Dann bekam ich Durst, öffnete die Tür und hörte eure Versöhnung. Bis hierher! Alter, seid ihr laut. Was war eure Absicht? Sollte ich mir auf die Geräusche einen runterholen?«

»Depp«, erwidere ich und lache.

»Ich hoffe, das Zeug hier«, er schwenkt seine Hand über der Bettwäsche, »ist gewaschen.«

Ich lache noch einmal. Ich fühle mich so gut. »Aber sicher, mein Freund.«

»Also alles wieder gut bei euch?«

»Ja. Danke. Echt danke.«

»Schon gut.«

Er sieht so zufrieden aus, wie ich mich fühle. Das liebe ich an ihm. Es macht ihn glücklich, wenn seine Freunde glücklich sind. Ich würde alles für diesen verrückten Kerl tun.

Ich bin so übertrieben emotional, dass ich ihm gegen die

Schulter boxe und sage: »Ich liebe dich, du dämlicher Sack.«

»Das solltest du lieber zu deiner Lady sagen. Also bis auf das mit dem dämlichen Sack.«

»Habe ich.«

»Es ist echt ernst mit euch, ja?«

»Ist es. Sie ist der Hammer.«

Er reibt seine Hände aneinander und beschließt: »Prima. Dann können wir bei Gelegenheit zu viert ausgehen. Wir und unsere Ladys.«

»Daran hätte vor nicht allzu langer Zeit auch keiner gedacht.«

»O ja.« Er nickt und lacht gleichzeitig. »Damals, als es nur uns beide gab.«

Er küsst mich auf die Schläfe und setzt sich auf.

»Schwul mich nicht voll, Bruder«, knurre ich spaßig und erhebe mich vom Bett.

»Du hast doch gesagt, dass du mich liebst«, erwidert er und rammt mir beim Aufstehen sein Knie gegen die Außenseite meines Oberschenkels.

Ich sehe böse auf ihn runter und schlage ihn vor die Brust.

Er grinst mich an. »Ist das dein Verführerblick? Kein Wunder ist sie vor dir davongelaufen.«

»Ach, halts Maul. Komm, ich zeig dir das Haus und dann trinken wir was.«

Er nickt und fragt: »Und jetzt Francis statt Hunt? War sie das?«

Ich kratze mir mit zwei Fingern über die Stirn. Wie erkläre ich das?

Ein Nicken von ihm folgt, als ich zu lange nichts sage, sowie die Worte: »Du musst das nicht begründen. Die hat dich weichgekocht und ich glaube, auf eine gute Art. Du bedeutest ihr etwas, das habe ich gleich bemerkt. Ihr Gesicht ist ein wenig leicht durchschaubar. Ich freue mich für dich. Also, ein Bier bitte, dazu musst du mir alles erzählen und dann will ich sie auch noch ein bisschen kennenlernen. Du bist ein Scheißfreund, dass ich nicht früher von ihr erfuhr!«

»Ja, ja«, erwidere ich auf diese Rede nur und marschiere vor. Mir gefällt es nicht, als weichgekocht bezeichnet zu werden, aber mir gefällt, dass Tom meint, das erkannt zu haben, was ich auch hoffe, in ihrem Gesicht zu deuten.

Sie hat mir gesagt, sie liebt mich.

Und ich will das glauben.

Du bist überrascht.

Lara

Es ist wie vorher.

Es ist, als würde es diese Geschichte mit Francis-ist-Bull nicht geben. Wenn ich mit ihm darüber sprechen möchte, wiederholt er immer wieder das Gleiche: »Das hat dich von mir weggetrieben. Das passiert nicht noch einmal. Ich liebe diesen Job, aber er hat nichts mit uns zu tun.«

Ich habe es akzeptiert. Nachdem etwas Zeit vergangen ist, wird das bestimmt lockerer. Mir ist zwar immer noch flau im Magen, wenn ich an ihn als Bull denke, doch sicher werde ich mich daran gewöhnen, dass das zu ihm gehört. Wie er sagt: Es ist nur ein Job.

Ein Finger von mir landet als Lesezeichen in dem Buch, das ich gerade lese. Auf dem bequemen Sessel, der in seinem Arbeitszimmer steht, da er noch etwas arbeiten wollte.

Mir ist herrlich kuschelig, so eingemummelt in meine Decke. Mir ist zwar nicht kalt, aber mit Decke ist alles gemütlicher. Und die arme verschleppte Frau im Buch muss in einem frostigen Keller ausharren. Nackt. Wäre ja nicht meins. Böses Buch, böser Gedanke.

Die Hand mit dem Thriller landet auf meinem Schoß und ich werfe einen Blick auf Francis hinter seinem Schreibtisch. Ich mag Thriller. In Thrillern tauchen so absurde Persönlichkeiten auf, da kommen mir das echte Leben und echte Leute so normal vor. Bis auf Francis, der kommt mir nicht normal vor. Für mich ist er immer noch ein besonderer Mensch.

Francis sagte mir, dass ich gerne aus seinem Bücherregal nehmen darf, was ich will. Er bat mich nicht einmal darum, dass ich seine wertvollen Raritäten vorsichtig behandeln solle, aber das wäre auch nicht nötig gewesen. Ich weiß, wie sorgsam er selbst damit umgeht.

Literaturklassiker interessieren mich nicht so sehr, mir reicht, was wir damals in der Schule analysieren mussten. Eigentlich interessiert es mich nur, wenn er mir davon erzählt, da er das so enthusiastisch tut und er es draufhat, den Inhalt in zeitliche Bezüge zu setzen oder Zitate an den merkwürdigsten Momenten vorzubringen. Manchmal lese ich deshalb ein paar Seiten in dem Buch, das er aktuell liest.

Eines Tages stand eine Auswahl Thriller in seinem Bücherregal, nagelneu und nur Titel, die ich nicht selbst besitze. Er muss bei mir nachgesehen haben, welche ich schon habe, und hat sie kommentarlos gekauft und dort mit einsortiert. Sehr aufmerksam, der Mann.

Ich beobachte Francis ein wenig. Er hat seinen Ellenbogen auf der Arbeitsplatte aufgelegt und sein Zeigefinger stützt seine Schläfe. Er hat seine Brille zur Seite gelegt und hat einen unzufriedenen Gesichtsausdruck.

»Was ärgert dich?«, frage ich ihn, stecke das Lesezeichen in das Buch und setze mich aufrecht hin.

»Hm?«, brummt er und sieht in meine Richtung. »Ach, da ist so eine Fehlinvestition, die mich viel zu sehr beschäftigt, weil sie ständig Probleme macht.«

Ich falte die Decke zusammen, lege sie über die Armlehne des Sessels und setze mich auf seinen Schreibtisch. Mit einem Lächeln sieht er von seinem Bürostuhl zu mir hoch und fährt sich anschließend seufzend durch die Haare.

»Raus damit«, fordere ich. »Was gibt es denn für Probleme? Vielleicht kommst du auf eine Lösung, wenn du mir davon erzählst. Mir hilft es manchmal, über Schwierigkeiten laut zu sprechen. Als würde sich dabei das Gehirn sortieren.«

»Ach. Wo fange ich an? Also: Ich kaufe normalerweise zwei Arten von Immobilien. Da wären aufgegebene Gewerbeobjekte in Mischgebieten. Für die beantrage ich eine Nutzungsänderung, damit ich sie zu Wohnhäusern umbauen lassen kann. Das klappt so gut wie immer. Wohnraum ist ja knapp. Oder ich kaufe mir eine Immobilie mit bereits vermieteten Wohnungen, die gut in Schuss ist, und saniere die einzelnen Wohnungen, sobald jemand auszieht. Vor zwei

Jahren kaufte ich dummerweise ein Objekt, bei dem zwar alle Wohnungen vermietet sind, aber das ganze Ding ist mehr als sanierungsbedürftig. Da kannst du eigentlich keinen wohnen lassen in den Löchern. Wir haben schon das Dach erneuert, die Außenfassade gedämmt, neue Fenster einsetzen lassen, Heizkörper ersetzt. Aber im Grunde müsste man in jeder Wohnung alle Leitungen neu machen, überhaupt alles neu machen.«

»Hm. Also hast du zu viel dafür bezahlt?«

»Nein. Das ist nicht das Problem. Die Kosten sind einkalkuliert. Aber wenn ich alle 42 Mietparteien zur Sanierung in ein Hotel stecke, dann nicht mehr. Und das wäre unumgänglich. Im Moment flicken wir einfach, was am dringendsten ist. Dieses Geflicke kostet am Ende mehr als die Sanierung und für die Mieter ist das auch nicht toll.«

»Sind Wohnungen frei?«

»Demnächst zwei. Das sind die Ersten, die in zwei Jahren ausziehen.«

»Also kannst du die sanieren.«

»Ja. Zwei in zwei Jahren. Bei dem Tempo können meine Enkelkinder die letzte Wohnung renovieren.«

»Und wenn Mieter innerhalb des Hauses die fertigen Wohnungen beziehen? Dann die nächsten zwei sanieren, wieder zwei Mieter, die in die einziehen, quasi, dass die immer aufrutschen. Sind die Wohnungen ungefähr gleich groß?«

»Ja, sind sie. Aber das funktioniert nicht. Das wollte ich so ähnlich schon einmal machen, doch die Mieter hängen an ihren eigenen Räumlichkeiten.«

»Sie brauchen nur den richtigen Anreiz.«

»Also soll ich ihnen auch noch Geld dafür geben?«

»Nein. Du musst die total begehrenswert machen. Das müssen so richtige Musterwohnungen werden. Praktisch, stylisch, erstrebenswert. Sobald die fertig sind, gibst du eine Party für die Mieter. Sie können die Wohnungen besichtigen und du machst eine Tombola oder so etwas. Die zwei Hauptgewinne sind, dass sie in diese Wohnung umziehen dürfen und du den Umzug bezahlst. Das ist billiger als

Hotelzimmer und innerhalb eines Hauses sowieso nicht teuer. Dann vergibst du in weiteren Gewinnen Warteplätze für die nächsten Wohnungen. Außerdem könntest du den Anreiz setzen, dass sie selbst etwas entscheiden können. Beispielsweise Fliesen: Sie dürfen aus drei Farben wählen oder bei der Wandfarbe mitentscheiden. Das können sie direkt auf der Party machen. Geschickt wäre es, wenn es gleich ein neuer Mietvertrag ist, bei dem sie die Wünsche ankreuzen. Bestimmt sind nicht alle dabei, aber die meisten, da bin ich mir sicher. Die Restlichen werden dann neidisch und wollen am Schluss auch, wenn alle anderen die neuen Wohnungen haben.«

Er lehnt sich zurück und trommelt mit den Fingern einer Hand auf seinem Oberschenkel. Dabei betrachtet er sie, ehe er wieder mich ansieht.

»Könnte vielleicht funktionieren.«

»Wird es«, antworte ich selbstbewusst. Menschen wollen immer gewinnen, und dass andere etwas Besseres haben als sie selbst, das gönnt doch auch keiner. »Hast du Bilder? Zeig mal die Grundrisse.«

Seine Finger gleiten über das externe Touchpad und wühlen sich durch Ordner, bis er schließlich einen Plan öffnet. Ich streiche seinen Zeigefinger entlang, bevor ich seine Hand runterschiebe und mir das größer ziehe.

»Aha, aha«, kommentiere ich das und er lacht leise. »Bilder bitte«, verlange ich. Er öffnet einen weiteren Unterordner, indem er meine Hand nimmt und sie auf dem Pad entlangführt und mit meinem Finger klickt.

»Das ist eine von denen, die leer wird?«, frage ich.

»Ja«, bestätigt er und ich klicke mich durch. Wirklich räudig das Ganze. Die neuen Fenster sehen fast skurill aus in diesem mehr als abgewohnten – was ist das? – 70er/80er-Jahre-Stil. Das Badezimmer ist eine unpraktische Augenvergewaltigung und alles ist runtergekommen.

»Perfekt«, stelle ich fest.

»Was?«, hakt er nach und lacht. »Perfekt?«

»Ja. Wenn die Wohnung fertig ist, werden die anderen Mieter sich darum schlagen, zuerst dort einziehen zu dürfen.«

»Du weißt doch gar nicht, wie sie danach aussieht.«

»Also erstens ist alles besser als das«, lasse ich ihn wissen und zeige auf dieses schlammgrüne geflieste Albtraumbadezimmer, dessen Bild auf dem Display zu sehen ist. »Zweitens werde ich dir helfen.«

»Sorry, Lara, aber ich glaube, dein Stundensatz sowie deine Art zu renovieren fallen aus dem Budget.«

»Ich kann nicht nur teuer gestalten. Gib mir ein paar Stunden. Wenn die Wohnungen ähnlich geschnitten sind, braucht man lediglich ein Grundkonzept. Ich bastel was zusammen. Das kannst du dann deinem Team zur Umsetzung schicken. Oder hast du schon jemand engagiert?«

»Nicht so richtig.«

»Prima.«

»Du willst kein Geld dafür?«

»Quatsch. Mein Beruf ist zugleich mein Lieblingshobby. Ich werde keine Detailplanung vornehmen, sondern nur ein grobes Konzept erstellen. Damit kann dein Team dann weiterarbeiten. Ich erledige das, wenn ich bei dir bin und du beschäftigt bist.«

»Du machst das, wenn ich keine Zeit für dich habe?«

»Nein. Ich sagte, wenn ich bei dir bin. Du liest doch gerne oder musst zwischendurch arbeiten.« Er sieht mich an und ich meine zu begreifen, was er meint. »Ach, ich verstehe. Du meinst, ich schaffe das nicht in absehbarer Zeit. Ich halte mich ran. Im Zweifelsfall musst du deine Konsole anwerfen, bis ich fertig bin. Keine Sorge, allzu lange brauche ich nicht.«

»Das meinte ich nicht. Ich soll zocken in der Zeit, in der du für mich arbeitest?«

»Du kannst machen, was du willst. Das war nur ein Vorschlag. Du sagtest, dass du gerne spielst, hast es aber noch nie getan, während ich hier bin.«

»Du hilfst mir einfach so und ich soll zocken?«

»Francis! Worauf willst du hinaus?«

»Ich fühle mich gerade etwas überrumpelt.«

»Oh, sorry. Zu viel? Tut mir leid. Ich wollte nicht aufdringlich sein. Das war nur ein Vorschlag.«

»Nein, das ist es nicht. Ich bin einfach überrascht. Hast du nicht selbst genug zu tun?«

»Ach, das geht doch ganz schnell. Ich brauche die Grundrisse, übertrage sie in mein Programm, plane grob etwas und dein Team muss den Rest machen, wie gesagt. Ich werde mich nicht hinsetzen und den benötigten Fliesenspiegel berechnen und solche Dinge. Sie bekommen von mir nur die Vorgabe, ein grobes Konzept. Dann wird alles hell, freundlich, modern und einladend sein. Der blöde Teil der Arbeit bleibt mir erspart.«

»Okay. Du bist ziemlich toll«, sagt er ernst, zieht meine Hand vom Touchpad, mit dem ich beim Sprechen die Pläne durchgesehen habe und schon erste Ideen im Kopf sammelte. Er küsst jeden einzelnen Fingerknöchel mit einem merkwürdigen Gesichtsausdruck.

»Was ist los, Francis?«

»Nichts Wichtiges. Oder doch. Schön, dass du hier bei mir bist.«

»Finde ich auch. Aber sag mal bitte ehrlich: Wäre es dir lieber, wenn ich das nicht tue? Ich bin nicht beleidigt.«

»Nein, falsch. Ich liebe es, dass du das einfach so für mich tun willst.«

»Nun, ich liebe dich, und wenn ich dir helfen kann, ist das doch selbstverständlich.«

»Nein, das ist nicht selbstverständlich, sondern etwas Besonderes für mich. Ich glaube, ich liebe dich gerade noch ein Stück mehr.«

Darauf habe ich keine Erwiderung, da ich es nicht ganz nachvollziehen kann. Ist es nicht normal, sich in einer Beziehung gegenseitig zu unterstützen? Warum sollte ich das nicht tun, wenn ich doch dazu in der Lage bin und sogar Spaß daran habe?

Trotzdem rührt es mich, dass es ihm viel bedeuten zu scheint. Ich will ihm am liebsten jeden Tag zeigen, wie wichtig er mir ist. Allein dieses Gefühl, geliebt zu werden, ist so kostbar, dass ich es mir gerne aus der Brust nehmen und in einen Tresor legen würde, um es nie wieder zu verlieren.

Damit hatte ich nicht mehr gerechnet, schon gar nicht darauf gehofft, und dann kam er.

Ich werde geliebt!
Ich!

Du bist nicht mehr du.

Lara

Francis hat sich einen ganzen Tag nicht gemeldet. Weder auf Anrufe noch auf Nachrichten reagiert. Keine Guten-Morgen-Mitteilung, keine Gute-Nacht-Nachricht. Wäre ich nicht voll im Arbeitsrausch bei einem neuen Kunden gewesen, hätte ich mir mehr Gedanken gemacht. Aber die kommen mir dafür nun alle im Auto, auf dem Weg zu ihm.

Wir hatten ausgemacht, dass ich nach meiner Rückkehr zu ihm fahre, weshalb ich ohne Umweg nach Hause auf dem Weg zu ihm bin. Was soll ich auch daheim? Bei ihm gibt es eine Dusche, ein Bett und als kleinen Bonus den verdammt heißesten Mann, den ich kenne.

Schon beim Gedanken daran, wie er mich mit seiner rauen, tiefen Sexstimme begrüßen wird, weil er genau weiß, dass ich davon jedes einzelne Mal eine Gänsehaut bekomme und dümmlich grinsen muss, kribbelt die Vorfreude in mir.

Meine Gedanken haben sich darauf geeignet, dass er sein Smartphone verloren haben muss. Anders kann ich mir nicht erklären, dass er sich gar nicht meldet. Er verlegt doch ständig seine Ladekabel, würde mich also nicht wundern, wenn er das Ding ebenfalls verliert.

Er wird mich sicher nicht aus heiterem Himmel ghosten. Er sagt, er liebt mich. Ghosten ergibt also keinen Sinn. Es ist auch nichts vorgefallen. Kein Streit, kein Missverständnis. Alles ist gut.

Letzte Woche schickte er mir die Umsetzung meines Konzepts für das Haus, das er als Fehlinvestition betrachtete, durch sein Team. Irgendwie schien ihn das total zu bewegen, dass ich das für ihn tat. Er sagte, dass er sich erkenntlich zeigen will, aber ich bestand darauf, dass das nicht nötig wäre. Es ist mehr als genug, zu wissen, dass ihn das glücklich machte, denn er macht mich glücklich.

Vielleicht hat er sich trotzdem eine Überraschung überlegt.

Aber sich dann nicht melden, ergibt auch keinen Sinn.

Ach, sicher stimmt die These mit dem verlorenen Smartphone. Mit absoluter Sicherheit kann er meine Nummer nicht auswendig – wer tut das heute noch, ich kann ja nicht einmal meine eigene – und hatte wahrscheinlich keine Möglichkeit, mich zu erreichen. Wenn man E-Mail und Social Media außer Acht lässt. Aber da denkt er möglicherweise nicht dran.

Ich wühle mir noch eine Fritte aus der wohlriechenden Tüte auf meinem Beifahrersitz, deren Geruch mich fast sabbern lässt, weil ich Hunger habe. Für Francis habe ich nichts dabei, aber vielleicht können wir trotzdem zusammen essen.

Kauend singe ich laut *The Sound of Silence* von *Disturbed* mit. Der Titel passt ein wenig zu Francis und die raue Stimme ebenfalls. Langsam gewöhne ich mich an den Gedanken, dass er neben den Immobilien noch in der Musikbranche ist. Zugegebenermaßen fand ich die Beats schon auf dem Konzert gut, und die Texte … nun, was solls. Seinen Fans macht es Spaß und ihm offensichtlich auch. Er hat nichts mit meinem Vater gemeinsam, so viel ist klar.

Vor Francis' Tor drehe ich leiser. Dank des Senders öffnet es sich für mich automatisch. Aber zügiger könnte das gehen. Diese Firma werde ich nicht mehr beauftragen. Zeit ist Geld! Es muss doch schnellere Tore geben. Ich will dringend zu meinem Mann.

Zum Ausgleich fahre ich zügig auf sein Grundstück und bremse abrupt, als drei der vier Parkplätze belegt sind. Oh. Er hat Besuch. Ich parke auf dem letzten verbliebenen Gästeparkplatz und stelle den Motor ab.

Ich klemme mir die Tasche unter den Arm, nehme meine Tüte mit Essen liebevoll in die Hand und rieche noch einmal daran. Hab ich Hunger! Mit einer schwungvollen Bewegung meiner Hüfte schlage ich die Fahrertür zu und marschiere zu seiner Eingangstür.

Mit meinem Code betrete ich die Wohnung und rufe laut: »Francis, ich bin zurü-hüüück!«

Nach einem Umweg über die Küche, in der ich das Essen abstelle, tipple ich gut gelaunt rüber ins Wohnzimmer. Sicher ist er dort, wenn er Besuch hat.

Ich habe recht: Fünf Augenpaare starren mich wie eine Erscheinung an und Francis stöhnt: »Sie ist tatsächlich hergekommen. Ich kann es nicht fassen.«

»Bitte?«, frage ich so verwirrt, wie ich über diese Begrüßung bin. Er sitzt auf dem Sofa mit Chaosfrisur und hat sein Gesicht in den Händen verborgen.

Seine Körperhaltung wirkt, als wäre er total fertig. Vorgebeugt, Schultern hängend, mit den Ellenbogen auf den Oberschenkeln.

Ich sehe zwischen allen hin und her und will wissen: »Was ist passiert?«

Die vier Männer mustern mich. Darunter Tom, den ich ja bereits kennenlernen konnte, und auch David Stone, der Chef von MPE, der mich Francis empfohlen hatte.

Nachdem ich keine Antwort erhalte, sage ich fragend: »Francis?«

Er steht auf und starrt mich eiskalt an. Mir wird ganz heiß unter diesem Blick, aber nicht auf die gute Art. Sein Kiefer ist angespannt und eine steile Falte auf seiner Stirn. Er sieht so böse aus, dass ich kurz Angst bekomme und mit unglaublich piepsiger Stimme wiederhole: »Francis?«

Wie ein Bulldozer kommt er auf mich zu, legt die rechte Hand an meine Kehle und drückt mich gegen die Wand.

»Was ist denn los?«, flüstere ich tonlos und lege eine Hand auf seine.

Was passiert hier gerade?

Auf meine Berührung lässt er mich sofort los, als würde sie wehtun, und da meine Beine so weich sind, rutsche ich an der Steinwand nach unten.

Er sieht mit zornig verengten Augen auf mich runter, und sein Kiefer mahlt angestrengt, als würde er sich zurückhalten, nicht auszurasten.

»Francis?«, frage ich noch einmal. Er muss mir doch sagen, was los ist!

Er holt tief Luft und brüllt mich an: »DU! Was hast du getan? Ich dachte, du hättest dein dummes Maul gehalten! Verpiss dich aus meinem Haus! Wage es nie wieder, auch nur durch diese Straße zu fahren oder meinen Namen zu denken! Dämliches Miststück.«

Er wendet sich ab und verschwindet. Fassungslos sehe ich ihm hinterher. Meine Sicht verschwimmt etwas, und das Atmen fühlt sich an, als wäre ich unter Wasser.

»Tom?«, quieke ich. Ich verstehe gar nichts. Warum ist er so wütend?

Tom geht vor mir in die Hocke und sagt leise: »Geh einfach.«

»Aber, Tom, was ist denn überhaupt los?«

Er schüttelt langsam seinen Kopf. »Ja. Hm. Derjenige, dem du erzählt hast, dass Francis Bull ist, hat das öffentlich gemacht und versucht, seine Mutter zu vergiften.«

»Was?«, hauche ich. »Geht es ihr gut? Ich war das nicht, Tom!«

Er schüttelt wieder seinen Kopf. »Sorry, Lara, derjenige behauptet, dass du die Quelle warst. Die Freundin von Francis Hunter alias Bull.«

»Wer war es? Ich sagte es niemandem, ich schwöre!«

»Lara, hör auf, es zu leugnen. Sicher hast du nicht gewollt, dass das passiert, aber es war dämlich, es rumzuerzählen. Nun musst du mit den Konsequenzen leben.«

»Verfluchte Scheiße, ich war das nicht! Ich habe es NIEMANDEM gesagt. Noch nicht einmal meiner besten Freundin.«

Tom erhebt sich seufzend, geht an einen der Beistelltische und wirft mir ein Stück Papier vor die Füße.

Eine Kopie eines Schreibens. Ich nehme es in die Hand, wische mir die Tränen weg und lese:

Hey Bull alias Francis fucking schwanzlos Hunter,
du bist ein lügendes Dreckstück, uns alle so zu verarschen.
Ich war dein größter Fan, du warst mein Vorbild und dabei bist du nichts anderes als ein geldgeiler spießiger Wichser!
Das wirst du bereuen! Vielleicht komme ich nicht an dich ran, aber pass gut auf deine Familie auf!

Grüße ein Hater
PS: Deine Hure Lara ist eine geldgeile Fameschlampe. Sag ihr Danke, dass sie mich von falschen Idolen befreit hat.

Entsetzt lasse ich das Stück Papier sinken. Habe ich irgendjemand gegenüber aus Versehen etwas angedeutet? Nein, unmöglich. Wieso steht da mein Name?

»Tom! Wer hat das geschrieben?«

»Wissen wir nicht. Das war in seiner Fanpost. Das Original ist bei der Polizei. Sie ermitteln bereits wegen versuchter Tötung.«

»Was ist mit Francis' Mutter?«

»Wenn er will, soll er dir das selbst sagen.«

Ich sehe von einem seiner Freunde zum nächsten, aber sie schenken mir keine Beachtung, machen alle nur ernste Gesichter, wie Statisten ohne Sprechrolle.

Ich rapple mich auf und verlasse den Raum. Scheißgroßes Haus. Ich werde Francis sagen, dass das eine Lüge ist. Er muss mir doch glauben.

Direkt am ersten Ort, an dem ich ihn suche, finde ich ihn. Er steht mit einer Dose Energydrink in seiner Küche an den Tresen gelehnt und starrt ins Leere. Er ist ungewohnt blass und hat Augenringe. Er sieht so fertig aus, dass ich einfach nur zu ihm hinwill und ihn tröstend berühren.

»Francis, hör mir zu: Ich war das nicht. Ehrlich.«

Träge dreht er mir den Kopf zu und sieht mich kalt an. »Ich glaube dir nicht. Das ist doch wohl eindeutig, oder? Wer weiß schon, dass ich Bull bin? Da steht dein Scheißname. Also verpiss dich, ich kann nutzlose Tussen in meinem Haus nicht ertragen.«

Keine Ahnung, was ich dazu sagen soll. Es tut richtig, richtig weh, wie er mit mir spricht. Es tut noch viel mehr weh, dass er mir nicht zu glauben scheint.

»Wie geht es deiner Mutter?«, flüstere ich mit zugeschnürtem Hals.

Er umrundet die Kücheninsel und klopft dabei mit seinen Knöcheln immer wieder auf die Arbeitsplatte, bis er direkt vor mir steht. Eiskalt und zugleich so wütend, wie ich ihn noch nie erlebte, starrt er mich an.

»Lauf«, flüstert er, »lauf. Verlass mein Haus, so schnell du kannst.«

Seine Stimme klingt unglaublich bedrohlich, aber ich kann mich nicht bewegen. Er hebt eine Hand an, woraufhin ich ein paar Schritte rückwärts taumle.

»LAUF JETZT!«

Er wirkt kein bisschen einschüchternd, nein, er wirkt beängstigend, und ich muss an die Geschichte, wie er jemanden ins Krankenhaus prügelte, denken, die er mir auf dem Jahrmarkt erzählte. Verliert er gerade jede Beherrschung und wird mich schlagen?

Er? Mir wehtun? Handgreiflich werden? Er?

Mein Mund vertrocknet, genauso wie die Augen und alles wird zäh um mich. Das ist nicht der Francis, den ich kenne.

Jemand schiebt sich zwischen uns.

»Stopp, Bro. Egal, was passiert ist, du wirst keine Frau schlagen.«

»Halt dein Maul, Luke.«

Ich schwanke ein paar Schritte zur Seite und sehe ein wenig fassungslos zu, wie die beiden Männer sich gegenseitig mit Blicken fixieren, als würden sie auf den nächsten Zug des anderen lauern.

Dieser Luke hebt seine Hand und verpasst Francis eine Ohrfeige. Eine Ohrfeige, die sich gewaschen haben muss, denn sein Kopf ruckt hart zur Seite.

Langsam dreht er ihm wieder das Gesicht zu und hält seine Hand an die Wange.

»Sorry, Bro. Aber du bist ein wenig außer Kontrolle.«

Francis' Brauen ziehen sich zusammen, ein skeptischer Blick folgt.

»Sei ein Mann und kein Tier«, fordert Luke.

Francis antwortet in einem bitteren Tonfall: »Bitte. Luke. So gut sollten wir uns kennen. Ich bin nicht außer Kontrolle. Ich wollte ihr nur Angst machen, damit sie sich endlich verpisst und aufhört, wie ein alter Kaugummi unter einem Schultisch hier festzukleben.«

Luke lacht leise und entschuldigt sich: »Sorry für die Ohrfeige.

Ich hatte dich nur noch nie so erlebt. Wirkte etwas durch. Cole soll sie rauswerfen. Wir bleiben, solange du willst, und zum Abschied schenke ich dir fünfzig Nutten, dann kannst du sie dir aus dem Kopf vögeln. Vorher sollten wir hier in deiner Bude eine Party feiern. Lädt ja echt dazu ein. Hm? Schön besaufen, Nase zukoksen und ein paar Schlampen einladen.«

Er dreht seinen Kopf und weist den Mann neben mir an: »Cole, bring sie weg.«

Francis' Blick wandert von Luke zu mir und er sagt: »Gute Idee. Warte kurz, bevor du sie wegbringst. Ich will kurz mit ihr reden.«

Ich konnte, seit die zwei Männer zu uns in die Küche kamen, nur noch wie erstarrt zuhören. Sie taten so, als wäre ich nicht da.

Irgendwie scheinen sie Francis wieder runtergebracht zu haben. Wenn er mit mir reden will, bedeutet das, er hört mir auch zu. Er wird mir sicher glauben. Er liebt mich doch. Impliziert das nicht, dass man sich glaubt und vertraut?

Luke tritt zur Seite, und ich mache einen Schritt auf Francis zu, er einen auf mich. Ich lächle ihn an. Es kostet mich etwas Überwindung, das zu tun nach den letzten Minuten, aber ich will, dass er weiß, dass ich da drüberstehen kann und verstehe, dass er durcheinander ist.

Er lächelt schräg zurück. Ein böses, kaltes Lächeln, das so viel Gehässigkeit ausstrahlt, dass meine Mundwinkel sofort nach unten wandern und mir ganz komisch wird.

»Also, Lara. Das war wirklich nett mit dir. Eine amüsante kleine Liaison. Gute Ficks. Ich würde dich weiterempfehlen, eins a Muschi. Dass du kein Beziehungsmaterial bist, wusstest du bereits vor mir. Kann ich bestätigen. Meinst du, bevor du gehst, kannst du mir noch die Nummer deiner Freundin geben? Vielleicht nehme ich mir die als Nächstes vor. Sie ist ein ganz schön scharfes Stück. Wäre lustig, herauszufinden, wer von euch beiden sich besser ficken lässt.«

»Hör auf«, fordere ich und bemerke selbst, wie brüchig meine Stimme klingt. Doch ich weiß, dass er nur Mist redet. »Du lügst, Francis. Gestern sagtest du noch, du liebst mich.«

Er legt seine Hand auf meinen Mund, damit ich nicht weitersprechen kann, beugt sich etwas Richtung meines Ohrs und teilt mir leise mit, als würde er mir ein Geheimnis verraten: »Nein. Das erzähle ich allen Frauen. Die sind dann so schön willig. Oder nicht? Denk mal darüber nach. Wann habe ich dir das gesagt? Genau: als du mich nicht mehr wolltest. Aber ich sage, wann ausgefickt ist, niemals die Frau. Hat perfekt geklappt. Die richtigen Worte, die richtigen Gesten. Ich bin echt gut, oder? Obwohl ich zu dem Zeitpunkt schon ein wenig von dir gelangweilt war. Doch ich hatte noch keinen Plan, wie ich dich loswerde und du mein kleines Geheimnis für dich behältst. Da ich diese Sorge los bin: Tschau, Lara.« Er richtet sich auf, wedelt mit der Hand, die eben noch auf meinem Mund lag, in Richtung Tür und sagt zu diesem Cole: »Jetzt. Bring sie raus und pass auf, dass sie verschwindet.«

Jedes Wort fühlte sich an, als würde er an alten Narben reißen, bis sie wieder Wunden sind und dunkel bluten. Schlimmer noch, als würde er weiter daran zerren, neue hinzufügen, Scharfkantiges in mich treiben. Ich kann ihn nur anstarren und den Schmerz fühlen, als wäre er tatsächlich körperlich.

Ist das wahr?

Ist das gelogen?

Warum sagt er das?

Ich versuche das zu sortieren, einzuordnen, den Schmerz zu ignorieren, der überall in mir brennt.

Wahrheit oder Lüge? Kann man das vormachen? Hat er die ganze Zeit über mich gelacht, weil ich anhänglich bin und er gespürt hat, wie wichtig er mir ist?

Wahrheit oder Lüge? All die Gesten und Worte nur eine Masche?

Wahrheit oder Lüge? Kenne ich ihn doch nicht, so überhaupt gar nicht? Liebe ich einen Mann, der gar nicht existiert? Ist er mehr Bull als Francis?

Zu gerne würde ich fragen, was sagen, aber meine Zunge ist gelähmt, wie sämtliche Muskeln. Mein eigener Puls klopft im Ohr, alles ist wie in Watte, ich höre nur noch meine Atmung, laut wie ein Blasebalg.

Eine Hand berührt meinen Oberarm und ich vernehme dumpf durch den Gedankensturm: »Das war übrigens dein Stichwort. Falls du es nicht bemerkt hat: Keiner will dich hier. Keiner braucht dich. Du bist eine illoyale Tusse.«

Ein Finger pikst in meinen Rücken und drückt mich Richtung Ausgang. Willenlos gebe ich diesem Druck nach und begebe mich in fahrigen Bewegungen nach draußen.

Kurz vor der Haustür beschwöre ich Francis' Freund: »Ich war das wirklich nicht.«

Ein gelangweilter Blick trifft mich. »Es ist doch ziemlich eindeutig.«

»Das mag sein, trotzdem ist es nicht wahr.«

»Ich habe absolut keine Lust, mir dein Genöle anzuhören.«

Mittlerweile sind wir vor der Haustür angekommen und ich appelliere ein weiteres Mal an ihn: »Cole, richtig? Das lässt sich alles klären, wenn mir irgendjemand nur einmal zuhören würde.«

»Ist doch egal. Egal, wie ich heiße, egal, was du klären willst. Geh einfach. Wirklich. Du solltest verschwinden.«

»Was soll ich jetzt machen?«, frage ich ihn verzweifelt und weiß selbst nicht so genau, was ich meine. Soll ich um Francis kämpfen und versuchen, ihn zu überzeugen, dass er mir glauben kann, oder war das doch die Wahrheit, was er gerade gesagt hat? Wenn das nicht gelogen war, gibt es den Mann, um den ich kämpfen würde, gar nicht. Hat er mich geliebt oder nicht? Diese Frage wütet siedend heiß in mir.

Er sieht mich forschend an. Seine sturmgrauen Augen wirken so kalt wie schlechtes Wetter.

»Du könntest mit der Polizei sprechen, sobald sie sich an dich wendet. Vermutlich heute noch, da sie denjenigen finden wollen. Wenn du es jemand gesagt haben solltest, gib es wenigstens dort zu, damit sie etwas tun können.«

Ich will noch einmal wiederholen, dass ich es eben nicht weiß, aber er kommt mir zuvor und fährt mit einem Seufzen fort: »Kümmere dich auch um deine Sicherheit. Derjenige weiß ja nicht, dass ihr nun getrennt seid. Er könnte dir ebenfalls etwas antun wollen.«

Alles, was mir dazu einfällt, ist: »Wir sind getrennt?«

»Ich glaube, das ist klar, oder?« Er wirft mir einen Blick zu, als wäre ich nicht mehr ganz dicht.

»Ja. Natürlich«, erwidere ich tonlos. Das war dumm. All das kommt noch nicht richtig bei mir an. Eben war er meiner und nun ist da nichts mehr? Ich will Francis zurück, ich will, dass er sagt, das war alles nicht ernst. »Zum letzten Mal: Ich schwöre, dass ich das nicht war. Wenn er sich beruhigt hat, könntest du ihm sagen, dass er mich anrufen soll?«

»Das werde ich ihm sicher nicht ausrichten«, antwortet er schnippisch und führt mich an mein Auto.

Ich entriegle den Wagen und er öffnet mir die Fahrertür. Wie ferngesteuert steige ich ein, lege den Sicherheitsgurt an, und Cole schließt mit einem Nicken die Tür, ehe er zurück zum Eingang geht.

Gott sei Dank funktioniert mein Autopilot, und meine Hände starten den Motor und lenken das Auto Richtung meiner Wohnung.

Mein Verstand kann das immer noch nicht richtig erfassen, was gerade passiert ist. Meine Konzentration liegt nicht auf der Straße, sondern geht unter in diesem betäubenden Sturm in meinem Kopf. Erst nach einigen Minuten wird mir richtig bewusst, wie er mit mir umgegangen ist und was er alles gesagt hat, wie sich das in mich geschnitten und mich ein wenig zerfetzt hat.

Ich muss anhalten, die Ränder meines Sichtfeldes verschwimmen. Ungehalten schleudere ich die Tür des Autos ins Schloss und marschiere los. Ich kann nicht richtig mit mir umgehen, weiß nicht, was ich fühlen soll, weiß nicht, was die Wahrheit ist.

Liebt er mich oder nicht?

Hat er mich überhaupt geliebt?

Alles in mir wechselt sekündlich, bricht wellenartig über mich herein, überspült mich komplett. Fassungslosigkeit lässt mich immer wieder kurz erstarren, bringt mich zum Stolpern, Entsetzen schmeckt bitter auf meiner Zunge, Trauer um den

Verlust frisst sich durch mich hindurch. Wut lodert hoch und zwingt mich dazu, die Schritte zu beschleunigen. Dieser giftige Cocktail bringt mich zum Schwitzen, alles zum Kribbeln, mein Magen ist heiß und schwer und drängt nach oben.

Immer zügiger werde ich, da die Wut nach und nach alles verdrängt. Wie er mich angefasst hat! Wie er mich ansah! So ein Drecksack! Er kann doch normal mit mir reden! Es hat ihn noch nicht einmal interessiert, was ich dazu zu sagen hatte.

Er kann mich nicht geliebt haben, sonst hätte er mir zugehört und mir geglaubt. Ja, so muss das sein. Das ergibt anders keinen Sinn. Er hat mich die ganze Zeit nur benutzt wie eine Sexpuppe, die ab und zu ein wenig Streicheleinheiten braucht. So wie man ein Smartphone auflädt, um es zu nutzen.

Völlig fertig streiche ich mir ein paar Strähnen aus der Stirn, die dort festkleben, als ich bei meinem Wagen ankomme. Ich glaube, es geht wieder. Zumindest für eine Heimfahrt, ohne jemanden zu killen.

Obwohl ich nicht an Francis denken will, sondern versuche, mit meinen Gedanken in sicheren Bereichen zu bleiben, geht mir dieser Brief die ganze Fahrt durch den Kopf. Wie kann das sein? Ich hatte es niemandem gesagt. Dieses Rätsel muss sich doch lösen lassen. Selbst wenn Francis mir etwas vorgemacht hat, habe ich das Gefühl, ihm beweisen zu müssen, dass er falschliegt.

Es muss jemand sein, der uns kennt. Doch niemand könnte auf die Idee kommen, dass er Bull ist. Mein Verstand rast und analysiert, aber nichts. Kaum jemand kennt uns beide zusammen.

Pascal weiß, dass ich in einer Beziehung bin – halt war –, und weiß seinen Namen. Aber unmöglich, dass er auch ahnt, dass Francis Bull ist. Er hat ihn noch nicht einmal gesehen, denke ich.

Gina weiß es außerdem. Allerdings hätte sie das niemals erraten können. In meinem Büro oder meiner Wohnung gibt es keine Hinweise darauf. Sie hatte ihn gesehen. Sie war doch sogar mit auf dem Konzert. Falls sie auch den leisesten Verdacht gehabt hätte, hätte sie mich sofort angesprochen. Da bin ich mir sicher. Und wenn es nur wäre, damit sie sich darüber lustig machen kann.

Sonst gibt es niemanden. Wir blieben für gewöhnlich unter uns, wie es wohl die meisten Pärchen am Anfang machen. Wir waren uns vollkommen genug.

Kann das Zufall sein? Kann ihn jemand, völlig unabhängig von mir, erkannt haben, als wir unterwegs waren? Aber warum sollte derjenige dann meinen Namen erwähnen? Außerdem hatte ich ihn nicht erkannt und war mit ihm zusammen. Seine Tattoos könnten identifiziert werden. Daran hätte ich es sicher auch sofort gesehen. Aber sie waren auf dem Konzert bedeckt. Ach, deshalb hatte er sich damals Handschuhe angezogen. Damit ich ihn nicht an den Tattoos auf dem Handrücken erkenne.

Ich googelte ihn sogar als Bull und bemerkte das nicht. Hatte er dort seine Arme bedeckt? Keine Ahnung mehr. Mir fiel es nicht auf, mir, die ihm jeden Tag so nahe war. Wie sollte das dann einem Fremden auffallen?

Ich verstehe das nicht.

Ich verstehe das alles einfach nicht.

Du bist endlich weg.

Francis

Wenn ich eins gewöhnlich nicht bin, ist es ratlos. Doch im Moment fühle ich mich unschlüssig. Unschlüssig, was ich jetzt tun möchte, morgen und überhaupt.

Ich liebe meine vier Freunde, aber dass jeder von ihnen sofort, als sie erfahren haben, was passiert ist, zu mir gekommen sind, das zeigt mal wieder, wie besonders sie sind. Ich bin mir sicher, dass eigentlich keiner von ihnen richtig Zeit hat, und trotzdem waren sie sofort hier.

Nachdem Cole zurück ist, zum Glück ohne Lara, atme ich tief durch und sage: »Das wäre wohl abgehakt. Dann weiter.«

»Wie weiter?«, fragt Cole.

»Wir essen etwas und beratschlagen uns dabei«, schlägt David vor. »Du wirst dich um vieles kümmern müssen. Die Sache mit der Polizei, dein Umgang mit der Veröffentlichung, dass du Bull bist, deine Mutter. Soll ich Honey anrufen, damit sie dir einen PA vermittelt?«

»Puh«, antworte ich. Ich habe doch einen Assistenten. Der sitzt in meiner Immobilienverwaltung und wir klären alles über E-Mail und Telefon. So ein PA ist mir eigentlich zu persönlich. Das steckt ja schon im Wort: Persönlicher Assistent.

Die Sachen, die für die Bullsache nötig waren, gab ich bis jetzt an meinen Manager ab, der kümmerte sich auch darum, dass bei jedem Konzert oder Interview ein Handlanger für mich bereitsteht und alles einwandfrei organisiert ist. Manchmal etwas umständlich, aber so kann ich Hunt und Bull wunderbar trennen.

»Das heißt *Ja*«, behauptet David und verschwindet zum Telefonieren.

»Na dann«, kommentiere ich das. »Wie lange bleibt ihr?«

Cole antwortet: »Luke und ich haben die nächsten Tage keine

Termine. Wir können ein wenig bleiben und dir unter die Arme greifen. David muss wahrscheinlich heute oder morgen zurück in seine Firma.«

»In drei Tagen habe ich selbst einen Termin, kann aber danach wieder herkommen«, meldet sich Tom zu Wort. »Tut mir echt leid, das mit Lara. Ich wei…«

»Ich will nicht über sie reden!«, fahre ich dazwischen.

Luke sieht kurz kritisch von seinem Smartphone hoch, an dem er hängt. Das Ding hat er sicher 23 Stunden am Tag in der Hand.

»Sorry. Ist schon gut. Bleibt heute und dann könnt ihr wieder verschwinden. Länger erträgt euch kein Mensch.«

Das sage ich, da Tom total unglücklich aussieht. Er ist einfach viel zu mitfühlend. Ich will auf seinem Gesicht nicht dieses Mitleid sehen. Ich wünsche, nicht bemitleidet zu werden.

Cole legt seine Hand auf meine Schulter und fragt: »Geht es dir besser, jetzt da sie weg ist? Sollen wir draußen eine rauchen gehen?«

»Tatsächlich«, lüge ich. »Es ist gut, das mit ihr geklärt zu wissen. Meine Mutter ist über den Berg. Der Rest findet sich. Der findet sich doch immer. Und nein: keine Kippe.«

Ich rauche selten, und wenn, nur in guten Momenten. Ich werde den Scheiß nicht richtig anfangen, nur weil mich eine Frau enttäuscht hat.

»Gute Einstellung«, sagt Luke und sieht wieder kurz von seinem Smartphone hoch.

Ich bemerke genau, welche Blicke er und sein Bruder sich zuwerfen, und will, dass sie alle sofort damit aufhören.

Cole sieht mich an, legt den Kopf schräg und dann tritt er näher und umarmt mich. Das bringt mich dazu, laut auszuatmen. Ich will nicht, dass das guttut, aber es tut es.

Das ist das erste Mal, dass er oder überhaupt einer von uns das macht, ohne dass wir betrunken sind. Ich nehme das an, da es hilft. Es hilft mir, mich abzuschotten, mich innerlich zu verhärten, mich zu verschließen.

Was habe ich nur an mir, dass ich es nicht wert bin, von einer Frau gemocht und respektiert zu werden? Gerade von ihr hatte ich mir das so sehr gewünscht.

Mein ganzes Leben war ich noch nie so vernarrt in eine Frau und mir sicher, dass sie mich sieht, nicht alles um mich herum. Wie blind war ich nur, nicht zu erkennen, dass ich ihr so unwichtig bin, dass sie nicht einmal diesen dringenden Wunsch von mir achtet? Ich hätte ihr alles verzeihen können, aber nicht diesen Verrat. Das ist es für mich. Verrat an mir und an dem Uns, das war.

Mit dem kurzen Schließen meiner Augen drücke ich das ganz nach hinten, tief in mich und atme ein weiteres Mal durch. Cole ist still, hat einfach nur seine Arme um mich, und ich weiß, dass wenn wir uns gegenseitig Bruder nennen, das zu einem gewissen Teil wahr ist. Luke und er mögen blutsverwandt sein und sich verdammt nahestehen – so nahe, wie ich sonst niemanden kenne –, doch trotzdem ist er für mich auch Familie. Alle, die sich hier gerade in meinem Haus tummeln, sind Familie. Die Familie, auf die ich immer zählen kann.

Ein drittes tiefes Einatmen und ein letztes hässliches Schieben in mir, das alles unterdrückt, dann ist es genug umarmt. Der kleine Francis will aus dem Beziehungs-Traumland abgeholt werden.

Cole lässt mich los und tritt einen Schritt zurück, als könnte er Gedanken oder Gefühle lesen.

Luke bestimmt: »Geht in dein stylisches Wohnzimmer. Ich mache Essen. Oder bleibt hier und leistet mir Gesellschaft.«

David kommt zurück und schiebt sein Smartphone in die hintere Hosentasche. »Honey hat jemanden für dich. Sie schickt dir ihre Beste, die gerade frei ist.«

»Okay. Ich bin gespannt. Wenn deine Hanna ihre *Beste* schickt, habe ich wohl keine Wahl.«

»So sieht es aus.«

Luke durchwühlt den Kühlschrank und David stellt Gläser und eine Whiskeyflasche auf meinem Tresen ab. Ich sehe die Flasche an, packe sie und schleudere sie gegen die nächste Wand.

Alle blicken wortlos auf mich, selbst Luke unterbricht sein Tun.

Das tat gut. Echt. Als hätte ich einen Teil der Wut gegen die Wand geschleudert und mitzerbrochen. Lara macht das immer, behauptete sie. Sie tat das noch nie in meiner Gegenwart, aber vielleicht hat sie recht. Sehr befreiend.

»Hol einen anderen, David«, bestimme ich. »Der war von ihr. Ich will nichts von ihr in meinem Haus.«

Wir betrinken uns zusammen und futtern, was Luke uns kocht. Wir reden nicht darüber, was passiert ist, und nicht, was sein wird.

Sie sind einfach da, labern mit mir Mist und das hilft mir, meinen Kopf zu ordnen.

Am nächsten Morgen werfe ich sie raus. Ist ja nicht so, als wäre ich ein Baby, das von seinen Freunden betüdelt werden muss.

Bevor ich mich um etwas anderes kümmere, besuche ich meine Mutter im Krankenhaus.

Es macht mich ein klein wenig wütend, dass sie hier sein muss, aber als ich ihr Zimmer betrete und sie so hilfsbedürftig in ihrem Krankenhausbett liegt, ist das weg.

»Hey, Mutsch«, begrüße ich sie und küsse sie auf die Wange.

Ich ziehe einen Stuhl an ihr Bett und nehme ihre Hand.

Sie lächelt mich an. »Hallo, Francis, schön, dass du da bist. Ich muss anscheinend erst ins Krankenhaus, dass du mich besuchen kommst.«

»Ich besuche dich doch alle paar Wochen.«

»Alle acht, um genau zu sein. Pünktlich wie ein Uhrwerk. Früher hingst du ununterbrochen an meinem Rockzipfel und hast ungefähr eine Million Mal am Tag *Mutsch* gesagt, weil du etwas wolltest.«

»Das ist aber wirklich schon lange her«, erwidere ich lachend.

»Ja. Deswegen finde ich, dass ich das langsam mit Enkelkindern wiederholen könnte.«

»Ach Mutsch«, stöhne ich. »Aus diesem Grund komme ich nur alle paar Wochen. Ich kann das nicht mehr hören.«

»Francis, du weißt, dass du mir alles sagen kannst, oder?«

»Worauf willst du hinaus?«, hake ich nach. Hat sie etwa schon mitbekommen, wie ich mein Geld verdiene? Bloß nicht! Wenn ich daran denke, dass meine Mutter die Texte hört. Uuuh.

Sie holt tief Luft und umklammert meine Hand. »Ist einer der Männer, mit denen du gestern hier warst, dein Freund oder Partner?«

»Was? Wie bitte? Nein. Das sind meine Freunde. Ich bin nicht homosexuell.«

»Das ist nicht schlimm, du musst dich nicht schämen. Ich bin nicht von gestern.«

»Tut mir leid, Mutsch, dein Sohn ist ein scheißnormaler Hetero.«

»Ausdruck, Francis!«

»Entschuldige.«

»Du musst dich nicht schämen. Stell ihn mir einfach vor.«

»Mutsch! Echt nicht! Ich hätte dir sogar fast eine Frau vorgestellt.«

»Oh, tatsächlich? Und warum doch nicht?«

»Ich hatte mich in ihrem Charakter getäuscht.«

»Schade. Wenn du mal im Internet guckst? Lernt man da heute nicht Frauen kennen?«

»Ich bin nicht auf der Suche. Können wir das Thema wechseln?«

Unbeirrt macht sie weiter: »Um ehrlich zu sein, bin ich froh, dass du nicht homosexuell bist. Ich will Enkelkinder. Du scheinst doch auf der Suche zu sein. Oder was ist mit der Frau mit dem falschen Charakter?«

»War Zufall.«

»Dann hoffe ich, dass der Zufall dich noch einmal erwischt. Und zwar schnell, bevor mich das Zeitliche segnet.«

»Hör auf, so etwas zu sagen. Dieses Gespräch gefällt mir nicht.«

Und noch weniger gefällt mir der Gedanke, dass sie erfahren könnte, was ich so nebenbei beruflich mache. Sie ist immer so stolz, dass ich es geschafft habe, und hält mich für einen erfolgreichen Geschäftsmann. Das bin ich ja auch, aber nun mal eben nicht hauptsächlich mit Immobilien.

Mit etwas Überzeugungsarbeit konnte ich die Polizisten, die meine Mutter befragten, überzeugen, mein Doppelleben ihr gegenüber nicht zu erwähnen. Es war für ihre Aussage sowieso nicht relevant. Mal sehen, ob es funktioniert, sie davon fernzuhalten. Sie nutzt kein Internet, interessiert sich nicht für die Musikbranche, und in den Klatschblättern, die sie gerne liest, wird nicht über mich berichtet.

Ich will nicht wissen, was sie über mich denkt, wenn sie hört, dass aus meinem Mund solche Wörter wie Fotze, Arschfick und Hurensohn kommen. Wahrscheinlich stirbt sie vor Scham oder erhängt sich mit einer selbst gestrickten Häkeldecke im Keller, weil sie glaubt, ihre Erziehung hat versagt.

Mit der freien Hand fahre ich mir durchs Gesicht, dann durch die Haare und dabei spüre ich ihre kühle Hand auf meinem Unterarm.

»Francis, es ist alles gut. Du musst dir keine Sorgen machen. Ich lebe ja noch. Wissen sie schon, wer das war?«

»Nein. Leider nicht.«

»Also auch nicht, warum ich? Ich habe doch niemandem etwas getan.«

Verlegen fahre ich mit einem Finger den Stoff der Bettdecke nach. Er ist glatt und ein klein wenig rau vom vielen Waschen.

Bevor ich antworte, seufze ich tief: »Das war meinetwegen. Jemand kann mich nicht leiden, weil ich erfolgreich bin. Das sollte eine Art Rache sein. Es tut mir leid, Mutsch.«

Sie zupft an meiner Krawatte und schimpft: »Nein, Francis. Keine Schuldgefühle. Das ist doch nicht deine Schuld. Ich wusste nicht, dass es in der Immobilienbranche solche Probleme geben kann. Oder war es ein Mieter von dir? Du bist kein Abzocker, oder? So habe ich dich nicht erzogen!«

»Nein, Mutsch, natürlich nicht. Lass uns etwas anderes klären: Du kannst nicht mehr nach Hause. Dort bist du nicht sicher, solange der Wichs... ähm, Täter noch auf freiem Fuß ist. Du bekommst meine alte Wohnung.«

»Ach nein, Francis. Die ist so ungemütlich.«

»Also willst du eine eigene?«

»Ich will zurück in mein Haus! Das ist das Haus meiner Eltern. Dort habe ich dich großgezogen. Dort gehöre ich hin.«

»Auf gar keinen Fall«, bestimme ich. »Du ziehst um.«

»Nein.«

Argh. Diese sture Frau.

»Doch. Du gehst auf keinen Fall zurück. Ich packe dich in ein Hotel in meiner Nähe. Dort bleibst du, bis wir eine schöne Wohnung für dich gefunden haben. Du kannst sie einrichten, wie du willst. Wenn sie den Kerl haben und genügend Zeit vergangen ist, um sicherzugehen, dass niemand anders dir etwas Böses will, dann darfst du von mir aus in dein Haus zurück.«

Sie hebt eine ihrer Augenbrauen an und verkneift ein wenig ihren Mund, was eine scharfe Falte links und rechts davon entstehen lässt.

»Bitte, Mutsch?«, füge ich an. »Es wäre mir wichtig, dass du sicher bist.«

Sie seufzt abgrundtief und stimmt zu: »In Ordnung. Wenn du dir so viele Sorgen um mich machst, von mir aus. Besorg mir was. Aber nicht für immer!«

»Versprochen.«

Ich bleibe noch eine Weile und sie erzählt mir von der schrecklichen Krankenhauskost. Dabei weiß ich genau, dass sie ordentliches Essen bekommt, dafür bezahle ich ja. Aber alles, was sie nicht selbst kocht, schmeckt ihr sowieso nicht. Sie beschwert sich weiter über den Chefarzt und die Schwestern, über den Lärm auf den Fluren und dass es zu hell im Zimmer wäre zum Schlafen.

Zum Abschied umarme ich sie, und es zerreißt mich fast, dass neben dem Geruch nach Kindheit, der ihr anhaftet, dieser Krankenhausgeruch hängt. Das ist so falsch.

Lara ist so falsch. Das hier ist ihre Schuld und der Gedanke lässt meinen Magen etwas brodeln. Mein Misstrauen war einfach nur gerechtfertigt. Ich schlucke die hochsteigende Magensäure hinunter und damit diesen Groll und die Frustration gleich mit. Wieder runter, in die Tiefen, wo ich es eigentlich hinverbannte.

Meine Gesichtszüge verhärten sich spürbar, während ich das Krankenzimmer verlasse.

Das war das letzte Mal.

Niemand wird mich je wieder enttäuschen können.

Du bist nicht mehr mein größtes Problem.

Lara

Ich komme einfach nicht darüber hinweg, dass Francis mich abserviert hat.

Dass Francis mich auf diese Art abserviert hat. Wie kann er nur glauben, dass ich das gewesen bin? Selbst wenn, würde ich ihn nicht belügen, sondern hätte dazu gestanden, verdammte Scheiße!

Bei der Polizei wurde ich auch skeptisch angesehen, bevor der Polizist weiter emotionslos meine Aussage aufnahm. Ist das so abwegig, dass ich nichts wusste, nur weil da mein Name stand?

Manchmal fällt mir mitten am Tag oder in der Nacht siedend heiß ein, was Francis von sich gab, wie er zu mir war, und das brennt mir fast Löcher in den Magen, in Herz und Verstand. Ich will nicht, dass alles von ihm gelogen und vorgetäuscht war. Mir fallen immer wieder Momente ein, in denen ich mir so sicher war, dass er es ernst mit mir meint. Alles an ihm wirkte so. Es ist unmöglich, so viel vorzumachen.

Anscheinend doch. Wie leicht es ihm über die Lippen ging, mir zu sagen, dass er mich liebt, mich in so vielen Gesten spüren zu lassen, dass ich ihm etwas bedeuten würde, und wie schnell das zunichtegemacht war. Ich muss blind und dumm sein. Kein Beziehungsmaterial. Wieder einmal bewiesen. Auch wenn ich dachte, dieses Mal bekomme ich es hin, hat er mich anscheinend nie so gesehen.

Der Gedanke, er könnte das nur gesagt haben, weil er denkt, ich hätte ihn enttäuscht, kam mir. Seine bittere Rache dafür, dass ich ihn verriet. Er sagte bereits, dass er misstrauisch sei und ich darüberstehen solle.

Doch wie soll ich da drüberstehen, wenn er mir keine Gelegenheit gibt? Aber vermutlich ist das nur Wunschdenken, dass er das aus Frustration tat. Ansonsten hätte er mit mir gesprochen und mir zumindest ein kleines bisschen vertrauen können. Mindestens zu einem Gespräch sollte es reichen.

Mein Leben geht weiter. Eigentlich fehlt mir nichts und doch alles. Mechanisch habe ich den Tagesablauf wieder aufgenommen, den ich vor Francis hatte.

In einem Brief erklärte ich ihm noch ein weiteres Mal, dass ich nichts getan habe, mit einem kleinen Hoffnungsschimmer, es löst sich alles irgendwie auf, stellt sich als großes Missverständnis heraus und wir lachen darüber.

Er kam zurück in einem Karton voll mit den Sachen, die ich bei ihm hatte. Das verstand ich als Aufforderung, dass er seine ebenfalls zurückwill, und schickte ihm im gleichen Karton alles, was ich von ihm hatte. Mit einem weiteren Brief. Darin beschimpfe ich ihn allerdings. Was auch sonst? Er hat mich ausgenutzt und verletzt.

Langsam ist der Gedanke an Francis immer weiter in meinen Hinterkopf gerutscht, denn ich habe ganz andere Sorgen.

Jemand verfolgt mich.

Glaube ich. Ich meine, beim Einkaufen einen Unbekannten zu sehen, der immer einen Gang hinter mir ist, dass sich ein Schatten zwischen den Autos verbirgt, wenn ich zu meinem gehe. Sogar beim Fahren bilde ich mir ein, dass mir ein anderer Wagen ständig ein, zwei Autos hinter meinem folgt.

Weil mir die Worte von Francis' Freund Cole nicht aus dem Kopf gehen, ich solle auch auf meine Sicherheit achten, war ich bei der Polizei und habe das angezeigt. Womöglich hat es der vermeintliche Killer von Francis' Mutter nun auf mich abgesehen.

Leider können sie nichts tun. Erst, wenn etwas passiert. Das ist doch ein schlechter Witz! Ich war so wütend, dass ich zurück an meinem Auto so heftig gegen den Reifen trat, dass die Zehen geklingelt haben und das Knie davon wehtat.

Ich packe meinen Laptop ein. Für heute erfordert nichts mehr meine persönliche Anwesenheit im Büro, weshalb ich von zu Hause weiterarbeiten möchte.

Pascal sieht auf, als ich an seinen Schreibtisch trete und überlege.

»Gehst du?«, fragt er.

»Ja. Ähm. Könntest du mich bitte wieder zu meinem Auto bringen?«

Er sieht mich mit diesem Blick an, der mir verrät, dass er mich für durchgeknallt hält. Bis zu meinem Parkplatz sind es nur zwei, drei Minuten, doch seitdem ich auch dort einen Schatten hinter mir gesehen habe, bricht mir schon beim Verlassen des Büros der Schweiß aus. Kalt und ekelhaft.

Ich hasse mich selbst dafür, dass ich Angst habe, aber ich kann nichts machen. Dieses Gefühl, verfolgt zu werden, macht mich so fertig, dass ich nachts kaum noch schlafen kann.

Mit einem Nicken erhebt er sich und schlendert neben mir nach draußen. Vor der Tür des Bürokomplexes sieht er sich um und sagt: »Ich sehe niemanden.«

»Ich auch nicht«, gebe ich zu. Trotzdem bin ich erleichtert, dass er mit bis zu meinem Wagen kommt und wartet, bis ich die Tür geschlossen habe, ehe er sich wieder umdreht und zurückgeht.

Im Auto drücke ich sofort den Verriegelungsknopf. Zwar verriegelt er sich beim Anfahren selbstständig, aber ich habe den kindischen Gedanken, dass sich jemand in dieser kurzen Zeit wie in einem Horrorfilm auf den Rücksitz schleicht. Wenn auf einmal ein Gesicht im Rückspiegel auftaucht, sterbe ich sicher sofort. So spart derjenige sich einen Mord. Perfekter Thrillerstoff. Der Schreck-Mörder.

Ich lenke den Wagen nach Hause und parke ein. Dort bleibe ich erst einmal sitzen und atme durch, um für den Weg zur Haustür gewappnet zu sein. Den Riemen der Laptoptasche habe ich schon über die Schulter gehängt und den Haustürschlüssel halte ich bereit in meiner Hand.

Nach einem beherzten Durchatmen öffne ich ruckartig die Tür, steige aus, schlage sie zu und mache mich mit bewusst festen Schritten auf den Weg.

Mein Nacken kribbelt unangenehm, als würde mich gleich

jemand packen, und ich sehe mich hektisch um. Niemand da. Trotzdem laufe ich los, renne bis zur Haustür und breche fast in Tränen aus, als meine Hand zittert und ich den Schlüssel nicht umgehend in das Schloss bekomme.

Endlich auf dem Hausflur lehne ich mich gegen die Innenseite der Tür, bis das Flurlicht erlischt. Sofort sehe ich überall Schemen und bewege mich hektisch, damit es wieder angeht, woraufhin ich mich beeile, in meine Wohnung zu kommen.

Wie nach einem Dauerlauf atme ich stoßweise, als ich die Wohnungstür hinter mir schließe, und vor Erleichterung laufen mir Tränen über die Wangen.

Die Panik ist trotzdem nicht verflogen, und ich kontrolliere meine Wohnung darauf, dass niemand hier ist, obwohl das irrational ist. Es war verschlossen. Jedes Fenster ist zu. Nichts wirkt seltsam.

Kraftlos sinke ich danach auf die Couch. Alles ist hell erleuchtet und trotzdem ist mir schlecht vor Sorge, irgendetwas oder irgendjemanden zu übersehen. Ich kann seit Tagen kaum noch essen, da ich mich so verfolgt fühle. Bilde ich mir das ein und werde komplett verrückt?

Gina sagt, ich würde mir das nur einbilden und ein wenig aufbauschen, weil ich Aufmerksamkeit will, da Francis mich abserviert hat. Ist das vielleicht wahr? Sucht mein Verstand irgendetwas Wahnwitziges, dass ich nicht so oft an ihn denke? Gina tröstete mich, nachdem ich ihr alles erzählte und sie fertig war, sich kaputtzulachen. Zuerst glaubte sie mir nicht, dass Francis Bull ist, bis sie es selbst im Internet nachlas.

Ihrer Meinung nach wäre es früher oder später sowieso passiert, dass er mich verlässt, und sie ist der Überzeugung, er sagte die Wahrheit mit der Behauptung, mich sexuell ausgenutzt zu haben. Sie hatte mich in den Arm genommen und mir versichert, dass es so besser sei. Wenn das länger gegangen wäre, wäre ich nur noch trauriger.

Möglicherweise hat sie recht. Mit allem.

Vollkommen bewegungslos sitze ich da, und irgendwann später verrät mir ein Blick auf die Uhr sowie mein steifer Körper, dass ich sehr lange mit angespannten Muskeln auf der Couch saß und einfach nichts tat.

Ich kann so nicht weitermachen. Die Polizei hilft mir nicht. Ich werde mir selbst helfen müssen. So viel Überwindung hat mich noch nie etwas gekostet, aber ich muss herausfinden, ob ich spinne oder ob das wahr ist.

Langsam steige ich die Treppe hoch an meinen Kleiderschrank. Ich wähle eine Laufhose, um beweglich zu sein, und dazu Joggingschuhe, damit ich besser weglaufen kann. Außerdem einen Hoodie.

Noch langsamer nehme ich wieder die Treppe nach unten und gehe Schritt für Schritt Richtung Tür. Ich rufe mir ein weiteres Mal die Tastenkombination für den Notruf ins Gedächtnis, verstaue mein Smartphone in der Seitentasche der Laufpants und wühle das Abwehrspray aus der Handtasche, das sich seit ein paar Tagen darin befindet. Das landet im Beutel des Hoodies.

Jede Bewegung fühlt sich an, als wäre ich ein Roboter, der mechanisch tut, was ihm einprogrammiert wurde. Schlüssel greifen, Wohnungstür öffnen, von außen abschließen, Schlüssel in die andere Seitentasche, Flur entlang, Haustür aufstoßen, ins Freie treten.

Meine Haare habe ich nur flüchtig zusammengefasst, damit sie mir nicht ins Gesicht hängen und meine Sicht behindert. So lehne ich mich an die Wand neben der Eingangstür, um dem vermeintlichen Verfolger die Möglichkeit zu geben, mich zu sehen. Falls es ihn gibt. Da ich selten Hoodies trage, sollte er mich trotzdem an den Haaren erkennen. So viele Leute kommen nicht durch diese Haustür.

Ich bin froh, dass ich mich anlehnen kann, denn ich bin so angespannt, dass meine Beine schon wieder weich sind. Gibt es doch nicht! Ich bin selbstbewusst, erfolgreich, stark. Ich stehe mitten im Leben, trotze dessen Widrigkeiten und trotzdem ist mir nach Schlottern und Einkugeln.

Nach endlosen fünf Minuten, in denen ich niemand ausmachen konnte, setze ich mich in Bewegung. Vielleicht bilde ich mir das doch nur ein.

Trotzdem krallt sich meine Hand fest um das Abwehrspray in dem Hoodiebeutel und ist bereit, jederzeit loszulegen. Ich spüre meinen eigenen Puls an den Fingern, die das Spray umklammern, in dem Rhythmus, in dem mein Herz so laut schlägt, dass ich Angst habe, verdächtige Umgebungsgeräusche zu verpassen.

Wie bei einem Spaziergang laufe ich sinnlos durch die Gegend. Das Gefühl des Verfolgtwerdens ist wieder da, und ich meine, dass ich bei einem Blick über die Schulter immer wieder jemanden sehe, aber es könnte auch nur ein harmloser Passant sein, in den ich zu viel hineininterpretiere.

Nach zwanzig Minuten wird es langsam dunkel und ich bin unschlüssig. Nun sehe ich überall Schatten. Das macht mich irre. Ich glaube, ich bin tatsächlich verrückt. Ist da jemand oder nicht?

Diese beschissene Aktion hat gar nichts gebracht! Aber was habe ich auch erwartet? Ich bin ja kein Detektiv oder Krimihauptfigur.

Frustriert mache ich auf dem Absatz kehrt und erkenne wie ein Schemen, der Form nach ein Mann, ein paar Schritte rückwärtsgeht und dann zügig in eine Seitenstraße verschwindet.

Wie erstarrt bleibe ich stehen.

Dieser Schatten und ich:

Harmlos und verrückt?

Gefährlich und nicht verrückt?

Ein Spaziergänger und Lara?

Mörder und Opfer?

Ich atme tief durch, wische meine nasse Hand am Hoodie ab und umklammere wieder fest das Spray, ehe ich weitergehe. Auf Höhe der Straße werfe ich einen Blick hinein, aber niemand ist zu erkennen.

Ein Schulterblick nach weiteren Schritten verrät mir, dass da jemand ist. Vielleicht ist derjenige jetzt näher, da er im Dunkeln nicht mehr so weit sehen kann. So gut ist es hier schließlich nicht beleuchtet. Das erinnert mich an den bewegenden Schemen auf dem Parkplatz beim Büro und den beim

Supermarkt.

Nun sollte ich richtig Angst haben, aber ich fühle mich ein Stück erleichtert. Ich bin nicht verrückt. Fest entschlossen, das zu 100 Prozent abzusichern, biege ich so ab, dass ich im Kreis laufe. Der Schemen taucht immer wieder auf. Das ist also kein Zufall.

Kein Zufall.

Kalter Schweiß sammelt sich unter meinen Achseln bei dem Gedanken, wie irre das ist. Ich werde tatsächlich verfolgt.

Jemand verfolgt mich, es ist dunkel und hier ist so gut wie nichts los auf der Straße. Das wusste ich und kam mir klug vor, da ich so besser erkennen kann, wenn ich verfolgt werde. Doch nun wird mir klar, dass mir wahrscheinlich niemand helfen kann, falls derjenige heute zuschlagen will.

Mit bemüht festen Schritten biege ich erneut um ein Eck und husche in eine Einfahrt, die von einer Hecke blickgeschützt ist. Dort verberge ich mich.

O Gott, ist das alles absurd.

Ich höre Tritte näher kommen. Sie zögern und gehen dann zügig weiter. Sie erreichen meine Höhe, ich trete hervor und sprühe mit zitternder Hand dieses Spray auf Augenhöhe los und schreie impulsiv: »Warum verfolgen Sie mich!?«

Mit einem Schrei taumelt der Angegriffene rückwärts und fasst sich ins Gesicht. Meine Augen beginnen zu brennen.

Fuck, Hölle, Fuck, ich muss in meinen eigenen Sprühstoß gekommen sein. Hektisch weiche ich etwas zurück, aber meine Lider schwellen schon spürbar an.

Ich höre den anderen husten und keuchen, ziehe mein Smartphone und nutze die Tastenkombination für den Notruf. Erleichtert schluchze ich auf, als ich die Stimme einer Person von der Notrufzentrale vernehme.

»Bitte helfen Sie mir. Ich wurde verfolgt und habe so ein Spray benutzt und das selbst abbekommen«, huste ich, da es in meinen Atemwegen wie verrückt beißt.

»Wo sind Sie?«

Erst fällt mir der Straßenname nicht ein, aber dann taucht er vor meinem inneren Auge wieder auf, da ich mir das Schild ansah. Ich gebe ihn durch, und statt dass gleich jemand losgeschickt wird, werden mir noch mehr überflüssige Fragen gestellt. Wie ich heiße, ob der andere schwer verletzt ist, ob ich einen Krankenwagen brauche.

»Schicken Sie bitte jemanden, bevor die Wirkung nachlässt und der mich umbringt!«, flehe ich inbrünstig. Wenn der vor mir wieder vernünftig sieht, weiß ich nicht, was er mit mir anstellt.

Endlich bekomme ich die Info, dass jemand unterwegs sei, und der Mann von der Notrufzentrale bleibt Gott sei Dank bei mir am Telefon und spricht beruhigend mit mir. Erst als die Polizei eintrifft, legt er auf.

Mittlerweile kann ich auch wieder etwas erkennen, aber meine Augen brennen wie Hölle. Die zwei Polizisten helfen uns beim Spülen, bis der Krankenwagen erscheint.

Mit schmerzhaft verengten Lidern sehe ich mir den Mann an. Ich habe ihn noch nie gesehen. Mittelgroß, mittelbraune Haare, mitteldurchschnittlich in allem. Er sieht völlig normal aus und gar nicht wie ein Irrer. Wahrscheinlich macht ihn das erst richtig gefährlich.

Mein Angreifer redet ein Stück weg von mir auf die Polizisten ein, doch diese legen ihm trotzdem Handschellen an und er scheint zu resignieren. Gut so.

Wir werden ins Krankenhaus gebracht und dort muss ich weiter die Augen spülen.

Zwei Stunden später sitze ich mit immer noch tiefroten Augen, wie ich auf der Toilette im Spiegel erkennen konnte, auf dem Revier und ein Polizist nimmt meine Aussage auf.

Ich erzähle alles. Von dass ich mich seit Tagen verfolgt fühle und ich ihm diese Falle stellte. Ich erwähne auch, dass Francis' Mutter vergiftet wurde und ich seine Exfreundin sei. Sie nehmen alles auf, lassen mich die Aussage und die Anzeige, die ich natürlich mache, unterschreiben und bitten mich, kurz sitzen zu bleiben. Nachdem ich gefühlte Ewigkeiten warten musste, kommt der Polizist zu mir zurück und hat noch mehr Fragen.

Ich muss laut auflachen, als er mir erzählt, der Typ behauptet, dass er ein Bodyguard wäre, und rede gleich dazwischen: »Ich habe keinen Bodyguard. Das ist eine Schutzbehauptung oder so etwas. Er hat mich verfolgt. Seit Tagen. Ich war sogar schon hier und wollte Hilfe. Das können Sie doch in den Akten sehen. Ich kenne den Mann nicht.«

»Sie wissen also nichts von einem Bodyguard?«

»Nein! Ich wurde fast verrückt vor Angst!«

»Okay, gut. Wir überprüfen seine Aussagen. Sie können gehen. Wir rufen Sie an.«

Von einem Taxi lasse ich mich nach Hause bringen, und dort angekommen, fange ich an zu zittern, ohne dass ich das kontrollieren kann. Ich kann kaum die Schuhe ausziehen. Total fertig krieche ich, ohne Gesichtwaschen und Zähneputzen, ins Bett und ziehe die Beine an die Brust. Ich habe immer noch Angst. Sie haben ihn doch, es gibt keinen Grund mehr für Panik!

Wenn ich meine Augen öffne, sehe ich überall Schatten. Wenn sie zu sind, auch. Habe ich richtig abgeschlossen?

Mir ist kalt und wieder heiß und dann laufen Tränen, genauso schlimm, wie nachdem ich mein eigenes Spray in die Augen bekam. Halb blind tapse ich die Treppe von der Empore nach unten, meine Bettdecke um mich gewickelt, und kontrolliere noch einmal die Wohnungstür und danach die Fenster. Ich stelle Flaschen vor jedes Fenster und auch vor die Tür. Falls jemand reinkommt, wird das Lärm machen, der mich weckt.

Meine Beine sind weich wie Gummi und fast falle ich die Treppe wieder rückwärts runter auf dem Weg zurück ins Bett. Im letzten Moment klammere ich mich am Handgriff fest, überwinde die verbliebenen Stufen und renne ins Bett. Mit der zweiten Decke baue ich hinter mir einen Wall und umschlinge das Kopfkissen mit meinen Armen.

Ich bin doch kein Kind mehr! Ich muss keine Angst haben. Die Panik ist nicht rational. Es ist vorbei. Ich weiß, dass es vorbei ist. Es ist wieder sicher. Warum fühlt sich das dann so wenig sicher an?

Soweit ich kann, rolle ich mich um das Kissen herum zusammen und drücke mein Gesicht hinein.

Du bist wütend.

Francis

Als hätte ich nichts Besseres zu tun, wie eine Aussage bei der Polizei zu machen. Meine Laune ist auf einem absoluten Tiefpunkt. Meine Mutter, die unerwünschte Aufmerksamkeit im Internet über mich als Bull, mein Manager, der mir auf den Füßen steht, wie wir darauf reagieren sollen … alles Chaos und ich hasse Chaos.

Immer noch komme ich überhaupt nicht damit klar, dass Lara schuld ist an diesem ganzen Wirrwarr. Ich hatte die Frau geliebt, vielleicht war ich sogar ein bisschen besessen von ihr. Das hat mich blind gemacht. So dumm fühle ich mich. Ich hätte ihr mein Leben anvertraut, dabei kann sie schon nicht mit meinem Vertrauen umgehen. Und so jemandem schenke ich mein Herz.

Sie steht nicht einmal dazu und sagt es wenigstens den Cops, damit die das Arschloch finden können. Stattdessen höre ich nur Ausflüchte, und dann beschimpft sie mich auch noch in einem Brief, als wäre das meine Schuld. Ich hätte mehr von ihr erwartet. Ich habe so keine Lust auf diese Scheiße.

Ich stoße die Tür auf und muss erst einmal warten, während mein Ausweis überprüft wird. Endlich drückt der Pförtner die Taste, und ein Summen ertönt, damit ich das Revier betreten kann.

Drinnen muss ich natürlich auch noch warten. Ungeduldig trommle ich mit verschränkten Armen auf den Oberarmen herum, während ich an die Wand gelehnt stehe. Auf Sitzen auf diesen unbequem aussehenden Stühlen habe ich keine Lust und bin sowieso zu rastlos, um Platz zu nehmen.

Eine Tür öffnet sich, und ich erkenne sofort, wer da im Türrahmen steht und sich verabschiedet. Automatisch ballen sich meine Hände zu Fäusten und zugleich beginnt mein Herz zu rasen. Ich habe diesen Anblick vermisst und diese Stimme. Ihr Duft steigt mir in die Nase, nicht weil sie mir so nahe ist, sondern aus meinen Erinnerungen.

Ich fühle mich zu dieser Frau immer noch hingezogen und das kotzt mich an. Obwohl es hier auf dem Flur so schummrig ist, leuchten ihre blonden Haare regelrecht, die sie in einen dicken Zopf geflochten hat und den sie gerade zurück über ihre Schulter wirft. Sie trägt Jeans und Blazer, also war sie im Büro, ohne Kundenkontakt. Ich weiß zu viel von ihr. Ich hatte mich viel zu viel für sie interessiert.

Mannomann. Kaum sehe ich sie, vermisse ich sie wie verrückt. Ich will sie unbedingt zurück, was ein völlig hirnrissiges Gefühl ist. Das geht nicht. Ich kann nicht damit leben, dass ich es nicht wert bin, etwas für sich zu behalten, was mir wichtig war. Für mich ist sie der Inbegriff aller Enttäuschungen.

Trotz allem schmerzt der Verlust mit jedem Tag mehr als der Verrat.

Wenn sie sich wenigstens entschuldigt hätte! Doch kein Wort des Bedauerns. Nichts.

Nun stehe ich hier, weil ich sie trotz allem beschützen wollte. Es ist dämlich, dass ich den Gedanken nicht ertrage, ihr könnte etwas passieren. Ich will sie nicht ansehen müssen. Das nimmt mir ein bisschen die Luft. Den ganzen Tag versuche ich, nicht an sie zu denken, doch wie kann ich nicht an sie denken, wenn sie direkt vor mir steht, zum Greifen nahe?

Liebe ist eine ganz gewaltige Drecksscheiße, weil man sie nicht einfach ausmachen kann, wenn man will. Ich mag diese wirren Gedanken nicht.

Ich versuche, mit der Wand zu verschmelzen, was natürlich absoluter Blödsinn ist. Niemand verschmilzt mit einer Wand und schon gar nicht jemand mit meiner Größe.

Sie schließt die Tür und erstarrt mit der Klinke in der Hand, als sie mich sieht. Dann verzieht sie ihr Gesicht wie nach dem Biss in eine Zitrone, ehe sie versucht, es in eine normale Form zu pressen, was ihr sichtlich schwerfällt.

Mein Blick bleibt an ihren Lippen hängen, und ich habe so

ein dringendes Bedürfnis, diese zu küssen, dass ich mich selbst ohrfeigen möchte.

Endlich lässt sie die Klinke los und bewegt sich. Sie richtet den Blick auf den Boden und geht an mir vorbei. Erleichtert atme ich aus.

Trotzdem sehe ich ihr hinterher. Plötzlich fährt sie herum und sieht mich einen Augenblick mit einem bösen Funkeln in den Augen an.

»Du!«

Ich hebe nur eine Augenbraue, was sie wohl als Zeichen wertet, richtig loszulegen, denn sie kommt näher und zischt mich wütend an: »Was sollte das? Sie sagten mir, dass du diesen Verfolger beauftragt hättest! Ich hatte solche Angst! Ich konnte nicht schlafen! Ich war so am Ende!« Sie wird immer lauter und tippt mit ihrem Zeigefinger wild auf meine Brust. »Ich dachte, mich will jemand umbringen, du dummer Wichser! Was sollte das? Wolltest du mir Angst machen? Glückwunsch, das ist dir gelungen! Ich hatte Angst in meiner eigenen Wohnung! Vor meinem eigenen Schatten! Ich, ich, ich … Ach, vergiss es.« Sie lässt ihre Arme sinken und stolziert ein paar Schritte weg, dann höre ich ein Schluchzen und sie eilt schneller davon.

Bis jetzt hatte ich das einfach über mich ergehen lassen, aber gegen meinen Willen höre ich mich sagen: »Lara, warte.«

»Was, Francis?«, sagt sie leise mit nicht weniger bedrohlichem Unterton. Sie dreht sich wieder um und Tränen laufen über ihre Wangen. Tiefe Schatten hat sie unter den Augen und ein gehetzter Ausdruck liegt darin.

Mir war nicht bewusst, dass ihr das Angst machen könnte. Sie sollte davon doch gar nichts mitbekommen. Ganz sicher sollte sie das nicht bemerken, schließlich will ich sie nicht wissen lassen, dass ich mir noch Gedanken um sie mache.

»Klar, jetzt bekommt er das Maul wieder nicht auf«, sagt sie mehr zu sich selbst und wischt sich mit einem Finger vorsichtig unter den Augen entlang.

»Lara …«

»Lara, Lara, Lara«, unterbricht sie mich. »Warum willst du mir

Angst machen? Soll das deine Rache sein? Du hast bei dir im Haus zu mir gesagt, du willst mir Angst machen. Hat funktioniert. Ich hatte Angst. Ich habe immer noch Angst.«

»So ein Blödsinn. Ich hatte den Idioten beauftragt, dass er auf dich aufpasst. Du solltest ihn nicht bemerken.«

»Ja, klar«, erwidert sie spöttisch. »Auf mich aufpassen. Natürlich. Erst müssen deine Freunde dich davon abhalten, dass du mir etwas tust, und dann willst du mich beschützen?«

»Ja.«

»Natürlich«, schnaubt sie. »Du hasst mich. Schon vergessen?«

»Hass ist ein starkes Wort.« Nein, Hass ist nicht das, was ich empfinde. »Würde ich dich hassen, wäre es mir gleichgültig, ob dir etwas zustößt, nein, dann würde ich es mir wahrscheinlich sogar wünschen. Also nein. Kein Hass.«

Sie sieht mich lange an, ehe sie erwidert: »Das ist ja nun auch egal.«

Bevor ich ihr antworten kann, werde ich von hinten angesprochen: »Francis Hunter? Wir können, wenn Sie so weit sind.«

»Kurzer Moment noch«, bitte ich, aber Lara ist schon auf dem Weg nach draußen. Selbst von hinten sehe ich, wie sie stolz ihr Kinn in die Luft streckt und bewusst fest auftritt, die kleine Wildkatze.

Ich wünschte, ich hätte damals die Scheiße aus den Kartons gleich weggeräumt, sie nichts von Bull mitbekommen und ich nie über sie lernen müssen, dass sie nicht verlässlich ist, denn sonst war mit ihr einfach alles vollkommen. Vielleicht ist es manchmal besser, nie die Wahrheit über den Charakter eines Menschen zu erfahren.

Eine halbe Stunde später bin ich wieder auf dem Weg nach draußen. So ein Wirrwarr. Es ist nicht illegal, jemanden beschützen zu lassen. Aber es könnte unter Stalking fallen.

Dieser dämliche Personenschützer, der wohl nicht in der Lage ist, unbeobachtet seinem Job nachzugehen, könnte Anzeige gegen Lara erstatten, da sie ihn mit einem Abwehrspray angegriffen hat.

Das wiederum könnte aber unter Notwehr fallen, da sie sich offensichtlich bedroht fühlte. Sie wusste ja nichts von dem Schutz. Lara hat zum Glück auf eine Anzeige gegen mich verzichtet. Das fehlt mir gerade noch, dass ich eine Anzeige wegen Stalking am Hals habe. Dem Personenschützer habe ich eine Prämie bezahlt. Er verzichtet ebenfalls auf eine Strafverfolgung, die vermutlich sowieso im Sande verlaufen wäre.

Gefühlt ununterbrochen hat mein Smartphone geklingelt und ich rufe auf dem Heimweg alle zurück.

Zuerst meine Mutter, die mich über das Hotel vollmeckert. Ich werde sie auf gar keinen Fall in ihr Haus zurückkehren lassen. So lange habe ich sie in ein Hotel gesteckt und sie ruft mich jeden verdammten Tag an und beklagt sich.

Über ein Fünf-Sterne-Hotel! Sie beschwert sich darüber, dass sie nicht selbst kochen kann, dass ihr Zimmer jeden Tag gereinigt wird und ihr nicht gefällt wie: der Fernseher ist ihr zu groß, das Bett zu weich. Sie will nach Hause. Das verstehe ich ja, aber verflucht, sie hätte sterben können, sie kann da nicht wieder zurück. Ich brauche eine neue Lösung.

Lösung, überall sind Lösungen gefragt.

Morgen früh bin ich mit Klaas, meinem Manager, verabredet, und wir planen, wie wir weitermachen wollen. Normalerweise treffe ich berufliche Entscheidungen allein, doch dieses Mal sprach ich mit Tom darüber. Er kennt sich in der Branche aus und sagt mir immer unverblümt seine Meinung. Es ist eigentlich klar, worauf es hinauslaufen wird, die Frage ist an sich nur noch wie.

Ich telefoniere den gesamten Heimweg, höre zu und rede und rufe zurück und höre wieder zu und beantworte Fragen und dabei geht mir die ganze Zeit Laras mitgenommenes Gesicht nicht aus dem Kopf. Ist das diese Hassliebe?

Mann, bin ich ein liebeskranker Trottel.

Für mich ist nicht nachvollziehbar, wie sie glauben kann, ich schicke ihr jemanden auf den Hals, nur damit sie Angst hat. Wie abwegig ist denn das?

Ich bin doch nicht bösartig. Obwohl … eigentlich schon. Das, was ich alles zu ihr sagte, war böswillig und fies kalkuliert, um sie zu verletzen. So kleingeistig war ich noch nie und mir gefällt das nicht an mir.

Mein dringendster Wunsch ist gerade eine Taste, mit der ich mein Leben ein halbes Jahr vorspulen kann, bis es wieder in seinen geordneten Bahnen verläuft.

Du bist im Fernsehen.

Lara

Ich sollte mir das nicht antun und trotzdem sitze ich vor dem Fernseher und warte, bis es losgeht. Gina informierte mich, da sie von ihrem Bruder erfuhr, dass Francis ein Interview bei einem Musiksender geben wird.

Egal wie ich mich bemühe, ich kann ihn nicht vergessen. Ich hatte viel zu sehr das Gefühl, dass wir etwas Besonderes hatten. Auch wenn das nur einseitig war. Seine nette Seite, die vermisse ich wie verrückt, obwohl er gestand, das nur gespielt zu haben.

Diese Momente mit ihm sind wie kleine Flashbacks. Wie er mich ansah, wie er mich berührte, nicht nur körperlich. Alles kaputt. Das ganz Dumme für mich ist, dass er die Messlatte unmöglich hoch gelegt hat. Im Augenblick ist es unvorstellbar, dass das je wieder ein Mann erreicht. Aber eigentlich hatte ich vor ihm ja sowieso schon aufgegeben, jemals jemanden für mich zu finden.

Zu viel an ihn zu denken, zerreißt mich immer noch ein wenig, und trotzdem werde ich mir das ansehen.

Die Moderatorin steht auf und kündigt ihn an: »Mein Gast heute: Bull!«

Er betritt das Studio. In einer Collegejacke, darunter ein Baseballshirt, einer hellen tief sitzenden Jeans und ganz typisch mit dieser dämlichen Maske und dem Faketattoo. Auf dem Kopf hat er ein stylishes Cap, das ihn jünger wirken lässt, als er ist, vor allem, wenn er sonst als Hunt im Anzug durch die Gegend läuft.

Er schlägt mit der flippigen Moderatorin ein und nimmt ihr schräg gegenüber auf der Gästecouch Platz. Er lehnt sich lässig zurück und legt einen Arm auf der Lehne ab.

Er sieht so unglaublich arrogant aus, aber das hatte ich auch ein bisschen an ihm geliebt. Diese Selbstsicherheit.

»So, Bull«, beginnt sie. »Jemand hat deinen echten Namen veröffentlicht und Bilder ohne Maske. Wie war das für dich nach der Heimlichtuerei?«

»Beschissen«, antwortet er. »Ich hatte diese Trennung aus guten Gründen.«

»Es gab allerlei Gerüchte. Erzähl uns von deinen Gründen.«

»Einer ist der Schutz der Menschen, die mir wichtig sind. Meine Texte kommen nicht überall und bei jedem gut an.«

»Gab es deswegen schon negative Auswirkungen?«

»Ja. Gab es. Die Person, die meinen Namen im Netz verteilte, versuchte auch, meine Mutter zu vergiften.«

»Was?«, hakt die Moderatorin nach. »Das ist ja schlimm! Das stand nicht in den News. Warum erzählst du das jetzt?«

»Derjenige ist noch nicht gefunden. Wer eine Idee hat, einen Verdacht, der kann sich bei meinem Team melden. Wer mir hilft, diesen Wichser zu fassen, dem werde ich den Arsch vergolden.«

»Erzähl uns, was passiert ist.«

»Jemand schickte ihr in meinem Namen Pralinen, die, wie herausgefunden wurde, per Spritze mit einem frei erhältlichen Mittel, das in höher Dosis tödlich wirkt, versetzt waren. Sie fühlte sich komisch, rief mich an und ich alarmierte den Notarzt. Die Polizei stellte die Pralinen sicher sowie einen Hassbrief an mich und ermittelt seitdem vergeblich wegen versuchten Mordes.«

»Oha, Bull, das ist ja richtig übel.«

»Ja, ist es. Niemand vergreift sich an meiner Familie.«

»Und wie geht es jetzt mit dir weiter?«

»Nun, mein Manager und ich haben beschlossen, dass ich das in Zukunft anders handhaben werde.«

»Ach, wie denn?«

»So«, sagt er, reißt sich die Maske vom Gesicht und grinst in die Kamera. Eine Frau stolziert herein, stellt sich vor ihn, hantiert an ihm herum, und als sie zur Seite tritt, fehlt auch das Faketattoo.

Er wendet sich wieder der Kamera zu und zwinkert. »So, liebe Menschen, ich bin Bull und ich bin Francis Hunter. Mama, es tut mir leid, wenn ich böse Wörter sage. Es lag nicht an deiner Erziehung.«

»Das ist das Foto, das durch das Netz ging, oder?«, fragt die Moderatorin und ein Bild von ihm wird eingeblendet.

Ich erstarre. Das kenne ich. Das sieht aus wie ein abfotografiertes Bild von einem Foto, das auf meinem Handy ist. Wir sind zusammen drauf, beziehungsweise ich bin auf dieser Kopie weggeschnitten. Man erkennt nur meine Hand, die um seinen Bauch geschlungen ist. Ich wollte ein Selfie von uns haben, als wir durch die Stadt schlenderten, und eine Passantin fragte, ob sie das Bild machen soll.

Auf dem Original hat er seinen Arm mit hochgekrempeltem Hemd über meiner Schulter, und ich lächle zu ihm hoch, während er in die Kamera schaut. Aber ab seiner Schulter ist alles abgeschnitten. Über das Bild ist geschmiert: *Fick dich Francis Hunter*

Sterne beginnen in meinem Sichtfeld zu tanzen, und ich bemühe mich, normal weiterzuatmen.

Ich zücke mein Smartphone, auf dem ich das Bild noch habe. Ich prüfe das, was ich zu wissen glaube, lieber nach. Hätte ich die Presse bloß besser verfolgt, dann hätte ich das früher gesehen. Aber diese Boulevardzeitungsberichte interessieren mich nicht so sehr und die Musikszene auch nicht unbedingt. Außerdem tat es zu weh, ihn zu googeln, erst heute konnte ich mich nicht zurückhalten und wollte das Interview sehen.

Im Hintergrund bestätigt Francis mit pissigem Tonfall: »Ja, richtig. Mit diesem Bild wurde ich verraten.«

»Bull oder Francis, wie soll ich dich nun nennen?«, will die Moderatorin wissen.

»Bull. Als Künstler bin ich Bull. Die andere Seite, die ich verstecken wollte, der Francis Hunter, ist ein Immobilieninvestor. All mein Geld fließt in Häuser. Genauer gesagt kaufe, renoviere und baue ich Häuser mit kleinen Wohnungen für Berufsanfänger, Studenten und sonstige Geringverdiener.«

»Warum gerade für diese?«, fragt die Moderatorin.

»Möglicherweise gab meine Mutter dafür den Ausschlag.

Nach meinem Studium musste ich natürlich aus dem Studentenwohnheim ausziehen. Ich machte in einer Großstadt ein unbezahltes Praktikum. Obwohl ich in einer WG lebte, war meine räudige Bude schweineteuer. Ich erfuhr erst fast am Ende meiner Praktikumszeit, dass meine Mutter, um das zu bezahlen, oft ab der Hälfte des Monats nur noch Nudeln aß. Und so war mein Ziel, das irgendwann besser zu machen. Meine Wohnungen sind topmodern, und das zu humanen Preisen. Keiner sollte wegen der Miete hungern.«

»Und das finanzierst du mit deiner Musik?«

»Auch. Ich nutze das Geld, das ich damit verdiene, für neue Objekte. Aber ich vermiete nicht zum Selbstkostenpreis. Es bleibt immer noch genug hängen. Ich bin kein Wohltäter, ich möchte einfach nur, dass Menschen menschenwürdig unterkommen und nicht morgens in ein übergelaufenes Scheißhaus starren, die Sicherung immer rausknallt, wenn Herd und Mikrowelle gleichzeitig laufen, oder einen Schimmel namens Ferdinand als Haustier haben. Grüße an dieser Stelle an meine ehemaligen Mitbewohner.«

»Und weil das nicht zu Bull passt, wolltest du das trennen?«

»Ja. Ich habe meinen Fans nichts vorgemacht, nie behauptet, in einer Gang oder auf der Straße groß geworden zu sein. Das war ich, und ich habe so unglaublich viel Spaß dabei, Musik zu machen. Das ist alles echt. Aber die zwei verschiedenen Welten, in denen ich mich bewege, passen nicht gut zusammen. Es ist nicht einfach, über den Scheiß zu rappen und dann vor einem Bürgermeister zu sitzen, wenn ich Genehmigungen für neue Baugebiete brauche.«

»Das klingt einleuchtend. Willst du deinen Fans etwas sagen?«

»Klar«, antwortet er und spricht wieder direkt in die Kamera: »So, ihr Hurensöhne, wehe, ihr lasst mich im Stich, nachdem ich meine Hose vor euch runtergelassen habe. Ich brauche euch und eure Kohle, damit ich mehr Häuser kaufen kann. Außerdem bezahlen sich meine Autos und Uhren nicht von alleine.«

»Sonst noch etwas, was wir wissen sollten?«

»Sehr gerne. Findet den Drecksack, der meine Mutter angegriffen hat. Und, Mama: Es tut mir echt leid. Bitte höre meine Musik nicht. Niemals. Echt, tus nicht!«

Sie lacht und stellt weitere Fragen, die er brav beantwortet, aber ich bin nicht mehr mit voller Aufmerksamkeit dabei. Meine Ohren sausen, mein Verdacht war richtig.

Das ist das Bild, das ich Gina schickte, und sonst niemandem. Es existiert nur auf meinem Smartphone und auf ihrem.

Mir wird ein wenig übel, und mein Verstand reimt sich alles zusammen, weil ich genau weiß, wer ständig ihre Sachen benutzt, während ich weiter wie erstarrt halbherzig der Sendung folge.

Er redet viel mehr als gewohnt, aber vielleicht liegt das daran, dass Fragen und Antworten vorbereitet sind. Er flirtet und scherzt mit der Moderatorin, wobei er umwerfend aussieht, total professionell wirkt und gleichzeitig wie er selbst.

Obwohl es schon spät ist, rufe ich Pascal an für eine weitere Info, die meinen Verdacht untermauern könnte.

»Hallo, Lara«, geht er ran. »Was habe ich vergessen oder falsch gemacht?«

»Nichts. Aber erinnerst du dich noch: Vor Wochen hattest du mich gefragt, ob mich der Handwerker erreicht hätte. Der, der angeblich etwas mit Francis Hunter klären wollte.«

»Oh, ja, grob. Warum?«

»Hast du ihm die Adresse gegeben?«

»Nein. Natürlich nicht. Er verriet weder Namen noch Firma. Sonst hätte ich das dir gegenüber nicht erwähnt.«

»Das war alles, was er wollte?«

»Keine Ahnung. Ich fragte zwar nach, aber er sagte, er ruft dich selbst an und klärt den Rest mit dir.«

»Okay«, antworte ich und überlege. »Weißt du noch, an welchem Tag das war? Und um wie viel Uhr?«

»Oh, Lara. Hm. Es war fünf nach zwölf oder so, ich hatte mich gerade auf Mittag vorbereitet. Aber der Tag. Huh. Du hattest einen Termin. Nein, da warst du mit deiner Freundin Gina verabredet zum Mittagessen. Genau.«

»Danke, Pascal.«

»Ähm, Lara? Alles in Ordnung?«

»Alles gut«, knurre ich und füge etwas freundlicher an: »Hab einen schönen Abend.«

»Danke, du auch«, antwortet er verwirrt.

Ich erinnere mich noch an die Notiz und dass ich mich darüber wunderte. Was sollte ein Handwerker mit Francis persönlich besprechen? Vor allem nachdem das Haus fertig war.

Mit ganz fiesem Gefühl gehe ich an meinen Rechner und suche die Einzelverbindungsnachweise des Büroanschlusses raus.

Da ich selten mit Gina zu Mittag esse, kommt nur ein einziger Tag infrage, und von diesem Tag kopiere ich mir die Telefonnummern, die um die besagte Uhrzeit herum anriefen. Anschließend gleiche ich sie mit den Nummern aus meinem Telefonbuch ab.

Dann tätige ich den letzten nötigen Anruf.

*****

Lara

Keine 24 Stunden später steht Gina vor meiner Tür.

Ohne Pizza, ohne Eis. Stattdessen hat sie einen tödlichen Blick dabei und einen Karton. Sie marschiert an mir vorbei in die Wohnung, stellt ihn ab und öffnet ihn. Danach landet ein Buch in meinem Gesicht. Als es auf dem Boden aufkommt, erkenne ich, dass es ein Thriller ist, den ich ihr irgendwann einmal geliehen hatte. Gerade noch rechtzeitig reiße ich den Arm hoch, denn das Nächste fliegt schon.

»Gina?«, frage ich, und eine Glasschüssel trifft mich hart am Arm, bevor sie am Boden zu Bruch geht. Es fliegen noch eine Haarbürste, weitere Bücher, Kopfhörer und ein paar Kleidungsstücke.

»Gina!?«, wiederhole ich lauter, aber sie scheint verschossen zu haben, denn sie richtet sich auf.

»Du!«, fährt sie mich mit wutverzerrtem Gesicht an. »Du bist schuld! Du hast meinen Bruder ins Gefängnis gebracht! Er ist in Untersuchungshaft! Ich darf ihn noch nicht einmal besuchen! Sie haben ihn einfach mitgenommen!«

Ich gehe einen Schritt auf sie zu und sie weicht zurück. »Bleib weg, Lara. Ich bin fertig mit dir. Du bist so eine Schlampe, du Psycho! Ja, ich sagte immer, du wärst normal! Bist du aber nicht! Du bist so gestört, so unglaublich gestört und nichts und niemand ist dir heilig! Drecksfotze! Ich war nur aus Mitleid mit dir befreundet. Weil mit jemandem wie dir muss man einfach Mitleid haben. So erbärmlich. So gestört. Du bist ...«

Ich fahre dazwischen: »Dein Bruder ist der Gestörte! Er wollte Francis' Mutter umbringen! UMBRINGEN! Raffst du das nicht?«

»Ach was, er wollte ihn nur ein wenig erschrecken! Weil er so enttäuscht war! Er hatte sogar geweint!«

»Geweint? Weil Francis ein Privatleben hat?«

»Vor Enttäuschung! Bull, Francis, wie auch immer ist doch genauso gestört wie du! Fans so zu verarschen!«

»Er hat überhaupt niemand verarscht! Er wollte nur seine Privatsphäre schützen. Eben vor solchen Irren wie deinem Bruder. Du hast doch das Interview gesehen! Wenn Nikolas deswegen flennt, ist er ein noch viel größerer Psycho, als ich dachte!«

»Versuche das nicht umzudrehen. Ihr beiden seid die Gestörten. Ich hoffe, du findest nie wieder einen Typen. Möge dir die Möse zurosten.«

»JETZT REICHTS!«, brülle ich. Das muss ich mir echt nicht anhören. »Dein Bruder ist hier der Böse! Wir reden von versuchtem Mord! MORD, GINA! MORD! Sei nicht so blind!«

»Nein! Das versuchst du nur so hinzustellen, weil du den Typen zurückwillst und jedes Mittel dir recht ist. Du zerstörst das Leben meines Bruders wegen eines Kerls! So was Peinliches kann man sich nicht einmal vorstellen!«

Ich atme tief ein und sammle alle Selbstbeherrschung zusammen. Mir war, seitdem ich die Polizei über meinen Verdacht informierte, schlecht und ich hätte sie am liebsten angerufen und vorbereitet. Aber sie hätte Nikolas gewarnt und dann wäre er vermutlich abgehauen oder hätte Beweise vernichtet oder so was. Mir war bewusst, dass sie mir das übel nehmen wird, aber so?

»Gina, bitte«, flüstere ich. »Bitte mach das nicht.« Ich kann nicht auch noch eine Freundin verlieren.

»Was?«, fragt sie, und ich sehe so viel Wut in ihrem Gesicht, so etwas sah ich noch nie bei ihr. Ich bin die Zornige von uns beiden. Sie die Lustige und Ausgeglichene. Ich verliere die Kontrolle. Sie doch nicht.

»Unsere Freundschaft kaputt.«

»Tja, Pech, Lara«, antwortet sie hämisch. »Als wären wir jemals Freunde gewesen. Du warst immer nur mein trauriges Anhängsel. Blut ist dicker als Wasser und du hast dich an meinem Bruder vergriffen. An meinem kleinen Bruder. Das verzeihe ich dir nie. NIE!«

Mir fehlen die Worte. Ich kann nur dastehen und sie anstarren.

»Da fällt dir nichts mehr ein«, spottet sie, geht an mir vorbei, spuckt mir ins Gesicht und verschwindet unter heftigem Türknallen nach draußen.

Die einzige Bewegung, die gerade möglich ist, ist die, auf den Boden zu sinken, zwischen all die Dinge, die sie nach mir warf. Alles Sachen, die ich ihr geliehen hatte. Auch mein Ersatzschlüssel ist dabei mit dem Schlüsselanhänger daran. So ein kindischer in Rosa, auf dem *BFF* steht. Best Friends forever. Von wegen.

Ein schweres Schlucken löst etwas die Erstarrung. Ich wische mir mit dem Arm die Spucke von der Wange und breche in Tränen aus.

Du sagst die Wahrheit.

Francis

Anscheinend haben sie den Drecksack, der meine Mutter vergiften wollte. Ich habe bereits meinen Anwalt scharf gemacht, damit er Details herausfindet.

Gleich die erste Info war interessant. Lara gab die ausschlaggebenden Hinweise und dadurch konnten Beweise gefunden werden. Ich will mehr wissen. Direkt von ihr.

Ich wollte das telefonisch erledigen, doch sie geht nicht ran. Sie muss mich so blockiert haben wie ich sie, und in ihrem Büro anrufen und mich womöglich abwimmeln lassen, das kommt nicht infrage.

Deswegen stehe ich hier in diesem Vorzimmer bei ihrem Assistenten, der mir gerade erzählt, dass ich keinen Termin hätte und sie mit einem Kunden skypt. Keine Ahnung, was sie dem Vogel über mich gesagt hat, aber ich befürchte, er soll mich nicht zu ihr durchlassen. Würde ich zumindest so handhaben.

Bisher war ich noch nie bei ihr in der Firma und diesen Pascal kenne ich auch nur von ihren Erzählungen. Das Büro scheint nicht groß zu sein, außer den offenen Eingangsbereich mit ihrem Assistenten erkenne ich nur vier weitere Türen. Ihr eigenes Büro, vermute ich, einen Besprechungsraum vielleicht, Teeküche und Waschräume. Es ist, wie alles, was Lara anfasst, exzellent ausgestattet. Modern mit klassischen Elementen in unaufdringlichen Farben, viele Beigetöne, wenig gedecktes Bordeauxrot, ein sattes dunkles Grün.

»Welche Tür?«, wiederhole ich.

»Wenn ihr Gespräch vorbei ist, frage ich sie, ob sie Zeit für Sie hat. Warten Sie so lange hier«, antwortet er und zeigt auf eine Sitzgruppe.

»Nein. Ich warte bei ihr«, lasse ich ihn wissen und marschiere den breiten Flur entlang, um die erste Tür zu öffnen. Ein Besprechungsraum. Er umrundet seinen Schreibtisch, um mich aufzuhalten, aber ich habe bereits die nächste Tür geöffnet und finde mich Lara gegenüber, die erschrocken ihre Augen aufreißt.

»Sie können nicht einfach zu ihr reingehen!«, beschwert er sich hinter mir. »Entschuldige, Lara, er hört nicht auf mich.«

»Schon gut, Pascal, danke«, sagt sie und wendet sich wieder ihrem Bildschirm zu und lächelt ihren Gesprächspartner an. »Wir sprechen uns nächste Woche, dann erhalten Sie auch die ersten Entwürfe.«

Ich kann nicht anders, als sie zu betrachten, ihren Anblick tief in mich aufzunehmen. Ihre blonden Wellen, dieses Gesicht, das ich bis auf den winzig kleinen Leberfleck über ihrer Augenbraue auswendig kenne, da ich nie genug davon bekam, es anzusehen.

Ihre Hand wirbelt einen Stift zwischen den Fingern, wobei sie ihrem Kunden zuhört. Ich habe diese Knöchel so oft geküsst, weil man das so wunderbar im Vorbeilaufen machen kann. Wie wir unsere Mittelfinger verschränkten, als unser Insider, als verrücktes Symbol, um Ich-liebe-dich zu sagen, ohne es aussprechen zu müssen.

Schlagartig ist alles wieder da, was ich für diese Frau empfinde, und ich muss mich zusammennehmen, dass ich gleich normal spreche. Auf gar keinen Fall werde ich mir anmerken lassen, wie sehr mich dieser Vertrauensbruch verletzt hat. Die Schmach gebe ich mir nicht.

Nach einigen Worten der Verabschiedung widmet sie sich uns und sagt distanziert: »Guten Tag, Francis.«

»Brauchst du mich, Lara? Soll ich die Polizei rufen?«, hakt Pascal nach.

»Nein, schon gut. Er geht sicher gleich wieder. Ich kann mir denken, was er will.«

Pascal verlässt den Raum, schließt die Tür hinter sich und sie lehnt sich in ihrem Schreibtischstuhl zurück. Die Finger ihrer rechten Hand trommeln auf die Armablage, und sie schenkt mir einen Blick, der vermutlich gleichgültig und kalt wirken soll.

Aber eigentlich sieht er nur verletzt aus. Selbst schuld.

»Also, Francis: Was willst du hier? Wegen meiner Aussage?«

»Ja, richtig. Wer war es? Warum hast du es dir anders überlegt und doch zugegeben, wem du davon erzählt hattest?«

Sie steht auf und stemmt ihre Fäuste auf den Glasschreibtisch. »Wie oft muss ich das noch wiederholen, dass niemand das von mir wusste?«, fragt sie gereizt und eine Zornesfalte erscheint zwischen ihren Augen. »Er muss es ganz alleine rausgefunden haben.«

»Wer ist er?«

»Der Bruder meiner Freundin«, antwortet sie.

Mir dämmert etwas und ich hake nach: »Dieser Typ, der mit euch auf meinem Konzert war? Der mit dem Stick, der seine eigene Schwester beleidigt hat?«

»Genau der! Er muss dich irgendwie erkannt haben. Aber klar, er bezeichnete sich schließlich als dein Fan Nummer eins. Er wohnt bei Gina, und ich vermute, dass er das Bild von uns gesehen hat. Vielleicht waren es deine dämlichen Tattoos, die er wiedererkannt hat. Was weiß ich. Soweit ich das feststellen konnte, trägst du als Bull zwar langärmelig, doch deine Hände … deine Hände bedeckst du normalerweise nicht.«

»Wie hast du es herausgefunden?«

»Weißt du, Francis, eigentlich bist du selbst schuld, dass er nicht früher gefasst wurde. Hättest du mir geglaubt und mir dieses Bild gezeigt, hätte ich dir sofort sagen können, dass das ein Foto ist, das mit meinem Handy aufgenommen wurde, und wem ich das geschickt hatte.«

»Ich war der Meinung, das wäre von dem Typen selbst.«

»Ja, im Denken und Vermuten bist du nicht so genial, nicht?«, fragt sie spöttisch. »Als ich das Bild bei deinem Interview sah, kam mir der Verdacht. Das hatte ich nicht einmal dir geschickt, nur Gina. Nikolas wohnt bei ihr und benutzt ständig ihre Sachen. Womöglich hat er es gesehen, als er ihr Handy in die Finger bekam, und hat es abfotografiert oder so was. Ich weiß es nicht genau. Dazu kommt diese Anspielung auf Familie in dem Drohbrief. Das sagtest du doch zu ihm, wie wichtig die sei. Ich vermute, wie gesagt, es waren die Tattoos auf deinem

Handrücken. Auf dem Foto liegt dein Arm über meiner Schulter und man sieht sie sehr deutlich. Außerdem war da ein Anruf bei mir im Büro, bei dem ein angeblicher Handwerker deine Adresse wollte. Zum Glück ist Pascal äußerst sorgsam mit Kundendaten, sonst wäre der Brief bei dir zu Hause gelandet statt in deiner Fanpost. Wer weiß, was er dir noch geschickt hätte. Ich habe die Einzelverbindungsnachweise an die Polizei übergeben. Vermutlich haben sie herausgefunden, dass es seine Nummer war, als weiteren Beweis. Genug Infos? Dann kannst du wieder gehen.«

»Und das stimmt? Du hattest es deiner Freundin nicht erzählt und die hat es an den Bruder weitergetratscht? Das ist kein lausiger Versuch, mir weiszumachen, dass du die Unschuldige bist, um mich irgendwie zurückzubekommen?«

»Wie bitte?« Sie drückt ihre Fäuste fest gegen die Glasplatte und ihr Kiefer mahlt. »Verschwinde. Sofort. Ich will dich nicht zurück. Du bist ein eingebildetes, misstrauisches Ekelpaket.«

Der Blick, den sie mir zuwirft, sieht so verletzt und gleichzeitig böse aus, dass mir mit einem Mal klar wird, dass das keine Lüge war.

Wenn sie nie log …

»Du hast es tatsächlich niemand gesagt. Es war nicht deine Schuld«, stelle ich laut fest, und die Erkenntnis trifft mich wie ein harter Schlag gegen die Stirn, wovon mein Kreislauf absackt und kleine Pünktchen sich am Rande meines Sichtfelds drehen.

Sie hebt den Kopf, den sie für einen Moment zwischen ihre Schultern hat fallen lassen, als wäre sie zu Tode erschöpft. Ihre Augen schimmern feucht und meine brennen passend dazu, da ich das Blinzeln vergaß.

»Oh, wow. So schnell hast du das kapiert. Es ist mir aber egal, was ihr alle glaubt. Dann brachte ich fast deine Mutter um und bin auch alleine schuld, dass Nikolas in Untersuchungshaft sitzt. Alles war ich. Ich ganz alleine. Noch irgendwas, an dem ich Schuld tragen kann? Welthunger? Umweltverschmutzung? Anscheinend bin ich der perfekte Sündenbock. Schon überlegt, ob ihr nicht eine kleine Ich-hasse-Lara-Party feiern wollt? Gina hilft dir sicher beim Organisieren. Wolltest du sie nicht sowieso flachlegen? Wie w…«

»Stopp!«, unterbreche ich sie, weil sie sich gerade richtig in Rage redet. »Hör auf. Ich hasse dich nicht.«

»Natürlich nicht«, antwortet sie ironisch. »Du gibst mir nur die Schuld an allem. Dabei ist es deine eigene. Wenn dir deine Mutter so superwichtig ist, dann sorge dafür, dass sie in keinem Adressverzeichnis steht, mach nicht so eine Scheißmusik und überschminke deine Tattoos, wenn du nicht erkannt werden willst. Nach diesen kostenlosen, wertvollen Tipps wird es Zeit für dich, zu gehen.«

»Lara …«, seufze ich und mache einen Schritt auf sie zu. »Es tut mir leid.«

»Das ist mir egal. Geh jetzt.«

»Komm her«, flüstere ich heiser und gehe weiter auf sie zu.

»Bleib weg!«, ruft sie. »Ich schreie das ganze Gebäude zusammen. Verpiss dich!«

»Ich habe mich geirrt. Es tut mir leid.«

Ihre Ohrspitzen röten sich, ebenso ihre Wangen und sie schöpft energisch Atem. Die Luft knistert förmlich, so braut sich eine Wutwolke um sie herum auf.

Dann legt sie los: »Verschwinde endlich aus meinem Büro! Ich kann deine Anwesenheit nicht ertragen! Du bist ein misstrauisches Arschloch und nicht wert, dass ich auch nur einen Gedanken an dich verschwende! RAUS HIER!« Mit einer Handbewegung wischt sie einen Stapel Dokumente und einen Kugelschreiber von ihrem Schreibtisch.

»RAUS! RAUS! RAUS!«, brüllt sie weiter und wirft einen Briefbeschwerer nach mir, der hart gegen meine Brust prallt und dann mit einem stumpfen Laut auf dem Boden landet. Mittlerweile zieren hektisch rote Flecken ihre Wangen sowie ihren Hals und ihre Augen funkeln wie bei einer Irren.

Ich streiche mir über die Brust – das war ganz schön fest – und bin hin- und hergerissen, sie einfach zu packen oder zu gehen.

Da ich selbst von dieser Erkenntnis geschockt bin, trete ich den Rückzug an.

Vorerst.

So unglaublich überzeugt war ich davon, sie hätte mich verraten, mir das Herz leichtfertig gebrochen, und nun muss ich feststellen, dass sie unschuldig ist.

Schritt für Schritt nach draußen Richtung Auto bricht nun mein Herz noch einmal für ihrs, Stück für Stück, mit jedem Wort, das mir wieder in mein Bewusstsein dringt. Alles, was ich sagte, mein ganzes Verhalten.

Auf mieseste Art von mir gestoßen. Sie. Ausgerechnet sie. Was habe ich nur getan?

Ich entriegle meinen Wagen, setze mich hinters Steuer und bleibe dort eine ganze Weile sitzen und starre aus der Windschutzscheibe.

Warum glaubte ich ihr nicht? Es mag eindeutig gewirkt haben, aber wie konnte ich dem Brief eines Fremden mehr Glauben schenken als der Frau, die ich liebe? Hätte ich ihr zugehört, hätte ich das, was ich eben erkannte, schon viel früher sehen können. Sie kann nicht gut lügen. Es wäre einfach gewesen, auf ihrem Gesicht zu erkennen, dass sie die Wahrheit sagt. Doch nicht einmal die Chance gab ich ihr.

Wir hätten gemeinsam herausfinden können, wer es war. Sie hat einfach recht. Es wäre sicher sogar schneller gegangen. Mann, bin ich dumm und blind und misstrauisch.

Ich habe einen Fehler gemacht. Einen gewaltigen Fehler.

Doch eins ist mir wieder klar: Sie gehört zu mir. Sie hat die ganze Zeit zu mir gehört. Ich bin ein Trottel, dass ich das nicht mehr gesehen habe, nicht sehen wollte vor lauter fehlgeleitetem Misstrauen.

Ein absurder Mix aus gallig schmeckender Reue und Angst lässt meine Hände um das Lenkrad krampfen, überhaupt alles in mir zieht sich davon schmerzhaft zusammen. Ja, das ist Angst. Zum ersten Mal in meinem Leben habe ich Angst davor, zurückgewiesen zu werden.

Ich brauche einen Plan.

Ich brauche sie zurück.

Ich muss das wiedergutmachen.

Du machst einen irren Vorschlag.

Lara

Ich stehe immer noch wütend und voller Adrenalin in meinem Büro, die Hände so fest zu Fäusten geballt, dass ich meine eigenen Nägel im Fleisch spüre.

Dieser Idiot! Was denkt er sich denn? Dass ich ihm um den Hals falle, wenn er hinterher feststellt, dass er falschlag? Für wie beschränkt hält er mich?

Pascal öffnet verschüchtert die Tür, er weiß, dass man mich, wenn ich einen kleinen Ausraster habe, besser nicht stört.

»Was?«, blaffe ich ihn an, wenngleich er nichts dafür kann.

»Er ist weg, wollte ich dir nur sagen. Brauchst du etwas?«

Ganz kontrolliert versuche ich, normal zu ihm zu sein, obwohl ich ihn am liebsten auch anschreien würde, dass ich sehr viele Dinge brauche oder gerne gehabt hätte.

Beispielsweise Francis' Vertrauen. Eine neue Freundin, weil die alte mich hasst, da ich ihren Bruder *verraten* habe. Am besten ein neues Leben, ohne diesen Mist.

»Nein, danke, Pascal«, höre ich mich ganz normal zu ihm sagen. »Oder doch: Könntest du mir bitte einen Kaffee bringen?«

»Natürlich«, erwidert er und verschwindet wieder.

Ich gehe um den Schreibtisch herum und hebe den Briefbeschwerer auf. Gut, dass er nicht kaputt ging, er war ein Geschenk meines ersten Kunden. Ein schönes Andenken. Danach sammle ich die Unterlagen ein und fluche leise, weil alles durcheinander ist. Ich bin grundsätzlich für ein papierloses Büro, aber von Behörden gibt es immer noch fast alles in Papierausfertigung. Wie lästig.

Pascal kommt zurück und lächelt mich an. Dieses Lächeln macht mich schon wieder wütend. Was gibt es denn bitte zu lächeln?

Ich nehme ihm den Kaffee ab und stelle ihn auf meinem

Schreibtisch ab, bevor er an der nächsten Wand landet, weil ich in Zerstörungslaune bin.

Kurz tanzen Bilder durch meinen Kopf, wie wir es hier in meinem Büro oder im Besprechungsraum trieben, und ich bin in Versuchung, ihn zu fragen, ob er noch mit seiner Freundin zusammen ist. Ich würde gerne einen Ausknopf drücken, alles pausieren, meine Gedanken abschalten.

Mit einem Räuspern unterdrücke ich diese Frage. Es wäre respektlos, denn unser Deal war, dass wir das einfach vergessen. Ich bin froh, dass ich ihn habe und dass er mir nie etwas übel nimmt. Ich kann ihn nicht auch noch verlieren. Niemals finde ich schnell einen so zuverlässigen und mitdenkenden Ersatz. Die Arbeit ist gefühlt im Moment das Einzige, was funktioniert. Das soll so bleiben. Ich bin überhaupt froh, dass ich gerade haufenweise zu tun habe und nicht viel über Francis nachdenken kann.

Erschöpft von diesem Tag steige ich abends an meiner Wohnung aus dem Auto aus und sehe mich erst einmal um. Dann ärgere ich mich. Diese Angst, verfolgt zu werden, ist immer noch vorhanden. Auch daran ist Francis schuld!

Meine Post nehme ich auf dem Weg mit rein und werfe sie auf die Kommode neben der Tür, bevor ich meine Schuhe loswerde.

Lust zu kochen habe ich nicht, was mitgebracht habe ich mir auch nicht und mein Magen ärgert mich mit Knurren.

Obwohl ich am liebsten sofort auf der Couch versumpfen würde, kontrolliere ich meinen Gefrierschrank und werfe ein paar Aufbackbrötchen in den Ofen. Das muss reichen.

Hätte ich Francis doch nur nie kennengelernt. Beide. Francis und sein Alter Ego. Erst weckt er Sehnsüchte, zerstört sie und meine Freundin verliere ich auch noch seinetwegen.

Bis die Brötchen fertig sind, kontrolliere ich die Post. Dämliche Werbung an die Hausbesitzer, ein Schreiben der Versicherung und einen unfrankierten Umschlag ohne Absender. Darin finde ich einen Barscheck über 50.000.

Was? Ich falte den Zettel aus dickem Papier, der mit im

Kuvert liegt, auf und glaube, ich lese nicht richtig:

Liebe Lara,

ich hatte eine Belohnung ausgesetzt für Hinweise, die zur Ergreifung des Täters führen. Es waren deine Hinweise, also stehen sie dir zu.

Danke! Danke! Danke!

Francis

Der spinnt doch! Ich will sein verkacktes Geld nicht, zerreiße den Brief sowie den Scheck und stopfe beides in den Umschlag.

Mir ist der Hunger zwar vergangen, trotzdem schneide ich ein paar Tomaten in Scheiben. Beim Öffnen des Kühlschranks, um Käse zu entnehmen, fallen mir die Energydrinkdosen, die dort immer noch von Francis stehen, ins Auge und ich werfe sie weg. Das wurde auch Zeit.

Bei der letzten Dose zögere ich, reiße sie dann auf und trinke sie in großen Schlucken leer. Die Flüssigkeit scheint direkt in meine Augen zu laufen, denn ich heule schon wieder von diesem dämlich süßen Zeug, weil mich der Geschmack an ihn erinnert.

Natürlich verbrenne ich mir auch noch die Finger, als ich die Brötchen aus dem Ofen nehme, aber vor Schmerz flenne ich lieber als wegen dieses dämlichen Mannes. Obwohl die Brötchen viel zu heiß sind, schneide ich sie gleich auf, lege die Tomatenscheiben und den Käse darauf und schiebe alles zusammen wieder in den Ofen. Mit Käse überbacken ist einfach alles besser.

Klingeln schreckt mich hoch, während ich ein paar Minuten später den Schmelzgrad überprüfe. Ich stelle die Temperatur aus, eile an die Tür und frage an der Gegensprechanlage: »Ja?«

Ein Mann mit einem Unterschriftenpad in der Hand sieht in die Kamera und sagt: »Eine Lieferung für Sie.«

Ich betätige den Türöffner und warte. Hektisch blinzle ich, als zwei Männer meine Wohnung betreten und edle, oben offene Kartons abladen sowie mehrere Vasen voll mit weißen Rosen. Wunderschöne, langstielige weiße Rosen. Sie müssen mehrmals laufen, bis sie alle in meine Wohnung getragen haben. Fuck, wie viele sind denn das?

Endlich finde ich meine Sprache wieder und will wissen: »Ähm. Was soll das?«

»Die wurden für Sie bestellt«, antwortet einer der beiden Lieferanten. »Hier ist die Karte dazu.«

Ich öffne den Umschlag und finde eine Karte in schlichtem Weiß. Darin steht:

Liebes,

es tut mir leid.

Ich wollte eine Rose für jede Stunde, die wir miteinander verbrachten, doch leider waren nicht genügend vorrätig.

Weiße Rosen stehen zwar für Unschuld und Reinheit, was vielleicht nicht gänzlich zu uns passt, aber auch für Bewunderung und unstillbare Sehnsucht.

Mein Wunsch wäre es, mit dir mehr Stunden zu verbringen, als es Rosen auf der ganzen Welt gibt.

Bitte ruf mich an.

Francis

Toll, er schickt mir Blumen und denkt, alles wäre wieder gut? Von wegen!

»Ich verweigere die Annahme«, teile ich den beiden mit. »Alles wieder mitnehmen.« Ich stopfe den zerrissenen Scheck und diesen Brief dazu mit in den Umschlag der Karte und drücke diesen einen von beiden in die Hand. »Das auch.«

»Ähm. Das geht nicht. Wir wurden beauftragt. Sollen die wieder zurück in den Laden?«

»Haben Sie die Adresse des Auftraggebers?«

»Ja, bestimmt.«

»Dann dorthin. Kostet das extra?«

»Keine Ahnung, so einen Fall hatten wir noch nie.«

Er wirkt so überfordert, dass ich kurz lachen muss und meinen Geldbeutel aus der Tasche nehme, damit ich ihm meinen Notfallhunderter in die Hand drücken kann. »Das sollte auf jeden Fall reichen.«

»Das ist sicher zu viel«, sträubt er sich und will ihn mir zurückgeben.

»Nein, der Rest ist Trinkgeld. Sorgen Sie einfach dafür, dass er sie erhält. Kann ich mich darauf verlassen?«

»Natürlich.«

Der andere läuft bereits mit einem Teil der Lieferung nach draußen und der, dem ich das Geld gegeben habe, sagt augenzwinkernd: »Ich wüsste ja gerne, was er angestellt hat.«

Ich lächle und antworte: »Nichts, was man mit ein paar Rosen wiedergutmacht.«

Am nächsten Morgen möchte ich die Wohnung verlassen, um zur Arbeit zu kommen, und stolpere fast über ein Päckchen vor der Tür. Eingewickelt in braunem Packpapier und mit einer Schnur umwickelt.

Hä?

Ich bücke mich, nehme es mit nach drinnen und öffne es. Unter dem Packpapier finde ich einen Thriller. Bitterhass. Davon hatte ich gehört, der ist ganz neu erschienen. Eine schwere Hardcoverausgabe.

Ich ahne schon, wer mir den vor die Tür gelegt haben muss, und schlage die ersten Seiten auf. Nichts. Kein Brief, nichts auf die ersten Seiten geschrieben.

Erst als der Romantext beginnt, finde ich auf der ersten Seite ein grün markiertes Wort.

Das

Aha.

Ich schlage weitere Seiten um und finde ein weiteres markiertes Wort. Nun bin ich neugierig und blättere Seite für Seite durch das ganze Buch und tippe die gefundenen Worte in mein Smartphone.

Das – Unmögliche – wird – mitunter – geglaubt – das Unwahrscheinliche niemals – es – gibt – keine – Sünde – außer – der – Dummheit – ich gebe dich – nicht – auf

Das kommt mir bekannt vor und ich gebe das bei Google ein.

Das Unmögliche wird zuweilen geglaubt, das Unwahrscheinliche niemals, ist ein Zitat von Oscar Wilde, genauso wie: *Es gibt keine Sünde, außer der Dummheit.*

Der Rest ist dann wohl Francis.

Das muss eine ganze Weile gedauert haben, bis er das fertig hatte. Auf jeden Fall länger, als ein paar Blumen zu bestellen. Ohne es zu wollen, wird mir dabei etwas warm, wie ich mir vorstelle, dass er das für mich gemacht hat.

Erst einmal egal, ich will zur Arbeit. Ich lasse das Buch auf der Kommode liegen und mache mich auf den Weg. Vor der Wohnungstür muss ich kurz durchatmen, da diese Verfolgungsangst immer noch meine Fingerspitzen kribbeln lässt. Das vertreibt das warme Gefühl, immerhin war das Francis' Schuld.

Dass da Francis ein paar Meter von der Eingangstür weg mit einer schwarzen Tasche neben den Beinen gegen die Wand gelehnt steht, erfasse ich mit dem ersten Schritt aus der Haustür.

Seine Arme sind verschränkt, und ich spüre genau, wie er mich mustert, während ich an ihm vorbei Richtung Parkplatz marschiere und dabei so tue, als würde ich ihn nicht erkennen.

Selbst aus dem Augenwinkel sieht er gut aus. Es gehört verboten, dass jemand gut aussieht und so fies ist. Er trägt zwar Anzughose und Hemd, hat aber Sakko und Krawatte weggelassen. Zwischen den geöffneten oberen Knöpfen sieht man den Ansatz seiner Tattoos und auch an den Unterarmen, da er das Hemd etwas nach oben gekrempelt hat.

Das ist gar nicht so einfach, einen Schritt vor den anderen zu machen. Aber ich kann ja schlecht zurück in meine Wohnung flüchten.

»Lara?«

Wie er meinen Namen mit seiner rauen Stimme ausspricht, schießt mir direkt in den Magen. Ich ignoriere das und gehe weiter.

»Warte.«

Meine Beine stocken kurz bei diesem Tonfall. Wie macht er das nur, dass ich immer sofort tun will, was er sagt?

Ich kann nicht anders, ich werfe einen Blick auf ihn. Er hat sich keinen Millimeter bewegt und hat diese unbewegliche

Miene aufgesetzt, die nicht verraten soll, was in ihm vorgeht.

Vermutlich lässt mich diese Ruhe, die er immer verbreitet, stocken. Diese Selbstsicherheit, die er in allem, was er tut, ausstrahlt und mir das Gefühl gibt, dass man sich fallen lassen kann, weil mit ihm alles gut wird. Da will man doch automatisch machen, was er sagt, da er dieses Urvertrauen in einem weckt, dass es richtig ist, was er will.

Aber das war ein Trugschluss. Er ist unberechenbar und misstrauisch. Während ich ihm blind vertraute, hat er mir kein bisschen sein Vertrauen geschenkt.

Ich schüttle schnaufend dieses Gefühl, auf ihn zugehen zu müssen, ab und gehe weiter.

»Komm her!«

Noch einmal drehe ich meinen Kopf und frage ihn vorwurfsvoll: »Wie kann man nur so arrogant sein?«

»Ich denke, das ist keine Frage, auf die du eine Antwort erwartest. Was muss ich tun, damit du mit mir sprichst?«

»Ich hatte gerade mit dir gesprochen. Es ist also nicht nötig, etwas zu tun.«

Er löst die Verschränkung seiner Arme und dreht die Handfläche einer Hand nach oben und streckt sie minimal in meine Richtung.

Warum habe ich deswegen das Bedürfnis, tatsächlich zu ihm zu gehen? Ist das eine Manipulationstechnik?

Ich will mich nicht von ihm einwickeln lassen, schließe einen Moment meine Augen, damit ich durchatmen kann, um für seinen vermutlich folgenden Versuch, mit mir zu reden, gewappnet zu sein.

Nachdem ich sie wieder öffne, steht er direkt vor mir. Wie kann so ein großer Kerl sich nur so lautlos bewegen?

»Lara, können wir fünf Minuten so tun, als wäre nichts gewesen?«

»Und was soll das bringen?«

Er sieht mich auf eine unergründliche Art an, und ehe ich es begreife, hänge ich in einer Umarmung von ihm. Er drückt mit einer Hand meinen Kopf an seine Schulter und die andere hält mich unerbittlich fest.

Wut. Ich brauche Wut. Denn mir ist nach Weinen. So an ihn gedrückt fühlt sich alles stabil an, so richtig eingerastet. Warum muss er auch noch so gut und vertraut riechen? Das ist doch ungerecht.

Ich wünschte, ich könnte mit ihm über mein Problem mit ihm reden, als wäre er eine unbeteiligte Person, so verrückt wie sich das anhört.

Ich weiß nicht wohin mit den Händen und lasse sie mit geballten Fäusten runterhängen, damit ich nur nicht in Versuchung gerate, ebenfalls meine Arme um ihn zu schlingen. Ich will ihn nicht zurückumarmen. Auf keinen Fall.

»Du bist immer so übergriffig«, stelle ich an ihn gedrückt klar und versuche, meine Stimme fest und unbeteiligt klingen zu lassen.

»Nur bei dir. Du brauchst das manchmal, dass dich jemand fast zerquetscht, oder?«

»Ja, so war das«, gebe ich zu. Ich wusste das nicht, bis er in mein Leben kam. Es ist unglaublich angenehm, wenn er mich einfach packt und festhält.

Das Gute an dieser erzwungenen Umarmung ist, dass ich ihn nicht ansehen muss. Ich verschwinde fast in ihm und das tut so schockierend gut für einen Moment.

»Ich möchte gerne festhalten, dass ich das nicht mehr will«, lüge ich, weil ich irgendetwas sagen muss.

»Lüg mich nicht an«, murmelt er in mein Haar, und ich habe das Gefühl, dass meine Beine gleich nachgeben, weil ich das immer geliebt habe, wenn er in mein Haar gemurmelt hat.

»Okay.«

»Ich will das wieder in Ordnung bringen. Kannst du mir etwas entgegenkommen?«

»Keine Ahnung wie. Blumen und Bücher helfen da nicht. Du hast das mit uns für mich kaputt gemacht. Du sagtest zu mir, ich wäre kein Beziehungsmaterial, und noch mehr scheußliche Sachen. Ich wusste nicht einmal, was ein schlimmerer Gedanke war: Dass alles wahr ist, was du sagtest, oder dass du mir so wenig traust.«

»Dich mit meinen Lügen zu verletzen, war meine Absicht, da

ich mich hintergangen fühlte. Es tut mir leid. Ob du Beziehungsmaterial bist, weiß ich nicht. Ich kann so etwas nicht beurteilen. Aber eins weiß ich ganz sicher: Du bist Francismaterial. Geht das auch?«

»Vorher hätte ich gesagt, dass das sogar besser ist.«

»Und jetzt?«

Keine Ahnung. Ich sage nichts, lasse mich aber weiter festhalten. Das tut so gut, als wäre tatsächlich die Realität kurz angehalten. Die Realität, in der ich nicht weiß, wie ich mit ihm umgehen soll.

Er fährt mir mit einer Hand über den Rücken und flüstert mir rau zu: »Ich bin nicht fehlerfrei. Aber lernfähig. Weißt du noch nach der Sache mit Bull, wie du zu mir sagtest, dass du dir gewünscht hättest, ich solle zu dir kommen, auch wenn du es eigentlich nicht wolltest? Dieses Mal bin ich hier. Ich lerne dazu.«

»Hm, ja«, antworte ich. Will ich das in diesem Fall? Ich liebe diesen Mann, aber er ist zu weit gegangen. Wenn ich daran denke, wie er mit mir redete, tut das immer noch weh.

»Ist es der Stolz, dass du meine Entschuldigung nicht annehmen möchtest? Es tut mir ehrlich leid. Alles. Jedes Wort, jeder Gedanke, jede Geste. *Es gibt keine Sünde außer der Dummheit.* Das geht mir nicht mehr aus dem Kopf. Auch *Das Unmögliche wird zuweilen geglaubt, das Unwahrscheinliche niemals,* trifft es ziemlich gut. Für mich war es so lange unwahrscheinlich, dass es eine passende Frau für mich gibt, dass ich einfach glaubte, dass es einen Haken an dir geben muss, und das Unmögliche sofort als Wahrheit akzeptierte. Das passiert mir nicht wieder. Gibt es eine klitzekleine Chance für mich, dass du mir verzeihen kannst?«

»Keine Ahnung. Aber ich denke, dass die fünf Minuten so tun, als wäre nichts, vorbei sind.«

Er lässt mich los und ich weiß nicht weiter. Was mache ich jetzt? Weitergehen? Mit ihm reden? Ich wünsche mir die Umarmung zurück.

Ich sehe ihn an, wie er vor mir steht, und klammere mich fest daran, wie er zu mir war, damit ich ihm nicht um den Hals falle und ihn einfach zurücknehme.

Diese Angst, verfolgt zu werden, die immer noch nicht ganz weg ist und die ich fast spüren kann, wenn ich nur daran denke. Dieses Gefühl, dass der Mann, der mir am meisten bedeutete, mich als beziehungsunfähig bezeichnete, mit dem Wissen, wie tief mich das verletzen wird. Der alles leugnete, was zwischen uns war, damit ich mich ausgenutzt und verunsichert fühle.

Fast erleichtert atme ich auf, als ich ein winziges Brodeln und einen leicht erhöhten Puls an mir wahrnehme, nutze das und fahre ihn an: »Du hast mich in voller Absicht tief verletzt. Ich ließ dich meine Schwachstellen wissen und du hast sie auf dreckige Art gegen mich benutzt. Du bist skrupellos und niederträchtig!«

»Ja. Ich weiß.«

»*Ja, ich weiß?* Das ist alles, was du dazu sagst?«

»Du hast recht. Warum sollte ich widersprechen? Ich sagte doch, dass es mir leidtut.«

»Sag mir mal bitte, wie ich dir vertrauen soll? Es war alles gut und dann das aus heiterem Himmel. Wer sagt mir, dass du bei dem nächsten Vorfall nicht wieder den misstrauischen Bastard raushängen lässt?«

»Weil ich das verspreche. Der Gedanke, wie du dich gefühlt haben musst, quält mich sehr.«

»Der Gedanke? DER GEDANKE!? DU DÄMLICHER WICHSER! Der Gedanke hat dich gequält? Was meinst du, wie mich das gequält hat?!«

Das ist genug. Ich mache auf dem Absatz kehrt.

»Lara. Warte. Bitte. Ich habe Arbeit für dich, falls du noch einen Auftrag von mir annehmen möchtest.«

»Was? Wie bitte? Was?« Was ist denn das für ein Themenwechsel? »Einen Auftrag? Du kaufst dir noch ein Haus?«

Ich fahre herum und ärgere mich darüber, dass sogar ich hören konnte, wie entsetzt meine Stimme klang. Er will wegziehen? Der Gedanke gefällt mir nicht. Ganz und gar nicht.

»So ähnlich. Soll ich mit dir in dein Büro kommen oder gehen wir zu dir?«

»Was ist es denn?«

Er bringt mich vollkommen aus dem Konzept mit dieser Frage nach einem Auftrag. Ich hätte alles Mögliche erwartet, aber das?

»Büro oder bei dir?«, hakt er hartnäckig nach. »Ich rede darüber nicht auf der offenen Straße.«

Ich überlege kurz. Wenn ich ihn mit ins Büro nehme, sieht das vor Pascal sehr merkwürdig aus. Mit reinnehmen will ich ihn auch nicht. Aber ich muss wissen, ob er wegziehen wird. Das wäre verrückt. Er wohnt doch noch gar nicht lange dort.

Obwohl ich das nicht will, sagt mein Mund trotzdem: »Komm mit rein. Aber nur beruflich!«

»Wunderbar«, kommentiert er und legt seine Hand an meinen unteren Rücken, um mich zurück zum Eingang zu führen, so als könnte ich sonst abhauen. Ich weiche dieser Berührung mit einem seitlichen Ausfallschritt aus. Das ist mir zu viel und zu wenig zugleich.

Während ich die Haustür öffne, schnappt er sich seine Tasche und wir betreten gemeinsam die Wohnung.

Das fühlt sich sehr seltsam an. Da ich im Bürobereich nur einen Stuhl habe, zeige ich auf meine Couch und er lässt sich dort nieder.

»Magst du etwas trinken?«, frage ich in einem gleichgültig-höflichen Tonfall, als wäre er ein echter Kunde.

»Nein. Lass uns loslegen.«

Ich sage nichts, sondern sehe ihn nur an. Zu ihm setzen kann ich mich nicht, das ist zu intim, zu nah. Die Umarmung hat mich schon total aufgewühlt.

Er lehnt sich zurück und legt einen Arm auf der Lehne ab, ehe er sich räuspert und erklärt: »Ich habe ein stillgelegtes Kasernengelände gekauft. Ich will dort alles umbauen und dann vermieten.«

»Was?«, platzt mir raus. »Du hast eine Kaserne gekauft? Wie reich bist du denn?«

»Nun ja. Das kann ich mir natürlich auch nicht aus der Portokasse leisten. Schließlich ist so ein Kasernengelände groß wie eine kleine Stadt. Aber ich finanziere meine Immobilien sowieso immer. Ich finanziere so viel wie möglich mit nur so wenig Eigenkapital, wie die Bank mindestens verlangt. Auf diese Art kann ich mein Geld auf viele Immobilien verteilen. Ich muss zwar Zinsen bezahlen, doch das berücksichtige ich bei der Kalkulation. Würde ich immer warten, bis ich durch Miete genug eingenommen habe, dass ich das nächste Gebäude kaufen kann, würde das ewig dauern. Durch die Mieter finanzieren sich die Häuser quasi von selbst. So halte ich es auch hier. Außerdem habe ich jedes Gebäude, das ich besitze, bis unters Dach verschuldet, um genug Geld aufzutreiben.«

»Das ist ja irre«, gebe ich zu. »Also ein Kasernengelände kaufen.«

»Es war günstig zu haben. Zumindest gemessen am üblichen Grundstückspreis. Die Gebäude wurden erst gar nicht berücksichtigt. Es gab keine anderen Interessenten und außerdem muss rund um die Fahrzeugwartungshallen der Boden abgetragen werden, da er durch abgelassenes Öl verseucht ist. Das und die Größe schreckte viele ab.«

»Okay, Francis, und was habe ich damit zu tun?«

»Lara«, antwortet er und beugt sich ein wenig in meine Richtung. »Ich weiß, dass du dich eigentlich eher anders spezialisiert hast, aber ich hätte dich gerne an Bord zur Neugestaltung der Gebäude. Das Budget wird klein sein und die Herausforderung groß, weil die Aufteilung der Räume schwierig ist. Ich will alles modern umgestalten. Gegebenenfalls werde ich auch noch ein paar Neubauten auf dem Gelände errichten. Platz wäre genug. Ich will das ganze Ding wiederbeleben. Mit kleinen Geschäften, Kindertagesstätte, Werkstätten, Restaurants. Das wird ein riesiges Projekt. Mein größtes überhaupt.«

Er lehnt sich zurück und atmet tief ein, ehe er mich lange ansieht. Ich weiß nicht, was ich dazu sagen soll. Vermutlich sehe ich etwas überrannt aus, denn er lächelt, und dann streicht er sich mit den Fingerkuppen unter dem Kinn entlang.

»Zwei Möglichkeiten, Lara: Die erste ist, dass du den Auftrag annimmst und für mich die Innenarchitektin machst. Ich bezahle dir deinen üblichen Satz und hoffe auf ein weiteres Date, wenn der Auftrag abgeschlossen ist, falls du mich Jahre zappeln lassen willst. Oder …« Er pausiert, atmet nochmals tief ein und fährt fort: »Oder du arbeitest mit mir zusammen. Du weißt, dass ich auch noch mit meinem anderen Job beschäftigt bin, und ich hätte dich gerne als Bauherrin beziehungsweise Projektsteuerer dabei. Du übernimmst den Innenarchitektenanteil selbst und sorgst für das andere benötigte Fachpersonal wie Architekten, Fachplaner, Brandschutzbeauftragte, Statiker und was gebraucht wird, die du dann beaufsichtigst. In diesem Fall erhältst du keinen Lohn. Wir rechnen deine komplette Arbeitszeit zu deinem normalen Satz um und diese Summe nehmen wir im Verhältnis zu dem, was ich als Eigenkapital eingesetzt habe. In diesem Anteil wirst du dann Miteigentümerin. Falls du dich traust. Die Wahrscheinlichkeit ist hoch, dass dieses Investment langfristig ein Vermögen einbringen wird, aber natürlich gibt es auch das Risiko, zu scheitern und alles zu verlieren. Wenn das Projekt in die Hose geht, bin ich pleite und du hast Monate oder Jahre ohne Einkommen gearbeitet. Meine Kalkulationen sind gut, aber ich kann natürlich nicht alles voraussehen, was passieren wird.«

»Francis, ich …«

»Nein, sag es nicht gleich. Denke darüber nach. Hier«, sagt er, zieht einen Stick aus der Tasche und legt ihn auf den Tisch. »Auf diesem Stick sind alle Daten. Pläne, Verträge, meine Kalkulation, alles. Sieh es dir in Ruhe an.«

Ich bücke mich, um den Stick an mich zu nehmen, zeitgleich greift er danach, damit er ihn mir reichen kann, und unsere Finger berühren sich dabei, was mich zum Schlucken bringt. Das ist alles gerade etwas viel.

»Warum tust du das?«

»Ich habe einen Fehler gemacht. Niemals hätte ich mein Misstrauen gegen dich richten dürfen. Da ich privat versagte und nicht weiß, wie ich beweisen soll, dass dir mein vollstes Vertrauen gehört, will ich es so tun. Wenn du das mit mir gemeinsam durchziehst, gebe ich die Kontrolle aus der Hand. Nein, auch falsch, wir übernehmen sie zusammen. So etwas würde ich eigentlich nie jemandem anbieten.«

Er erhebt sich und legt zwei Finger zum Gruß an die Schläfe. »Ich haue wieder ab. Melde dich, wenn du dich entscheiden konntest oder Fragen hast.«

Ohne auf meine Antwort zu warten, marschiert er Richtung Haustür.

»Warte, Francis«, rufe ich ihm hinterher. »Du hast deine Tasche vergessen.«

Lächelnd dreht er sich noch einmal um und schiebt eine Hand in die Hosentasche. »Nein. Da sind Sachen von mir drin sowie deine Zugangskarte zu meinem Haus. Lass sie einfach stehen, bis du mich zurücknimmst. Du bist mein Mensch und langfristig werde ich nichts anderes akzeptieren.«

Ehe ich mir die passenden Worte zurechtgelegt habe, was ich von dieser überheblichen Art halte, davon auszugehen, dass ich ihn zurücknehme, ist er schon durch die Tür nach draußen geschlüpft und bekommt nichts mehr mit.

Du wartest auf mich.

Lara

Ich konnte die Nacht kaum schlafen und bin schon vor Sonnenaufgang am Schreibtisch. Der Stick von Francis landet im Port meines Laptops, ich klicke den Ordner auf und schließe ihn wieder.

Keine Ahnung, wie ich mit ihm umgehen soll. Wie soll ich da über dieses Projekt nachdenken? Ich führte die halbe Nacht imaginäre Gespräche mit ihm, in allen Varianten, wobei ich mich von einer Seite im Bett auf die andere wälzte. Jedes Mal, wenn ich in meinem Kopf zu ihm sagte, dass das mit uns für mich erledigt ist, stach es in der Brustgegend, als würde mir tatsächlich bei diesem Gedanken das Herz zerreißen.

Er fragte mich, ob es mein Stolz ist.

Ja, genau, richtig erkannt!

Darf man einfach so verzeihen? Mache ich mich lächerlich, wenn ich ihn mit offenen Armen zurücknehme nach dem, was er gesagt hat und wie er mich behandelt hat? Erbarmungslos hat er alles niedergemetzelt, mich blutend zurückgelassen und keinerlei Gnade gezeigt.

Er gab mir keine Chance, hat er dann eine verdient?

Ich drehe mich auf dem Bürostuhl ratlos im Kreis. Mein Blick fällt auf die Kiste, in der ich die Sachen sammelte, die mir Gina so *nett* zurückgab.

Mein Fuß, der mich in Bewegung hält, stoppt die Drehung, und mir wird klar, dass ich keinen Augenblick mehr an sie dachte, seit ich Francis wiedersah. Als hätte ich mit ihr abgeschlossen.

Wie unfair von mir. Ich nehme die Drehung erneut auf, stoße mich immer wieder mit den Zehenspitzen ab und denke nach. Bevor ich mich Francis widme, sollte ich vielleicht erst einmal nach meiner Freundin sehen. Ihr Bruder ist immerhin in

Untersuchungshaft.

Mein schlechtes Gewissen, nicht mehr an sie gedacht zu haben, drückt ganz gewaltig. Ich denke so viel über Francis nach und keine Sekunde an sie, obwohl es ihr höchstwahrscheinlich nicht gut geht.

Möglicherweise hatte sie nur überreagiert und brauchte ein Ventil. Es gefällt mir nicht, wie bösartig sie war, aber gerade ich sollte verstehen, dass man überreagieren kann.

Egal. Ich google, welche Pizzeria um diese Uhrzeit offen hat, und finde eine, die auf dem Weg zu ihr liegt, und ordere online eine Pizza zum Abholen.

Ich sehe an mir runter. Seidenschlafanzug aus Top und Pants. So kann ich nicht raus. Ich lasse das an und schlüpfe zusätzlich in eine karierte Jogginghose, werfe mir einen Hoodie über und fahre ein paarmal mit den Fingern durch die Haare.

Anschließend inspiziere ich meinen Gefrierschrank. Dort habe ich gewöhnlich eine Notfallration Ben&Jerry's Late Night Snack. Eis mit Kartoffelchips. Gina liebt dieses Eis und man bekommt es nicht überall.

Ich schnappe mir den letzten Becher, schlüpfe in Sneakers, klemme meine Tasche mit den Autoschlüsseln unter den Arm und mache mich auf den Weg.

In der Pizzeria muss ich noch kurz warten. Der Mann hinterm Tresen wirft mir einen müden Blick zu und fragt: »Frühes Frühstück oder spätes Abendessen?«

»Versöhnungsgeschenk«, antworte ich so erschöpft, wie er aussieht.

Alles, was passiert ist, die Geschehnisse, die Entscheidungen, die ich treffen sollte, das drückt mich nieder.

»Klappt das besser als Blumen?«

»Das werde ich sehen«, erwidere ich mit einem falschen, schrägen Grinsen.

Er kassiert den Betrag, wobei hinter ihm ein weiterer Mitarbeiter die Pizza von der Pizzaschaufel – oder wie das heißt – vom Ofen in die Schachtel gleiten lässt.

Hier drin ist es warm, doch innerlich ist mir kalt. Ich fühle mich alleingelassen und ungeliebt. So fühle ich mich schon, seit

Francis mich abserviert hat. Gestern vor meiner Tür in seinen Armen war das Gefühl kurz weg. Einfach so. Nun hat es mich wieder mit voller Wucht eingeholt. Ich will gar nicht zu Gina, alles widerstrebt mir, sie zu sehen.

Trotzdem. Um eine Freundschaft sollte man kämpfen.

Mit einem Nicken nehme ich die Schachtel entgegen und der Kassierer ruft mir hinterher: »Viel Glück.«

»Danke«, rufe ich zurück.

Mit dem Eis im Fußraum und der Pizza auf dem Beifahrersitz fahre ich weiter. Der Duft der Pizza erfüllt den Innenraum meines Wagens. Aber ich kann den Geruch nicht genießen. Mein Magen ist ein wenig tot, habe ich das Gefühl. Gerüche wecken da gar nichts. Kein Hunger, keine Gelüste.

Ich parke und muss mich überwinden, auszusteigen. Die Pizza in der Hand, das Eis in der anderen, mache ich mich auf den Weg zu ihrer Haustür und mir wird immer schlechter bei jedem Schritt. Eigentlich sollte ich nicht hier sein. Sie hat mich beleidigt, sie sollte sich entschuldigen.

Aber irgendjemand muss den ersten Schritt machen. Sie war sicher einfach nur durch den Wind, da es sich um ihren ungerechtfertigt geliebten Bruder handelt. Meine Gedanken wiederholen sich, als gäbe es nichts Neues zu denken.

Vor der Tür bleibe ich stehen und halte kurz inne. Bilder, wie sie mich so wütend ansah, tauchen vor meinem inneren Auge auf. Ihre Worte klingen in meinem Ohr nach. Nicht nur die von ihrem letzten Besuch. Wie sie mich Gestörte nennt. Wie sie sich über mich lustig macht. Ihre Sprüche und kleine Spitzen. Ich schüttle den Kopf. Wir sind so lange befreundet, das ist ihr Humor und nicht gegen mich gerichtet.

Mit all meinem Mut drücke ich die Klingel und warte. Sie müsste wach sein, wenn sie pünktlich auf Arbeit sein möchte.

»Ja?«, höre ich durch die Gegensprechanlage.

Beherrscht erwidere ich: »Ich bin es. Ich habe Pizza und Eis.«

Keine Antwort. Ich warte trotzdem. Vielleicht muss sie das nur kurz sacken lassen.

Tatsächlich öffnet sich ein paar Minuten später die Tür und sie tritt mit verschränkten Armen in den Türrahmen.

»Was du dich traust«, sagt sie in einem total gehässigen Tonfall, der alles in mir ein Stück nach unten sacken lässt.

»Ich dachte, wir könnten reden? Ganz in Ruhe? Mit einem kleinen Frühstück vielleicht?«

»Hm«, erwidert sie. »Weißt du, was ich von der Idee halte?«

Ich sage nichts, weil ich weiß, etwas Gemeines wird folgen. Ihr gehässiger Tonfall hat es mir verraten. Den kenne ich. Wieso ist mir das nicht früher aufgefallen?

»Das«, spricht sie weiter und nimmt mir die Pizza ab. Sie öffnet den Deckel, sieht sie sich an und lässt sie dann mit dem Belag nach unten auf den Asphalt fallen. »Ich sagte dir doch, dass ich dir das nicht verzeihen kann. Du bist wie eine läufige, abhängige Hündin, die für einen Fick alles tut. Sogar den kleinen Bruder der besten Freundin in die Pfanne hauen.«

»Ich tue alles für einen Fick? Seit wann denn das? Ich dachte, ich hätte eine zugewachsene Muschi?«

Sie beugt sich mir entgegen und stellt einen Fuß auf die fallen gelassene Pizzaschachtel. »Bist du wütend, Lara? Rastest du jetzt wieder aus? Wirst du etwas nach mir werfen oder mich anbrüllen? Zeig mir doch ein wenig, wie gestört du bist.«

Ich lache kurz auf. Warf sie nicht Sachen nach mir? Ich noch nie nach ihr. Ich hatte ihr nur davon erzählt, dass ich das tue, um mich abzuregen.

»Du hast dich wie eine Gestörte verhalten, nicht ich. Trotzdem bin ich hier. Ich werde es dir nicht übel nehmen, wenn du einsiehst, dass du überreagiert hast und ich nicht Schuld an den Verbrechen deines Bruders bin.«

»Ich sehe einen Scheiß ein, Lara.«

»Also ist dir unsere Freundschaft nicht einmal wert, darüber nachzudenken? Oder ...« O Gott, vielleicht denke ich falsch! »Oder war ich nie eine echte, gleichberechtigte Freundin für dich? Ist es das?«

»Da hast du recht. Meine Mildtätigkeit dir gegenüber hat nun ein Ende.«

»Mildtätigkeit?«, hake ich verblüfft nach. Nicht ihr Ernst.

»Klar. Niemand will mit dir befreundet sein. Niemand mag dich. Niemand erträgt dich. Ich hatte Mitleid mit dir. Wie so ein ausgesetzter Hundekrüppel, den eigentlich keiner will, weil er eine Belastung ist, aber er guckt niedlich und man nimmt ihn aus Mitleid mit. Was man später dann bereut.«

Ich muss schon wieder lachen, Nässe läuft meine Wange hinab, das ist so traurig und so komisch zugleich. Ja, ich bezeichnete Gina immer als meine beste Freundin, aber eigentlich war sie nur meine längste. Und ich für sie? Was ist sie für andere? Mein Bekanntenkreis ist wesentlich größer als ihrer, gerade durch meinen Beruf, bei dem ich viel mit Menschen zu tun habe. Hat sie überhaupt Bekannte? Sie hasst ihre Kollegen, erzählt immer nur von ihren Männereroberungen, die sie in kurzer Zeit wieder loswerden will.

»Gina, kann es sein, dass du eigentlich die Gestörte von uns bist?« Mir wird noch etwas bewusst. »Kann es sein, dass du neidisch auf mich bist? Deswegen redest du immer alles klein! Klar, logisch! Und du bist eifersüchtig, wenn ich mich mit anderen treffe! Jedes Mal, wenn ich dir erzählte, wie lustig es mit jemandem war, hast du danach aufgezählt, was alles blöd an denjenigen wäre.«

Und mir gesagt, dass ich das Treffen besser nicht zu oft wiederhole, damit sie nicht rausfinden, wie ich wirklich wäre. Das erwähne ich nicht. Da ich es auch noch gelegentlich glaubte und Menschen auf Abstand hielt, aus Sorge, sie könnten denken, ich wäre überspannt. Meine Güte bin ich dumm.

Bin ich gar nicht beziehungsunfähig? Hatte ich mir das von ihr nur einreden lassen? Redete sie es vielleicht den Männern sogar ein? So hochgefahren wie bei Francis bin ich vorher noch nie. Manchmal kapierte ich nicht einmal, was es war, das die Männer denken ließ, ich wäre beziehungsuntauglich, und schob es darauf, zu unfähig zu sein, um zu verstehen, was an mir falsch ist. Ich kenne sie seit der Schulzeit. Sie kannte jeden Mann in meinem Leben. Sie wollte doch auch mit Francis über mich reden. Er ließ sie bloß nicht an sich ran.

O mein Gott. Irgendwo macht es klick in mir, und alles fügt sich zusammen, ergibt ein Bild, ein völlig neues Bild und ich höre auf zu lachen.

Gina starrt mich an und ich starre zurück.

Alles in mir erstarrt und ich fühle mich für einen Augenblick wie von der Welt abgeschnitten. Meine Ohren rauschen, mein Blick wird unfokussiert und es kribbelt unangenehm hinter der Stirn.

Diese Erkenntnis ist einerseits pure Erleichterung, andererseits ein Schock, dass mir so etwas passiert. Ich hielt mich für selbstbewusst und ließ mir das gefallen, ohne darüber nachzudenken. Ich nahm sie immer in Schutz, wenn sie so war, sogar vor mir selbst.

»Gina, du ... also ...« Mit einem beherzten Räuspern beende ich das Gestottere. »Nun, es gibt da einen Kerl, der mich um Verzeihung gebeten hat, da er ungefähr so mies zu mir war wie du. Was ist mit dir? Meinst du, von dir könnte so etwas auch noch kommen, oder sollen wir das Ganze an dieser Stelle beenden?«

»Ich hätte ihn ficken sollen, als ich die Gelegenheit hatte. Aber das würde nichts ändern, oder? Du läufst ihm trotzdem armselig hinterher.«

»Das bedeutet wohl keine Reue. Okay. Dann, ähm, auf Wiedersehen oder so.«

Auf ihre Aussage gehe ich nicht ein. Ich bin mir sehr sicher, dass es weder Gelegenheit gab noch geben wird.

Sie dreht sich um und verschwindet nach drinnen.

Ich stelle das Eis vor die Haustür. Möge der Nächste damit glücklich werden oder auch nicht.

Meine Beine tragen mich ans Auto, ich steige ein und bette die Stirn auf das Lenkrad. Was nun?

Erst einmal nach Hause oder ins Büro oder auf den Mars. Keine Ahnung. Ich hebe den Kopf und starte den Wagen.

Das ist doch völlig verrückt. Ich bin eine erwachsene Frau und hatte nicht gemerkt, dass meine Freundin gar keine ist!

Unzählige Momente fallen mir ein. Momente, in denen ich mir einreden ließ, ich sei schwierig und schwer zu mögen. Die Vermutung, dass sie jedem der Männer, die mich abservierten, eingeredet haben könnte, ich wäre beziehungsunfähig, drückt mich fest in den Sitz und verlangsamt alles. Wir kennen uns seit der Schulzeit, und mit jedem hatte sie Kontakt, bot ihre Hilfe an, ließ sich ihre Nummer geben.

Langsam schleiche ich mit meinem Auto über die Straßen und weiß nicht wohin.

Ich zucke heftig zusammen, weil ich gackernd auflache, was sich in der Stille des Wagens anhört, als wäre eine wahnsinnige Hexe hier mit mir im Auto. Wenn das wahr ist, war ich vielleicht nur wegen Gina Single und dadurch frei für diesen Mann, den ich als so besonders empfinde. Ja, diese Sichtweise ist leicht konfus, da doch tatsächlich etwas Gutes erkennen zu wollen.

In meinen Gedanken erzähle ich das Francis, und er zitiert dazu irgendetwas Passendes aus einem seiner Bücher und lächelt bei der Vorstellung, dass alles, was Gina getan hat, uns zusammenführte.

Je länger ich über Francis und Gina nachdenke, desto sicherer bin ich mir, dass er wusste, mit Gina stimmt etwas nicht. Oder ahnte es zumindest. Er war sehr komisch, wenn ich über sie sprach. Warum hat er nichts gesagt?

Ich bremse abrupt, als ich bemerke, dass ich gerade in die Straße einbiege, die zu seinem Haus führt. Mit einem Ruck lenke ich den Wagen nach rechts an den Straßenrand und drücke dazu das Gaspedal viel zu fest durch, bremse wieder hart, sodass ich mich selbst hin und her schleudere, ehe ich den Motor abstelle.

Heftig drücke ich mehrmals auf den Knopf, der das Fahrerfenster herunterlässt, und ziehe gierig die frische Luft von draußen in die Lunge.

Meine Hände zittern, als ich mein Smartphone aus der Tasche wühle. Ich wähle Francis' Kontakt aus, kann mich aber nicht überwinden, den Finger auf das grüne Symbol zu legen.

Schnell, als könnte ich es mir sonst verbieten, schreibe ich ihm stattdessen eine Nachricht.

Ich: *Guten Morgen. Lust auf Frühstück? Um über dein Projekt zu sprechen?*

Ich halte es in der Hand und starre auf das Display, als hätte er darauf gewartet, dass ich mich melde, und würde deshalb sofort zurückschreiben.

Tatsächlich erscheint keine zehn Sekunden später eine Antwort.

Francis: *Ja.*

Francis: *Bei dir? Bei mir? Neutraler Ort?*

Ich: *Neutraler Ort. Ich schicke dir die Adresse von einem Frühstücksrestaurant. Wann kannst du da sein?*

Francis: *Wie weit weg von mir?*

Ich: *15 Minuten.*

Francis: *Dann 15 Minuten. Bis gleich.*

Umgehend schicke ich ihm die Adresse und starte den Motor, damit ich bloß weg bin, bis er losfährt. Wenn er mich hier sieht, wird er mich für einen gestörten Stalker halten.

Das wirkte, als hätte er tatsächlich darauf gewartet, dass ich mich melde. Merkwürdigerweise fühle ich mich besser. Fast gut. Eigentlich kann ich es kaum erwarten, ihn zu sehen. Das ist so verrückt.

Meine Gedanken schweifen zurück zu Gina. Wie kam ich nur auf die Idee, nach dem, wie sie zu mir war, mit Pizza und Eis bei ihr aufzutauchen, bereit, ihr sofort ihre Worte zu verzeihen?

Noch fünf Minuten. Was will ich zu Francis sagen? Ich schrieb zwar, dass ich wegen des Projekts mit ihm sprechen will, aber eigentlich habe ich nur so unglaubliche Sehnsucht nach ihm, seit er gestern da war.

Fast rausche ich am Parkplatz des Restaurants vorbei, biege im letzten Moment ab und bilde mir ein, dass ich quietschende Reifen höre. Doch das ist wahrscheinlich meine blühende Fantasie. Geschuldet den Thrillern, die ich gerne lese und bei denen grundsätzlich Reifen quietschen.

Mit einem Gefühl innerer Erschöpfung drücke ich schon wieder den Knopf, der den Motor verstummen lässt, und habe gar keinen Plan. Ich fühle mich wie vor einer Prüfung, auf die ich mich nicht vorbereitet habe.

Der Parkplatz ist fast leer, doch keine Minute nach mir biegt

Francis' schwarzer SUV ein und hält direkt neben meinem Wagen.

Ich lehne mich an mein Auto und warte, bis er auf mich zukommt. Er trägt Sportkleidung, als wäre er direkt aus seinem Fitnessstudio losgefahren, schlendert auf mich zu, und ich habe das Gefühl, dass jeder Schritt von ihm ein Stück Ruhe für mich mitbringt, die federnd auf mich überschwappt. Wie macht er das nur? Immer noch?

»Lara«, sagt er rau, als er vor mir steht. »Ich hatte nicht so schnell mit einer Nachricht von dir gerechnet.«

»Dafür warst du aber ganz schön rasch hier.«

»Ich sagte doch, dass ich alles tue. Dazu gehört auch, auf dem Weg in mein Fitnessstudio abzubiegen, direkt zum Auto zu laufen und zu einem Restaurant zu fahren, das erst in einer knappen halben Stunde aufmacht.«

»Was? Die haben noch nicht offen?«, frage ich.

»Hast du das nicht gesehen? Als ich den Link von dir öffnete, sah ich das gleich«, erwidert er und schmunzelt.

»Oh.« Mehr fällt mir da nicht ein.

»Ist auch egal«, sagt er und sieht mich prüfend an. »Wie lautet deine Entscheidung?«

Ich kann nicht antworten, da ich mir das ganze Zeug nicht einmal ansah. Ich wollte ihn doch eigentlich nur kurz sehen.

»Warte«, flüstert er, obwohl ich noch nichts sagte. Er räuspert sich und erklärt: »Ich weiß, ich verlange viel von dir. Vergeben können, ist eine echte Stärke und zeugt von wahrer Größe, und es tut mir leid, dass ich diese Stärke und Größe nicht hatte. Selbst wenn du es jemandem erzählt hättest, wäre es etwas gewesen, was man verzeihen kann. Stattdessen suhlte ich mich in diesem Gefühl, wieder einmal enttäuscht worden zu sein. Keinen Augenblick dachte ich darüber nach, dir zu glauben oder zu verzeihen. Wenn du das im Moment wiederum mir nicht vergeben kannst, bitte arbeite trotzdem für mich. Ich gebe uns nicht auf und will den Kontakt zu dir nicht ganz verlieren.«

Erst setzt er diesen undurchdringlichen Gesichtsausdruck auf, woraufhin er kurz seine Unterlippe in den Mund zieht, da er das zu bemerken scheint. Daraufhin huscht ein Hauch Unsicherheit wie ein Schatten über sein Gesicht, um dann zu einem Lächeln zu werden. Ein echtes Lächeln, eins, wofür ich sterben würde, da es so unverfälscht ist. So pur und ehrlich.

»Und? Was sagst du? Warst du die ganze Nacht wach und hast meine Kalkulationen überprüft? Du siehst so müde aus. Hast du mich deswegen so früh kontaktiert? Weil es sich lohnend erscheint? Oder …«

»Ehrlich gesagt hatte ich mir das gar nicht angesehen«, platzt mir die Wahrheit heraus. Diese Worte und noch mehr dieses echte Lächeln bringen mich dazu, alles rauszulassen. Selbst Dinge, über die ich noch gar keine Entscheidung getroffen hatte, zumindest nicht mit dem Verstand. »Ich will das mit dir zusammen machen. Volles Risiko.«

»Du hast es dir nicht angesehen? Ehrlich? Und willst trotzdem mitmachen? Warum?«

Er mustert mich oder eher mein Gesicht, als würde dort die Antwort stehen, eine, auf die er zu hoffen scheint.

»Ich will ein gemeinsames Projekt mit dir und Zeit mit dir verbringen.«

»Bedeutet das eine Versöhnung?«

»Ehrlich gesagt: Keine Ahnung. Das war schlimm für mich und ich will dir das übel nehmen. Aber meine Welt ist nicht mehr komplett ohne dich. Du sagtest, ich wäre dein Mensch, und du bist doch auch meiner.«

Er streckt mir die Hand hin: »Punkt eins: Partner?«

Ich starre seine große, tätowierte Hand an, ehe ich sie ergreife und zustimme: »Partner.«

»Punkt zwei: Ich nehme das als ein *Ja*.«

Der Ruck, mit dem er mich an sich zieht, lässt meine Haare kurz nach hinten wehen, wobei mir einfällt, dass ich höchstwahrscheinlich ziemlich zerrupft aussehe.

Keine Schminke, vielleicht verheult. Oh und die Haare. Doppel-Oh, weil ich diese merkwürdige Hose anhabe. Seine Arme umfangen mich und da ist es mir egal. Er steht da in seinen Sportsachen, ich wie aus dem Bett gefallen, auf einem Parkplatz von einem geschlossenen Restaurant und es ist so unwichtig. Hauptsache, ich habe ihn wieder.

Ich war bereit, Gina zu verzeihen, warum sollte ich es bei ihm nicht tun?

»Habe ich gerade tatsächlich zugestimmt, mit dir ein so gigantisches Projekt anzugehen?«, murmle ich an seiner Brust, gegen die er meinen Kopf drückt.

Ich bin nicht einmal sicher, ob ich damit die Kaserne meine oder uns. Im Moment habe ich nur noch diesen einen Wunsch, dass das Projekt *uns* viel länger geht als das Kasernen-Projekt.

»Ja«, bestätigt er warm gegen meinen Kopf. Warme Stimme, warmer Atem und ganz warm von innen. Alles warm.

Er atmet tief ein, sein Brustkorb weitet sich und fällt dann wieder zusammen, als er ebenso heftig ausatmet. Das hört sich total erleichtert an und schießt mir direkt kribbelig ins Herz.

»Und nun? Versöhnungssex?«, frage ich und versuche, alles wieder auf eine lockere Ebene zu bringen, weil ich diese Gefühlswallungen in mir kaum ertragen kann.

Er lacht leise. »Immer. Aber erst noch ein wenig festhalten. Manchmal braucht man keinen Sex, sondern einfach ein bisschen Liebe.«

So stehen wir da, seine Arme um mich, meine um ihn. Selbst mit Gewalt könnte niemand auch nur etwas Hauchdünnes zwischen uns schieben, so fest umklammern wir uns. Meine Wange an seiner Brust, mit dem Rhythmus seines Herzens im Ohr und seine an meinen Kopf gelehnt.

Langsam fahren die ersten Autos auf den Parkplatz, da das Restaurant wohl in absehbarer Zeit öffnet.

»Sollen wir frühstücken gehen?«, schlage ich vor.

»Nein«, erwidert er, gibt meinen Kopf frei und tippt mir ans Kinn, damit ich zu ihm hochsehe. Er schmunzelt leicht und sagt: »Jetzt will ich den angebotenen Versöhnungssex. Nein, ich will den ganzen Vormittag mit dir verbringen, wenn das geht. Lass uns zu dir fahren. Ruf von unterwegs deinen Assistenten an, dass du etwas später anfängst. Heute Mittag gehen wir beide arbeiten. Sobald du Feierabend hast, kommst du zu mir. Ich muss in ein paar Tagen zehn Tage weg für zwei Konzerte. Danach sprechen wir das Projekt durch. Bis dahin hast du dich sicher mit allem etwas auseinandersetzen können.«

»Ja. Guter Plan«, stimme ich zu, und kurz zwickt es in der Brust, dass er zehn Tage weg sein wird. So schnell schon. Ich habe ihn doch gerade erst zurück.

Er legt seinen Arm um mich und führt mich zur Fahrerseite meines Autos. »Ich bin direkt hinter dir«, versichert er und sieht zu, wie ich einsteige.

Schwungvoll schließt er die Tür und setzt sich in Bewegung, um selbst in seinen Wagen zu steigen. Wie er sagte, ist er die ganze Fahrt hinter mir.

Kaum sind wir auf dem Parkplatz an meiner Wohnung ausgestiegen, nimmt er meine Hand und zieht mich zügig hinter sich her.

Ich öffne Hauseingang- und Wohnungstür, und noch ehe die Tür hinter uns richtig ins Schloss gefallen ist, greift er mein Gesicht mit beiden Händen und küsst mich.

Der Kuss ist so brennend intensiv wie wohltuend. Ich ertrinke fast in seinem Duft und seinem vertrauten Geschmack. Atemlos beendet er den Kuss, hält mein Gesicht noch weiter fest und sieht mich nur an. Ich betrachte seine dunklen Augen mit diesem dichten Kranz aus Wimpern. Es ist schön, ihn einfach wieder ansehen zu können.

Mit einem Brummen lässt er mich los, umrundet mich und betrachtet mich dabei wie ein Ausstellungsstück, das es zu bewerten gilt. Seine Hand streicht währenddessen über meine Taille, Rücken und Bauch, seine Augen funkeln ein wenig entrückt.

Ich verstehe nicht, wie er mich auf diese Art betrachten kann, ich muss schlimm aussehen. Trotzdem genieße ich seinen Blick. Jeder sollte mindestens einmal am Tag so angesehen werden. Gleich morgens noch vor dem Frühstück für einen guten Start in den Tag, und ein weiteres Mal zum Schlafengehen, damit man total selig schlummern kann. Mir wird schon allein davon sehr, sehr heiß.

Er vergräbt von hinten sein Gesicht in meinen Haaren und atmet tief ein, ehe er den Saum meines Pullovers greift und ihn mir über den Kopf zieht. Er fällt auf den Boden und keine

Sekunde später folgt sein Sportshirt sowie mein Schlafoberteil.

Einer seiner Finger gleitet hinten meine Haut entlang, die Wirbelsäule hinauf bis in den Nacken. Dort schiebt er meine Haare über die linke Schulter und küsst die andere. Ich lasse einfach los und sacke gegen ihn, an seine Brust, und mein ganzer Rücken nimmt seine Wärme auf, bis tief nach innen. Ich fühle ihn, wie er mir Halt bietet, und muss durchatmen. Alles wegatmen, was mich belastet hat, realisieren, dass er wieder meiner ist.

Seine Hände schlingen sich um meinen Bauch und nun ist da Halt von allen Seiten und ein wenig Druck, der mich noch fester an ihn presst.

»Ich liebe dich«, haucht er in mein Haar.

Ich lege die Hände auf seine und erwidere das leise. Zu lange ist es her, das gesagt zu haben. Es bedeutet mir viel, es auszusprechen und dass es angenommen wird. Fast noch mehr, als es zu hören.

Manchmal macht man Fehler. Kleine, große, keiner ist perfekt. Ich bin froh, dass ich nicht zu stolz bin, zu verzeihen. Es ist doch so einfach. So eine Kleinigkeit, für die man so viel bekommt. Es tut weh, dass er mich so weggestoßen hat. Andererseits nahm er mich ohne Zögern oder Vorhaltungen zurück, als ich mit dieser Bullsache nicht klarkam und den Kontakt abbrach. Nie nahm er mir übel, wenn ich hochgefahren bin und beleidigend war.

Er gibt meinem Druck nach, als ich mich in seiner Umklammerung umdrehen möchte, und ich lasse meine Hände von seinen Handgelenken beginnend bis hoch an seine Schulter streichen, meine Augen folgen der Bewegung. Ich genieße, wie sich seine Haut unter den Handflächen anfühlt. Weich die Haut, hart darunter. So wie er selbst. Ein wenig hart, ein wenig weich. Eine perfekte Mischung. Er ist so unperfekt perfekt.

Ein Grinsen ziert sein Gesicht, als ich zu ihm hochsehe.

»Was ist?«, frage ich.

»Nichts. Komm«, antwortet er rau, und statt mich mitkommen zu lassen, geht er ein wenig in die Hocke, packt meine Beine und wirft mich über seine Schulter.

Kurz protestiere ich lachend und er klapst mir auf den Hintern.

Er schlendert mit mir zu seiner schwarzen Tasche, geht in die Hocke und wühlt etwas hervor, was ich nicht erkennen kann, da ich wie ein Sandsack über seiner Schulter hänge.

Anschließend marschiert er die Treppe hoch, kniet sich auf das Bett und lässt mich dort weich auf den Rücken fallen. Ehe ich mich auf meine Ellenbogen aufrichten kann, klickt es und mein Handgelenk wird kühl. Ein zweites Klicken und dann erkenne ich, dass er uns gerade Handschellen umgelegt hat. Eine um mein linkes Handgelenk, die andere um sein rechtes. Mit einer Stahlkette verbunden.

»So«, sagt er und grinst schmutzig. »Meins.«

»Bist du verrückt?«, frage ich schmunzelnd und klimpere mit der Kette.

»Ein bisschen. Vor allem nach dir.«

»Du hast eine Tasche mit Zeug gepackt, falls ich dich zurückwill, und da sind Handschellen drin?«, hake ich lachend nach. »Was noch?«

»Hauptsächlich Wechselkleidung. Die Handschellen waren mein Notfallplan, falls du wütend geworden wärst, als ich gestern da war. Ich hätte dich einfach an mir festgekettet, bis du dich ausgetobt hast, damit du bloß nicht wegläufst. Ich mag es nicht, wenn du aufgewühlt Auto fährst, lieber lasse ich mich beschimpfen und bewerfen. Aber die Variante finde ich auch gut. An mich gekettet finde ich sogar sehr gut«, erwidert er und seine Stimme wird immer rauer und dunkler. »Mir hilflos ausgeliefert, musst du tun, was ich will.«

»Und das wäre?«, frage ich und alles an mir kribbelt. Ich richte mich auf und versuche, ihn zu küssen, doch er rutscht grinsend von mir weg. Ich folge ihm, natürlich folge ich ihm, schließlich verbindet uns eine Stahlkette.

Daran führt er mich zu meinem Kleiderschrank und sein Grinsen wird noch breiter. »So, Lara. Packen.«

»Packen?«, wiederhole ich. Klingt nicht ganz so erotisch wie das, was ich dachte, was kommt.

»Ja. Suche ein paar Sachen zusammen, die mit zu mir kommen. Ich will, dass wir wieder Zeug beieinander haben. Vorerst machst du die Tasche voll, die nehme ich später gleich mit. Los, los. Was Bequemes wäre gut, was Hübsches zum Ausgehen und frische Unterwäsche brauchst du bei mir auch immer. Vergiss nicht die Geschäftskleidung, falls du von mir aus direkt ins Büro fährst.«

»Ehrlich?«, frage ich lachend. »Wir stehen hier oben ohne, aneinandergefesselt, und du willst, dass ich Kleidung richte?«

»Geil, oder?«, erwidert er und lacht ebenfalls.

»Alles klar. Dann mache ich das lieber mal.«

»Ja, mach«, raunt er mir zu, stellt sich hinter mich und streicht mit seiner freien Hand über meine Seite. »Du oben ohne in dieser Hose, beim Packen, das ist irgendwie heiß.«

Er stellt sich eng an meinen Rücken und seine Präsenz reicht bis tief in mich, dafür muss er mich noch nicht einmal direkt berühren. Ich gehe den Schrank entlang, dabei bewegt sich seine Haut auf meiner, weil er so nahe ist, und gelegentlich streift die Kette der Handschelle mich.

Ich nehme ein paar dunkelblaue Jeans vom Bügel, wobei sein Arm meinem folgt, um mir Spielraum zu geben, und seine freie Hand streicht über meinen Bauch.

Ich nehme noch einen dünnen und dicken Pullover und zwei Blusen aus dem Schrank, ehe ich ermahnt werde: »Nicht die Unterwäsche vergessen.«

Seine Hände wandern weiter über mich und hinterlassen angenehme Empfindungen, die in meine Haut einziehen wie eine gute Creme.

Über der Unterwäscheschublade erstarre ich, da sein beschleunigter Atem sich an meinem Hals bricht und er mit vor mir überkreuzten Armen meine Brüste in seine Hände nimmt.

»Aussuchen«, brummt er an meinem Hals und küsst mich dort. »Darf gerne etwas nuttig sein.«

Ich lege ein paar Seidenhöschen und welche mit edler Spitze heraus. Schwarz und rot. Da hat er aber echt Glück, dass ich so auf Wäsche abfahre. Dazu nehme ich passende BHs aus der Schublade darunter, was er zum Anlass nimmt, an meinen

Brustwarzen zu zupfen und sie zwischen seinen Fingern zu rollen. Er stöhnt leise an meinen Haaren und ich stütze mich mit einem kleinen Keuchen an der Schublade ab.

»*Beim Abschied wird die Zuneigung zu den Sachen, die uns lieb sind, immer ein wenig wärmer*. Du bist zwar keine Sache, trotzdem wird es mir schwerfallen, dich ausgerechnet heute für einen ganzen Nachmittag zu verabschieden. Ist es mit Sex möglich zu zeigen, wie sehr man jemand vermisst hat, und sich so vielleicht ein Stück mitzunehmen, ohne dass das merkwürdig wirkt?«

»Von wem ist das Zitat?«, stöhne ich und drücke meinen Mund gegen den eigenen Oberarm, da er nicht aufhört mit seiner süßen kleinen Folter.

»Das erste war ein Zitat von Montaigne, das zweite eine Frage, auf die ich mir ein *Ja* erhoffte.«

»Wir können das. Bei uns ist nichts merkwürdig«, erwidere ich. »Zieh mir die Hose aus.«

»Das wäre sowieso der Plan gewesen«, lässt er mich wissen und küsst meinen Rücken nach unten, ehe er einen Finger unter den Rand der Hose schiebt und darunter entlangfährt.

Ich halte mich weiter an der Schublade fest, und als er beginnt, sie über meine Hüfte zu schälen, ermahne ich: »Mit Höschen.«

Er küsst meinen Hüftknochen und kommentiert nur: »Hm.«

Damit er sie mir ganz ausziehen kann, muss ich einen Arm hängen lassen, sodass die Kette weit genug reicht. Er zieht sie mir liebevoll über die Füße, küsst meine Kniekehlen und wirft die Hose davon.

Ehe er sich wieder erheben kann, drehe ich mich ein, sodass die Kette sich um meine Beine strafft und ihn unten hält. Ich beuge mich in seine Richtung und weise ihn an: »Knie dich hin.«

»Bitte?«, fragt er etwas belustigt. »Ich will in dir sein. Lass mich aufstehen.«

»Wer das will, muss zuerst knien.«

Er gibt irgendwelche unwirschen Geräusche von sich, lässt sich dann aber auf seine Knie nieder. Ich löse die Spannung der

Kette und wickle sie um sein freies Handgelenk, um es eng an das andere zu ziehen.

Ein ziemlich unwilliger und zugleich sehr erregter Blick trifft mich und mir stockt kurz der Atem von dessen Intensität. Das ist pures Feuer und entzündet mich mit. Er lässt mich seine Arme höher ziehen, damit ich mich ganz aufrichten kann, und ich betrachte ihn.

Möglicherweise habe ich noch nie so etwas Betörendes und zugleich Faszinierendes gesehen wie diesen Mann, der gerade mit diesem störrischen Blick vor mir kniet, mit den Händen an mich gefesselt.

Stark. Groß. Wunderschön. Auf Knien. Meiner.

Langsam entwickle ich sein Handgelenk und sehe ihm dabei in die Augen. Mein Mund ist trocken, und ich schwitze, weil das so heiß ist. Ich verbrenne fast vor Lust auf ihn.

Ich greife mit einer Hand in seine Haare, biege seinen Kopf etwas zurück und stelle einen Fuß auf seine Schulter.

Meinen auffordernden Blick versteht er ohne Worte, schnaubt und direkt danach ist sein Kopf zwischen meinen Schenkeln. Er gönnt mir keinen sanften Einstieg, sondern leckt und knabbert umgehend so, als müsste er einen Wettbewerb für den Unter-60-Sekunden-Orgasmus gewinnen.

Ich keuche und meine Beine geben nach, doch seine Hände sind schon an meinen Oberschenkeln und stützen mich. Dabei graben sich seine Finger tief ein und halten mich unbarmherzig fest. Dieses Festhalten kickt mich genauso wie seine Zungenarbeit, weil ich es liebe, wenn er mich kräftig packt. Er kniet und trotzdem hat er die Kontrolle, lässt mich erbeben, und ich koste aus, dass er so absolut mein ist. Meins und für mich.

Er drückt mich fester auf sein Gesicht, saugt an mir, streicht und stöhnt gelegentlich gedämpft dazu, als würde ich ihm Vergnügen bereiten und nicht er mir. Als er einen genussvollen Laut direkt auf diesen einen Punkt brummt, verbrenne ich wirklich nahezu, als mein Höhepunkt mich in Rekordzeit durchschüttelt. Ich sacke ein Stück zusammen, nur seine Hände halten mich aufrecht und seine Zunge streicht immer weiter.

»Genug«, bestimme ich mit heiserer Stimme.

Er reibt seine Wange an meinem Venushügel und fragt in rauem Tonfall: »Darf ich wieder aufstehen?«

»Ja, du musst sogar«, bestimme ich.

Seine Augen funkeln ein bisschen, als er sagt: »Dann genug der Albernheiten.« Er wirbelt mich herum, drückt mich gegen die Kommode, und ich spüre, wie er zwischen uns greift und seine Sportshorts tiefer zieht.

Einen Handgriff später dringt er ein Stück in mich ein und verharrt dort, ich spanne jeden Muskel in mir an, damit ich alles von ihm fühle, was er mir gibt.

»Halt dich fest, das wird etwas ruppig«, sagt er gepresst und ich greife mit der behandschellten Hand nach der Stange auf der Kommode, die zur Kleiderstange darüber führt, die andere umklammert die Kante der Ablage. Seine Hand, die an mich gefesselt ist, greift meinen Unterarm, den zweiten Arm schlingt er um meinen Bauch.

Er zieht sich etwas zurück und gleitet weiter in mich. Die Bewegungen werden drängender, und ich drücke mich ihm entgegen, da ich mehr von ihm brauche. Sein Arm sorgt dafür, dass sein Schwung abgefangen wird, trotzdem rucke ich von seinen Hüftbewegungen nach vorn.

Aus dem Augenwinkel nehme ich wahr, wie er seinen Kopf in den Nacken fallen lässt und sich sinnlich auf die Lippe beißt. Er beugt sich zurück in meine Richtung, drückt mich näher an sich, wobei sein warmer Atem über meinen Kopf und meine Schläfe streicht, während er weiter zustößt. Ein wenig unbeherrscht und gierig. Alles zieht sich in mir lustvoll zusammen und meine Stirn sinkt gegen seinen Arm, der immer noch fest meinen Unterarm umklammert.

Das hat mir gefehlt. Seine Wildheit, sein Verlangen, dass er da ist. Ich fühle ihn so intensiv, ihn in mir, ihn an mir, um mich herum. Der Strudel aus Lust und Verzweiflung, ihn fast verloren zu haben, lässt mich ein wenig schwindeln.

Ich will ihn ansehen und stemme mich gegen sein Festhalten. Seine Hüfte drückt fest an meinen Hintern, dann gibt er nach und rutscht aus mir.

Nachdem ich mich umgedreht habe, trifft mich sein Blick und die darin tobenden Gefühle schicken einen wohltuenden Schauer durch meinen ganzen Körper. Er hebt mich auf die Kommode, sodass ich darauf zum Sitzen komme, und drängt sich zwischen meine Beine, bis er wieder in mir ist.

Seine Stirn sinkt gegen meine, er verschränkt die Finger unserer verbundenen Hände und bewegt sich. Er zieht sich nie weit zurück, als wollte er nicht weg von mir, und ich will auch nicht, dass er weit von mir weg ist, weshalb ich meine Beine hinter ihm verschränke.

»Was machst du mit mir?«, hauche ich und gleite mit den Fingerspitzen seinen Nacken entlang.

»Ich ficke dich«, haucht er zurück.

»Das ist nicht nur Sex, oder?«

»Nein, stimmt, das ist so viel mehr«, antwortet er und atmet heftig aus.

Seine Lider gleiten zu und all meine Sinne sind auf ihn konzentriert. Nur das hier ist wichtig. Nur er. Nur wir. Was eben noch grob war, ist nun sanft und mit unendlich viel Gefühl. Seine große Hand fährt über meinen Rücken, und es ist, als würde er unter der Haut entlangstreichen und mich direkt an den Nervenenden berühren. Sie stoppt erst an meinen Haaren und rafft sie zusammen.

Seine Lippen wandern über mein Gesicht, ertasten die Konturen und er bewegt sich in einem langsamen Rhythmus weiter in mir. Alles ist so entrückt, dass ich nie wieder aufhören will.

Er wechselt nicht das Tempo, legt nur an Druck zu und reibt sich dabei in kreisenden Bewegungen an mir. Ich lasse alles an Lust durch mich hindurchfließen, er fühlt sich viel zu gut an.

Mein Becken drängt sich ihm entgegen, und er küsst mir die Geräusche eines Höhepunkts von den Lippen, der mich fast umhaut.

Seine Finger, die mit meinen verwoben sind, packt schmerzhaft fest zu, als er ebenfalls die Kontrolle abgibt und sich in mir gehen lässt. Er drängt sich währenddessen noch enger an mich, was ich mit meinen um ihn geschlungenen Beinen unterstütze.

Ohne sich zurückzuziehen, nimmt er seinen Kopf zurück und sieht mich halb berauscht an. Seine Lippen sind einen Spalt geöffnet und seine tiefdunklen Augen glühen wie glimmende Kohlestücke.

So pur, das mit ihm. Beinahe muss ich weinen bei dem Gedanken daran, dass es ihn für mich fast nicht mehr gegeben hätte.

»Du Schuft«, schluchze ich unbeabsichtigt.

»Ich weiß«, antwortet er, und in seiner Stimme klingt Scham und Reue mit, als wüsste er genau, was ich meine. »Es tut mir leid. Ich habe noch nie etwas so sehr bereut wie mein Verhalten und noch nie etwas so wenig wie dich.«

»War das ein Zitat?«, nuschle ich und schmiege mich an seine Brust.

Seufzend hebt er mich an und trägt mich zum Bett. »Nein. Kein Zitat. Nur so, wie es ist.«

Gemeinsam lassen wir uns nieder, das Gesicht einander zugewandt. Unser Kopf ruht jeweils auf einem nach oben ausgestreckten Arm, unsere noch aneinandergefesselten Hände sind verflochten.

Er zerrt die Decke über unsere Beine und legt seine Hand auf meine Hüfte, um seinen Daumen dort kreisen zu lassen. Ich schiele nach oben auf die Handschellen und er sagt mit einem kleinen Lächeln: »Die bleiben. Nur noch ein bisschen.«

»Okay«, stimme ich zu. So schlimm ist das nicht, an ihn gekettet zu sein.

»Erzähl mir alles. Ich will alles wissen.«

»Was meinst du genau?«, frage ich zurück.

»Wie es dir ergangen ist. Was du gemacht hast. Was alles passiert ist während der ganzen Zeit. Ich will alles wissen, als wäre ich dabei gewesen.«

»Willst du wirklich wissen, wie scheiße ich mich deinetwegen fühlte und wie ich Angst hatte, weil ich von diesem Bodyguard verfolgt wurde? Wie alleine und ungeliebt ich mir vorkam – und das tat ich vorher nie. Wie ich an allem, vor allem an mir, zweifelte? All das willst du hören? Warum?«

»Damit ich mich noch ein bisschen schuldig fühlen kann«, flüstert er kratzig.

»Musst du nicht«, gebe ich ebenso leise zurück. »Es ist vorbei. Sei einfach nie wieder so, okay?«

»Versprochen. Ich kann trotzdem kaum glauben, dass ich dich wegen Dummheit fast verloren hätte.«

»Ist ja nicht passiert. Ich werde auch nur ein ganz kleines bisschen nachtragend sein.«

»Das ist gerecht. Und wie geht es deiner Freundin?«

»Ah ja. Das wollte ich dich sowieso schon fragen. Du magst sie nicht, oder? Sag mal bitte ehrlich warum.«

Er mustert mich einen Moment und nickt dann. »Wenn du ehrlich willst … Ich halte sie für eine Schlange. Sie denkt, sie ist etwas Besseres als du, und redet dich klein. Ich konnte genau sehen, wie sie dich verunsichern will. Wie kann sich eine Frau wie du so behandeln lassen? Ich verstehe nicht, warum du mit ihr befreundet bist.«

»Ich auch nicht mehr. Sie hat mich böse angegangen, als die Sache mit ihrem Bruder war. Da habe ich irgendwie erst erkannt, dass sie eben nicht all das witzig gemeint hat oder gedankenlos war. Ich muss mich daran gewöhnt haben in all den Jahren.«

»Das ist keine gute Begründung, Lara.«

»Warum hast du mir nicht gleich gesagt, was du über sie denkst?«

»Es ist deine Freundin. Was, wenn ich mich geirrt hätte? Ich pfusche dir doch nicht in eine Freundschaft. Ich habe selbst Freunde, von denen mir wahrscheinlich der ein oder andere auf den ersten Blick abraten würde.«

Er schaut mich an und wir schweigen. Ich denke, fürs Erste ist alles Wichtige gesagt. Sein Blick ist so wohltuend, weil er warm ist und so offen. So anders als das Distanzierte, was man so oft bei ihm sieht.

»Ich liebe es, wenn du mich so ansiehst«, gestehe ich ihm.

»Wie denn?«, fragt er.

»Als würdest du mich lieben. Als wäre ich deine Welt.«

»Tue ich. Bist du. Warst du die ganze Zeit. Trotz allem konnte ich dich nicht vergessen.«

Ich kann nur lächeln und näher rutschen. Ich küsse seine Nasenspitze, seinen Mund und lege meinen Kopf dann unter sein Kinn und küsse die Stelle, an der seine Tattoos beginnen. Er seufzt tief und ein bisschen bedauernd.

»Was ist?«

»Wir sollten aufstehen. Ich will meine Sachen noch auspacken und bei dir verstauen, sowie deine einpacken. Sollen wir noch zusammen frühstücken? Dann muss ich leider los. Aber wir sehen uns heute Abend, ja? Du kommst gleich zu mir, wenn du Feierabend hast. Nicht zu schnell fahren, aber beeilen musst du dich trotzdem.«

Ich schmunzle mit den Lippen an seiner Haut. Das war süß. Ich habe das vermisst, dass er so süß sein kann und ein wenig kitschig.

Du hast alles verändert.

Lara

Es ist ein merkwürdiges Gefühl, mein Auto wieder auf dem Parkplatz vor seinem Haus abzustellen. Das letzte Mal, als ich hier war, wurde ich sehr unsanft hinausgebeten. Das klingt immer noch ein bisschen nach. Doch das werde ich für mich behalten. Ich beschloss, ihm zu verzeihen, und damit ist alles, was passiert ist, zurückgesetzt, zumindest was *uns* betrifft. Den Rest mache ich mit mir aus.

Auf meine Nachricht, ich mache Feierabend, antwortete er, dass ich einfach reingehen und in sein Büro kommen solle. Er beeile sich, damit er fertig ist, bis ich da bin und wir zusammen essen können.

Ich schließe die Autotür hinter mir und lausche dem Geräusch, das verkündet, dass der Wagen sich verriegelt. Als wäre nichts geschehen, öffne ich danach seine Haustür und bewege mich zielstrebig durch sein Haus Richtung Büro. Alles ist so vertraut hier und doch hat es ein wenig eine andere Aura. Das ändert sich sicher wieder.

Leise öffne ich die Tür, damit ich ihn nicht aus den Gedanken reiße, falls er sich gerade konzentrieren muss.

Kurz bin ich irritiert und glaube, ich sehe nicht richtig. Eine Frau im Businesskostüm sitzt mit überschlagenen Beinen auf seinem Schreibtisch und notiert irgendetwas.

Er bemerkt mein Eintreten und erhebt sich. Heute trägt er wieder Anzug und wie immer schließt er ganz automatisch beim Aufstehen den Knopf des Sakkos und kommt auf mich zu.

»Schön, dass du da bist.« Ein Kuss folgt und hierauf stellt er mir die Frau vor. »Lara, das ist Mariella. Meine Assistentin. Mariella, das ist meine Freundin Lara.«

Sie gibt mir mit einem professionellen Lächeln die Hand. Sehr attraktiv die Frau. Deutlich kleiner als ich. Sportliche Figur, hübsches Gesicht. Zu gut aussehend für meinen Geschmack.

»Ich wusste nicht, dass du eine Assistentin hast«, sage ich immer noch verwirrt zu ihm. Das hat er mit keinem Wort erwähnt. Die ist doch neu.

Er lächelt mich an und erklärt: »David legte mir nahe, mir eine zuzulegen nach dem ganzen Wirrwarr wegen Bull. Scheint sich zu lohnen. Sie nimmt mir wirklich viel Arbeit ab. Und das schon nach der kurzen Zeit.«

»Du hast eine Assistentin von David? Von dem David? Der Chef von MPE?«

»Genau der. Beziehungsweise von seiner Freundin. Sie bildet PA aus und angeblich habe ich die beste Verfügbare von ihr bekommen.«

»So ist es«, stimmt sie zu. »Ich war bereits vor dieser Ausbildung PA. Um meine berufliche Qualifikation zu steigern, nahm ich an dieser Weiterbildung teil und konnte als Beste abschließen. Francis ist bei mir in guten Händen.«

»Schön«, sage ich und meine das kein bisschen so. Die soll die ganze Zeit um ihn rumschwänzeln? Passt mir gar nicht.

»Wir brauchen noch ein paar Minuten. Dann essen wir. Du kannst gerne hier kurz warten.«

»Schön«, wiederhole ich und lasse mich auf einem der Stühle vor seinem Schreibtisch nieder. Wo die Tusse, meiner Meinung nach, auch sitzen könnte statt darauf.

Sie besprechen irgendwelche Termine, nicken sich zu und erheben sich gleichzeitig.

»So, Lara«, sagt er zu mir. »Ich will dir noch jemanden vorstellen.«

Bitte nicht noch mehr Tussen.

»Wen denn?«

»Meine Mutter.«

»Was? Du willst mich deiner Mutter vorstellen? Heute? Ich habe noch nicht einmal irgendwas dabei wie Blumen oder eine Flasche Wein oder so. Können wir vorher bei mir zu Hause vorbei?«

»Sie ist hier. Sie wohnt vorübergehend bei mir, bis ihre neue Bleibe fertig ist.«

Ach du meine Güte. Ich fühle mich etwas überfahren.

»Alles okay, Lara?«

»Sicher«, sage ich und erhebe mich. »Wo ist sie?«

»Sie kocht.«

Er legt seinen Arm um meine Schulter und führt mich nach draußen. Mariella folgt uns.

Da ich ja nicht so sein will, drehe ich mich zu ihr um, befreie mich von Francis' Arm und sage zu ihr: »War nett, dich kennenzulernen. Ich nehme an, du hast Feierabend.«

»Sie wohnt auch hier, bis sie eine Wohnung in der Nähe hat«, erklärt Francis, als wäre das völlig normal.

»Wie bitte?«

Die wohnt hier? Bei meinem Kerl?

Sein Arm wandert wieder um meine Schulter und er führt mich weiter Richtung Küche.

»Klar. Wenn sie für mich als PA arbeitet, sollte sie in der Nähe wohnen. Es ist nur eine Übergangslösung und ich habe ja genügend Gästezimmer.«

Ich kommentiere das nicht, sondern lasse mich in die Küche führen. Kurz vor der Tür halte ich ihn auf und drücke mich an ihn, während Mariella an uns vorbeigeht.

»Ich habe dich vermisst, Francis«, schnurre ich.

»Ich dich noch mehr«, antwortet er rauchig lachend und küsst mich auf die Stirn. Ich öffne sein Sakko und lasse meine Hände daruntergleiten. Ich habe echt Nachholbedarf nach ihm.

»Nicht betatschen«, beschwert er sich.

»O doch, Freundchen. Alles meins«, lasse ich ihn wissen und recke den Kopf für einen Kuss.

»Vergiss es. Ich werde nicht mit einem Ständer mit meiner Mutter essen.«

»Du wirst wohl mal zwei Minuten deinen Schwanz unter Kontrolle behalten können.«

»Niemals. Außerdem wärst du doch die Erste, die sich beschwert.«

»Na gut«, erwidere ich lachend. »Dann stell mir deine Mutter vor.«

Ein wenig nervös bin ich schon. Seine Mutter. Die Frau, von

der er dachte, dass ich sie ins Krankenhaus brachte. O Mann.

Ich hake mich bei ihm unter und wir betreten gemeinsam die Küche. Mariella ist dabei, Geschirr zusammenzustellen, und die, die hinterm Herd steht, ist dann vermutlich seine Mutter.

»Mutsch?«

»Ja, Francis?«, fragt sie und hebt ihren Kopf. Sie strahlt ihn an und sieht dann auf mich. Sie strahlt weiter. Das ist doch ein gutes Zeichen, denke ich.

Sie wischt sich die Hände an einem Geschirrtuch ab und geht um die Kücheninsel herum.

»Das ist deine Freundin. Schön, Francis.«

Ich strecke ihr die Hand hin und will mich vorstellen, doch sie zieht mich energisch an sich und tätschelt mir den Rücken. Jetzt weiß ich wenigstens, wo Francis das herhat, einen immer so fest zu packen.

»Es freut mich sehr, Kindchen.«

»Ähm, ja, mich auch.«

Kindchen? Klar.

Sie entlässt mich aus der Umarmung und ich stelle mich vor: »Ich bin Lara.«

»Weiß ich doch. Nenn mich einfach Mutsch, das macht Francis auch immer.«

»Gerne, Mutsch.«

»Setzt euch an den Esstisch. Ich bringe meine Lasagne.«

»Lasagne?«, hake ich nach. Ich muss mich verhört haben.

»Ja. Nach Omas Rezept. Wobei ich ja selbst schon fast eine Oma bin oder gerne wäre.« Sie wirft mir einen Blick zu, und ein klein wenig habe ich das Gefühl, dass da eine versteckte Aufforderung darin liegt. Hilfe. »Das ist Francis' Lieblingsessen. Mit Ragout, Béchamelsoße und ich konnte auch einen guten Parmigiano-Reggiano-Käse zum Überbacken auftreiben. So hat es Oma immer gemacht und man darf doch seine Wurzeln nicht vergessen.«

»Wurzeln?«

»Kindchen, du sollst dich setzen. Ja, Wurzeln. Meine Mutter war eine waschechte Italienerin.«

Ich nicke das ab. Ich wusste nicht, dass Francis italienische

Vorfahren hat. Aufgrund seiner dunklen Haare und Augen dachte ich irgendwie an persische Abstammung oder so etwas. Aber es war mir nie wichtig genug, um nachzufragen. Ist ja auch völlig egal. Er ist er.

Francis hat sich bereits niedergelassen, und ich nehme den Platz neben ihm, bei dem er den Stuhl schon ein Stück für mich zurückgezogen hat.

Mariella fragt: »Kann ich dir helfen, Mutsch?«

Irritiert sehe ich zu Francis. Sein PA nennt seine Mutter Mutsch? Das ist alles so seltsam gerade.

»Ja, gerne, Mariella. Du bist ein gutes Mädchen.«

Die ist alles, bloß kein Mädchen! Vamp im Businesslook wäre passender. Aber ein bisschen lang, das sehe ich ein.

»Was machen wir heute noch, Francis?«, frage ich ihn leise.

Er legt seine Hand an meinen Nacken, woraufhin ich den Kopf etwas senke. Ich mag, wenn er das macht und seinen Daumen dort kreisen lässt. Das ist so entspannend, dass alles in mir ein wenig weich wird.

Normalerweise ergibt sich, was wir machen, von selbst. Also so war es vor dieser ganzen Geschichte. Es gab Sex irgendwo im Haus, wir lasen, redeten oder was uns so spontan einfiel. Meistens mussten wir uns noch nicht einmal absprechen. Es hat sich immer einfach ergeben.

Aber wie ist das, wenn hier eine ganze Horde wie in einer WG mit ihm wohnt? Wir können es schlecht in seinem Wohnzimmer miteinander treiben, da die Gefahr besteht, dass einer der beiden reinkommen könnte. Unterhalten will ich mich auch nicht den ganzen Abend mit ihnen.

Er beugt sich zu mir rüber, zieht mich gleichzeitig näher und raunt mir mit dieser unanständigen Stimme zu: »Wir werden sehen.«

Mariella trägt mit Ofenhandschuhen die Lasagne zum Tisch und Francis' Mutter folgt mit einem Pfannenwender.

Sie schaufelt zuerst Francis ein Riesenstück auf den Teller, dann uns anderen auch.

Alle warten, bis sie verteilt hat und Mutsch einen guten Appetit wünscht.

Ein wenig fassungslos sehe ich zu, wie Francis sich davon eine Gabel in den Mund schiebt. Er isst Lasagne? Er?

Ich schüttle meinen Kopf und nehme mir vor, das später zu ergründen. Er isst doch nie Nudeln. Nie. Sonst zieht er sich mittags und abends immer diese fertigen Fitnessgerichte rein, die ihm zweimal die Woche frisch geliefert werden und laut ihm bessere Kohlenhydratquellen beinhalten. Die Kohlenhydrate für sein Frühstück wählt er gefühlt sorgsamer aus als seine Kaufobjekte. Haferflocken und Bananen beispielsweise in einem mathematisch genau berechneten korrekten Verhältnis zu den restlichen Frühstückszutaten. Fehlt nur noch, dass er beim Frühstückrichten einen weißen Laborkittel trägt, so ernst wie er alles abwiegt und zusammenmischt.

Gedankenverloren schiebe ich mir ebenfalls ein Stück in den Mund und fluche: »Scheiße, heiß!«

»Ausdruck, Kindchen!«

Etwas irritiert blinzle ich Francis' Mutter an. Hat sie mich gerade gemaßregelt? Sie sieht böse in meine Richtung, worauf Francis mich mit dem Ellenbogen anstupst und flüstert: »Sag einfach *Entschuldigung*.«

»E-Entschuldigung?«

»In Ordnung«, nickt sie das ab und isst weiter.

Hat sie mich wirklich gerade ermahnt wegen *Scheiße, heiß*? Weiß sie, was ihr Sohn sonst von sich gibt? Kennt sie seine Musik?

Nachdem sie ihre Portion verspeist hat, tupft sie sich mit der Serviette den Mund ab und fragt mich: »Lara, bist du die Frau mit dem falschen Charakter?«

»Bitte?«, frage ich irritiert.

»Nein, Mutsch«, antwortet Francis. »Es war mein Fehler, das zu glauben. Ihr Charakter ist einwandfrei.«

»Sehr schön. Wie viele Kinder wünschst du dir denn, Lara?«

»Kinder?« Hilflos sehe ich zu Francis, dem die Hand mit der Gabel auf halbem Weg eingefroren ist.

Seine Mutter sieht zwischen uns hin und her und schüttelt dann ihren Kopf. »Über so etwas Wichtiges muss man doch sprechen, bevor man eine Beziehung eingeht. Also, Lara? Wie viele?«

»Keine Ahnung. Ich hatte mir noch nicht so viele Gedanken darüber gemacht.«

»Tztz, so jung bist du auch nicht mehr, Kindchen. Ruckzuck ist der Zug abgefahren. Mariella, was sagst du dazu? Man sollte das schon wissen, oder? Wie viele willst du?«

»Zwei, einen Jungen und ein Mädchen. Den Jungen zuerst, damit er auf seine Schwester aufpassen kann.«

Anklagend zeigt Francis' Mutter mit ihrem Finger auf mich. »Siehst du. So etwas muss eine Frau doch wissen.«

Herrgott, bin ich keine Frau, oder was?

Ich trete Francis unter dem Tisch und werfe ihm einen mahnenden Blick zu. Er soll mich hier gefälligst retten. Das ist doch seine Mutter.

Er tritt zurück, und seine Nase zuckt minimal, weil er sich ein Grinsen unterdrückt. Dieses Zeichen kenne ich mittlerweile nur zu gut. Okay, wenn der Bastard mich im Stich lässt, dann nehme ich das selbst in die Hand.

»Na gut, Mutsch. Eigentlich wollte ich Francis damit nicht überfallen. Selbstverständlich habe ich Pläne. Ich will fünf Kinder. Alles Jungs. Ich habe keine Lust auf zickige Mädchen. Da ich, wie du schon feststellen konntest, nicht mehr eine knackige junge Studentin bin, dachte ich mir, ich könnte Francis das Erste demnächst anhängen. So wäre er an mich gebunden.«

»Was? Nein!«, empört sie sich. »Erst muss man heiraten.«

»Ja, genau!«, stimme ich zu. »Das sage ich Francis STÄNDIG, aber er macht mir einfach keinen Antrag. Er ist so gemein.«

Ein belustigter Blick von ihm trifft mich. Na, wenigstens er hat Spaß.

»Ja, drängen soll man die Männer nun auch wieder nicht«, gibt Mutsch zu bedenken.

Ich raste gleich aus hier! Was nun? Sofort Enkelkinder, davor natürlich heiraten, aber bloß nicht zum Antrag drängen.

Bevor ich etwas richtig Böses sage, lege ich das Besteck ab und erhebe mich. »Ihr entschuldigt mich sicher. Ich habe einen langen Tag hinter mir und werde mir nun in Ruhe Gedanken zu meinen zukünftigen Kindern machen.«

Eine Antwort warte ich nicht ab, trete gegen Francis' Stuhlbein und verschwinde in sein Schlafzimmer, um zu duschen.

Ich stehe eine halbe Ewigkeit unter der Dusche und lasse das Revue passieren, was gerade ist. Seine Mutter ist echt anstrengend. Ist Francis ein Muttersöhnchen? Er hat überhaupt gar nichts dazu gesagt. Bitte nicht. Ich habe so viele Fragen. Über Lasagne beispielsweise. Oder ob seine Mutter von seiner Musik weiß. Was er über mich erzählt hat.

Möglicherweise war ich etwas zu übertrieben sarkastisch. Er hätte aber auch einen Piep sagen können!

Nachdem ich die Dusche beendet habe, creme ich mich von Kopf bis Fuß ein. Darauf, mich zu schminken, verzichte ich, föhne aber meine Haare, denn sonst trocknen sie nur als wirres Chaos.

Da ich nicht mehr vorhabe, das Schlafzimmer zu verlassen, ziehe ich gleich meine Schlafsachen an, die ich ordentlich verstaut in Francis' Schränken finde.

Mit beiden Händen streiche ich mir selbst von der Taille beginnend über den Körper. So glatt und angenehm, dieses Negligé aus Seide. Ich liebe nicht nur schöne Unterwäsche, sondern auch meine Schlafkleidung sieht immer ein wenig nach Dessous aus. Nicht, dass das oft jemand gesehen hätte, aber ich mag mich darin. Ich fühle mich gerne selbst sexy und die fließenden Stoffe schmeicheln mir an den richtigen Stellen und bedecken die, die ich an mir als nicht so ideal empfinde.

Anschließend lege ich mich auf sein Bett und gehe noch ein paar E-Mails über mein Smartphone durch, während ich warte. Ich will heute keinen mehr sehen außer Francis. Seine Mutter nicht und seine PA auch nicht. Sie hat beim Essen kaum was gesagt, aber ich mag sie nicht. Schon allein, weil sie mit meinem Kerl arbeitet.

Ja, ich beschäftige selbst einen männlichen Assistenten, und Francis weiß, dass ich mit ihm eine Art Verhältnis hatte. Er verlor nie ein Wort darüber oder hakte nach und deshalb werde ich ihn meine Eifersucht nicht anmerken lassen.

Zeit vergeht und er taucht nicht auf. Nur ab und zu trudelt eine Nachricht von ihm ein.

Du kommst nicht mehr zurück, nehme ich an.

Gleich da.

Ich eile.

Sorry.

Wird er den ganzen Abend mit der PA und seiner Mutter verbringen?

Erst über eine Stunde später erscheint er und bemerkt: »Du wolltest uns wohl keine Gesellschaft mehr leisten, hm?«

Ich lege mein Smartphone zur Seite und antworte, während ich zusehe, wie er seine Krawatte abnimmt: »Nein. Ich war etwas überfordert. Was habt ihr noch gemacht?«

»Wir saßen ein wenig auf der Terrasse, weil meine Mutter mir unbedingt etwas von meinen Vorfahren erzählen musste, damit ich dir das weitergeben kann. Tut mir leid. Ich hatte mir den Abend auch anders vorgestellt.«

»Aha«, merke ich dazu an. Toll, er sitzt lieber mit Mama und PA auf der Terrasse, statt bei mir zu sein. Sagte er nicht erst heute Mittag, ihm fällt der Abschied schwer?

Er wirft sein Sakko auf den Stuhl und knöpft sein Hemd auf, wobei sein Blick über mich schweift. Ich kann zusehen, wie er an meinen nackten Beinen beginnt und langsam höher wandert, kurz an den Brüsten hängen bleibt und dann in meinem Gesicht stoppt mit einem kleinen wölfischen Grinsen.

»Seit wann isst du denn Lasagne? Ist das tatsächlich dein Lieblingsessen?«

Das Grinsen verschwindet und er seufzt. »War es als Kind. Normalerweise esse ich sie nicht, aber ich will Mutsch nicht vor den Kopf stoßen.«

Sagenhaft. Aber wenn wir zusammen essen, immer auf die Einhaltung seines Speiseplans bestehen.

»Weiß deine Mutter von Bull?«

»Nein. Mir gruselt es ein wenig davor, es ihr zu sagen. Sie würde entsetzt sein. Ich denke, ich werde es so lange wie möglich verschweigen.«

»Ja, das wäre vermutlich besser. Was hast du deiner Mutter über mich erzählt?«

»Ich hielt mich kurz, auch wenn sie vor Neugier fast stirbt. Sie weiß, dass wir zusammen waren, es ein Missverständnis gab und das nun ausgeräumt ist.«

»Gut zu wissen.«

»Alles okay?«, fragt er und zieht sich weiter aus.

»Klar.«

»Schön. Ich bin kurz duschen.«

Ich bleibe einfach auf dem Bett sitzen und lausche dem Prasseln des Wassers, das aus dem Bad zu mir dringt.

Es stoppt und zwei Minuten später ist er zurück. Ein Handtuch tief um die Hüfte geschlungen, mit einem zweiten trocknet er sich gerade die Haare.

Ich sehe mir das an. Der Mann ist echt ein wenig arg schön.

»Naaaa?«, fragt er, als er das bemerkt, und wirft das Haarhandtuch achtlos davon.

»Ach, ich frage mich nur, was du da unter dem Handtuch zu verbergen hast und warum das so viel mehr sexy ist, wenn man leicht bedeckt ist als vollkommen nackt.«

»Soll ich das Handtuch umgebunden lassen?«

»Du schon. Wenn, mache ich das weg.«

Er lacht und steigt zu mir aufs Bett. Dort lehnt er sich neben mich ans Kopfteil, lässt den Kopf zurückfallen und legt einen seiner tätowierten Arme über seine Stirn.

»Scheiße, ist das anstrengend, wenn man die Bude voll hat.«

Wem sagt er das.

Ich schwinge mich auf seinen Schoß und er sieht mich entschuldigend an. »Ich wollte den ganzen Abend mit dir verbringen, jetzt, da ich dich wiederhabe. Meine Mutter kann sehr anstrengend sein und gerade ist alles irgendwie kompliziert. Es tut mir leid, dass sie etwas merkwürdig zu dir war. Dieses Kinderthema geht mir schon seit Jahren auf den Sack. Eigentlich ist sie ganz in Ordnung.«

Schnell lege ich ihm einen Finger auf die Lippen und befehle: »Lass uns nicht über deine Mutter sprechen. Hauptsache, ich habe dich wieder und nun bist du ja bei mir. Außerdem will ich dir nun ein wenig auf den Sack gehen und auf den Rest auch.«

»Ach so?«, sagt er und legt seine Hände auf meine Oberschenkel. »Danke, dass du unkompliziert bist.«

»Ja, so«, bestätige ich und ignoriere den Rest, denn ich weiß, dass ich kompliziert sein kann. Ich drücke seinen Kopf zur Seite und küsse seinen Hals, beginnend von hinter seinem Ohr, bis hinunter an sein Schlüsselbein. Dabei sauge ich tief seinen Duft in mich auf. Ich erschnuppere Duschgel und nur wenig seiner persönlichen Duftnote.

Vielleicht verstehe ich mittlerweile, was er mit dem Sexgeruch meint. Nach dem Sex riecht er am besten. Da duftet er so intensiv nach Mann und Francis, dass man gar nicht anders kann, als darin zu schwelgen.

Seine Hände wandern höher, fahren dabei über nackte Haut, und ich genieße sie auf mir, wie sie das Seidennachthemd langsam nach oben schieben.

Er drückt mich ein Stück von sich, damit er es mir abstreifen kann, und legt meine Haare in einer bedächtigen Bewegung zurück über meine Schultern. Seine Finger wandern in meinen Nacken und ziehen mich zu einem Kuss heran.

Meine Lider fallen wie von allein zu, als seine Lippen meine berühren und seine Zunge mich liebkost. Er hält weiter meinen Hals fest, und ich liebe das, wie er mich festhält. Niemand kann einen so halten, wie Francis das tut.

Ich greife zwischen uns, damit ich das Handtuch loswerden kann, und weil das ein klein wenig lustig ist, lasse ich ihn wissen: »Einwandfreier Handtuchständer.«

Er gibt ein Geräusch aus einer Mischung aus Lachen und Schnauben von sich und sieht nach unten.

»Scheint so. Hoffentlich werde ich nicht zum Einrichtungsgegenstand degradiert und mein Ständer wird in einer Schöner-Wohnen-Zeitschrift abgebildet.«

»Was denkst du? Wenn du dich hinstellst und wir hängen ein Handtuch an dir auf: Wie lange bleibt das oben?«

»Das kommt ganz darauf an, welche Show du mir bietest.«

Zum Antworten komme ich nicht mehr, denn er wirft mich auf den Rücken und ist dann über mir. Er stützt seine

Unterarme links und rechts von meinem Kopf auf, und sein Körper berührt meinen, ohne dass Gewicht auf mir lastet.

»Meinst du, du kannst heute die Wildkatze ein wenig zähmen und ein kleines bisschen stiller sein? Es muss nicht jeder im Haus ein lustvolles Hörspiel bekommen.«

Kurz war mir entfallen, dass wir nicht allein sind, und ich merke, wie sich mein Gesicht leicht verzieht. Seine PA könnte ruhig hören, wie wir es treiben, damit sie Bescheid weiß, dass dieser Mann zu 100 Prozent mir gehört. Aber seine Mutter? Lieber nicht.

»Was willst du machen? Den Schmusekater spielen? Ist ja nicht so, als wärst du der leise, dezente Typ.«

»Wir testen das mit der Lautstärke einfach mal«, schlägt er vor, küsst meinen Mundwinkel und von dort nach unten. Er bleibt ein wenig an meinen Brustwarzen hängen, neckt sie verspielt, bis er tiefer wandert und meine Beine auseinanderdrückt.

Seine Bartstoppeln reiben angenehm kratzig über Bauch und Oberschenkel, woraufhin ich den Kopf zurücklege und die Augen schließe, damit ich das, was gleich passiert, besser fühlen kann.

Er ist zwischen meinen Schenkeln, ich spüre seinen Atem dort und ein lustvoller Schauer erfasst mich. Ein klein wenig hebe ich ihm mein Becken entgegen, damit er endlich loslegt, und seine Zunge schmeckt mich vorsichtig, in sanften Bewegungen. Das Wissen, dass er es ist und was mich erwartet, facht die Erregung mehr an als diese hauchzarten Berührungen mit seiner Zungenspitze, die kaum reizen, eher locken.

»Was wird das, Francis?«, murmle ich, weil ich der Meinung bin, er könnte richtig loslegen.

»Hm, was soll es denn werden?«, brummt er und drückt dazu seinen Mund auf diese heiße Zone, die sich danach gesehnt hat. Dieses Vibrieren aus seiner Kehle spüre ich ganz genau und will mehr.

»Richtig machen«, bestimme ich. »Du sollst mich nicht lecken, als wärst du der Vorkoster, sondern als wäre ich ein schnell schmelzendes Eis im Sommer.«

Ich sehe zu ihm runter und er mit funkelnden Augen zu mir hoch.

»Lara-Eis? Gefällt mir, der Gedanke.«

Er schiebt sich langsam über mich, fasst zwischen uns und drückt sich in derselben bedächtigen Bewegung in mich, bis sein Gesicht über meinem schwebt.

»Das ist sogar noch besser«, keuche ich. »Der Stiel. Eis am Stiel.«

Er schmunzelt. »Du das Eis, ich der Stiel?«

»So sieht es aus«, antworte ich und kreise in wohltuenden Bewegungen unter ihm.

»Ich dachte, ich lasse die Lautstärke langsam hochdrehen.«

»Bin ich ein Radio oder was?«, stöhn-lache ich.

Er lacht leicht heiser mit mir. »Nein, meine Bitch, und wenn du es so besorgt bekommen möchtest, musst du zumindest etwas ruhiger bleiben.«

Ruckartig zieht er sich zurück und ist in einem Stoß wieder in mir, was mich zum Keuchen bringt und ihm ein wildes Knurren entlockt.

»Geht«, stelle ich fest, da er innehält. »Außer sie stehen vor der Tür und lauschen. Deine Mutter ist keine neugierige Lauscherin, oder etwa doch?«

Er kneift seine Augen zusammen und sagt: »Wenn du noch einmal meine Mutter erwähnst, während ich in dir stecke, nehme ich mir deinen Hintern vor. Ohne Gleitgel.«

»Hm. Dummer Vorschlag. Dabei werde ich sicher auch laut.«

»Dann gibt es alternativ einen Tittenfick für mich und nichts für dich.«

»Das bekommst du nicht mit deinem Gewissen vereinbart.«

»Drei Sätze, warum ich so ein freches Ding wie dich beglücken sollte.«

»Ach, das hatten wir doch schon einmal. In dem Fall ist das noch leichter. Erstens bist du hart, zweitens bin ich feucht und drittens …« Als drittes Argument spanne ich um ihn an und fühle, wie er daraufhin in mir zuckt.

»Gute Punkte, du bist eingestellt«, raunt er mir zu. »Genug

Gerede, jetzt wird gefickt.«

Aus meiner Erwiderung wird ein Stöhnen an seinem Mund, als er gleichzeitig meine Lippen mit seinen versiegelt und sich mehrmals mit ganzer Länge in mir versenkt. Er zieht seinen Kopf zurück und bewegt sich schneller, weshalb er eine Hand an meine Schulter legt, damit ich nicht unter ihm wegrucken kann. Ich öffne meine Beine weiter und ziehe sie an, um mehr von ihm zu bekommen, ihn tiefer zu spüren.

Er beobachtet mein Gesicht und ich seins. Ab und zu schließt er kurz die Lider, genau wie ich. Immer wieder finden sich unsere Augen und wir sehen uns an. Sein Blick ist gierig und brennt sich in meinen, seine Oberlippe ist lustvoll verzogen, was ihm ein leicht animalisches Aussehen gibt. So fesselnd alles. Wie er sich bewegt, wie er mich ansieht.

Ich hebe minimal den Kopf, woraufhin er die Hand von meiner Schulter nimmt, mit seinem Arm meinen Nacken umschlingt und seine Wange an meine legt.

Da ich meine Beine um ihn wickle, nimmt er mich weiter in kleinen harten Stößen und reibt dabei sein Schambein an meiner Mitte.

Ein verlockender Taumel erfasst mich, und Schweiß bricht mir aus, die Atemluft durch die Nase reicht schon lange nicht mehr aus, ich atme heftig durch den Mund.

Seine Bewegungen werden noch drängender, drücken mich tiefer in die Matratze, fesseln mich unter ihm, bis er auf einmal stoppt und schnaubt.

»Lara, Lara«, tadelt er mich. »So geht leise aber nicht.«

Ich blinzle. Ich hatte nicht mitbekommen, dass ich laut werde. Hatte ich gestöhnt?

»Hattest du«, stimmt er meinen Gedanken zu, die er wahrscheinlich in meinem Gesicht lesen konnte.

Er grinst etwas dämonisch, küsst mich dreckig und wild, und als er sich zurückzieht, fühle ich Stoff in meinem Mund.

Mein Seidennachthemd.

Er hat mir mein Nachthemd in den Mund gestopft!

Zusätzlich legt er seine Hand darüber und teilt mir mit: »Geht weiter. Je schneller du kommst, desto schneller bist du es los.«

Sofort lässt er Worten Taten folgen und nimmt mich erneut. Nicht zärtlich oder liebevoll, nein, hart, grob und wild. Ohne Pause und drängt mich so zurück in den Rausch, der mich gerade schon ergriffen hatte.

Die Seide ist heiß von meinem eigenen Atem, der kaum ausreicht, um meinen Körper mit Sauerstoff zu versorgen. Ich spüre, wie meine Finger über seinen Oberarm rutschen, an dem ich mich festkralle, und seine Haut kratzen.

Kleine Vorbeben meines aufziehenden Höhepunkts erschüttern mich, weil er sich so in mich drängt, wie ich es brauche. Tief, kraftvoll und genau im richtigen Winkel. So perfekt der Mann.

Ich will sein Gesicht sehen, wenn ich gleich explodiere, und öffne die Augen. Er beobachtet mich, ein Wangenmuskel zuckt und seine Zähne sind fest aufeinandergepresst, da er sich zurückhält.

In dem Moment, in dem mich die Hitze komplett vereinnahmt, bekomme ich gar keine Luft mehr, doch das ist egal. Nun höre ich mein eigenes durch den Stoff gedämpftes Stöhnen, das mir den restlichen Atem nimmt. Er zieht seine Hand weg, drückt seinen Mund auf den Stoff und kommt in den letzten Zügen meines Orgasmus ebenfalls.

Seinen erregten Atem kann ich durch die Seide spüren, und er stöhnt so volltönig, dass es kaum davon gedämpft wird und in seiner ganzen Brust vibriert.

Ich liebe es, dass er laut und ekstatisch ist. Ich will nicht, dass wir uns zurückhalten müssen. Ich will hinausschreien, wenn er mich über den Abgrund treibt, und in seinem Gesicht sehen, wie ihn das anmacht. Ich will ihn hören und diese kleine Gänsehaut im Nacken davon bekommen, weil es mich mitreißt, diesem Mann solche tierischen, tiefen, satten Geräusche zu entlocken.

Mit den Zähnen zieht er mir das Nachthemd aus dem Mund und lässt es neben meinem Kopf fallen, ehe er jede Muskelanspannung aufgibt und schwer auf mir zur Ruhe kommt.

Er fährt mir zärtlich durch die Haare und sein Daumen

streicht dabei über meine Stirn und Schläfe. Wir sprechen nicht, weil dieser Moment zu schön ist, um irgendetwas zu sagen. Wir beide so völlig entspannt und immer noch eins miteinander.

Die Innigkeit wird von einem penetranten Klopfen unterbrochen.

Wer immer das ist, stirbt jetzt.

»Francis?«, ertönt die Stimme seiner Mutter.

»Ja Mutsch, äh, NEIN, Mutsch, warte kurz.«

Er stöhnt genervt und küsst mich auf mein Haar, bevor er aufsteht und das Handtuch um seine Hüfte schlingt.

So öffnet er die Tür einen kleinen Spalt und will wissen: »Was ist denn?«

»Ach, Gott, Junge, du siehst ja schlimm aus.«

»Was?«, fragt er und sieht an sich runter.

»Die Farbe! Du hast diese Malerei ja überall! Wer hat dich denn dazu angestiftet?«

»Niemand. Das war meine Entscheidung. Wie kann ich dir helfen?«

»Ich wollte im Wohnzimmer fernsehen, aber ich komme mit der Fernbedienung nicht zurecht.«

»Du hast einen Fernseher auf deinem Zimmer.«

»Ja, aber ich sehe doch nicht so gut und der im Wohnzimmer ist größer.«

»Bis heute ging er noch.«

»Ich finde meine Brille aber nicht.«

»Wofür habe ich eine PA? Frag Mariella.«

»Ich kann sie doch um die Uhrzeit nicht mehr stören, Francis.«

Ich stöhne mindestens so genervt auf wie er eben. Die Tusse von PA kann man nicht stören, aber uns, klar.

Francis dreht kurz seinen Kopf in meine Richtung und verdreht zustimmend die Augen.

»Stimmt mit Lara was nicht?«, fragt sie.

»Mit Lara ist alles in Ordnung. Los, Mutsch, geh zu Mariella.«

»Kannst du das machen? Ich traue mich nicht, zu klopfen. Das ist unhöflich, wenn es so spät ist.«

»Ich schicke sie dir.«

»Danke. Du bist so gut zu deiner alten Mutsch.«

Gehässig äffe ich das leise nach: »*Du bist so gut zu deiner alten Mutsch.*«

Er schließt die Tür, zeigt auf mich und sagt: »Sei bloß still. Ich bin gleich zurück.«

Er öffnet sie wieder und will verschwinden, doch ich rufe: »Stopp, Freundchen! Du willst wohl nicht nur mit einem Handtuch bekleidet zu deiner PA marschieren?«

»Es ist mein Haus, ich will, kann und werde. Was denkst du, was ich tue? Ihr sagen, dass sie meiner Mutter den Fernseher einstellen soll, und sie noch kurz bespringen?«

Ich werfe ein Kissen nach ihm, aber er ist schon verschwunden. Arschloch.

Erst eine halbe Stunde später ist er wieder da.

»Hast du sie doch noch besprungen?«

»Ich musste die Brille meiner Mutter suchen. Jemanden bespringen wäre mir echt lieber gewesen.«

Mit einem lauten Ausatmen kommt er wieder ans Bett und sieht auf mich runter. »Ich hasse dieses Chaos. Ich will meine Ruhe haben. Ich liebe meine Mutter, aber sie ist so anstrengend. Es tut mir leid. Kannst du das einfach hinnehmen, und sobald wir die beiden los sind, feiern wir eine Party nur für uns?«

»Kann ich, wenn du morgen Abend zu mir kommst.«

»Einverstanden«, seufzt er. »Mehr als einverstanden.«

»Wo sind deine Kippen? Hier oder unten?«

»Gute Idee«, erwidert er schmunzelnd und verschwindet im Ankleidezimmer. Eine Minute später ist er zurück, in Shorts und mit einer Zigarette hinterm Ohr, in der Hand ein Baseballshirt.

Das wirft er mir zu und marschiert Richtung Balkontür.

»Das ist doch von Bull, oder?«, frage ich, während ich es überstreife.

»Ja. Stört dich das? Du kannst auch was anderes haben.«

»Nein. Ich dachte nur, die Sachen dafür wären im Keller.«

»Ich habe sie hochgeräumt. So muss ich nicht immer in den Keller. Eigentlich ist das mit den Klamotten auch Blödsinn. Ich werde für die Konzerte von einem Sponsor ausgestattet.

Danach trage ich die Sachen nicht wieder.«

»Hast du ein Mitspracherecht?«

»Klar. Ich werde zwar dafür bezahlt, darf mir aber aus der Kollektion aussuchen.«

Er tritt nach draußen und ich folge ihm auf die wippende Bank, die hier steht. Die finde ich genial. Sieht nicht nach Hollywoodschaukel aus, hat aber einen Schwingmechanismus. Ich fläze mich neben ihn auf die große Sitzfläche und lehne mich an seine Armbeuge. Er steckt mir die Zigarette zwischen die Lippen und gibt mir Feuer. Nach einem ersten Zug reiche ich sie an ihn weiter und frage: »Erzählst du mir noch ein bisschen darüber, was du gerade liest?«

Nachdem er selbst einen Zug genommen hat, reicht er sie mir zurück, wobei er sagt: »Klar, wenn du magst. Ich lese aktuell *Der große Gatsby*.«

»Ich kenne den Film mit Leonardo DiCaprio. Fand ich gut. Hast du ihn gesehen? Gibt es große Unterschiede?«

»Hm«, brummt er, zieht an der Zigarette und stößt den Rauch in die Luft. Anschließend folgt ein Kuss auf meinen Kopf. »Es ist schön, dass du wieder hier bist. Ich genieße das sehr.«

Dieses Haar-Gemurmel, das er so gerne macht, krampft mein Herz kurz fest zusammen. Genauso wie seine Worte. Nach dem Zusammenziehen folgt ein Absacken, das dieses unangenehme Restgefühl, das mich beim Betreten des Hauses befiel, verschwinden lässt, als hätte es nie existiert.

»Ich auch.«

Dieser Moment gibt mir das Gefühl, dass wir es geschafft haben, endgültig zueinanderzufinden. Seine Mutter, die PA, alles nur Kleinigkeiten, winzige Stolpersteine auf einem sonst gut ausgebauten Weg.

Das wäre schön.

*****

Lara

Ich bin beleidigt. Gestern sollte ich zu ihm kommen, da seine

Mutter vergessen hätte, dass er zu mir will und sie gekocht hatte. Heute kann er nicht, da seine PA noch einiges mit ihm durchgehen möchte und es spät wird.

Er soll doch einfach herkommen. Hier haben wir unsere Ruhe. Außerdem wollte ich ihm etwas sagen. Eine kleine Überraschung, von der ich hoffe, dass er sich freut.

Ich klappe den Roman zu, in dem ich versuchte, noch ein paar Seiten zu lesen, da meine Lust, zu Francis' Haus zu fahren, so gegen null tendiert. Seine Mutter nervt, seine PA nervt. Trotzdem will ich ihn unbedingt sehen, weil ich ihn vermisse und noch so viel nachholen muss von der Zeit unserer Trennung. Ich brauche das, um mich zu vergewissern, dass alles gut ist.

Möglicherweise sollte ich das machen wie in meinem aktuellen Buch. In der Geschichte entführt der Bösewicht Frauen, um sie nach Rapunzelart in einen Turm zu stecken. Ohne Tür, nur mit Fenster. Sie dürfen sich dort Perücken knüpfen, und wer es schafft, sich damit abzuseilen ... nun, das finde ich heute nicht mehr heraus, da ich nun losfahren werde. So einen Turm brauche ich für Francis und mich. Nur, dass wir da keine Perücken knüpfen werden.

Ich erhebe mich von meinem Schreibtischstuhl, um loszufahren. Irgendwann hat das ein Ende. Ich fragte ihn, ob ich helfen kann beim Fertigmachen und Einrichten der Wohnung seiner Mutter. Dann hätte ich das so beschleunigt, dass wir diese Frau ruckzuck los sind. Aber nein, sie will das unbedingt selbst erledigen.

Und warum die PA-Tusse noch keine Wohnung hat, weiß ich auch nicht. Bis jetzt wäre nichts Passendes dabei gewesen. Angeblich! Obwohl sie angibt, dass sie alles organisiert bekommt. Aber keine Wohnung für sich? Pah!

Ich schnappe mir meine Handtasche und werfe mein Smartphone hinein, damit ich mich auf den Weg machen kann. Bis ich bei ihm bin, bin ich hoffentlich etwas runtergekommen. Wenn nicht, muss er das wegmachen, und zwar bevor ich eine seiner zwei Mitbewohnerinnen sehe und ihnen den Kopf abbeiße.

Tatsächlich fühle ich mich etwas besser, bis ich durch das Tor in seine Einfahrt fahre und meinen Wagen abstelle. Ich freue mich auf ihn.

Zuerst nehme ich Kurs auf die Küche und finde dort seine Mutter, die mal wieder kocht, wie ich es mir schon dachte.

»Hallo, Mutsch«, begrüße ich sie höflich. Ich will es mir ja nicht mit ihr verderben und verkneife mir seit dem ersten Abend jeden Sarkasmus. Sie ist seine Mutter und auf böse *Schwiegermuttergeschichten* habe ich keine Lust.

Bevor ich sie noch etwas Nettes fragen kann, wie ob sie einen schönen Tag hatte, kommt sie mir zuvor und will wissen: »Lara, sag mal, das wollte ich dich gestern schon fragen: Bist du schuld, dass Francis sich hat so bemalen lassen?«

»Was? Ich? Nein. Das hatte er bereits vor mir. Hattest du das noch nicht gesehen? Steht ihm gut, finde ich.«

»Doch, ja, an den Händen, aber so viel? Ich finde das schrecklich. Tolerierst du das?«

»Natürlich. Es ist sein Körper und er sieht unglaublich gut aus. Außerdem kann er das schlecht wieder entfernen. Wo steckt er denn?«

»Im Büro, meine ich. Sag ihm, dass es in zwanzig Minuten Essen gibt.«

»Klar«, rufe ich ihr beim Rausgehen zu und nehme Kurs auf sein Büro. Genug der Höflichkeit. Ich bin dafür nicht gemacht, mich bei Schwiegermüttern einzuschleimen. Bei Kunden ist das irgendwie leichter. Aber die kann man sich auch aussuchen.

Da ich nicht k opfen muss, trete ich einfach ein und erstarre. Da sitzt die dämliche PA schon wieder auf seinem Schreibtisch. Er zwischen ihren Beinen und sie fummelt an seiner Krawatte rum und kichert dazu.

Ich räuspere mich und beide drehen ihre Köpfe in meine Richtung.

»Hallo, Lara«, begrüßt mich Mariella und zwinkert mir zu, was mich ein bisschen sprachlos macht.

Francis kommt mir entgegen und will mich zur Begrüßung küssen, doch ich trete einen Schritt zurück und flüstere ihm erbost zu: »Was sollte das denn werden?«

»Was meinst du?«

»Das Gefummel an dir?«

»Sie hat mir doch nur ein paar neue Krawattenknoten gezeigt. Bist du etwa eifersüchtig? Hm, süß«, brummt er, packt meinen Oberarm und zieht mich an sich, damit er mich auf die Stirn küssen kann.

»Gefällt mir nicht«, gestehe ich ihm leise und mit einem Ballen Wut im Bauch.

»Ich packe deine Sachen, die wir rausgesucht hatten«, lässt Mariella uns wissen und verschwindet.

Damit ich nichts Dummes tue, entknote ich seine Krawatte und ziehe sie ihm vom Hals. »Warum läufst du eigentlich zu Hause im Anzug rum? Bevor die ganze Sache war, warst du doch legerer gekleidet.«

»Keine Ahnung. Gewohnheit. Außerdem kennt mich meine Mutter nur so.«

Ich wechsle das Thema und frage direkt: »Kannst du Mariella kündigen und dir jemand anderen suchen? Die macht sich doch offensichtlich an dich ran.«

»Was? So ein Quatsch. Natürlich behalte ich sie. Sie ist gut. Ich bereue, dass ich nicht schon früher einen oder eine PA hatte. Das ist total praktisch.«

Dieses Brodeln in mir zu unterdrücken, wird immer schwerer. Sieht er das denn nicht? Das bilde ich mir doch nicht nur ein.

»Oh-oh«, murmelt Francis an meinem Haar. »Da bekommt jemand rote Ohren. So wütend, meine Lara?«

Bevor ich antworten kann, drückt er mich mit einem Arm fest an sich und nutzt die andere Hand, um unsere Mittelfinger zu verhaken.

»Atme, Liebes. Alles ist gut. Sie ist harmlos. Sie arbeitet für mich und wird nicht so respektlos sein, sich an mich ranzumachen. Sie weiß doch, dass ich dich habe. Also selbst wenn sie auf mich stehen sollte, wird sie sich zusammenreißen.«

So, so, zusammenreißen. Deshalb fummelt sie an seiner Krawatte rum, sitzt auf seinem Schreibtisch und kichert. Klar.

»In zwanzig Minuten gibt es Essen, soll ich dir von deiner Mutter ausrichten. Ich wollte mich eigentlich umziehen, aber wenn du im Anzug und Mariella im Businesskostüm hier rumlauft, bleibe ich auch so.«

»Komm«, sagt er und zieht mich an unseren verschränkten Mittelfingern hinter sich her. »Du machst dich kurz frisch und dann gehen wir essen.«

Wenigstens habe ich ihn noch zwanzig Minuten für mich, bevor ihn hier wieder alle in Beschlag nehmen.

Ich schließe auf seine Höhe auf, und er schlingt seinen Arm um meine Schulter, bis wir an seinem Schlafzimmer angekommen sind. Kaum ist die Tür hinter uns ins Schloss gefallen, küsst er mich und packt meinen Hintern, um mich hochzuheben. Meine Beine wickeln sich um seine Hüfte und gemeinsam krachen wir gegen die Tür und versinken in einem zügellosen Kuss. Das ist eine Art, sich frisch zu machen, die mir gefällt.

Meine Hände wandern wie von allein in seine Haare und krallen sich dort fest. Ich liebe seine dicken, seidigen Strähnen zwischen den Fingern.

Er reibt sich an mir, und gerade als ich einen kurzen Vor-dem-Essen-Quickie vorschlagen möchte, vernehme ich ein Räuspern.

Ich erstarre, löse meine Lippen von seinen und sehe über seine Schulter, wie Mariella mit etwas pikiertem Gesichtsausdruck mitten im Raum steht.

Francis dreht sich mit mir um und sieht sie an.

»Entschuldigt. Aber ich sagte ja, dass ich packe.«

Sie wendet sich ab und marschiert ins angrenzende Bekleidungszimmer.

Genervt stöhnend lässt mich Francis runter, und ich bleibe vor ihm stehen, sehe ihn so genervt an, wie sein Stöhnen klang, und kicke mir die Pumps von den Füßen.

»Sie sagte es ja«, entschuldigt er sich, und ich gehe ihr hinterher, weil ich ihn sonst in einem nicht besonders netten Tonfall frage, was die Tusse in seinem Schlafzimmer verloren hat.

Für ihn packen? Gott, sie packt für ihn. Packt sie ihm etwa auch seine Unterwäsche ein? Das ist doch völlig bescheuert. Was sind PA? Ersatzmuttis? Als würde seine echte nicht schon reichen.

Die Schiebetür hat sie offen gelassen, und ich sehe ihr an den Türrahmen gelehnt zu, wie sie sorgfältig Kleidung in zwei Koffer packt.

Nach ein paar Minuten scheint sie fertig zu sein, schließt die Koffer und trägt sie an mir vorbei ins Schlafzimmer, wo Francis mit verschränkten Armen und Fußknöcheln an der Tür lehnt und sein Resting Bitch Face aufgesetzt hat.

Sie stellt die Koffer neben dem Durchgang ins Badezimmer ab und setzt sich mit einem Seufzen aufs Bett.

Aufs Bett! Sie sitzt auf seinem Bett!

Dort überschlägt sie ihre Beine und sagt: »So, Francis. Gepackt ist. Morgen Abend, bevor wir losmüssen, packe ich dir deine Kosmetika zusammen. Hast du noch etwas für mich? Sonst gehe ich nach dem Essen ins Fitnessstudio. Kommst du mit? Du warst heute nicht trainieren.«

»Nein«, antwortet er und tritt von der Tür weg.

Hätte er jetzt anders reagiert und wäre mit ihr, wenn ich hier bin, trainieren gegangen, wären hier aber garantiert Köpfe gerollt.

Endlich ist sie weg, und ich ziehe die Bettdecke dort glatt, wo gerade noch ihr dämlicher Knackarsch saß, und setze mich daneben. Francis sieht mich mit einem unergründlichen Blick an und ich sehe zurück.

Ich will mich gar nicht aufregen, außerdem will ich ihm noch etwas sagen, und deshalb schaue ich einfach diesen großartigen Mann an. Es ist nicht nur sein Aussehen, sondern vor allem diese Gefühle, die er einem vermittelt, mit so kleinen Gesten oder auch großen.

Er mag Fehler machen und Schwächen haben, aber dafür geht er mit meinen Schwächen und Fehlern um, als gebe es sie nicht. Er tut immer so, als wäre ich perfekt. Er sagt mir direkt, was ihn stört, lässt mich toben, als wäre es normal, sich so aufzuregen, und bringt mich dann damit runter, dass er mich berührt.

Es geht nicht anders, ich muss lächeln. Lächeln über mein Glück, so jemanden für mich gefunden zu haben.

Sein Wangenmuskel zuckt minimal, dann beißt er sich kurz schmunzelnd auf die Lippe und lächelt zurück.

Ich gehe zu ihm rüber. Er rührt sich nicht, lässt mich auf sich zukommen und sieht auf mich runter, als ich vor ihm stehe, woraufhin ich meinen Mittelfinger um seinen wickele. So verschlungen ziehe ich seine Hand an meinen Mund und küsse seinen Handrücken.

»Ich liebe dich, Francis.«

»Ich weiß«, antwortet er, und obwohl sich das so unglaublich arrogant anhört, bin ich mir bewusst, dass er damit sagen will, er zweifelt nicht daran, nicht mehr, und das ist auf seine Art schöner als ein *Ich-dich-auch.*

Du bist schockiert.

Francis

Sie küsst meinen Handrücken, und obwohl ich eben noch so unglaublich genervt von allem war, fühle ich mich besser, seit sie mich vom Bett aus so angelächelt hat. So ein ehrliches und glückliches Lächeln. Ich dachte, es gibt gleich eine wüste Szene und ich muss sie wieder runterbringen.

Ich bin mir ziemlich sicher, dass sie sich für mich zusammennimmt und Mariella gerade so nicht die Haare in einem wütenden Ruck vom Kopf gerissen hat.

Deshalb gibt es nur eine Antwort auf ihr Ich-liebe-dich. Dass ich das weiß. Weil ich es gesehen habe. Weil ich es so oft gesehen habe. Weil ich das langsam so richtig glauben kann.

Was sind schon Worte? Worte können so vieles sein. Wahr oder gelogen. Mit tieferer Bedeutung oder achtlos dahingesagt. Sie können wehtun oder machen, dass man sich gut fühlt. Sie können falsch formuliert sein oder falsch aufgenommen werden.

Körpersprache dagegen lügt selten. Ein einfaches Ich-liebe-dich sagt gar nichts aus. Aber zusammen mit diesem Lächeln, mit dieser Geste, da sagt es alles.

»Lass uns essen gehen«, schlage ich vor.

»Hm, ja«, erwidert sie wenig begeistert, was ich gut verstehe. Meine Mutter ist schon anstrengend und penetrant. Und absolut kein Lara-Fan.

Ich werfe meinen Arm um ihre Schulter, ziehe sie an mich und so machen wir uns auf den Weg.

Schon auf dem Flur schlägt uns der Essensgeruch entgegen, und ich bin gespannt, was ich heute essen muss. Nicht, dass das Essen meiner Mutter nicht schmeckt, aber seit sie hier ist, komme ich völlig aus dem Takt mit meinen Ernährungsgewohnheiten.

Zuerst wollte ich mich durchsetzen, dass ich bei meinem üblichen Speiseplan bleibe, aber sie warf mir vor, dass es mir nicht schmecken würde und ich undankbar wäre, und packte dazu ihren enttäuschten Mama-Blick aus. Da sie nicht ewig bleibt, habe ich mich meinem Schicksal ergeben.

Alle sagen immer, Mutter sein wäre der schwerste Job. Aber ich bin mir nicht sicher, ob Sohn sein nicht genauso anstrengend ist.

Meine Mutter hat ihre Schürze umgebunden, der Dutt aus schwarzem Haar, das mit vielen grauen Strähnen durchzogen ist, ist halb aufgelöst, weil sie immer wie ein Derwisch durch die Küche tobt.

Kaum sieht sie uns, wirft sie einen abfälligen Blick auf Lara, dann einen auf mich und sie strahlt. Sie entschied nach dem ersten Essen, dass Lara nicht die Richtige für mich wäre, und seitdem sucht sie ununterbrochen nach Fehlern bei ihr.

Erst nervt sie mich, dass ich eine Frau finden solle, und dann habe ich eine und es ist auch nicht recht. Verstehe einer mal die Mütter.

Ich ziehe Lara den Stuhl zurück, nehme meiner Mutter das Holzbrett mit der Tonschale ab, in der, wie ich erkennen kann, selbst gemachte Cannelloni sind, und küsse sie auf die Wange. »Danke fürs Kochen, Mutsch.«

Schon wieder Teigwaren. Ich werde ein fetter großer Kerl werden, wenn sie hier länger wohnt. Wahrscheinlich kann ich in ein paar Wochen meinen eigenen Schwanz nicht mehr sehen.

»Wo ist Mariella?«, frage ich, da sie noch nicht am Tisch sitzt.

»Sie passt auf den Kuchen im Ofen auf, das gute Kind. Sie holt ihn gleich raus und dann kommt sie zu uns.«

Lara neben mir schnaubt abfällig, was mich ein wenig zum Schmunzeln bringt. Vielleicht mag ich es ja, dass sie ein bisschen eifersüchtig ist. Natürlich hatte ich bemerkt, dass Mariella mit mir flirtet. Das machte sie schon am ersten Tag und hörte auch nicht auf, als ich ihr sagte, dass meine Freundin zurück ist. Ich hatte ihr nicht von unserem Problem erzählt, da es sie meiner Meinung nach nichts angeht. Vermutlich denkt sie, Lara war auf Geschäftsreise oder so was. Egal.

Ich bin froh, dass Mariella zu der Zeit ohne Lara keine konkreten Annäherungsversuche gestartet hat, die über die Flirterei hinausgehen. Sonst hätte ich sie garantiert flachgelegt, einfach weil ich so frustriert wegen Lara war. Dazu ist sie mir nicht unsympathisch und ist auch noch recht attraktiv.

Gut, dass nichts passiert ist, was über eine höfliche Flirterei hinausgeht. Das wäre doch eine höchst merkwürdige Situation gewesen, jetzt da Lara wieder da ist.

»Was für einen Kuchen hast du denn gebacken?«, fragt Lara, was mich erneut zum Schmunzeln bringt. Sie versucht, trotz allem mit meiner Mutter auszukommen, was ich ihr hoch anrechne.

Sie sieht mein Schmunzeln und tritt mich schon wieder unter dem Tisch. Natürlich trete ich gleich zurück. Sie spinnt doch.

»Panettone«, antwortet Mutsch.

»Und was ist das für einer?«

»Ein italienischer Hefekuchen. Vielleicht solltest du dich etwas mit Francis' Herkunft auseinandersetzen, wenn du mit ihm zusammen sein willst.«

»Mutsch«, ermahne ich sie. »Das ist doch Blödsinn. Ich habe überhaupt gar nichts mit Italien zu tun. Ich spreche nicht die Sprache und habe keinerlei Bezug dahin, nur irgendeine Oma, die ich noch nicht einmal kenne, die von dort kommt.«

Ein beleidigter Blick von gegenüber und eine Hand auf meinem Oberschenkel folgen. Die eine verärgert, die andere ist glücklich darüber. Ist das wieder kompliziert.

Ich mag Stille, aber diese merkwürdige Stimmung gerade, die weckt Fluchtgedanken in mir. Deshalb frage ich: »Liebes, wie war es auf der Arbeit?«

»Oh, gut. Ich konnte für einen Kunden heute ein paar tolle Antiquitäten erstehen. Und wenn wir gerade bei der Arbeit sind, ich hab ...«

»Francis, beim Thema Antiquitäten«, unterbricht Mutsch Lara. »Da das mit meiner Wohnung noch länger geht, habe ich heute Mittag ein wenig umdekoriert, damit es heimeliger bei dir ist.«

»Okay«, sage ich nur. Ist mir eigentlich egal. Wenn sie ausgezogen ist, kommt alles wieder an seinen Platz. Mir gefällt, wie es ist.

Ich werfe einen Blick zu Mariella, die gerade an den Tisch tritt, um sich zu setzen, und dann auf Lara, die sich total versteift hat.

Uh, ich befürchte, das Wort Umdekorieren ist ein rotes Tuch für sie. Das wird wohl nicht ihr kleines Raumaustatterinnen-Herz brechen, dass meine Mutter ein wenig Deko verteilt? Bitte!

»Darf ich euch auftun?«, fragt Mariella meine Mutter und diese nickt.

Sie sieht mich an und ich reiche ihr den Teller. Auch so ein völlig irres Ding. Meine Mutter stellte am ersten Tag, als Mariella hier anfing, klar, dass der Hausherr immer zuerst bekommt. Der Hausherr! Bin ich ein Baron, oder was?

Mein Smartphone klingelt, und ich ziehe es unter einer mütterlichen Ermahnung, dass Handys nichts am Esstisch verloren haben, hervor.

Klaas, mein Manager. Ich reiche das Smartphone an Mariella weiter und diese verschwindet damit. Praktisch so eine PA.

Wenige Minuten später ist sie zurück und erklärt: »Er wollte ein paar Details abklären. Alles erledigt. Gleich kommt noch eine E-Mail von ihm.«

Ich nicke das ab. Es ist etwas ungewohnt für mich, dass ich nicht mehr über alles genaustens Bescheid weiß, aber ich sehe keinen Grund, mich mit Kleinigkeiten zu belasten, wenn sie mir das abnehmen kann.

Sie behält mein Smartphone und wirft nach ein paar Minuten einen Blick aufs Display, tippt darauf herum und teilt mir dann mit: »Ja, passt alles.«

Wieder nicke ich das ab, komme leider nicht drumherum, Laras fassungslosen Blick zu bemerken und gleichzeitig meine Mutter zu hören, die zu Mariella sagt: »Du bist so tüchtig, Kindchen, und immer auf Francis' Wohl bedacht. Du wärst sicher eine gute Ehefrau.«

»Mutsch. Dafür bezahle ich sie. Lara, was ist los?«, versuche ich das irgendwie zugleich zu klären.

»Sie geht an dein Handy? Ernsthaft?«, flüstert sie mir pissig zu.

»Natürlich. Warum nicht?«

Sie beugt sich zu mir rüber und spricht noch leiser: »Kann sie dann nicht unsere Nachrichten lesen? Und Bilder sehen? Bitte sag, dass sie darauf keinen Zugriff hat. Hallo? Ich hatte dir vorhin geschrieben, dass ich mich auf dein Gesicht setzen will!«

»Lara«, seufze ich. »Sie wird sicher meine Privatsphäre respektieren und nicht in unserem Chat oder den Bildern rumwühlen.«

»Denkst du«, erwidert sie und isst den letzten Bissen ihrer Canneloni.

Dieses Mal trete ich sie unter dem Tisch und meine Mutter fragt: »Was flüstert ihr?«

»Sie wollte mich nur daran erinnern, dass ich nicht so viel arbeiten soll«, behaupte ich.

»Man soll Männer doch nicht vom Arbeiten abhalten.«

Lara schenkt mir einen halb belustigten, halb empörten Blick und zwickt mich in den Oberschenkel, woraufhin ich den Arm um sie lege und sie ruckartig näher ziehe, wovon sie fast von ihrem Stuhl rutscht.

Nach dem Hauptgang bleiben wir noch ein bisschen sitzen und hören meiner Mutter zu, die erzählt, was sie alles verpasst, weil sie nicht in ihrem eigenen Haus ist. Lara und ich teilen uns ein Stück Kuchen und ich lege meinen Arm auf der Rückenlehne ihres Stuhls ab.

Ich höre zu und spiele mit Laras blonden Haaren. Sie hat sie nach hinten an den Rücken gestrichen, damit sie sie beim Essen nicht stören, und ich wickle mir verschieden dicke Strähnen um die Finger. Mal um einen, mal um zwei und ich versuche sie auch in einem Muster zwischen allen zu schlingen. Quasi Hand-Fesselspielchen mit Haaren.

Das ist spannender als die Beschwerden meiner Mutter. Laras Hand ruht auf meinem Oberschenkel und krault ihn ein bisschen mit den Fingerspitzen.

Ich bin mir nicht ganz sicher, ob sie mich einfach berühren will, ob mich das anmachen soll oder sie selbst eine Beschäftigung sucht. Ihr Gesicht ist mit einem aufmerksamen Gesichtsausdruck auf meine Mutter gerichtet und sie sagt an den passenden Stellen: »Ist nicht wahr!«, oder: »Das geht wirklich nicht.« Das hört sich sogar ehrlich an. Meine Porno-Prinzessin ist eine verdammt gute Schauspielerin, denn ich kann ihr inneres Augenrollen fast spüren.

»Ich habe noch eine Überraschung für dich«, haucht sie mir zu, als sie mir ein Stück Kuchen in den Mund steckt. Ihr Atem trifft meine Wange, ehe sie sie kurz mit ihren Lippen streift, und nun ist es eindeutig genug. Mein Gefummel an ihren Haaren, ihr Gefummel an meinem Oberschenkel, ihr Gehauche: genug Familie und sonstige Mitbewohner. Ich will mit ihr allein sein.

Ich beuge mich an ihr Ohr und frage in dem Tonfall, von dem sie immer eine winzige Gänsehaut im Nacken bekommt: »Ist es etwas, was du drunter hast? Dann will ich es zerreißen.«

»Es ist eine Überraschung ohne sexuelle Komponente. Obwohl, im weitesten Sinn doch.«

»Hm«, brumme ich und küsse ihre Schläfe.

»Francis, wenn du so lange wegen der Immobilien unterwegs bist, dachte ich mir, dass wir heute gemeinsam fernsehen können«, sagt Mutsch, während sie die Teller zusammenstellt.

»Ich wollte den Abend mit Lara verbringen«, stelle ich sofort klar.

»Lara, Lara, Lara, du hast noch lange von deiner Lara, wenn ich tot bin.«

»Mutsch, bitte.«

»Ich kann mit dir fernsehen, wenn du möchtest, Mutsch«, mischt sich Mariella ein und zwinkert mir zu. Na also. So eine PA wird immer besser.

»Danke, Mariella. Du bist natürlich gerne gesehen. Aber ich will mit meinem Sohn Zeit verbringen. Nur einen Film, in Ordnung, Francis?«

Lara flüstert mir zu: »Kein Problem. Ein Film und dann wir beide, ja?«

»In Ordnung«, resigniere ich. »Einen Film und der Rest des Abends gehört Lara.«

»Wunderbar. Geht schon einmal ins Wohnzimmer, ich mache schnell die Küche.«

Gehorsam erheben wir uns und wechseln den Raum, wobei Lara an der Türschwelle wie angewurzelt stehen bleibt.

»Was ist, Lara?«

»Francis«, haucht sie. »Was hat sie getan?«

Ich sehe mich um und ja, ich erkenne es.

»Francis, da liegen hässliche Überdecken über der Couch.«

Ja, das sehe ich. Das hatte sie mir sogar gesagt, dass sie das machen will, da das Leder ihr zu kalt sei. Außerdem hat sie die Beistelltische in der Mitte der Couchlandschaft zusammengeschoben und eine Plastiktischdecke mit Apfelmuster darüber. Hu.

Lara läuft durch den Raum und ruft von überall irgendetwas zu mir:

»Francis, da stehen Plastikblumen!«

»Häkeldecken! Ernsthaft! Häkeldeckchen, ich dachte, deren Existenz wäre ein Gerücht!«

»In deinem Bücherregal stehen Kerzen auf dem blanken Holz! Und Plastikfiguren von Leuten mit Umhang!«

»Das sind irgendwelche Heiligen«, erkläre ich erschöpft.

»Sie hat die Bilderrahmen abgenommen und Sinnsprüche hingehängt! *Folge deinen Träumen, sie kennen den Weg*. Mein Traum ist es, alles anzuzünden!«

Ich schließe die Lider. Ja, Lara, ich habe Augen im Kopf.

»Francis!«

»Lara! Ich sehe das auch alles. Du musst mir das nicht beschreiben.«

»Gefällt dir das?«

»Natürlich nicht. Sobald sie ausgezogen ist, wird es wie vorher sein.«

»Okay«, schnaubt sie. Ich kann hören, wie sie laut und bewusst atmet, und ich kann nicht nachvollziehen, warum sie das so aufregt. Trotzdem gehe ich zu ihr hin, packe sie mir und marschiere mit ihr zum Sofa.

Dort ziehe ich sie zwischen meine Beine, drücke ihren Rücken an meine Vorderseite und murmle ihr zu: »Alles ist gut. Alles nur vorübergehend. Reg dich nicht über Kleinigkeiten auf.«

Ihre Körperspannung lässt nach und sie schmiegt sich an mich. »Tut mir leid. Ehrlich. Ich nehme mich zurück. Es ist dein

Haus. Es ist nur so etwas wie mein Baby. Tut mir leid.«

»Alles ist gut. Willst du mir von deiner Überraschung erzählen?«

»O ja!«, sagt sie und dreht sich um. »Ich komme mit!«

»Wohin?«

»Zu deinem Konzert. Ich habe mich von allen Terminen freigeschaufelt. Du wirst ja nicht den ganzen Tag Zeit für mich haben, da kann ich arbeiten. Aber wir können deine Freizeit miteinander verbringen.«

»Nein.«

»Nein?«

»Auf gar keinen Fall.«

Sie sieht mich etwas fassungslos an. »Warum?«

»Du magst es nicht, dass ich Bull bin. Ich will nicht, dass du damit in Berührung kommst. Fertig. Das hatten wir doch bereits geklärt.«

»Störe ich dich etwa dabei?«

»Keine Ahnung. Aber darum geht es auch nicht.« Mir kommt ein Verdacht. »Du willst nur wegen Mariella mit, oder?«

Sie zögert kurz. Das heißt wohl ja. Es geht hier um Revierverhalten, nicht um mich. Klar.

»Nein, Francis. Gut, vielleicht ein bisschen. Ich mag sie nicht. Sie macht sich an dich ran. Ich dachte, du bist oft unterwegs. Ich bin oft unterwegs. Wenn es die Möglichkeit gibt, Zeit miteinander zu verbringen, wäre es schade, sie nicht zu nutzen. Ich habe dich doch erst zurück.«

»Trotzdem nein. Ich bleibe für dich Francis. Der Rest ist meine Sache.«

Ich weiß, dass sie diese Bull-Seite an mir etwas verachtet. Also bleibt sie schön hier in diesem Leben von mir.

»Aber ...«

»Kein Aber. Ich will es nicht und du musst das respektieren.«

»Sehr schön«, antwortet sie ironisch. »Ich warte im Schlafzimmer auf dich. Schau mit deiner Mutter und deiner PA fern, und wenn du Zeit hast, komm einfach zu mir.«

Abgang beleidigte Lara.

Ich blicke ihr hinterher und seufze. Darum kümmere ich

mich später. Ich sehe mich in dem riesigen Wohnzimmer um und seufze noch einmal. Das sieht wirklich ein wenig abartig aus, was meine Mutter hier veranstaltet hat.

Langsam wird mir das alles zu viel. Ich will nicht, dass meine Mutter hier wohnt, und Mariella brauche ich auch nicht unbedingt hier in der Bude. Sie gibt sich Mühe, mir nicht im Weg zu sein. Aber es ist einfach nicht mein Ding, dass den ganzen Tag Menschen um mich sind.

Ich begegne ihr ständig und überall am Tag. Selbst beim Sport. Ich will nicht beim Sport vollgelabert werden. Wieso trainiert sie eigentlich immer, wenn ich das auch tue? Der Tag hat 24 Stunden. Sie ist durchaus ein netter Anblick in ihrem engen Sportoutfit, aber sie wuselt dabei die ganze Zeit um mich rum.

Mit einem dritten Seufzen lasse ich mich mit meinem Smartphone auf der Couch nieder und versuche ein bisschen zu entspannen, indem ich News lese.

Mit der Entspannung ist es allerdings schnell vorbei, als meine Mutter mit Mariella einmarschiert.

Beide lassen sich auf dem Sofa nieder und ich frage: »Was willst du ansehen, Mutsch?«

»Wo ist Lara?«, fragt sie zurück.

»Sie wird uns keine Gesellschaft leisten.«

»Gut«, sagt sie und lächelt glücklich, was bei mir ein Stirnrunzeln hervorruft. »Also, Francis, was wollen wir ansehen? Du bist der Mann, du darfst entscheiden.«

Unter meinem rechten Auge zuckt es. Klar, ich bin der Mann, natürlich ist das meine Wahl. NATÜRLICH. Diese Mutter.

»Such dir einfach etwas aus, Mutsch«, sage ich bemüht sanft und lege mein Smartphone zur Seite.

Mariella nimmt die Fernbedienung und schaltet den Fernseher an. Gute Idee, so geht das sicher schneller, als wenn meine Mutter versucht, damit klarzukommen. Sie scrollt durch die Filme in der Online-Videothek und meine Mutter entscheidet sich für *Ein Chef zum Verlieben*.

Ernsthaft? Das werden lange 90 Minuten. Aber gut, ich hatte ja gesagt, dass sie aussuchen soll. Mein Pech.

Kaum ist der Vorspann zu Ende, der mir schon die Eier schrumpfen lässt in Erwartung dessen, was noch kommt, überlege ich, wie unhöflich es wäre, mein Smartphone zum Fernsehen in die Hand zu nehmen.

»Francis, ich habe Durst«, lässt Mutsch mich keine zehn Minuten später, die ich ohne Smartphone überlebte, wohlgemerkt, wissen.

Ich schnippe in Mariellas Richtung. Wenn sie das so sagt, dann will sie etwas gebracht bekommen. Das war schon so, als ich noch zu Hause wohnte. Den ganzen Tag hat sie mir den Arsch nachgetragen, aber abends in ihrer Art von *Feierabend*, da kehrte sich die Rolle um.

»Francis!«, werde ich ermahnt.

»Was ist denn, Mutsch?«

»Du kannst du nicht so arrogant nach Mariella *schnippen!*«

»Klar. Siehst du doch«, erwidere ich und zeige auf Mariella, die schon auf dem Weg nach draußen ist.

Sie starrt mich wie ein Alien an und legt dazu nachdenklich ihre Stirn in Falten, ehe sie sich beschwert: »Kannst du deiner Mutsch noch nicht einmal selbst etwas zu trinken holen? Sie ist nicht deine Bedienstete.«

»Doch. Du hast keine Ahnung, was ich ihr bezahle. Sie gehört quasi mir.«

Mariella ist schon wieder zurück und stellt meiner Mutter ein Wasser und mir einen Energydrink hin. Wenigstens hält sie die Klappe.

Quälende weitere zehn Minuten später – und das weiß ich genau, weil ich ständig auf die Uhr sehen muss – wendet sich Mutsch mir zu und sagt: »Du bist ja auch so ein Chef zum Verlieben.«

»Sicher«, erwidere ich.

»Ich finde das ja total romantisch, wenn sich zwei näherkommen, die eigentlich nur beruflich miteinander zu tun haben.«

Kurz muss ich an David und seine Chef-Liebesgeschichte denken. Die würde ihr dann sicher gut gefallen. Wenn ich nicht so maulfaul wäre, würde ich sie ihr vielleicht erzählen.

Stattdessen antworte ich: »Das ist schön. Wenn du es so willst, war es bei Lara und mir auch so. Sie arbeitete ja für mich.«

Ihre Lippen kräuseln sich wenig amüsiert. Das gefällt ihr wohl nicht. Was hat sie bloß gegen Lara?

»Mutsch! Was ist dein Problem mit Lara?«

»Sie passt nicht zu dir, Francis. Sie ist so vorlaut und unsympathisch. Sie sieht ordinär aus mit diesen blonden langen Haaren. So eine blonde Tussi ist doch nichts für dich.«

Tussi? Hat meine Mutter Lara gerade Tussi genannt? Ich wusste noch nicht einmal, dass sie dieses Wort benutzt.

»Ausdruck«, sage ich zu ihr, wie sie es so gerne mit mir tut.

»Ich lasse mir von meinem Sohn nicht den Mund verbieten, wenn ich meine Meinung vertrete. Du bist mein Kind und ich sollte ein Mitspracherecht haben.«

»Das kann unmöglich dein Ernst sein, Mutsch.«

Warum ist das so unglaublich anstrengend? Ich verfluche mich selbst für die Idee, sie zu mir zu holen. Sie hätte im Hotel bleiben sollen.

War das nicht der Grund, dass ich recht früh auszog? Ihre Art, sich immer in alles einzumischen. Der Grund, warum ich sie nur alle acht Wochen besuchte. Ich liebe die Frau und bin ihr dankbar, dass sie versucht hat, eine gute Mutter zu sein. Sie tat alles für mich. Sie war streng. Gut streng. Sie hat mir wie ein Bulldozer auf jede mögliche Art den Weg geebnet, damit ich erfolgreich werden kann. Sie ist so stolz darauf, dass ich mit den Immobilien gutes Geld verdiene.

Das tat ich schon vor Bull. Nur in einem wesentlich kleineren Umfang. Ich steckte jeden Cent, den ich als Immobilienmakler verdiente, selbst in Anzahlungen von Wohnungen und Häuser. Aber erst durch die Verdienste durch die Musik explodierte das.

Ich kann nicht aufhören, sie anzustarren. Die Fältchen um die Augen. Die dunkle Augenfarbe, fast so dunkel wie meine. Den verkniffenen Zug um den Mund, den sie immer hat, wenn ihr was nicht passt. Die strenge Frisur als Sinnbild, dass sie sich als geordnete Frau sieht.

Mich überkommt das hässliche Bedürfnis, sie zu verletzen, weil sie versucht, sich in mein Leben einzumischen, als wüsste sie alles von mir und über mich.

Kurz öffne ich den Mund, um ihr einfach zu sagen, was ich beruflich noch so treibe. Mit einem Schnauben schüttle ich das sofort wieder ab. Ich will nicht, dass sie es weiß. Ich will sie nicht verletzen. Es wird sie bis ins Mark erschüttern und an allem in ihrem Leben zweifeln lassen. Wahrscheinlich würde ich als Puffbesitzer besser wegkommen.

Sie wird jeden Tag und jede Sekunde analysieren, die sie mich erzog, um herauszufinden, wo ihr Fehler lag, dass ich so etwas mache. Was für mich mein beruflicher Erfolg ist, bin ich für sie. Ich bin ihr großes Lebenskunstwerk. Sonst gab es nicht viel für sie. Sie liebte ihre Arbeit nie, sie war immer nur Mittel zum Zweck. Sie hatte nie wieder einen neuen Partner, nachdem es mit meinem Vater nicht funktionierte.

Ich kann und will ihr das nicht verderben. Trotzdem geht das so nicht weiter.

»Mariella, raus«, befehle ich und sie verschwindet mit einem neugierigen Gesichtsausdruck. Mir egal, das geht sie nichts an.

»Mutsch«, sage ich und greife nach ihrer Hand. »Ich habe dich lieb. Deine Meinung ist mir wichtig. Sehr wichtig. Meine eigene Meinung ist aber in manchen Fällen alles, was für mich zählt. Das hier mit uns funktioniert nicht. Wir können nicht zusammenwohnen, auch wenn es nur vorübergehend ist. Ich mag nicht, wie du versuchst, alles um mich herum zu ändern. Sei es meine Essgewohnheiten, wie mein Haus aussieht oder wen ich an meiner Seite habe.« Sie sieht mich durchdringend an und ihre Lippen werden noch schmaler. »Das mit uns funktioniert nicht«, wiederhole ich. »Zieh aus. Ich besuche dich. Ich will dich weiterhin mögen und respektieren, aber ich befürchte, wenn das so weitergeht, kann ich das nicht mehr.«

»Du wirfst deine eigene Mutter raus?«

»Mir bleibt keine Wahl, wenn ich meine Mutter behalten will.«

»Wo soll ich denn hin? Du brauchst mich doch!«

»Nein. Tut mir leid. Ich brauche dich nicht. Und das ist gut so. Sonst hätte deine Erziehung versagt. Ist das nicht so? Wenn ein Mann in meinem Alter seine Mutter noch braucht, ist alles falsch gelaufen.«

Sie öffnet ein paarmal ihren Mund und schließt ihn wieder, bevor sie Worte findet. »Bedeutet das, dass du mich zurück in mein Haus lässt?« Eine Augenbraue von ihr wandert sehr weit nach oben. Das finde ich witzig, weil ich das auch so gerne mache, wenn ich skeptisch bin.

»Nein«, antworte ich. »Warte kurz, ich bin gleich zurück.«

Ich erhebe mich, gehe rüber ins Büro und lasse mich etwas erleichtert auf den Schreibtischstuhl fallen. Ich stecke den Laptop in die Station, damit der Bildschirm auf den zwei großen Monitoren dargestellt wird, und klicke auf den Browser.

Die Webadresse hatte ich bereits gespeichert und öffne die Webseite, die ich suche. Zielstrebig klicke ich direkt auf Kontakt, damit mir die Telefonnummer angezeigt wird. Zwar ist es schon später, aber die Erreichbarkeit ist mit 24 Stunden angegeben.

Während ich warte, dass jemand abnimmt, scrolle ich durch die Seite dieser Seniorenresidenz. Ich sah meine Mutter nie als Seniorin, obwohl sie schon länger nicht mehr arbeitet. In ihr eigenes Haus will ich sie nicht zurücklassen, die Adresse ist zu leicht rausfindbar. Auf keinen Fall lasse ich zu, dass ihr wieder etwas passiert.

Sie versorgte früher mich, und irgendwann sagte ich zu ihr, sie solle aufhören mit Arbeiten, da es ihr sowieso keinen Spaß macht. Nun versorge ich sie neben ihrem kleinen Rentenanspruch. Das ist nur gerecht.

Vielleicht hätte ich das sofort machen sollen. Ich entschied mich aber dafür, ihr eine Wohnung zu kaufen, eben weil es so merkwürdig ist, seine Mutter in einer Seniorenwohnanlage zu wissen.

Ich sehe die Bilder des alten umgebauten Schlosses durch. Es gibt Wohnungen direkt im ehemaligen Schloss, welche in passend zum Schloss errichteten Bauten und kleine Häuschen, die sich quer über das Grundstück verteilen. Darauf bin ich scharf für sie.

Sie bekommt ein eigenes Häuschen, und dann kann sie wählen, welche Dienstleistung sie in Anspruch nimmt. Von Putzen, über Einkaufsdienste und Essenslieferung ist alles möglich. Man kann sich sogar einen eigenen Angestellten mieten, der rund um die Uhr für einen da ist. Unterhaltungsprogramm gibt es massenweise sowie einen kostenlosen Shuttleservice in die nahe gelegene Stadt.

Es ist auch nicht weit weg, nur eine Stunde von hier. So kann ich sie leicht besuchen. Vielleicht findet sie dort Freunde und neue Hobbys, und es ist nicht mehr so dringend, sich in mein Leben einzumischen.

Nach einem ungefähr zwanzigminütigen Gespräch lege ich zufrieden das Smartphone zur Seite. Ausgezeichnet. Die Warteliste ist lang. Aber wie das Leben so spielt, rutscht man schnell nach vorn, wenn man genügend anbietet. Eins der Häuschen zu bekommen kostete dann noch einmal extra Motivationsgeld, da die wohl am gefragtesten sind.

Ich vermute, dass trotzdem immer ein, zwei davon frei sind, falls jemand wie ich kommt und ihnen einen *Bonus* verspricht. Geldgieriges Pack, überall. Aber in diesem Fall ist es von Vorteil für mich.

So teuer kann es werden, wenn man seine Mutter loswerden will oder behalten. Wie man es betrachten möchte.

Ich warte auf die Bestätigungs-E-Mail und überweise sofort alles. Anschließend drucke ich noch das Werbeprospekt, die Übersicht der Dienstleistungen sowie ein paar Fotos eines Beispielhäuschens aus, um damit nach unten zu gehen.

Dort finde ich Mutsch und Mariella auf der Couch, der Film immer noch pausiert, wie sie sich einträchtig unterhalten.

Ich räuspere mich und beide sehen mich an.

»Setz dich zu uns, Francis«, schlägt meine Mutter vor.

Mariella fragt: »Was gab es noch? Kann ich was tun?«

»Liebes Kind, natürlich nicht, du musst doch auch mal Feierabend haben«, antwortet Mutsch an meiner Stelle.

Mit einem unterdrückten genervten Stöhnen lasse ich mich auf der Couch nieder und eröffne meiner Mutter: »Du ziehst morgen aus. Ich habe dir ein Haus gemietet in einer Wohnanlage.« Ich vermeide sicherheitshalber das Wort Seniorenresidenz. Keine Ahnung, wie sie darauf reagiert. »Du bist dort völlig frei. Es gibt Dienstleistungen, die du buchen kannst, aber nicht musst. Schau, ob es dir dort gefällt. Falls du es nicht aushältst, wäre die Wohnung noch eine Option. Willst du in der Wohnanlage bleiben, vermiete ich sie.«

»Morgen?«, fragen die beiden mich gleichzeitig.

»Ja, morgen«, bestätige ich. »Du gehst jetzt packen. Morgen früh bringe ich dich hin, und Mariella sorgt dafür, dass deine gesamte persönliche Habe aus deinem Haus dorthin gebracht wird.« Ich sehe Mariella an. »Beauftrage einfach einen Umzugsservice. Sie sollen mit einem Schlüsseldienst rein, dann geht es schneller. Ich will das morgen erledigt wissen.«

»Francis, willst du mich so schnell loswerden? Was ist mit meinem Elternhaus?«

Meine Mutter und ich sehen uns an. Sie sieht ein bisschen verletzt aus. Trotzdem gibt es nur eine Antwort, die der Wahrheit entspricht: »Ja. Ich besuche dich, sobald ich zurück bin. Versprochen. Dein Elternhaus, was auch mein Elternhaus ist, behältst du natürlich. Ich werde es pflegen lassen. Aber vorerst lasse ich dich auf keinen Fall dorthin zurück.«

Ich muss ein wenig lächeln. Mir lag auf der Zunge, zu sagen, dass es zu ihrem oder unserem Besten sei. Das hat sie früher so oft zu mir gesagt.

Sie lächelt zurück. Immerhin etwas. Ich stehe auf, sie ebenfalls, und ich nehme sie in den Arm, statt irgendwelche Floskeln loszuwerden.

Anschließend haue ich ab. Ob sie sich den Film erst zu Ende ansehen oder packen, ist mir egal, Hauptsache, es ist erledigt.

Ich betrete mein Schlafzimmer und finde Lara lesend auf dem Bett. Leider noch nicht in ihrer scharfen Schlafkleidung, die einen fast um den Verstand bringt, statt müde werden zu lassen.

Sie hebt den Kopf und ich komme näher. Vor dem Bett bemerke ich, dass sie in meinem Buch liest. Wahrscheinlich will sie wissen, wie es weitergeht, nachdem sie gestern hören wollte, was bis dahin passiert ist, wo mein aktueller Lesestand ist.

Mit verschränkten Armen bleibe ich vor dem Bett stehen und sie legt den Kopf schräg. Beleidigt sieht sie nicht aus.

»Meine Mutter zieht morgen aus. Wenn ich zurück bin, ist sie weg.«

»Was?«, fragt sie ungläubig und legt das Buch sorgsam zur Seite, was mich leicht zum Lächeln bringt. Sie weiß, dass mir die Bücher wichtig sind. Egal, was sie rumwirft, sie geht niemals unachtsam mit meinen Büchern um.

»Ich habe ihr einen Platz in einer Seniorenresidenz besorgt. Dort wird sie morgen einziehen. Oh, und bitte nenne es nicht so. Nenn es einfach Wohnanlage, wenn du mit ihr sprechen solltest.«

»Wann?«

»Morgen.«

»Nein. Wann hast du das gemacht? Warum hast du mir das nicht gesagt?«

»Gerade eben. Sie packt heute Abend. Mariella kümmert sich um den Rest.«

Sie krabbelt über das Bett auf mich zu und richtet sich vor mir auf die Knie auf. Ich löse die Verschränkung meiner Arme, woraufhin sie mir die Hände auf die Schultern legt.

»Und wie geht es dir damit? Wie geht es ihr damit?«

»Was?« Mit so einer Frage hatte ich nicht gerechnet. Eher mit Begeisterungsstürmen.

»Ich hoffe, sie fühlt sich nicht abgeschoben«, fügt sie an.

»Ich glaube, sie hat eingesehen, dass es mit uns unter einem Dach nicht mehr funktioniert. Ich werde sie, sobald ich zurück bin, besuchen und sehen, wie es ihr dort geht. Du kommst mit.«

»Das war keine Frage, oder?«, will sie lächelnd wissen.

»Natürlich nicht«, erwidere ich und meine Mundwinkel bocken nach oben. Das ist wohl klar, dass sie mich in Zukunft immer dorthin begleiten muss.

»Mit dir gehe ich überallhin«, behauptet sie und schmiegt sich an mich.

»Ist alles gut bei uns?«, will ich wissen und sie nickt.

Damit bin ich zufrieden.

Mehr als zufrieden.

Du bist nicht die einzige Frau, die mich will.

Francis

Ich verlasse die Bühne und Mariella wartet schon mit einem Handtuch und einem Energydrink direkt dahinter auf mich.

Das war gut. Richtig gut gelaufen. Ich war fit, das Equipment machte keine Probleme, das Publikum war gut. Aber das ist immer gut. Manchmal stehe ich da oben und kann nicht fassen, dass all die Menschen meinetwegen hier sind und regelrecht ausrasten, wenn ich die Bühne betrete.

Ich ziehe die Collegejacke aus und gebe sie an Mariella weiter, während ich Richtung meiner Garderobe marschiere. Das doofe Ding gehörte zum Outfit, aber ist viel zu warm. Ich bin völlig verschwitzt.

Kurz nicke ich dem Typen vom Organisationsteam zu, der gleich die VIPs zu mir bringt, und zeige ihm mit den Fingern an, dass ich wie immer zehn Minuten brauche.

Das Outfit wechseln in das gleiche, nur unverschwitzt, kurz trinken, durchatmen und dann geht es weiter.

Meine Fingerspitzen kribbeln. Das Adrenalin. Jedes einzelne Mal, wenn ich warte, dass es losgeht, und genauso immer, wenn ich die Bühne verlasse, rauscht das wie Brausepulver durch meine Adern. Oben bin ich völlig gelassen, allenfalls geflasht vom Publikum und ihrer Begeisterung. Ich ziehe die Show durch und funktioniere wie ein Roboter. Danach fällt alles ab, und ich fühle mich, als wäre ich bekifft.

Mariella folgt mir in die Garderobe, und ich ziehe mich bis auf die Hose aus und mache mich kurz im Waschraum frisch.

Sie wartet davor und reicht mir das neue Shirt.

»Du riechst gut, Francis.«

»Danke«, knurre ich. Ich mag nicht reden, bis die VIPs

kommen. »Durst.«

»Klar.« Sie holt mir eine Wasserflasche, und ich stürze sie runter, damit sie sie mir gleich wieder leer abnimmt.

Sie bleibt vor mir stehen, und ich frage beherrscht, weil ich doch nur ein paar Sekunden meine Ruhe will, um runterzukommen: »Was?«

»Nichts Wichtiges. Du warst grandios.«

»Danke«, wiederhole ich. Das weiß ich, das muss sie mir nicht sagen.

Bevor ich reagieren kann, packt sie meine Haare, zieht meinen Kopf in ihre Richtung und küsst mich. Ihre Zunge berührt meine Lippen, und ich reiße den Kopf zurück, wodurch ihre Hände aus meinen Haaren rutschen.

»Ich gehe jetzt da raus und du solltest das lassen«, sage ich zu ihr und scanne ihr Gesicht ab, ob sie das kapiert. Keine Ahnung. Ich habe auch gerade keine Lust, mir darüber Gedanken zu machen.

Ich lasse sie stehen und werfe mir das Shirt und die Collegejacke über, bevor ich nach draußen verschwinde, um die VIPs in Empfang zu nehmen.

Wenigstens kann ich mir die nervige Maske sparen und dieses dämliche Faketattoo. Das ist so befreiend. So hatte das doch etwas Gutes, dass mein echter Name bekannt wurde. Interessanterweise hat sich in meinem Privatleben nicht viel verändert. Ich werde selten erkannt oder zumindest selten angesprochen. Was vielleicht auch daran liegt, dass ich nicht allzu oft sinnlos irgendwohin gehe. Meistens zu Terminen, Freunden oder in gute Restaurants, bei denen nicht viele Gäste Gangster-Rap hören oder es zumindest nicht zugeben. Wie das mit den After-Show-Partys wird, weiß ich noch nicht. Mal sehen.

Die VIPs werden gebracht und sagen wie gewöhnlich erst einmal nichts, außer schüchterne *Hallos*, weshalb ich sie begrüße und zur Garderobe vorausgehe. Eigentlich könnte ich sie mir wie ein König bringen lassen, aber das habe ich schon immer so gehalten.

Sie verteilen sich im Raum, und ich lasse Mariella sie erst einmal mit Getränken versorgen, während ich mich um

Entspannung bemüht zurücklehne und mir die zehn Leute anschaue.

Einer davon starrt mir in den Schritt, weshalb ich die Beine noch weiter ausbreite und den Kopf schräg lege. Was denkt er, dort zu finden? Wenn mein Schwanz so riesig wäre, dass man ihn in dieser weiten Hose sieht, müsste ich ein Monster sein. Oder denkt er, mich macht das hier geil?

»Alles klar?«, frage ich ihn. »Die Augen sind hier oben.«

»Sorry, Mann. Ich wollte wissen, ob du eine Knarre dabeihast.«

»Handfeuerwaffen sind auf meinen Konzerten verboten. Warum sollte ich dann eine dabeihaben? Hast du schon einmal geschossen?«

»Nein.«

»Probier es auf einem Schießstand aus. Macht Spaß.«

»Hast du schon einmal einen Menschen erschossen?«

Ich drehe meinen Kopf in Richtung des Fragestellers. »Nein. Natürlich nicht. Leben ist wertvoll. Denkst du, ich sollte entscheiden, wer es weggenommen bekommen soll?«

»Na ja, manche Menschen haben den Tod einfach verdient, oder findest du nicht?«

»Ja, es gibt widerliche Psychowichser, doch meiner Meinung nach ist der Tod nicht unbedingt die gerechteste Strafe. Haft ist kein Zuckerschlecken und kann eine schlimmere Bestrafung sein, als nicht mehr zu existieren. Aber da scheiden sich die Geister. Schreib eine Erörterung darüber, wenn dich das so brennend juckt.«

»Warst du in Haft?«

»Ja.«

»Oh.«

»Ja. Oh. Benehmt euch, dann passiert euch das nicht.«

Nun darf ich einer Geschichte lauschen von einem, der aufgrund Drogenbesitzes im Knast war. Supertoll. Normalerweise finde ich das ganz nett, nach dem Konzert mit ein paar Leuten zu plaudern. Je nachdem, wer es ist. Aber entweder ist das heute verdammt zäh oder ich bin zu genervt. Genervt von Mariellas Aktion eben.

Zum Glück geht auch das vorbei, und ich lasse mich von Mariella ins Hotel chauffieren, wobei ich Details für den Rest des Tages, was eine Party bedeutet, sowie morgen mit ihr durchspreche. Gott sei Dank benimmt sie sich normal, und ich unterlasse eine weitere Belehrung, da ihr das vermutlich peinlich genug ist.

Nach einem späten Essen und einer Dusche fühle ich mich wieder recht fit. In Shorts verlasse ich das Badezimmer, damit ich vor der Party noch Lara anrufen kann.

Abrupt halte ich inne und schließe kurz die Augen. Da sitzt eine Fata Morgana auf meinem Bett. In Gestalt von Mariella.

Ich schüttle den Kopf, das muss ich mir einbilden.

Nein. Sie ist immer noch da.

Mein Blick wandert an ihr entlang. Beginnend an dem sündigen Schuhwerk, über Strapse, befestigt an einem Strapsgürtel, passendem Höschen, darüber ein BH, der ihre Titten bis fast unters Kinn drückt, und zuletzt bleibe ich an ihren knallroten Lippen hängen. Die sie nun lasziv ableckt.

Heiß.

»Gut?«, fragt sie.

»Ich sagte, du sollst das nicht tun.«

»Du sagtest *solltest*. Ich verstand das als Einladung.«

»Aha«, erwidere ich wie ein Idiot.

Sie schlägt die Beine übereinander und beugt sich etwas nach vorn, was ihre Brüste noch mehr betont. Ihre Haut ist leicht dunkler als die der hellen Lara, und ich kann fast ihre Nippel sehen, so knapp ist der Stoff des BHs geschnitten.

»Kommst du her oder soll ich zu dir kommen? Du sagtest, ich gehöre dir. Ich hörte das, als du das zu deiner Mutter gesagt hast. Ein netter Gedanke.«

Also darauf, dass sie das so versteht, wäre ich nicht gekommen. Lustig, wie dieses Sender-Empfänger-Problem für Verwirrung sorgen kann. Für so viel Verwirrung, dass sich eine Frau deshalb fast nackt auf meinem Bett rekelt.

Langsam antworte ich: »Ich bin in einer Beziehung, wie du sicher ganz am Rande irgendwie mitbekommen haben solltest.«

»Ich weiß.«

»Das stört dich nicht?«

»Nein. Probier mich aus, und vielleicht erkennst du, was deine Mutter schon erkannt hat.«

Bei *Probier mich aus* zuckt es doch tatsächlich in meinen Shorts. Das ist so übel ordinär. Genau mein Stil.

»Was hat meine Mutter erkannt?«

»Dass wir besser zusammenpassen. Wir arbeiten gut zusammen. Wir verstehen uns. Deine Mutter mag mich.«

»Fuck, Mariella. Hast du tatsächlich mit meiner Mutter darüber gesprochen?«

»Ja. Nein. Nicht direkt. Aber allzu begeistert ist sie von Lara nicht. Von mir schon. Wenn dir das zu viel auf einmal ist, können wir das auch heimlich machen.«

Ich trete einen Schritt näher und sie erhebt sich vom Bett.

Wir sehen uns an und ihre Brust hebt und senkt sich deutlich. Sie leckt sich erneut über die Lippen, aber nicht lasziv, eher nervös.

Das könnte daran liegen, wie ich sie ansehe. Ob sie so etwas schon öfter gemacht hat? Unzweifelhaft ist sie eine Versuchung mit ihrer Figur, dem hübschen Gesicht und in dieser Wäsche.

Jeder Mann sollte sich glücklich schätzen, wenn so eine heiße Frau auf ihn wartet.

Ich betrachte sie von oben nach unten und zurück, bis ich an ihren Augen hängen bleibe, die mich leicht erwartungsvoll anfunkeln.

»Du würdest das für dich behalten?«

»Falls du das möchtest.«

»Es würde dich auch nicht stören, wenn ich weiter mit Lara zusammenbleibe?«

Sie zögert kurz mit der Antwort. »Nein. Ich bin mir sicher, dass du mit der Zeit erkennen wirst, dass ich das passendere Gegenstück für dich bin. Und bis dahin …«

Der Rest des Satzes bleibt unausgesprochen. Sehr geschickt von ihr. Ich kann alles reininterpretieren.

… ficken wir wie die Tiere.

… mach mit mir, was du willst.

… stehe ich dir ununterbrochen zur Verfügung.

… besorg ich es dir auf jeder Geschäftsreise wie eine Profihure, wenn deine Freundin sowieso nicht dabei ist.

Ich nicke. Eine Person, die weiß, was sie will. Wie ich. Vermutlich wird sie nicht lockerlassen. Diese Art von Verbissenheit ist mir vertraut. So konnte ich viele Deals für mich entscheiden.

Vielleicht ist das sogar die Grundlage meines Erfolgs. Nicht unbedingt als Bull, da habe ich einen großen Teil Tom zu verdanken. Er schreibt die Songs, er hat den richtigen Riecher für Trends und die Zielgruppe. Aber bei Immobilien, da macht mir so schnell keiner was vor.

Möglicherweise sind Mariella und ich wie Hunde, die sich gerne an dem Knochen verbeißen, den wir wollen. Amüsant, dass ich hier der Knochen bin. Wahrscheinlich ist sie deshalb so gut in ihrem Beruf.

Als echter Mann gibt es nur eine Reaktion darauf. Eine, die vermutlich jedes meiner Bedürfnisse nach Lust und Liebe abdecken wird, das ich habe.

Ich gehe auf sie zu und packe sie am Nacken, woraufhin sie mir ins Gesicht sieht, ihre Lippen befeuchtet, als hätte sie sie nicht bereits mehrmals abgeleckt.

Nach einem tiefen Atemzug beuge ich etwas meinen Kopf, sehe ihr eindringlich in die Augen, damit sie das auf jeden Fall kapiert, und sage: »Du bist hiermit gekündigt, Mariella.«

»Nein, brauchst du nicht. Ich kann trotzdem für dich arbeiten. Als perfektes Team«, erwidert sie in einem sanften, verständnisvollen Tonfall.

»Nein. Das hast du falsch interpretiert. Schaff sofort deinen Arsch aus meinem Zimmer und aus meinem Leben«, kläre ich sie auf, lasse sie los und trete zurück.

Ja, das fühlt sich richtig an. Schwanz, Verstand und Herz im Einklang, ein harmonisches Dreieck, in dessen Mittelpunkt nur eine Frau steht.

Sie sieht mich fassungslos an. »Ist das dein Ernst?«

Ich fühle noch einmal in mich und merke, wie egal sie mir ist trotz ihrer unleugbaren Intelligenz und ihres guten Aussehens.

Da ist überhaupt gar nichts von dem, was ich bei Lara empfand, keinerlei Bedürfnis, sie kennenzulernen oder mich mehr mit ihr zu befassen. Alles, was da ist, ist die Sehnsucht, dass Lara hier bei mir wäre, jetzt, in diesem Augenblick. Deshalb ist die knappe Antwort: »Ja.«

»Du willst mich nicht?«, fragt sie und macht einen Schritt auf mich zu.

Ich hebe langsam einen Arm und deute auf die Tür. »Raus. Sofort.«

Nun sammeln sich Tränen in ihren Augenwinkeln, aber das ist mir total egal. Wer etwas riskiert, muss mit Scheitern rechnen.

Mag sein, dass sie bei anderen Männern damit Erfolg hat. Doch sieht sie nicht, dass, wenn ich zugestimmt hätte, die Wahrscheinlichkeit groß wäre, dass ich, falls ich Lara gegen sie tausche, die Nächste auch bespringe? Was hätte sie dann gewonnen? Oder ist sie so von sich selbst überzeugt, dass sie diese Möglichkeit noch nicht einmal in Betracht zieht?

Mariella kann so scharf sein, wie sie will, gegen meine Porno-Prinzessin kommt keine an. Nicht nur sexuell. Es ist das gesamte Paket, das sie so unschlagbar für mich macht. Vielleicht mag Mariella ein Hauptgewinn sein, klug und schön, und sicher gibt es noch mehr an ihr zu entdecken, aber sie reizt mich nicht. Nicht, wenn ich meinen Menschen schon gefunden habe.

»Aber, Francis …«

»Kein Aber. Meine Anweisung war unmissverständlich. Ich will dich nicht. Weder privat noch beruflich.«

Endlich, endlich macht sie einen Schritt weg von mir. Ein kurzes Zögern und dann schnappt sie sich ihren Morgenmantel und geht Richtung Ausgang des Zimmers. Dort dreht sie sich noch einmal um und ich hebe eine Augenbraue. Daraufhin verschwindet sie.

Ich lasse mich auf den Rand des Bettes sinken und lege mein Gesicht in die Hände. So eine Scheiße. Kotzt mich das an.

Mit einer Hand angle ich nach dem Smartphone, das auf dem Nachttisch liegt, und rufe David an. Keine Ahnung, ob er schon im Bett ist oder nicht.

»Hunt?«, fragt er und klingt ein klein wenig genervt. Gut. Dann sind wir in der gleichen Stimmung.

»Ich nehme an, ich störe gerade?«

»Ein wenig. Ist was passiert?«

»Ja, verdammt. Gib mir Hanna.«

»Warum?«

»Gib mir sofort Hanna!«

»So nicht, mein Freund!«, schießt er zurück. »Sag mir, was du in deiner abgefuckten Stimmung von Honey willst. Dann überlege ich mir das.«

»Gib sie mir oder ich komme vorbei und erwürge sie.«

»Hunt! Sag mir, was los ist.«

Ich atme durch. »Sorry, David. Ich habe ein Problem mit der PA, die sie mir vermittelt hat. Kann ich bitte kurz mit ihr sprechen?«

Er atmet ebenfalls durch. »In Ordnung. Pisst du sie an, pisst du auch mich an. Zu mir darfst du sagen, was du willst. Aber meine Frau wirst du nicht angehen.«

»Angst, dass ich sie fertigmache? Bitte! Niemand macht deine Hanna fertig. Die hat mehr Eier in der Hose als du, Bruder.«

Er lacht leise. »In Ordnung. Ich gebe sie dir. Warte.«

Ich höre ihn im Hintergrund: »Honey? Hunt will dich sprechen. Deine vermittelte PA hat was angestellt.«

Sie lacht und dann vernehme ich ihre Stimme: »Hallo, Francis. Was hast du gemacht?«

»Was ich gemacht habe?«

»Wenn es ein Problem gibt, liegt es sicher an dir. Sie ist perfekt.« Ich höre das Augenzwinkern, das den Satz begleitet.

»Gut. Dann bin ich schuld. Ich brauche jemand Neues. Hast du einen Kerl für mich?«

»Was ist denn passiert?«

»Vorab: Ihre Arbeit war einwandfrei. Sich mit meiner Mutter gegen meine Freundin zu verbünden und mir dann in Dessous aufzulauern, das geht aber gar nicht.«

»Hat sie? Ach du Scheiße. Sie hat sich echt an dich

rangemacht?«

Ich höre David im Hintergrund laut lachen und dann seine Stimme: »Honey, sag bloß, du unterrichtest doch Chef-Verführungstechniken.« Er scheint sich gar nicht mehr einzukriegen. Gut, bei der Vorgeschichte ...

»Ignoriere ihn einfach, Francis. Ich bin zwar nicht schuld, denn das vermitteln wir ganz sicher nicht während der Ausbildung, aber es tut mir trotzdem leid. Hast du ihr gekündigt?«

»Ja.«

»Und du willst Ersatz?«

»Ja. Ich habe mich daran gewöhnt. War eine gute Idee von David. Außerdem habe ich meinem vorherigen Assistenten, der aus der Ferne arbeitete, eine Stelle bei meiner Immobilienverwaltung gegeben. Aber ich will wirklich einen Kerl, bitte. Hast du jemanden für mich?«

»Wir erweitern die Schule gerade um eine Vermittlungsagentur, da so viele bei uns anfragen. Ich setze gleich morgen jemanden darauf an, einen idealen Kandidaten für dich zu finden.«

»Es darf gerne jemand sein, der wieder etwas aus der Ferne arbeitet. Ich kann Aufträge auch telefonisch und per E-Mail durchgeben. Derjenige muss bloß reisebereit sein und mitkommen zu meinen ganzen Terminen außerhalb. Darauf will ich nicht mehr verzichten, das ist praktisch. Du weißt schon: Konzerte, Immobilienzeug und das alles. Zu Hause will ich niemanden mehr haben.«

»In Ordnung. Ich nehme das persönlich in die Hand und melde mich bei dir.«

»Weniger habe ich auch nicht erwartet«, erwidere ich schmunzelnd. Die Frau nimmt doch immer alles selbst in die Hand.

»Honey, mach Schluss jetzt!«, vernehme ich erneut David im Hintergrund. »Du sollst etwas anderes in die Hand nehmen.«

»Weiß er, dass ich ihn höre?«

»Ich denke schon. Vermutlich setzt er darauf, dass du angeekelt auflegst. Ja, ziemlich sicher sogar. Er zieht sich gerade aus. Uh, sehr sexy.«

»Und das zieht, damit du schneller auflegst?«

»Hm. Ja, doch. Soll ich dir beschreiben, was ich sehe?«

»Honey! Kein Dirty Talk mit meinem Freund!«

Ich lache und fühle mich kein Stück gereizt mehr. Ich sollte mir von so etwas nicht den Tag versauen lassen. Das wird jetzt alles erst einmal völlig chaotisch, wenn Mariella sofort weg ist, aber das ist schnell vorüber.

»Danke, Hanna.«

»Wofür? Dass ich dir anbiete, zu beschreiben, was ich vor mir habe?«, erwidert sie und lacht zurück. »Passt schon, Francis. Du gehörst doch zur Familie. Warum hast du eigentlich nicht mich direkt angerufen?«

»Ich nehme an, um diese Uhrzeit gehen bei dir nicht mehr alle Anrufe durch, oder? Bei David weiß ich, dass er mich so in seinem Smartphone gespeichert hat, dass ich immer durchkomme.«

»Du bist also gut aussehend und clever. Gute Kombi.«

»Du hältst gerade David hin, oder?«

»Jepp.«

»Ich kann unmöglich meinen Freund hängen oder stehen lassen. Ich lege auf, wir hören uns. Sag ihm an einer unpassenden Stelle einen Gruß.«

»Mach ich. Tschüss, Francis.«

*****

Francis

Normalerweise fliege ich zwischen zwei Auftritten nicht nach Hause, sondern nehme dort alle möglichen Termine wahr. Das ist praktisch. Ein Konzert, passende Termine, noch ein Konzert. Ab nach Hause bis zum nächsten Block.

Aber dieses Mal muss ich. Ich habe nur acht Stunden von Ankunft Flieger bis ich wieder in dem sitzen muss, der mich zurückbringt, doch das sollte reichen. Das brennt in mir und ich will das geklärt wissen.

Am Flughafen nehme ich mir einen Leihwagen und fahre direkt zu Lara ins Büro. Auf den Fahrstuhl warte ich nicht, sondern nehme die Treppe und gehe ohne Ankündigung an diesem Pascal vorbei, der wieder mal aufspringt und mir hinterhereilt.

»Sie können nicht einfach jedes Mal …«

»Kann ich«, unterbreche ich ihn. »Ich will zu meiner Frau. Willst du mich etwa aufhalten?«

Ich mustere ihn von oben nach unten mit einem abschätzigen Blick. Kein unattraktiver Kerl, wie ich schon feststellen konnte. Ich finde es immer noch witzig, dass Lara ihn nach Kompetenz und Aussehen eingestellt hat, damit sie ihn vögeln kann. Eifersüchtig bin ich nicht. Es ist mir egal. Gegen mich ist er eine Wurst.

»Nein. Aber ich könnte Sie wenigstens ankündigen.«

»Danke. Aber nein, danke.« Damit lasse ich ihn stehen und marschiere in ihr Büro. Sie blickt von ihrem Schreibtisch auf, auf dem sie Pläne ausgebreitet hat, und reißt die Augen auf.

»Francis! Ist was passiert? Warum bist du hier?«

»Um dich abzuholen.«

»Wofür?«

»Du musst eine Entscheidung treffen.«

Sie runzelt die Stirn. »Welche Entscheidung meinst du?«

»Dich ganz auf mich einzulassen. Das Komplettpaket.«

»Das Komplettpaket? Francis, sprich nicht in Rätseln.«

Ich lehne mich mit der Hüfte gegen das Sideboard neben der Tür und verschränke die Arme. »Ich bin Bull. Ich bin Hunt. Das alles ist Francis Hunter.«

Lächelnd sieht sie mich an und streicht eine ihrer blonden Locken zurück. Ich mag, wenn sie ihr Haar offen trägt.

»Das weiß ich schon längst.«

Sie kommt um den Tisch herum auf mich zu, und ich breite meine Arme ein Stück aus, damit ich sie umfassen kann. Sie lehnt sich an mich und sieht zu mir hoch.

»Ich will doch ganz an deinem Leben teilhaben. Egal ob deine Mutter da ist oder du dämlichen Scheiß rappst.«

»Dann kommst du mit?«

»Wohin?«
»Zurück zu meinen Terminen und auf das nächste Konzert.«
»Das wollte ich bereits. Du wolltest es nicht. Warum jetzt auf einmal?«
»Mariella bot mir an, entweder dich zu verlassen und mit ihr zusammen zu sein oder eine Affäre mit ihr zu haben. In Unterwäsche auf meinem Bett.«
»Was?« Sie tritt einen Schritt zurück. »WAS?«, wiederholt sie und ihr Blick wird giftig. Man kann zusehen, wie sie hochfährt. Ich hoffe, das ist nicht gegen mich gerichtet. War schließlich nicht meine Schuld.
Sie packt eine Vase vom Sideboard neben mir und schmettert sie mit Schwung gegen die gegenüberliegende Wand.
»So eine Schlampe! Ich wusste es! Dämliches Miststück! Mein Kerl! Ich bringe sie um!« Ihr Kopf ruckt in meine Richtung und sie fragt bissig: »Was hast du dann gemacht?«
»Sie rausgeworfen und gekündigt.«
»Gut so.« Ihr giftiger Blick wird weich, Wutanfall vorbei. Sie sieht mich mit ihren faszinierend blauen Augen an und sagt: »Und dann bist du ins nächste Flugzeug zu mir gesprungen?«
Ich muss kurz Worte sammeln, da mich das anmacht, wie sie hochfährt, schimpft, das an der Vase auslässt und sich daraufhin sofort wieder abregt.
»Ja, bin ich. Hör zu, Lara. Du bist in meinem Leben. Du bist mein Leben. Ich will auch deins sein. Alles. Vielleicht magst du manche Dinge an mir nicht, doch ich hoffe, es ist noch genügend anderes da, um das auszugleichen. Für mich bist du das perfekte Paket. Möglicherweise bin ich das nicht für dich, aber ich will dein Paket sein.«
Sie macht wieder einen Schritt auf mich zu, legt ihre Hände an meine Wangen, schiebt sie von dort aus in die Haare und streichelt mit den Daumen sanft die Schläfen, was mich kurz die Augen schließen lässt.
»Du Dummkopf«, flüstert sie. »Ich liebe alles an dir. Du bist das perfekte Paket für mich. Auch deine verrückte Seite. Möglicherweise mag ich die Texte nicht. Aber trotzdem ist das

mein Mann auf der Bühne, der diese Show abliefert und dafür von seinen Fans geliebt wird. Ich bin schon lange darüber hinweg, dass es sich fremd anfühlt, wenn du in diese Rolle schlüpfst. Ich erkenne dich dabei wieder. Du bist ein arroganter Hurensohn, egal ob als Hunt, Francis oder Bull, genau wie ein unglaublicher Unternehmer. Alles ist da. Es tut mir leid, wenn ich dich habe etwas anderes fühlen lassen.«

»Hey, hast du gerade meine Mutter beleidigt?«, frage ich lachend, weil ich ein wenig ergriffen bin. Damit hatte ich nicht gerechnet.

»Wegen Hurensohn? Bitte. Hat das Wort überhaupt noch eine Bedeutung für dich, so oft, wie du es schon in den Mund genommen hast? Aber von mir aus geht auch Bastard. Du darfst dir großzügig was aussuchen.«

»Okay, Lara«, sage ich wieder ernst. »Also bist du meine Bitch? Die von Francis und auch die von Bull?«

»Das wäre kein Titel, den ich mir auf die Visitenkarte schreiben würde, aber ja, ich bin deine Bitch. Bastard Bulls Bitch. Mega Alliteration.«

Ich muss schmunzeln und küsse ihre Fingerknöchel. »Ausgezeichnet. Los, wir gehen, du musst packen.«

Du bist ehrlich.

Lara

Ich sehe Francis zu, wie er mein Büro verlässt, und wundere mich, dass er keinen Anzug anhat. Hat er die nicht immer an? Vor allem, wenn er unterwegs ist? Er trägt zwar ein Hemd, aber dazu Jeans und Sneakers. Falls mich nicht alles täuscht, sieht das nach einem Teil eines Bull-Outfits aus.

Das war keine Lüge, dass ich ihn wiedererkenne, wenn er auf der Bühne steht. Der Kerl auf der Bühne ist eine ausgeflippte Variante von Francis. Der Anzugträger die emotionslose.

Seine Kleidungswahl wirkt, als hätte er tatsächlich Hunt und Bull kombiniert. Als wäre die Grenze zwischen den beiden geschmolzen und nun ist er Francis.

Sind das merkwürdige Gedanken? Ist ihm das bewusst? Ist er deshalb hier, da ihm klar wurde, dass das mit uns auf Dauer nicht funktionieren kann, wenn er versucht, ein Teil seines Lebens vor mir zu verstecken? Will er das nicht mehr verstecken?

Falls er denkt, erst jetzt hätten sich Bull und Hunt zusammengefügt, liegt er falsch. Oder zumindest bei mir. Bei mir war er doch er. Nur vor anderen hat er noch diese undurchschaubare Miene aufgesetzt, und erst als seine Mutter und die PA bei ihm einzogen, zu Hause wieder Anzug getragen. Ist das nun vorbei?

Kopfschüttelnd packe ich meinen Laptop ein und folge ihm. Es passt dazu, dass er mich mal Liebes, mal seine Bitch nennt. Obwohl das ein Wort ist, das wohl die wenigsten für ihren Partner nutzen würden, denke ich, zu wissen, wie er es meint.

Kaum auf dem Flur höre ich Pascal: »Sie können doch nicht über ihre Termine bestimmen!«

»Sagt wer?«, antwortet Francis und hört sich köstlich amüsiert an. Armer Pascal. Muss bereits mich ertragen und nun noch Francis.

»Was ist hier los?«, frage ich.

»Lara! Er will, dass ich alle Termine verschiebe.«

»Wo ist das Problem? Ich hatte doch sowieso schon alle verlegt. Ich bin weg. Leite Wichtiges an mich weiter, wie immer, wenn ich unterwegs bin.«

»Ja, das stimmt. Aber …«

»Reg dich ab. Ohne dich läuft hier gar nichts und ich bin hilflos wie ein Baby. Das weißt du doch.«

»Aber …«

»Ich weiß «, unterbreche ich ihn und wende mich Francis zu: »Hör gefälligst auf, meinen Angestellten rumzuscheuchen. Der gehört mir und macht nur, was ICH sage. Benimm dich.«

»Benehmen?«, fragt er und schmunzelt. Völlig selbstgefällig steht er da, mit einer Hand in der Hosentasche und diesem leicht überheblichen Grinsen im Gesicht.

»Ja. Ein Fremdwort für dich, ich weiß. Wenn du mir Pascal vergraulst, werde ich pleitegehen. Ich brauche ihn. Sei respektvoll, der ist nicht so einfach zu ersetzen und hat jeden Respekt für seine Arbeit verdient.«

Pascal sieht zufrieden aus, Francis immer noch amüsiert. Ich glaube, er hat äußerst gute Laune. Ist das wegen unseres Gesprächs? Weil das geklärt ist?

Dann sind wir in der gleichen Stimmung. Die PA ist Geschichte, und ich liebe, dass er direkt nach ihrer Aktion zu mir kam, sie kündigte und ich endlich sein Komplettpaket bekomme.

Nun. Ich bin gespannt, wie das wird.

Vor der Tür legt er mit einem zufriedenen Grinsen den Arm um mich und ich frage ihn: »Wie wird das ablaufen?«

»Wir springen in den Leihwagen, holen deinen Plunder ab und dann ab zum Flughafen. Wir haben nicht viel Zeit.«

»Ja und dort?«

»Beim Konzert meinst du?«

»Beispielsweise.«

»Begleite mich einfach. Vielleicht kannst du mir ein bisschen zur Hand gehen. Nachdem ich nun keine PA mehr habe und ich niemand Festen vom Organisationsteam für mich forderte, kannst du die Leute für mich rumscheuchen, wenn ich was brauche oder sie von mir.«

»Und vor dem Konzert? Das nächste ist ja nur der Abschluss, oder?«

»Ja. Als Nächstes steht ein Fotoshooting für das geplante Album auf dem Programm. Bei einem meiner Freunde. Er ist einer der besten Fotografen und ich lasse mich nur von ihm fotografieren. Er ist bekannt dafür, alles etwas außergewöhnlicher zu machen. Nach dem Konzert ist auch Party bei ihm, wenn es schon bei ihm in der Stadt ist. Dann kannst du gleich zwei weitere meiner Freunde besser kennenlernen. Ihn und seinen Bruder. Cole und Luke Archer.«

»Schön«, sage ich etwas zweifelnd. Seitdem diese Männer bei ihm im Haus waren und mich nach seiner Verdächtigung rausschmissen, habe ich kein so gutes Gefühl ihnen gegenüber.

»Keine Sorge. Sie wissen, dass ich der Depp war und nicht du. Sie werden bemüht freundlich sein.«

»Bemüht freundlich?«, hake ich nach.

»Sie geben sich Mühe, aber erwarte nicht zu viel. Sie sind etwas speziell.«

»Okay«, erwidere ich lachend. »Und was steht sonst noch auf dem Programm?«

»Bisschen Organisatorisches, wie ein Treffen mit meinem Manager. Ich glaube, ein Interview war auch noch. Es ist gerade etwas kompliziert, da ich alles Mariella machen ließ und die Übersicht nicht ganz zurückhabe.«

»Obwohl ich froh bin, die los zu sein, tut es mir leid, dass du deshalb Stress hast.«

Er zuckt mit den Schultern. »Völlig egal.«

Ich sehe zu ihm hoch, er erwidert den Blick, und ich meine, einwandfrei darin zu erkennen: *Völlig egal. Alles egal. Nur du nicht.*

*****

Lara

Das Fotostudio, in dem das Shooting für Francis' neues Album stattfindet, ist riesig. Francis ist in der Maske und wird von einer Visagistin vorbereitet.

Ich stehe etwas abseits, nippe an einem Wasser und komme mir überflüssig vor. Alle schwänzeln um Francis und diesen Fotografen Cole herum.

Endlich fertig geschminkt kommt Francis zu mir rübergeschlendert, während nun die zwei weiblichen Models bearbeitet werden, die seine *Deko* sein sollen.

Er sieht mal wieder unglaublich aus. Zu dem, dass er sich nicht mehr hinter Maske und Faketattoo versteckt, hat er nun auch leicht den Kleidungsstil dieser Bull-Figur geändert. Das passt zu meinen Gedanken, nachdem er so mein Büro stürmte.

Eine Jeans sitzt tief auf seiner Hüfte, bei dem Hemd sind die oberen Knöpfe geöffnet, sodass man einen Teil der Tattoos wie auch die hervorblitzenden Goldketten erkennen kann, darüber ein Sakko. Dazu weiße Sneakers und außerdem ist ein Bandana um seine wild gestylten Haare geschlungen. Er sieht aus wie eine Mischung aus Mafiosi und Gangsterrapper. Die blauen Kontaktlinsen hat er der Figur gelassen und seine Augen sind von der Visagistin dunkel betont. Man erkennt das kaum, doch er wirkt dadurch noch düsterer.

Er beugt sich mir entgegen und küsst mich kurz, bevor er einen Arm um meine Schulter legt. Seine Finger streicheln dabei die Kuhle am Halsansatz und sofort kribbelt alles ein wenig an mir. Dieser Mann hat es echt drauf, mich mit den kleinsten Berührungen zum Schmelzen zu bringen und ein Wohlgefühl bis in mein Innerstes damit auszulösen.

Er folgt meinem Blick, wie ich seinem Fotografenfreund dabei zusehe, was er tut. Im Moment steht er vor der an der Decke befestigten Plane, die weit in den Raum hineinragt und wohl der Hintergrund sein wird. Ziemlich herrisch weist er einen jungen Kerl an, wie er sich hinstellen soll, und kommandiert andere herum, wie sie das Licht positionieren müssen.

»Was macht er da?«, frage ich.

Ich war noch nie bei einem Fotoshooting mit Menschen. Eher für Wohnungen und Häuser, und ein-, zweimal wurde ich fotografiert, doch das war eher so: Licht hinstellen, kurz abpudern, setzen, lächeln, fertig. Aber das war auch nur für Zeitschriften, nicht für ein Albumcover.

»Er stellt das Licht ein, dieser Praktikant steht dort, wo ich später stehen werde. Cole ist ein Perfektionist.«

»Aber dieser Kerl ist viel kleiner als du.«

»Hm, ja. Cole weiß schon, was er tut.«

»Ich wollte ihn nicht anzweifeln.«

»Hatte ich auch so nicht herausgehört. Du denkst mit«, erwidert er und drückt mir einen Kuss auf den Kopf.

»Sind die verkackten Models bald fertig?«, ruft Cole laut durch den Raum und die Visagistin zählt: »10 – 9 – 8 – 7«, und lässt dabei noch einmal einen großen Pinsel über die Gesichter gleiten, »6 – 5 – 4 – 3 – 2 – 1 – FERTIG!«

»Herkommen!«, befiehlt Cole dann. »*Francis* auch.«

Ich muss ein wenig schmunzeln. Francis erzählte, dass Tom all seinen Freunden berichtet hat, dass er sich von mir Francis nennen lässt, und nun machen sie sich darüber lustig, indem sie das ganz bewusst betonen. Verrückte Bande.

Ich will mich unter seinem Arm wegducken, damit er zu ihm hingehen kann, aber er zieht mich einfach mit sich, und dann stehen wir vor einem großen Whiteboard, auf dem mit kleinen Magneten Skizzen befestigt sind.

Die Models stellen sich neben uns und sie sehen echt scharf aus. Knallenge schwarze Lederhosen mit schwindelerregend hohen Heels, obenrum jeweils nur einen goldenen BH, eine die Haare wild aufgebauscht, die andere seidig glatt. Beide mit sündig roten Lippen und verruchten Smokey Eyes.

»So«, erklärt Cole. »Wir fotografieren vor dem aufgebauten neutralen Hintergrund. Per Photoshop füge ich die Hintergrundszene ein. Damit ihr euch das vorstellen könnt: Es wird wirken, als würdet ihr an einer Kante eines Hochhausdachs stehen. Perspektive, als wäre das Bild aus einem Hubschrauber aufgenommen. Hunt, Bull, *Francis*, egal, steht breitbeinig da, ein Model auf einer Schulter, Hand auf ihrem Oberschenkel, die andere schmiegt sich an ihn ran und schmachtet ein bisschen. Dann verschiedene Posen. Schaut sie euch an, geht gleich los.«

Alle drei nicken und ich sehe mir die Skizzen der Posen an. Eine Hand der Frauen mal in seinem Hemd, mal an seinem Kinn, mal in den Haaren. Boah, gefällt mir gar nicht, dass die meinen Kerl anfassen.

Francis nimmt, nachdem er sich die Bilder angesehen hat, den Arm von meiner Schulter, fährt mit einem Finger meine Kieferlinien entlang und schiebt dann mein Kinn etwas nach oben für einen Kuss.

»Bis später«, raunt er mir zu. »Nicht weggehen, ja? Auch falls es Stunden dauert, wenn Cole nicht zufrieden ist.«

»Nein, ich bleibe. Ich muss ja mein Revier abstecken«, lasse ich ihn augenzwinkernd wissen und werfe einen Blick auf die Models.

»Hm, verstehe«, sagt er mit einem überheblichen Grinsen, bevor er auf die beiden zugeht, ihnen seine Arme um die Schultern legt und sie zu dem grauen Hintergrund führt. Das macht der doch mit Absicht, der Schweinehund!

Ich suche mir einen Platz, an dem ich wenig störe und viel sehe, recht nahe an der Hintergrundplane, aber hinter dem Licht. Dort stehe ich mit verschränkten Armen und beobachte das.

Cole positioniert zuerst Francis, wo er ihn haben will, zeigt ihm genau, wie er sich hinstellen soll, und dann steigt das Model mithilfe der Leiter und zweier Assistenten auf Francis.

Sie schiebt ihr Bein über Francis' Schulter und der stöhnt auf und schimpft: »Du sollst mir mit deiner Pussy nicht das Ohr abreißen.«

Ich balle die Fäuste in meinen verschränkten Armen, ja, die soll mal bloß ihre Muschi weg von dem Gesicht meines Freundes lassen.

Sie greift, um das Gleichgewicht zu halten, in seine Haare und ich drücke meine Fingernägel in die Handballen. Boah, fremde Frauenhände in seinen Haaren gefallen mir nicht.

Genervt stöhnend kommt die Visagistin mit einem Hocker

angelaufen und richtet das Tuch, das die Olle bei ihrer Attacke verschob, und zupft seine Haare zurecht.

Die zweite platziert eine Hand auf seine Brust, schmachtet zu ihm hoch und er legt seinen Arm um sie. Das wird ja immer schlimmer hier!

Cole verschwindet hinter seiner Kamera, vermutlich um letzte Einstellungen vorzunehmen, denn er gibt vorerst keine weiteren Anweisungen.

Francis schaut links und rechts zu den Frauen und runzelt die Stirn. Er sieht mich an und dann überzieht ein dreckiges Grinsen sein Gesicht. Meine Augenbrauen wandern automatisch nach oben, und ich frage mich, was er da wohl ausbrütet.

»Cole«, ruft er bestimmend. »Ich habe eine Idee.«

Diesen höre ich murmeln, während er ein Tablet in die Hand nimmt: »Deine Ideen interessieren hier keinen, einfach brav stillhalten.« Lauter fährt er dann fort: »Später, *Francis*, erst die Fotos.«

»Nein«, erwidert Francis, schiebt die eine von sich weg und klopft der anderen auf den Oberschenkel, um zu fordern: »Runter mit dir.«

»Die bleibt genau da sitzen.«

»Ich bezahle dich, also hörst du mir gefälligst zu, Cole«, lässt Francis ihn wissen und winkt den Assistenten, damit sie dem Model runterhelfen.

Danach rollt er mit den Schultern und geht zu dem mürrisch dreinblickenden Cole, redet leise auf ihn ein, zeigt auf mich. Die Miene von Cole verdüstert sich und er schüttelt heftig den Kopf.

Francis sieht zu mir rüber, winkt mich zu sich her und schiebt mich dann Cole entgegen. »Sie spielt das Model. Nur sie.«

»Was?«, frage ich und fahre herum. »Nein, sicher nicht. Ich bin kein Model.«

»Seh ich auch so«, sagt Cole schadenfroh zu Francis.

»Sie wird das schon hinbekommen. Außerdem sagst du immer, dass du nur Männer fotografierst und Frauen, wenn überhaupt, schmückendes Beiwerk sind, wie ein Auto.«

»Mein Plan war mit zwei Frauen.«

»Ich will Lara.«

»Nein.«

Die beiden starren sich abschätzend an, wie zwei Kampfhunde, die nicht wissen, ob sie sich friedlich am Hintern schnüffeln sollen oder an die Kehle gehen.

»Ich bezahle, ich bestimme«, legt Francis fest.

»Ich bin dein Fotograf. Jedes Bild, das ich von dir mache, egal wofür, erfüllte mehr als gut seinen Zweck. Ich weiß, was ich tue.«

»Und davon abgesehen will ich nicht, dass ich auf einem Albumcover bin. Was sagen denn da meine Kunden«, mische ich mich ein.

Francis mustert mich und nickt langsam. »Ja, das ergibt Sinn. Schade, die Idee hat mir gut gefallen.«

Cole reibt sich übers Kinn, sieht mich an und fragt dann eher sich: »Du willst also nicht erkannt werden? Hm.«

Nachdenklich starrt er ein paar Sekunden ins Leere, schnippt anschließend mit den Fingern und ruft durchdringend: »Holt mir Bulls Masken von den alten Shootings aus dem Requisitenraum. Schrank 3, Fach 4 oder 5. Los, los.«

Keine Minute später drückt ihm jemand eine Plastikbox in die Hand.

»Wir nehmen sie«, bestimmt Cole, als wäre das von Anfang an seine Idee gewesen. Er wühlt durch die Masken in der Box und erklärt: »Sie bekommt eine der alten Masken von Bull. Ihre Haare werden gelockt und ins Gesicht fallen. Keiner wird sie erkennen. Wir drehen den Spieß um. Das wird episch. Los, sie muss sich umziehen, ich mache ein paar neue Skizzen mit Posen.«

Er sieht zwischen einer Steampunk-Maske und der mit den Spiegelsplittern, die ich beim Googeln schon einmal sah, hin und her und legt die mit den Spiegelsplittern auf dem Tisch ab. Ein letztes Nicken, er lässt uns stehen und zieht sich an das Whiteboard zurück.

Francis grinst mich an. »Du hast es gehört: Umziehen.«

»Ähm, Francis, ich weiß nicht. Ich bin kein Model.«

»Scheißegal, das wird lustig. Komm schon, Liebes.«

Ich spüre selbst, dass meine Gesichtszüge skeptisch verzogen sind, und er fährt mit seinen Fingerspitzen über die an der Stirn gebildeten Falten, streicht sie glatt und raunt mir zu: »Für mich?«

»Ja, gut, okay, aber wenn das scheiße aussieht, dann lassen wir das.«

»Fuckingtastisch«, sagt er und zerrt mich an meinem Handgelenk hinter sich her zu den Ständern mit der Kleidung.

Die Dame, die für die Ausstattung zuständig ist, zieht ihre Augenbrauen nach oben und mustert mich.

»Keine Ahnung, ob sie in was aus der Auswahl reinpasst«, sagt sie und hält mir eine weitere Ausführung dieser schwarzen Lederhose und eines goldenen BHs hin.

»Nein, nein«, interveniert Francis, »keiner sieht mein Mädchen im BH«, und wühlt sich dann durch die Auswahl, greift sich etwas und hält es mir hin. »Das.«

Ich nehme ihm das Teil ab. Wie die schwarzen Lederhosen nur als Komplettanzug, hochgeschlossen und mit langen Armen. Wie für einen Agenten-Ninja.

»Niemals passe ich da rein«, lasse ich ihn wissen. Ich sagte doch, dass ich kein Model bin. Das ist zwar besser als die Hosen-BH-Kombi, denn da würde es sicher meine Speckröllchen rausdrücken, die normalerweise nur übersehen werden, da ich so große Brüste habe.

»Anziehen!«, befiehlt er herrisch und zeigt hinter den Paravent.

Die Bekleidungstante wirft noch ein: »Ohne Unterwäsche. Die zeichnet sich sonst ab.«

Stöhnend verschwinde ich mit dieser Kluft hinter die Abschirmung und ziehe mich aus. Vorsichtig steige ich in diesen Strampler und klar: Passt nicht.

»Francis«, jammere ich. »Zu fett.«

Er kommt um den Sichtschutz rum und schaut mich an. »Scheiße sieht das heiß aus!«

»Bringt aber nichts«, motze ich weiter und drehe mich um. Der Reißverschluss auf der Rückseite ist noch nicht mal zu einem Viertel geschlossen.

Was macht der Arsch: Er lacht. Frustriert versuche ich, meine Arme wieder aus dem Ding zu schälen, die Ärmel sind nämlich auch zu kurz.

»Nein, lass das an«, bestimmt er, dreht sich um und ruft laut: »Wir brauchen Nadel und Faden!«

»Was willst du machen?«, frage ich spöttisch. »Es mal schnell größer nähen?«

»Nein. Zunähen. Für Fotoshootings werden ständig Sachen so angepasst oder geklammert. Mach dir nicht ins Hemd.«

Die Frau von eben, die sagte, ich soll das Ding ohne Unterwäsche anziehen, kommt ums Eck mit einer stabilen Nadel und dickem Garn. Kommentarlos stellt sie sich hinter mich und fängt an, das Outfit zuzunähen.

Francis steht immer noch vor mir und grinst schmutzig.

»Was?«, blaffe ich ihn an, weil das so peinlich ist.

Ich bin so fett, dass man mir Sachen annähen muss. Normalerweise mache ich mir nicht so viele Gedanken um meine Figur, da irgendwie alles zusammenpasst. Außerdem kann man meiner Meinung nach mit passender Kleidung die richtigen Stellen betonen und die ungeschickten kaschieren. Aber das ist doch demütigend.

»Du hast keine Ahnung, wie scharf das aussieht«, erklärt er und fährt mit seinem Finger über meine Vorderseite, umrundet meine ziemlich ein- und hochgedrückten Brüste und kreist um meine Brustwarzen, die sofort hart werden.

»Noch besser«, stöhnt er fast und greift mir zwischen die Beine. Die Tante ist hinter mir immer noch am Nähen, ich glaube, er spinnt! »Bist ein wenig zu groß, hm? Drückt ganz schön in den Schritt.«

»O Gott, ich habe aber kein Cameltoe in dem Ding?«

»O doch.«

»So lasse ich mich sicher nicht fotografieren, Francis!«

»Bleib ruhig, das sieht niemand, wenn du auf meiner Schulter sitzt«, sagt er, beugt sich vor und flüstert mir ins Ohr: »Und mich macht das ziemlich an, gleich deine kleine Pussy so eingequetscht neben meinem Gesicht zu haben.«

Die Nähtante räuspert sich. Klar, dass sie das hört.

Er sieht an mir vorbei zu ihr und sagt: »Oh, entschuldige. Sollte ich lieber Fotze sagen?«

Dann geht er lachend davon und lässt mich hier zurück. Manchmal ist sein derber Humor etwas zum Fremdschämen, und ich versuche, unbeteiligt zu gucken, als sie fertig zu sein scheint und vor mich tritt. Bloß nicht anmerken lassen, dass ich das lustig finde.

Analytisch betrachtet sie mich, zerrt an den Ärmeln rum, aber die gehen halt einfach nicht weiter runter. Nun zieht sie ein Stück höher, begradigt alles, damit es keine Falten am Arm wirft, und dann habe ich Dreiviertelärmel.

Sie zuckt mit ihrer Nase, lächelt mich an und sagt: »Er hat schon recht. Das sieht ziemlich gut aus. Macht eine Megafigur. So richtig sanduhrmäßig. Dazu schwarze fingerfreie Lederhandschuhe und Heels. Welche Schuhgröße?«

»42.«

Sie zieht etwas Luft zwischen ihre Zähne. »Ich schaue mal, was wir dahaben, du gehst in die Maske.«

Barfuß tapse ich rüber zu dem Tisch, an dem geschminkt wird und Cole gerade mit der Visagistin spricht.

Er bemerkt mich und lässt mich beim Weglaufen wissen: »So, nun Gesicht und die Haare. Ich habe genaue Anweisungen gegeben, also nicht widersprechen.«

Die Visagistin drückt mich auf den Stuhl und widmet sich meinem Gesicht. Ehrlich gesagt finde ich das ziemlich ekelhaft. Ich habe ja keine Ahnung, an wie vielen Gesichtern diese Schwämme und Pinsel schon so waren, aber ich lasse es über mich ergehen. Die müssen hoffentlich irgendwelche Hygienestandards einhalten.

Erst als sie an den Augen rummalt, wird es sehr unangenehm. Ihren Hinweis, ich solle entspannen, kann ich so nicht umsetzen. Wie soll ich mich denn entspannen, wenn sie mit spitzen Sachen auf meinem Lid herumfuhrwerkt. Auch die Mascara ist ein Problem. Ich muss zucken, wenn sie mir mit den Borsten in die Nähe meiner Wimpern kommt, bis sie stöhnt: »Immer diese Anfänger. Augen auf jetzt!«

Irgendwann ist die Tortur zu Ende und Gesicht und Haare

bearbeitet. Modeln ist auf jeden Fall keine Option für mich. Wie ein Ausstellungshündchen herausgeputzt zu werden ist nicht meins.

Sie hält mir einen Spiegel vor. Nicht schlecht. Sie hat ganz scharf meine Wangenknochen betont, meine Augen sehen dunkel und geheimnisvoll aus, und ich trage den gleichen nuttigen Lippenstift, den die beiden anderen Models auch hatten.

»Auf zu Cole«, hilft sie mir weiter, und ich schlendere zu der Tafel, an der er neue Skizzen angebracht hat und davor mit Francis spricht.

Beide drehen sich zu mir um und Cole sagt: »Ja, könnte gehen«, was ihm einen bösen Seitenblick von Francis einbringt. »Hammer sieht sie aus. Lass loslegen.«

»Wo sind die Schuhe?«, fragt mich Cole und ich sage nur: »Ähm«, aber da taucht schon eine mit einem Paar Schuhe hinter mir auf.

»Wir haben als größte Größen nur 40.«

»Und du hast?«, fragt Cole.

»42.«

»Dann musst du dich halt reinquetschen oder dir einen Zeh abschneiden wie die Schwestern von Schneewittchen.«

»Aschenputtel«, korrigiere ich. »Das waren die Stiefschwestern von Aschenputtel.«

»Riesenfüße haben, aber Hauptsache, was über Märchen wissen«, murmelt er vor sich hin und geht Richtung Hintergrundplane.

Francis sieht dabei höchst amüsiert aus, und ich versuche, in die Heels zu kommen. Ich liebe ja hohe Schuhe, aber die haben einen so dünnen Absatz, hui. Mit Müh und Not kann ich meine Füße hineinquetschen, und es fühlt sich auch nur ein klein wenig danach an, als würden sie darin absterben.

Kaum habe ich mich aufgerichtet, packt mich Francis am Hintern und hebt mich hoch. Wie immer schlinge ich die Beine um ihn und lege meine Arme um seinen Hals.

»Du siehst so geil aus, am liebsten würde ich das hier absagen und gehen«, flüstert er mir etwas heiser in mein Ohr und reibt sich an mir. Durch diesen so unglaublich eng anliegenden Stoff kann ich ziemlich deutlich fühlen, dass er nicht lügt, und kichere. »Aber jetzt ziehen wir das durch«, bestimmt er und trägt mich rüber zum Hintergrund.

Cole sieht kurz auf, weg und wieder zu uns hin. »Alter, reibst du gerade deinen Schwanz an ihr? Wir machen jetzt das Shooting und ich will keinen Ständer auf den Bildern haben.«

Demonstrativ reibt Francis sich einmal fest an mir, was mir ein Keuchen entlockt, und grinst Cole an, der bei meinem Keuchen die Augen verdreht.

»Francis!«, schimpfe ich. »Lass mich runter und benimm dich nicht wie ein Vorpubertärer!«

»Alles, was du willst«, erwidert er, lässt mich langsam runtergleiten, nicht ohne mich noch mal an sich zu drücken, und rückt, als ich auf meinen eigenen Beinen stehe, ungeniert seine Erektion zurecht.

Wo ist eigentlich dieser spießig wirkende Mann hin, den ich damals kennenlernte?

Dann geht es los und ich sitze auf Francis' rechter Schulter, je ein Bein vorn und hinten. Cole möchte erst ein paar Bilder machen, bei denen ich die Maske in der Hand halte, damit halb mein Gesicht bedecke und man einen Teil der rotgeschminkten Lippen sieht. Ich lasse ihn schwören, dass, wenn man mich erkennt, er sie nicht verwenden wird, bevor ich da mitmache.

Es dauert Ewigkeiten, an denen Cole mit einem Tablet neben uns steht, auf dem man sieht, was die Kamera fotografieren wird, und uns nach seinen Skizzen zurechtrückt. Ich muss das hintere Bein um Francis' Körper schlingen, damit das Sakko offen halten und den Fuß an einem Schulterholster platzieren, das er darunter trägt. Mit Waffe natürlich. Ein Fake für Filme laut ihm. Er ist ja so ein böser Gangsterrapper.

Den anderen Fuß soll ich genau über seiner Gürtelschnalle positioniert halten, was gar nicht so einfach ist, weil sie nicht besonders viel Halt bietet und ich immer wieder abrutsche. Passiert das und ich stelle den Fuß zurück an den richtigen Ort, wird sein Hemd umgehend von Cole zurechtgezuppelt, bis es ihm perfekt erscheint.

An meiner Oberkörperhaltung wird ebenfalls rumkritisiert. Aufrecht, der Kamera zugewendet, den Kopf gesenkt, aber das Kinn nach oben, damit es kein Doppelkinn gibt. Mir schwindelt davon, mir alles zu merken, und es dauert ziemlich lange, bis Cole zufrieden ist. Und man kommt sich sehr dämlich vor, das Kinn so hoch- und vorzustrecken, wenn man den Kopf senkt, das muss doch scheiße aussehen! Auch die Hand mit der Maske biegt er wie die einer Puppe hin und her.

Irgendwann ist er zufrieden, streicht auf einer Trittleiter meine Haare noch etwas zurecht und sagt nach einem letzten prüfenden Blick: »Nicht bewegen!«

Er tritt zurück, die Leiter wird weggestellt und ich warte. Ich sehe nicht viel, da meine Haare ins Gesicht hängen. Nur Francis habe ich im Blickfeld, der zu mir hochsehen soll. Dazu liegt mein Zeigefinger unter seinem Kinn, als würde ich ihn so auffordern, mich anzusehen.

»Das erste Bild haben wir!«, höre ich Cole und beuge mich runter zu Francis, ziehe sein Gesicht noch näher zu mir, um ihn zu küssen, weil ich nicht widerstehen kann. Dabei rutsche ich fast von seiner breiten Schulter, nur seine Hand, die auf meinem Oberschenkel liegt und zupackt, sowie ein beherztes Gewichtverlagern in das Holster bewahren mich vor einem Sturz. Aber wenigstens habe ich meinen Kuss bekommen.

»Fuck!«, brüllt Cole. »Was macht ihr! Jetzt hat er die Scheiße im Gesicht statt du.« Wütend baut er sich vor uns auf und hups, ja, der Lippenstift ist wohl nicht kussecht.

Francis lächelt ihn an. »Tja, sie bekommt halt nicht genug von mir.«

Cole verengt zornig die Augen, streicht sich aber wieder übers Kinn und ruft: »Zwei Assistenten sollen sie festhalten. Am besten am Arsch.« Dann grinst er Francis an. »O ja, an ihrem Arsch. Und ihr zwei knutscht ein wenig, möglichst heftig, der Lippenstift soll weiter verschmieren und die Lippen geschwollen und nass aussehen. Richtig mit den Gesichtern ficken. Anscheinend ist das ja kein Problem.«

Wir sehen uns an und zucken synchron mit den Schultern.

Wie kann er auch noch mit den Schultern zucken, wenn ich da wie ein Mehlsack auf ihm sitze?

»Lass mich runter, dann kannst du kurz entspannen«, schlage ich vor, aber Cole bestimmt knurrig: »Du bleibst, wo du bist. Da muss er jetzt durch.«

Zwei Assistenten packen an meine Oberschenkel und Francis ermahnt sie: »Eine Hand an ihrem Arsch und sie ist ab«, dann wendet er mir das Gesicht zu, ich nehme es in die Hände und wir küssen uns. Bisschen merkwürdige Position, vor allem, weil ich das Gefühl habe abzurutschen, aber die beiden Jungs halten mich fest und ich konzentriere mich auf Francis' Lippen.

Ich bearbeite seinen Mund mit Zunge und Zähnen, damit er wie gewünscht möglichst kaputtgeknutscht aussieht. Nach ein paar Minuten stellt sich Cole vor uns und wir lösen uns voneinander.

Er sieht sich das an und befiehlt: »Mehr Lippenstift, die haben fast alles weggefressen.«

Die Visagistin eilt im Stechschritt zu uns rüber und verteilt, ohne richtige Mühe, etwas Farbe auf meinen Lippen, dann fordert Cole: »Noch einmal. Weniger lecken, mehr verteilen.«

Ein paarmal streiche ich mit meinem Mund über Francis' Lippen, er schiebt mir schon wieder die Zunge entgegen, doch ich lasse meine nur dagegen schnalzen und richte mich auf.

Erneut prüft Cole, ob ihm gefällt, was er sieht, tritt einen Schritt zurück und stöhnt: »Da muss ich wohl doch einen Ständer wegretuschieren. Hm, oder wir lassen das und machen einen Altersfreigabesticker drüber. Das könnte witzig sein. Mal sehen.«

Francis' Mund sieht wirklich aus wie nach einem Massaker. Hatten wir uns so heftig geküsst? Der Lippenstift ist um seinen ganzen Mund verschmiert bis zu seinem Kinn.

»Füße positionieren«, weist er die zwei Assistenten an, die meine Beine wieder in die vorherige Position bringen, und sagt zu mir: »Wie eben aufrichten. Die Maske vor das Gesicht halten, als würdest du sie nach dem Küssen anlegen wollen.«

Ein Typ, nur mit einer tiefsitzenden Sporthose bekleidet, taucht neben Cole auf und macht mit seinem Smartphone ein

Bild von uns. Erst als er den Kopf vom Bildschirm hebt, erkenne ich, dass das der andere der Brüder ist.

»Luke, verpiss dich«, herrscht Cole ihn an. »Wehe, das Bild landet auf Instagram oder sonst wo.«

»Schon gut, Bro«, antwortet dieser mit verpennter Stimme und hebt entschuldigend seine Hände. »Ich weiß doch. Grüß dich, *Francis*.«

»Luke«, grüßt Francis zurück und stellt mich dann vor: »Das auf mir ist Lara. Lara, das ist Luke, der kleine Bruder von Cole und mein Fitnesstrainer.«

»Ach echt«, stoße ich hervor. »Das ist die Helikoptermutter, wegen der du dich nicht traust, den leckeren Dingen des Lebens zu frönen?«

»Jepp, so sieht es aus«, antwortet dieser halbnackte Luke und drückt auf seinem Smartphone rum. Francis tat so, als würden wir uns nicht kennen, aber das stimmt ja irgendwie auch. Mich hatte er damals keines Blickes gewürdigt.

Francis schaut mich an und antwortet: »Ich widme mich nur den leckeren Dingen des Lebens«, dann wirft er einen zweideutigen Blick auf meine Mitte.

Luke hebt seinen Kopf, sieht zwischen uns hin und her und geht mit einem gemurmelten: »Ach du Scheiße«, davon.

Dafür haue ich Francis gegen den Hinterkopf und er ermahnt mich fröhlich: »Nicht. Die Frisur.«

Anschließend kommandiert uns Cole wieder rum. Ich gucke nicht verführerisch genug an der Maske vorbei, der Oberkörper wäre nicht richtig gerade, Francis solle gefälligst seine Lippen feucht halten, damit das frisch aussieht, und endlich ist er zufrieden und macht weitere Bilder.

Ich schwitze wie ein Schwein. Schwitzen Schweine überhaupt? Woher kommt diese Redewendung? Ach egal, ich schwitze halt. Es ist anstrengend, sich so in Pose zu halten, die Scheinwerfer machen warm, Francis ist warm, dieses Lederding, das ich anhabe, ist warm. Was für eine dumme Idee.

»Pudert sie ab verdammt«, flucht Cole schon wieder. »Und wischt ihm die Scheiße aus dem Gesicht. Sie soll die Maske jetzt richtig anlegen.«

Die Visagistin klettert auf die Leiter und klebt die Maske an meinem Gesicht fest. Ich frage nicht mit was, ich hoffe einfach, sie geht wieder runter.

»Sitzt nicht ganz so gut«, stellt Francis fest.

»Ist ja auch deiner Fresse angepasst«, sagt Cole. »Aber keine Sorge, ein bisschen Photoshop und das wird perfekt.«

Er legt meine Hände an Francis' Kieferknochen, drückt jeden einzelnen der Finger zurecht, um danach Francis' Kopf wie den einer Puppe zu positionieren. Anschließend zerrt er an meinen Haaren rum, und am Schluss soll das angeblich so aussehen, als würde ich ihn zwingen, mich anzusehen.

Scheiße ist dieser Mann anstrengend. Francis erträgt das alles mit einer stoischen Gelassenheit, dabei muss ich doch immer schwerer werden! Aber vermutlich ist er das gewohnt. Ist ja nicht sein erstes Shooting.

Nach diesen Bildern werden wir mal wieder abgepudert, dann nimmt Cole die Pistole aus dem Holster und drückt sie mir in die Hand. Ich betrachte sie. Eine SIG sauer.

Ich kenne die Waffenmarken, da mein Vater sie mich auswendig lernen ließ. Vermutlich eine Spezialanfertigung, die Oberfläche ist in dunklem Silber mit Facettengravur über dem Verschluss, mattschwarzem Griff.

Aber Moment! Sagte er nicht, das wäre ein Fake? Ich rieche daran, sie riecht nach Öl! Ich betätige den Magazinhalter und das Magazin rutscht in meine Hände. Leer. Ich halte die Mündung Richtung Boden, ziehe den Verschluss bis zum Anschlag zurück und drücke den Verschlussfanghebel. Keine Patrone im Lager. Aber sie ist definitiv echt!

»Du sollst nicht damit spielen«, höre ich schon wieder Coles unglaublich nervige Stimme. »Du sollst ihm die in den Mund stecken.«

»Was?!«, empöre ich mich. »Ich stecke meinem Freund doch keine echte Waffe in den Mund!« Ich trete Francis in den Bauch. »Du sagtest, das wäre ein Fake!«

»Es war mir nicht bewusst, dass du den Unterschied bemerken könntest.«

»Na, das ist doch mal ein super Grund, mich anzulügen, wenn

du denkst, ich merke das nicht. Schwachmat! Arschloch! Dummkopf!«

Mein Kopf ist sicher schon ganz rot, weil ich so zornig werde. Läuft das so bei ihm, mich anlügen, weil er denkt, ich bekomme es sowieso nicht raus? Ein wütender Klumpen bildet sich in meinem Bauch und ich will hier runter, ich brauche frische Luft.

Cole grinst, zerlegt das Ding blitzschnell vor unseren Augen, zeigt mir die Einzelteile und sagt: »Völlig ungefährlich. Nur ein Stück Metall.«

»Ich hatte gesehen, dass nichts im Lauf ist, aber danke«, antworte ich genervt.

»Du kennst dich mit Waffen aus?«

»Gut genug«, lasse ich ihn wissen, und Francis bewegt sich unter mir und geht ein Stück mit mir auf der Schulter zur Seite.

»Liebes, ich wollte es dir nicht sagen wegen der Geschichte mit deinem Vater. Ich wusste nicht, wie es dir geht, wenn hier eine echte Waffe ist.«

Mit bösem Blick lasse ich ihn wissen: »Glaub nicht, dass du in meinen Kopf gucken kannst. Ich brauche keine Rücksichtnahme. Sprich mit mir, dann weißt du, was ich denke oder fühle.«

»In Ordnung, tut mir leid«, sagt er mit einem liebevollen Lächeln, das sofort macht, dass sich dieser zornige Klumpen wieder auflöst. Sanft streicht er über meinen Oberschenkel und sieht mich fragend an.

»Alles klar«, sage ich laut und atme tief aus. »Lüg mich wegen so einer Scheiße nie wieder an, ja? Wenn du denkst, ich habe mit irgendetwas ein Problem, frag mich einfach.«

»Klar.«

»Dann weiter«, bestimme ich.

Er nickt, hält mich fest und stellt sich zurück auf seine Position.

Cole drückt mir die Waffe in die Hand und ich nehme sie an. Eigentlich war das nett gedacht von Francis. Aber hätte er gefragt, hätte ich ihm sagen können, dass ich immer noch froh bin, dass der dumme Wichser von Erzeuger tot ist.

»Echt in den Mund?«, fragen Francis und ich gleichzeitig und

Francis fügt an: »Ich will nichts Längliches in den Mund nehmen, wie sieht denn das aus?«

Cole überprüft unsere Position auf dem Tablet und antwortet erst mit einer kleinen Verzögerung. »Du sollst nicht daran lutschen und saugen. Aber das war ein Scherz, der Lauf kommt an die Stirn.«

»Das ist kein besonders gutes Vorbild, oder? Für Kinder und Jugendliche und so«, kritisiere ich das.

»Das macht keiner nach«, behauptet er.

»Aha«, antworte ich und dann gebe ich einfach auf. Er macht doch sowieso, was er will. Aber ich werde später auf jeden Fall mit Francis sprechen, er soll klarmachen, dass dieses Bild nicht verwendet wird.

Ein weiteres Mal werden wir wie gelenkige Puppen hin und her gebogen, bis Cole zufrieden ist, die Stehleiter weggeräumt wird und er fotografiert.

Ich sehe Francis an, wie ich ihm den Lauf an die Stirn halte und sein Kinn auf meiner Hand liegt.

Als Cole fertig zu sein scheint, murmelt Francis irgendetwas Unverständliches, und ich lege sie ihm spaßig an die Lippen und flüstere: »Maul halten, Bitch, sonst kitzle ich damit deine Mandeln.« Er schluckt heftig, was ich in meiner Hand an seinem Kinn spüre. Ich glaube, er muss sich ein Lachen verkneifen. »Still halten, sagte ich«, ermahne ich ihn ebenso leise. »Schmeckt scheiße, oder? Brav schlucken, kleine Schlampe.« So, jetzt weiß er mal, wie dämlich er sich immer anhört, wenn er so einen Mist rappt.

»Was treibt ihr Merkwürdiges?«, höre ich von Cole und ziehe die Waffe zurück. Francis spuckt auf den Boden, was Cole mit einem trockenen: »Wir hätten auch Tücher zum Reinspucken«, kommentiert.

»Gib mir lieber was zu trinken, schmeckt das ekelhaft.« Ich kichere und reiche einem Assistenten die Waffe, der sie zurück in das Holster steckt. »Und zu dir«, sagt er zu mir. »Das wird ein Nachspiel haben, das ist dir hoffentlich klar.«

»30 Minuten Pause«, bestimmt Cole dann. »Holt sie von ihm runter.«

»Ich brauch eine Dusche«, nuschle ich, als ich wieder auf meinen eigenen Beinen stehe. Das Ding klebt an mir. Boah, ich hoffe, ich muffle nicht zu sehr.

Francis legt von hinten seine Arme um mich und fährt mit seiner Zungenspitze mein Ohrläppchen entlang, bevor er fragt: »Wollen wir die Pause nutzen?«

»Wofür?«

»Was wohl?«, flüstert er. »Du in diesem Ding, das macht mich selbst hart, wenn ich die Augen schließe.«

Ich drehe mich zu ihm um. »Nein. Das Teil ist an mich drangenäht, außerdem schwitze ich wie ein Tropenurlauber und rieche wahrscheinlich wie ein Marathonläufer am Ziel.«

»Nichts davon hält mich ab.«

»Das denke ich mir«, lasse ich ihn wissen, während Cole mir zuruft: »Du bekommst nichts zu trinken. Wir können nicht riskieren, dass du pinkeln musst. Keine Zeit für rein und raus aus diesem Outfit. Wir sind sowieso schon verzögert im Zeitplan.«

»Kann ich wenigstens die Maske abnehmen?«, frage ich Francis. »Die ist doch schnell wieder drauf.«

Er antwortet nicht, sondern reißt sie mir ruckartig vom Gesicht. Erinnert ein wenig an Pflasterabziehen. Autsch.

Ich nehme sie ihm ab und drehe und wende sie in der Hand. Ich hatte mich schon, als ich sie in seinem Haus fand, gewundert, dass die Masken aus einer Art Gummi sind. Sie sahen auf den Bildern und bei seinem Auftritt nach Metall aus. Die Splitter scheinen aus Plastik zu sein. Aus der Ferne wirkt ja alles anders. Geschickt, geschickt.

»Weißt du«, sage ich zu ihm, während ich die Handschuhe loswerde. »Diese Maske mit den Spiegelsplittern war die einzige, die ich sogar etwas ansprechend fand, als ich Bilder von dir gegoogelt hatte.«

»Ja?«

»Ja. Seltsam manchmal das Leben. Also? Wo können wir hin, wenn wir alleine sein wollen?«, frage ich ihn und lege die Maske auf einem Tisch ab.

»Komm mit«, flüstert er und seine Augen bekommen einen

gierigen Glanz. Er zieht mich an der Hand Richtung Ausgang, schnappt sich auf dem Weg eine Energydrinkdose, die er sofort aufreißt, um davon zu trinken. Er hält sie mir hin, und als wir zur Tür raus sind, nehme ich auch einen kleinen Schluck. Wir gehen ein Stockwerk höher, er gibt ein PIN ein und wir betreten eine gigantische Wohnung.

»Das ist das Zuhause der Archer-Brüder«, erklärt er mir.

»Du hast ihren Zugangscode?«, wundere ich mich.

»Klar. Sie sind meine Freunde.«

Ja, okay, ergibt vielleicht Sinn. Gina hatte auch einen Hausschlüssel von mir. Aber eher für Notfälle, nicht, damit sie sich reinschleicht!

Er scheint sich gut auszukennen, denn er führt mich schnurstracks in ein Schlafzimmer und erklärt: »Eins ihrer Gästezimmer.«

Natürlich fackelt er nicht lange, tritt hinter mich und fängt an, an den Fäden zu ziehen, aber ich halte ihn auf. »Nein, lass. Ich hatte dir was in den Mund gesteckt, nun darfst du dich revanchieren.«

»Hey und du?«

»Ich komme hier nicht raus, nicht schlimm. Später. Ich will nicht, dass jede Tussi auf der Welt die Schwanzumrisse meines Freundes auf seinem Albumcover sehen kann.«

Er kann sich ein anzügliches Lächeln kaum verkneifen und ich drücke einen Finger an seine Brust, damit er rückwärts zum Bett geht.

»Hose runter!«, befehle ich.

»Mach du«, raunt er mir mit leiser, tiefer Stimme zu, die schon allein für eine Gänsehaut sorgt. Ich sehe ihm tief in die Augen, diese durch die farbigen Kontaktlinsen so blauen Augen. Dabei öffne ich langsam seinen Gürtel und ziehe mit einem Ruck Hose samt Shorts ein Stück nach unten, ehe ich ihm die Hand auf die Schulter lege, damit er sich setzt.

Ich rutsche auf seinem Schoß und reibe meinen Schritt an seiner Erektion. Dazu küsse ich ihn ungestüm, lange haben wir nicht Zeit. Etwas atemlos lasse ich mich dann vor ihm auf die Knie sinken und lege den Mund an die Spitze und sehe ihn dabei an. Seine Augen glänzen und seine Lippen sind feucht von unserem Kuss, was unglaublich heiß aussieht.

Mit einer Handbewegung streiche ich meine Haare hinter die Schultern und verteile großzügig die Feuchtigkeit von meiner Zunge auf ihm. Die nervigen Haare rutschen wieder nach vorn, und er wickelt sie um seine Hand und hält sie fest, damit er meinen Kopf dirigieren kann.

Mit sanftem Druck zieht er ihn etwas nach hinten und sieht mich an, ehe er sich in meine Richtung beugt, ordinär grinst und sagt: »Wie war das eben: *Maul halten, Bitch, sonst kitzle ich damit deine Mandeln?* Mund auf, ich werde deinen Mund jetzt so ficken, dass du später keinen Lippenstift mehr brauchst, da sie sowieso schon rot sind.«

Bevor ich einen Spruch kontern kann, hebt er seine Hüfte an, zieht meinen Kopf nach vorn und benutzt meinen Mund wie seinen persönlichen Spielplatz.

Das ist unfair, weil mich das ziemlich heiß macht, wie er sich an mir bedient. Er wird immer energischer, schiebt ihn mir tiefer in den Hals und stöhnt dazu lustvoll auf.

Meine Augen werden feucht, was ihn jedes Mal anheizt, wenn ich damit kämpfe, mehr von ihm aufnehmen zu können. Normalerweise stört mich das nicht, aber im Moment ist das eine dumme Idee, weshalb ich ihn in den Arm zwicke, damit er aufhört.

Mit schräg gelegtem Kopf und gehobener Augenbraue sieht er mich an und fragt: »Was, Lara?«

»Ramm mir dein Teil nicht in den Hals, als wäre ich eine Schwertschluckerin. Auf keinen Fall werde ich mich noch einmal schminken lassen, nur weil du denkst, du musst mir damit die Tränen in die Augen treiben.«

Er knurrt ein wenig unwillig, stopft meine Haare hinten unter den Kragen, wonach er sich auf seine Ellenbogen zurücklehnt und sagt: »Bitte bedien dich, wie es dir beliebt.«

Ich lasse ein paarmal die Zunge wirbeln, bis er seine Augen lustvoll verengt, mache ihn ordentlich nass und setze mich auf seine Oberschenkel. Den Rest erledige ich mit der Hand und ziehe mir dazu rein, wie er genießt. Ich massiere ihn mit beiden

Händen, Schaft, Spitze, Hoden. Damit das ein feuchter Spaß für ihn bleibt, lasse ich etwas Speichel aus meinem Mund auf ihn tropfen, was ihm ein weiteres tiefes Stöhnen entlockt, und erhöhe das Tempo. Seine Brust hebt und senkt sich schneller, sein Kiefer ist leicht verkrampft und er fixiert wie einen spannenden Film, was ich mit ihm mache.

An seinem Gesichtsausdruck erkenne ich, dass er nicht mehr viel braucht, und ich sonne mich in seinem Vergnügen. Der Mann kann Langstreckenläufer und Sprinter sein, je wie benötigt. Sehr praktisch, mein Kerl. Wenig später wirft er den Kopf in den Nacken und kehlige Geräusche begleiten seinen Orgasmus. Ich massiere weiter, bis zum letzten Tropfen. Ich liebe es, ihm dabei zuzusehen und dieses befriedigende Hochgefühl, genau zu wissen, wie er funktioniert, was er mag, wie ich ihn über den Abgrund treiben kann.

Ausgelaugt lässt er sich nach hinten fallen und grinst verschmitzt. Ich sehe mir die Schweinerei auf ihm an. Schlucken ist auf jeden Fall sauberer. Kann sich nach dem Sex nicht einfach alles auflösen? Dieses Saubermachen danach ist immer so unerotisch. Mit einem Seufzen wische ich so viel wie möglich zusammen und drücke mit dem Ellenbogen die Tür im Raum auf, hinter der, wie vermutet, ein Badezimmer liegt, in dem ich mir die Hände waschen kann.

Von der Tür aus beobachte ich danach, wie er sich mit der Bettdecke komplett sauber wischt, und schimpfe: »Francis Hunter, du bist ein Schwein.«

»Du bist das Schwein, mich so liegen zu lassen. Noch nicht mal einen Kuss gab es hinterher. Abgearbeitet und liegen gelassen. Pf«, beschwert er sich.

»Den hättest du schon bekommen«, erwidere ich lachend. »Immerhin habe ich deine Schweinerei beseitigt, du undankbarer Rüpel.«

Er steht auf, schließt seine Hose, stopft das Hemd hinein und kommt zu mir an die Tür, um streng zu fordern: »Her mit meinem Kuss, sofort!«

Es folgt ein so sanfter Kuss, dass alles in mir kribbelt, und zwar nicht nur vor Erregung.

Anschließend nimmt er die Bettdecke und wirft sie auf den Boden. »So, zufrieden? Sie werden diesen Wink mit dem Zaunpfahl sicher verstehen.«

Beim Rausgehen verdrehe ich die Augen. Ich will gar nicht wissen, was seine Freunde nach heute über mich denken. Passt nicht in Klamotten, passt nicht in Schuhe, kann keine Position richtig halten, küsst in unangebrachten Momenten, lässt sich vor allen halb trockenficken, saut das Gästezimmer ein und zickt auch noch wegen einer Waffe rum.

Beim gemeinsamen Zurückgehen ins Studio legt er seinen Arm um meine Schulter, fährt mir mit einem Finger sanft von der Kehle hoch zum Kinn und sagt mit zärtlicher Stimme: »Du hast keine Ahnung, wie absolut toll du bist.«

»Nein«, widerspreche ich und mache einen Schritt vor ihn, damit ich mich kurz an ihn drücken kann. »Du hast keine Ahnung, wie toll DU bist.«

Seine Arme schließen sich mit sanftem Druck um meinen Körper und er drückt seinen Mund auf meinen Kopf. Ich spüre, wie er tief einatmet, und tue es ihm gleich, da ich liebe, wie er riecht. So süchtig machend.

Notgedrungen mache ich mich von ihm los, ich will auf keinen Fall, dass es auch noch heißt, dass ich ihn von der Arbeit abhalte.

Zurück im Studio kommt uns dieser Luke entgegen, wirft einen Blick auf mich und spricht dann Francis an. »Ich hatte dich gesucht. Ich soll dir die Schultern massieren.«

Nun sieht er nicht mehr aus wie aus dem Bett gefallen, er trägt über der Sporthose wenigstens ein enges Muskelshirt und hat seine Haare geordnet. Hübscher Mann.

Nach meiner kurzen Musterung wird mir bewusst, was er gesagt hat, und schuldbewusst frage ich Francis: »Schmerzt die Schulter arg? Tut mir leid.«

»Nein, ja, gut, ein bisschen. Alles wird mit der Zeit etwas schwer. Aber du hast keine Schuld, war ja nicht deine Idee.«

»Auf jetzt«, fordert Luke. »Obenrum frei machen und auf den Hocker. Du musst in zehn Minuten wieder.«

Gehorsam entledigt er sich des Sakkos, des Holsters sowie

des Hemdes und setzt sich stöhnend auf den Hocker. Luke lässt seine Finger knacken und massiert ihm Nacken und Schultern. Das sieht sehr professionell aus und ich kann meine Neugier nicht zügeln. »Hast du das gelernt?«

»Ein wenig. Als Fitnesstrainer sollte man Muskeln genau kennen. Ich besuchte einen Massagekurs. Aber ich massiere nicht jeden«, erklärt er mir mit einem bösen Blick, als hätte ich um eine Massage gebeten.

Francis lässt den Kopf hängen und sich von Luke kneten. Dabei fragt er: »Warum warst du so verpennt? Stehst du sonst nicht zu gotteslästerlichen Uhrzeiten auf?«

»Ich war die ganze Nacht unterwegs.«

»Hat es sich wenigstens gelohnt?«

»Jo, war nett. Habe nun eine neue Freundin.«

»Schon wieder?«, hakt Francis nach und lacht. »Was ist mit der letzten passiert?«

»Was wohl? Hat genervt. Überließ sie dann Cole.«

»Ihr mit euren Spielchen … Wie hat sie reagiert?«

Ich höre einfach nur zu, da ich keine Ahnung habe, worüber sie eigentlich reden. Hört sich nach Insider an.

»Wie immer. Erst hat sie sich von ihm ficken lassen, dann kam sie reumütig bei mir angetanzt, und ich tat so, als würde mir das Herz brechen. Mit viel schlechtem Gewissen ist sie danach verschwunden.«

»Hört sich ganz schön kompliziert an«, merke ich dann doch an.

Luke hebt seinen Kopf, sieht mich an und zwinkert mir zu. »Funktioniert. Das ist alles, was zählt.«

Gäbe es Gina noch in meinem Leben, könnte ich ihn bei ihr in die Schule schicken. Das geht doch einfacher. Gina sagte gerne traurig solche Sachen, wie dass sie zu gut für sie wären oder sie sie zu sehr mögen würde, als dass sie sie in eine Beziehung drängen wolle. Das klappte auch immer gut.

Allerdings wirkt dieser Luke so arrogant und von sich überzeugt, wahrscheinlich bekommt er nicht über die Lippen geschoben, dass jemand zu gut für ihn wäre. Ist ja auch nicht mein Problem.

»Falls du sie doch noch loswerden willst«, wendet sich Luke an Francis, »gib mir Bescheid.«

»Und dann?«, hake ich nach.

»Dann bringe ich dich dazu, ihn zu betrügen, und er kann dich easy hinter sich lassen.«

»Mit dir? Mal davon abgesehen, dass dein super Plan nicht aufgeht, da ich ihn ja jetzt kenne, würde ich Francis nicht betrügen. Schon gar nicht mit einem seiner Freunde.«

Er sieht mich an, mustert mich fast obszön von oben nach unten und grinst. »Wer weiß?«

»Luke«, stöhnt Francis. »Lass sie in Ruhe. Sie gehört zu mir, und wenn du einen deiner schmutzigen, abgenutzten Finger an sie legst, beglückst du so schnell keine Frau mehr.«

Luke klopft ihm auf die Schulter. »Keine Sorge, Bro, solange sie in deinem Windschatten fährt, ist sie sicher vor mir. Falls du es dir noch anders überlegst, gib mir einfach Bescheid. Außerdem gehören zum Finger-schmutzig-Machen immer zwei. Wäre also nicht nur ich schuld.«

Cole ruft mit dieser herrischen Stimme nach Francis, und Luke tritt zurück, legt einen Finger an die Schläfe und verabschiedet sich: »Wir sehen uns auf der Party.«

Ich blicke ihm hinterher, wie er da verschwindet, während Francis sich das Hemd überstreift.

»Komische Freunde hast du da.«

»Ich weiß. Wirkt nicht so, aber eigentlich hat er ein Herz aus Gold. Man sollte nur keine gut aussehende Frau sein.«

»Herz aus Gold«, wiederhole ich schmunzelnd. »Sicher, dass du Gangsterrapper sein willst und nicht zu Schlager wechselst?«

Er kneift mich ziemlich fest in den Hintern, sodass ich erschrocken aufquieke und ihn gegen den Arm haue. Lachend schiebt er mich dann mit seiner Hand Richtung Kamera und kommentiert meinen halbherzigen Schlag mit: »Werde doch nicht albern.«

Ich glaube ihm das sogar, dass sein Freund gar nicht so übel ist, wie er tut. So wie er damals auf Francis eingeredet hat, als er so wütend war, wirkte das ziemlich einfühlsam.

Na ja. Er scheint trotzdem ein Kotzbrocken zu sein, so wie er über Frauen spricht.

Der Rest des Tages ist ruckzuck vorbei, und ich bin einfach nur froh, als ich danach im Hotel unter der Dusche stehe. Ich kam schon kaum aus dem schwarzen Ding raus, weil das so an mir festklebte.

Nun freue ich mich auf den Abend mit Francis.

Denn morgen muss ich schon wieder abreisen. Ein Kunde rief mich an, für den ich eine alte Villa auf Vordermann bringen darf.

Irgendetwas passt dem Architekten nicht, was sich nicht per Skype klären lässt, und nun soll ich hinkommen, damit wir eine Krisensitzung mit dem Eigentümer, dem Architekten und mir als Innenarchitektin machen können und alle Pläne gemeinsam durchgehen.

Zuerst hatte ich mich ganz gewaltig geärgert, aber Francis hat mich an sich gezogen und in mein Haar gemurmelt: »Ist kein Problem. Du liebst doch deinen Job. Du kommst einfach das nächste Mal mit. Du wirst noch oft mitkommen. Du wirst jedes Mal dabei sein, wenn es möglich ist. Wir haben ein gemeinsames Projekt. Alles ist perfekt.«

Ich frage mich, wie er das macht, dass seine Stimme und sein an mich gepresster Körper mich einerseits so runterbringen können und andererseits ich fast komme, wenn er auf eine bestimmte Art mit mir spricht.

Das ist schon ein wenig verrückt. Ich fühle mich auf eine so gewaltige Art mit ihm verbunden, als könnte ich seine Gefühle in mich aufnehmen und meine damit überdecken, wenn es nötig ist. So etwas hatte ich noch nie erlebt und ich will auch nicht wieder darauf verzichten.

Ich verlasse das Badezimmer und betrete den Schlafbereich. Francis sitzt ganz entspannt auf dem Bett, die Decke über dem Schoß, und ich bin mir sehr sicher, dass er nackt da drunter ist, weshalb ich auch nur das Handtuch umgebunden habe.

Er liest und ja, das macht ihn noch attraktiver. Eine Sünde von Mann mit einem Buch in der Hand und seiner gegen die Tattoos so abstrakt wirkenden Brille. Vergesst Motorräder oder was sonst an Männer sexy sein soll, ein Buch in der Hand schlägt alles.

Ein Lächeln überzieht seine Lippen, und ohne mich anzusehen, sagt er: »Komm jetzt endlich her.«

Das Handtuch fällt auf den Boden und er hebt seinen Kopf. »Hm, ja. Besser als Buchstaben. Nur zu weit weg.«

»Stärkere Brille nötig?«

»Nähere Lara nötig.«

Er legt Buch und Brille beiseite, ich steige zu ihm aufs Bett und setze mich auf seinen bedeckten Schoß. Ich lehne mich zurück, stütze mich hinten mit den Armen ab und er seine links und rechts von seinem Oberkörper. Er sieht mich an. Langsam, von oben nach unten.

Als würde sein Blick eine Spur auf meinem Körper ziehen, bekomme ich dort, wo er auf Haut trifft, eine Gänsehaut. Er betrachtet meine Oberweite, und wie als hätte er es meinen Brustwarzen mit seinen schmutzigen Gedanken, die man auf seinem Gesicht erkennen kann, befohlen, richten sie sich auf.

Zufrieden wandert er weiter und bleibt damit zwischen meinen Schenkeln hängen, wo sich ihm alles präsentiert, was ich ihm anbiete.

Er sieht dort so lange hin, dass ich ein klein wenig ungeduldig werde und gleichzeitig spüren kann, wie die Stelle, die ich gerade noch mit dem Handtuch von Nässe nach der Dusche befreite, gar nicht mehr so trocken ist.

Sein Mund öffnet sich ein wenig, und er leckt von innen seine Lippen, ehe er wieder nach oben in meine Augen sieht.

»So verdammt geil«, sagt er in einem rau vibrierenden Tonfall, der meine Atmung beschleunigt.

Mit einer einzigen flüssigen Bewegung liege ich auf einmal unter ihm.

Wir sehen uns an und ich denke nicht mehr. Dieser Blick, den er mir gerade schenkt, ist voll mit so vielen Sachen. Lust, Gier, Wärme, Verzücken.

Im perfekten Einklang öffnen wir unseren Mund und atmen tief ein, weil wir das vergessen hatten, so versunken waren wir im anderen.

Wir kommen einander entgegen und küssen uns sinnlich und verschlingend.

»Meins«, haucht er dazwischen, und ich glaube, ich habe ein kleines Tränchen im Augenwinkel, weil er das so gefühlvoll aus sich herauslässt. Nicht besitzergreifend, sondern überwältigt.

Er atmet gepresst aus und sagt: »Ich werde jetzt etwas machen, was dir vielleicht nicht gefallen könnte. Ich will es trotzdem tun.«

»Was?«

»Kannst du mir vertrauen?«

»Okay«, erwidere ich. Ich kann mir nicht vorstellen, dass er etwas tut, was mir nicht gefällt.

Er geht von mir runter und weist mich an: »Dreh dich um und strecke die Arme nach vorne aus.«

Ich rolle mich auf den Bauch und sehe ihn fragend an. Mit einem Lächeln greift er zur Seite und nimmt ein schmales Baumwollseil und eine der Schlafmasken in die Hand, die hier im Hotel zur Verfügung gestellt werden.

»Bereit?«

»Wo hast du denn jetzt das Seil her?«

»Bei Cole geklaut.«

»Aha.«

Er kniet sich vor mich und bindet sorgsam die Handgelenke zusammen. Beim Wickeln streichelt er immer wieder über meine Unterarme, kraftvoll und warm. Die leicht raue Haut seiner Finger gleitet angenehm über meine zarte der Innenseite und hinterlässt ein prickelndes Gefühl.

»Das ist, damit du mich nicht anfassen kannst.« Er greift nach Maske. »Und das, damit du mich nicht siehst.« Er legt sie mir um und alles versinkt in Schwärze. Ich höre ihn atmen, mich selbst und spüre die weiche Bettwäsche unter meinem Körper.

Durch die Bewegung der Matratze bemerke ich, dass er wieder hinter mir ist, und mit einem Ruck zieht er mich so bäuchlings auf seine anscheinend knienden Beine. Mit einem weiteren Ruck schiebt er sich komplett in mich und stöhnt.

Kurz bleibt mir von der intensiven plötzlichen Dehnung die Luft weg, ehe ich dieses Gefühl genießen kann. Ich warte auf mehr, aber er bewegt sich nicht.

Etwas Spitzes, nein, was kleines Stumpfes berührt meinen Rücken. Damit fährt er sinnlose Muster über meine Haut. Zumindest fühlt es sich so an.

Ich frage nicht, ich warte nur, was passiert, und spanne mich in kleinen gepressten Kontraktionen um ihn an, da er sich nicht in mir bewegt, nur da ist.

Gelegentlich unterbricht diese Berührung an meinem Rücken und er atmet ziemlich laut und erregt. Ich kann immer noch nicht erraten, was er dort tut. Es ist kein Finger, dazu ist es zu klein und war zu kühl. Es schmerzt nicht, ist aber auch nicht erregend. Erregend macht es nur, dass ich nicht weiß, was es ist, es ihn offensichtlich anzuturnen scheint und er dabei in mir ist.

Er arbeitet sich nach unten vor, über meinen Hintern und einen Teil meiner Oberschenkel.

»Umdrehen«, stöhnt er rau, und ein Knoten bildet sich davon in meinem Unterleib, da er sich anhört, als hätte er noch nie etwas Heißeres erlebt. Er zieht sich ein Stück zurück, ich drehe mich auf den Rücken und er ruckt mich auf seinen Schoß und sich gleichzeitig wieder in mich.

»Siehst du mich?«, flüstert er und ich schüttle langsam meinen Kopf. Alles schwarz.

»Gut«, raunt er. »Hände über den Kopf.«

Nun setzt er die Behandlung vorn fort. An meinen Brüsten, dem Bauch und auch wieder die Oberschenkel.

Ich spüre, wie er sich zu mir beugt, mich sanft küsst und murmelt: »So gut, so richtig«, ehe er sich auf meinen Mund stürzt und mich animalisch und dringend küsst und dabei die Augenbinde von meinem Kopf reißt.

Wir schauen uns an und er sagt: »Ich drehe gleich durch.«

Ich will einen Blick zwischen uns werfen, ich würde gerne sehen, was ihn so erregt hat, doch er küsst mich schon wieder und ich lege meine gefesselten Hände um seinen Nacken und halte ihn bei mir.

Er knurrt tief und drohend an meinem Mund, als wir unsere Hüften gegeneinanderstoßen, und das macht mich so unfassbar scharf, wie er das tut, als könnte er es kaum noch aushalten. Die Bewegungen werden heftiger, rauer, wilder. Sein Körper fordert meinen, und ich überlasse ihn ihm, weil niemand sonst auf dieser Welt ihn besitzen sollte.

Er gibt es mir so stark und hart, wie er kann, und trotzdem liegt eine gewaltige Zärtlichkeit in allem, die mich erst schwindeln lässt und dann bis tief in mein Inneres erschüttert, bevor sich alle Empfindungen in einem gewaltigen Höhepunkt entladen.

Seine Arme zittern, er drückt sein Gesicht in meine Halsbeuge und folgt mir unter euphorischen Lauten. Ich genieße seinen Orgasmus so sehr wie meinen eigenen und jeden gleitenden Stoß, mit denen er ihn auskostet.

Schwer atmend lässt er sich auf mich sinken und küsst dazu meinen Hals.

»Ich liebe dich, Lara«, vibriert in seiner Brust und ich lächle. Ich war noch nie so glücklich und überwältigt von einem Mann oder Menschen überhaupt.

»Ich sollte dich losmachen, hm?«

Ich kann immer noch nichts sagen, aber er hat recht. Nicht nur, dass ich ihn anfassen will, sondern er liegt auch irgendwie merkwürdig auf meinem Arm.

Langsam erhebt er sich und sieht mich lächelnd an.

»Ich liebe dich, Francis«, erwidere ich etwas verspätet.

»Mal sehen wie lange noch«, antwortet er grinsend und löst das Seil.

Endlich fällt mir ins Auge, was er getan hat.

Überall auf meinem Körper steht *Francis*. Mal groß, mal klein. Auf meinen Brüsten, Bauch, Oberschenkel und vermutlich dann auch auf meinem Rücken und meinem Hintern.

Ich wische mit dem Finger drüber, wiederhole das mit etwas Spucke und frage dann: »Permanentmarker?«

»Fast: Hautmarker. Hält ziemlich lange. Du hast keine Ahnung, wie scharf das ist. Ich könnte schon wieder.«

»Hm«, antworte ich und sehe mich um, bis ich den Stift entdecke. Ich rutsche ein Stück zur Seite und nehme ihn in die Hand. »Meinst du, ich finde noch eine freie Stelle, auf der ich das auch machen kann?«

»Das ist nicht nötig.«

»Aha. Du darfst das und ich nicht?«

»Nein. Das hast du falsch verstanden. Er steht da schon.«

»Was? Wo?«

Er zeigt auf die Stelle mit der Rüstung und tatsächlich: An der Armbeuge, dort, wo ich so gerne meinen Kopf ablege, steht mein Name. Als hätte ihn jemand in das Metall gekratzt. Wie konnte ich das nicht sehen? Es ist zwar nicht groß, aber auch nicht winzig, und nun, da ich es weiß, springt es mir fast entgegen.

Langsam fahre ich mit dem Finger darüber. Verheilt.

»Wann hast du das stechen lassen?«

»An dem Tag, an dem ich ziemlich viele weiße Rosen von dir bekam.«

»Zuerst: Du hast keine Rosen von mir bekommen, du Spinner. Die hast du dir selbst gekauft. Zweitens: Da waren wir gar nicht zusammen. Das ist doch völlig verrückt. Warst du so davon überzeugt, dass ich dich zurücknehme? Überhaupt? Einen Namen tätowieren? Was ist, wenn wir uns wieder trennen irgendwann? Dann musst du für immer damit rumlaufen.«

Er zögert kurz mit der Antwort, ehe er sie gibt. »Ich hatte tatsächlich Angst, dass ich das nicht mehr hinbekomme. Ich brauchte was gegen das Zweifeln, also entschloss ich mich, so zu tun, als gäbe es keine andere Option. Schrieb das quasi auf mir fest. Ich wollte diesen Kampf gewinnen. Kämpfe hinterlassen Kratzer in Rüstungen, wie du manchmal auf mir. Selbst wenn es nicht geklappt hätte, würde mich das nicht stören. Es hätte mich immer daran erinnert, dass ich dich nie vergessen will und ich ein Idiot bin.«

So viel geballte Ehrlichkeit lässt meinen Hals etwas eng werden. Er wirkte in allem so selbstsicher und von sich überzeugt, als er vor meiner Tür stand, aber tatsächlich war er unsicher. O Mann.

Ich flüstere: »War das die Idee des Tätowierers?«

»Nein. Das war das erste Tattoo, das ich mir selbst überlegte. Damit ist es nun mein Lieblingstattoo. Außerdem komme ich mir total genial vor. Megatiefe Bedeutung, oder?«, fragt er lachend, sieht mich aber gleichzeitig abwartend an.

Kämpfe hinterlassen Kratzer auf Rüstungen. Ja, manches war ein Kampf. Vielleicht hauptsächlich mit uns selbst. Auch um den anderen. Wenn er wüsste, wie schwer es mir gefallen ist, seine PA zu akzeptieren und nicht auszurasten, weil sie mit ihm auf Dienstreise ging und er mich nicht dabeihaben wollte. Seine Mutter, die so offen ablehnend mir gegenüber war. Dieses innerliche Chaos, nie wieder einen Mann zu wollen, und wie er mir eigentlich keine Chance gab, ihm zu widerstehen. Ja, viele Kämpfe.

»Ja. Doch. Gefällt mir. Gefällt mir sehr. Damit gehörst du mir. Wie ein Buch, auf dessen erste Seiten man seinen Namen schreibt.«

»So ungefähr«, schnaubt er.

»Ich kann mich wohl glücklich schätzen, dass da nicht steht: *Meine Bitch Lara.*«

»Ich dachte darüber nach«, erwidert er trocken und lacht dann.

Mein Finger fährt den Namen nach. Meinen Namen. Meinen Namen auf seiner Haut.

Du meldest dich nicht.

Lara

Ich freue mich so sehr darauf, ihn wiederzusehen. Ich bin eine alberne verliebte Frau und tanze mitten in der Nacht durch seine Küche und koche uns Essen. Jede Menge Essen, und zwar solches, dass er sich sein Sportleressen zusammenstellen kann. Selbst der Nachtisch besteht aus Magerquark, den ich so lange mit etwas Zitronensaft gemixt habe, bis er cremig war, und dazu frische Früchte.

Noch eine halbe Stunde, dann müsste er hier sein. Vom Flughafen wollte er nicht abgeholt werden, aber so passt das mit dem Essen auch besser. Weitertanzend zünde ich Kerzen an. Die Romantikqueen in mir hat voll zugeschlagen.

Wahrscheinlich ist er sehr müde, wenn er ankommt, aber er wollte unbedingt direkt nach seinem Auftritt los, damit er schnell bei mir ist.

Was mich total freut, denn eigentlich hatte er vor, auf die Party seiner Freunde zu gehen, aber er sagte, er will lieber zu mir zurück. Seiner Meinung nach können wir sie ein anderes Mal besuchen. Gemeinsam.

Ich schicke ihm ein albernes Kuss-Selfie, damit er weiß, dass ich mich auf ihn freue.

Langsam werde ich ungeduldig und ich checke die Verkehrsapp, kein Stau. Schon fünfzehn Minuten zu spät. Der Flug ist pünktlich gelandet laut Flughafenauskunft.

Die Zeit vergeht mit Warten und Lesen. Ich ziehe mir Bitterhass rein, den Roman, den Francis mir schenkte. Hardcover finde ich zwar dämlich, weil das Buch so schwer ist, weshalb ich Taschenbücher bevorzuge, aber es ist spannend.

Die Geschichte begann im Gefängnis, mit einem, der verurteilt wurde, da er Frauen vergewaltigte und ermordete, nachdem er ihnen die Augen zunähte. Der Psychologe führt

Gespräche mit ihm, und er besteht darauf, unschuldig zu sein, denn wenn die Opfer es nicht sehen können, sei es nie passiert. Schräg, sehr schräg. Gerade finden sie eine weibliche Angestellte aus der Gefängnisverwaltung, ebenfalls vergewaltigt und ermordet und wie seine Opfer mit zugenähten Augen. Allerdings war er zur Tatzeit unter Beaufsichtigung, und außerdem kann er sich keiner Frau nähern, ohne sich zu übergeben.

Mannomann, wo nehmen die Autoren nur ihre verrückten Fantasien her? Drogen? Kindheitstrauma? Stimmt das Gerücht etwa, dass die mittags schon alle betrunken sind?

Die Zeit verfliegt beim Lesen und Francis ist bereits eine Stunde überfällig. Ungeduldig sitze ich auf seinem Küchentresen und schlenkere mit den Beinen, das Buch auf dem Schoß.

Sein Smartphone ist aus, weder liest er meine Nachrichten noch gehen meine Anrufe durch.

Mein Plan war so gut. Erst etwas essen, möglicherweise eine schnelle Nummer, dann schlafen. In seinen Armen. Wie so ein scheißromantisches Kitschpaar.

Ich springe vom Tresen, da ich es nicht mehr aushalte. Irgendwas muss ich tun, weshalb ich zum Flughafen fahren werde. Mir ist ein wenig übel, so lange kann er nicht brauchen. Selbst wenn sein Koffer verloren gegangen ist und er den Verlust anmelden würde oder sonst irgendetwas dazwischengekommen wäre, müsste er schon da sein oder sich zumindest gemeldet haben.

O fuck, was ist, wenn ihm etwas passiert ist?

Ein weiteres Mal prüfe ich die Stauapp, ob es einen Unfall gab. Nichts.

Die leichte Übelkeit ballt sich zu einem heißen Knoten in meinem Magen zusammen, und ein Gefühl der Angst packt mich, das meine Nackenhaare zu Berge stehen lässt.

Bitte, bitte, lass ihm nichts passiert sein.

Horrorszenarien von kollidierenden Autos oder von einem von der Straße abgekommenen Taxi tauchen vor meinem inneren Auge auf. Wie ich einen Anruf von der Polizei oder dem

Krankenhaus bekomme und mir anhören muss, wie er umkam oder er im Sterben liegt.

Fast breche ich in Tränen aus, als mir einfällt, dass mich niemand benachrichtigen würde. Wir sind nicht verheiratet, wohnen nicht einmal zusammen. Soll ich seine Mutter anrufen und fragen, ob sie etwas von ihm gehört hat oder eine Nachricht bekam? Aber ich habe keine Nummer von ihr.

Kurz würge ich, so übel ist mir. Ohne Jacke eile ich nach draußen, pfeffere dabei mein Smartphone in die Handtasche und schnappe mir den Autoschlüssel.

Ich reiße die Fahrertür auf und fange tatsächlich an, vor Erleichterung zu heulen, als ich den Klingelton höre, den ich ihm zuordnete.

Mir fällt die Tasche aus der Hand, ich sinke hektisch auf die Knie und wühle das blöde Ding daraus hervor.

»Francis!«

»Lara, Liebes, es tut mir leid, warte nicht auf mich.«

»Geht es dir gut? Wo bist du? Was ist passiert?«

Hektisch wische ich mir die Tränen aus dem Gesicht und atme tief durch. Hübsch geschminkt ist für heute vorbei, aber besser das als eins dieser Schreckensszenarien, die ich mir ausmalte.

»Mir geht es gut«, höre ich und dazu Musik im Hintergrund.

»Bist du auf einer Party? Das ist doch Partylärm!«

»Ja, bin ich. Ich hatte die Übersicht verloren ohne PA und erst fünf Sekunden vor dem Auftritt erfahren, dass ich morgen – oder halt heute – noch einen Termin beim Radio habe.«

»Und das sagst du mir jetzt? Ernsthaft? Ich wollte gerade in mein Auto steigen, um zum Flughafen zu fahren, weil ich dachte, dir wäre etwas passiert! Ich hatte Angst um dich!« Ich beiße die Zähne so fest zusammen, dass sie knirschen. »Ich habe dir mitten in der Nacht beschissenes Essen gekocht und mich auf dich gefreut!«

»Nun, beschissenes Essen mag ich sowieso nicht.«

»Das ist nicht witzig!«, brülle ich.

»Natürlich ist es das nicht. Es tut mir leid. Ich wollte nicht, dass du dich sorgst.«

»Und du denkst, dass es nicht nötig ist, mir zumindest eine kurze Nachricht zu schicken? Vielleicht nach deinem Auftritt? Nur eine kurze Mitteilung? Geht ganz leicht.«

»Das hätte ich gerne. Aber mir ist irgendwo mein Ladegerät abhandengekommen.«

»Scheiße, Francis, dann hättest du dir eins geliehen!«

»Ich bin nicht dumm. Ich hätte mir Millionen Micro-USB-Kabel oder iPhone-Ladekabel leihen können, aber kein Schwanz hatte ein USB-C-Kabel! Ich bin von Idioten umgeben, die noch nicht mal in der Lage sind, ein Ladekabel zu organisieren. Ohne persönlichen Handlanger, wie ich ihn sonst habe, klappt hier gar nichts.«

»Du armes Opfer. Und nun hast du dir ein neues gekauft auf einer Party oder was?«

»Lara, glücklicherweise habe ich eben auf dieser Party jemanden mit Akkublock UND Kabel gefunden.«

»Okay, Francis, wann kommst du dann?«

»Nach dem Termin nehme ich den nächsten Flug.«

»Oder auch nicht«, höre ich eine Frau ins Telefon gurren und danach fast im Partylärm untergehend Francis' durchdringende Stimme von weiter weg: »Gib mir sofort mein Handy zurück!«

Ich glaube, die Fotze spinnt! »Gib ihm sofort das Smartphone zurück!«

»Hihi. Bull muss mit uns feiern. Tut mir leid.«

Aufgelegt.

Mit offenem Mund starre ich auf das dunkel werdende Display.

Sofort rufe ich ihn zurück, aber er geht nicht ran. Beim zweiten Versuch ist es aus. Zehn Minuten später immer noch nichts. Zwanzig Minuten und eine weiter Tote im Roman auch nicht.

Ich schicke ihm eine Nachricht.

Ich: *Okay, ich bin ein wenig pissig. Vielleicht waren es unglückliche Umstände mit dem leeren Akku, kommt vor. Aber dass du nun mit wohl geladenem Akku schon wieder nicht erreichbar bist, kotzt mich an. Dein Essen kannst du im Garten aufsammeln, da habe ich es nämlich hingeworfen, samt Töpfe. Arschloch.*

Ich schleudere seine Haustür so fest hinter mir ins Schloss, dass ich mir fast selbst den Arm auskugle, und fahre nach Hause.

Soll er doch mit Schlampen feiern. So ein Mistkerl.

Zu Hause werfe ich mich aufs Bett, aber ich kann nicht schlafen, da ich mich ärgere, dass er sich nicht meldet, und darüber, dass er es nicht hinbekommt, auf seine Ladekabel aufzupassen. Das nächste Mal packe ich ihm zehn Stück ein. Mindestens. Eins davon tackere ich ihm an den Hintern.

Auch nicht klug, da übersieht er es wahrscheinlich. Direkt an die Stirn bekommt er es genagelt. Ein zweites Tattoo mit meinem Namen daneben. So sieht gleich jede Frau, dass er meiner ist.

Smartphone aus und mit Frauen feiern. Pah!

Irgendwann kommt eine Nachricht von ihm.

Francis: *Das Arschloch liebt dich und lädt endlich sein Handy. Bin nun auf der Party von C&L. Ich nehme an, du schläfst schon. Melde mich später.*

Darauf antwortete ich nicht. Zu groß die Versuchung, was Gehässiges zu schreiben über Schlampen, mit denen er feiert, während er sein Smartphone aushat. Sosehr es in mir deswegen brodelt, weiß ich, dass ich das später bereuen könnte oder mich zumindest schämen. Deshalb lasse ich es.

Nach dem Erwachen gönne ich mir eine lange Dusche und weiß nicht, was ich heute machen will. Ich hatte so fest mit Francis gerechnet und nun fühle ich mich hängen gelassen.

Trotzdem sollte ich ihm zurückschreiben. Möglicherweise habe ich überreagiert. Kommt bei mir ja gelegentlich vor. Ziemlich sicher habe ich das.

Ich rufe ihn an. Wenn er rangeht, ist alles in Ordnung. Das nehme ich mir vor. Es gibt für alles eine Begründung. Ich bin kein komplettes Miststück. Wenn er einen guten Grund hat, glaube ich ihm. Ich will ihn nicht anpissen, falls es sich nur um ein Missverständnis handelt. Warum sollte er sein Smartphone ausmachen? Er wird wohl nicht tatsächlich beabsichtigen, dass ich ihn nicht erreichen kann. So ist er doch nicht.

Höchstwahrscheinlich schläft er noch, aber er behauptete, von mir geweckt zu werden, würde ihn niemals stören, und ich will das gleich klären.

Er nimmt ab, doch bevor ich etwas sagen kann, höre ich eine weibliche Stimme, die mir verschlafen mitteilt: »Wir schlafen noch.«

»Öhm, und wer bist du?«, frage ich verwirrt.

»Kann ich dir zeigen.«

Sie schaltet auf Videoanruf um und ich sehe eine ziemlich fertig aussehende Blondine.

»Und was soll mir deine Fresse jetzt sagen?«

»Sorry, war ne schlimme Party, ich bin durch. Wer bist du noch mal?«

»Wer bist du? Ach, vergiss es. Weißt du, wo Fra… ähm, Bull ist?«

»Ach, das ist sein Handy? Ich dachte, das wäre Jessys. Hups. Bist du sicher, dass es seins ist? Oder wolltest du zu Jessy?«

Ach du meine Güte, die ist tatsächlich durch. »Wer zum Teufel ist Jessy und warum sollte ich mit ihr reden wollen? Gib mir …«

»Sie«, unterbricht sie mich, dreht den Bildschirm und ich erkenne eine schlafende Frau mit wilden brünetten Haaren, um die ein tätowierter Arm gewickelt ist.

Das ist aber ganz sicher nicht Francis.

Niemals.

Wie kommt sie an sein Telefon? Ich kneife meine Augen zusammen, um besser sehen zu können, da ich mir einbilde, dass das helfen könnte.

Sie geht näher ans Bett, wackelt dabei, vermutlich weil sie schwankt, und ich fühle mich wie in Eiswasser getaucht.

Die Tattoos kenne ich, die sind fest in mein Gehirn gebrannt.

Das kann kein Zufall sein.

Niemals ist jemand mit den identischen Tattoos wie Francis auf der gleichen Party. Solche Zufälle gibt es nicht.

Sein Smartphone.

Sein Arm.

Mit einer anderen im Bett.

Nein.

Das darf nicht wahr sein.

Das passiert hier nicht gerade.

Kurz bleibt mir die Luft weg, dann atme ich tief ein und schreie: »FUCK!«

Das Smartphone landet erst an der Wand, prallt dort ab und kommt am Boden, mit halb abgelöstem Bildschirm, zur Ruhe. Völlig egal.

Ich bin so geschockt, dass ich mich nicht bewegen kann.

Atmen.

Kein Wunder war sein Smartphone aus.

Ruhig bleiben.

Ich werde das ganz gelassen angehen.

Atmen.

Er ist es nicht wert.

Ruhig bleiben.

Von wegen mein Mensch.

Atmen.

Wenn der Herr supercooler Gangsterrapper denkt, er muss auf Partys rumficken, kann er das gerne ohne mich machen.

Atmen.

Das war meine Schuld. Ich weiß doch, dass so etwas für mich nicht funktioniert. Ich hätte nie daran glauben dürfen.

Ich muss was machen.

Das beenden.

Einen Schlussstrich ziehen.

Atmen.

Er wird heute wieder nach Hause kommen, aber ich habe noch genügend Zeit. Ich werde ganz in Ruhe zu ihm fahren, dort den Scheiß hinbringen, den er hiergelassen hatte, und seine Karte für das Tor mit dem dämlichen Anhänger. Meine Sachen einsammeln und verschwinden.

Am liebsten würde ich wegziehen. Er wohnt viel zu nah. Ich will eine andere Stadt. Ein anderes Land. Am besten einen anderen Planeten. Ich will mir nicht den Planeten mit dem Mann teilen, der mich so enttäuscht hat. Schon wieder.

Mir ist bewusst, dass ich in meinem Zustand nicht fahren sollte, um das gleich zu erledigen.

Pf. Mein Zustand. Hört sich an, als wäre ich schwanger.

Langsam lockere ich meine zu Fäusten geballte Hände, woraufhin sich die Starre ruckartig löst, als wäre mein Körper mit den Reaktionen hinter meinem Verstand zurück, und sacke zusammen. Ich kann nicht mehr stehen, sinke einfach an Ort und Stelle auf den Boden und rolle mich dort ein, als wäre ich ein kleiner Embryo. So ein Baby wird wenigstens geliebt. Mich liebt offensichtlich niemand.

Meine Stirn wird dick und meine Nase verstopft.

Ich hatte den Mann vergöttert. Ein Fehler. Ich bin so blind und dumm.

Tränen kitzeln meine Schläfe und meine Lippen vibrieren von einem verzweifelten Summen.

Warum tut er das?

Ich wälze mich auf die Knie und lasse meine Stirn noch ein paar Minuten gegen den kühlen Boden gelehnt. Eigentlich sollte ich froh sein, nicht wütend zu werden, bin es aber nicht.

Wütend zu sein ist einfacher. Das macht einen voll, man läuft über, hat von allem zu viel. Das hier macht mich leer und taub. Alles ist taub.

Ich brauche Routine, irgendetwas, was mich ablenkt.

Mit viel Mühe rapple ich mich auf, als hätte ich keine Muskeln, und schlurfe an meinen Schreibtisch.

Tatsächlich, es tut gut, etwas Alltägliches zu tun. Ich bearbeite E-Mails, sehe mir die betriebswirtschaftliche Auswertung meines Steuerberaters durch und konzentriere mich nur darauf. Meine Hände zittern, weshalb die Maus über den Bildschirm schlingert, als wäre sie betrunken, und ich bekomme Kopfschmerzen, da ich meine Augen verenge, um den vollen Fokus nur darauf beizubehalten.

Weil ich mich nicht vom Rechner lösen kann, um das

Unvermeidliche durchzuziehen, schaue ich durch meine Twitter-Timeline und dann auch noch durch Instagram.

Schöne Einrichtungsideen der Kollegen konnten mich schon immer erfreuen. Vielleicht kann ich mir ein wenig Inspiration screenshoten.

Doch ich finde heute gar nichts gut. Ich scrolle und scrolle und mir wird ein Bild von Francis auf der Party von gestern oder besser heute angezeigt. Jemand hat ihn markiert.

Kurz atme ich durch und wechsle auf seinen Account, damit ich ihm entfolgen kann, und dann springt mir das Bild ins Auge, das ich vorhin schon so schmerzlich sah.

Ohne zu wollen, mache ich mir davon einen Screenshot. Vielleicht brauche ich das mal, um mich selbst zu quälen. Oder als Erinnerung daran, dass es für mich niemals einen Mann geben kann. Als wäre das nicht genug, scrolle ich weiter. Viele Bilder ohne Maske und dieses dämliche Faketattoo. Da sieht man erst richtig, wie gut er aussieht. Die männlichen Fans, die ihm aufgrund der Veröffentlichung damals den Rücken zukehrten, wurden sicher durch weibliche Fans ersetzt.

Ich drehe mich auf meinem Bürostuhl weg von den Bildern und fühle mich vollkommen damit überfordert, alles in mir im Griff zu behalten.

Du drehst durch.

Francis

Fuck, dröhnt mein Schädel.

Meine Hand liegt auf warmer Haut, schön, ich bin zu Hause. Sanft streiche ich darüber und dann fallen mir gleichzeitig zwei Dinge auf: Das fühlt sich falsch an. Es riecht falsch. Falsches Parfum, falscher Mensch, Zigarettenrauch und Alkoholausdünstung. Ekelhaft.

Ich ziehe meine Hand zurück, rolle mich auf den Rücken und öffne die Augen. Ich bin bei den Archers. Eins der Gästezimmer. Oft hier geschlafen. Meistens wenn wir zusammen unterwegs waren. Immer wenn sie eine Party gaben.

Ach ja, die Party. Fuckfuck, wie viel habe ich getrunken?

Erst war Party Nummer 1 in diesem Club, bei der mein Manager darauf bestand, dass ich hingehe, wenn ich sowieso nicht nach Hause fliege. Keine Ahnung, mit wie vielen Leuten ich dort angestoßen hatte. Party Nummer 2 bei den Archers war dann noch übler. Luke muss gerade nicht Diät halten und hatte mich überredet, mit ihm zu trinken.

Diese Tussi neben mir dreht sich um und lächelt mich an. Das Gesicht kenne ich, bin mir aber sehr, sehr sicher, dass ich nicht mit ihr ins Bett bin.

So viel hatte ich auch nicht getrunken! Ich erinnere mich, dass ich mich allein hinlegte. Bisschen wackelig auf den Beinen, aber allein.

Sie legt ihre Hand auf meine Brust, und ich sehe zu, als wäre das ein Film. Langsam gleitet sie tiefer, ihr Ziel wird klar: die Morgenlatte unter meinen Shorts.

Endlich schlage ich sie weg und frage knurrig: »Wer bist du noch mal?«

»Jacky. Na, Bull? Lust auf einen Morgenritt?«

Sie beißt sich versucht sexy auf die Unterlippe und wirft einen

Blick auf meinen Schritt.

»Mädchen, das, was du da siehst, ist eine Hasslatte, weil du bei mir im Bett liegst! Verpiss dich.«

»Schon?«, fragt sie und gähnt.

»COLE, DU WICHSER!«, rufe ich laut und wenige Minuten später öffnet sich die Tür und ein nackter, verpennter Cole betritt das Zimmer.

»Alter, kannst du dir nicht was anziehen?«, frage ich ihn genervt.

»Du hast das Zauberwort gesagt, da habe ich mich natürlich beeilt.« Er grinst breit. Dann begreift er wohl, was er hier sieht, und sein Grinsen wird dreckig.

»Du meinst Wichser?«, vermute ich und frage mich, womit ich diese Kopfschmerzen verdient habe.

»Jepp. Hierhin haben sich also die Stripperinnen verzogen. Hatte mich schon gewundert, dass sie ohne ihr Geld gegangen sind.«

»Stripperinnen?« Mehrzahl? »Cole, was ist passiert?«

Ich setze mich auf, was einen fiesen Sturm hinter meiner Stirn losbrechen lässt, und sehe mich um. Vor dem Bett liegt tatsächlich eine weitere Frau. Ich verstehe gar nichts mehr.

Er grinst immer noch. »Ich schätze mal, du hast es beiden besorgt? Alles andere wäre unlogisch, oder?«

»Nein, das ist überhaupt nicht logisch. Mein Kopf platzt. Was ist passiert?«

»Woher soll ich das wissen? Frag doch die beiden«, schlägt er vor und zeigt auf die wache Brünette bei mir im Bett und die Blonde auf dem Boden, die wohl rausgefallen ist und auf dem Boden pennt.

»Vorher?«

»Keine Ahnung, du hattest mit uns getrunken und hast dich irgendwann verzogen, um zu pennen. Angeblich.«

»Sind die beiden mit?«

Brünettchen antwortet: »Nein. Wir feierten mit, bis wir total am Arsch waren und viel zu besoffen, um uns noch ein Taxi zu nehmen, dann sind wir hier rein, weil das Bett groß genug für drei war. Hat ja keinen mehr interessiert, was mit uns ist.«

»Also ist nichts passiert?«

»Bis jetzt nicht. Aber das kann sich ja noch ändern …«, säuselt sie und tatscht mich schon wieder an. Cole sieht mich erwartungsvoll an und ich schlage erneut ihre Hand weg.

»Verpiss dich, du nervst«, knurre ich. Ist das lästig. Mein Schädel dröhnt und alle gehen mir auf den Sack. Ich will meine Ruhe.

»Los, Ladys, ihr habt den Mann gehört«, sagt Cole. »Kommt mit, dann bekommt ihr eure Kohle.«

Er steht geduldig mit verschränkten Armen im Türrahmen, immer noch vollkommen nackt, und wartet, bis Brünettchen Blondie geweckt hat und sie ihren Scheiß zusammengesammelt haben.

Dann rauschen alle drei endlich ab und ich bin allein.

Mit leichtem Schwindelgefühl stehe ich auf und ziehe mir das Zeug von gestern über. Duschen kann ich im Hotel, da habe ich frische Sachen. Ich hänge meinen Kopf unter den Wasserhahn und trinke ihn erst einmal gefühlt leer, bevor ich mir von diesem eiskalten Wasser ins Gesicht haue.

Ich liebe die Archers, aber mit ihnen feiern ist kein Zuckerschlecken. Vor allem da ich nicht mehr nach dem offiziellen Teil Maske, Faketattoo und Kontaktlinsen wegnehmen kann. Bei dem spießig wirkenden Hunt im Anzug stört es keinen, wenn ich nur Beachtung schenke, wem ich will. Mit Bull wollen alle feiern. Daran muss ich mich erst gewöhnen.

Ach, scheiße, die Kontaktlinsen habe ich auch noch drin, deshalb die brennenden Augen. Fuck. Ich bekomme im grellen Badezimmerlicht die Dinger fast nicht raus und schnippe die Einmallinsen einfach genervt ins Waschbecken, als ich es endlich hinbekommen habe.

Irgendetwas muss in meinem Mund gestorben sein, und deshalb nehme ich mir eine der hübsch arrangierten Gästezahnbürsten mit viel zu viel Zahnpasta, um diesen ekelhaften Geschmack loszuwerden. Boah, das letzte Mal war ich so betrunken, als uns Tom seine Amy vorstellte und wir deren Drama wegsoffen.

Bei den Archers ist es ein bisschen wie im Hotel, Seifen,

Zahnbürsten, Bademantel, sogar so einen fest montierten Duschgel- und Shampoospender haben sie in der Dusche. Fehlen bloß noch dämliche Handtuchfiguren.

Heute nervt mich alles. Selbst Gastfreundschaft.

Bevor ich die heiligen Archer-Hallen verlasse, checke ich mein Smartphone und lese den Chat mit Lara von gestern. Sie ist wohl ein bisschen beleidigt. Sie ist süß, wenn sie sauer ist und ihr Temperament ein wenig mit ihr durchgeht. Sie wird sich wieder einkriegen, aber dieses kleine Theater von heute Morgen, das behalte ich wohl besser für mich.

Ich lasse mich mit dem Rücken aufs Bett fallen und rufe sie an, doch sie scheint ihr Smartphone auszuhaben. Alternativ schreibe ich ihr eine kurze Nachricht.

Ich: *Hey Liebes, keine Antwort? Du wirst doch nicht noch böse sein? Ich rief dich gestern an, sobald mein Telefon wieder Saft hatte. Da diese nervige Tussi, die mir die Powerbank geliehen hatte, auch die war, die es mir aus der Hand nahm, habe ich ihr den Dreck wiedergegeben. Ich war noch in einem Club, in den ich eingeladen war. Erst bei den Archers konnte ich es laden. Also alles halb so wild, oder? Ich würde dich niemals ignorieren. Ruf mich zurück. Ich freue mich auf dich. Wenn ich da bin, werde ich dir beweisen wie sehr. ;)*

Stöhnend erhebe ich mich wieder und schlurfe ins Wohnzimmer, in dem es aussieht, als wäre eine Horde Irrer durchgefegt. Sogar ein paar Lines sind noch auf einer Glasplatte angerichtet, überall stehen halb volle Gläser und Flaschen.

Bei Cole und Luke ist es immer übel. Ich bin sicher, ihr Putztrupp, den sie nach solchen Partys rufen, reinigt normalerweise Tatorte von Morden.

Die Profireinigungskräfte sind auch dringend nötig, weil ich meine zu erkennen, dass dahinten jemand hingekotzt hat. Unter anderem aus diesem Grund gibt es bei mir solche Partys nicht. Und wenn, würde ich alle Möbelstücke mit Folie überziehen. Menschen sind so ekelhaft.

Luke betritt in Sportsachen hinter mir den Raum. Ernsthaft,

wie kann der schon wieder Sport machen? Er hat doch sicher bis morgens gefeiert. Ach, wahrscheinlich ist er direkt zum Training, um den bösen, bösen Alkohol wegzutrainieren.

Leise fragt er mich: »Ähm, Bro, du hast da doch deine Tussi am Start, oder?«

»Lara. Lara heißt die *Tussi*, Luke. Warum?«

»Ich hatte das gerade mitbekommen mit den Stripperinnen. Es stört hier ja keinen, wenn du andere fickst, und sie soll das nicht erfahren. Doch wenn du das nicht tust, aber sie denkt, es könnte passiert sein, wäre nicht so gut, oder?«

»Wovon zur Hölle redest du?«

»Hiervon«, erwidert er und drückt mir sein Smartphone in die Hand.

O Fuck, gar nicht gut. Ich wurde mehrmals verlinkt auf Instagram. Mein Manager und ich waren uns einig, dass das fanfreundlich ist, und da sowieso niemand Bilder von mir privat machen konnte, solange keiner wusste, wer Bull ist. Anscheinend wurde die Social-Media-Agentur nicht informiert, das zu ändern. Mein Fehler. Ich dachte nicht daran, weil ich gar keine Lust auf Social Media habe.

Die meisten Bilder sind nicht verwerflich. Ich im Club, hier auf der Party, aber das eine .... Blondie muss fotografiert haben, wie ich Brünettchen im Bett im Arm habe.

Ich drücke ihm sein Smartphone in die Hand und wühle mein eigenes aus der Tasche, um meinen Account zu öffnen.

So ein Glück, dass ich darauf bestanden habe, dass ich alle Zugangsdaten habe und nicht nur die Social-Media-Agentur. Ich screenshote das und entferne die Markierung. Danach schicke ich den Screenshot weiter an das Team, damit sie den Scheiß löschen lassen sollen.

Cole, endlich wenigstens in Shorts, schlendert zu uns und fragt: »Und?«

Luke, schon wieder mit seinem eigenen Smartphone beschäftigt, antwortet nur: »Habs ihm gesagt.«

Ich sehe beide ernst an. »Wir behalten das mal lieber für uns. Meine kleine Cholerikerin wird das nicht so witzig finden.«

»Du meinst, sie hat das nicht gesehen?«

»Sie stalkt nicht ständig mein Profil. Ich weiß noch nicht einmal, ob sie mir überhaupt folgt. Sie interessiert sich nicht so sehr für Bull.«

»Na dann.«

»Also, Cole, Luke, ich hau ab. Es war mir wie immer ein Fest mit euch.«

Nacheinander verabschiede ich die beiden mit einem Handschlag und dem Zusammenstoßen einer Schulter und dann verschwinde ich.

Nach einer Dusche in meinem Hotelzimmer versuche ich erneut, Lara zu erreichen. Immer noch aus das Ding. Ist das eine Retourkutsche dafür, dass ich nicht erreichbar war? Das wäre doch sehr kindisch.

Ich packe meinen ganzen Krempel in den Koffer und gönne mir ein kleines Frühstück, obwohl es eher Mittagessen ist.

Bevor der Wagen kommt, der mich für das Interview abholt, versuche ich es wieder. Langsam werde ich etwas stinkig.

Ich: *Lara! Hör auf, mich zu ignorieren! Wir sind doch keine zwölf mehr. Es tut mir ja leid, Absicht war das sicher nicht. Melde dich!*

Doch auch nach dem Termin hat sie mich weder zurückgerufen noch mir geschrieben. Angeblich sind die Nachrichten nicht einmal zugestellt. Hat sie mich blockiert?

Während des ganzen Termins bin ich hin- und hergerissen zwischen mir Sorgen machen und mich ärgern, dass sie sich so benimmt. Ich dachte, so eine kindische Scheiße hätten wir hinter uns gelassen.

*****

Francis

Ich bin froh, als der Flieger Stunden später gelandet ist. Eigentlich wollte ich noch etwas schlafen, aber ich bekam kein Auge zu. Wenigstens hat man in der ersten Klasse Beinfreiheit.

Mit meiner Körpergröße wäre ein Economyflug pure Folter. Selbst Businessclass ist manchmal schon unbequem.

Nach der Landung versuche ich erneut, Lara zu erreichen, während ich dem Fahrer folge, der mein Gepäck nach draußen zum wartenden Auto trägt, um mich nach Hause zu bringen. Mittlerweile bin ich mir sicher, dass sie sich einen Scherz mit mir erlaubt, und mit etwas Glück wartet sie bei mir zu Hause, mit Essen und bevorzugt nackt. Sie hat nie ihr Smartphone den ganzen Tag aus, schon nicht wegen der Kunden.

Auch die Autofahrt über: keine Rückmeldung von Lara. Langsam macht es mich wahnsinnig, und ich verabschiede den Fahrer ruppiger als beabsichtigt, nachdem er meinen Koffer an der Haustür abgestellt hat.

Kaum habe ich mein Zuhause betreten, fühle ich mich besser. Konzerte, Partys, alles schön und spaßig, aber danach brauche ich Ruhe und die finde ich hier. Nun treibe ich noch meine Lara auf und dann will ich einfach nur sein. Hoffentlich taucht sie auf, um mich zu begrüßen.

Es ist still im Haus, doch keine Lara hier. Sie hat immer Musik laufen, wenn sie da ist. Ein Gefühl, als würde etwas nicht stimmen, überkommt mich und in der Küche erkenne ich auch was: Jemand ist bei mir eingebrochen.

Ein bisschen fassungslos gehe ich durch meine verwüstete Küche. Überall Glas und zerschelltes Geschirr auf dem Boden, der doppeltürige Kühlschrank hat zwei Dellen und davor ist eine Pfütze, vermutlich ist der Eiswürfelauswurf beschädigt.

Langsam laufe ich über das knirschende Glas und entdecke Blut. Ich gehe in die Hocke und sehe mir das genauer an.

Ja, das ist Blut, kein Ketchup, keine Marmelade und von dieser Lache aus führen Tropfen weg. Etwas wirr im Kreis und dann raus Richtung Terrassenausgang. Die Tür ist nur angelehnt und die Blutspur führt nach draußen und verliert sich im Gras.

Hatte ich vergessen, die Tür zu schließen? Nein, das hätte mir das Sicherheitssystem beim Verlassen des Hauses gemeldet.

Ich schnappe mir mein Smartphone, um die Cops zu rufen, dann fällt mir siedend heiß ein: Lara!

Was, wenn das Laras Blut ist? Ist deswegen ihr Telefon aus? Falls sie die Einbrecher erwischt hat, o verfluchter Mist, sie würde natürlich gleich auf sie losgehen und versuchen, sie zu vertreiben, statt wie ein vernünftiger Mensch die Polizei anzurufen.

Erst stehe ich kurz wie ausgegangen da, schnappe heftig nach Luft und stürme nach draußen, wobei ich mir meine Autoschlüssel greife.

Fuck. Lara. Fuck.

Wenn ihr was passiert ist? Das ist so viel Blut.

Während ich wie ein Irrer Richtung ihrer Wohnung rase, rufe ich zuerst bei der Polizei an, ob der Einbruch gemeldet wurde.

Nein.

Sie wollen jemanden vorbeischicken, aber ich lehne das erst einmal ab.

Zuerst muss ich Lara finden. Fuck, wo ist sie? Ich telefoniere als Nächstes die umliegenden Krankenhäuser durch.

Beim zweiten habe ich Glück. »Ja, eine Lara Walker wurde in der Notaufnahme angenommen.«

»Endlich«, stoße ich hervor. »Ich komme sofort.«

»Sie ist schon wieder weg. Sie hat sich selbst entlassen«, bekomme ich erklärt.

»Was hat sie? Geht es ihr gut?«

»Das darf ich Ihnen am Telefon nicht sagen. Datenschutz, tut mir leid.«

»Schon gut, danke«, erwidere ich und unterbreche die Verbindung, denn da geht eine Nachricht von Lara ein.

Ich werfe einen Blick auf das Autodisplay und lese die dort aufgepoppte Nachricht: *Hast du mich betrogen? Ich frage nur einmal.*

Die Vollbremsung, die ich einlege, hat ein wildes Hupkonzert zur Folge und ich fahre rechts ran.

Ich öffne die Nachrichtenapp auf dem Smartphone und nacheinander trudeln weitere Nachrichten von ihr ein.

Lara: *Stopp!*

Lara: *Noch nicht antworten!*

Lara: *Du solltest wissen, dass ich bei dir anrief. Nutte 1 zeigte mir, wie du mit Nutte zwei selig schlummerst.*

Ich: *Nein.*

Lara: *Auf die Erklärung bin ich gespannt ...*

Lara: *Ich weiß nicht, ob ich mit dir zusammen sein kann oder sollte.*

Ich pfeffere das dämliche Scheißteil in den Beifahrerfußraum und senke die Stirn aufs Lenkrad. Um mich herum fahren immer noch hupende Autos. Jaja, ich weiß, hier darf man nicht halten. Ich bin so böse.

Scheiße.

Das dumme Smartphone vibriert mehrmals hintereinander, und ich kann mir genau vorstellen, was sie mir schickt. Vermutlich sendet sie die ersten Nachrichten in der Annahme, dass sie das sachlich hinbekommt, und mein *Nein*, das nichts als wahr ist, lässt sie nun hochfahren, da sie glaubt, ich wäre nicht ehrlich.

Jede Nachricht wird wütender als die vorherige sein. Sie wird mir schreiben: *Betrügerisches Arschloch, verlogener Wichser, untreuer Bastard,* ja, so ungefähr wird das klingen. Dass ich mich selbst ficken solle, dass ich jedes Gangsterrapper-Klischee erfülle. Sie wird mir die ekelhaftesten Geschlechtskrankheiten wünschen und beim Schreiben dabei mit der freien Hand rumfuchteln. Ihre Augen werden von Königsblau in Gewitterhimmel wechseln und diese kleine Falte auf der Stirn vom Brauenzusammenziehen wird sichtbar sein.

Scheiße.

Wie vermittle ich die Wahrheit glaubhaft?

Mein Wort gegen Live-Bilder. Die Tatsachen hören sich an wie eine erfundene Geschichte, Ausflüchte, ein lausiger Vertuschungsversuch, das ist mir klar. Cole und Luke fragen, ob sie ihr das erklären?

Nein, sie wird denken, dass meine Freunde mich decken. Die beiden um die Nummern der Stripperinnen bitten, damit die das klarstellen?

Auch dämlich. Lara wird denken, dass ich sie für diese

Aussage bezahle.

Ich trommle mit den Fingern neben meinem Kopf aufs Lenkrad und reibe mir anschließend den Nacken.

Schwierig, schwierig.

Drei tiefe Atemzüge gönne ich mir noch, dann hebe ich meinen Kopf, setze den Blinker und fädle in den Verkehr ein. Ich fahre zu ihr. Da wollte ich sowieso hin. Ich habe keinen Plan, aber nicht zu ihr gehen, ist keine Option. Hoffentlich öffnet sie mir die Tür, da ich den Schlüssel für ihre Wohnung, den ich von ihr bekam, nicht dabeihabe. Den brauche ich so gut wie nie, sie ist fast immer bei mir.

Ich scheine Glück zu haben, denn sie steigt gerade vor dem Gebäude aus einem Taxi. Mit Verband um den Kopf. Sofort fällt mir wieder ein, dass sie verletzt ist. Nicht nur emotional, sondern auch körperlich.

Total unsozial fahre ich erneut rechts ran, mit einem echten Parkplatz halte ich mich nicht auf, greife mein Smartphone und steige aus.

Sie sieht mich, wird totenblass und reißt die Augen auf. Ich werfe die Autotür hinter mir zu und bin in wenigen Schritten bei ihr. Ganz vorsichtig ziehe ich sie in meine Arme, um ihr nicht wehzutun, und wie eine leblose Puppe lässt sie sich das gefallen.

»Ich sagte, du sollst nicht herkommen«, flüstert sie tonlos.

»Ich hatte keine andere Wahl. Ich machte mir Sorgen um dich. Geht es dir gut?«

Fest drücke ich die Nase in ihre Haare über dem stirnbandähnlichen Verband. Trotz Desinfektionsmittelgeruch, meine Lara. Oh, hoffentlich bekomme ich das geklärt, ich kann sie nicht verlieren wegen so einer Scheiße.

»Ich, ich, Francis«, stammelt sie und fängt zu beben und zu schluchzen an in meinen Armen.

»Pst, alles ist gut. Lass uns reingehen, du brauchst sicher Ruhe.«

Sie zieht ihre Arme an den Körper und drückt sie fest gegen meine Brust. »Nein, geh weg, Francis. Es tut mir so leid. Ehrlich.«

Ich lasse sie los, bemerke jetzt erst den Verband um ihren

Unterarm und ziehe diese mit sanftem Druck zu mir her, wobei ich ein wenig erstaunt frage: »Was tut dir leid?«

Sie entzieht mir ihren Arm, taumelt ein paar Schritte zurück, und bevor ich nach ihr greifen kann, ist sie an der Haustür mit dem Rücken nach unten gerutscht und starrt mich mit großen Augen von unten an.

»Scheiße, Francis, hast du noch nicht kapiert, dass ich das in deinem Haus war?«

Darüber dachte ich nicht mehr nach, aber es ist logisch. Sie muss total ausgerastet sein, als sie glaubte, ich betrüge sie. Ich gehe vor ihr in die Hocke und atme laut aus.

»Ich bin so kaputt«, murmelt sie und eine einzelne Träne rollt über ihre Wange, deren Glitzern ich irgendwie fasziniert betrachte. »Kannst du gehen und mir einfach die Rechnung schicken, bitte?«

Meine Kehle wird rau und zwingt mich zum Schlucken, weil sie sich so gebrochen anhört. Vollkommen resigniert, als wären ihre Gefühle mit der einzelnen Träne abgestellt worden und sie funktioniert nur noch sachlich.

Meine Lungen krampfen ein wenig und mein Herz sticht bei dem Gedanken, wie sie das gesehen hat, fassungslos war, bis sich das alles in Wut entladen hat. Über Stunden, schmerzhafte Stunden. Bei ihr ist doch alles ein wenig mehr. Nicht nur die Wut, auch Freude und Leidenschaft. Ich liebe ihren sprühenden Enthusiasmus und ihre Hingabe. Den gelegentlichen Zorn nehme ich da gerne in Kauf, obwohl es mir nicht gefällt, wenn sie sich so fühlt. Vermutlich hat sie die Enttäuschung bis auf den Grund ihrer Seele ausgebrannt.

Ich erhebe mich, sammle ihre Handtasche vom Boden, wo sie sie hat fallen lassen, und wühle ihren Schlüssel hervor. Wie viel Zeug hat sie denn da drin? Damit kann man ja problemlos ins Ausland flüchten oder nach einem Atomschlag in einem Bunker ausharren. Ich hatte schon die dritte Packung Kaugummis in der Hand und das drölfte Haargummi, bis ich endlich den Schlüssel erwische und, ohne auf ihre Proteste zu hören, die Tür aufschließe, sie vom Boden sammle und reintrage.

Sie schmiegt ihre Wange dabei an mich, doch ich habe das Gefühl, nicht aus Wohlgefühl, sondern als eine Art Abschied, da sie das so komisch macht. Bisschen merkwürdig, wie sie ist. Sie ist nicht wütend, sie ist durch.

»Scheißdrecksschlüsselgetue«, fluche ich, als ich versuche, ihren Wohnungsschlüssel in das Schloss zu fummeln, während ich sie weiter auf dem Arm habe. Wer hat denn auch noch so etwas Altmodisches wie Schlüssel?

Endlich konnte ich ihn in das Loch donnern und drücke die Tür auf. Schnurstracks marschiere ich zu ihrer Couch, lege sie darauf ab und gehe zurück, damit ich den Schlüssel abziehen und die Tür schließen kann, und hole ihr ein Glas Wasser.

Mir fällt immer noch nicht ein, was ich zu ihr sagen kann, außer die unbeweisbare Wahrheit. Wie unglaubwürdig ist die Geschichte denn auch, dass sie sich einfach so zu mir ins Bett legten? Ich hatte im Schlaf meinen verfluchten Arm um die dämliche Tussi gelegt. Ich würde ausrasten, wenn ich so etwas mit ihr und einem fremden Typen sehen würde. Vielleicht nicht ganz so, wie sie es tat, aber ein bisschen schon.

Angriff ist die beste Verteidigung, und ich rutsche auf dem Sofa hinter sie, auf dem sie sich aufgerichtet hat und ihre Arme nun auf den Knien abstützt und ihre Miene in den Händen versteckt.

Mein Gesicht verschwindet in ihren Haaren. Das ist der richtige Geruch, der, der so viele Gefühle in mir weckt. Eins nach Heimat ist dabei, Lust natürlich, das Bedürfnis, jemanden festzuhalten und glücklich zu machen. Und noch viel mehr.

»Für mich gibt es keinen passenden Mann«, nuschelt sie in ihre Hände.

»Doch«, antworte ich dicht hinter ihrem Ohr. »Mich. Möchtest du hören, was passiert ist?«

»Wenn du es loswerden willst …«

Ich berichte schlicht, ohne Schnörkel, ohne etwas auszulassen oder hinzuzufügen, ohne irgendwelche Beteuerungen. Nur die sachliche Wahrheit. Anschließend verlange ich: »Jetzt erzähl mir, was passiert ist. Warum ist da Blut in der Küche und wie verletzt bist du?«

Sie hat immer noch ihre Hände vorm Gesicht, und ich muss mich konzentrieren, ihr leises Genuschel zu verstehen.

»Ich wollte beherrscht bleiben. Nur zu dir fahren, um meine Sachen zu holen. Erst ging das alles recht gut, doch dann musste ich daran denken, wie du oft deinen Arm um mich gelegt hast, und wenn es nur für ein paar Meter den Flur runter war, als wolltest du mich beschützen. Der Gedanke, du machst das bei einer anderen, ließ mich rotsehen. Also ich sah wirklich rot und dann ging ich mit dem Baseballschläger auf Tour. Das war wie ein Rausch, ich konnte nicht aufhören. Beim Betreten deines Büros fiel das von mir ab. Danach saß ich eine Weile im Garten, habe mich schrecklich geschämt und wollte wenigstens die Scherben wegräumen, damit du dich nicht verletzt, wenn du nach Hause kommst. Dabei muss ich auf den Eiswürfeln, die aus dem Kühlschrank gepurzelt sind, nachdem ich ihn bearbeitet hatte, ausgerutscht sein. Ich bin auf den Hinterkopf geknallt und mit dem Arm in eine große Scherbe. Mir war schwindelig und das hat nicht aufgehört zu bluten, deshalb fuhr ich in die Notaufnahme. Mein Arm wurde genäht und am Kopf habe ich eine leichte Platzwunde.«

»Gehirnerschütterung? Wenn dir schwindelig war?«

»Verdacht, weil mir auch leicht übel war. Deswegen musste ich unterschreiben, dass ich auf eigene Gefahr gehe, und sie riefen mir ein Taxi. Mein Auto ist noch dort.«

»Du bist mit einer Gehirnerschütterung mit deinem Auto ins Krankenhaus gefahren? Du bist doch nicht ganz dicht.«

»Ja, das stimmt wohl. Ich bin viel zu kaputt für dich. Das war der schlimmste Ausraster aller Zeiten. Du kannst unmöglich mit mir zusammen sein wollen. Eifersüchtig, hochdrehend und eine Irre.«

»Ach, Liebes«, antworte ich ihr und lege meine Arme fest um sie. »Du weißt schon, warum du so ausgerastet bist?«

»Weil ich irre bin?«

»Nein«, erwidere ich mit einem leisen Lachen. »Weil ich dir so viel bedeute, dass der Gedanke dich wahnsinnig macht, mich abzuservieren.«

»Das denkst du?«

»Das weiß ich. Deine Wutanfälle sind gewaltiger, je wichtiger dir etwas ist.«

»Aber das war zu viel. Francis, was, falls ich dich mal verletze? Wenn ich so richtig austicke und dir ein Messer in die Brust ramme?«

»Das wirst du sicher nicht tun. Du glaubst, dass ich dich betrüge, und räumst trotzdem Scherben vom Boden, weil du nicht willst, dass ich mich verletze. Never.« Ich schüttle den Kopf zur Untermauerung meiner Worte und küsse sie flüchtig auf die Schläfe.

»Ich glaube dir.«

»Was glaubst du mir?«

»Dass du mich nicht betrogen hast.«

»Ehrlich? Einfach so?« Ich kann es fast nicht glauben, sie rastet dermaßen aus und nun glaubt sie mir?

»Nein. Nicht einfach so. Ich sah diese Live-Schlaf-Show auf meinem Bildschirm, und es war auf den ersten Blick für mich offensichtlich, dass da etwas gelaufen sein muss. Das hat mich fertiggemacht. Nachdem ich in deinem Haus durch die Küche randalierte, stapfte ich in dein Büro, bereit, weiterzumachen, da fiel mir ein, wie Mariella dort auf dem Schreibtisch saß und was du mir über ihren Verführungsversuch erzählt hast. Du hast diese schöne Frau abgewiesen, obwohl sie dir eine heimliche Affäre angeboten hat, und kamst sofort zu mir. Da ergibt es keinen Sinn, dass du auf einer Party als Bull mit Frauen etwas anfängst, weil das kommt garantiert raus. Siehe das Bild auf Instagram. Auf einmal kam mir der Gedanke: Was wäre, wenn das ein Missverständnis ist? Es eine Erklärung gibt? Ich fragte dich nicht danach oder versuchte das aufzuklären. Stattdessen zertrümmerte ich deine Einrichtung. Mal wieder verhielt ich mich wie eine vollkommen Verrückte, wurde mir klar. Da sah ich auf deinem Schreibtisch *Betrachtungen über Sünde, Leid, Hoffnung und den wahren Weg* von Kafka. Ich erinnere mich noch, dass du daraus zitiert hast: *Von einem gewissen Punkt an gibt es keine Rückkehr mehr. Dieser Punkt ist zu erreichen.* Ich lachte darüber, dass es total einfach ist, das sexuell auszulegen.«

Sie pausiert kurz. Ich erinnere mich. Das Lachen verging ihr schnell, als ich sie am Nacken packte und ihr zuflüsterte, dass ich diesen Punkt bei ihr, sexuell gesehen, erreichen will. Sofort.

»Weißt du«, fährt sie fort. »Du sagtest, diesen Punkt möchtest du gerne auch auf alles andere bezogen mit mir erreichen. Ich fragte mich, ob dieser Punkt für mich schon längst da ist, und nahm mir vor, das zu beenden, eben bevor ich das nicht mehr schaffe und dich am Ende kaputt mache. Du brauchst eine andere Frau, eine, die nicht so zerstörerisch ist wie ich.«

Ich brauche garantiert keine andere Frau, ignoriere das und frage: »Du hast mir schon in meinem Haus geglaubt? Und was ist mit deinen Nachrichten? Ich dachte, du drehst gerade richtig hoch. Warum hast du mir nicht gleich geschrieben?«

»Mein Smartphone ist kaputt, ich habe das und mein altes Ersatzgerät in die Handtasche geworfen, aber erst im Krankenhaus, während ich auf das Taxi wartete, wechselte ich die SIM-Karte und schrieb dir. Ich dachte mir, wenn du einfach nur *Nein* schreibst, dann ist das noch ein Punkt, um dir glauben zu können. Jemand, der lügt, würde sich rechtfertigen. Hast du die Nachrichten nicht alle gelesen?«

Ich verlagere das Gewicht, um mein Smartphone aus der Hosentasche zu ziehen, und lese die restlichen Nachrichten:

Lara: *Ich bin viel zu kaputt für dich.*

Lara: *Es tut mir so leid.*

Lara: *Ich bin auf dem Weg nach Hause. Kannst du zu mir kommen?*

Lara: *Wenn du nicht willst, verstehe ich das. Schick mir einfach die Rechnung für all die kaputten Sachen.*

Lara: *Ich liebe dich, aber ich habe Angst, dass dir etwas bei mir passiert.*

Lara: *Bleib weg.*

Lara: *Das ist besser für dich.*

Lara: *Das bringt doch nichts. Du und ich, wir passen nicht zusammen.*

»Du bist nicht zu kaputt für mich, mir wird nichts passieren, auf keinen Fall bleibe ich weg und wir passen hervorragend zusammen. Ich bring dich ins Bett.«

»Wie kannst du nicht einsehen, dass ich recht habe? Du musst das doch erkennen.«

»Ich erkenne, dass die Frau, die ich liebe, ziemlich durch ist und keine Ahnung hat, wie wenig es mir ausmacht, dass sie in meinem Haus randaliert hat, und wie viel es mir bedeutet, dass sie mir glaubt.«

Mir ist völlig gleich, ob sie dazu noch etwas sagen möchte, meiner Meinung nach gehört sie ins Bett, um sich auszuruhen, weshalb ich sie packe und über die Schulter werfe, damit ich sie hochbringen kann.

Auf der Treppe nach oben trommelt sie heftig auf meinen Rücken ein und beginnt zu strampeln, würgt und jammert: »Nicht auf den Bauch drücken.«

Schnell lasse ich sie runter, sehe ihr ins Gesicht und packe sie an ihren Oberschenkeln, damit ich sie in aufrechter Position hochtragen kann.

Im Badezimmerbereich lasse ich sie erneut runter und befehle ihr: »Mach dich bettfertig, sonst ...« Ich beende den Satz nicht. Drohen will ich ihr nicht. »Mach einfach, in Ordnung?«

Ich besorge eine Flasche Wasser sowie eine Mülltüte, falls sie sich erbrechen muss, und gehe zu ihr zurück. Sie hat sich unter die Bettdecke verkrochen und ihre Augen sind geschlossen.

Einen Moment sehe ich ihr einfach nur zu, wie sie dort liegt und atmet. Ich hoffe, ich habe das Problem aus der Welt geschafft. Sie weiß, dass sie zu mir gehört, dass sie meine ist. Wir sind Lara und Francis. Fertig. Keine Alternativen.

Bei ihrem unschuldigen Anblick fühle ich mich so voller aufgestauter Emotionen, dass ich ihr nur noch nahe sein will.

Sie ist kein Stück hübsch mit ihrem Kopfverband, den Augenringen und der Blässe und trotzdem finde ich sie wunderschön. Ihr seidiges Haar, das etwas wirr um sie verteilt ist, ihre zarte Haut, der die Farbe fehlt, ihre schön geschwungenen Lippen unter der kleinen Stupsnase. Sie ist groß, kein bisschen zerbrechlich und doch so empfindsam. Mein Körper zuckt in ihre Richtung und ich ziehe mich zügig bis auf die Shorts aus und schlüpfe zu ihr unter die Decke.

Vorsichtig, um sie nicht zu wecken, rutsche ich an sie heran und lege mich dicht an sie. Sie schläft wohl nicht, denn sie spannt sich an, als ich den Arm langsam unter ihrem durchschiebe.

»Ist dir noch schlecht?«, frage ich sie.

»Nein«, flüstert sie. »Francis? Bist du sicher, dass du hier sein willst? Je länger du bleibst, desto schlimmer wird es sein, wenn du doch gehst. Lieber gleich als später.«

»Ich gehe nicht. Für mich ist dieser Punkt ohne Rückkehr längst erreicht«, murmle ich mit etwas belegter Stimme dicht an ihrem Kopf. Lästig, dass mir der Gedanke, es hätte anders enden können, so auf die Stimmbänder schlägt. Ich kann gar nicht fassen, dass es keinen hässlichen Streit gab, keine Vorwürfe, kein Misstrauen oder sogar eine Trennung. Stattdessen liege ich mit ihr im Bett.

Sie zieht meinen um sie gelegten Arm höher und küsst die Handinnenfläche. Ihre Lippen kitzeln mich dort leicht, während sie hineinhaucht: »Bei mir auch.«

Dieses Hauchen lässt alles, was eben noch in mir wankte, beinahe schmerzhaft in mir einrasten, fühlt sich beruhigt und gesichert. Ich habe sie nicht verloren. Diese Gewissheit macht mich fast schwerelos.

»Kannst du vielleicht …?«, sagt sie und drückt mir ihren Hintern entgegen.

Sie will Sex? Jetzt?

»Nein.«

»Ich will dich spüren.«

Ich drücke mich enger an sie. »Du spürst mich doch. Auf die letzten paar Zentimeter kommt es auch nicht mehr an.«

»Wenn es darauf nicht ankommt, ist es ja kein Problem.«

Liebevoll küsse ich ihren Nacken und ihre Schulter, worauf immer noch etwas verblasst mein Name steht, und antworte: »Ist das so eine gute Idee, wenn du eine Gehirnerschütterung hast?«

»Nur ein bisschen. Machen wir das nicht immer so? Wenn uns was bewegt, haben wir Sex. Bitte. Für mich wäre das ein Zeichen, dass alles gut und abgeschlossen ist.«

»In Ordnung.«

Ich rutsche ein Stück zurück, öffne ihren BH und schiebe ihn ihr über den Arm. Meine Hände wandern über ihre warme Haut, die sich so unglaublich gut darunter anfühlt. Ich nehme ihre Brustwarzen zwischen Zeige- und Mittelfinger und drücke sie ein wenig zusammen, so wie sie es mag. Sie keucht leise davon. Die Hand wandert kreiseziehend nach unten in ihre Panty und massiert dort weiter.

Fordernd streckt sie mir ihren strammen Hintern mehr entgegen, und ich ziehe die Hand von vorn weg, zerre ihr die Panty ein Stück nach unten und schiebe meine Hand von hinten erneut zwischen ihre Schenkel.

Ich dringe mit dem Daumen in sie ein und massiere ihren Lustpunkt mit den Gelenken des Zeigefingers. Meine Hand ist schnell bedeckt von ihrer Nässe, und ich höre nicht auf, ihre Schulter zu küssen und meine Lippen daran zu reiben, während ich sie verwöhne.

Sie so zu berühren schießt direkt in meine Lendengegend, macht mich hart und härter und erinnert mich daran, dass ich gewaltig auf Entzug bin. Ich bin so scharf davon, wie sie das genießt, wenn ich mich etwas an ihr reibe, ihrem Gestöhne zuhöre und spüre, wie geil glitschig es zwischen ihren Schenkeln ist, dann komme ich vielleicht auch so. Niemand macht mich so scharf wie sie. Niemand.

»Bitte«, murmelt sie.

»Bitte was?«, will ich wissen und beiße leicht in ihre empfindsame Haut, weil sie darauf steht, dass ich sie beiße.

»Fick mich.«

»Nein. Lass los, wenn du so weit bist. Dann schlafen wir.«

»Nein«, stöhnt sie und bewegt ihr Becken zu den Bewegungen meiner Hand. »Ich will dich in mir haben. Ich will nicht einfach nur kommen. Ich will, dass wir eins sind.«

Sie sollte so etwas nicht sagen, wenn ich mich hier schon kaum noch zurückhalten kann!

»Lara«, knurre ich, knete fester und krümme meinen Daumen in ihr. »Du bist verletzt. Du kommst jetzt und dann schläfst du.«

»Nein«, bestimmt sie energisch. »Nur mit dir. Bitte.«

»Na gut«, stöhne ich ergeben, zerre die Shorts tiefer und ziehe mein Becken zurück. Ohne den Daumen wegzunehmen, schiebe ich mich in sie. Bevor ich überhaupt ganz in ihr bin, stöhnt sie auf und dann kommt sie sofort. Ihre kleine Pussy umklammert meinen Schwanz, und ich nehme die Kreis-Drück-Bewegung wieder auf, damit sie so lange wie möglich etwas davon hat. Sie drückt ihr Gesicht ins Kissen, greift mit ihrer Hand nach hinten, packt an meinem Arm zu und presst ihre Nägel hart in die Haut.

Obwohl das sicher nicht meine Art ist, ziehe ich mich danach aus ihr zurück und schlinge den Arm um sie, damit sie schlafen kann, aber sie wehrt sich energisch und drückt meinen Arm weg. »Nein.«

Sie greift zwischen ihren Beinen nach hinten, nimmt mich in die Hand und legt ihn zurück an ihre heiße Mitte. Mit einer kippenden Bewegung ihres Beckens streicht sie an ihm entlang, streichelt ihn dabei weiter mit der Hand und drückt ihn fest an sich.

Oh, Hammer, wie ein Schwanz-Vergnügungspark. Feuchtparadies mit Handunterstützung. Langsam bewege ich ebenfalls meine Hüften zu ihrem Rhythmus und werde daraufhin schneller. Fuck, hat jemand eine Stoppuhr? Ich würde gerne wissen, ob ich so in unter zwei Minuten komme.

Ich packe eine ihrer Brüste, die so perfekt in meiner Hand liegen, und nutze sie als erotischen Haltegriff bei ihrer preisverdächtigen Massage.

Die Mischung ist einfach zu gut, ich drücke stöhnend meine Lippen auf ihre Haut und lasse los. Alles landet in ihrer Hand, die mich weiter zärtlich streichelt, bis es vorbei ist, und ich zucke, weil ich so empfindlich bin.

Sie zieht ihre Hand hervor und hebt sie wie ein Sieger in die Luft und sagt leise: »Ha!«

Erst raffe ich nicht, was sie mir damit sagen will, und frage dann mit einem hörbaren Schmunzeln in der Stimme, weil meine Vermutung höchst lustig ist: »Sag mal, hast du gerade geprüft, wie viel Zeug da rauskam?«

»Vielleicht.«

»Dann ist ja gut, dass ich mir, bevor ich los bin, keinen mehr runtergeholt hatte.«

»Ging auch schnell.«

»Also wolltest du gleich noch prüfen, ob ich zu ausgelaugt bin, weil ich gestern doch bis zur totalen Erschöpfung mit zwei Frauen vögelte?«

»Das wäre immerhin irgendwie ein Beweis deiner Unschuld.«

Ich schüttle meinen Kopf und lache gleichzeitig leise. Sie ist verrückt.

Sie säubert ihre Hand am Laken, dreht sich um und sieht mich an. Ein kleines Kichern entwischt ihr, bevor sie haucht: »Ich liebe dich.«

»Ich weiß. Ich dich auch.«

»Ich weiß.«

Wir liegen voreinander und sehen uns eine ganze Zeit lang nur an.

»Hast du diesen *Test* gebraucht?«, frage ich leise und sie grinst ein wenig schmutzig.

»Nein. Mir fiel das erst ein, als du in meiner Hand gekommen bist. Ich wollte einfach nur, dass du fertig machst, auch wenn du den Rücksichtsvollen spielen wolltest. So unter uns: Du kommst von Geschäftsreisen immer recht ausgehungert zurück. Vielleicht solltest du dir öfter einen runterholen.«

Ich schiebe meine Hand fest von hinten in ihr Haar und ziehe sie für einen Stirnkuss zu mir. »Doch, du bist verrückt. Verletzt an irgendwelche körperlichen Bedürfnisse von mir zu denken, die mir zwar nicht egal, aber viel weiter hinten sind als das pure Verlangen nach dir, das ist ein wenig verrückt.«

»Und du kannst es wirklich mit einer Verrückten aushalten?«

»Ja, natürlich. Könntest du mich allerdings in Zukunft einfach wie eine Nicht-Verrückte anbrüllen, falls dir was nicht passt? Mich stört es nicht, wenn du ab und zu etwas gegen die Wand wirfst, aber heute hast du dich selbst verletzt. Das stört mich sehr.«

»Ja. Ich habe auch nicht vor, noch mehr solche Momente zu erleben.«

»Meinst du, das könnte unser letztes Problem gewesen sein?

Wir hatten eindeutig genug.«

Sie lächelt dieses hinreißende Lächeln, das manchmal etwas wehtut, weil es nur für mich ist und sich jedes Mal direkt in mein Herz bohrt.

»Ich glaube nicht. Aber wir hatten noch nie Angst vor Problemen, oder? Wir begegnen in Zukunft jedem mit Vertrauen ineinander und der Gewissheit, dass zwischen uns am Schluss immer alles gut ist.«

»Das hört sich nach einem verdammt guten Zukunftsplan an«, sage ich und streiche ihr Haar zurück, weil eine Strähne über ihr Gesicht gerutscht ist und ich sie ungehindert ansehen will.

Mein schlechtes Gewissen regt sich, dass ich damals noch nicht einmal in Betracht zog, dass sie die Wahrheit sagt und sie mir sofort glaubt, da war nichts, obwohl es keine echten Beweise gibt.

»Ich kann es nicht glauben, dass du mir so sehr vertraust«, gebe ich zu.

Sie hebt ihre Hand, fährt mir in einer zärtlichen Geste den Kiefer nach, gleitet über meinen Arm nach unten und verschränkt unsere Mittelfinger. So zieht sie unsere Hände an ihren Mund und küsst meine Knöchel, ehe sie antwortet: »Wenn ich ehrlich bin, war es nicht nur der Gedanke an deine Abweisung von Mariella. Du hast mir damals nicht geglaubt, dass ich Stillschweigen bewahrte. Ja, alles sprach gegen mich, ich weiß das. Trotzdem lagst du falsch. Was wäre, wenn ich dir nicht glaube und vertraue und dich völlig sinnlos verliere, nur weil das, was ich sah, gegen dich spricht?«

»Also hat meine Dummheit damals jetzt dafür gesorgt, dass du mir vertraust?«

»So verrückt es sich anhört: *Ja*. Mach es nicht kaputt, das Vertrauen, okay?«

Ich weiß gar nicht, was ich sagen soll oder fühlen. Da ist so viel auf einmal. Sie sieht mich mit ihren Ozeanaugen an und darin liegt unübersehbar Verlangen. Nicht nach Sex, nach etwas Größerem. Genau das ist es. Gewaltiges Verlangen nach etwas Tiefem, Echtem und sehr, sehr Langem habe ich. Mit ihr.

Nur mit ihr.

Ein schweres Schlucken, das ich nicht unterdrücken kann, füllt die Stille und sie lächelt.

»Wir zwei also?«, fragt sie mit diesem Lächeln.

»Wir zwei also«, bestätige ich und ziehe sie so nahe an mich, wie ich kann. »Immer nur wir zwei. Es gibt keinen Weg mehr zurück.«

Francis' Happy End

Epilog

Du bekommst einen Hammer.

Francis

Es ist so friedlich.

Friedlich wie Frieden. Alles läuft so gut.

Ich beuge den Nacken und lasse das Wasser der Dusche auf meine Schultern prasseln. Ein klein wenig bin ich noch müde vom Konzert gestern. Es war das letzte für das nächste halbe Jahr, um das neue Album vorzustellen, weshalb meine Konzentration nun wieder voll meinen Investments gehört.

Lara lehnt alle neuen Aufträge ab, erledigt nur noch die, die sie schon angenommen hatte, und kümmert sich sonst um unser gemeinsames Projekt. Mir gefällt ihr sprühender Enthusiasmus dabei. Sie schickt oder zeigt mir ständig ihre Ideen, überarbeitet meine Kalkulationen und stellte ein Team zusammen, wobei sie aus einer Mischung aus ihren und meinen Kontakten zurückgriff.

Das wird uns noch sehr lange beschäftigen, und ich genieße es, mit ihr gemeinsam darüber zu brüten und zu planen. Sie sagt, sie liebt die Herausforderung daran, da es eine ganz andere wäre, als Luxusimmobilien an deren Besitzer anzupassen. Stolz zeigt sie mir immer wieder die Mengenrabatte, die sie herausschlagen kann, weil es so viele Wohnungen sind und dadurch bei gleichem Budget hochwertigere Materialien genutzt werden können. Ich mag, dass sie so denkt, statt alles vom Billigsten zu machen.

Ich stelle das Wasser ab und greife mir ein Handtuch, um mich abzutrocknen, wobei ich mit der Hand den Beschlag vom Spiegel wische. Einen Teil lasse ich aus, da Lara dort ein Herz mit einem *F&L* darin in den Dampf von ihrer Dusche vorhin malte, das nun wieder sichtbar ist.

Den Abend bevor wir uns auf den Weg machten, gestand sie mir, dass sie heimlich bei einem Psychologen war, da sie mir ihre gelegentliche *Aggressivität* nicht antun wolle. Ich empfand sie nicht als aggressiv, sondern nach wie vor als temperamentvoll. Ich hatte sogar Bedenken, dass sie ihre Lebendigkeit verliert, wenn ein Seelenklempner an ihr rumpfuscht.

Aber ich schätze, dass sie das für mich tat. Außerdem verletzte sie sich in meinem Haus bei ihrem Wutanfall selbst und dazu fühlte sie sich nach dem Gespräch offensichtlich besser, also war es vermutlich doch ganz gut.

Sie erzählte mir von den Sitzungen und weinte dabei vor Erleichterung, da ihr der Psychologe versicherte, als sie ihm alles von sich, ihrem Vater, Gina und auch von mir berichtet, dass er keine psychopathischen Züge an ihr wahrnehme.

Er diagnostizierte ihr eine gewisse Angst vor Kontrollverlust, was dem nahekam, was ich mir dachte: Je wichtiger ihr etwas ist und nicht wie erwartet funktioniert, desto gewaltiger die Wut, die diese Angst überdeckt.

Sie gestand, dass sie den Psychologen anging, als er ihr vorwarf, sie würde ihren Vater als Ausrede nutzen, sich gehen zu lassen, statt rational zu bleiben. Sie erfülle damit ihre eigenen Erwartungen, etwas verrückt zu sein.

Letztendlich gab sie ihm recht und nahm Bewältigungsstrategien an, wie sie mit Angst und Wut umgehen könne, um daraus ihre eigene Lösung zu finden, da es keine Musterlösung für alle gibt.

Auch die *Freundschaft* zu Gina wurde thematisiert. Ich kann immer noch nicht verstehen, wie sich die selbstbewusste Lara von so einer Schlange über Jahre einreden ließ, sie wäre schwierig und beziehungsunfähig. Es scheint allerdings vielen Menschen so zu gehen, dass sie in Beziehungen oder Freundschaften feststecken, die ihnen nicht guttun. Da kann ich mich wohl mit beidem sehr glücklich schätzen.

Ich verlasse das Badezimmer und dort sitzt sie. Die Frau, mit der ich, so habe ich das Gefühl, eine mittlerweile unzerrüttbare

Beziehung führe.

Nachdem ich mir all die Jahre so sicher war, dass ich niemals eine Frau finden werde, die zu mir passt, sah ich sie, und irgendetwas in mir muss gewusst haben, dass sie es ist. Warum hätte ich sonst dieses dringende innere Bedürfnis gehabt, sie näher kennenzulernen?

Sie sieht von ihrem Laptop auf, lächelt mich an und fragt: »Wollen wir los?«

»Hm, ja«, bestätige ich, woraufhin sie den Deckel zuklappt und ihn in ihre Tasche schiebt. Gemeinsam sammeln wir alles ein, und ich erkenne genau, wie sie grinst, als ich das Shirt vom Konzert gestern in den Koffer pfeffere.

Es ist rosa! Ein rosa-weißes Baseballshirt, auf dem steht:

Property of Lara

Sie hatte sich heimlich mit meinem Ausstatter abgesprochen, damit ich das zum gestrigen Konzert trug. Ich tat so, als wäre mir das völlig egal, zog es an und am Merchandising-Stand, bei dem eine kleine Auflage angeboten wurde, waren diese am Ende ausverkauft. Nun laufen irgendwelche Kerle mit diesem Aufdruck durch die Gegend. Ich weiß auch nicht, was ich davon halten soll, dass die sich als Laras Eigentum bezeichnen wollen.

Beschweren sollte ich mich auf jeden Fall nicht, dass sie das tat, denn immerhin überredete ich sie auf dem ersten Konzert, bei dem sie dabei war, ein Shirt mit dem Aufdruck *Bulls Bitch* zu tragen.

Das war eine Retourkutsche dafür, dass sie mich beschuldigte, nicht zu ihr stehen zu wollen, da ich überlegte, überhaupt offenzulegen, dass ich vergeben bin, nach dem Anschlag auf meine Mutter.

Letztendlich war es praktisch. Auf der Party danach zeigte ich, wenn sich ein weiblicher Fan an mich ranmachen wollte, einfach auf das Shirt. Worte gespart.

Ich freue mich auf die nächste Station unserer kleinen Rundreise, denn nun steuern wir die Kaserne an, um dort Laras egozentrisches Zerstörungsritual durchzuführen. Darauf bestand ich. Sie ist ein wenig verrückt, auf die gute Art, und ich liebe das.

*****

Francis

Am nächsten Tag parke ich direkt vorm Eingang von Gebäude eins, bei dem der Umbau beginnen wird.

Beschwingt steigt sie aus, geht an den Kofferraum, reicht mir eine Schutzbrille und hängt sich ihre locker um den Hals, damit sie ihre Haare unter der Mütze verstauen kann.

Mein Blick schweift durch den Eingangsbereich der ehemaligen Mannschaftsunterkunft der Kaserne. Morgen geht es los mit der Entkernung.

Noch ist es kaum vorstellbar, dass hier ein moderner Wohnblock entstehen wird, aber durch ihre ausführlichen Beschreibungen und Bildschirmanimationen habe ich die Bilder vorm geistigen Auge.

Lara hat die Architektin Annette samt ihrem gesamten Architektenbüro verpflichtet, die auch schon damals mein – oder jetzt unser – Haus betreut hatte. Ihren Mann hatte sie gleich mit eingespannt, der beaufsichtigt nun alle Handwerksunternehmen und hält den Haufen zusammen. Für so ein großes Projekt braucht man Menschen, auf die man sich verlassen kann und von deren Arbeit man überzeugt ist. Ich vertraue Lara in dieser Hinsicht, dass sie für uns die Besten ausgewählt hat.

Sie dreht sich in ihrem Blaumann zu mir um und legt grinsend ihren Kopf schräg.

»Was?«, frage ich.

»Ach, ich finde es nur verrückt, dass du das im Anzug machst.«

»Ich sagte doch, das ist eine Hommage an unsere erste gemeinsame Zerstörungsorgie.«

»Und damit bist du verrückter als ich.«

Ich fahre mir durch die Haare und antworte ihr nicht, da ich nachdenke, wie ich den nächsten Satz richtig formuliere.

»Was ist los?«, fragt sie mit einem Augenzwinkern. »Hast du Angst, dass du dich blamierst, wenn wir hier gleich den Hammer schwingen? Ich bin doch so viel geübter.«

»Apropos Hammer«, erwidere ich. »Ich habe einen Spezialhammer für dich.«

Sie wirft einen Blick auf meinen Schritt und ich stöhne: »War ja klar. Nicht DEN Hammer! Der gehört dir doch schon.«

»Wehe, das ist ein kleiner. Mit dem großen bekomme ich viel mehr zertrümmert«, sagt sie grinsend und zeigt auf den großen Vorschlaghammer, den sie gegen den Wagen gelehnt hat.

»Die Frau«, murmle ich leise und packe die schwarze Tasche aus dem Kofferraum. Lauter fahre ich fort, nachdem ich sie vor ihr abgestellt habe: »Schau rein.«

Neugier blitzt in ihren Augen, und sie geht in die Hocke, um den Reißverschluss aufzuziehen. Sie nimmt den Inhalt heraus, legt ihn daneben und schlägt das Tuch zurück.

Sie fängt an zu lachen und fällt auf den Hintern.

»Was ist denn das?«, fragt sie. »Oder wofür? Das ist nicht echt, oder? Ne, das kann nicht echt sein.«

»Falls du denkst, das wäre ein echter Diamant: Ich glaube nicht, dass es so große gibt«, erwidere ich ebenfalls mit einem Lachen und schaue mir den Hammer an, der dort auf dem schwarzen Tuch liegt.

Ein Vorschlaghammer, dessen Stiel aussieht wie ein geschliffener Diamant, der Hammerkopf dagegen ist rot und wirkt auch geschliffen.

Sie sagt nichts, ich gehe neben ihr in die Hocke und frage: »Erinnerst du dich noch an die Schaufel, aus einem Diamanten gefertigt?«

»Du meinst, als Tom fast gestorben ist, weil er mir so einen Müll schrieb?«, fragt sie. Mittlerweile weiß sie ja, dass es damals Tom in albernster Stimmung war, der ihr heimlich über mein Smartphone schrieb.

»Genau. Dieser Hammer kann eine Sache zerschlagen. Ich habe ihn aus Expoxidharz machen lassen. Er hält einen Schlag aus und zerfällt dann in Einzelteile. Also überlege dir gut, was du damit zertrümmern willst.«

»Nichts natürlich!«, protestiert sie. »Den behalte ich.«

Ein weiteres Stöhnen quält sich aus meinem Brustkorb. »Sie fraß das Herz, das ich ihr auf einem Jahrmarkt kaufte, weil ich nicht wusste, wie ich ihr sagen soll, dass ich sie mag, aber einen Hammer theatralisch zerschlagen geht natürlich nicht.«

»Gut. Die innere Eingangstür vielleicht?«, schlägt sie vor. »Obwohl das schade ist. Er wäre sicher eine schöne Deko für mein Büro.«

Darauf gehe ich nicht ein, sondern stimme zu: »Eingangstür ist gut. Eingang, Anfang, gute Symbolik. Dann los«, fordere ich und erhebe mich.

Mit dem Hammer in der Hand folgt sie mir, und ich nehme ihn ihr kurz ab, damit sie die Schutzbrille in Position bringen und Handschuhe anlegen kann.

Das Gebäude ist bereits aufgeschlossen, und ich halte ihr die erste Tür auf, wobei ich ihr den Hammer zurückreiche, als sie vorbeigeht.

Sie sieht mich an, ich nicke ihr zu und stopfe die Hände in die Hosentaschen meines Anzugs. Langsam und theatralisch hebt sie den Hammer an, schwingt ihn einmal im Kreis um sich und lässt ihn gegen die zweite Eingangstür krachen.

Wie erwartet zerspringt er in viele Einzelteile, die zu Boden regnen, und dazwischen bleibt eine kleine Schatzkiste liegen, die der ähnelt, die sie mir damals bei der Übergabe des Hauses überreicht.

»Was ist das, Francis?«, fragt sie.

Das dritte Stöhnen. »Muss ich das echt erklären?«, frage ich ein wenig verzweifelt und sinke vor ihr auf die Knie. Mein Kopf fällt nach vorn zwischen die Schultern, und als ich ihn wieder anhebe, ist klar, was ich sagen möchte. Nicht das sorgsam ausgewählte Zitat, nein, nur meine Worte, einfach ich.

»Lara. Du bist mein Mensch. Wirst du mein Mensch für immer sein? Willst du mich heiraten?«

Ich greife nach der Kiste, öffne sie und halte sie ihr entgegen.

»Fuck!«, schreit sie. »Ein Ring! Echt jetzt! Ein Ring!«

Sie reißt sich die Schutzbrille vom Kopf, wovon die Mütze davongeschleudert wird und sich die blonden Wellen über ihre

Schulter ergießen. Eine Antwort erhalte ich nicht. Nur diesen völlig erstaunten Gesichtsausdruck.

»War doch klar, dass ich das irgendwann einmal tun werde, oder? Also? Lara? Dieses Projekt hier wird noch Jahre bis zur Vollendung brauchen. Wirst du mich spätestens dann heiraten?«

Sie wedelt mit ihrer Hand vor meinem Gesicht herum und befiehlt: »Anstecken. Sofort.«

Das entlockt mir ein Lachen, gleichzeitig muss ich meinen Kopf schütteln und murmle, während ich ihn über den Ringfinger streife: »Das war dann wohl das überaus romantische *Ja*.«

Ihr Grinsen reicht fast um den Kopf, als sie mir die Hand wieder entzieht und den Ring betrachtet.

»Schön. Einfach schön. Da werde ich anscheinend einen Mann mit Geschmack heiraten. Meine Güte, funkelt das Ding. Als hätte jemand eine kleine Sonne darin eingeschlossen. Mit Diamanten kenne ich mich nicht aus. Aber da er verrückt ist, schließlich hat er eine Küche im Wert einer Wohnung, die er nicht vorhatte zu nutzen, und ein kleines Tonstudio, in dem er nicht mehr als dreimal war, wird der vermutlich ein Vermögen gekostet haben. Dabei sagte er doch, er wolle Frauen keinen Schmuck kaufen. Völlig wahnsinnig der Kerl. Und dann ein Hammer. Wenn der wüsste …«

»Sprichst du mit mir?«, frage ich, da sie das kaum hörbar vor sich hinmurmelt.

»Hm?« Sie sieht mich an. »Ups, nein. Entschuldige. Ich bin aufgeregt. Ich werde heiraten, weißt du?«

Sie zieht ihn ab, betrachtet die Gravur und dann trifft mich ein total berührter liebevoller Blick.

»Wegen Tiffany?«, hake ich nach. Es hieß zu mir, das wäre DIE Verlobungsringmarke, bei der bei allen Frauen irgendetwas feucht wird. Augen und/oder Höschen.

»Nein.« Sie schiebt ihn sich zurück über den Finger und fällt mir dann mit vollem Gewicht einfach um den Hals. »Weil da dein Name steht. Und *Dein Mensch*. Danke. Danke für diese verrückte Idee. Danke, dass ich dich heiraten darf. Danke, dass du für mich im Dreck kniest.«

Ich drücke sie fest an mich und mein Gesicht an ihren Hals.

»Das ist doch verrückt«, flüstert sie.

»Was ist verrückt? Ich will dich behalten.«

»Ja, mir war klar, dass wir uns nicht mehr trennen wollen. Trotzdem betreibst du so einen Aufwand, um mich zu fragen, ob wir das auf einem Stück Papier besiegeln. Kein teures Restaurant und Ring im Champagnerglas. Nein, ein Hammer und wir beide ganz allein im Dreck, kurz davor, in einer Zerstörungsorgie zu eskalieren. Das ist so viel besser. Ich frage mich nur, wie man jemanden so sehr lieben kann.«

Meine Arme umgreifen sie ein Stück fester, sie wird kaum noch Luft bekommen, aber das braucht sie wahrscheinlich gerade, so emotional wie sie sich anhört.

»Francis Walker hört sich toll an«, flüstert sie weiter.

»Was?«, frage ich, drücke sie ein Stück zurück und lache. »Sei nicht albern. Ich bin hier das Männchen, du wirst natürlich zu Lara Hunter.«

»Ach, als könntest du mir was abschlagen«, behauptet sie und grinst.

»Diese Illusion lasse ich dir gerne. Eigentlich. Aber wirklich? Francis Walker? Hunter hört sich doch so schön männlich an.«

Lachend löst sie sich etwas von mir und verlangt: »Mir ist völlig egal, wie wir heißen. Ich hätte nur gerne einen gemeinsamen Namen, falls wir ... also wenn wir ... Nun da wir verlobt sind und deine Mutter doch sowieso immer nervt: Willst du eigentlich Kinder?«

Die Frage kommt mir gelegen und ich gebe zu: »Diese Frage beschäftigt mich, ehrlich gesagt, schon eine ganze Zeit. Ich wollte allerdings nicht so nerven wie meine Mutter. Ich war ja der Meinung, ich finde nie eine Frau für mich. Aber seit ich diesen Ring aussuchte, ist mir klar, dass ich gerne eine Familie mit allem hätte. Ich wünsche mir den spießbürgerlichen Traum: Frau, Kinder, Hund, Haus, Baum.«

»Aha«, stellt sie belustigt fest. »Spießbürgerlicher Traum also. Bei dem der Papa Gangsterrapper ist.«

»Nun, bis sie alt genug sind, um das richtig zu verstehen,

vergeht mir wahrscheinlich sowieso die Lust daran oder ich werde zu alt, keine Ahnung. Wenn sie es rausfinden, behaupte ich, das war eine Jugendsünde oder mein böser Zwilling.«

»Gut, dann zwei zum Mitnehmen bitte«, erwidert sie und lächelt dieses Lächeln, in das ich mich damals verliebt haben muss.

»Wird serviert«, raune ich ihr zu und will sie küssen.

»Nicht sofort!«, protestiert sie. »Erst heiraten und hier muss alles fertig geplant sein. Dann kannst du mich schwängern, wie du willst. Bis dahin üben wir fleißig.«

»Schwängern hört sich irgendwie geil an«, lasse ich sie wissen und muss lachen. Ich liebe ihre Art.

»Bevor du übst, mich zu schwängern, will ich dir auch einen Verlobungsring kaufen. Es soll ruhig jeder wissen, dass du vergeben bist.«

»Oh, sorry«, sage ich. »Das geht nicht.«

»Was?«, hakt sie empört nach. »Wieso? Willst du keinen Ring von mir?«

Kopfschüttelnd seufze ich und erwidere: »Ich dachte, dass du dir so etwas denkst, aber gut.«

Ich pule die Pflaster von meinem Finger, wobei sie mich beobachtet und etwas spöttisch festhält: »Ich soll dir also nicht glauben, wenn du behauptest, du hast dich an einer Hantel verletzt?«

Sie packt meine Hand und entdeckt mein neustes Tattoo. Sie küsst es und flüstert: »Da steht mein Name und ein Herz und ein Diamant ist auch da. Und Linien, damit es wie ein Ring aussieht. O mein Gott.« Noch ein Kuss. »Du bist so irre.« Ihre Stimme klingt total berührt.

»Ich wollte einen, den man nicht ablegen muss. Ich habe doch schon den Ring von meinen Jungs und bin ja kein Schmuckständer«, erkläre ich ihr.

Ein weiteres Mal küsst sie dieses Tattoo mit ihrem Namen, als wäre sie sprachlos.

»Oder wäre dir ein echter Ring an mir lieber?«, will ich wissen. »Einen Ehering werde ich natürlich tragen.«

»Nein«, antwortet sie sofort. »Nein. Das ist perfekt. Du bist perfekt.«

Ich entziehe ihr meine Hand, lege sie an ihren Nacken und küsse sie. Ich küsse sie so ernst und zugleich aufgewühlt, wie ich mich fühle. Sie erwidert diesen Kuss ungestüm und schlingt ihre Arme um mich.

Kurz zieht sie ihren Kopf zurück, sieht mich an und haucht: »Ich bin verlobt. Verlobt mit dir.« Eine Erwiderung schaffe ich nicht, denn umgehend werde ich fast totgeknutscht.

Ja. Verlobt. Ich! Ich habe eine, nein, DIE Frau für mich gefunden.

Meine Verlobte. Mein Mensch.

Epilog

Du bist ein Tier

Lara

Am nächsten Nachmittag schlurfe ich muskelkatergeplagt mit meinem Verlobten von einem Parkplatz Richtung der Wohnung von Tom und seiner Freundin. Station 3 unserer Reise.

Wir sind ganz schön eskaliert gestern. Erst beim Zerstören und dann beim Verlobungssex.

Keine Ahnung, was von was wehtut. Die Kratzer auf seinem Rücken und seinen Oberarmen sind auf jeden Fall nicht vom Demolieren. Vielleicht sollte ich über kürzere Nägel nachdenken. Ich kann es nicht lassen, mich an ihm festzukrallen, und wenn es dann wild wird, rutsche ich ab. Aber eigentlich egal. Bei den Tattoos sieht man sie sowieso fast nicht und ihn stört es nicht.

Wir riefen gestern Abend seine Mutter an. Sie ist immer noch nicht richtig mit mir warm geworden. Ihre erste Frage war, ob wir heiraten *müssen*, weil ich schwanger sei. Ich versprach ihr, dass wir uns nach der Hochzeit an die Arbeit machen, und auf einmal konnte sie sich freuen. Ich fühle mich etwas zur Enkel-Brutmaschine degradiert. Aber egal, wenn der einzige Haken an Francis seine Mutter ist, kann ich damit leben.

Tom und Francis wollen heute zusammen etwas im Tonstudio ausprobieren, und ich hoffe, ich komme mit Toms Freundin klar, wenn die Männer dort die ganze Zeit miteinander beschäftigt sind. Falls das so eine langweilige Tussi ist, wird es mir schwerfallen, Nettigkeit zu heucheln. Bei Kunden kein Problem, aber in meiner Freizeit habe ich darauf keine Lust.

Nie wieder werde ich zu jemandem nett sein, der das nicht verdient hat. So wie Gina. Punkt. Mit Tom komme ich gut klar, der ist mittlerweile schon mehrmals bei uns vorbeigerauscht und bestand jedes Mal darauf, dass wir uns bald zu viert treffen müssen.

»Na endlich«, stöhnt Tom in die Gegensprechanlage und öffnet uns den Zugang zum Haus.

Er empfängt uns an der Wohnungstür, lässig mit verschränkten Armen an den Türrahmen gelehnt und dick grinsend. Er ist von Kopf bis Fuß wie aus einer Zeitschrift gestylt. Wahrscheinlich setzt er sich nirgendwohin, weil er Angst hat, dass seine Jeans an den Knien ausbeult oder sein hautenges Shirt zerknittert.

Francis läuft zwar auch immer wie so ein männliches Modepüppchen durch die Gegend, mal Anzugmodel, mal Streetstyle, mal eine Mischung. Aber ihn stört es nicht, wenn er schmutzig wird oder seine Frisur flöten geht.

»Na, mein Großer, hast du deine Kleine mitgebracht?«, sagt Tom zu Francis und stößt sich vom Türrahmen ab.

Ich stelle mich mit meinen halbhohen Schuhen vor ihn und sehe ihm in die Augen. »Trägst du Einlagen in deinen Schuhen, Tom? Damit du auf Augenhöhe mit mir bist? Hm?«

»Komm her, *kleine* Freundin«, erwidert er und umarmt mich wie ein verschollen geglaubtes Familienmitglied. »Schuhe aus beim Reingehen«, verlangt er anschließend und grinst mich an. Ist klar. Dann ist er wieder größer. Der ist schlimm.

Kopfschüttelnd streife ich mir die Schuhe von den Füßen und schiebe sie neben den Schuhschrank rechts von der Eingangstür, wobei Francis und Tom sich lautstark begrüßen, als müssten sie beweisen, dass sie Männer sind.

»Wo steckt Amy?«, fragt Francis ihn und wird ebenfalls seine Schuhe los.

»In der Küche. Irgendetwas war noch nicht perfekt, und sie will unbedingt beweisen, dass wir meisterhafte Gastgeber sein können. Nur weil ich dir einmal die Couch überlassen wollte.«

Theatralisch rollt er dazu mit den Augen, dabei kann ich mir das echt nicht vorstellen. Francis, der Mann mit einem

Megahaus und dem Riesenapartment, besten Hotelzimmer und dann bei Freunden wie ein Teenager auf dem Sofa? Wahrscheinlich macht ihm das nicht einmal was aus, so wie ich ihn kenne.

Tom führt uns in die Küche, wo auf einem großen Küchenblock Häppchen angerichtet sind und diese Amy gerade zwei Kerzen anzündet. Bisschen übertrieben, finde ich, aber nett.

Sie legt das Feuerzeug zur Seite und strahlt uns entgegen.

»Schön, dass ihr da seid.«

Ich erhalte eine Umarmung, als wären wir schon Freunde, von der kleinen Frau. Gut, sie ist normal groß, für mich sind aber nun mal die meisten Menschen klein.

Von Francis holt sie sich einen Wangenkuss ab, kichert und zeigt auf mich. »Das ist also SIE.«

»Ja, Amy, das ist Lara«, antwortet er etwas verwirrt. »Ihr wusstet doch, dass ich sie mitbringe.«

»Ja, nein, natürlich. Lara ist die Frau mit dem Date. Von damals! Du weißt schon!« Sie boxt ihm gegen die Schulter und sieht ihn eindringlich an.

»Keine Ahnung von was du redest, Amy«, sagt Francis und legt den Arm um mich.

Amy verzieht beschämt die Mundwinkel und murmelt kleinlaut: »Sorry. Ich dachte nur … auch egal. Was wollt ihr trinken?«

»Jetzt will ich es wissen«, verlange ich. »Welches Date damals?«

Amy zögert und Francis stöhnt: »Sag halt. Wird nichts Schlimmes sein.«

»Bei unserem nächtlichen Gespräch auf der Couch sagtest du, du hast in Monaten ein Date, weil du warten musst, bis du kein Kunde mehr bist, und dass die dich ein bisschen weggehauen hätte. Ich dachte, das wäre sie. So.«

»Ach so«, seufzt Francis. »Stimmt. Hatte ich dir gesagt. Ja, sie ist es.«

Er erzählte das Toms Freundin? Er, der verschlossene Typ? Erst nach diesem Gedanken wird mir klar, was das eigentlich bedeutet. Nicht nur, dass er auf die Verabredung wartete, sondern es hat ihn so sehr beschäftigt, dass er es sogar jemandem mitteilen musste. Weggehauen. Ich. O Mann. Kaum zu glauben. Zum Glück sind wir schon verlobt, sonst müsse ich nun ihm einen Antrag machen.

»Megaromantisch«, schwärmt Amy und Tom schnaubt. »Was denn? Ist doch eine tolle Geschichte! Nicht wie unsere. Die kannst du ja keinem erzählen.«

Tom zieht Amy an sich, küsst sie auf die Stirn, und ich höre, wie er ihr zuflüstert: »Bis auf ein paar nicht so schöne Stellen mag ich unsere Geschichte. Ich würde alles noch einmal genauso machen, um dich zu bekommen: nackt an deine Tür klopfen, andere Frauen vor dir fi…«

»Schluss jetzt!«, donnert Amy. »Wir haben Gäste.«

Tom erhält noch einen Kuss und dann wendet sie sich uns zu. »So, aber nun. Kaffee? Wasser? Tee? Energydrink?«

Wir lassen uns bewirten und die beiden zusammen sind ganz lustig. Sie erzählen viel und gerne, aber nicht auf eine nervige, sondern unterhaltsame Art.

Tom sieht ein paar Häppchen später auf die Uhr und sagt: »Wir müssen bald los. Wollt ihr euer Gepäck hochholen?«

»Mach ich«, antwortet Francis und er verschwindet.

Amy stellt fest: »Ah, ja, stimmt. Beim Thema Studio: Da wollte ich auch noch ein Hühnchen mit Francis rupfen.«

»Weshalb?«, will ich wissen.

»Ich schlug ihm vor, dass er mit Tom was aufnehmen könne, weil er eine so tolle Stimme hat. Weißt du, was der gemacht hat? Der hat mich ausgelacht! Aber keinen Ton gesagt, dass er schon einen auf Gangster-Rapper macht. Pf.«

»Du weißt doch warum«, sagt Tom, zieht sie an ihrem Pferdeschwanz und küsst sie auf den Hals. »Außerdem hast du aus Rache das Gästezimmer für ihn dekoriert.«

»Aus Rache?«, hake ich lachend nach. »Hast du irgendwelche Fallen eingebaut? Was zum Stolpern? Mäusefalle unterm Kopfkissen?«

»Nein, nein«, sagt sie und ihre Augen funkeln neckisch. »Komm mit«, fordert sie und verstrubbelt im Vorbeigehen Toms

Haarpracht, was er sofort versucht, wieder zu richten.

Sie führt mich in ein Schlafzimmer, das Gästezimmer, wie ich vermute, und dort liegt ein Spielzeugteppich mit Straßen und Gebäuden vor dem Bett. An den Wänden hängen Poster von Francis als Bull, dekoriert mit goldfarbenen Ketten. Auf einem Kopfkissen befindet sich ein Schimpfwörterbuch, auf dem anderen eine Pistole, wie ich beim näheren Hinsehen feststelle, aus Schokolade.

Das ist doch arg albern. Trotzdem merke ich, wie meine Mundwinkel belustigt zucken. Sie ist irgendwie süß.

»Ja, schön«, sage ich, weil mir nichts Besseres dazu einfällt. »Aber was soll der Teppich?«

»Den hatte doch jeder als Kind. Ich sah das im Internet. Ein Bild von diesem Teppich und den Kommentar dazu: *Was viele Rapper eigentlich meinen, wenn sie sagen, dass sie auf der Straße aufgewachsen wären.* Da musste ich an Francis denken und dass er, laut Tom, eine eher spießige Kindheit hatte.«

»Und dann hast du für diesen Scherz diesen Teppich gekauft?«

»Für einen guten Spaß ist mir nichts zu teuer«, erwidert sie und lacht.

»Hm«, kommentiere ich das und stimme in ihr Lachen ein, weil das dämlich ist und deshalb so lustig.

»Was machen wir, wenn die Männer ins Studio gehen?«, will ich wissen.

»Wir gehen Kickboxen!«

»Was? Warum?«

»Weil es Spaß macht. Außerdem sagte Francis, dass du gerne mal die Sau rauslässt. Wart ihr deshalb nicht unterwegs? Kickboxen ist wie Sachen zerschlagen, nur kontrollierter.«

Während die Männer das Tonstudio aufsuchen, entführt mich Amy also zum Kickboxen. Sie hat mir Trainingskleidung von sich geliehen. Die Hose passte zwar, obwohl sie an mir kürzer ist als an ihr, aber ein Shirt musste mir Tom leihen, da ihre nicht über meine Brüste passen. Zum Glück habe ich aufgrund unserer Zerstörungsaktion gestern wenigstens einen Sport-BH dabei.

Es ist zwar kein offizielles Training, aber sie hat den Schlüssel der Halle abgestaubt und zeigt mir verschiedene Übungen.

Sie ist ganz schön beweglich und schnell. Eine echte Killermaschine. Ich komme mir gegen sie vor wie ein riesiger ungelenker Trampel. Ich bin ein wenig neidisch.

Mein Muskelkater von gestern macht mir auch noch zu schaffen, und ich dramatisiere ihn schlimmer, als er tatsächlich ist, damit sie etwas gnädig mit mir ist.

Am Ende sitze ich total erschöpft auf dem Boden, und ich bin mir nicht sicher, ob ich zum Duschen einen Hocker brauche, muss aber zugeben, dass ich Spaß hatte. Möglicherweise wäre das wirklich eine nette Abwechslung, und ich nehme mir vor, zu Hause in einem Kickboxstudio zumindest einen Anfängerkurs zu belegen.

Amy lässt sich neben mir auf dem Boden nieder und grinst mich an.

»Dein Pferdeschwanz löst sich auf.«

Ich nicke, das hatte ich gespürt, bin mir aber nicht sicher, ob meine Arme schon wieder in der Lage sind, so etwas Kompliziertes wie Haargummis zu bedienen.

»Und?«, fragt sie. »Wie groß ist er?«

»Wer?«

»Francis natürlich.«

»Oh, irgendwas über zwei Meter.«

Sie lacht. »Das meinte ich nicht. Untenrum. Hat er einen Pferdeschwanz wie du eben noch?«

»Bitte?«, empöre ich mich. »Fragst du mich gerade nach der Penisgröße meines Kerls? Wie groß ist denn Toms?«

»Beeindruckend, aber nicht beängstigend«, antwortet sie und wackelt mit den Augenbrauen. »Beim Thema Pferdeschwanz ist mir eingefallen, dass Tom die Aussage verweigerte. Mich interessiert nur, ob er proportional zum Rest passt.«

»Was redest du da? Pferdeschwanz? Tom verweigert die Aussage? Kennen die ihre Schwänze gegenseitig so gut? Warte mal! Du willst ihn dir aber nicht für einen Dreier borgen, oder worauf läuft das hinaus?«

»Irgendetwas an mir muss auf jeden Fall Dreier schreien. Die Brüder fragten mich, Tom fragte mich, du fragst mich. Steht irgendwo auf meiner Stirn: *Amy will nen Dreier?*«

Ich beuge mich zu ihr rüber und erkläre ihr lächelnd: »Es ist mir egal, was du willst. Wenn du meinem Mann auch nur einmal zu lange auf den Schritt spannst, kannst du was erleben.«

»Woha! Das sollte nur ein lustiges Mädelsgespräch sein. Das war nicht ganz mein Ernst und ich will sicher nicht mit deinem Kerl ins Bett. Du bist ja eine Eifersüchtige.«

»Du nicht?«

»Doch, ein bisschen schon. Aber ich kann einen Witz erkennen.«

»Ich kenne dich keinen ganzen Tag. Wie soll ich das denn machen, wenn du mich das so ernst fragst?«

»Francis behauptete, dass du die Menschen sofort durchschauen würdest und erkennen, was sie brauchen und wollen.«

»Das bezog sich auf das Einrichten von Wohnungen und Häuser und nicht darauf, wer sich den Schwanz meines Freundes ausleihen will!«

Sie sieht mich an, sagt aber nichts mehr. Vielleicht war das etwas zu harsch von mir.

»Amy, ich werde es dir verraten«, sage ich. »Pass auf, wenn es ihn an der Spitze juckt, macht er so«, erkläre ich und kratze mich an der Innenseite meines Knies.

Sie runzelt kurz die Stirn, sieht mich an und bricht in Lachen aus.

»Ist die Konsequenz daraus, dass ihr eine Fernbeziehung führt?«

»Wie meinst du das?«, hake ich nach.

»Wenn er so lang wäre und du keine unnatürlich lange – oder sagt man tiefe? – Vagina hast, tut ihr es immer aus der Ferne.«

»Klar«, erwidere ich lachend. »Im Winter trägt er ihn übrigens als Schal.«

»Wie nützlich!«, ruft sie.

»Ja, gelle? Wenn er nackt ist, wirft er ihn locker über die Schulter, weil hängend sehen seine Beine sonst so kurz aus.«

Sie lacht immer weiter und sagt augenzwinkernd dazu: »Ich liebe Witze unter der Gürtellinie. Die sind die besten.«

»Stimmt«, erwidere ich ebenfalls noch lachend. »Und besser die Witze als unsere Brüste.«

»O Gott, ja!«, bricht aus ihr heraus.

Anschließend gehen wir gemeinsam duschen und dabei rufen wir uns von den Kabinen weitere Peniswitze zu, bis ich Shampoo ins Auge bekomme vor Lachen, weil die so unglaublich schlecht sind.

Auf mein Fluchen antwortet Amy mit noch mehr Gelächter.

»Verfluchte Scheiße, ich bin blind! Hör auf, zu lachen!«, fordere ich, muss aber schon wieder selbst.

Irgendwie sind wir in einem albernen Lachflash gefangen. Wahrscheinlich lachen wir, wenn eine von uns nur laut *Penis* sagt und sonst nichts.

Das probiere ich aus und rufe: »Penis«, während ich die Duschkabine verlasse.

Amy war auch gerade dabei und rutscht fast aus, als sie vom Kichern Schluckauf bekommt.

»Schade, dass du schon vergeben bist«, sagt sie, wobei wir in unsere Kleidung steigen. »Sonst würde ich dich mit meinem freien Bruder verkuppeln, damit ich dich öfter sehen kann. Du bist lustig.«

»Da unsere Männer befreundet sind, werden wir uns sicher ab und an mal sehen.«

»Auch wieder wahr.«

Bis die Männer in der Wohnung auftauchen, haben wir uns schick gemacht und sind bereit, ausgeführt zu werden.

Die beiden öffnen lachend die Tür und wir gehen ihnen entgegen. Francis packt mich, hebt mich hoch und wie immer schlinge ich die Beine um seine Hüfte und die Arme um seinen Nacken.

»Na, meine Verlobte? Wie war es beim Training mit Amy?«

Amy macht sich von Tom los, der, wie ich aus dem

Augenwinkel wahrnehmen konnte, eine filmreife Kussszene mit ihr hinlegte.

»Verlobt?«, keucht sie. »Echt? Dann ist der Klunker ein Verlobungsring? Wollte schon fragen.«

»Jepp«, bestätige ich und strecke den Arm in ihre Richtung aus, ohne damit aufzuhören, Francis' Gesicht anzusehen. Amy fingert an meiner Hand rum, um den Ring zu betrachten, und ich lege meinen Mund auf Francis' Lippen.

Mein Mann, meine Lippen, mein Leben.

Niemand ist immer von Glück erfüllt in jeder Sekunde seines Lebens. Man kann sich nur von einem glücklichen Augenblick zum nächsten hangeln und die Zeit dazwischen schätzen, dass man diese Momente erleben darf.

Ich lehne meine Stirn an seine. Dieser Moment ist so einer. Ich so eng an ihn gepresst, seine Hände an mir, ich stolz, diesen Ring von ihm zu tragen und ihn anderen zeigen zu können.

Die letzten Tage und Wochen hatte ich so viele davon, dass es schon fast unverschämt ist. Gestern doch erst. Wir bei unserem gemeinsamen Projekt, der Spaß an unserer Zerstörungsorgie, die Überraschung mit dem Antrag. Das waren so viele, dass man aufpassen muss, keinen zu verpassen.

Denn ich will mir jeden einzelnen davon einprägen. Ganz tief in mir einschließen. Wenn es schwierig wird oder eine Durststrecke kommt, hole ich sie alle raus, und sie werden mir helfen, alles zu überwinden bis zum nächsten perfekten Moment.

*****

Lara

Das Essengehen mit den beiden war sehr lustig und ich bin ein klein wenig betrunken. Ich glaube, mit Amy komme ich gut klar. Wir haben auf Freundschaft getrunken, und ich vermute, die Männer waren amüsiert von uns.

Schon vor der Vorspeise hatten Amy und ich Sekt, zum Essen gefühlt literweise Wein, weil wir auch noch den gleichen mögen und uns die Flaschen teilten.

Sie füllte mir immer wieder auf und sagte dazu in verschwörerischem Tonfall: »Du bist doch sooo groß, da muss ich dir mehr geben, sonst bin ich hier die Betrunkene.«

Nach dem Hauptgang überbrückten wir mit Cocktails bis zum Dessert. Francis fand das sehr lustig, dass wir so albern miteinander waren, er grinste die ganze Zeit verstohlen. Vielleicht freute er sich auch nur, dass ich so gut mit der Freundin seines Freundes auskomme.

Er erhob sich, beugte sich zu mir runter, küsste meine Stirn und sagte leise: »Gleich wieder da«, ehe er Richtung Toiletten verschwand.

Nachdem er zurück war, schmierte er mir mit seinen nassen Händewaschfingern über den Nacken, und ich quiekte davon wie ein Schwein, wonach Amy auf ihrem Stuhl vor Lachen zusammenschmolz.

Tom erhob sich ebenfalls, beugte sich zu Amy und sagte ebenso leise wie Francis zu mir: »Wehe, du frisst meinen Nachtisch«, woraufhin sie sich angrinsten.

Ich zeigte mit dem Finger auf beide und sagte wohl etwas zu laut: »Ihr seid soooo süß«, denn mindestens alle Gäste drehten sich nach uns um.

Nun sind wir im Gästezimmer der beiden, und Francis begutachtet kopfschüttelnd Amys Dekoration, wobei ich nackt im Bett liege und von der Schokoladenpistole nasche nach einer heftigen Betrunkenennummer. Ich betrunken, er weniger.

Das hätte fast nicht geklappt, weil ich immer noch albern war und ihn anfeuerte wie eine Sportmannschaft. Bis er mir den Mund zuhielt und mich in den gewohnten Rausch vögelte.

»Meinst du, die schlafen?«, frage ich ihn.

»Ich denke schon«, antwortet er und blättert in dem Schimpfwörterbuch, das vom Bett geflogen ist. »Immerhin musste Tom Amy reintragen, weil du sie so abgefüllt hast.«

»Iiiiiccch? Nee!«, behaupte ich und setze mich auf. Ich rutsche an den Rand, greife nach seinem Hemd und ziehe es mir über. »Ich habe Durst. Ich bin mal schnell in der Küche und klaue was.«

Vorsichtig schleiche ich mich nach draußen und taste mich an der Wand entlang, Richtung Küche. Ich will keinen mit dem Licht wecken, vor allem, weil ich nur dieses Hemd trage und vermute, das ist falsch zugeknöpft.

Äußerst zufrieden, so unauffällig gewesen zu sein, schließe ich die Tür hinter mir und gehe durch die vom Mondlicht erhellte Küche, um den Kühlschrank zu öffnen.

Das Kühlschranklicht blendet mich und ich fluche etwas undamenhaft und kichere dann. Eine Hand landet auf meinem Mund, woraufhin ich den Kopf drehe.

»Ich habe auch Durst«, flüstert mir Francis zu. Allerdings habe ich die Vermutung, dass das nur die halbe Wahrheit ist, da er hier seine Sexgottstimme benutzt.

Ich reiche ihm eine kalte Flasche Wasser und er stellt sie achtlos zur Seite. Aha! Ich habe recht. Er schließt die Tür vor meiner Nase, packt mich an der Taille und hebt mich auf den Tresen.

»Bereit für Nummer zwei?«

»Hier?«, frage ich.

Er greift in seine Shorts, zieht mich gleichzeitig näher an sich und füllt mich mit einem Stoß komplett aus, was mich zum Keuchen bringt. Zum Glück ist da noch Restfeuchtigkeit von der Nummer eben, sonst hätte das wehgetan.

»Wenn die hier eine perfekte Fickhöhe haben, müssen wir das ausnutzen«, stöhnt er, während er seine Hände unter das Hemd wandern lässt. Seine Finger sind überall, sein Atem wird hektischer, ohne dass er sich in mir bewegt. Ich verschränke meine Hände hinter seinem Nacken und sehe ihn nur an, diesen schönen Mann, und genieße seine Berührungen und wie die Lust in mir emporklettert.

Langsam beginnt er sich zu bewegen, nur minimal sein Becken, und streichelt weiter über meine Haut. Alles bleibt genießerisch sanft, intim und gefühlvoll.

Genau so lange, bis ich mich vorbeuge und an sein Ohr flüstere: »Fick mich hart, nicht wie deine Verlobte, sondern wie deine Bitch.«

Ich ziehe den Kopf zurück, er sieht mich an und dieser Blick ist ein wenig überwältigend, weil er so vor Leidenschaft glüht und zugleich eine Wärme darin liegt, die beängstigend liebevoll ist.

Kleine verzweifelte Laute, statt Worte kommen aus seinem Mund, und dann tobt er sich an mir aus auf diese perfekte himmlische Art. Ich tobe mich an ihm aus, klammere mich an ihm fest, drücke mich ihm entgegen, folge seinen Bewegungen und er meinen. Er drückt mich gegen den Kühlschrank, gegen die Wand, gegen die Tür, beugt mich über den Tresen, wir machen wie in einem Blutrausch die ganze Küche zu unserem Spielplatz.

Völlig losgelöst von allem falle ich in einen ekstatischen Höhepunkt, den er mit seinem begleitet, da er nur auf mich gewartet hat. Ich liebe das. Seine Gier und seine gleichzeitige Zurückhaltung, damit wir beide ein perfektes Erlebnis haben.

Danach drückt er mir die Flasche Wasser in die Hand, trägt mich rüber ins Schlafzimmer.

Ich werfe ihm spaßig vor, während wir uns im Bett das Getränk teilen: »Du hast meine Betrunkenheit ausgenutzt.«

»Völlig falsch«, stellt er klar. »Ich habe dich BEnutzt, nicht AUSGEnutzt. Ausnutzen wäre von einer bestehenden Gelegenheit gebraucht machen. Das ist, irgendeine willige Frau zu vögeln. Benutzen ist jedoch, etwas dem Zweck entsprechend nutzen. Du bist meine Verlobte, also ist es dein Zweck, mir sexuell zur Verfügung zu stehen.«

Er sagt das ernst und in einem belehrenden Tonfall und versucht, seine ausdruckslose Miene aufzusetzen, die fast lächerlich wirkt, so oben ohne, mit dieser zerstörten Frisur, rotgeküssten Lippen und diesem albernen Funkeln in den Augen.

Ich schüttle meinen Kopf, nehme ihm die Flasche Wasser ab, die er mir hinhält, um den Rest leer zu trinken und wegzustellen.

»Ich kann es mir echt gut selbst machen, welchen Zweck hast dann du für mich?«

»Ich könne der Versorger sein.«

»Du wolltest nie ein Versorger sein und ich brauche keinen.«

»Hm. Jetzt wird es eng. Nicht besorgen, nicht versorgen.«

»Es reicht, wenn du mich liebst und du du bist. Damit ist dein Zweck erfüllt«, lasse ich ihn wissen und lege meinen Kopf auf dem Kissen ab. Die Betrunkenheit bin ich bei diesen zwei heißen Nummern losgeworden, aber ich bin sehr, sehr müde und kann kaum noch die Augen offen halten.

Sein Gesicht taucht über meinem auf, ein Arm neben meinem Kopf. Wir sehen uns ein paar Minuten an, und es kommt mir vor, als würden wir beim Ansehen mehr loswerden, als wir es mit Worten können. Nicht für alles gibt es den passenden Begriff, manches kann man nur umschreiben oder mit einem bestimmten Blick loswerden.

»Ich liebe dich.«

»Ich weiß. Ich dich auch.«

»Ich weiß.«

Ein kurzer, weicher Kuss folgt, er legt sich selbst ab und zieht mich ein Stück an sich ran. So will ich einschlafen, weil es perfekt ist, auf diese Art einzuschlafen.

Am nächsten Morgen erwartet uns ein Frühstück sowie ein grinsender Tom und eine Amy mit Augenringen.

Wir lassen uns am Tisch nieder, Tom schenkt mir einen Kaffee ein, den ich dankbar annehme, und schiebt Francis fünf Energydrinks hin.

»Brauchst du sicher, Bruder«, lässt er ihn wissen und nickt wissend.

»Wofür?«, fragt Francis.

»Nach der Orgie.«

»Ja, vielleicht wärt ihr besser in ein Hotel gegangen«, wirft Amy ein und nimmt sich eine Brezel.

»Oder in einen Zoo«, ergänzt Tom und schwenkt dazu ein Buttermesser.

»Zoo?«, hake ich nach.

»Nach dem Gebrüll wie in einem Löwenkäfig.«

»Löwenkäfig?«, wiederhole ich und mir wird ein wenig unangenehm. Haben die uns etwa gehört?

»Jepp«, erwidert Amy. »Ich konnte die halbe Nacht nicht schlafen.«

»Ist nicht so schlimm«, sagt Tom und streichelt ihr über den Kopf. »Nicht so schlimm, dass dich das angemacht hat.«

Sie schlägt seine Hand weg und sieht ihn böse an. »Hat es nicht!«

»Warum musste ich es dir dann besorgen? Hast du nicht gesagt, ich will das auch?«, ärgert er sie.

»Ich wollte nur abgelenkt werden. Das war ja pervers. Ihr habt es doch in unserer Küche getrieben, oder?«

Ich sehe schuldbewusst zu Francis, aber dem scheint es egal zu sein. Eiskalt der Mann. Grinst nur ein bisschen.

»Och, Amy«, sagt Tom. »Du kannst das nächste Mal doch einfach fragen, ob du zusehen darfst.«

»Idiot«, schimpft sie und wirft ein Stück Brezel nach ihm, woraufhin er sich duckt und dick grinst.

Francis legt seinen Arm um mich und flüstert: »Ich fand es geil. Gibt nichts zu bereuen.«

»Ja, das konnten wir hören, Bruder«, bestätigt Tom. »Brünstige Elche oder so was.«

»Wusstet ihr«, sagt Amy und schwingt theatralisch ihre Hand, »dass bei Jurassic Park die Geräusche, die die Raptoren machen, von fickenden Schildkröten stammen? Das klang schlimmer als gefährliche Dinos, was ihr da gemacht habt. Ich hatte Angst um unsere Küchengeräte!«

»Reicht wieder, Amy«, bestimmt Francis.

»O nein, Francis. Falls ihr irgendwas für abartige Sexspielchen benutzt habt, hoffe ich, dass ihr es in die Spülmaschine geräumt habt! Nein, nehmt es einfach mit, bitte. Tom musste alle Oberflächen abwischen.«

Francis legt den Kopf in die Hände und stöhnt.

»Tja, Francis«, sagt Tom schadenfroh. »Wer laut brüllt, muss mit einem Echo rechnen.«

Langsam finde ich es doch lustig, sehe Amy an und sage: »Penis.«

Erst sieht sie mich verwirrt an, dann erinnert sie sich wohl, nickt und grinst ziemlich breit.

Francis legt seinen Arm um meine Schulter, Toms wandert um Amys. Kurz ist es still, dann lachen wir vier gemeinsam los.

»Ihr seid lustig«, sagen Amy und ich gleichzeitig. Ich glaube, ich finde die Frau wirklich gut.

Francis berührt zart mit seinen Lippen meine Schläfe, zieht meine Hand an seinen Mund und küsst den Verlobungsring, woraufhin ich seine nehme und auf das Tattoo an seinem Ringfinger mit meinem Namen einen Kuss hauche.

Wir sehen uns an, dann wieder zu den beiden und Tom sagt ein wenig gerührt: »Ihr seid echt ein bisschen glücklich miteinander, hm?«

Ja.

Einfach ja.

Epilog

Wir sehen nach vorn.

Lara

Das ist so aufregend.

Der erste Musterwohnblock in der ehemaligen Kaserne ist fertig. Wir treffen uns dort mit zwei Vertretern der Presse sowie dem Makler, der die Wohnungen für uns vermitteln wird.

Am Schluss wurde es etwas hektisch. Die Straßen, die durch die Wohnanlage führen, müssen komplett erneuert werden, was wir gleich nutzten, um neue Versorgungsleitungen legen zu lassen.

Irgendwie ging unsere Anweisung unter, zuerst die Zufahrt zum ersten Musterwohnblock zu erneuern, sodass sie gerade so pünktlich fertig wurde.

Wir sind eine Stunde zu früh da, damit wir noch einmal in Ruhe selbst durchgehen können. Es ist zwar nicht direkt wie die Übergabe an die Eigentümer, da wir das bleiben, aber trotzdem halte ich an dem Ritual fest, bevor es jemand anders sieht, alles persönlich ein letztes Mal zu begutachten.

Francis legt seinen Arm um meine Schulter. »Rein? Oder noch ein bisschen starren?«

Ich lasse meinen Blick zum Wohnblock nebenan schweifen. Dort sind die Bauarbeiten in vollem Gange. Um alles gleichzeitig zu erledigen, gibt es nicht genügend Handwerker, und die Organisation ist zu aufwendig.

Aus diesem Grund werden zuerst nacheinander die ersten vier Wohnblöcke umgebaut. Danach folgen die ehemaligen Offiziershäuser sowie die Gebäude, die später gewerblich vermietet werden. Ein kleiner Supermarkt wird es werden, Autowerkstatt, ein Bäcker, sogar ein Bekleidungsgeschäft möchte hier eine Zweigstelle eröffnen. Die Wohnanlage ist so groß, da lohnt es sich. Es wird auch eine Kindertagesstätte geben und die ehemalige Sporthalle wird durch eine moderne Variante ersetzt, die Vereine nutzen dürfen. Eine Lagerhalle wird von einem Eventteam umgebaut und wird Paintball, Lasertag und Escape-Rooms anbieten.

Noch ist alles ruhig, da heute Sonntag ist und niemand arbeitet. Überall stehen Baumaschinen und Arbeitsfahrzeuge. Doch bald stehen hier Pkws, Menschen laufen herum und es wird lebendig sein. Das ist alles so faszinierend.

Neben dem Haus, das sich aktuell im Umbau befindet, kann man gerade so das nächste erkennen, bei dem demnächst die Entkernung beginnt.

So kann ich mit den Augen vorher-nachher spielen. Denn der fertig renovierte Wohnblock hat kaum noch was gemeinsam mit dem alten. Viel größere Fenster, Balkone, neues Dach, knallroter Anstrich. Jeder Wohnblock wird eine eigene Farbe erhalten. Knallrot, grasgrün, türkis und so weiter. So, dass zwar alles gleich, aber doch zu unterscheiden ist. Wenn man Besuch bekommt, muss man nur sagen: *Zweimal rechts, das rote Gebäude.*

Francis' leises Lachen reißt mich aus meinen Gedanken und ich sehe ihn an. »Sorry.«

»Kein Problem. Starre, solange du willst. Du hast es verdient. Es ist super geworden.«

»Nein, wir können«, beschließe ich.

Gemeinsam gehen wir nach drinnen durch den Eingangsbereich, in dem schon Briefkästen für die einzelnen Wohnungen angebracht sind. Es fehlen nur noch die Namensschilder. Die Besichtigung des Kellers mit dem Waschmaschinenraum, Fahrradkeller und den Kellerabteilen spare ich aus.

Ein wenig Aufregung macht sich in mir breit, gleich eine der Wohnungen zum letzten Mal zu betrachten, ehe die ersten Mieter gesucht werden. Ich habe sie geplant, sah sie auf Papier, 3-D-Animationen und war schon drinnen. Aber trotzdem fühlt es sich aufregend an, sie noch einmal zu betreten, bevor der

Makler und die Presse sie sehen werden.

Ich greife nach Francis' Hand, verschränke unsere Mittelfinger und lege einen Schritt zu. Gleich die erste Wohnung im Erdgeschoss öffne ich und bleibe mit ihm im Türrahmen stehen.

Wir hatten uns drei Wohnungsgrößen überlegt. Dieses hier ist eine Einzimmerwohnung. Ich nehme von der Eingangstür aus alle Eindrücke in mich auf. Francis drückt sich an mir vorbei und bleibt vor dem kombinierten Wohn-Schlafbereich stehen. Die Wohnung ist bereits mit einigen fest verbauten Möbeln ausgestattet, damit die Mieter, die eventuell nicht so viel Geld haben, nicht noch Geld für Möbel ausgeben müssen.

Er klappt den Tisch aus, der, wenn er an die Wand hochgeklappt ist, fast mit ihr verschmilzt. Von der anderen Wand kann man für nachts ein breites Bett ausklappen. Tagsüber bietet die dann sichtbare Unterseite Stauraum für Bekleidung. So wirkt die Wohnung viel größer, als sie ist.

Mein Blick schweift zu Francis, der den Tisch ansieht und eine Hand darauf stützt, als wollte er dessen Belastbarkeit prüfen. Manchmal kann ich immer noch nicht fassen, dass er mir gehört. Dieser unglaubliche Mann.

Er fährt sich mit einer Hand flüchtig durch die Haare, wobei sich sein Hemd um den Bizeps strafft und an seiner Taille etwas spannt. Es hat kein bisschen seine Faszination eingebüßt, seine eleganten Bewegungen zu beobachten.

Francis lässt sich auf der Tischkante nieder, stützt links und rechts die Arme ab und sieht mich amüsiert an. »Los, schau dich um, statt mich an.«

Ups. Na gut.

Ich werfe einen Blick in die Kochnische. Hochmodern, zweckmäßig und nur die besten Materialien. Sie soll schließlich lange halten. Der nächste Gang führt mich in das Badezimmer. Ich finde, ich sollte einen Preis gewinnen für das kleinste, funktionalste und stylishste Badezimmer, das es je gab.

Mehr gibt es auch nicht zu sehen, und ich schlendere die wenigen Schritte zu Francis, dessen Lippen ein leicht diabolisches Grinsen umspielt. Der heckt doch was aus.

Er winkt mich mit dem Zeigefinger zu sich, und ich stelle mich zwischen seine Beine, woraufhin er mich umfasst und mit einem Ruck noch näher zieht.

Langsam senkt er seinen Kopf und raunt mir mit tiefer Stimme zu: »Zeit für unsere private Einweihungsfeier.«

»Was?«, frage ich und schmunzle. Ich kann es mir denken. »Jeder Raum hier? Da sind wir zum Glück schnell durch.«

»O nein, Lara, jede Wohnung!«

Er zieht seinen Kopf zurück und streicht dabei mit seinem kurzen Bart über meine Wange, worauf ich als Antwort eine kleine Gänsehaut bekomme.

Seine Lippen landen auf meinen, und er steigt in diesen Kuss ein, als wären wir schon mittendrin. Wild und leidenschaftlich küsst er mich, und ich kann nicht anders, als mich mitreißen zu lassen.

Meine Knie werden etwas weich, seine Hände wandern an meinen Po und halten mich zugleich und drücken mich fest an seine Erektion.

Seine Lippen gleiten an meinen Hals und liebkosen die Haut.

»Stopp, Francis. Denkst du, wir machen das tatsächlich?«

»Glaubst du, wir machen es nicht? Ich denke schon den ganzen Tag daran.«

»Weißt du, wie spät es ist?«

»Klar: Showtime.«

»Der Makler, die Presse«, erinnere ich ihn.

»Eine Wohnung schaffen wir vorher, den Rest erledigen wir danach.«

»Ich fordere einen Kompromiss«, verlange ich atemlos, weil sich seine Hand schon unter meine Bluse verirrt hat und direkt auf dem Weg zu den Brüsten ist.

»Ich mache niemals Kompromisse.«

»Schluss jetzt!«, fordere ich energisch, haue auf die Hand unter dem Stoff und drücke seinen Kopf von meinem Hals.

Er zieht sich etwas zurück und seine Augen funkeln mich ungeduldig an.

»Kein Sex vor dem Termin«, bestimme ich. »Ich will hübsch aussehen, nicht mein Make-up weggeschwitzt und eine irre, zerwühlte Frisur haben. Die wollen auch ein Bild von uns, schon vergessen?«

»Hm. Und weiter?«, brummt er und sein Blick ist pures Feuer. Er will immer noch sofort. Unglaublich der Mann.

»Wenn du dich jetzt zusammenreißt, machen wir das danach vielleicht wirklich.«

»Das ist kein richtiger Anreiz. Da ich das sowieso vorhatte. Was kannst du noch anbieten?«

»Du hast mich. Sei gefälligst etwas dankbarer.«

Er schmunzelt leicht. »Bin ich. Nun gut. Ich beuge mich dieser Knechtschaft, die du mir angedeihen lassen willst. Aber ich bestehe auf jede Wohnung.«

»Du bist so grenzenlos verrückt. Weißt du noch, wie fertig wir waren nach der Einweihungsfeier in deinem Haus? Es sind viel mehr Wohnungen, als du Zimmer hast. Das schaffst du nie.«

Oh, das war ein Fehler, das merke ich schon beim Sprechen.

Natürlich antwortet er: »Nun bin ich herausgefordert. Ich werde die Queste annehmen.«

»Das schaffen wir vielleicht, indem wir uns nackig machen und du mich vögelnd durch alle Räume trägst.«

»Fuck, jetzt bin ich noch geiler«, erwidert er lachend.

Ich gehe vor Richtung Tür und rufe ihm über die Schulter zu: »Noch eine Viertelstunde, bis sie eintreffen. Werde deinen Ständer bis dahin los. Und nein, ich werde dir nicht helfen. Denke an süße Hundewelpen oder so etwas, dann geht das weg.«

Sein raues Lachen begleitet mich noch ein Stück über den Flur, bevor ich das Gebäude verlasse und mich davor auf einer der Bänke niederlasse.

Kaum sitze ich, folgt er mir und setzt sich neben mich, legt stumm den Arm um meine Schulter und zieht mich an sich. Ich rutsche ein Stück tiefer, sodass ich den Kopf an die Stelle anlehnen kann, an der mein Name auf seiner tätowierten Rüstung steht.

Gemeinsam sehen wir zusammen nach vorn. Noch so viel Arbeit. So viel Spannung. So viel Francis.

Mehr will ich doch gar nicht.

Nachwort

Nachworte sind ja nicht sooo mein Ding, und ich saß da, Finger auf der Tastatur, und mir fiel nichts ein. Aus diesem Grund habe ich Francis und Lara auf einen Tee und einen Energydrink eingeladen.

Die beiden setzen sich mir gegenüber und Francis legt seinen Arm auf Laras Stuhllehne ab.

Lara nippt an dem Tee und verzieht ihr Gesicht. Was? Nicht gut? Das ist ein guter Tee vom Teeladen!

Beide sehen mich erwartungsvoll an. Ich weiß auch nicht, was ich sagen soll. Die Geschichte ist rum, ich habe mit den beiden eigentlich nichts mehr zu bereden. Möglicherweise hätte ich mich vorbereiten sollen, statt mich darauf zu verlassen, dass mir spontan etwas einfällt.

Da es wohl meine Aufgabe ist, das Gespräch zu eröffnen, sage ich irgendetwas: »Na, Francis? Du bist gar nicht so ein doller Bad Boy, hm?«

»Wenn du das sagst … Du bist die Autorin«, erwidert er gelangweilt mit seiner dunklen Stimme.

»Natürlich nicht«, gibt Lara ihren Senf dazu. »Bad Boy? Böser Junge? Francis ist alles, bloß kein Junge.«

»Ja, da hast du recht«, gebe ich zu. »Das ist ein dummer Begriff. Aber nun einmal eine Bezeichnung, die jeder kennt. War nicht meine Erfindung.«

Sie sehen sich an und zucken mit den Schultern.

»Und nun?«, frage ich.

»Was und nun?«, fragt Lara zurück.

»Wollt ihr noch etwas loswerden?«

»Wir sind im Nachwort, oder?«, will Francis wissen und öffnet zischend seine Dose. »Sagt man im Nachwort nicht Danke an die Beteiligten? Muss ich dir das echt erklären? Vielleicht solltest du den Beruf wechseln, wenn du keine Ahnung hast.«

Ich nehme die Belehrung mit einem inneren Augenrollen

hin. War eine dumme Idee, die beiden einzuladen. Mit einem Seufzen erhebe ich mich, da er ja trotzdem recht hat, und drehe mich in eure Richtung.

Mit einer Verbeugung lasse ich raus, was ich empfinde: »Vielen Dank, dass ihr das Buch bis zum Ende gelesen habt. Ich hoffe, euch hat die Story von Francis & Lara gefallen. Sie war ein wenig anders als die von David & Honey und auch anders als die von Tom & Amy. Mir wurde schon öfter gesagt, dass Leser immer die gleiche Geschichte wollen, nur ganz anders. Die Geschichten sind, meiner bescheidenen Meinung nach, alle unterschiedlich. Höchstwahrscheinlich gibt es ein Buch, das euch am besten gefallen hat. Falls ihr alle drei Bücher gelesen habt, ist die Wahrscheinlichkeit hoch, dass ihr einen Protagonisten (Geschlecht unerheblich) nicht leiden konntet oder sogar langweilig oder nervig fandet. Das ist okay, wir mögen nicht alle die gleichen Personen. Bevor ihr euch auf ein Lieblingspärchen oder einen Protagonisten festlegt, solltet ihr den vierten Band abwarten. Also vielen Dank noch einmal an euch! Ihr seid großartige Leser und ich liebe euch alle ein wenig, und das liegt nicht daran, dass ich ein rührseliger Mensch bin. Nein, gar nicht. Dank sei auch geschuldet den fleißigen Unterstützern. Eine Namensliste bete ich nicht herunter, die will keiner lesen. Trotzdem sei euch Lesern gesagt, dass außer mir weitere tolle Menschen beteiligt waren, die mir mit ihrer Meinung auf die Nerven gingen. Wer will schon hören, was alles Mist ist? Sei es in der Story oder bei der Rechtschreibung. Aber ohne diese Meinungen wären die Bücher nur halb so gut. Das weiß ich. So, genug. Ich rede mir hier den Mund fusselig, obwohl ich nur kurz Danke sagen wollte.«

Ich nehme wieder Platz und die beiden sehen mich gelangweilt an.

»Fertig mit dem Podcast?«, fragt Lara.

Ehe ich einen Schluck Wasser trinke, zeige ich mit dem Finger auf sie und stelle klar: »Der Spruch ist von Gina. Willst du ehrlich Ginas Sprüche nutzen? Habt ihr eigentlich wieder Kontakt?«

»Nein. Aber das ist nicht schlimm. Lieber keine Freundin als eine falsche, und außerdem gibt es genug andere Menschen in meinem Leben.«

»Das stimmt«, seufze ich. Da bin ich besser dran. Mir fällt doch noch eine Frage ein: »Sagt mal, bei eurem ersten Sex, hat das eigentlich geklappt? Hier, ihr wisst schon: Orgasmus in jedem Raum.«

Lara beugt sich in meine Richtung und sagt: »Ich denke, das geht dich nichts an.«

»Och, komm schon. Ich war ja quasi sowieso live dabei.«

Zumindest teilweise, alles davon zog ich mir nicht rein, sondern kehrte lieber einen Teil unter die Tastatur. Die Szene war so schon lange genug. Und anstrengend war sie obendrein auch, da ich mit geschlossenen Augen tippte. Ich wollte ja nicht indiskret sein.

Francis stützt seine Ellenbogen auf dem Tisch ab und legt sein Gesicht in die Hände. Sie tätschelt ihm die Schulter und flüstert: »Dabei wäre das deine Chance zum Angeben.«

Aha!

Er schüttelt den Kopf, seufzt und sieht sie mit einem Lächeln an. Mit einem erneuten Seufzen legt er seinen Arm über ihre Lehne und drückt ihre Schulter, bevor er sagt: »Sind wir hier fertig? Wir haben noch andere, *wichtige* Dinge zu erledigen.«

Jaja, schon klar, ich bin unwichtig. Ich habe ihm ja nur sein Happy End geschrieben. Undankbares Pack.

»Ja, ihr könnt verschwinden. Ich muss sowieso am Buch der herzigen Burschen schreiben.«

»Herzige Burschen?«, wiederholt Lara lachend. »Was gibt denn das für ein Buch?«

»Na das von Cole und Luke natürlich.«

»Herzige Burschen?«, wiederholt nun auch Francis und beide ziehen synchron eine Augenbraue nach oben. Boah, ich sags euch, die sind ein ekelhaft inniges Paar.

»Ach, stellt euch nicht so an. Sind sie doch irgendwie. Ich habe die zwei in mein kleines Autorinnenherz geschlossen. Vielleicht ist das auch nur mein Gegenmittel, da die beiden sich für so übertrieben toll halten. Dagegen bist du, Francis, bescheiden.«

»Komm, Liebes, wir gehen«, sagt Francis zu Lara und diese nickt.

Wir erheben uns und Francis reicht mir die Hand. »War trotzdem nett, dich als Autorin zu haben.«

»Danke, dass du in meinem Buch warst«, erwidere ich und drücke ein wenig melancholisch seine große, warme Hand. Zum Glück ist bei Fantasiebegegnungen Corona kein Thema.

Er wendet sich mit einem Nicken ab und geht Richtung Tür. Ich sehe ihm hinterher und zucke zusammen, als mir Lara um den Hals fällt und in mein Ohr flüstert: »Danke für den Kerl. Der ist spitze.«

»Verschwinde endlich«, flüstere ich mit belegter Stimme zurück. Gleich gibt es Pipi im Auge. Ist schon immer ein wenig schwierig, die Protagonisten ziehen zu lassen.

Die Tür fällt hinter den beiden ins Schloss, ich räuspere mich und drehe mich zu euch um. »Gut, wir wären hier durch. Falls ihr mir etwas sagen wollt oder mehr wissen, schreibt mir eine E-Mail oder folgt mir auf Facebook. Ich muss jetzt ein wenig allein sein. Wir lesen uns.«

Ich winke euch mit einem Taschentuch zu und klappe meinen Laptop auf.

Schnief. Weiter geht's.

Mehr von den BAD BOYS IN LOVE?

Kennst du schon David und Tom?

Band 1: The Story of David Stone
Band 2: The Story of Tom Scott
Band 3: The Story of Francis Hunter
Band 4: The Story of Luke&Cole Archer (erscheint Herbst/Winter 2020)

Keine Vorkenntnisse der anderen Bände nötig.
Zeitlich spielen die Geschichten hintereinander und enthalten wiederkehrende Figuren.

Impressum

1. Auflage

Autor: Anna Rush
Korrektorat: SW Korrekturen e.U.
Covergestaltung: Susanne Tessmer
Coverbild: Depositphotos/sorali

Als Verleger:
Susanne Tessmer
Malscher Straße 11/1
76448 Durmersheim

Printed in Poland
by Amazon Fulfillment
Poland Sp. z o.o., Wrocław

75442811R00350